Lugar de ejecución

Traducción de Francisco Martín Arribas

Círculo de Lectores

Agradecimientos

Este no ha sido un libro fácil de escribir. Indagar en el pasado reciente, presente aún en la memoria de mucha gente, es una invitación a que vean tus errores, pero he de decir que no me han faltado ayudas para paliar esta dificultad. Douglas Wynn, excelente escritor de novela policíaca, me relató la historia germinal en que se basa la novela y me ayudó en la investigación de casos reales. El personal del departamento de Ciencias Sociales de la Biblioteca Central de Manchester colaboró amablemente del mismo modo que el miembro del mismo Jane Mathieson. Sin el concurso del inspector retirado Bill Fletcher no habría sido capaz de recrear el ambiente de una comisaría de policía de provincias en los años sesenta. Mark y el personal del *Buxton Advertiser* me permitieron consultar en el sótano los volúmenes encuadernados, y los encargados de la biblioteca del *Manchester Evening News* hicieron cuanto estuvo en su mano por apoyar mis esfuerzos en busca de autenticidad. La doctora Sue Back puso generosamente a mi disposición su experiencia de patóloga y la intervención de Diana Muir fue inapreciable al descubrirme un fallo en la trama. Peter N. Walker contribuyó también con su perspicacia a perfeccionar detalles de la época y tuvo la amabilidad de señalarme errores garrafales del manuscrito definitivo. Me hago enteramente responsable de los que hayan podido escaparse.

Me he tomado ciertas libertades con la geografía de Derbyshire y con la ciudad de Derby. El pueblo de Scardale es ficticio, si bien hay varios muy parecidos en la región de White Peak.

Los escritores somos un poco como los edificios: necesitamos muchos refuerzos. Por ello doy las gracias a mi equipo de andamiaje Jane y Lisanne, Julia, las dos Karen, Jai y Paula, Leslie, Mel y, sobre todo, a Brigid.

A mi diabólico gemelo; laissez les bon temps rouler, cher

Será trasladado a su lugar de nacimiento y de allí a un lugar de ejecución legal, donde será colgado del cuello hasta que muera; tras lo cual su cadáver será enterrado en una fosa común en el recinto de la cárcel en que haya estado confinado antes de la ejecución. Que el Señor se apiade de su alma.

Sentencia de pena capital del sistema jurídico inglés

LE PENDU: EL AHORCADO

Adivinación: la carta indica vida suspendida. Cambio de rumbo mental y vida independiente. Transición. Abandono. Renuncia. Cambio de las fuerzas vitales. Readaptación. Regeneración. Renacimiento. Mejora. Deberán hacerse esfuerzos y sacrificios para ir hacia un objetivo que quizá no se consiga.

Cartas del Tarot para entretenimiento y adivinación
S. R. Kaplan

Introducción

Nací en Derbyshire en 1950, igual que Alison Carter y, como ella, conocía perfectamente los valles de montañas calizas de White Peak tan proclives a esas nevadas que en invierno nos dejan aislados del resto del país. Fue precisamente en Buxton donde la nieve impidió celebrar un partido de críquet en pleno junio.

Por eso, cuando despareció Alison Carter en diciembre de 1963, a mí y a mis compañeras de clase nos impresionó más que a nadie. Conocíamos pueblos como el suyo y sabíamos cómo era en ellos la vida cotidiana, pues soportábamos las mismas clases y manteníamos en los lavabos las mismas discusiones sobre quién de los cuatro Beatles nos gustaba más, y era de suponer que compartíamos los mismos temores, sueños y esperanzas. Por ello, desde el principio supimos que algo terrible le había sucedido a Alison Carter, porque estaba claro que una chica como ella —como nosotras— no se iba de casa. No en Derbyshire y en pleno diciembre.

Pero no éramos solo las chicas de trece años quienes sabíamos esos detalles; mi padre fue uno de los cientos de voluntarios que participaron en la búsqueda peinando los brezales y los bosques cercanos a Scardale, y aún tengo bien grabado en mi memoria su rostro sombrío cuando regresaba a casa tras una jornada de recorrer sin resultado los campos.

En la escuela seguimos durante semanas la búsqueda de Alison Carter por los periódicos y siempre había alguien que insinuaba una especulación. Ahora, al cabo de tantos años, aún le plantearía al ex policía George Bennett más preguntas de las que podría responder.

No he basado mi relato exclusivamente en los recuerdos de George Bennett ni en las notas que en su momento tomó. Para la investigación de este libro fui varias veces a Scardale y a sus alrededores a entrevistar a muchas de las personas que tomaron parte en aquel suceso, recogiendo sus impresiones y comparando su versión de los hechos que vivieron. No habría podido escribir el libro sin la ayuda de Janet Carter, Tommy Clough, Peter Grundy, Charles Lomas, Kathy Lomas y Don Smart. Me he tomado alguna licencia literaria atribuyendo ideas, emociones y palabras a los personajes, pero las partes que lo componen están basadas en entrevistas a los supervivientes, quienes no dudaron en prestarme ayuda para crear un fresco verídico de una comunidad y de los individuos que la formaban.

Parte de lo ocurrido aquella noche fatídica de diciembre de 1963 nunca se sabrá, por supuesto, pero para todos aquellos a quienes la vida de Alison Carter, y su muerte, afectó en alguna medida, la historia de George Bennett es un análisis fascinante de uno de los crímenes más crueles de los años sesenta.

Durante mucho tiempo quedó en segundo plano, a la sombra de otros crímenes más sonados de la región, pero el destino de Alison Carter no fue menos terrible por ser obra de un asesino con una sola víctima. Y aún hoy mantiene su importancia el mensaje de su muerte. Si algo nos dice la historia de Alison Carter es que incluso en las circunstancias más peligrosas siempre hay una cara amable.

Nada puede devolvernos a Alison Carter, pero recordar lo que le sucedió quizá sirva para evitar que otras personas corran riesgos semejantes. Si con este libro se consigue, tanto George Bennett como yo nos sentiremos satisfechos.

CATHERINE HEATHCOTE
Longnor, 1998

Prólogo

La niña se despedía de la vida. Una despedida nada fácil.

Como cualquier chica de trece años siempre encontraba de qué quejarse, pero ahora que estaba a punto de perder la vida, esta le parecía de pronto muy deseable. Ahora entendía por fin por qué los mayores se aferraban con tal tenacidad a cualquier momento de la existencia aunque fuera doloroso. Por mala que fuera su vida, la alternativa era infinitamente peor.

Incluso había comenzado a arrepentirse de cosas: de las veces que había deseado que su madre muriera, de las veces que había deseado que sus sueños de ser una niña cambiada al nacer fuesen ciertos, del odio que había sentido por los chicos de la escuela que le insultaban por no ser como ellos, de los fervientes deseos de ser mayor y que aquellos sufrimientos quedasen atrás. Ahora todo parecía no tener importancia. Lo único que contaba era la preciosa vida que estaba a punto de perder.

Era lógico que sintiera miedo. Miedo de lo que había más allá y de lo que le iba a ocurrir de un momento a otro. Le habían enseñado a creer en el cielo y en su contrapartida, el infierno; dos fuerzas iguales y opuestas que equilibran el mundo. Ella tenía las ideas bien claras de cómo sería el cielo, y, mucho más que cualquier otra cosa que hubiera deseado en su corta vida, esperaba que fuera eso lo que le aguardaba ahora en la espantosa inmediatez.

Pero le amedrentaba angustiosamente la posibilidad de ir al infierno. No tenía muy claro cómo sería el infierno; solo sabía que, comparado con todo lo que ella había odiado de la vida, sería mucho peor. Es decir, que sería realmente malo.

A pesar de ello, no había alternativa posible. Tenía que decir adiós a su vida.

Para siempre.

PRIMERA PARTE

Primeras fases

Manchester Evening News,
martes, 10 de diciembre de 1963, 3.ª página

Recompensa de 100 libras
por un niño desaparecido

La policía confirmó hoy con la búsqueda del niño de doce años John Kilbride, con la esperanza de obtener alguna pista gracias a la recompensa de 100 libras ofrecida por un gerente de la localidad a quien facilite algún dato que permita obtener algún indicio sobre el paradero de John, desaparecido de su casa en Smallshaw Lane de Ashton-under-Lyne hace dieciocho días.

I

Miércoles, 11 de diciembre de 1963. 19.53 h

—Ayúdenme, se lo suplico.

La mujer hablaba con voz temblorosa, al borde de las lágrimas. El policía de servicio que había cogido el teléfono notó que ahogaba un hipido, como si le costase hablar.

—Para eso estamos, señora —dijo el agente Ron Swindells imperturbable. Llevaba casi quince años en Buxton, prácticamente desde que era un muchacho y en los cinco últimos le costaba sacudirse aquella impresión de estar reviviendo los diez primeros; sabía que no era nada nuevo bajo el sol, pero aquella sensación iba a quedar irremisiblemente hecha añicos por los sucesos en que se vería envuelto aquel invierno; pero de momento, se contentó con echar mano del latiguillo que siempre había utilizado—. ¿Qué problema tiene? —inquirió con su perfecta voz de bajo, amable e impersonal.

—Alison —respondió la mujer con voz entrecortada—. Mi Alison no ha vuelto a casa.

—Se refiere usted a Alison, su hija, ¿no es eso? —preguntó el agente Swindells con tono ostensiblemente sereno, tratando de tranquilizarla.

—Cuando volvió del colegio salió a pasear con el perro y no ha regresado —añadió la mujer elevando la voz, a causa de la histeria.

Swindells miró automáticamente el reloj y vio que eran las ocho menos siete minutos. Razón tenía la mujer para estar preocupada; la niña llevaba fuera de casa casi cuatro horas y aquella época del año no era para andar por ahí a la buena de Dios.

—¿No se le habrá ocurrido ir a casa de algún conocido? —preguntó, convencido de que la mujer ya lo habría comprobado antes de llamar a la policía.

—He preguntado en todas las casas del pueblo, pero no la encuentro. Se lo digo en serio: a mi Alison le ha sucedido algo.

—Ahora la mujer hablaba casi entre sollozos.

A Swindells le pareció oír otra voz en segundo plano.

La mujer había dicho «el pueblo».

—¿Desde dónde llama usted exactamente, señora? —inquirió.

Oyó que cuchicheaban y a continuación sonó al aparato una voz clara masculina de inconfundible acento sureño, enérgica y segura:

—Soy Philip Hawkin, de la casa solariega de Scardale.

—Entendido, señor —dijo Swindells prudentemente.

Aunque el dato en nada cambiaba la situación, suscitó cierto recelo en el agente porque Scardale quedaba muy alejado en diversos aspectos. Scardale no solo era un mundo totalmente distinto a la bulliciosa ciudad de mercado donde vivía y trabajaba Swindells, sino un lugar con fama de tener su propia ley. Para que llamasen de Scardale tenía que haber sucedido algo muy fuera de lo normal.

La voz del hombre bajó de volumen como si hablase con Swindells de hombre a hombre.

—Disculpe a mi esposa; está muy afectada. Ya sabe usted lo emotivas que son las mujeres, ¿verdad? Escuche, agente, yo estoy seguro de que a Alison no le ha sucedido nada, pero mi esposa se empeñó en llamar. Estoy convencido de que no tardará en aparecer y no quiero hacerle perder el tiempo.

—Si me da usted algún detalle... —añadió el imperturbable Swindells acercando su bloc de notas.

El inspector George Bennett tenía que haber vuelto a casa hacía rato, pues eran ya casi las ocho, hora en que los policías de su rango no estaban en la comisaría. Por lógica habría debido encontrarse ya en su sillón con las piernas estiradas frente a la chimenea, cenado y con *Coronation Street* en el televisor; mientras Anne quitaba la mesa y fregaba los platos, él iría un momento a tomarse una cerveza y a charlar con alguien en el bar del hotel Duke of York o en el Baker's Arms, pues la mejor manera de estar al corriente de los acontecimientos locales era charlar en los bares, y él lo necesitaba más que sus colegas porque hacía menos de seis meses que había llegado a la plaza. La gente de allí era recelosa y no le comentaba muchos de sus cotilleos, pero poco a poco iba consiguiendo que le tratasen como si fuera parte del mobiliario, olvidando y perdonándole su procedencia de otra región del condado.

Miró el reloj. Aquella noche difícilmente le daba tiempo a ir al bar. No es que lo echara de menos, porque él no era bebedor, y de no haber estado obligado por su profesión a seguir de cerca los acontecimientos locales, no habría estado en un bar más que una vez a la semana; prefería llevar a Anne a bailar al ritmo de uno de los nuevos grupos *beat* que tocaban en Pavilion Gardens o ir al cine. O quedarse sin más en casa. Llevaban tres meses casados y Bennett se maravillaba aún de que Anne hubiese decidido compartir con él su vida. Era un milagro que le ayudara a superar los malos ratos del trabajo, causados, hasta el momento, más por el tedio que por crímenes atroces, aunque los acontecimientos de los siete meses venideros someterían aquel milagro a una dura prueba.

Pero esa noche pensó en Anne, que estaría en casa haciendo punto frente a la televisión y esperándole, y aquello le tentó más que una jarra de cerveza amarga. Arrancó una hoja del bloc de notas y la insertó a modo de punto entre los papeles que había consultado, cerró el archivador y lo guardó en el cajón del escritorio; apagó la colilla del Gold Leaf y vació el cenicero en la papelera, como hacía siempre antes de coger la trinchera y, tímidamente, aquel flexible de ala ancha que le hacía sentirse siempre un poco tonto; a Anne le encantaba, no dejaba de repetirle que se parecía a James Stewart. Él no lo entendía; que su rostro fuese alargado y tuviera un pelo rubio y suave no lo convertía en un actor de cine. Se embutió la trinchera y notó que le quedaba bastante más ceñida por el forro acolchado que le había hecho comprar Anne. Pese a la tirantez que notó en sus anchas espaldas de jugador de críquet, supo que le iría de perlas nada más salir al patio de la comisaría para afrontar aquel viento hiriente que desde los brezales del páramo azotaba inmisericorde las calles de Buxton.

Echó un último vistazo al despacho para comprobar que no quedaba algo que no le interesaba que viese la mujer de la limpieza, y cerró la puerta. Al ver de reojo que ya no había ningún agente en Investigación Criminal, se dio la vuelta para ceder a un instante de vanidad y mirar el rótulo de INSPECTOR G. D. BENNETT con letras blancas en una pequeña placa de plástico negro. Era para sentirse orgulloso: no había cumplido los treinta y era ya inspector. Había valido la pena cada tedioso minuto de aquellos tres años interminables empollando para licenciarse en derecho; le facilitaron ascender más rápido en el Cuerpo de Policía de Derbyshire, gracias a ser uno de los primeros agentes titulados. Siete años hacía que había prestado juramento de defender la ley y ahora era uno de los inspectores de paisano más jóvenes del condado.

Sin testigos de su falta de formalidad, echó a correr escalera abajo y cruzó con ímpetu la puerta basculante que daba a la sala de agentes uniformados, donde tres cabezas se volvieron a mirarlo. Le sorprendió ver tan poca presencia policial y recordó de pronto que prácticamente todo Buxton estaría en el funeral y en la misa extraordinaria pública por el recientemente asesinado presidente Kennedy; el ayuntamiento había nombrado hijo adoptivo a JFK porque tres meses antes del atentado había estado de paso en la ciudad cuando iba a visitar la tumba de su hermana, a pocos kilómetros en Edensor, en Chatsworth House. El hecho de que una de las enfermeras, ayudante del equipo quirúrgico del hospital de Dallas que trató inútilmente de salvar la vida al político, fuese natural de Buxton, reforzar el vínculo.

–Esto está tranquilo, ¿eh, sargento? –dijo.
Bob Lucas, el sargento de guardia, frunció el ceño y alzó un hombro mirando la hoja que tenía en la mano.
–Hasta hace cinco minutos, señor –dijo poniéndose firme–. Seguramente, al final, no será nada y me apostaría algo a que cuando llegue allí se habrá resuelto –añadió.
–¿Algo interesante? –preguntó George en tono anodino.
No quería en absoluto que Bob Lucas pensase que era la clase de inspector que trataba a los agentes de uniforme como si fueran comparsas.
–Una niña que no ha vuelto a su casa –contestó Lucas tendiéndole la hoja–. Acaba de atender la llamada el agente Swindells porque han llamado directamente aquí y no a través del teléfono de urgencias.
George trató de imaginarse Scardale en su mapa mental de la región.
–¿Tenemos allí algún agente, sargento? –preguntó para ganar tiempo.
–No es necesario. Scardale es una pequeña aldea de menos de diez casas. No, aquello es competencia de Peter Grundy de Longnor, que está a tres kilómetros. Pero sin duda la madre habrá pensado que el caso es demasiado importante para Peter.
–¿Y usted qué cree? –replicó George con cautela.
–Creo que lo mejor será que me acerque yo a Scardale en el coche de servicio para hablar con la señora Hawkin, señor, y de paso recogeré a Peter.
Lucas cogió la gorra y se la puso. Tenía un pelo tan negro y lustroso como sus botas y unas mejillas rubicundas que parecían albergar sendas pelotas de ping-pong, lo que unido a sus ojos oscuros y brillantes y a sus cejas negras rectas le confería el aspecto de un muñeco ventrílocuo. Pero George Bennett sabía que Lucas nunca hablaba por boca de ganso; si se le preguntaba algo, el hombre contestaba sin rodeos.
–¿Le importa que le acompañe? –preguntó Bennett.

Peter Grundy colgó despacio el teléfono y se pasó el pulgar por la mandíbula en la que apuntaba la barba del día. Tenía treinta y dos años aquella noche de diciembre de 1963. En las fotos de la época aparece un hombre de rostro sereno de maxilar estrecho y nariz corta aguileña acentuada por un corte de pelo casi militar; incluso en las instantáneas de vacaciones en que se le ve sonriente con sus hijos, sus ojos están alerta.

Aquellas dos llamadas en el espacio de diez minutos habían roto la paz rutinaria de su velada frente al televisor con su esposa Meg; los niños, ya bañados, estaban en la cama. No es que se hubiese tomado a la ligera la primera llamada; que Ma Lomma, ojos y oídos de Scardale, se molestara en exponer su artritis al frío hiriente saliendo de su cómoda casita para llamar desde la cabina del prado comunal, era algo a tener en cuenta, pero él había pensado que podía esperar a que terminase el programa a las ocho para ir a echar un vistazo. Porque, en definitiva, podía ser que Ma fingiera llamar preocupada por la ausencia de la colegiala y ser solo una excusa para provocar a la madre de la niña, pues él había oído rumores y le constaba que en Scardale se comentaba que Ruth Carter se había quitado el luto demasiado deprisa para casarse con Philip Hawkin, a pesar de que hubiese sido el primer hombre que había devuelto el color a sus mejillas desde la muerte de su Roy.

Pero después sonó otra vez el teléfono, su mujer le miró ceñuda, y no tuvo más remedio que abandonar su cómodo sillón para volver a salir al vestíbulo helado. Esta vez no podía hacerse el remolón: el sargento Lucas de Buxton estaba al tanto de la desaparición e iba camino de Scardale. Y para remate de aquella intromisión de Buxton en su terreno, acompañaba a Lucas el Profesor. Era la primera vez que Grundy o sus colegas trabajaban con alguien salido de la universidad, y sabía por cotilleos en alguna de sus ocasionales visitas a la comandancia de Buxton que a nadie le apetecía la idea. Él no había tardado en aprender que la universidad de la vida es la mejor escuela para un poli. A aquellos titulados universitarios no se les podía enviar ni de vigilancia un sábado por la tarde al mercado de Buxton; no habían visto una pelea de pub en su vida y ni se preocupaban por aprender cómo resolverlas. Por lo que él sabía, el único tanto a favor del inspector Bennett era su buena aptitud como jugador de críquet. Pero para Grundy no era razón suficiente para alegrarse de que fuese a su territorio a desbaratarle los contactos que con tanto trabajo había logrado.

Lanzó un suspiro y se abotonó el cuello de la camisa; se puso la chaqueta del uniforme, se enderezó la gorra y cogió el abrigo. Tras lo cual asomó la cabeza al cuarto de estar con una sonrisa conciliadora.

–Tengo que ir a Scardale –dijo.

–Chis –le riñó su esposa enojada–, que ahora viene lo emocionante.

–Ha desaparecido Alison Carter –añadió él despechado, cerrando la puerta y cruzando el vestíbulo antes de que ella reaccionase. Porque reaccionar, reaccionaría; bien lo sabía él. Una niña desaparecida en Scardale era un hecho demasiado próximo a Longnor para no sentir un escalofrío.

George Bennett salió con el sargento Lucas al patio de aparcamiento de la comisaría. Habría preferido ir en su propio coche, un bonito Ford Corsair negro tan flamante como su ascenso, pero el reglamento imponía que viajara en el asiento de copiloto del Rover oficial con Lucas al volante. Al girar en la calle principal en la plaza del mercado, Bennett trató de ahogar la punzada de excitación que había sentido al oír lo de «niña desaparecida». La verdad era que probablemente, como había comentado Lucas, el caso quedara en agua de borrajas, ya que el noventa y cinco por ciento de las denuncias por esa clase de desapariciones se solucionaba a la hora de la cena o como mucho a la del desayuno.

Pero a veces la historia era distinta. Se daban casos de niños que permanecían desaparecidos durante tanto tiempo que era indescartable la certeza de que nunca volverían a casa; en ocasiones era por voluntad propia, pero las más porque habían muerto y entonces la policía se planteaba la cuestión de cuánto iban a tardar en encontrar el cadáver.

Y a veces a algunos niños parecía habérselos tragado la tierra. Se habían dado dos casos en los últimos seis meses, y ambos a menos de cincuenta kilómetros de Scardale. Bennett tomaba siempre nota de los boletines de otras comisarías y comandancias de Derbyshire, y le habían llamado la atención aquellos dos casos de personas desaparecidas, pues por su proximidad cabía la posibilidad de que se tropezase en su camino con los niños. Vivos o muertos.

La primera desaparecida fue Pauline Catherine Reade, una jovencita de dieciséis años de pelo negro y ojos castaños, aprendiza en una confitería de Gorton, en Manchester. Era delgada, de un metro cincuenta de estatura y llevaba un vestido rosa y oro y abrigo azul claro. El viernes doce de julio, poco antes de las ocho había salido del adosado donde vivía con sus padres y su hermano para ir a bailar el *twist*. Y nunca más se supo. No había tenido ningún problema en casa ni en el trabajo, no tenía novio con quien hubiera podido regañar, ni llevaba dinero para desaparecer con él, caso de haber sido ese su propósito. Se hizo una batida por toda la zona y se vaciaron tres depósitos de agua sin encontrar rastro; la policía de Manchester verificó todos los informes posibles sin descubrir ninguna pista. Se había desvanecido.

El segundo desparecido no parecía tener nada en común con Pauline Reade, aparte de la naturaleza inexplicable, casi mágica, de su desaparición. John Kilbride era un niño delgado de doce años, un metro cuarenta de alto, pelo castaño oscuro, ojos azules y tez clara. Vestía una chaqueta deportiva gris a cuadros y pantalón largo de franela también gris, con camisa blanca y zapatos de puntera aguda. Según un agente de Lancashire conocido de Bennett por ser jugador de críquet, no era un chico muy listo pero sí muy simpático y atento. John había ido al cine con unos amigos el sábado por la tarde, el día siguiente a la muerte de Kennedy en Dallas; se separó de ellos diciendo que iba a la plaza del mercado de Ashton-under-Lyne, donde a veces ganaba tres peniques haciendo té para los vendedores ambulantes, y había sido visto por última vez recostado en un cubo de basura hacia las cinco y media.

La infructuosa búsqueda había finalizado un día antes de que un hombre de negocios de la localidad ofreciese una recompensa de 100 libras, con la que tampoco se había obtenido pista alguna. Aquel mismo agente le había comentado a Bennett el sábado anterior en un baile de la policía que de John Kilbride y de Pauline Reade había menos rastro que si les hubiesen raptado unos hombrecillos verdes a bordo de un platillo volante.

Y ahora desaparecía una niña en su territorio. Miró por la ventanilla los campos de pasto que bordeaban la carretera de Ashbourne donde la luna hacía brillar la escarcha, confiriendo una luminosidad casi plateada a las cercas de tosca mampostería que los dividían. Una nubecilla ocultó la luna y, a pesar de su confortable gabardina, Bennett sintió escalofríos al pensar que atravesaban en una noche como aquella un paisaje tan inhóspito.

Un tanto disgustado consigo mismo por haberse dejado arrastrar por el simple entusiasmo de que fuese un caso interesante sin pensar apenas en los padres de la niña, Bennett se volvió de pronto hacia Bob Lucas y dijo:

—Dígame cómo es Scardale.

Sacó la cajetilla y ofreció un cigarrillo al sargento, quien lo rehusó con un gesto de la cabeza.

—No, gracias, señor. Quiero dejarlo. Scardale es lo que podría llamarse un lugar olvidado por el tiempo —añadió.

Al tenue fulgor de la llama del encendedor, Bennett vio el rostro sombrío de Lucas.

—¿Qué quiere decir?

—Es un pueblucho como de la Edad Media. Solo lo atraviesa una calle que acaba en la cabina telefónica del prado comunal. Lo más grande de allí es la casa solariega, que es adonde vamos. En Scardale habrá alrededor de una docena de casitas, más las granjas, y no tiene pub, ni tiendas ni oficina de correos. Hawkin, el terrateniente, es como el señor del lugar, dueño de las casas, de las granjas y de todos los campos de labranza en dos kilómetros a la redonda. Todos los habitantes son aparceros o empleados suyos. Él es el amo. —El sargento aminoró la marcha para girar a la derecha de la carretera principal y tomar por otra secundaria que discurría por delante de la cantera–. En Scardale todos son Lomas, Crowther o Carter de apellido.

Ningún Hawkin, advirtió Bennett, tomando mentalmente nota de la incongruencia para más adelante.

–Pero habrá gente que se marche para casarse o en busca de trabajo, ¿no?

–Ah, sí, la gente se marcha –contestó Lucas–, pero llevan Scardale en la sangre; eso no lo pierden. Hay uno o dos de cada generación que se casan con alguien de fuera para no hacerlo entre primos, pero la mitad de las veces los que se han casado con alguien de Scardale se divorcian al cabo de unos años, y lo gracioso es que siempre abandonan a los hijos –añadió mirando de reojo a Bennett para observar su reacción.

George Bennett aspiró el humo del cigarrillo y guardó silencio. Había oído hablar de lugares como aquel, pero no conocía ninguno. No podía imaginarse exactamente la vida en un mundo tan pequeño, tan limitado, en donde todos conocen tu pasado, tu presente y tu futuro.

–Cuesta creer que haya sitios así tan cerca de la ciudad. ¿A cuánto está, a doce kilómetros?

–A catorce –respondió Lucas–. Es un lugar prehistórico. Mire cómo está el asfalto de la carretera –añadió señalando una curva cerrada a la izquierda que conducía al pueblo de Earl Sterndale, donde unas casitas construidas por la empresa de la cantera se amontonaban sobre la ladera como los jugadores de rugby en la melé–. Antes, en invierno, cuando no había coches con motor decente y firmes bien asfaltados, se tardaba todo un día en ir de Scardale a Buxton. Y eso si la pista no estaba bloqueada por la nieve. La gente vivía de sus propios recursos. Por aquí hay aldeas que no han cambiado. Esa chica, Alison, por ejemplo, incluso con el autobús escolar, tardará seguramente casi una hora en ir y volver de la escuela cada día. Las autoridades del condado han intentado que los padres envíen a sus hijos internos a un colegio de la ciudad de lunes a viernes para ahorrarles el viaje, pero la gente de Scardale se niega de plano sin comprender que la Administración trata de ayudarles. Creen que quieren quitarles a sus hijos. No se puede razonar con ellos.

El coche trazó una serie de curvas cerradas y atacó un cambio de rasante con el motor rugiente al accionar Lucas el cambio de marchas. Bennett abrió el triángulo de la ventanilla y arrojó la colilla al arcén, pero una ráfaga de aire helado con olor a humo de un fuego de carbón que se le pegó a la garganta le hizo cerrarlo rápidamente.

–Sin embargo, la señora Hawkin se apresuró a llamarnos.

–Según el agente Swindells primero fue de casa en casa por el pueblo –comentó Lucas irónico–. No me malinterprete. No es que vean a la policía con malos ojos. Es simplemente que... no son muy comunicativos, aunque como todos querrán que Alison aparezca, soportarán nuestra presencia.

El coche inició el descenso de la larga cuesta hasta el pueblo de Longnor, con sus casas de piedra caliza blanqueadas por la luz de la luna, agazapadas como ovejas dormidas, y con un penacho de humo en cada chimenea. En un cruce en el centro del pueblo, Bennett vio la figura inconfundible de un agente uniformado, pateando con fuerza el suelo para calentarse.

–Ahí está Peter Grundy –dijo Lucas–. Habría podido esperar a cubierto.

–Puede que no aguante de impaciencia por averiguar qué ha sucedido. Al fin y al cabo es su territorio.

Lucas lanzó un gruñido.

–Lo más seguro es que sea para no aguantar que su mujer le caliente la cabeza refunfuñando porque sale de servicio a esta hora.

Frenó con cierta brusquedad junto al bordillo. El agente Peter Grundy se inclinó a ver quién ocupaba el asiento del copiloto y montó en el asiento trasero.

–Buenas noches, sargento –dijo–. Señor –añadió con una inclinación de cabeza en dirección a Bennett–. Esto no me gusta nada.

2

Miércoles, 11 de diciembre de 1963. 20.26 h

Antes de que el sargento Lucas arrancase, George Bennett alzó la mano.

—Scardale está a tres kilómetros, ¿no? —Lucas asintió con la cabeza—. Pues antes de acercarnos allá quiero saber el máximo de detalles sobre el caso. ¿Le parece bien si nos pone en antecedentes el agente Grundy en un par de minutos?

—Un par de minutos no harán daño —replicó Lucas poniendo el coche de nuevo en punto muerto.

Bennett se dio la vuelta en el asiento para ver al menos el perfil en penumbra del agente local.

—Bien, agente Grundy, ¿usted no cree que vayamos a encontrar a Alison Hawkin sentada frente al fuego recibiendo una buena reprimenda de su madre?

—Se llama Carter, señor. Alison Carter porque no es hija del señor —dijo Grundy con el leve tono de impaciencia de quien prevé una larga noche de aclaraciones.

—Gracias por haberme evitado meter la pata al menos en eso —dijo Bennett con voz queda—. Le agradecería que explicara los datos sobre los padres, para que yo pueda hacerme una idea del contexto —añadió tendiéndole el paquete de cigarrillos para despejar en Grundy la posible impresión de que le estaba tratando con condescendencia.

Grundy dirigió una mirada a Bob Lucas, quien asintió con la cabeza, cogió un pitillo de la cajetilla y metió la mano en el bolsillo del abrigo para sacar el encendedor.

–Ya le he contado al inspector la organización de Scardale –dijo Lucas mientras Grundy encendía el cigarrillo– y que Hawkin es el amo del pueblo y de las tierras.

–Exacto –comentó Lucas expulsando una bocanada de humo–. Bien, hasta hace cosa de un año el amo de Scardale era el tío de Hawkin, el anciano señor Castleton. La casa solariega de Scardale es el hogar de los Castleton desde tiempo inmemorial; figurará en los archivos de la parroquia. Bueno, el hijo del anciano William Castleton murió en la guerra. Era piloto de bombarderos, pero en una misión nocturna sobre Alemania tuvo mala suerte y desapareció en combate. Sus padres eran ya bastante mayores cuando él nació y era hijo único. Así que al morir el señor Castleton quien heredó Scardale fue el hijo de su hermana, Philip Hawkin, a quien nadie del lugar había vuelto a ver desde que usaba pantalón corto.

–¿Qué se sabe de él? –preguntó Lucas.

–Su madre, la hermana del hacendado, se crió aquí, pero hizo un mal matrimonio con Stan Hawkin, que entonces pertenecía a la RAF, donde no duró mucho; según él porque le hicieron pagar el pato por un oficial superior, pero la verdad del cuento es que le sorprendieron vendiendo herramientas de los talleres. En fin, el hacendado le ayudó y le consiguió un empleo de vendedor de coches con un viejo amigo suyo del sur. No sé cómo nunca más volvieron a sorprenderle en ningún chanchullo, pero fue genio y figura hasta la sepultura, como dicen, y sé que por eso la familia dejó de venir de visita.

–¿Y su hijo, Philip? –preguntó Bennett para que abreviase el relato.

Grundy se encogió de hombros haciendo balancearse el coche.

–Es un tipo bien parecido, eso sí. Encanto y zalamería no le faltan. Gusta a las mujeres. Conmigo siempre ha estado a bien, pero yo no confiaría en él ni para cuidarme el perro mientras voy a mear.

–¿Y se casó con la madre de Alison Carter?

–A eso iba –replicó Grundy despacio en tono muy digno–. Ruth Carter llevaba viuda casi seis años cuando llegó ese Hawkin del sur para hacerse cargo de la herencia. Según me han contado, se quedó prendado de ella desde el primer momento. Es una mujer muy guapa, cierto, pero la verdad es que no hay muchos hombres que estén dispuestos a aceptar una viuda con un hijo de otro. Pues bien, por lo que yo sé, él no tuvo ningún problema, ni eso fue obstáculo para que cortejase con insistencia a Ruth. A ella él tampoco le era indiferente; le brillaban los ojos cuando lo veía, de eso no hay duda. Se casaron a los tres meses de aparecer él por Scardale y forman una buena pareja.

–¿Un flechazo? Seguro que no sería bien visto en un lugar tan pequeño como Scardale –comentó Bennett.

Grundy se encogió de hombros.

–No me consta –respondió.

Bennett no iba a tropezar dos veces en la misma piedra. Tendría que ganarse la confianza de Grundy para que el policía del pueblo le confiara sus conocimientos sobre la localidad. Porque saber, sabía cosas.

–Bien, vamos, pues, a Scardale a ver cómo está el asunto –dijo. Lucas metió la marcha, cruzaron el pueblo y al llegar a la señal de dirección prohibida hizo un giro cerrado a la izquierda para salir a la carretera–. Un indicador perfecto –comentó Bennett con ironía.

–Es que los que tienen que ir a Scardale saben por dónde se sale a la carretera –replicó Bob Lucas, concentrado en avanzar por una pista que parecía volver sobre sí misma en una serie de cambios de rasante con curvas muy pronunciadas.

Los haces gemelos de los faros apenas iluminaban la densa oscuridad de aquella ruta bordeada de altos márgenes de piedra rústica que se abombaban y se inclinaban en ángulos imposibles bajo el cielo.

–Ha dicho antes que no le gustaba este asunto, Grundy –dijo Bennett–. ¿Por qué?

–Esa Alison es una chica muy sensible. Yo la conozco porque fue a la escuela primaria de Longnor a la misma clase que una sobrina mía. Antes de que llegaran ustedes entré un momento en su casa y hablé con Margaret, su madre, quien me ha dicho que Alison estaba hoy como siempre, que volvieron juntas en el autobús y que Alison le habló de ir a comprar regalos de Navidad a Buxton una tarde de esta semana. Además, me ha dicho que Alison no es de las que se escapan de casa, que cuando hace alguna trastada sabe afrontar la situación. Así que si le ha sucedido algo, será en contra de su voluntad.

El comentario de Grundy cayó como un mazazo en el estómago de Bennett. Como en consonancia con el mal augurio, a los muros que bordeaban la carretera les sucedieron escarpados farallones calcáreos en un tramo en que la ruta atravesaba un desfiladero de paso obligado por la orografía. «Dios mío, parece un cañón del Oeste. Deberíamos ir en mula, con sombrero y no en coche», pensó.

–Después de la próxima curva, sargento –dijo Grundy lanzando su hálito tabacoso.

Lucas redujo la velocidad al mínimo para tomar la curva que seguía el perfil de un saliente rocoso y al acabar de darla se vieron ante una gruesa verja. Bennett contuvo la respiración. De haber ido él al volante seguro que se habría estrellado. Mientras Grundy bajaba e iba a abrir, advirtió varias rozaduras de distinto color en las paredes de piedra a ambos lados de la carretera.

–No es un lugar muy acogedor para los forasteros, ¿eh? –comentó.

Lucas sonrió adusto.

–Aquí no tienen que venir forasteros. A partir de esa verja es camino particular. Esto hace solo diez años que lo asfaltaron; antes, si no era en tractor o en Land Rover nadie venía por carretera a Scardale –dijo cruzando la verja y esperando dentro a que Grundy cerrara y volviera a montar.

Arrancaron de nuevo y a unos cien metros de la entrada fueron abriéndose los muros rocosos, perdiendo altura hasta desaparecer en el horizonte, y de pronto pasaron de la oscuridad intensa a un paisaje bañado por la luna. Bajo el cielo estrellado, a Bennett le pareció que emergían por el túnel de los vestuarios a un gran estadio de casi kilómetro y medio de ancho circundado casi por completo de altas colinas en lugar de gradas. Pero no era un estadio, y a la tenue luz nocturna vio campos de pastoreo que se extendían a uno y otro lado de la carretera que discurría por el fondo del valle. Junto a las cercas se apelotonaban rebaños de ovejas que exhalaban su hálito cálido en la fría atmósfera. A trechos se apreciaban zonas más oscuras de boscaje. George Bennett nunca había visto nada igual. Era un mundo aparte, recóndito, remoto.

Al poco rato atisbó unas luces tenues bajo el fulgor plateado de la luna, pero suficientemente fuertes para recortar el perfil de un caserío contra los blancos cabezos de piedra caliza al fondo del valle.

–Ahí tiene Scardale –dijo Grundy por decir algo.

La masa de piedra fue precisándose en un puñado de casas agazapadas en torno a una hondonada de hierba. En medio del prado había un menhir inclinado y a un lado de él, una cabina telefónica roja, la única nota de color en Scardale bajo la luz de la luna. Serían una docena de casitas, distintas y a escasos metros unas de otras; en casi todas se veía luz tras los visillos; más de una vez vio manos apartándolos ligeramente para fisgar, pero él se contuvo y no devolvió la mirada.

Al fondo del parquecillo había una serie de tejados irregulares y ventanas que Bennett imaginó pertenecerían a la casa señorial. En realidad no sabía qué esperaba encontrar, aunque, desde luego, no aquella granja presuntuosa que parecía construida a lo largo de siglos por gente con más necesidad que gusto. Antes de que hiciera ningún comentario, al abrirse la puerta principal, que proyectó un rectángulo de luz alargado sobre el patio, vieron a contraluz la silueta de una mujer.

Nada más detenerse el coche ella, impulsiva, dio un par de pasos, pero en ese momento apareció un hombre que le pasó el brazo por la cintura y ambos aguardaron a que se acercasen los policías. George Bennett se rezagó levemente, cediendo el paso a Bob Lucas, para que, mientras el sargento hacía las presentaciones, poder tener una primera impresión de la madre y del padrastro de Alison.

Ruth Hawkin tendría unos diez años más que su Anne; es decir, que debía de rondar los cuarenta; medía alrededor de un metro sesenta y era una mujer de complexión fuerte, habituada al trabajo. Llevaba el pelo castaño peinado hacia atrás en una cola de caballo, lo que acentuaba las señales de haber llorado que circundaban sus ojos gris azulados; se apreciaba en ella el cutis curtido, pero en las grietas de los labios fruncidos se advertían restos de carmín. Llevaba un conjunto obviamente tejido a mano en una mezcla de lana azul y brezo con falda plisada de tweed gris, medias de cordoncillo de lana y botas hasta el tobillo con cremallera frontal. Era difícil conciliar lo que veía con la descripción de una mujer guapa que Grundy le había hecho. Él no habría mirado dos veces a Ruth Hawkin en la cola del autobús a no ser por su evidente desesperación, patente en la tensión del cuerpo con los brazos cruzados a la defensiva. Pensó que el sufrimiento le había restado atractivo.

El hombre que estaba detrás de ella estaba mucho más tranquilo. Apoyaba levemente una mano en el hombro de su esposa y mantenía la otra hundida despreocupadamente en el bolsillo de una chaqueta marrón oscuro de punto combinado con ante. Llevaba pantalones de franela gris cuyo dobladillo caía sobre unas zapatillas de cuero viejas. Philip Hawkin no había ido por el pueblo casa por casa con su esposa.

Hawkin era un hombre guapo y su esposa una mujer corriente, pensó Bennett. Debía de medir poco más de uno setenta y cinco, llevaba el pelo negro liso peinado hacia atrás a partir de un pico de viuda y usaba fijador. A Bennett su rostro se le antojó un escudo formado en la parte superior por una frente ancha y cuadrada que disminuía progresivamente hasta el vértice de la barbilla. Aquellas cejas rectas sobre los ojos marrones eran como un signo heráldico, y la fina nariz parecía señalar una boca configurada de forma natural como siempre presta a la sonrisa.

George Bennett registró todos aquellos detalles en su memoria mientras Bob Lucas entraba en preliminares.

–Así que si nos permite pasar para recoger algún detalle, nos haremos mejor una idea de lo que ha sucedido –añadió haciendo una pausa.

Hawkin dejó oír su voz por primera vez. Hablaba con acento totalmente distinto al de la región de Derbyshire Peaks.

–Claro, claro; pasen, agentes. Seguro que acabará apareciendo, pero hay que hacer el atestado, ¿no es cierto? –dijo bajando la mano hasta el trasero de su esposa y dirigiéndola hacia el interior. La mujer estaba como obnubilada, claramente incapaz de tomar iniciativas–. Lamento que hayan tenido que salir en una noche como esta –añadió Hawkin en voz baja mientras cruzaban la sala.

Bennett siguió a Lucas y a Grundy y entraron en una cocina rural con suelo de piedra y paredes en piedra sin labrar con una capa de pintura blanca al temple parcialmente descolorido, según la proximidad a la chimenea de leña y el fogón eléctrico. Había un aparador y varios armarios pintados de verde hospital y, bajo las ventanas con vistas al fondo del valle, un profundo fregadero doble de piedra. Otras dos ventanas daban al prado comunal, donde destacaba en la oscuridad la cabina telefónica roja. De las vigas ennegrecidas que cruzaban la pieza colgaban diversas cazuelas y utensilios de cocina. Olía a humo, a repollo y a manteca.

Sin invitar a nadie a hacerlo, Hawkin se sentó sin mediar palabra en una silla tallada a la cabecera de la mesa de madera bien fregada.

–Hazles un té, Ruth –dijo.

–Muy amable, señor –terció Bennett al ver a la mujer coger un hervidor del fogón–, pero tenemos prisa. Cuando se trata de una niña desaparecida no podemos perder tiempo. Señora Hawkin, haga el favor de sentarse y explicarnos lo que sepa.

Ruth miró como pidiendo permiso a Hawkin, quien enarcó las cejas y asintió con la cabeza. La mujer acercó una silla y se sentó desmadejada, cruzando los brazos sobre la mesa. Bennett tomó asiento frente a ella con Lucas a su lado, mientras Grundy se desabrochaba el abrigo, se acomodaba en otra silla tallada frente a Hawkin y, sacando de la guerrera el bloc de notas, lo abría sobre la mesa, mojaba con la lengua la punta del lápiz y alzaba la vista, a la expectativa.

–Señora Hawkin, ¿qué edad tiene Alison? –preguntó Bennett en tono amable.

La mujer carraspeó.

—Cumplió trece años en marzo pasado —dijo con voz rota como si algo se hubiera quebrado en su interior.

—¿Han tenido alguna rencilla?

—Un momento, inspector —interrumpió Hawkin—. ¿Qué quiere decir con una rencilla? ¿Qué insinúa?

—No insinúo nada, señor —respondió Bennett—. Simplemente, Alison está en una edad difícil y a veces las jovencitas sacan las cosas de quicio. Una reprimenda normal puede parecerles el fin del mundo. Solo trato de establecer si hay razones para pensar que Alison se ha escapado de casa.

Hawkin se recostó en la silla frunciendo el ceño, e inclinándola hacia atrás, cogió del aparador una cajetilla de Embassy y un mechero cromado y encendió un cigarrillo sin ofrecer a nadie.

—Claro que se ha escapado —dijo con una sonrisa que suavizó la línea dura de sus cejas—. Es lo que hacen las adolescentes. Lo hacen para que uno se preocupe y librarse de una supuesta humillación. Ya saben a qué me refiero —añadió con aire desenfadado—. Estamos en puertas de la Navidad. Recuerdo una vez en que desaparecí unas horas pensando que al volver mi madre se pondría tan contenta que seguro que me regalaba una bicicleta, y lo único que conseguí fue una azotaina —agregó torciendo la sonrisa—. Mire lo que le digo, inspector, ya verá como vuelve para que la recibamos con los brazos abiertos.

—Ella no es así, Phil —dijo Ruth con voz quejumbrosa—. Yo les digo que le ha pasado algo. Alison no nos causaría esta preocupación.

—¿Qué sucedió esta tarde, señora Hawkin? —inquirió Bennett sacando su paquete de tabaco y ofreciéndole un cigarrillo que ella cogió, agradeciendo con una inclinación de cabeza, y mano temblorosa.

Antes de que él sacara las cerillas, el marido se inclinó sobre la mesa para darle fuego con el encendedor. Bennett encendió su cigarrillo y aguardó a que la mujer se serenase.

—El autobús escolar deja a Alison y a dos primas suyas al final de la carretera a las cuatro y cuarto y siempre hay alguien del pueblo que las recoge, así que ella suele llegar a aquí una media hora más tarde. Hoy volvió a su hora cuando yo estaba en la cocina pelando unas verduras para la cena, me dio un beso y me dijo que salía con el perro. Le pregunté si no quería tomarse una taza de té, pero ella me contestó que había estado todo el día encerrada y que quería salir a correr con el perro. Lo hacía muy a menudo. No le gustaba estar siempre dentro de casa.

La mujer titubeó abrumada por los recuerdos y guardó silencio.

—¿Usted la vio, señor Hawkin? —inquirió Bennett más por darle un descanso a su esposa que por verdadero interés.

—No. Yo estaba en el laboratorio fotográfico y pierdo el sentido del tiempo cuando me encierro en él.

—No sabía que era fotógrafo —replicó Bennett, advirtiendo que Grundy se rebullía en la silla.

—La fotografía es mi pasión, inspector. Cuando era un modesto funcionario, antes de heredar esto de mi tío, era simple afición, pero ahora dispongo de mi propio laboratorio y soy casi un profesional. Hago algo de retrato, por supuesto, pero principalmente paisaje. En Buxton hay a la venta postales mías. La luz de Derbyshire es de una pureza sin par —dijo Hawkin con una sonrisa deslumbrante.

—Ya —replicó Bennett que no entendía que una persona pudiera hablar de la calidad de la luz cuando su hijastra había desaparecido en una noche gélida de invierno—. Entonces, ¿no sabe si Alison entró y salió?

—No. No oí nada.

—Señora Hawkin, ¿tenía costumbre Alison de ir a casa de alguien cuando sacaba al perro? ¿Algún vecino? Me ha hablado de esos primos con quienes va al colegio.

Ruth Hawkin negó con la cabeza.

—No, ella solo cruzaba los campos hasta el sotillo y volvía a casa. En verano iba más lejos; llegaba por el bosque hasta el Scarlaston. En el monte hay una brecha; desde aquí no se ve hasta que se llega a ella. Bien, por ella se puede atajar por la orilla del río hasta Denderdale. Pero en invierno nunca iba tan lejos

—añadió con un suspiro—. Además, he estado preguntando por el pueblo y nadie ha vuelto a verla desde que se fue campo traviesa.

—¿Y la perra? —inquirió Grundy—. ¿Ha vuelto?

«Una pregunta de campesino», pensó Bennett, que también había pensado plantearla; pero el agente se le había anticipado.

Ruth Hawkin negó con la cabeza.

—No ha vuelto. Pero si Alison ha tenido un accidente, *Shep* no se habrá apartado de ella; habría ladrado, pero sin irse de su lado. La verdad es que en una noche como esta los ladridos de *Shep* se oirían en todo el valle. ¿Han oído ladridos, ustedes que vienen de más lejos?

—Por eso se lo he preguntado, porque no hemos oído nada —respondió Grundy.

—¿Nos describe usted la ropa que llevaba la niña? —preguntó el siempre práctico Lucas.

—Iba con trenca azul marino y el uniforme debajo.

—¿El del instituto?

Ruth Hawkin asintió con la cabeza.

—*Blazer* negro, jersey granate, blusa blanca, corbata negra y granate y falda granate. Pero llevaba también leotardos negros y botas negras altas de piel. Una chica no se escapa de casa en uniforme del colegio —exclamó la mujer con lágrimas en los ojos, que se enjugó enojada con el dorso de la mano—. ¿Qué hacemos aquí como si fuese domingo a la hora de cenar? ¿Por qué no van a buscarla?

—Eso vamos a hacer, señora Hawkin —dijo Grundy asintiendo con la cabeza—. Pero necesitamos saber estos datos para no buscar en vano. ¿Qué estatura tiene Alison?

—Es casi tan alta como yo. Uno cincuenta y siete, cincuenta y ocho más o menos. Es delgada y ya es una mujercita.

—¿Tiene alguna foto reciente de ella para mostrarla a los agentes? —preguntó Bennett.

Hawkin echó hacia atrás la silla haciendo chirriar las patas sobre las losas. Abrió el cajón de la mesa y sacó unas cuantas fotos de seis por doce centímetros.

–Las hice este verano; hará unos cuatro meses –dijo inclinándose y esparciéndolas ante Bennett.

El inspector quedó impresionado por el rostro que aparecía en aquellos retratos en color de medio cuerpo. Nadie le había advertido de que la niña era tan guapa. Sintió un nudo en la garganta contemplando el óvalo perfecto de aquella cara ligeramente pecosa, enmarcada por una larga melena dorada. Había un algo eslavo en aquellos ojos azules bastante separados de la nariz recta de trazo perfecto. La boca sensual y su sonrisa marcaban un hoyuelo en la mejilla izquierda. La única imperfección era una cicatriz diagonal en la ceja derecha, una tenue raya blanca. Eran fotos en diversas poses, pero siempre con la misma sonrisa cándida.

Alzó la mirada hacia Ruth Hawkin, cuyo rostro se había enternecido imperceptiblemente al ver la imagen de su hija, y comprendió por qué Hawkin había puesto los ojos en la viuda del granjero. Sin la tensión que robaba la dulzura a su rostro, la belleza de Ruth Hawkin era tan evidente como la de su hija. Viendo aquel esbozo de sonrisa en su boca, era impensable que la hubiese considerado una mujer del montón.

–Es encantadora –musitó poniéndose en pie y cogiendo las fotos–. Me las quedo de momento. –Hawkin asintió con la cabeza–. Sargento, ¿podemos hablar afuera?

Salieron los dos de la agradable cocina al aire frío de la noche. Al cerrar la puerta, Bennett oyó que la mujer decía con voz sumisa:

–Ahora hago el té.

–¿Usted qué piensa? –preguntó Bennett.

Era una pregunta ociosa porque no necesitaba que le dijera que era algo serio, pero si asumía sin más su autoridad sobre el agente uniformado era como admitir que pensaba que la chica había sido asesinada o había sufrido una grave agresión. Y, a pesar de que cada vez estaba más seguro de que eso era lo que había sucedido, una especie de superstición le impulsaba a creer que admitirlo era provocarlo.

–Yo creo, señor, que debemos llamar cuanto antes al del perro rastreador. A lo mejor ha sufrido una caída y está por ahí herida

sin poder moverse. Si le ha caído una roca, la perra quizá ha muerto –dijo mirando el reloj–. Tenemos cuatro agentes de uniforme de servicio en el funeral de Kennedy. Si nos damos prisa, podemos avisarlos antes de que se vayan a casa para que vengan aquí con los otros de que podamos disponer. –Lucas pasó junto a él para abrir la puerta–. Tendré que llamar por teléfono desde aquí, porque la radio no sirve de nada. Habría mejor recepción en el fondo de la mina de Markham.
–Muy bien, sargento. Organice un equipo de búsqueda como pueda. Voy a llamar al sargento Clough y al agente Cragg para que recorran el pueblo casa por casa, a ver si podemos determinar cuándo y dónde la vieron por última vez.
Bennett sintió una palpitación en el estómago, como los nervios en la noche de bodas. Sí, no había duda de que era lo que se temía: estaba haciéndose cargo del primer caso importante de su carrera, el que le marcaría para siempre. Si no averiguaba lo que le había sucedido a Alison Carter aquello sería un lastre que arrastraría para siempre.

3

Miércoles, 11 de diciembre de 1963. 21.07 h

El aliento del perro flotaba intermitente en el aire de la noche como si tuviera vida propia. El pastor alsaciano aguardaba sentado con las orejas tiesas, alerta, mirando el parquecillo de Scardale. El agente Dusty Miller, su adiestrador, de pie a su lado, le acariciaba distraídamente el pelaje corto color canela entre las orejas.

–Habrá que dar a oler a *Prince* alguna ropa y calzado de la chica –dijo al sargento Lucas–. Si es una prenda que ha usado bastante, mucho mejor. Podríamos iniciar el rastreo sin nada, pero eso ayudará al perro.

–Voy a decírselo a la señora Hawkin –terció Bennett antes de que Lucas diera la orden a un agente.

No es que pensara que un uniformado no supiera hacerlo con delicadeza, pero él quería volver a observar a la madre de la niña y al marido.

Entró en la agradable cocina y vio que Hawkin seguía sentado fumando. Ahora con una taza de té delante, igual que la agente de uniforme sentada al otro extremo de la mesa. Los dos alzaron la vista hacia él y Hawkin enarcó las cejas. Bennett negó con la cabeza. Hawkin frunció los labios y se restregó los ojos con la mano. A Bennett le agradó ver que el hombre mostraba preocupación por su hijastra y que finalmente se hacía cargo de que Alison podía correr algún peligro.

Ruth Hawkin estaba en el fregadero con las manos en el agua, pero no tocaba los cacharros: estaba inmóvil mirando fijamente la impenetrable oscuridad de la noche. La luz de la luna apenas alcanzaba a la zona posterior de la casa, porque lo impedían casi totalmente las crestas calizas del fondo del valle. Por la ventana solo se advertía un contorno algo más oscuro que resaltaba sobre el gris calizo más claro de las rocas. Bennett pensó que sería algún cobertizo y se preguntó si ya lo habrían registrado. Carraspeó.

–Señora Hawkin...

La mujer se volvió despacio. En la escasa media hora que llevaban en Scardale parecía haber envejecido; se le notaba la piel más tirante en los pómulos y los ojos más hundidos.

–Diga.

–Necesitamos alguna ropa de Alison para el perro rastreador.

–Ahora se la traigo –respondió ella asintiendo con la cabeza.

–El adiestrador sugiere algún zapato y una prenda que haya usado bastante. Un suéter o una chaqueta, me imagino.

Ruth Hawkin salió de la cocina con paso de sonámbula.

–¿Me permite que vuelva usar su teléfono? –preguntó Bennett.

–Por favor –contestó Hawkin haciendo un gesto hacia el vestíbulo.

George Bennett salió detrás de la mujer y se dirigió a la mesa en que estaba el viejo teléfono de baquelita sobre una mesita con borde ondulado de masa de empanada junto a una fotografía de una deslumbrante Ruth con su nuevo esposo. De no haber sido por el apuesto Hawkin, Bennett dudaba mucho de haber sido capaz de reconocer a la novia.

Nada más cerrar la puerta de la cocina sintió la zarpa del frío. «Si la jovencita estaba acostumbrada a vivir en aquella casa tan helada tendría más posibilidades de supervivencia», pensó. Cuando comenzaba a marcar el número vio a Ruth Hawkin desaparecer en la vuelta del descansillo de la escalera. Al cuarto timbrazo contestaron.

–Buxton cuatro, dos, dos.

La voz querida apaciguó de inmediato su ansiedad.

—Anne, soy yo. He tenido que venir a Scardale por un caso. Una niña desaparecida.

—Pobres padres —comentó Anne—. Y pobre de ti, por tener que andar por ahí en una noche como esta.

—Lo que me preocupa es la niña. Llegaré tarde, desde luego; aunque, según vayan las cosas, a lo mejor no vuelvo en toda la noche.

—Te entregas demasiado, George. Es contraproducente, ¿sabes? Si no has vuelto a la hora de acostarse, te dejaré unos emparedados en la nevera para que comas algo. Y más vale que no estén cuando me levante —añadió, medio en serio medio en broma.

Si no hubiese reaparecido en aquel momento Ruth Hawkin en la escalera le habría dicho a Anne que le encantaba que se preocupara tanto por él, pero se limitó a responder:

—Gracias. Te llamaré cuando pueda —añadió; colgó y se acercó a la escalera donde Ruth Hawkin oprimía un hatillo contra su pecho—. Estamos haciendo cuanto podemos —dijo, consciente de que eran palabras vanas.

—Lo sé —dijo ella abriendo los brazos y enseñándole unas zapatillas y una chaquetita de pijama de franela arrugada—. Déselo al del perro.

Bennett cogió la ropa, con una extraña emoción por el tinte trágico que las circunstancias daban a aquellas pantuflas de pana azul y la chaquetilla rosa de puntilla. Las sujetó cuidadosamente para no contaminarlas con su olor y volvió a cruzar por delante de la cocina para salir afuera. Sin decir una palabra, se las entregó a Miller y observó cómo el adiestrador daba órdenes en voz baja a *Prince* presentándole las prendas para que las olfateara.

El animal alzó suavemente la cabeza como si olfatease alguna delicia culinaria en el aire y a continuación se puso a olisquear el suelo frente a la puerta, haciendo oscilar la cabeza en amplios arcos a unos centímetros del suelo. Cada pocos pasos daba un resoplido y alzaba la cabeza arrimando el morro a la ropa de Alison para olerla, como tratando de recordar lo que tenía que rastrear. Perro y hombre avanzaron juntos barriendo centímetro a centímetro el camino a partir de la puerta de la cocina, hasta que al final del paseo de tierra que bordeaba la parte de atrás del parquecito el pastor alemán se detuvo de pronto, rígido como un niño que juega a las estatuas. Permaneció así unos segundos olfateando con fruición la hierba y la maleza y luego, con un movimiento fugaz y sinuoso, casi pegado al suelo, avanzó por el césped husmeándolo como si quisiera levantarlo ligeramente.

El agente Miller apretó el paso para seguir de cerca al perro, y, tras un asentimiento de cabeza del sargento Lucas, cuatro policías de uniforme que habían llegado cinco minutos después del perro les siguieron iluminando el césped con el haz de sus linternas. Bennett fue tras ellos unos metros, sin saber si continuar o esperar a los dos agentes del departamento de Investigación Criminal que había solicitado.

En aquel momento avanzaban junto al prado comunal, al lado de unos escalones de piedra volados en una cerca, camino de un estrecho saliente entre dos casas lindantes con un campo de labor más grande, pero en el momento en que el perro entró en él Bennett oyó el motor de un coche y, al verlo aparecer por detrás de los otros vehículos policiales, reconoció el Ford Zephyr del sargento Tommy Clough. Volvió rápido la vista hacia el equipo rastreador y se dijo que, en cualquier caso, la luz de las linternas le indicaría la posición y no habría problema en darle alcance; dio media vuelta y se dirigió con paso rápido hacia el voluminoso coche negro a abrir la puerta del conductor. El familiar rostro rubicundo de luna llena de su sargento le sonrió.

–¿Cómo está, señor? –dijo Clough apestando a cerveza.

–Tenemos trabajo, Clough –replicó escuetamente Bennett.

Incluso con unas copas, Clough era capaz de realizar su trabajo mejor que muchos agentes sobrios. Se oyó el golpetazo de la otra puerta y el agente Gary Cragg dio la vuelta al morro del coche con paso desgarbado. «Cragg ha visto demasiadas películas del oeste», pensó Bennett la primera vez que el desgarbado policía apareció ante sus ojos. Cragg habría estado perfecto dentro de unos zahones de piel de cordero con dos Colt colgando de sus estrechas caderas y un sombrero vaquero inclinado sobre sus ojos gris oscuro de párpados caídos; pero con traje tenía el aspecto de alguien que no sabe muy bien lo que hace ahí pero que desea de todo corazón hallarse en otra parte.

—¿Una chica desaparecida, señor? —dijo con tono cansino y en voz baja, más adecuada, también, para pedir un bourbon en la barra de un *saloon* del Oeste.

Su única virtud, en opinión de Bennett, era que Cragg no era de los que iban por libre.

—Alison Carter, de trece años —respondió Bennett, para informe de ambos, mientras Clough desencajaba su corpachón del asiento del volante—. Vive en la casa solariega —añadió señalando con el pulgar por encima del hombro— y es hijastra del hacendado, pero ella y la madre son de Scardale.

—Pues seguro que ni perderse habrá sabido —dijo Clough con un bufido calándose una gorra de tweed sobre sus espesos rizos—. Ya sabe usted cómo son estos de Scardale; llevan generaciones casándose unos con otros entre primos y son bastante lerdos.

—Pues Alison consiguió estudiar en el instituto —replicó Bennett—, cosa que, si no recuerdo mal, no podría decirse de usted, sargento Clough. —El sargento miró indignado al jefe, tres años más joven que él, pero no replicó—. La chica volvió a casa del colegio a la hora habitual —continuó George—. Salió de casa con el perro y no se los ha vuelto a ver a ninguno de los dos. Quiero que vayan casa por casa y pregunten quién fue la última persona que la vio, dónde y cuándo.

—Ya estaría oscuro cuando salió —comentó Cragg.

—No importa, alguien pudo haberla visto. Voy a dar alcance al equipo de rastreo que va con el perro policía. Allí estaré si necesitan algo. ¿De acuerdo? —Al darse la vuelta sintió de pronto un escalofrío. Miró las casitas apiñadas en forma de herradura en torno al prado y se volvió de nuevo hacia Clough y Cragg—. Y comprueben en todas las casas si los niños están donde deben estar. No quiero encontrarme mañana con madres histéricas porque sus hijos han desaparecido.

Sin aguardar a que replicasen se dirigió a los escalones para salvar la cerca, pero antes de llegar aminoró el paso y se volvió a tiempo de ver al sargento Lucas dando órdenes a los seis policías de uniforme que había logrado reunir.

—Sargento —añadió—, desde la ventana de la cocina se ve un cobertizo que no sé si habrán registrado, pero al que valdría la pena echar un vistazo dentro por si la niña no se fue a dar el paseo habitual.

Lucas asintió y le hizo una señal con la cabeza a uno de los policías.

—Ve a comprobarlo, muchacho —dijo.

Kathy Lomas estaba de pie frente a la ventana y vio, envuelto en la oscuridad, a aquel hombre alto con gabardina y sombrero flexible iluminado por los faros de un coche grande que acababa de detenerse junto a la cabina telefónica. Se parecía mucho a James Stewart; algo que habría debido ser tranquilizador, pero que, en realidad, hacía más irreales los acontecimientos.

Kathy y Ruth eran primas por parte de padre y madre, se llevaban menos de un año y se habían hecho mujeres y madres juntas. Derek, el hijo de Kathy, había nacido tres semanas después que Alison; las unían fuertes lazos, y por eso cuando Kathy, alertada por su hijo Derek, acudió a casa de su prima Ruth y la encontró en la cocina paseando de arriba abajo y fumando ansiosamente un cigarrillo tras otro, sintió una punzada de pánico como si hubiera desaparecido su propia hija.

Fueron las dos a recorrer el pueblo, convencidas en un primer momento de que encontrarían a Alison calentándose frente a la chimenea de algún vecino, ignorante de la hora que era, y que simplemente lamentaría haber preocupado a su madre; pero a medida que les fueron diciendo en todas las casas que allí no estaba, la convicción se diluyó en esperanza y después la esperanza se convirtió en desesperación.

Kathy miró desde su ventana del cuartito a oscuras de Lark Cottage el ir y venir de policías que perturbaba de pronto aquella deprimente noche invernal. El que conducía el coche, un agente de paisano con pinta de toro de Hereford por su cabezota de pelo rizado, se levantó la chaqueta para rascarse el trasero, dijo algo a su compañero y emprendió el paso hacia la entrada como si clavara los ojos en los de ella, sumida en la oscuridad.

Kathy fue a la puerta y de paso echó una mirada a la cocina, donde su marido intentaba concentrarse en acabar un cuadro de marquetería que representaba unas barcas de pesca en el puerto.

–Ha venido la policía, Mike –dijo en voz alta.

–Ya era hora –farfulló el hombre.

Abrió la puerta justo en el momento en que el toro de Hereford alzaba la mano para llamar. Una sonrisa sustituyó a su cara de sorpresa al ver las generosas curvas de Kathy que el amplio delantal no ocultaba del todo.

–Vienen por lo de Alison –dijo ella.

–Exactamente, señora –contestó él–. Soy el sargento Clough. Le presento al agente Cragg. ¿Podemos pasar?

Kathy retrocedió un paso para dejarles entrar, sin molestarse porque Clough le rozara los pechos.

–Ahí en la cocina está mi marido –dijo con frialdad.

Les siguió y se apoyó en la cocina económica, en un intento de paliar el miedo que la helaba por dentro; mientras los hombres se presentaron y se sentaron en torno a la mesa. Clough se volvió hacia ella.

–¿Vio a Alison cuando volvió del colegio?

Kathy lanzó un suspiro.

–Sí. Hoy me tocaba a mí recogerlos del autobús escolar. En invierno siempre vamos uno u otro con el coche a recogerlos a la carretera.

–¿Notó algo raro en Alison? –preguntó Clough.

Kathy reflexionó un instante y negó con la cabeza.

–Nada. La vi como todos los días –añadió encogiéndose de hombros–. La Alison de siempre. Me dijo adiós y se bajó frente al camino de su casa. La última vez que la vi fue cuando cruzaba la puerta saludando a su mamá.

–¿Vio usted por aquí algún extraño? ¿En la carretera o por el camino?

–No vi a nadie.

—Tengo entendido que recorrió el pueblo con la señora Hawkin —añadió Clough.

—No iba a dejarla ir sola, ¿no le parece? —replicó Kathy agresiva.

—¿Cómo se enteró de que Alison había desaparecido?

—Por nuestro hijo Derek. Últimamente no va muy bien en los estudios y me ocupo personalmente de que acabe los deberes, así que cuando vuelve a casa del colegio no le dejo salir con Alison ni con su prima Janet.

—Le tiene aquí sentado en la mesa de la cocina hasta que hace los deberes, si no, no le deja ir con ellas. Para mí que es una pérdida de tiempo, porque el chico será agricultor como yo —terció Mike Lomas con voz apagada.

—No si yo puedo impedirlo —replicó su mujer con gesto adusto—. Lo que sí es una pérdida de tiempo es ese tocadiscos que Hawkin le ha comprado a Alison. Derek y Janet se pasan el día escuchando las novedades musicales. Hoy mismo estaba Derek que se moría por ir a casa de Alison que acaba de comprar el último disco de los Beatles, *I Want To Hold Your Hand,* pero no se lo permití hasta después de la cena, poco antes de las siete; volvió a los cinco minutos diciendo que Alison había salido con *Shep* y que no había vuelto. Naturalmente, fui rápidamente a ver qué pasaba.

»Ruth estaba fuera de sí, y yo le dije que fuésemos a mirar por el pueblo por si la chica se había quedado en casa de alguien y había perdido la noción del tiempo. Alison va mucho a casa de Ma Lomas con su primo Charlie a hacer compañía a la vieja que les cuenta historias de sus buenos tiempos. Cuando Ma se pone a contar cosas puede pasarse la noche entera hablando. Explica unas historias que a Alison le encantan.

Se acomodó mejor en la cocina y Clough, dándose cuenta de que tenía ganas de hablar, asintió con la cabeza dispuesto a no interrumpirla para ver adónde iba a parar.

—Continúe, señora Lomas.

—Bien, cuando ya íbamos a salir entró Phil y dijo que venía de su laboratorio de fotos y que el tiempo se le había pasado sin darse cuenta. Quería cenar y preguntó dónde estaba Alison. Yo le dije que había cosas más importantes que su panza en las que pensar, pero Ruth le sirvió un plato de estofado que tenía hecho y allí se quedó mientras nosotras íbamos a mirar casa por casa. La mujer guardó silencio.

–¿Y no volvió a ver a Alison desde que se bajó del coche al volver de la escuela?

–El Land Rover –rezongó Mike Lomas.

–¿Cómo dice?

–Era un Land Rover. Aquí nadie tiene coche –replicó el hombre con desdén.

–No, no la he visto desde que entró en su casa por la puerta de la cocina –respondió Kathy–. La encontrarán, ¿verdad? Es su trabajo, ¿no? ¿La encontrarán?

–Haremos cuanto podamos –terció Cragg recurriendo al latiguillo habitual.

Para impedir que la mujer replicara, Tommy Clough hizo otra pregunta.

–¿Y su hijo, señora Lomas? ¿Está donde debe estar?

–¿Derek? –dijo la mujer boquiabierta–. ¿Por qué no iba a estarlo?

–Tal vez por el mismo motivo que Alison no está donde debería.

–¡Oiga, oiga! –exclamó Mike Lomas poniéndose en pie rojo de ira.

Clough sonrió y abrió las manos en gesto conciliador.

–No, no me interprete mal. Solo quería decir que comprobasen si está bien.

Cuando George Bennett salvó la cerca de piedra, las luces de las linternas del equipo rastreador no eran más que un débil fulgor que aparecía y desaparecía tembloroso a lo lejos; pensó si sería porque se internaban en un bosque, encendió la linterna que había cogido del Land Rover policial en que habían llegado los agentes de Buxton y apretó el paso todo lo que pudo entre los matorrales.

Antes de lo que esperaba aparecieron los árboles. Al principio, todo lo que pudo ver fue maleza intacta, pero enfocando a un lado y a otro con la linterna descubrió una senda de tierra pisada por la que se internó bosque adelante a buen paso tratando de equilibrar su prisa con la cautela. El haz de la linterna hacía danzar sombras extrañas en todas direcciones, obligándole a concentrarse en aquel sendero con más cuidado que si anduviera a campo abierto. Bajo sus pies crujían hojas heladas y de vez en cuando, una ramita le rozaba la cara o el hombro; por todas partes, le asaltaba aquel olor a setas en descomposición del bosque. Cada veinte metros aproximadamente apagaba la linterna para orientarse por las luces que le precedían. La oscuridad más absoluta lo envolvía, pero no podía evitar la idea de que había ojos ocultos que le observaban y seguían sus movimientos. Al cabo de unos minutos de camino advirtió que se habían detenido las luces de los que iban delante. Al apretar el paso tropezó con una raíz y, para evitar caer, estuvo a punto de chocar con un agente de uniforme que tuvo que esquivarlo de un salto.

–¿La han encontrado? –preguntó Bennett casi sin aliento.

–No ha habido suerte, señor. Pero hemos encontrado la perra.

–¿Viva?

El agente asintió con la cabeza.

–Sí, pero atada.

–¿Y por qué no ladraba? –inquirió Bennett extrañado.

–Tiene el morro sujeto con esparadrapo, señor. El pobre animal casi no puede ni quejarse. El agente Miller me ha dicho que busque al sargento Lucas antes de hacer nada.

–Yo asumiré la responsabilidad –dijo Bennett decidido–. Pero vaya a buscarle y dígale lo que han encontrado. Creo que hasta que amanezca habrá que impedir que entre gente en esta zona del bosque. No sabemos qué habrá sido de la niña, pero quizá estamos destruyendo pruebas.

El agente asintió con la cabeza y siguió por la senda a paso ligero.

–Esto debe de estar lleno de condenadas cabras –musitó Bennett antes de proseguir por la senda dando tumbos.

Llegó a un claro donde la luz de las linternas componía un claroscuro de extrañas sombras alargadas. Al fondo, había un pastor escocés blanco y negro tirando de la cuerda que lo ataba a un árbol; en el blanco de sus ojos saltones destacaban las pupilas marrón límpido y el rosa pálido del esparadrapo que le inmovilizaba el hocico resultaba incongruente en aquel paraje tan silvestre. Bennett advirtió que los agentes de uniforme le miraban a la expectativa.

–Aliviaremos el sufrimiento de ese animal, ¿no cree, agente Miller? –preguntó al adiestrador que no dejaba de peinar metódicamente el claro con *Prince*.

–Me parece que se lo agradecerá, señor –contestó Miller–. Apartaré a *Prince* para que no moleste –añadió dando un tirón de la correa y una orden al pastor alemán para alejarse hacia el fondo del claro.

Bennett advirtió que el animal olfateaba el aire como al principio delante de la cocina.

–¿Ha perdido el rastro? –preguntó más preocupado por ello que por la pobre perra amordazada.

–Es que por lo visto el rastro acaba aquí –contestó el adiestrador–. He dado dos veces la vuelta al claro y he retrocedido por la senda y no hay nada.

–¿Quiere decir que fue aquí donde la secuestraron? –inquirió Bennett notando un estremecimiento que ascendía de golpe desde su estómago.

–Eso parece –respondió Miller–. Una cosa es segura: de aquí no salió como no fuese para dar la vuelta y regresar a casa. Y si lo hizo, ¿por qué ató a la perra amordazada?

–A lo mejor quería dar un susto a su madre... o al padrastro –aventuró un agente.

–A ellos no les habría ladrado la perra, ¿no cree? No tenía necesidad de amordazarla ni dejarla aquí atada –replicó Miller.

–A menos que pensase que uno de los dos estuviera con algún desconocido –añadió Bennett con un hilo de voz.

–Sí, bueno, me apuesto algo a que no salió del claro por su propio pie –comentó Miller resuelto, tirando senda adelante con el perro.

Bennett se acercó a la perra con prevención y el leve quejido que emitía el animal se transformó en un gruñido sordo. «¿Cómo había dicho la señora Hawkin que se llamaba? ¡Ah, sí, *Shep*!»

–Bien, *Shep* –dijo con voz suave acercándole la mano para dársela a oler. El animal dejó de gruñir; Bennett se subió un poco los pantalones para agacharse y sintió bajo las rodillas el suelo desigual y helado al tiempo que advertía que era esparadrapo fuerte de cinco centímetros de ancho con una banda de hilas en medio–. Tranquila, *Shep* –añadió, agarrándola por el pelo del pescuezo para que no moviese la cabeza y cogiendo el extremo del esparadrapo para despegarlo–. Que venga aquí uno de ustedes para sujetarle la cabeza mientras yo tiro –añadió alzando la vista hacia los agentes.

Un policía se acercó al nervioso animal agarrándole firmemente la cabeza mientras Bennett tiraba con todas sus fuerzas del extremo del esparadrapo y lograba en unos segundos liberarle el hocico, al mismo tiempo que se apartaba para evitar que la perra, enloquecida al sentir que le arrancaban mechones de pelo, le diera un mordisco. También el policía que le sujetaba la cabeza saltó a tiempo de librarse de una dentellada al ver que se revolvía contra él, pero el animal, una vez que se vio con la boca libre, se echó de pronto en tierra y comenzó a ladrarles furiosamente.

–¿Qué hacemos ahora, señor? –preguntó un agente.

–Voy a desatarla a ver dónde nos lleva –respondió Bennett con más seguridad de la que sentía mientras se aproximaba con cautela a *Shep*, que no hizo ademán de atacarle.

Sacó la navaja y optó por cortar la cuerda al ver que el nudo estaba muy prieto por los tirones del animal y, además, pensó que convenía conservarlo por si tenía algo de particular. Pero no; parecía un nudo de rizo normal y corriente.

Shep dio un salto hacia delante al verse libre, y Bennett, desprevenido, se hizo un corte en el pulgar al tratar de retenerla.

–¡Maldita sea! –exclamó mientras la cuerda se le escapaba de entre las manos quemándole la piel y uno de los agentes intentaba, sin éxito, coger al animal.

Bennett se apretó la mano sangrante mirando cómo la perra echaba a correr por la senda tras los pasos de Miller y el pastor alemán.

Poco después oyeron ruido de refriega y a Miller que vociferaba: «¡Mierda!», tras lo cual se hizo un silencio que solo rompió un siniestro aullido.

George Bennett avanzó por la senda sacando un pañuelo del bolsillo y a unos quince metros en la espesura se topó con Miller y los dos perros. *Prince* estaba tumbado en el suelo, con la cabeza entre las patas. *Shep*, sentada con la cabeza levantada hacia el cielo y lanzaba escalofriantes lamentos mientras Miller sujetaba su cuerda.

–Creo que quiere seguir por aquí –dijo Miller señalando con la cabeza la senda que se alejaba del claro.

–Bien, vamos a seguirla –dijo Bennett vendándose el dedo con el pañuelo y cogiendo la cuerda del coolie–. Vamos, enséñanos el camino –añadió dando un tirón a la cuerda para estimularla.

Shep se puso en pie de un salto y avanzó por la senda meneando la cola. Caminaron por el bosque un par de minutos hasta la orilla de un torrente y allí la perra se sentó y le miró perpleja con la lengua fuera.

–Esto es el Scarlaston –dijo Miller a su espalda–. Sé que nace por estos parajes. Es un río curioso; me han contado que aparece y desaparece y que en los veranos secos no queda ni rastro.

–¿Adónde va a desembocar? –preguntó Bennett.

–No recuerdo. Creo que al Derwent o al Manifold. Tendrá que mirarlo en el mapa.

Bennett asintió con la cabeza.

–Es decir, que si a Alison la secuestraron en ese claro, el rastro termina aquí –dijo con un suspiro, dándose la vuelta para iluminar el reloj con la linterna. Iban a ser las diez menos cuarto–. Ahora de noche no podemos hacer nada. Volvamos al pueblo.

Hubo casi que arrastrar a la perra de la orilla de aquel torrente y durante todo el camino Bennett no dejó de pensar con inquietud en la suerte de Alison Carter. Todo resultaba absurdo. ¿Cómo era posible que alguien capaz de raptar a la jovencita hubiera tenido contemplaciones con la perra, y más tratándose de un animal nervioso como *Shep*? No se la imaginaba resignándose dócilmente a que la amordazaran con esparadrapo. ¿Sería obra de Alison?

Y de serlo, ¿lo había hecho por iniciativa propia o la habían obligado? Y en caso de ser idea suya, ¿adónde se había dirigido? Si lo que pretendía era irse de casa, ¿por qué no se había llevado a la perra como protección, al menos hasta que amaneciera? Cuanto más lo pensaba, menos lo entendía.

Bennett salió del bosque y cruzó los campos tirando de la perra remisa y encontró al sargento Lucas hablando con el agente Grundy a la luz de un farolillo colgado en la parte trasera del Land Rover. Les explicó brevemente lo que habían descubierto en el bosque.

–No tiene sentido dar una batida en plena noche –añadió–. Lo mejor será dejar dos agentes de guardia y rastrear el bosque palmo a palmo en cuanto amanezca.

Los dos le miraron como si se hubiera vuelto loco.

–Con todo respeto, señor, si cree que porque deje dos hombres a la intemperie no van a entrar los del pueblo en el bosque... –dijo Lucas en tono desalentado–. Los lugareños conocen perfectamente los vericuetos y si quieren entrar lo harán sin que nos enteremos. Además, me da la impresión de que todos han participado voluntariamente en la búsqueda y creo que si les decimos lo que hemos descubierto serán los últimos que quieran destruir posibles rastros.

Bennett comprendió que tenía razón.

–¿Y los de otros lugares? –dijo.

Lucas se encogió de hombros.

–Bastará con dejar un agente de guardia en la verja de la carretera. Yo no creo que a nadie se le ocurra venir andando desde otros valles cercanos. La senda por la orilla del Scarlaston es peligrosa con buen tiempo, imagínese con la helada en una noche de invierno.

–Tiene razón, sargento –dijo Bennett–. ¿Han registrado sus hombres las casas y los cobertizos?

–Sí, y no hay rastro de la chica –respondió Lucas haciendo un verdadero esfuerzo por turbar la natural jovialidad de su rostro–. La dependencia de detrás de la casa la dedica el señor a revelar sus fotos y allí no hay sitio para esconderse.

Antes de que Bennett respondiera, surgieron Cragg y Clough de las sombras en el parquecillo; llevaban las solapas de los gruesos abrigos subidas, estaban muertos de frío por el viento helado que azotaba el valle. Cragg pasó unas páginas de su bloc de notas.

—¿Alguna novedad? —preguntó Bennett.

—No hemos visto nada —respondió Clough cabizbajo, ofreciendo tabaco al grupo; solo Cragg cogió un cigarrillo—. Hemos hablado con todo el mundo, hasta con los primos que volvieron con ella del colegio. La señora Kathy Lomas fue a recogerles a la carretera, como de costumbre, y dice que la última vez que la vio fue cuando entraba en la cocina de la casa, lo que corrobora la afirmación de la madre de que llegó sin novedad. Después de eso, la señora Lomas entró en casa con su hijo y ya no volvió a ver a Alison. Nadie la ha visto desde que regresó del colegio. Es como si se la hubiera tragado la tierra.

4

Jueves, 12 de diciembre de 1963. 1.14 h

George Bennett echó un vistazo al salón parroquial con cara de resignación. Con aquella luz mortecina resultaba lóbrego y estrecho; las paredes verde claro le conferían el toque oficial; claro que necesitaban un centro de investigación lo bastante grande para albergar al equipo de Investigación Criminal y a los agentes de uniforme, y en las cercanías de Scardale no había mucho donde elegir. Lo único que Peter Grundy había podido localizar era la sala de plenos del ayuntamiento de Longnor o aquella deprimente dependencia de la iglesia metodista junto a la carretera antes de la curva del desvío a Scardale, que no solo tenía la ventaja de estar más cerca del pueblo, sino que también tenía línea telefónica en lo que, según rezaba un letrero, era la sacristía.

—Menos mal que los metodistas no usan muchos ornamentos —dijo Bennett desde la puerta mirando el pretencioso armarito para vasos—. Grundy, tome nota de que hará falta también un teléfono de campaña.

Grundy lo apuntó en una lista en la que ya figuraban máquinas de escribir, formularios para testigos, mapas a diversa escala, archivadores y tarjetas, listas electorales y guías telefónicas. Mesas y sillas no planteaban problema porque allí había de sobra. Bennett se volvió hacia Lucas.

–Habrá que trazar un plan de acción para mañana –dijo decidido–. Sentémonos para esbozarlo.

Colocaron una mesa y unas sillas bajo uno de los calentadores eléctricos que colgaban de las vigas del techo y que apenas paliaban la fría humedad nocturna; pero menos daba una piedra. Grundy entró en la reducida cocina y volvió con tres tazas y un platillo.

–Para cenicero –dijo al tiempo que sacaba un termo de su abrigo y lo plantaba con gesto enérgico sobre la mesa.

–¿De dónde ha sacado eso? –preguntó Lucas.

–Me lo ha dado Betsy Crowther de Meadow Cottage –respondió Grundy–. La prima de la esposa de Hawkin por parte de madre –añadió abriéndolo mientras Bennett miraba con codicia el vapor que exhalaba.

Reconfortados por el té y los cigarrillos, los tres hombres iniciaron su plan.

–Necesitaremos el mayor número posible de uniformados –dijo Bennett–. Hay que peinar toda la zona de Scardale y si no da resultado tendremos que extender la búsqueda al curso del Scarlaston. Yo tomo nota para entrar en contacto con los reservistas de la región militar a ver si pueden colaborar en la búsqueda.

–Si ampliamos el rastreo, valdría la pena preguntar si la asociación de cazadores de High Peak puede ayudarnos –dijo Lucas inclinado sobre su té para aprovechar el calor–. Tienen buenos perros de caza y los jinetes conocen el terreno.

–Lo tendré en cuenta –dijo Bennett aspirando el humo del cigarrillo como si con ello fuera a entrar en calor–. Agente Grundy, quiero que haga una lista de los granjeros de la zona en un radio de, digamos, nueve kilómetros. En cuanto amanezca enviaremos unos hombres para decirles que miren en sus tierras por si la chica está escondida en algún sitio. Si pretendía escaparse, podría haber sufrido un accidente vagando por ahí a oscuras.

Grundy asintió con la cabeza.

–Así lo haré, señor. Tengo algo que plantear. –Bennett asintió con la cabeza–. Ayer en Leek se celebró el concurso de Navidad del mercado de ganado en el que venden reses de engorde y vacas lecheras a buen precio, por lo que habrá habido más tráfico del habitual en las carreteras de la zona, ya que, aparte de los ganaderos, acude bastante gente a ver el concurso; además, muchas personas debían estar haciendo las compras de Navidad, por lo que es muy posible que gran parte de ellas regresaran a casa hacia la hora en que la chica desapareció. Así que si anduvo por alguna carretera, existen bastantes posibilidades de que alguien la viera.

–Muy bien pensado –comentó Bennett tomando nota–. Que pregunten a todos los granjeros cuando pasen a verlos. Así lo haré saber en la rueda de prensa.

–¿Rueda de prensa? –inquirió Lucas suspicaz.

Hasta aquel momento el sargento había aceptado al Profesor con reticencia, pero ahora le daba la impresión de que George Bennett iba a aprovechar el caso de Alison Carter para darse importancia, cosa que a él no le parecía bien.

Bennett asintió con la cabeza.

–Ya he avisado a comisaría para que convoquen mañana una rueda de prensa a las diez en este local. Necesitamos toda la ayuda posible y los periódicos llegan a la gente más rápido que nosotros; tardaríamos semanas en establecer contacto con la gente que estuvo ayer en el mercado de Leek, y no los localizaríamos a todos, mientras que si lo publican los periódicos, en pocos días sabrá casi todo el mundo que ha desaparecido una niña. Afortunadamente el *High Peak Courant* sale a la venta los jueves, así que la noticia estará en la calle a la hora de la cena. Es fundamental la difusión en casos como este.

–A los compañeros de Manchester y Ashton no les sirvió de mucho –objetó Lucas–. Les hizo perder el tiempo siguiendo pistas falsas.

–Si se ha escapado, con la noticia en la prensa será más difícil que pase desapercibida. Y si la han secuestrado, aumentan las posibilidades de que haya algún testigo –replicó Bennett tajante–. El subdirector Martin me dio su aprobación y él mismo acudirá a la conferencia de prensa. Además me ha confirmado de momento el mando de la investigación –añadió, sintiéndose algo incómodo al decirlo.

–Es lógico –comentó Lucas–. Usted ha estado presente en el lugar de los hechos desde el primer momento –añadió poniéndose en pie–. Bien, ¿volvemos a Buxton? Aquí no hay mucho que hacer. Ya se ocuparán de organizar las cosas los del turno de las seis.

En su interior, Bennett estaba de acuerdo, pero no deseaba marcharse. Por otra parte, tampoco quería que pensasen que trataba de imponer su autoridad instándoles a quedarse allí para no hacer nada. Siguió a Lucas y a Grundy hasta el coche a regañadientes, y durante todo el camino hasta Longnor, donde dejaron a Grundy, apenas hicieron comentarios, y menos aún ellos dos en los doce kilómetros hasta Buxton, que recorrieron cansados y sumidos en sus propias preocupaciones.

En la jefatura de Buxton, Bennett encomendó al sargento pasar a máquina una lista de órdenes para el turno de día y el resto de los agentes desplazados de otras comisarías. Subió a su coche y la ráfaga de aire frío que surgió del salpicadero al encender el motor le hizo tiritar. A los diez minutos entraba en el camino de la vivienda que el Cuerpo de policía de Derbyshire consideraba adecuada para un hombre casado de su rango: una casa pareada con revestimiento de piedra de tres dormitorios y amplio jardín, gracias al generoso ángulo de la acera. Las ventanas de la cocina y del cuarto trasero daban al bosque de Grin Low que se extendía en las estribaciones de la sierra de Axe y a los monótonos kilómetros de páramo donde Derbyshire se confundía con Staffordshire y Cheshire.

En la cocina, iluminada por la luz de la luna, contempló el inhóspito paisaje; antes había sacado los emparedados de la nevera y se había hecho un té; pero no había probado bocado. Ni sabía de qué eran los bocadillos. En la mesa había un montón de tarjetas de Navidad que le había dejado Anne, pero ni las miró; se sentó y rodeó con sus fuertes manos la frágil taza de porcelana pensando en el rostro estragado de Ruth Hawkin cuando regresaron del bosque con la perra.

La habían encontrado en la cocina, junto al fregadero, mirando por la ventana la zona oscura de detrás de la casa; se percataba ahora del detalle y se preguntó por qué no estaría más pendiente de la parte delantera; al fin y al cabo, si Alison volvía a casa, lo más lógico es que lo hiciera desde el prado comunal y de los campos que había cruzado camino del bosque. Y cualquier noticia también llegaría por aquel lado. Se dijo que quizá fuese porque la mujer no soportaba ver invadido su entorno habitual por agentes de policía que le recordaban la angustiosa ausencia de su hija.

Fuera lo que fuese, la mujer miraba por la ventana, de espaldas a su esposo y a la agente del Cuerpo que continuaba sentada a la mesa sin saber qué hacer para ofrecer un consuelo que era evidente que nadie había pedido. Ruth Hawkin ni se movió cuando él abrió la puerta; solo el roce de las uñas de la perra en las losas la hizo volverse; el animal se había echado al suelo, arrastrándose gimiendo hacia ella.

–Le encontramos atada en el bosque –dijo Bennett–. Le habían amordazado el hocico con esparadrapo.

Ruth Hawkin abrió los ojos desmesuradamente y torció la boca en un gesto de pena.

–No, no puede ser –dijo con voz queda, cayendo de rodillas junto al animal que se frotaba en sus piernas como disculpándose.

La mujer hundió el rostro en el pelo de la perra como si fuera una criatura y *Shep* le lamió una oreja con su lengua rosada.

Bennett miró a Hawkin. El hombre movía la cabeza, francamente desconcertado.

–Es absurdo –dijo–. *Shep* no habría permitido que nadie le tocase un pelo. –Lanzó una triste risotada–. Una vez que yo le levanté la mano, *Shep* me mordió la manga en un abrir y cerrar de ojos. De la única persona que se habría dejado hacer eso es de Alison. Ni Ruth ni yo habríamos podido, y menos un desconocido.

–Quizá obligaron a Alison –aventuró Bennett discreto.

Ruth Hawkin alzó la vista y su rostro denotaba patentemente que sus temores se iban haciendo realidad.

–No –dijo en un ronco quejido–. Dios mío, mi Alison no.

Hawkin se puso en pie, se acercó a ella, se agachó y le pasó torpemente el brazo por los hombros.

—No pierdas los nervios, Ruth —dijo dirigiendo una mirada rápida a Bennett—. A Alison no le servirá de nada. Hay que conservar la entereza.

Parecía incómodo por verse obligado a mostrar deferencia por su mujer. Bennett había visto muchos hombres contrariados al dar rienda suelta a sus emociones, pero nunca a nadie tan cohibido por ello.

Sentía una pena enorme por aquella mujer, y no era la primera vez que veía a un matrimonio resquebrajarse durante una investigación. Apenas llevaba una hora con aquella pareja, pero su instinto le decía que aquello más que una grieta era un abismo de separación. Siempre es terrible para alguien casado descubrir que el cónyuge no está a la altura de las expectativas, pero para Ruth Hawkin, casada desde hacía poco con Hawkin, era mucho más duro al producirse en aquel momento.

Casi sin pensarlo, se agachó junto a ella y puso la mano sobre la de aquella mujer.

—Señora Hawkin, ahora poco puede hacerse por mucho que queramos. En cuanto amanezca rastrearemos el valle de un extremo a otro. Le prometo que buscaremos a Alison.

Sus miradas se habían cruzado y Bennett sintió una punzante mezcla de emociones imposibles de discernir para él.

El inspector, contemplando el páramo desde su cocina, comprendió que no iba a poder dormir esa noche. Envolvió los bocadillos en papel parafinado, llenó un termo con té y subió sin hacer ruido la escalera para coger del cuarto de baño su maquinilla de afeitar eléctrica.

En el descansillo, al ver la puerta del dormitorio entreabierta, no pudo resistir echar una mirada; abrió un poco más la puerta con la punta de los dedos y vio el rostro de Anne, una mancha pálida sobre la blancura de la almohada. Dormía echada sobre un costado y agarrada a la otra almohada. Dios, qué guapa era. Notó enardecerse su pasión viéndola tan apaciblemente dormida y sintió deseo de desvestirse y meterse en la cama para sentir la calidez de aquel cuerpo contra el suyo. Pero aquella noche se lo impedía el recuerdo de los ojos aterrados de Ruth Hawkin.

Suspiró levemente y dio la espalda al cuarto. Media hora después estaba de nuevo en el salón parroquial de la iglesia metodista mirando a Alison Carter. Había pinchado en el tablón de anuncios cuatro fotografías suyas y había dejado el resto en la comisaría con el encargo de hacer copias urgentemente para distribuirlas en la rueda de prensa. El inspector del turno de noche no pareció muy seguro de que diese tiempo a hacerlo, pero Bennett le replicó que era una orden.

Desplegó despacio el mapa del servicio estatal de cartografía e intentó verlo con los ojos de alguien que ha decidido huir; o de alguien que ha decidido matar a una persona.

A continuación salió del salón parroquial y se dirigió despacio a la estrecha pista que llevaba a Scardale. Al cabo de unos metros, la oscuridad de la noche engulló la tenue luz de las ventanas de la dependencia metodista y no vio más que el fulgor de las estrellas que aparecían a ratos entre las nubes en movimiento. Caminó prestando atención para no tropezar con las matas de hierba que invadían los arcenes.

Poco a poco, sus pupilas se agrandaron al máximo, permitiendo a su visión nocturna columbrar fantasmas y sombras del paisaje; pero cuando consiguió identificarlos como lo que eran: setos y árboles, rebaños y cercas de piedra, estaba aterido. Sus zapatos de ciudad de suela fina no eran para andar por terreno helado y tampoco sus guantes forrados de algodón le protegían mucho contra aquellas ráfagas glaciales que barrían sin cesar la pista de Scardale. Su única sensación era un dolor agudo en la nariz y en las orejas. Al cabo de kilómetro y medio se dio la vuelta. Si Alison Carter estaba a la intemperie debía de ser más resistente que él.

O era ya insensible al frío.

Manchester Evening News,
jueves, 12 de diciembre de 1963, pág. 11

UN MUCHACHO ACAMPADO SUSCITA CIERTA ESPERANZA
EN LA BÚSQUEDA DE JOHN

LA POLICÍA IRRUMPE EN EL PINTORESCO PARAJE

La policía que investiga la desaparición del niño de doce años John Kilbride, de Ashton-under-Lyne, irrumpió en un pintoresco paraje de las afueras de la ciudad, donde acampaba un muchacho.

Revivieron las esperanzas al saberse que el muchacho estaba sano y salvo, pero fue una falsa alarma porque, aunque el niño que encontraron había desaparecido de casa y tenía casi la misma edad de John, se trataba de David Marshall, de 11 años, natural de Gorse View, Alt Estate, Oldham, y solo llevaba unas horas desaparecido.

Como había «tenido problemas» en casa, el pequeño cogió sus cosas y una tienda de campaña y se marchó a un campo cerca de la granja Lily Lanes, entre Ashton y Oldham.

Ha sido un nuevo incidente frustrante desde que hace diecinueve días se iniciase la búsqueda de John, de Smallshaw Lane en Ashton.

La policía manifestó hoy: «No era lo que nos pensábamos, pero al menos nos queda la satisfacción de haber devuelto un niño sano y salvo a sus padres».

Fue una persona que acudió a la granja quien avistó la tienda de David e informó inmediatamente a la policía.

«Esto demuestra que los ciudadanos realmente están colaborando», aseveró un portavoz de la policía.

Jueves, 12 de diciembre de 1963. 7.30 h

Janet Carter le recordaba a Bennett un gato que había tenido su hermana. Su rostro triangular con aquella nariz respingona, los ojos grandes y la boca breve resultaba tan impenetrable y alerta como el de un depredador. Tenía incluso unos granitos en ambos extremos del labio superior como si se hubiera depilado unos bigotes de felino. Sentados frente a frente en la mesa de aquella cocina de techo bajo de la casa paterna en Scardale se miraron los dos. Janet cogió delicadamente un trozo de tostada con mantequilla y la mordió con sus dientecillos por los dos extremos sin levantar los ojos, pero mirándole vez en cuando a través de sus pobladas pestañas.

Incluso en sus años mozos, Bennett nunca se había sentido cómodo con adolescentes, consecuencia natural de tener una hermana tres años mayor que él cuyas amigas le consideraban un entretenimiento a su medida y algo más tarde como un magnífico terreno de experimentación para los trucos y encantos que pensaban poner en práctica con objetivos más ambiciosos; en ocasiones le habían hecho sentirse como el equivalente humano de las ruedecillas auxiliares de la primera bicicleta infantil. La única ventaja que había extraído de aquella experiencia era el saber discernir cuándo mentían las quinceañeras, algo de lo que casi ningún hombre es capaz.

Pero incluso su seguridad se estrelló contra el autodominio de Janet Carter. Su prima había desaparecido, con todo lo que ello implicaba, pero Janet se mostraba tan despreocupada como si Alison simplemente hubiese ido de compras. Su madre, Maureen, que no era tan capaz de contener a tal extremo sus sentimientos, hablaba de su sobrina con voz temblorosa y lágrimas en los ojos, sin perder de vista a los tres hijos pequeños, mientras él interrogaba a Janet. Ray, el padre, ya había salido de casa después de explicar a una brigadilla de rastreo detalles sobre el terreno que iban a cubrir para buscar a la hija de su difunto hermano.

–Tú seguramente conoces a Alison mejor que nadie –dijo al fin Bennett, esforzándose en hablar en presente aunque cada vez le parecía menos verosímil.

Janet asintió con la cabeza.

–Somos como hermanas; ella me lleva ocho meses y medio, así que no estamos en la misma clase. Igual que las hermanas de verdad.

–¿Os habéis criado juntas en Scardale?

Janet asintió con la cabeza al tiempo que daba a la tostada otro mordisco en forma de media luna.

–Los tres; yo, Alison y Derek.
–Así que, además de primas, sois muy buenas amigas.
–En el colegio no es mi mejor amiga porque estamos en distinta clase, pero aquí sí.
–¿Qué soléis hacer?
Janet frunció los labios pensativa.
–Poca cosa. Algunas tardes, nuestro primo mayor, Charlie, nos lleva a Buxton a patinar y otras veces vamos allí de compras, o a Leek, pero casi siempre las pasamos aquí. Sacamos el perro a pasear, o bien ayudamos si es necesario en las faenas de la granja. Como a Ali le regalaron un tocadiscos para su cumpleaños, Derek y yo vamos mucho a su casa a escuchar música en su cuarto.
Bennett dio un trago del té que Maureen Carter le había servido, sorprendido de que existiera una pócima más fuerte que la de la cantina de comisaría.
–¿Tenía ella alguna preocupación? –preguntó–. ¿Algún problema en casa o en el colegio?
Janet alzó la cabeza y le miró ceñuda.
–Ali no es de las que se escapan –respondió ofendida–. Han tenido que raptarla. Ella no se marcharía de casa. ¿Por qué iba a hacerlo? No hay nada de lo que huir.
Tal vez no, pensó Bennett sorprendido por su vehemencia. Pero quizá había alguien hacia quien correr.
–¿Alison tenía novio?
Janet lanzó un leve bufido.
–No exactamente. Fue un par de veces al cine con un chico de Buxton, Alan Miliken, pero no fue realmente una cita. Me contó que él quiso besarla, pero ella no se dejó. Me comentó que estaba muy equivocado si pensaba que por invitarla al cine podía hacer lo que quisiera –dijo Janet mirándole desafiante, animada por su arrebato.
–Entonces, ¿no hay alguien que le guste? ¿Un chico mayor, quizá?
Janet negó con la cabeza.
–A las dos nos gusta Dennis Tanner de *Coronation Street* y Paul McCartney de los Beatles. Pero son fantasías; no hay nadie

real que le guste a ella. Siempre dice que los chicos son aburridos, que solo hablan de fútbol, de viajes espaciales y cohetes y los que tienen carné.

—¿Y Derek? ¿Él qué es para vosotras?

Janet le miró perpleja.

—Derek... pues... es Derek. Además, Derek tiene granos. Derek no nos gusta.

—¿Y Charlie, vuestro primo mayor? Me han dicho que pasan mucho tiempo juntos en casa de su abuela.

Janet movió la cabeza de un lado a otro, rozando con el dedo un granito junto a la boca.

—Ali solo va para que Ma Lomas le cuente historias, y da la casualidad de que Charlie vive con ella. De todos modos, no entiendo por qué pregunta quién le gusta a Ali. Tendrían que averiguar quién la ha raptado. Me apuesto algo a que han pensado que tío Phil tiene mucho dinero porque vive en una casa grande y es dueño de las tierras del pueblo. Seguro que les ha dado la idea el rapto del hijo de Frank Sinatra la semana pasada, que habrá salido en la televisión y en los periódicos. Aquí no tenemos tele porque no se capta la señal, así que oímos la radio. Pero hasta en Scardale nos hemos enterado; por eso digo que el secuestrador también pudo enterarse y ocurrírsele con ello la idea. Me apuesto algo a que van a pedir un fuerte rescate por Ali —añadió excitada, dejando asomar fugazmente la lengua entre los labios relucientes de mantequilla.

—¿Qué tal se lleva Alison con su padrastro?

Janet se encogió de hombros como si la pregunta no le interesase en absoluto.

—Bien, creo. A ella le gusta vivir en la casona. No lo digo por nada —añadió con un brillo de malicia en los ojos—, pero es que cuando le preguntan dónde vive siempre dice: «En Scardale Manor», como si fuese algo del otro mundo. De pequeñas nos inventábamos historias de fantasmas y crímenes sobre la casa, y por eso Ali se cree que vive en una casa de lo más elegante.

—¿Y de su padrastro? ¿Qué dice de él?

—Poca cosa. Cuando cortejaba a su madre decía que le daba un poco de miedo porque siempre estaba rondando la casa para llevarle regalos a tía Ruth; flores, bombones, medias de nailon y cosas así, ya sabe.

La muchacha se rebulló en el asiento y se reventó un granito con el índice y el pulgar tratando inconscientemente de tapar el acto con la mano.

–Yo creo que eran solo celos, porque ella era la niña de los ojos de tía Ruth y le salió competencia, pero desde que se casaron y acabó el cortejo, creo que Ali se lleva bien con él. Por lo visto, él no se mete en lo que hace; es como si no le interesase nadie: solo él. Y las fotos. No hace más que eso en todo el día –añadió Janet volviendo a atacar la tostada con gesto de desdén.

–¿Fotos de qué? –inquirió Bennett más por proseguir la conversación que por verdadero interés.

–Paisajes. Y de gente trabajando. Los espía porque dice que hay que captarlos por sorpresa para que parezca que hacen las cosas con naturalidad; por eso les hace la foto cuando cree que no miran. Pero él es nuevo aquí y no conoce Scardale como nosotros. Así que casi siempre que anda disimulando y fingiendo no mirar, la gente sabe lo que se trae entre manos –añadió Janet con una risita, pero al recordar la razón de la presencia del policía, se tapó la boca con la mano, abriendo los ojos como espantada.

–Así que, por lo que tú sabes, ¿no había ningún motivo para que Alison se escapara de casa?

Janet dejó la tostada y frunció los labios.

–Ya se lo he dicho. Ella no se ha escapado. Ali no se marcharía sin mí. Y yo estoy aquí. Tiene que haberla raptado alguien. Y ustedes tienen que encontrarla –dijo desviando la mirada.

Bennett, al volverse levemente, vio a Maureen Carter en la puerta de la cocina.

–Díselo tú, mamá –añadió Janet con voz quejumbrosa–. Yo ya se lo he explicado, pero no me hace caso. Dile tú que Ali no se escaparía; díselo.

Maureen asintió con la cabeza.

–Es verdad. Si Alison hace algo malo, sabe afrontar las consecuencias; si hubiera tenido alguna preocupación, nos lo habría dicho. Lo que haya pasado habrá sido en contra de su voluntad –dijo la mujer acercándose y retirando la taza de té de su hija–. Anda, vete ya con los pequeños a casa de Derek. Kathy os llevará al autobús.

–Puedo llevarlos yo –propuso Bennett.

Maureen le miró de arriba abajo como descalificándole.

–Es muy amable, pero ya hay bastante jaleo esta mañana para que hagamos más cambios. Vamos, Janet, ponte el abrigo.

–Un momento, Janet –dijo Bennett alzando la mano–, una pregunta más antes de irte. ¿Había algún lugar concreto del valle al que tú y Alison solíais ir? ¿Una cabaña, una cueva o algo así?

La jovencita dirigió una mirada rápida y desesperada a su madre.

–No –contestó con voz temblorosa que denotaba que mentía.

Se metió el resto de la tostada en la boca y salió apretando el paso, diciéndole adiós con la mano.

Maureen Carter cogió el plato y ladeó la cabeza.

–Si Alison hubiera pensado marcharse no lo habría hecho de este modo. Ella quiere mucho a su madre y estaban las dos muy unidas por el tiempo que han vivido solas. Alison no le haría esto a Ruth.

5

Jueves, 12 de diciembre de 1963. 9.50 h

El salón parroquial de la iglesia metodista había experimentado una verdadera mutación con las ocho mesas plegables que habían dispuesto para las distintas actividades de la investigación. En una, un agente con un teléfono de campaña hablaba con jefatura; sobre otras tres había mapas desplegados divididos en secciones de trazos rojos marcando las áreas de rastreo; en la quinta, un sargento provisto de tarjetas, formularios y archivadores iba recopilando la información que llegaba; y las otras tres servían de escritorio a unos agentes mecanógrafos. Policías de Investigación Criminal interrogaban en Buxton a las compañeras de clase de Alison Carter, mientras treinta números de la policía y otros tantos voluntarios peinaban el valle y el pueblo de Scardale.

Al fondo de la sala, junto a la puerta, había una mesa de roble con sillas delante en semicírculo y otras dos solitarias detrás. De pie ante la mesa, Bennett concluyó su informe verbal al comisario Jack Martin, su superior, a quien en aquellos tres meses que llevaba en Buxton no había tratado nunca en persona –simplemente le había enviado informes por escrito– y de quien únicamente sabía lo que le comentaban los demás.

Martin había servido de teniente en un regimiento de infantería durante la guerra, al parecer sin pena ni gloria, pero sus años en el ejército le habían imbuido el apego a la meticulosidad castrense y era un ferviente partidario de la jerarquía, por lo que reprendía a quienes se dirigían a sus iguales o a los subordinados por el nombre en vez de por el rango. Según decía el sargento Clough, le subía la tensión si oía que un agente del Cuerpo llamaba a otro por su nombre de pila. Martin pasaba frecuentes revistas a los agentes uniformados y a veces vociferaba ante unas botas no relucientes como espejos o una guerrera con botones que no brillaran como el oro. Tenía perfil de halcón y ojos a juego, andaba a paso ligero y se comentaba de él que detestaba «el aspecto desaliñado de los agentes bajo sus órdenes», en palabras suyas.

No obstante, Bennett sospechaba que bajo el tirano se escondía un oficial de policía astuto y eficiente. Estaba a punto de comprobarlo. Martin escuchó atentamente su resumen de los hechos, frunciendo reflexivo las cejas canosas mientras se pasaba a contrapelo dos dedos por el bigote perfectamente cuidado para atusárselo a continuación.

–¿Fuma? –dijo al fin ofreciendo a Bennett un paquete de Capstan Full Strenght. Bennett negó con la cabeza, pero la invitación le animó a encender un Gold Leaf con boquilla, más suave–. Este caso me huele mal –añadió Martin–. Está muy bien planeado, ¿no le parece?

–Eso creo, señor –respondió Bennett, impresionado de que Martin hubiese captado igualmente el detalle clave del esparadrapo. Nadie salía de paseo con un rollo de esparadrapo; ni el jefe de exploradores más detallista. Para él, lo que habían hecho con la perra era algo perfectamente premeditado, a pesar de que ninguno de sus colegas le daba importancia, por lo visto–. Para mí que quien raptó a la chica estaba al corriente de sus hábitos, e incluso es posible que la haya estado observando durante un tiempo a la espera de una buena oportunidad.

–¿Cree, entonces, que es alguien del lugar? –inquirió Martin. George Bennett se pasó una mano por el pelo.

–Yo diría que sí –contestó indeciso.

–Creo que tiene razón en dudarlo. Esa senda hasta Denderdale y el nacimiento del Scarlaston es un recorrido bastante habitual y puede haber docenas de excursionistas que lo hagan en verano, por lo que cualquiera podría haber visto a la chica, sola o con sus amigos, y pensar en volver para raptarla –dijo Martin asintiendo con la cabeza para reiterar lo que decía y quitándose de un papirotazo un poco de ceniza pegada al puño de su guerrera impecable.

–Es posible –asintió Bennett, aunque no acababa de imaginarse a nadie acosado por una obsesión tan repentina, planeando el rapto durante meses a la espera de una ocasión. Pero él lo dudaba principalmente por una razón muy distinta–. Me refiero a que no me imagino a nadie del pueblo haciendo una cosa así, señor. Son gente muy unida, acostumbrada a ayudarse unos a otros generación tras generación, y que uno de ellos haga algún mal al hijo de otro va en contra de todas sus costumbres y tradiciones. Además, cuesta imaginar que alguien del mismo pueblo haya podido raptar a la niña sin que nadie lo viera. Si bien, por otra parte, todo apunta a que es más verosímil que sea uno del lugar –añadió Bennett con un suspiro, desconcertado por sus propios razonamientos.

–A menos que todos estén en un error en cuanto a la dirección que tomó la chica –comentó Martin–. Pudo saltarse su costumbre y cruzar por los campos hacia la carretera. Ayer hubo mercado de ganado en Leek y habría tráfico en la carretera de Longnor; alguien podría haberla embaucado para que subiera a un coche con el pretexto de que le indicara el camino.

–Olvida usted a la perra, señor –señaló Bennett.

Martin hizo un gesto impaciente con el cigarrillo.

–El secuestrador pudo muy bien dar la vuelta subrepticiamente sin que le vieran para dejar la perra en el bosque.

–Es muy arriesgado y tendría que conocer el terreno.

Martin suspiró.

–Sí, eso parece. Me sucede lo mismo que a usted: no acaba de convencerme que sea uno del lugar. Se dicen toda clase de fantasías sobre estos pueblerinos pero, lamentablemente, muchas veces equivocadas. –Miró el reloj del salón, apagó el cigarrillo, se sacudió los puños y se estiró la guerrera–. Bien, vamos con esos caballeros de la prensa. Parkinson –añadió volviéndose hacia las mesas de trabajo–, vaya a decirle a Morris que entren los periodistas.

–Sí, señor –musitó el agente uniformado poniéndose en pie de un salto.

–Cabo Parkinson –vociferó Martin. El agente se paró en seco y volvió como una bala a la silla para coger la gorra y salir casi a la carrera en el momento en que Martin añadía–: Ese corte de pelo, Parkinson.

El comisario de policía esbozó una especie de aviesa sonrisa mientras se dirigía a las sillas de detrás de la mesa.

Se abrió la puerta y entró un grupo de seis hombres al que el ambiente caldeado de la sala envolvió como en una neblina, pero al separarse cobraron vida propia mientras ocupaban ruidosamente las sillas plegables. Sus edades oscilarían entre los veintitantos años y algo más de cincuenta, advirtió Bennett, aunque las gorras y los sombreros bien calados, las solapas de los abrigos subidas y las bufandas enrolladas al cuello impedían hacerse una idea precisa. Reconoció a Colin Loftus del *High Peak Courant*, pero los demás le eran desconocidos y no sabía a qué periódicos pertenecían.

–Buenos días, señores –dijo Martin–. Soy Jack Martin, comisario de policía de Buxton. Les presento a mi colega, el inspector George Bennett. Como sin duda ya saben, ha desaparecido en Scardale una jovencita de trece años, de nombre Alison Carter. Fue vista por última vez alrededor de las cuatro y veinte de ayer cuando salía de su casa, Scardale Manor, para dar un paseo con el perro. Viendo que no regresaba, su madre, la señora Ruth Hawkin, y su padrastro, el señor Philip Hawkin, avisaron a la policía de Buxton e inmediatamente se inició la búsqueda por los alrededores de Scardale Manor con perros rastreadores. Encontramos a la perra de la niña en un bosque cercano a la casa, pero no hemos descubierto ningún rastro de Alison.

Martin lanzó un carraspeo.

–Este mediodía la comisaría de Buxton les facilitará copias de una foto reciente de Alison Carter.

Mientras Martin daba una detallada descripción de la desaparecida y la ropa que llevaba, George Bennett observó a los periodistas que, con la cabeza agachada, tomaban nota apresuradamente en sus blocs. Al menos mostraban interés. Se preguntó si sucedería igual con las desapariciones de Manchester, pues le extrañaba que hubieran acudido tantos por una niña de una aldea de Derbyshire desaparecida hacía tan solo dieciséis horas.

–Si hoy no aparece Alison, intensificaremos la búsqueda –continuó Martin–. No sabemos qué ha podido sucederle y es muy preocupante, dado que estamos en la época más fría del año. Bien, si hay alguna pregunta por su parte, yo y el inspector Bennett la contestaremos gustosamente.

Se alzó una mano.

–Soy Brian Bond del *Manchester Evening Chronicle*. ¿Sospechan que se trate de algo escabroso?

Martin respiró profundamente.

–En este momento no descartamos ninguna posibilidad. No hay nada que justifique la desaparición de Alison: no tenía problemas en casa ni en el colegio, pero tampoco se han encontrado indicios que apunten a que se trate de algo repugnante.

Colin Loftus alzó la mano con el dedo estirado.

–¿Hay algún indicio de que la niña haya podido sufrir un accidente?

–De momento no –respondió Bennett–. Como les ha informado el comisario de policía, tenemos grupos de rastreo peinando el valle y hemos solicitado el concurso de los granjeros de Scardale para que miren bien en sus tierras por si la niña ha sufrido una caída y está en algún lugar, herida e incapaz de volver a casa.

El periodista que ocupaba la silla del extremo de la fila se recostó en el asiento expulsando un anillo de humo perfecto.

–Parecen existir ciertas características comunes entre la desaparición de Alison Carter y la de los dos niños de la zona de Manchester, Pauline Reade de Gorton y John Kilbride de Ashton. ¿Se han puesto en contacto con el Cuerpo de Policía de Manchester y Lancashire por una posible relación de los casos?

–¿Quién es usted? –inquirió Martin con frialdad.

—Don Smart, de la delegación norte del *Daily News*. —Respondió con una risita que a Bennett le recordó el gruñido depredador del zorro. Tenía, además, la misma coloración rojiza en el pelo que asomaba bajo su gorra de tweed, un rostro rubicundo y ojos avellana entrecerrados por el humo de su caliqueño.

—Es demasiado pronto para hacer esa clase de suposiciones —replicó Bennett acaparando la pregunta que cuadraba con sus propias dudas—. Estoy al corriente de los casos que ha mencionado, naturalmente, pero de momento no veo razón para ponernos en contacto con nuestros colegas si no es para conseguir refuerzos en la búsqueda. La policía de Staffordshire nos ha indicado que facilitará cuanta ayuda sea necesaria para peinar la zona.

Pero Smart no era de los que se callaban así como así.

—Si yo fuese la madre de Alison Carter, creo que no quedaría satisfecha al saber que la policía prescinde de esa evidente relación con la desaparición de otros adolescentes.

Martin alzó la cabeza bruscamente y abrió la boca para replicar al periodista, pero Bennett se le anticipó.

—Pese a cualquier similitud entre los casos, existen diferencias —respondió a bocajarro—. Scardale está aislado en el campo y no tiene calles con tránsito. Pauline y John desaparecieron durante el fin de semana y esta desaparición se ha producido en día laborable; los otros dos niños estaban acostumbrados a cruzarse con desconocidos por la calle, mientras que, por el contrario, ver un desconocido por Scardale a la hora de cenar en pleno diciembre a Alison le habría puesto en guardia; y lo que probablemente es más importante, está el hecho de que Alison no iba sola, sino con su perro. Además, Scardale está a cuarenta o cincuenta kilómetros de Manchester, y cualquiera que planease raptar aquí a una niña habría tenido que dar muchas vueltas para tropezarse con Alison Carter. Hay cientos de casos anuales de desaparición y es normal que se den similitudes.

Don Smart miró desafiante a Bennett.

—Gracias, inspector Bennett. ¿Bennett se escribe con dos «tes»?

—Exacto —contestó él—. ¿Alguna pregunta más?

—¿Van a vaciar los embalses del páramo? —preguntó Colin Loftus de nuevo.

—Las medidas que adoptemos les serán comunicadas a su debido tiempo —replicó Martin tajante—. Bien, si no hay más preguntas, daremos por terminada la conferencia de prensa —añadió levantándose.

—¿Cuándo convocarán la próxima? —inquirió Don Smart apoyando los codos en las rodillas.

Bennett vio que Martin enrojecía como un pavo, pero solo en el cuello.

—Cuando encontremos a la chica se emitirá un comunicado.

—¿Y si no la encuentran?

—Nos veremos aquí mañana por la mañana a la misma hora —respondió Bennett—. Y así todas las mañanas hasta que demos con Alison.

Don Smart enarcó las cejas.

—Estupendo —dijo ajustando bien el grueso abrigo a su cuerpo delgado al levantarse, cuando los otros periodistas ya iban camino de la puerta intercambiando comentarios sobre la redacción de la noticia.

—Qué insolente —comentó Martin al cerrarse la puerta tras el grupo.

—Hace su trabajo —comentó Bennett con un suspiro.

Prefería no tener encima a alguien tan borde como Smart, pero, salvo no consentir que se subiera demasiado a la parra, poco podía hacerse.

—Es un incordio —farfulló Martin—. Los demás han cumplido con su trabajo sin insinuar que nosotros no sabemos hacer el nuestro. Tenga cuidado con él, Bennett.

George Bennett asintió con la cabeza.

—Quería preguntarle una cosa, señor. ¿Quiere que me encargue personalmente del caso?

Martin frunció el entrecejo.

—El inspector Thomas seguirá al mando de los agentes de uniforme, pero creo que debe usted asumir el mando del operativo. Poco podría hacer el inspector jefe Carver, con un tobillo escayolado; él se ha prestado voluntario para coordinar la búsqueda en Investigación Criminal de Buxton, pero necesito alguien aquí. ¿Puedo confiar en usted, inspector?

–Haré cuanto esté en mi mano, señor –respondió Bennett–. Estoy decidido a encontrar a la chica.

Manchester Evening Chronicle,
jueves, 12 de diciembre de 1963, pág. 1

LA POLICÍA PEINA EL VALLECILLO DE SCARDALE

Búsqueda con perros rastreadores
de la niña desaparecida

La policía prosigue con perros rastreadores la búsqueda de la niña de trece años desaparecida de su casa en la remota aldea de Scardale, en Derbyshire, a la hora del té.

Alison Carter desapareció de Scardale Manor donde vive con su madre y su padrastro, después de decir que iba a dar un paseo con su perra collie *Shep*.

Alison emprendió un paseo por los campos hacia un bosque cercano al valle y no se la ha vuelto a ver.

Su madre avisó a la policía y a partir de ese momento se inició la búsqueda que dio por resultado el hallazgo de la perra indemne pero sin que hubiera rastro de Alison.

De los interrogatorios a vecinos y amigas suyas del instituto femenino de Peak no se desprenden motivos que hagan pensar que la colegiala se escapara de casa.

Hoy, su madre, señora Ruth Hawkin, de treinta y cuatro años, seguía angustiosamente a la espera de noticias sobre la búsqueda que prosigue en el valle. Su esposo, señor Philip Hawkin, de treinta y siete años, se unió a los vecinos y granjeros de la localidad que colaboran con la policía en el rastreo del valle.

Un jefe de la policía manifestó: «No nos explicamos la desaparición de Alison. No tenía problemas ni en casa ni en el colegio, y de momento no hay ningún indicio de que se trate de un caso escabroso».

Si Alison no ha aparecido al anochecer, mañana continuará la búsqueda.

Don Smart apartó el ejemplar del *Chronicle*. Al menos no le habían plagiado su pauta en el planteamiento de las preguntas, que era el riesgo que se corre al adoptar una actitud distinta en las ruedas de prensa. A partir de ahora intentaría apartarse del rebaño y dar sus propias noticias. Tenía la impresión de que George Bennett iba a ser un filón y, por su parte, estaba decidido a escribir los mejores artículos sobre aquel joven inspector bien parecido.

Notaba que aquel hombre no soltaba la presa y seguro que no abandonaría el caso. Smart sabía por experiencia que para la mayoría de los polis la desaparición de Alison Carter era uno de tantos servicios, aunque lo sintieran por los padres, claro. Sin duda, los que tuvieran hijas, al volver a casa por la noche les darían un abrazo más fuerte durante aquellas jornadas de rastreo. Pero él había advertido algo distinto en George Bennett: se lo tomaba como una cruzada, como si se tratase de su propia hija. Smart notaba que para aquel hombre resultaría intolerable que el caso quedara sin resolver aunque los demás abandonaran.

Sí, aquello era un regalo del cielo, porque dado que era su primer empleo en la delegación de un diario de difusión nacional como el *Daily News*, andaba al acecho de alguna historia que le catapultase a la central en Londres. Ya había cubierto alguna noticia en los casos de desaparición de Pauline Reade y John Kilbride y ahora estaba decidido a convencer a George Bennett o alguien de su equipo de que existía relación con la de Alison Carter. Sería una primera plana fantástica.

Independientemente del desenlace del caso, Scardale era un magnífico telón de fondo para una historia dramática y misteriosa. En un pueblo remoto como aquel todo el mundo estaría pendiente de la vida de los demás y no habría ningún secreto que no se supiera. Allí había magníficas perspectivas y Don Smart estaba decidido a ser testigo directo.

En la iglesia metodista, George Bennett dejó también a un lado el periódico. No tenía la menor duda de que al día siguiente, en las páginas del sensacionalista *Daily News*, aparecería un artículo menos complaciente y a Martin le iba a dar un infarto a la menor insinuación de incompetencia policial que se hiciera en él. Malhumorado, salió del salón parroquial y fue al coche.

Ir a Scardale en coche de día no dejaba de ser menos impresionante que hacerlo de noche o al amanecer. Al menos en la oscuridad se ahorraba uno los siniestros picachos de los acantilados y no se pensaba en la posibilidad de que fueran a partirse en dos y cayeran sobre el coche aplastándolo como una lata. Pero aquel día había una diferencia notable: estaba abierta la verja de entrada a la pista del pueblo y no había necesidad de detenerse. Junto a ella, un policía de uniforme miró el coche y se cuadró con un saludo al reconocerle. «Pobre», pensó Bennett. Afortunadamente, sus días de plantón a la intemperie habían sido breves. No se explicaba cómo los agentes que no ascendían rápido podían acomodarse a la perspectiva de aguantar semanas y semanas gastando suela, montar vigilancia en el escenario de algún crimen o, como en aquel caso, recorrer al albur la inhóspita campiña.

Igual que sucedía con el camino, la luz no mejoraba mucho tampoco aquel pueblo. No había nada pintoresco en sus adustas casitas grises de piedra, agazapadas más como chuchos que como perros de caza al acecho. Un par de ellas tenían el tejado alabeado y a casi todas les habría venido bien una mano de pintura en puertas y ventanas; las gallinas andaban de un lado para otro, y la entrada de un coche desencadenaba un concierto local de balidos y de ladridos de los perros atados a las puertas. Lo que no había cambiado eran las miradas escudriñando a cualquier forastero; notó que le observaban. Ahora sabía más sobre aquellos pueblerinos que la noche anterior y estaba seguro de que eran ojos femeninos los que le espiaban, porque todos los varones aptos de Scardale estaban ayudando sin reservas a los equipos de rastreo con su conocimiento del terreno.

Encontró sitio para el coche al extremo del parquecito, junto a la tapia de Scardale Manor, adonde se dirigió para hablar otra vez con la señora Hawkin. Al caminar hacia la casa se detuvo junto al remolque, llegado de jefatura aquella mañana, y que utilizaban más como centro de coordinación para los rastreadores que como punto de investigación. Un par de agentes femeninos uniformadas preparaban té y café. Abrió la puerta y se congratuló de haber adivinado que encontraría allí al inspector Alan Thomas. Estaba cómodamente sentado con sus fuertes manos cruzadas entre una taza de té y la pipa de madera de brezo en el cenicero.

–George –dijo Thomas efusivo–, ven, siéntate, muchacho. Afuera hace frío, ¿eh? Es una suerte no tener que andar pateando por esos bosques.

–¿Hay alguna novedad? –preguntó Bennett, dando las gracias con una inclinación de cabeza a la agente que le llevó una taza de té.

Echó azúcar de un paquete empezado y se recostó en el tabique.

–Ni el menor rastro, muchacho. No vamos a ninguna parte. Algún jirón de tela, pero se trata de restos que llevan meses a la intemperie –contestó Thomas con su acento galés que parecía dar cierta alegría a las deprimentes noticias–. Sírvete –añadió señalando una bandeja con bollos–. Los ha traído la madre de la chica y ha comentado que está angustiada por esta espera.

–Ahora mismo voy a hacerle una visita –dijo Bennett estirando el brazo para coger uno.

«No está nada mal», pensó al probarlo; mejor que los que hacía Anne, que, aunque era muy buena cocinera, no se las apañaba muy bien con el horno. Él le mentía diciendo que no le gustaban mucho los bollos para no tener que hacerle cumplidos y verse condenado a cincuenta años de bollos mazacotes y pasteles de goma y de piedra. Él era incapaz de criticar.

De pronto se abrió la puerta e irrumpió en el remolque un hombre sin aliento, sudoroso y con el rostro congestionado; llevaba un grueso chaleco de cuero superpuesto a diversas camisas y jerséis.

–¿Es usted Thomas? –preguntó mirando a Bennett.

–Soy yo, muchacho –dijo Thomas levantándose y dejando

caer al suelo una lluvia de migas–. ¿Qué sucede? ¿La habéis encontrado? El hombre negó con la cabeza, apoyando las manos en las rodillas y recuperando el resuello.

–En el bosquecillo por debajo del Shield Tor –dijo con voz entrecortada– parece como si hubiera habido un forcejeo, porque se ven ramas rotas. Me han dicho que les lleve allí –añadió irguiéndose.

Bennett salió detrás del hombre con Thomas a la zaga. Se presentó y preguntó al campesino:

–¿Es usted de Scardale?

–Sí, soy Ray Carter, tío de Alison.

«El padre de Janet», recordó Bennett.

–¿Está eso muy lejos de donde encontramos la perra? –preguntó apretando el paso para mantenerse a la altura del hombre que avanzaba más deprisa de lo que se habría pensado por su corpulencia.

–A unos cuatrocientos metros en línea recta.

–Pues tardaremos un buen rato en llegar –comentó Bennett.

–El lugar donde vamos no se ve desde el sendero y se nos pasó la primera vez –dijo Carter–. Además, está muy escondido. –Se detuvo y se volvió, señalando hacia Scardale Manor–. Mire, esa es la casona y ese es el campo por donde se va al bosque camino del Scarlaston donde apareció la perra, que es la salida del valle –dijo girando sobre sus talones–. Y nosotros vamos ahí –añadió señalando una arboleda entre la casona y el bosque en que había aparecido atada *Shep*–. Un rincón perdido sin salida –agregó con amargura, abarcando con un gesto amplio los acantilados calizos y el sombrío cielo gris.

Bennett puso ceño. Carter tenía razón. Si andaba por aquel sotillo cuando la raptaron, ¿qué hacía la perra atada en el claro de un bosque a cuatrocientos metros de ella? Si la habían secuestrado sin forcejeo en el claro y había opuesto resistencia en un momento en que vio oportunidad de escapar, ¿qué estaban haciendo en un rincón sin salida del valle? Era otra incongruencia, pensó mientras caminaba detrás de Carter hacia la arboleda.

En el pequeño soto crecían hayas, fresnos, sicomoros y olmos más jóvenes que los del bosque que habían recorrido por la noche. Parecía un vivero en el que la copa de los árboles formaba un dosel que impedía ver debajo, y entre los troncos la abundancia de matorral espeso impedía el paso.

—Por aquí —dijo Carter doblando hacia un pasaje casi invisible entre los helechos marrones y el follaje verde y rojo de las zarzas.

Dentro del sotillo apenas penetraba la luz del día, y Bennett, casi ciego, comprendió por qué los primeros rastreadores no lo habían visto. Ahora apreciaba mejor lo intrincado que era aquel terreno y lo fácil que resultaba pasar de largo en él ante algo tan voluminoso como —¡Dios bendito!— un cadáver. Al cabo de un rato, su visión se acomodó a la penumbra y vio el sotobosque de matas, troncos y una senda cubierta de hojas muertas húmedas pisoteadas.

—Le vengo diciendo hace meses al señor que habría que desbrozar esto —farfulló Carter apartando las ramas rebeldes de un saúco—. Aquí puede esconderse perfectamente una partida de cazadores.

De pronto se toparon con el resto del equipo de búsqueda en un recodo de la senda. Eran tres agentes y un muchacho que no tendría más de dieciocho años y que llevaba un chaleco de cuero como el de Carter y pantalones gruesos de pana.

—Bien —dijo Bennett—, ¿quién enseña al inspector Thomas y a mí lo que han encontrado?

Un agente carraspeó.

—Está un poco más allá, señor. Por la mañana pasó un equipo por aquí, pero el señor Carter —dijo señalando al tío de Alison— sugirió que volviésemos a mirar porque hay mucho matorral —añadió haciendo un gesto a los otros para que se apartasen y dejasen paso a Bennett y a Thomas. El agente señaló una discontinuidad casi imperceptible en la maleza del lindero izquierdo—. Fue este muchacho, Charlie Lomas, quien lo descubrió. A lo largo de unos metros se aprecia un rastro muy leve de ramitas y tallos rotos como si hubiese habido forcejeo.

Bennett se agachó para escudriñar la senda. Cierto: era casi imperceptible y un milagro que lo hubieran descubierto, pero razonó que aquellos lugareños conocían tan bien el terreno de su pueblo que les saltaba enseguida a la vista lo que a él le habría pasado completamente desapercibido.

–¿Cuántos de ustedes han pisado por aquí? –preguntó Thomas.

–Solo el muchacho y yo, señor. Lo hemos hecho con el mayor cuidado para no revolver nada.

–Voy a echar un vistazo –dijo Bennett–. Señor Thomas, ¿podría uno de sus hombres llamar al centro de investigación para que envíen un fotógrafo? Y que traigan también los perros. Cuando acabe el fotógrafo habrá que buscar huellas dactilares.

Sin aguardar respuesta, Bennett apartó con cuidado las ramas en el punto en que se advertía aquella leve ruptura en la senda y avanzó en paralelo a medio metro del rastro. Allí entraba menos luz que en la senda y se detuvo un instante para acostumbrar sus ojos a la penumbra.

La descripción del agente era admirablemente exacta. Al cabo de doce pasos cortos Bennett vio lo que buscaba: ramitas rotas y helechos aplastados en una extensión de unos tres metros cuadrados. No hacía falta ser campesino para apercibirse de que era reciente; aquellos tallos y ramas estaban aplastados hacía poco y había un arbusto bastante maltratado, ya parcialmente marchito. Sería muy extraño que aquello no tuviera relación con la desaparición de Alison Carter.

Se inclinó sujetándose a la rama de un árbol. Allí podía haber pruebas de importancia y no quería pisar el terreno y causar más destrozo del producido por los rastreadores. En el preciso momento en que lo pensaba reparó en un rebujo de tela oscura enganchado en el extremo de una rama rota. «Leotardos negros», había dicho Ruth Hawkin. George Bennett sintió un nudo en el estómago.

–Ha pasado por aquí –musitó.

Se apartó hacia la izquierda rodeando la zona pisoteada y deteniéndose cada dos pasos para examinar dónde ponía el pie y, cuando llegaba casi al punto opuesto en que había salido de la senda, la vio delante de él, a la derecha: una mancha oscura en la corteza blanca brillante de un abedul. Sin poderlo resistir se aproximó.

Era sangre seca, pero adherido a ella había un mechón de cabellos rubios. Y en el suelo, junto al árbol, un botón de trenca, de los de asta, con un trozo de tela todavía pegado a él.

6

Jueves, 12 de diciembre de 1963. 17.05 h

Bennett contuvo la respiración y alzó la mano para llamar, pero antes de que sus nudillos golpearan la madera se abrió la puerta de la cocina. Ruth Hawkin le miraba con rostro desencajado y grisáceo a la luz del atardecer. Se apartó a un lado, recostándose en el marco de la puerta.

—Han encontrado algo —dijo ella con voz neutra.

George cruzó el umbral y cerró la puerta. Estaba decidido a no dar a los curiosos ninguna satisfacción. Su mirada barrió inmediatamente la estancia.

—¿Dónde está la agente de servicio? —preguntó volviéndose hacia Ruth Hawkin.

—Le dije que se fuera —contestó ella—. No necesito que me cuiden como a una niña. Además, algo habrá que pueda hacer por mi Alison mejor que estar calentando la silla con el culo, tomando té todo el rato.

Hablaba con un sarcasmo que Bennett no había detectado hasta aquel momento. Eso era bueno, pensó. No era la clase de mujer que se desmorona fácilmente entre gimoteos al recibir la mala noticia; lo cual era un alivio porque estaba convencido de que el mensajero sería él.

—¿Nos sentamos? —dijo.

Ella torció la boca con gesto mordaz.

–¿Tan malo es lo que me va a decir? –replicó, pero se apartó del marco de la puerta y se dejó caer en una silla de la cocina.

Bennett se sentó frente a ella y advirtió que llevaba lo mismo que la noche anterior. No se había acostado. Y, desde luego, no había dormido. Seguramente ni lo había intentado.

–¿Su esposo ha salido con los equipos de búsqueda? –preguntó.

Ella asintió con la cabeza.

–No creo que marchara muy entusiasmado. Mi Phil es un campesino de buen tiempo y solo le gusta salir cuando hace sol y el campo parece una postal de esas que él hace; en días fríos, húmedos y nublados como este prefiere quedarse sentado en la cocina o encerrarse en su laboratorio con la estufa encendida. Hay que reconocer que hoy ha hecho una excepción.

–Si lo prefiere, esperamos a que vuelva –dijo Bennett.

–Eso no cambia nada lo que tenga que decirme, ¿no es cierto? –replicó ella con voz cansada.

–No, me temo que no –dijo él desabrochándose el abrigo y sacando las dos bolsitas del bolsillo interior. Una de ellas guardaba el trozo de tela suave, como de peluche, que había encontrado enredado en la ramita rota, y en la otra, el botón de asta, liso, unido, con fuerte hilo azul, a un trozo de fieltro azul marino; su tonalidad natural, hueso y marrón contrastaba con el plástico que la encerraba–. Quiero que me diga si reconoce estos objetos –añadió.

Ella cogió las bolsas sin inmutarse y las contempló un instante sin decir palabra.

–¿Qué creen que es? –preguntó tocándolas con el índice.

–Creemos que la tela es lana –respondió Bennett–. Tal vez de los leotardos que llevaba Alison.

–Podría ser cualquier cosa –replicó ella a la defensiva–. A lo mejor estaba ahí en el campo desde hace tiempo.

–Ya veremos lo que dicen en el laboratorio –comentó él, evitando presionarla para que aceptara mentalmente lo que se negaba a admitir–. ¿Y el botón? ¿Lo reconoce?

Ella cogió la bolsita, pasó el dedo por la pieza tallada de asta y le miró con ojos suplicantes.

–¿Esto es todo lo que han encontrado? ¿No tienen ninguna otra cosa que mostrarme?

–Hemos descubierto señales de forcejeo en el bosquecillo –respondió Bennett señalando hacia donde él suponía que estaba el lugar–. Entre la casa y el bosque en que encontramos a *Shep*, hacia el fondo del valle. Ahora ya no hay luz y poco puede hacerse, pero mañana a primera hora mis hombres examinarán si hay restos de huellas dactilares en ese lugar para ver si existen más rastros de Alison.

–¿Y esto es todo lo que han encontrado? –insistió impaciente.

Bennett lamentaba frustrar sus esperanzas, pero no podía mentirle.

–Hemos hallado también unos cabellos y algo de sangre, señora Hawkin, como si se hubiera golpeado la cabeza con un árbol. –Ruth se tapó con la mano la boca abierta, reprimiendo un grito–. Es realmente muy poca sangre, señora Hawkin, no significa más que una herida leve, de verdad.

Ella le miró con los ojos muy abiertos, hundiendo los dedos en las mejillas, como si manteniendo físicamente cerrada la boca pudiera contener su reacción. Bennett no sabía qué decir ni qué hacer. Tenía poca experiencia sobre las respuestas de la gente ante una tragedia y sobre la crisis, porque siempre habían sido policías más veteranos quienes se habían encargado de mitigar el dolor de los familiares en los casos en que él había intervenido. Pero ahora quien dirigía la investigación era él y sabía que se le juzgaría sin paliativos por su forma de proceder con aquella madre desconsolada.

Se inclinó sobre la mesa y puso su mano sobre la de Ruth Hawkin.

–Mentiría si le dijese que no existe motivo de preocupación –dijo–, pero tampoco hay indicios de que a Alison le haya sucedido nada grave. En realidad, todo lo contrario. Y ahora estamos seguros de una cosa: Alison no se escapó por decisión propia. Bien, ya sé que esto no es un gran consuelo para usted en este momento, pero significa que al menos no vamos a malgastar recursos ni a perder el tiempo con otras hipótesis. Alison no se escapó de casa para tomar un autobús o un tren, así que no habrá que desplegar agentes para comprobar en las estaciones de autobuses y de ferrocarril. Daremos orden de que todos sigan pistas que puedan dar algún resultado.

Ruth Hawkin dejó caer la mano de la boca.

–Está muerta, ¿verdad? –preguntó.

Bennett le agarró la mano.

–No hay razón para pensarlo –dijo.

–¿Tiene un cigarrillo? –preguntó ella–. Hace poco que se me han acabado. –Lanzó una risita agria–. Podría haber enviado a la mujer policía a la tienda de Longnor. Al menos habría hecho algo positivo –añadió.

Después de darle fuego y encender él uno, Bennett recogió las bolsitas de plástico y empujó la cajetilla hacia ella.

–Quédeselos –dijo–. Tengo más en el coche.

–Gracias –respondió ella.

La tirantez de su rostro cedió por un momento y Bennett advirtió aquella sonrisa sin par de la foto de Alison.

Dejó que transcurriera un tiempo, abstraídos los dos en la nicotina.

–Necesito que me ayude, señora Hawkin –dijo al cabo de un rato–. Anoche tuvimos que trabajar contrarreloj buscando rastros de Alison, y hoy hemos pasado todo el día en lo mismo y cumpliendo con las formalidades rutinarias y mecánicas necesarias que suelen dar resultado; pero no he tenido ocasión de sentarme a hablar con usted para que me diga cómo era Alison. Si alguien la ha raptado (y no voy a ocultarle que es lo que cada vez parece más verosímil) necesito saber lo más posible sobre ella para poder establecer qué relación puede haber entre Alison y su secuestrador. Necesito que me hable de su hija.

Ruth Hawkin suspiró.

–Es una chica encantadora. Muy lista; siempre lo ha sido. Sus profesores dicen que podría seguir estudios o incluso ir a la universidad si persevera. Usted ha ido a la universidad –añadió en tono afirmativo ladeando la cabeza.

-Sí; en Manchester.
Ella asintió en silencio.
-Entonces, ya sabe lo que es el estudio. A ella no hay necesidad de decirle que haga sus deberes, ¿sabe?, no es como Derek o Janet. Yo creo que los hace con gusto, aunque antes se dejaría cortar la lengua que confesarlo. Dios sabrá a quién ha salido, porque ni su padre ni yo éramos estudiosos y dejamos la escuela en cuanto pudimos. Pero no crea que es una empollona; no, le gusta divertirse y pasarlo bien.
-¿Cuáles son sus diversiones? -inquirió Bennett amable.
-Ahora andan locos por esa música pop; ella, Janet y Derek. Los Beatles, Gerry y los Pacemakers, Freddie y los Dreamers, ya sabe. Charlie también, aunque él no tiene tiempo para pasarse las tardes escuchando discos, pero sí que va a bailar a Pavilion Gardens y después le cuenta a Alison los discos que tiene que comprar. Mi hija tiene más discos que una tienda. Siempre le digo que le harían falta más de dos orejas para escucharlos todos. Se los regala Phil; Alison va todas las semanas a Buxton a elegir unos cuantos de esos últimos éxitos que le dice Charlie...
Su voz se apagó.
-¿Qué otras diversiones tiene?
-Charlie las lleva a veces los miércoles por la tarde a Buxton a patinar. Dios mío -exclamó con voz quebrada-, ojalá las hubiera llevado ayer. -Al darse cuenta de pronto se derrumbó; dejó caer la cabeza y aspiró con tal intensidad el humo del cigarrillo que Bennett oyó el chisporroteo del tabaco. Cuando alzó la cabeza se le saltaban las lágrimas y sus ojos encerraban una súplica que atravesó sus defensas profesionales y llegó directamente al corazón del inspector-. Encuéntrela, se lo ruego -añadió con voz ronca.
Bennett apretó los labios y asintió con la cabeza.
-Señora Hawkin, créame que no intento otra cosa.
-Aunque simplemente sea para enterrarla.
-Espero que no sea el caso -añadió él.
-Sí. Yo también -dijo ella expulsando una leve bocanada de humo-. Yo también.

Bennett aguardó un instante para proseguir su interrogatorio.
—¿Qué hay de sus amigos? ¿Tenía amistad con alguien?
La mujer suspiró.
—No les es fácil hacer amistades fuera del pueblo porque después del colegio no pueden ir a ningún sitio. Si les invitan a fiestas o algo parecido se les hace tarde para volver a casa; el autobús solo llega hasta Longnor. Así que no van. Además, la gente de Buxton ve con malos ojos a los de Scardale. Piensan que todos somos imbéciles de nacimiento —añadió en tono sarcástico—. Se meten con nuestros chicos, así que casi siempre van juntos. Nuestra Alison es muy simpática y los profesores me dicen que se lleva muy bien con sus compañeras, pero no tiene realmente lo que se llama «mejor amiga»; solo sus primos.

Otra posibilidad que se cerraba.

—Hay otra cosa... Si me lo permite, quisiera echar un vistazo al cuarto de Alison, para hacerme una idea de su personalidad.

Omitió añadir: «Y coger restos de pelo de su cepillo para que el laboratorio forense lo compare con los cabellos pegados a la sangre encontrados en el sotillo».

Ruth Hawkin se puso en pie con movimientos de una mujer bastante mayor.

—Tengo puesta la estufa por si acaso... —dijo.

Bennett salió con ella al vestíbulo, tan frío como la víspera por la noche, y el cambio de temperatura casi le cortó la respiración. Ella le precedió por una escalera ancha con una barandilla de roble torneado, casi negro por la pátina de los años.

—Otra cosa —añadió mientras subían—. Me imagino que Alison conserva el apellido de Carter porque su marido no la ha reconocido legalmente...

La tensión de los músculos que advirtió en la nuca de la mujer fue tan leve, que Bennett pensó que era imaginación suya.

—Phil estaba totalmente decidido —replicó ella—. Quería reconocerla, pero Alison tenía seis años cuando su padre... murió, y ya había acumulado muchos recuerdos cariñosos de él; le adoraba. No tenía edad suficiente para comprender que era un ser humano como otro con sus faltas y defectos; por eso interpretó que el hecho de consentir que Phil la reconociera era como una traición a la memoria de su padre. Sé que con el tiempo lo verá de otra manera, pero es una chica tozuda que no se deja influenciar.

–Estaban en el rellano y Ruth Hawkin se volvió hacia él muy serena–. Yo he convencido a Phil para que de momento no insista. La habitación de Alison es la última a la derecha –añadió señalando al fondo de un pasillo que doblaba en un punto en que se advertía una ampliación de la casa–. No le importará que no le acompañe. –Era de nuevo una afirmación más que una pregunta, y Bennett pensó admirado que aquella mujer sabía guardar la compostura perfectamente frente a la adversidad.

–Gracias, señora Hawkin. No tardaré mucho –dijo caminando por el pasillo, sintiendo su mirada clavada en la espalda, pero sin que ello le impidiera fijarse bien en todos los detalles.

La alfombra estaba gastada, pero se notaba que era cara. Los grabados y acuarelas de las paredes eran también viejos, pero conservaban su encanto; reconoció varias vistas del sur de la región, donde él se había criado y de las históricas mansiones señoriales de Chatsworth, Haddon y Hardwick. Advirtió también que había un desnivel a partir de la zona en que comenzaba la ampliación, como una chapuza de los albañiles. Se detuvo ante la última puerta a la derecha y respiró hondo diciéndose para sus adentros que era lo más cerca que iba a estar de Alison Carter.

El calor que le envolvió como una manta le pareció muy en consonancia con aquel cuarto que, a pesar de ser grande, resultaba acogedor. Como estaba situado en la esquina de la casa, había dos ventanas, lo que aumentaba la sensación de espacio. Eran ventanas altas con alféizar de piedra hondo y dividido en cuatro que dejaba apreciar el grosor de los muros. Cerró los ojos y entró.

Primeras impresiones, se dijo. Calor: había una estufa eléctrica puesta y una de petróleo sin encender. Comodidad: una cama grande con un cobertor acolchado de satén gris oscuro y dos sillones de mimbre con almohadón. Moderno: la gruesa alfombra marrón, de pelo largo con dibujo de espirales color verde oliva y mostaza, y paredes decoradas con fotos de cantantes pop, casi todas recortadas de revistas a juzgar por los bordes irregulares.

Caro: un armario liso de madera con tocador a juego de espejo bajo alargado y taburete; bastante nuevos a juzgar por la ausencia de ralladuras. Había visto dormitorios como aquel cuando fue con Anne a elegir los muebles y sabía con bastante aproximación lo que costaba; barato no era. En una mesa, bajo la ventana, vio un tocadiscos Dansette de plástico rojo oscuro con botones color crema. Una pila alta de discos estaba amontonada debajo sin orden ni concierto. Evidentemente, Philip Hawkin se había propuesto causar una buena impresión a su hijastra –conjeturó–; quizá creía que el modo de ganarse su afecto era regalándole cosas materiales, de las que debía de haber carecido como hija de viuda en una comunidad tan empobrecida como Scardale.

Se acercó al tocador y se sentó torpemente en el taburete. Se miró en el espejo. La última vez que sus ojos habían ofrecido aquel aspecto fue con ocasión de los exámenes de fin de carrera. Advirtió que se había afeitado mal debajo de la patilla izquierda, consecuencia directa de la falta de vanidad de los metodistas: a falta de espejo en la sacristía, había tenido que recurrir al retrovisor del coche; ninguna agencia de publicidad que se preciara le contrataría para anunciar algo distinto a un somnífero. Hizo una mueca grotesca y se dispuso a trabajar. El cepillo de Alison estaba boca arriba en el tocador; retiró hábilmente la mayor cantidad de cabellos posible, gracias a que la jovencita no había sido muy pulcra, y guardó en la bolsita de plástico unos veintitantos.

Lanzó un suspiro y comenzó el desagradable registro de los objetos personales de Alison. Media hora más tarde no había encontrado nada llamativo; inspeccionó también los libros de la pequeña librería junto a la cama: Nancy Drew, Los Cinco, The Chalet School, Georgette Heyer; *Cumbres borrascosas* y *Jane Eyre* no guardaban tampoco ningún secreto ni sorpresa, y un ejemplar muy manoseado del *Tesoro áureo* de Palgrave no escondía más que los poemas. En el cajón del tocador había ropa interior, un par de sujetadores de gimnasia, media docena de pastillas de jabón perfumado, una compresa, un paquete de pañuelos de papel, un joyero con colgantes baratos y una pulsera de plata de bautizo grabada con el nombre de Alison Margaret Carter. Faltaba lo único que habría esperado encontrar allí: una Biblia. Pero, claro, Scardale estaba tan apartado del mundo que a lo mejor seguían adorando a la diosa de las mieses. Quizá ni habían pasado por allí predicadores.

Encima del tocador, en una cajita de madera, encontró cosas más interesantes: media docena de fotos en blanco y negro, casi todas amarillentas y manoseadas; reconoció a una Ruth Hawkin más joven que echaba la cabeza hacia atrás risueña, mirando a un hombre de pelo negro que se encogía como avergonzado. Había otras dos de la pareja agarrada del brazo con expresión feliz, todas ellas hechas obviamente en el paseo marítimo de Blackpool. «¿La luna de miel?» Había otras dos del mismo hombre con el pelo alborotado sobre la frente y en ropa de trabajo; un cinturón de gruesa hebilla le sujetaba unos pantalones que parecían quedarle largos. En una de ellas aparecía con un rastrillo y con un tractor y en la otra, en cuclillas junto a una niña rubia que sonreía a la cámara. Era Alison, sin duda alguna. La última foto era más reciente, a juzgar por los márgenes blancos: era de Charlie Lomas y una anciana recostada en un muro de piedra con peñascos calcáreos de fondo. Oscurecía el rostro de la mujer un sombrero de paja de ala ancha que se sujetaba con un pañuelo anudado bajo la barbilla que le tapaba las orejas, y solo se apreciaba bien la línea recta de su boca y el mentón prominente, pero era evidente por su cuerpo encorvado que era demasiado anciana para ser la madre de Charlie Lomas. Como si la hubiese hecho un fotógrafo victoriano conminándoles a no moverse, Charlie miraba impávido al objetivo, cruzado de brazos como los chiquillos insolentes y desmañados que él había visto a veces en comisaría jurando su inocencia.

–Fascinante –musitó.

Las fotos del padre no le sorprendieron, aunque esperaba haberlas encontrado enmarcadas y más a la vista, pero que la única otra imagen que Alison Carter guardase como un tesoro fuese la del primo que había hecho el oportuno descubrimiento en el sotillo era cuando menos interesante para una mente entrenada para la sospecha como la de George Bennett. Volvió a guardar las fotos en la caja, pero se lo pensó mejor y retiró la de Charlie con la vieja y se la guardó en el bolsillo.

Entre los discos halló muestras de la escritura de Alison. Eran fragmentos de letras de canciones que debían significar algo para ella, escritos en trozos de hojas de cuadernos escolares; de *Devil in Disguise* de Elvis Presley, de *It's My Party (And I'll Cry if I Want To)* de Lesley Gore, de *It's All in the Game* de Cliff Richard y de *I (Who Have Nothing)* de Shirley Bassey. Eso proyectaba una inquietante imagen de tristeza en contraste con aquella personalidad alegre de Alison Carter a la que todos aludían. Eran todas letras sobre penas de amor, desengaños, traiciones y soledad. Él sabía perfectamente que no eran sentimientos nada raros en una adolescente que piensa que nadie ha pasado por semejantes trances, pero no dejaban de ser reflejo de su estado de ánimo y los tenía bien ocultos a los demás.

Aunque pequeña, era la única incongruencia que encontraba Bennett. Guardó las hojas en otra bolsa de plástico. No había razón para pensar que sirvieran de prueba, pero más valía asegurarse, porque no se perdonaría haber descuidado algún detalle que después resultara crucial; sería un fallo no solo en detrimento de su carrera, sino, algo mucho más importante, un dato cuya desaparición podría hacer que el asesino de Alison quedara impune. Se detuvo cuando iba a abrir la puerta.

Era la primera vez que pensaba lo que la lógica profesional le decía a gritos: ya no buscaba a Alison Carter, sino su cadáver. Y al asesino.

Jueves, 12 de diciembre de 1963. 18.23 h

Desalentado, Bennett cruzó el camino de entrada de Scardale Manor. Iría al salón parroquial de la iglesia metodista a ver si había alguna novedad en el centro de investigaciones, dejaría las muestras en la jefatura de Buxton y se marcharía a casa para darse un baño caliente, a cenar y a dormir unas horas: lo que se consideraba vida normal en una investigación como aquella. Pero primero quería hablar con el joven Charlie Lomas.

Apenas había alcanzado el parque del pueblo cuando, a pocos pasos de él, vio salir una figura de la oscuridad. Sobresaltado, se detuvo a mirar, sin acabar de dar crédito a sus ojos, y, a pesar de su cansancio, estuvo a punto de soltar la carcajada, pero se contuvo. La figura en cuestión resultó ser un personaje que habría hecho las delicias de un pintor; aquella anciana que le miraba con impertinencia era el arquetipo de la vieja bruja, tanto por la nariz ganchuda que casi le llegaba a la barbilla, con verrugas peludas incluidas, como por la toquilla negra con que se cubría cabeza y hombros. Tenía que ser la misma de la foto que había retirado del cuarto de Alison; la inesperada casualidad le impulsó a dar por acto reflejo una palmadita en el bolsillo.

–Usted debe de ser el jefe –dijo la mujer con una voz cascada y chillona.

–Soy el inspector de policía Bennett, si a eso se refiere, señora.

La piel de la anciana se crispó en un gesto de desprecio.

–Los títulos rimbombantes son bobadas aquí en Sacardale, joven –dijo–. Le advierto que no hacen más que perder el tiempo. Ninguno de ustedes tiene la suficiente imaginación para entender lo que ha sucedido aquí. Scardale no es Buxton, ¿sabe? Si Alison Carter no está donde debe, la solución está en alguna parte en la cabeza de alguien de Scardale, no en los bosques esperando a que la encuentren como un zorro en un lazo.

–Tal vez usted podría ayudarme a buscarla, señora...

–¿Y por qué, señor? Nosotros siempre hemos resuelto nuestros propios asuntos. No sé qué le daría a Ruth para recurrir a gente de fuera del pueblo –añadió tratando de proseguir su camino, pero Bennett le interceptó el paso.

–Escuche, ha desaparecido una niña –dijo sin levantar la voz– y eso es un asunto que ustedes en Scardale no pueden resolver como si vivieran solos en el mundo. Lo quiera o no, necesitan nuestra ayuda igual que nosotros la de ustedes.

De repente, la mujer carraspeó ruidosamente y escupió a sus pies.

–Hasta que me demuestre que sabe lo que está buscando, ahí tiene la única ayuda que obtendrá de mí, señor –dijo esquivándole y echando a andar por el césped del parque a un paso increíblemente rápido para una mujer que sin duda no tendría menos de ochenta años.

Bennett la contempló hasta que la niebla se la tragó como si hubiera sido una aparición.

–¿Así que ha conocido a Ma Lomas? –dijo el sargento Clough con una sonrisa intempestiva.
–¿Quién es la tal Ma Lomas? –preguntó Bennett.
–«Quién» no es la pregunta procedente, sino «qué» –replicó Clough solemne–. Ma Lomas es la matriarca de Scardale, la más vieja del lugar y la única que queda viva de su generación. Ella afirma que cumplió veintiún años el día de las bodas de diamante de la reina Victoria, pero yo no sabría qué decirle.
–Bastante vieja sí que parece.
–Ya, ¿pero quién demonios de Scardale sabía que reinaba Victoria entonces ni los años que llevaba en el trono? ¿No cree? –replicó Clough con sonrisa burlona.
–Bien, ¿y qué relación tiene ella con Alison Carter?
Clough se encogió de hombros.
–¿Quién sabe? ¿Bisabuela, prima segunda carnal, tía, sobrina? ¿Todo a la vez? Necesitaríamos saber más genealogía que el *Burke* para determinar las relaciones consanguíneas de los de este pueblo, señor. Yo lo único que sé, como dice el agente Grundy, es que ella es quien lo ve y lo oye todo. En Scardale no vuela una mosca sin que se entere Ma Lomas.
–Pues no parece muy dispuesta a ayudarnos a encontrar a la desaparecida, una niña pariente suya. ¿A qué cree que se debe su actitud?
Clough se encogió de hombros.
–Todos ellos son por el estilo: no les gustan los forasteros.
–¿Se tropezaron anoche con la misma reserva usted y Cragg cuando indagaban si había visto alguien a Alison Carter?
–Más o menos. Contestan cuando les preguntas pero no más de lo estrictamente necesario.

—¿Cree que dijeron la verdad al afirmar que no habían visto a Alison Carter? —preguntó Bennett palpándose los bolsillos para localizar el tabaco.

Clough sacó su cajetilla en el momento en que Bennett recordó que se la había dejado a Ruth Hawkin.

—Tenga —dijo Clough—. No creo que mintieran, pero puede que se reservaran algún dato importante. Sobre todo si no supimos hacerles las preguntas adecuadas.

—Entonces, habrá que interrogarlos a todos de nuevo, ¿no? —dijo Bennett con un suspiro.

—Es lo más probable, señor.

—Habrá que esperar a mañana, con excepción del joven Charlie Lomas. ¿Sabe por casualidad dónde está?

—Hará cosa de media hora que se lo llevó un guripa a la iglesia metodista a tomarle declaración —respondió Clough en tono campechano.

—Sargento, que no le vuelva yo a oír decir eso —replicó Bennett, y su cansancio se transformó en indignación.

—¿El qué? —inquirió Clough risueño.

—Los uniformados, o «guripas», como usted dice, a veces superan a muchos agentes de Investigación Criminal, y necesitamos su ayuda en este caso. No quiero que la entorpezca. ¿Está claro, sargento?

Clough se rascó la mandíbula.

—Sí, ya lo creo. Aunque como no estudié en el instituto no sé si lo recordaré bien.

George Bennett comprendió que era un momento clave.

—Mire, sargento. Cuando cerremos el caso le regalaré un paquete de cigarrillos por cada día que consiga recordarlo.

—Ah, eso sí que es un buen incentivo —replicó Clough sonriente.

—Voy a interrogar a Charlie Lomas. ¿Le apetece hacer de pareja?

—Con mucho gusto, señor.

Bennett se dirigió al coche, pero se detuvo en seco mirando ceñudo al sargento.

—Por cierto, ¿usted qué hace aquí? Creí que seguía en turno de noche hasta el fin de semana.

Clough no sabía qué decir.

–Efectivamente, pero decidí entrar de servicio por la tarde para echar una mano –dijo con sonrisa pícara–. No crea usted que es por apuntarme horas extras.

Bennett ocultó su sorpresa.

–Muy bien –comentó.

Mientras rodaban por la pista de Scardale pensó en la capacidad del sargento para confundirle. Él se creía bastante buen psicólogo, pero cuanto más conocía a Tommy Clough más contradictorio le parecía. Aquel Clough aparentaba ser vulgar y presuntuoso, era siempre el primero en pagar una ronda, el que más chistes verdes contaba a voz en grito, pero su expediente reflejaba una personalidad totalmente distinta: un policía sutil y hábil para dar con el punto flaco de los sospechosos y acosarlos a preguntas hasta que se desmoronaban y confesaban. Era siempre el primero en echar el ojo a una mujer guapa, y sin embargo vivía solo en un piso de soltero con vistas al estanque de Pavilion Gardens; allí había ido él en cierta ocasión a recogerle para una comparecencia urgente ante los tribunales, pensando que se encontraría una leonera, pero era un apartamento limpio, de muebles sobrios, con muchos discos de jazz y paredes decoradas con grabados de pájaros ingleses. Clough pareció desconcertado al abrir la puerta y ver a su jefe, y estuvo listo en cuestión de segundos.

Y ahora, aquel que era el primero en reclamar horas extras en cuanto pasaba un minuto del horario de servicio, renunciaba a su tiempo libre para patear la campiña de Derbyshire buscando a una jovencita cuya existencia ignoraba veinticuatro horas antes. Bennett negó con la cabeza diciéndose, preguntándose si no sería él tan incomprensible para Tommy Clough como el sargento lo era para él. Aunque lo dudaba.

Dejó a un lado sus cuitas psicológicas y explicó a grandes rasgos sus sospechas sobre Charlie Lomas al sargento.

–No es gran cosa, lo sé; pero de momento es lo que hay –concluyó diciendo.

–Aunque no tenga nada que ocultarnos, tampoco le vendrá mal comprender que nos tomamos esto en serio –comentó Clough sonriente–. Y si esconde algo, enseguida lo sabremos.

En el salón parroquial de la iglesia metodista reinaba un ambiente de abatimiento general. Un par de agentes de uniforme realizaban tareas burocráticas; Peter Grundy y un sargento que Bennett no conocía examinaban unos mapas de la zona marcando en ellos cuadrados con gruesos lapiceros; al fondo de la sala estaba el desgarbado Charlie Lomas doblado en una silla de madera plegable, con las piernas enroscadas y abrazándose a sí mismo, frente a una mesa en la que un agente redactaba parsimoniosamente el atestado.

Bennett se acercó a Grundy para hacer un aparte con él.

—Voy a interrogar a Charlie Lomas. ¿Qué puede decirme de él?

El policía de Longnor le miró con cara inexpresiva.

—¿En qué sentido, señor? —preguntó muy serio—. No tiene antecedentes.

—Ya lo sé —replicó Bennett—, pero como es de su jurisdicción y usted tiene parientes en Scardale...

—Mi mujer —puntualizó Grundy.

—Bien, en cualquier caso, tendrá usted cierta idea de su personalidad y de lo que es capaz.

Las palabras de Bennett quedaron flotando en el aire mientras el rostro de Grundy iba adquiriendo una expresión de recelo hostil.

—No estará pensando en serio que Charlie tiene algo que ver con la desaparición de Alison... —Su tono era de incredulidad.

—Solo quiero hacerle unas preguntas y será mejor si tengo una idea de la clase de persona que es —replicó Bennett displicente—. Simplemente eso. ¿Cómo es el chico, agente Grundy?

Grundy miró a derecha e izquierda y de nuevo al frente como un niño que se dispone a cruzar la calle como es debido. Pero Bennett no apartaba la vista de él; Grundy se rascó la piel fofa detrás de la oreja.

—Charlie es un buen muchacho, pero está en una edad difícil. Todos los chicos de su edad de por aquí salen a tomarse unas cervezas y a ligar con chicas, pero eso no es nada fácil cuando se vive en el culo del mundo. Por otra parte, Charlie es un chico listo; lo bastante para darse cuenta de que podría llevar mejor vida fuera de Scardale, pero aún no tiene agallas para buscarse la vida por otros mundos. Eso sí, de vez en cuando le da por explayarse quejándose de lo mal que vive, pero en el fondo le encanta el pueblo. Vive en la casita de Ma Lomas porque la vieja no está bien y la familia quiere que esté con alguien que le lleve el carbón y las compras. No es vida para un chico de su edad, pero él de eso nunca se queja.

—¿Era muy amigo de Alison?

Bennett advirtió que Grundy se lo pensaba; era lo más difícil del trabajo, ese constante mantenerse en su terreno y al mismo tiempo cumplir con sus compañeros.

—Aquí todos están muy unidos —dijo al fin—. He oído que con Alison se llevaba bien.

Sin embargo, no era simplemente el llevarse bien lo que le interesaba a Bennett en la relación de los dos primos.

Comprendió que había obtenido cuanto era posible de Grundy, asintió con la cabeza y volvió al fondo de la sala, rogando al cielo que no se notara lo cansado que estaba. Quizá lo mejor fuese esperar al día siguiente para interrogar a Charlie Lomas, pero prefería hacerlo ahora que lo tenía a la defensiva. Además, existía la posibilidad entre un millón de que Alison siguiera con vida y Charlie Lomas podría ser la clave para dar con ella. No podía descartar ni esa mínima posibilidad.

Se acercó a él cogiendo una silla, que arrimó despreocupadamente a la mesa, entre Charlie y el agente de uniforme. Sin decir palabra, Clough hizo lo propio y tomó asiento en el lado libre. Charlie los miró a uno y otro y se rebulló en el asiento.

—Sabes quién soy, ¿verdad? —preguntó Bennett.

El joven asintió con la cabeza.

—Contesta cuando te pregunten —dijo Clough con brusquedad—. Seguro que tu abuela te lo dice. Es abuela tuya, ¿no? Vamos, que no es tía, sobrina ni prima, ¿verdad? Porque aquí nunca se sabe.

Charlie torció la boca hacia un lado y negó con la cabeza.

—No sé a cuento de qué viene esto —protestó—. Yo estoy colaborando.

—Y te agradecemos mucho que te hayas prestado voluntario para venir a declarar —terció Bennett haciendo el papel de policía bueno en contraposición a Clough—. Ya que estás aquí, quería hacerte unas preguntas, si te parece.

Charlie respiró hondo.

—Bien. Hágalas.

—Fue asombroso que descubrieras aquel punto pisoteado en el sotillo —dijo Bennett—. Antes de ti había pasado por allí un equipo de búsqueda y no descubrió el menor rastro.

Charlie se encogió de hombros sin deshacer el nudo de sus extremidades.

—Conozco el valle como la palma de la mano. Si conoces bien un sitio, notas cualquier cambio por pequeño que sea; eso es todo.

—Tú no fuiste el primero de Scardale que pasó por allí, pero sí el primero en advertirlo.

—Ya le digo; es que tengo mejor vista que muchos polis —replicó tratando inútilmente de hacerse el gallito.

—¿Sabes por qué me interesa? Porque a veces se da el caso de gente que ha intervenido en el crimen y participa en las indagaciones —dijo Bennett sin alzar la voz.

Charlie desanudó sus extremidades como por efecto de una sacudida eléctrica; golpeando el suelo con los pies y apoyando los brazos en la mesa. Los agentes del otro extremo de la habitación miraron sobresaltados.

—Está usted loco —dijo el muchacho.

—Loco no estoy, pero me da la impresión de que hay por aquí alguien que sí que lo está. Y es mi obligación descubrir quién. Bien, si alguien quería raptar a Alison o hacerle algo, resultaría más fácil tratándose de una persona que la conocía y en quien ella confiara. Es evidente que tú la conoces porque es tu prima y te has criado con ella. Tú le indicas los discos que tiene que pedir a su padrastro, te sientas con ella junto al fuego en tu casa mientras tu abuela cuenta historias de antaño, la llevas a patinar los miércoles a Buxton. No tendrías problema en convencerla para que te acompañara a donde fuese —añadió Bennett encogiéndose de hombros.

Charlie se apartó de la mesa y se metió la manos temblorosas en los bolsillos.

—¿Y qué?

Bennett sacó la foto que había cogido del cuarto de Alison.

—Ella guardaba una foto tuya en su habitación —dijo al tiempo que se la mostraba.

Charlie cruzó las piernas con el rostro crispado.

—La tendría por Ma, a quien quiere mucho —respondió al quite—, porque a la vieja bruja no le gusta que le hagan fotos. Debe de ser la única que existe de ella.

—¿De verdad, Charlie? —terció Clough—. Porque mi jefe y yo pensamos que el que le gustabas eras tú. Una chica guapa como ella, acompañándote siempre, pisando por donde tú pisas... Pocos tíos dirían que no, ¿no es así? Y más una chica tan bonita como Alison. Una fruta madura a la que simplemente con alargar la mano... ¿Seguro que no era eso, Charlie?

Charlie se rebulló en el asiento negando con la cabeza.

—Se equivoca, señor.

—¿De verdad? —preguntó Bennett risueño—. Entonces, ¿qué pasaba, Charlie? ¿Es que era un estorbo tenerla encima cuando ibais a la pista de patinaje? ¿Te cortaba las alas con otras chicas? ¿Qué problema había? ¿Teníais una cita ayer en el valle a la hora de la cena? ¿Se pasó provocándote?

Charlie inclinó la cabeza y respiró profundamente, antes de levantar la vista para mirar a Bennett.

—No entiendo por qué me tratan así. Yo lo único que he hecho es ayudarles. Alison es mi prima, alguien de mi familia. En Scardale todos nos tenemos cariño, ¿sabe? No es como en Buxton que nadie se preocupa por nadie. Ustedes deberían estar por ahí tratando de encontrarla —añadió señalando a los dos sucesivamente con el dedo— y no ofendiéndome de esta manera. ¿Puedo irme? —exclamó poniéndose en pie.

Clough se levantó y se acercó a Bennett mientras Charlie se dirigía indignado hacia la puerta con sus andares desgarbados.

—Este chico no tiene madera de asesino —comentó.

—Tal vez no —dijo Bennett al tiempo que ambos seguían los pasos del joven para detenerse en la puerta y verle alejarse camino del pueblo. Bennett continuó mirándole un instante pensativo y lanzó un carraspeo–. Me marcho a casa y volveré mañana al amanecer. Hasta entonces usted queda al mando, al menos de Investigación Criminal.

Clough soltó una risotada que murió en un penacho blanquecino de vaho en el frío nocturno.

–¿Cragg y yo, señor? Eso sí que impresionará a los malos. ¿Recomienda seguir una línea concreta de investigación?

–El que raptó a Alison tuvo que sacarla del valle de algún modo –dijo Bennett pensando en voz alta– y no puede haberla llevado muy lejos tratándose de una chica bien desarrollada de trece años. Si la condujo fuera del valle por el Scarlaston hacia Denderdale, habrá tenido que hacer un recorrido de más de seis kilómetros hasta la carretera, pero si lo hizo por este lado hasta la de Longnor, la distancia no sobrepasa los dos kilómetros. ¿Por qué no va con Cragg esta tarde a Longnor y preguntan casa por casa si alguien vio un vehículo aparcado en la carretera cerca del desvío a Scardale?

–Tiene razón, señor. Voy a buscar al agente Cragg y haremos lo que dice.

George Bennett volvió a la sala de investigación para dar orden de que llevaran los perros de rastreo a Denderdale por la mañana; después, pasó media hora en la comisaría de Buxton rellenando los formularios para el análisis de laboratorio de las pruebas encontradas en el bosque y de los cabellos de Alison, y a continuación se fue a su casa.

Aquellos pueblerinos no volverían a verle hasta el día siguiente.

7

Jueves, 12 de diciembre de 1963. 20.06 h

George no recordaba llegar a casa y cerrar la puerta a sus espaldas con mayor sensación de alivio. Aún no se había quitado el sombrero cuando salió Anne del cuarto de estar para echarse en sus brazos.

–Qué estupendo volver a casa –musitó George, hundiendo la cara en su melena perfumada, y pensando en que él no se había lavado desde la víspera por la mañana.

–Trabajas demasiado –le regañó ella cariñosa–. No sirve de nada que te agotes de esa manera. Anda, ven, he encendido la chimenea y en un momento caliento la cena –añadió soltándose del abrazo y mirándole preocupada–. Estás extenuado. En cuanto acabes de cenar te das un baño caliente y a la cama.

–Si hay agua caliente, prefiero hacerlo ahora.

–Como quieras. Está enchufado el calentador porque iba a bañarme yo. Voy a llenarte la bañera mientras te desvistes –añadió, siguiéndole por la escalera.

Media hora más tarde estaba ya en batín devorando en la cocina un espléndido plato de estofado de buey con sus buenas rebanadas de pan con mantequilla.

–Perdona que no haya patatas –dijo ella–, pero por no hacerte esperar he preparado pan con mantequilla. Cuando estás de servicio nunca comes como es debido.

—Humm —farfulló él con la boca llena.
—¿Has vuelto porque habéis encontrado a la niña desaparecida? Se le quedó atragantado el bocado y tuvo que hacer un esfuerzo para deglutirlo.
—No —respondió con la vista fija en el plato—. No creo que la encontremos viva.
Anne palideció.
—Qué horror, George. ¿Estás seguro?
Él negó con la cabeza y lanzó un suspiro.
—No estoy seguro, pero sabemos que no se marchó de casa por su voluntad. No me preguntes por qué, pero nos consta. Y no es hija de una familia acomodada para que pidan rescate por ella. Además, los que secuestran niños no suelen mantenerlos con vida mucho tiempo. Por eso me imagino que estará muerta y si no lo está habrá muerto cuando la encontremos; eso si la encontramos, porque no tenemos la menor pista. La gente de ese pueblo reacciona como si nosotros fuésemos sus enemigos y, por otra parte, tenemos también en contra un terreno muy difícil para la búsqueda —dijo apartando el plato y cogiendo la cajetilla de Anne.
—Qué horror. Debe de ser horrible para esa pobre madre —comentó ella.
—Ruth Hawkin es una mujer fuerte. Supongo que al criarse en un lugar como Scardale, donde la vida es tan dura, se aprende a aceptar las cosas como vienen sin ceder al abatimiento; pero es una entereza digna de admiración. Hace siete años perdió al marido en un accidente agrícola y ahora desaparece su hija. Y de su actual marido poco consuelo puede esperar porque es una de esas personas egoístas que únicamente piensan en sí mismas.
—Ah, muy raro tratándose de un hombre... —dijo ella en broma.
—Muy graciosa. Sabes de sobra que yo no soy así y que no exijo que esté la cena en la mesa cuando llego a casa. Y si vengo tarde, tú no tienes que esperarme.
—Te hartarías enseguida.
Bennett sonrió encogiéndose de hombros.
—Tal vez tengas razón. Los hombres estamos acostumbrados a que nos cuiden las mujeres. Pero si esa niña desaparecida hubie-

se sido mi hija, yo no entraría en casa exigiendo a mi mujer que me sirviera la cena antes de irme a buscarla.
—¿Eso hizo?
—Eso dijo alguien que estaba presente. No debería contarte estas cosas —añadió negando con la cabeza.
—¿A quién crees que voy a ir a contárselo? Aquí solo conozco a las mujeres de otros polis que rehúyen el trato conmigo, las de mi edad porque sus maridos tienen un cargo inferior al tuyo y además saben que soy profesora y que entre ellas, si acaso, hay alguna que ha trabajado de dependienta o en una oficina. En cuanto a las esposas de los mandos, son mayores que yo y me tratan como si fuese una tonta. Puedes tener la seguridad de que no voy a comentar con nadie datos de tu investigación, George —replicó ella con cierta acritud.
—Lo siento. Sé que aquí no te resulta fácil hacer amigas —dijo él cogiéndole la mano.
—Yo no sé cómo reaccionaría si perdiera una hija —añadió ella, llevándose casi inconscientemente la mano al vientre.
—Anne, tú me ocultas algo —dijo él entornando los ojos.
—No sé, George —respondió ella ruborizándose—. Es que... bueno, hace más de una semana que tengo una falta y... Perdona, cariño, no quería decirte nada hasta estar segura al ver lo ocupado que estás con ese caso... Pero sí, creo que estoy embarazada.
—¿De verdad? —preguntó él con una sonrisa radiante—. ¿Voy a ser padre?
—Tal vez sea una falsa alarma, pero nunca he tenido tanto retraso —añadió ella casi preocupada.
George Bennett se puso en pie y la cogió en brazos balanceándola rebosante de felicidad.
—Qué estupendo, qué maravilla. Te quiero, señora Bennett —dijo al fin dejándola en el suelo y besándola apasionadamente.
—Yo también te quiero, señor Bennett.
La abrazó, hundiendo la cara en su pelo. Un hijo: su hijo. Ahora tenía que hacer lo que todos los padres desde tiempos de Adán y Eva: velar porque no hubiera ningún problema.
Hasta aquel momento Alison Carter había sido un caso im-

portante para el inspector George Bennett, pero a raíz de la revelación de su esposa, el caso cobraba una importancia simbólica y se convertía en cruzada.

En Scardale los ánimos estaban tan crispados como los peñascos calizos que dominaban el valle. La noticia del interrogatorio a Charlie Lomas había corrido por el pueblo con la misma rapidez que la desaparición de Alison Carter, y mientras las mujeres comprobaban angustiadas de vez en cuando si sus hijos dormían apaciblemente, los hombres celebraban una reunión en la cocina de Bankside Cottage, donde había vivido Ruth con su hija hasta su matrimonio con Hawkin.

Ferry Lomas, padre de Charlie, mordisqueó la boquilla de su pipa mascullando improperios contra la policía.

—No tienen ningún derecho a tratar a Charlie como a un criminal —espetó.

—Es porque no tienen ni idea de lo que le ha sucedido a Alison y quieren cubrir el expediente de que hacen algo —añadió enfurecido el hermano mayor de Charlie.

—Pero no pararán ahí, ¿no os parece? —preguntó Robert, tío del muchacho—. Si a Charlie no han podido sacarle nada, irán a por todos, uno por uno. Ese tipo, Bennett, está obsesionado con la búsqueda. No hay más que verlo.

—Estupendo, ¿no? —terció Ray Carter—. Así, cumpliendo con su deber, llegará a una conclusión.

—Estupendo, si llega a la conclusión debida —comentó Terry.

—Sí —añadió Robert pensativo—. Pero ¿cómo podemos estar seguros de que no se desvía de sus indagaciones y se dedica a elucubrar cargos contra todos los que son como Charlie? Ya sabemos que ese chico no tiene aguante y le harán decir lo que no es y si no atrapan al culpable le acusarán a él y santas pascuas.

—Podemos hacer dos cosas —dijo Jack Lomas—. Negarnos a contestar diciendo solo lo preciso para encubrir totalmente a Charlie; así comprenderán que tienen que buscar otro chivo expiatorio. O colaborar engañándoles, a ver si así se dan cuenta de que

interrogando a la gente que quería a Alison no van a lograr descubrir a quien la raptó.
 Se hizo un largo silencio y en la cocina no se oyó más que el resoplido de Terry aspirando la pipa. Finalmente, Robert Lomas tomó la palabra.
 —Bueno, podemos hacer las dos cosas.

 Concluida la jornada de rastreo, la investigación prosiguió sin Bennett. En la sala de investigación, los agentes de uniforme trazaron los planes para la siguiente batida. Se habían prestado a colaborar el fin de semana reservistas del ejército voluntarios y alumnos de la RAF. Aunque nadie expresaba su pesimismo, todos seguían decididos a rastrear Derbyshire de cabo a rabo si era preciso.
 El vecindario de Longnor no dio pista alguna a Clough y Cragg, pero les hartaron a té, y a las nueve y media optaron por cesar las indagaciones, dado que en el campo la gente se acostaba antes que en Buxton, pero la suerte acompañó a Clough en el último momento: un matrimonio mayor, al regresar a casa después de las compras de Navidad en Leek, había visto un Land Rover parado en el césped junto a la iglesia metodista.
 —Sobre las cinco —puntualizó el marido sin vacilar.
 —¿Qué es lo que le llamó la atención? —inquirió Clough.
 —Es que, como nosotros vamos a esa iglesia —respondió el hombre—, sabemos que es el cura quien aparca allí; los feligreses dejamos el coche en el arcén. En Longnor todos sabemos que ese sitio es suyo.
 —¿No cree que lo aparcarían alejado de la carretera para que no estuviera tan a la vista?
 —Me imagino. Precisamente por no saber que llamaba más la atención aparcándolo allí, ¿no cree?
 Clough asintió.
 —¿Vio al conductor?
 Marido y mujer negaron con la cabeza.
 —Ya oscurecía —comentó la mujer—. Tenía las luces apagadas y nosotros pasamos deprisa.

—¿Le llamó la atención algo en particular de ese Land Rover? ¿Era de distancia larga o corta entre ejes? ¿De qué color era? ¿Tenía capota o techo de metal? ¿Recuerdan números o letras de la matrícula? —preguntó Clough.

Los dos volvieron a negar con un gesto.

—No nos fijamos mucho, la verdad —respondió el marido—. Íbamos hablando del concurso de ganado en que uno del pueblo se llevó uno de los mejores premios y para celebrarlo nos invitó a tomar una copa en Leek, pero pensamos que estaría medio pueblo allí y decidimos volver a casa porque mi mujer quería poner los adornos de Navidad.

Clough miró las cadenetas caseras de papel y el árbol artificial con su ridícula tira de lucecitas y una guirnalda de oropel que parecía mordida por el perro desde la Navidad anterior.

—Ya —comentó inexpresivo.

—Me gusta dejarlos listos el día de la feria —dijo la mujer ufana—. Así nos vamos ya ambientando para la Navidad, ¿a que sí, papi?

—Sí, Doris, sí. Por eso no hicimos mucho caso del Land Rover, sargento.

Clough se puso en pie sonriendo.

—No tiene importancia —dijo—. Por lo menos advirtieron su presencia, cosa que no hizo ninguno del pueblo.

—Estaban todos celebrando el premio de las terneras de Alec Grundy —dijo el hombre prudentemente.

Clough les dio de nuevo las gracias y fue a reunirse con Cragg en el pub del pueblo. Él nunca había sido partidario de aplicar estrictamente la regla de no beber estando de servicio, sobre todo cuando se hace turno de noche; un par de copas eran para él como el lubricante para las máquinas: funcionaba mejor. Así, ante una pinta de Marston's Pedigree, le contó a Cragg lo que había averiguado.

—Estupendo —comentó este exaltado—. Al Profesor le gustará.

—Hasta cierto punto —replicó Clough haciendo una mueca—. Le gustará que hayamos encontrado dos testigos que vieron un Land Rover donde todos saben que no se debe dejar, y le gustará que fuese a la hora en que desapareció Alison.

A continuación añadió por qué pensaba que a Bennett no iba a gustarle.
—¡Mierda! —exclamó Cragg.
—Eso: mierda —repitió Clough liquidando de un trago cinco centímetros de la cerveza.

Viernes, 13 de diciembre de 1963. 5.35 h

Bennett entró en la oficina de la planta baja de la comisaría de Buxton y se encontró con un agente de uniforme pinchando en la pared unas campanas de papel.
—Precioso —rezongó—. ¿Está el sargento Lucas?
—Seguramente le encontrará en la cantina, señor. Dijo que iba a tomarse un bocadillo de beicon porque ha estado toda la noche de servicio, señor.
—Esa campana roja le ha quedado más alta que la verde —dijo Bennett al salir.
Al cerrarse la puerta el agente dirigió hacia ella una mirada feroz.
Bennett encontró a Bob Lucas masticando su bocadillo de beicon y leyendo taciturno el periódico.
—¿Ha visto esto, señor? —preguntó empujando el *Daily News* sobre la mesa.
Bennett lo cogió para leer lo que le indicaba

Daily News,
viernes, 13 de diciembre de 1963, pág. 5

NIÑA DESAPARECIDA: ¿EXISTE RELACIÓN?

Perros rastreadores para la búsqueda de Alison

La policía no descarta que exista relación entre el caso de la colegiala de trece años, Alison Carter, y las desapariciones que se han producido en los últimos seis meses a menos de cincuenta kilómetros.
Existen sorprendentes similitudes entre los tres casos, y la policía

se ha planteado la conveniencia de recurrir a una operación conjunta de las tres jefaturas que investigan los casos.

La última búsqueda se centra en torno a Alison Carter, desaparecida el miércoles en la remota aldea de Scardale en Derbyshire, cuando la niña salió de paseo con su collie, *Shep*, a la vuelta del colegio. Al ver que no regresaba, su madre, la señora Ruth Hawkin, avisó a la policía de Buxton.

En un primer rastreo con perros adiestrados no se logró encontrar huella alguna de la jovencita, aunque sí se localizó, en un bosque cercano, a la perra sana y salva.

La misteriosa desaparición se produce menos de tres semanas después de la del niño de doce años John Kilbride de Ashton-under-Lyne que fue visto por última vez en el mercado de la localidad a la hora de la cena. La policía de Lancashire sigue sin saber nada de su paradero.

Un día de julio, Pauline Reade, de dieciséis años, salió de su casa en Wiles-street de Gorton, Manchester, para dirigirse al baile, donde nunca llegó. Del mismo modo que en el caso de Alison Carter, la policía no ha podido encontrar explicación sobre qué pudo sucederle.

Un oficial superior de la policía de Derbyshire manifestó:

«No descartamos de momento ninguna posibilidad, pero no entendemos por qué Alison ha desaparecido, ya que no tenía problemas en su casa ni en el colegio.

»Si no aparece hoy, intensificaremos la búsqueda. No sabemos qué ha podido sucederle y nos preocupa bastante por el tiempo tan frío que está haciendo estos días.»

Un oficial del departamento de Investigación Criminal de Manchester informó al *Daily News:* «Naturalmente, esperamos averiguar pronto el paradero de Alison, pero si el caso no se resuelve, nos complacería compartir lo que descubramos en Derbyshire».

—Malditos periodistas —exclamó Bennett—. Lo tergiversan todo. ¿Dónde está lo que yo dije de que existen más diferencias que similitudes? Podría habérmelo ahorrado. Por lo visto ese Don Smart piensa escribir lo que se le antoje sin preocuparse de la verdad.

—Siempre sucede igual con los reporteros de Londres —comentó Lucas agriamente–. Los de la localidad han de ceñirse a la verdad porque su trabajo les obliga a tratar con nosotros día a día, pero a los de la capital les importa un rábano fastidiar o no a la policía de Buxton –añadió con un suspiro–. Bien, señor, ¿me buscaba?

–Quiero que encargue un servicio a los del turno de día, pues convendría localizar a los delincuentes sexuales de la zona y someterles a interrogatorio.

–¿De toda la división, señor? –preguntó Lucas con un deje de perplejidad.

Bennett pensó que entendía perfectamente a veces que muchos policías de uniforme se limitaran durante toda su carrera a cumplir órdenes sin rechistar.

–Habrá que centrarse en los de la zona más próxima a Scardale, en un radio de diez kilómetros hacia el norte, incluyendo Buxton.

–A esta zona acuden excursionistas de todas partes –dijo Lucas–. A saber si quien buscamos no es de Manchester, Sheffield o Stoke.

–Lo sé, sargento, pero por algo habrá que empezar –dijo Bennett apartando la silla y levantándose–. Voy a Scardale y supongo que pasaré todo el día allí.

–¿Sabe lo del Land Rover? –preguntó Lucas con voz neutra y cara de palo.

–¿Qué Land Rover?

–Clough y Cragg localizaron anoche en Longnor un par de testigos que vieron un Land Rover aparcado fuera de la carretera y cerca de Scardale, aproximadamente a la hora en que Alison salió de su casa.

–¡Eso es fantástico! –exclamó Bennett radiante.

–No tanto, señor. Los testigos simplemente han declarado que era un Land Rover.

–Lo que nos permitirá recoger las huellas de los neumáticos y ya es algo –dijo Bennett, olvidándose de su irritación con Lucas y el *Daily News*.

–Me temo que no, señor –replicó Lucas negando con la cabe-

za–. ¿Se refiere a huellas en el lugar en que lo vieron? Sepa que es el espacio que hay junto a la iglesia metodista en el que estuvieron entrando y saliendo nuestros coches ayer durante todo el día.
 –¡Mierda! –exclamó Bennett.

Tommy Clough, con una taza de té entre las manos, fumaba un cigarrillo cuando Bennett entró en la sala de investigación.
 –Buenos días, señor –dijo sin ponerse en pie.
 –¿Todavía sigue aquí? –preguntó Bennett–. Puede marcharse si quiere. Debe de estar agotado.
 –No más que usted ayer. Si no le importa me quedo; de todos modos, es mi último día de turno de noche y más vale que me acostumbre a acostarme a mi hora. Si va a interrogar a los del pueblo podré servirle de ayuda porque he hablado con casi todos y tengo una idea bastante exacta de los hechos.
 George Bennett reflexionó un instante. Vio que el rostro rubicundo de Clough estaba más pálido de lo habitual y tenía bolsas en los ojos, pero su mirada era despierta e indudablemente sabía más que él de aquel pueblo. Además, le convenía ya ir profundizando en el trato directo con uno de sus tres sargentos.
 –Muy bien, pero si empieza a bostezar cuando algún anciano se arranque con batallitas, le mando derecho a casa.
 –De acuerdo, señor. ¿Por dónde quiere empezar?
 Bennett se acercó a una de las mesas y cogió un bloc.
 –Lo primero que vamos a hacer es un plano que diga quién es quién y dónde vive. Eso es.
 Bennett se rascó la cabeza.
 –Supongo que no sabrá el grado de parentesco de todos ellos –dijo mirando el plano que acababa de dibujar Tommy Clough.
 –Por supuesto que no –respondió él–. Salvo lo evidente, como que Charlie Lomas es el hijo menor de Terry y Diana. Mike Lomas es el mayor de Robert y Christine y luego está Jack que vive con ellos y tienen dos hijas: Denise, casada con Brian Carter, y Angela, casada con un granjero de Three Shires Head.

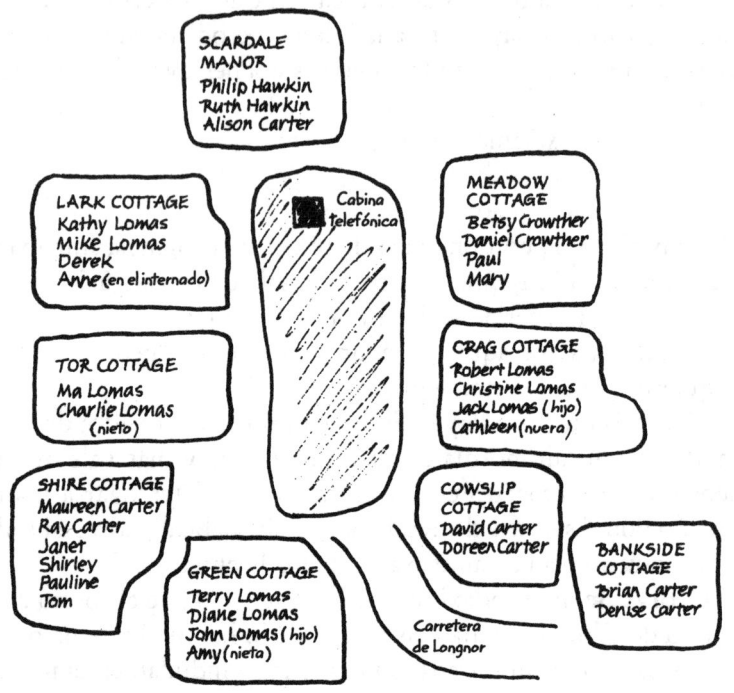

Bennett alzó la mano.

–Basta –gruñó–. A la vista de sus dotes naturales, queda encargado de la genealogía de Scardale. Ya me ira diciendo quién es pariente de quién, en caso necesario. Lo que quiero saber ahora es quiénes son familia de Alison Carter.

Tommy Clough alzó la vista como si pensara el árbol genealógico de los Carter.

–De acuerdo. Le citaré los parientes más próximos sin nombrar a los primos de ningún grado. Ma Lomas es su bisabuela; su padre, Roy Carter, era hermano de David y Ray; por parte de madre, era Crowther. Ruth es hermana de Daniel y de Diane, la esposa de Ferry Lomas –dijo Clough señalando las casas del mapa–. Pero están todos emparentados.

–Habrá de vez en cuando alguno de sangre nueva –dijo Bennett–, porque, si no, serían imbéciles.

–Hay uno o dos de fuera como contrapeso. Cathleen Thomas, la mujer de Jack, es de Longnor; y John Lomas se casó con una de cerca de Bakewell, que le duró lo bastante para darle a Amy, pero luego se fue a un lugar en que fuera posible ver *Coronation Street* y salir a tomarse una copa sin necesidad de hacerlo a escondidas. Y, naturalmente, está Philip Hawkin.
 –Sí, hay que incluirle también –dijo Bennett pensativo; lanzó un suspiro y se levantó–. Podríamos averiguar algo más sobre él en su lugar de origen. Es de Saint Albans, ¿verdad? –añadió anotando algo en el bloc–. Recuérdemelo por si se me olvida. Bien, Tommy, vamos a dar otra batida a Scardale.

Brian Carter limpió las ubres a la siguiente vaca de la hilera, enchufándole con sorprendente suavidad la máquina ordeñadora. Había abandonado mucho antes del amanecer la agradable cama que compartía con su reciente esposa, Denise, en Bankside Cottage, la casa de dos dormitorios en que había nacido Alison Carter un día lluvioso de 1950. Al cruzar al lado de su padre el pueblo dormido, pensó inevitablemente y con amargura cómo la desaparición de su prima había cambiado su vida.
 Una vida de lo más sencillo en aquel Scardale en el que todos eran tan independientes y muy suyos, donde había crecido acostumbrado a oír los insultos que en el colegio y luego en los bares, cuando la gente se había tomado una copa de más; conocía todos chistes manidos sobre endogamia y rituales de magia negra, pero había aprendido a no hacer caso y a vivir su vida.
 En su pueblo trabajaban la tierra hasta ponerse el sol y, al anochecer, hacían otras faenas: las mujeres hilaban lana, tejían suéteres, hacían chales y colchas de crochet, ropa de bebés, preparaban conservas y salsa *chutney* y productos que vendían a través del Instituto de la Mujer de Buxton; y los hombres reparaban las casas por fuera y por dentro y trabajaban la madera, como Ferry Lomas, que hacía unos cuencos preciosos torneados, con la veta de la madera formando intrincados dibujos, que después enviaba a un centro de artesanía en Londres donde le pagaban una mise-

ria según comentaban todos sus paisanos. También David, su padre, hacía juguetes de madera para una tienda de Leek. En Scardale no había tiempo para aquellos ritos ancestrales paganos que les atribuían los incautos de las tabernas de Buxton. La verdad era que allí todos trabajaban como burros y no les quedaba tiempo más que para comer y dormir. Durante la semana no necesitaban a nadie de fuera porque casi todo lo que consumían se obtenía en los cultivos del término: carne, patatas, leche, huevos, alguna fruta y verduras. Ma Lomas hacía vino con flores y frutos de saúco, ortigas, diente de león, savia de abedul, ruibarbo, grosella y frutos de tojo; si maduraba, lo dejaba fermentar y todo el mundo lo bebía; hasta a los niños les daba un vasito de vez en cuando como medicina. Los martes iba una camioneta a vender pescado y verduras, y los jueves, otra de Leek con ultramarinos. El resto lo compraban en el mercado de Leek o de Buxton cuando acudían allí a vender sus productos o el ganado.

El cambio de colegial –época en que salía del valle cinco días por semana– a adulto, dedicado a trabajar la tierra sin salir a veces del pueblo durante un mes, le había resultado extraño. En Scardale no tenían televisión que amenizara el monótono ritmo de vida; recordó la ocasión en que el antiguo terrateniente, el señor Castleton, compró en Buxton un televisor para ver la coronación de la reina; su padre y su tío Roy montaron la antena y todo el pueblo se congregó en el salón del señor, quien, con aparatoso ademán enchufó el aparato y, para pasmo general, no vieron más que una ventisca imponente, y por más que David y Roy movieron la antena a uno y otro lado, lo único que consiguieron fue que el televisor chisporroteara como la manteca al fuego y todo lo que vieron fue una interferencia; el único tipo de interferencia que los de Scardale aguantaron.

Ahora todo era distinto. Alison había desaparecido y se sentía de pronto como si sus vidas estuvieran en manos ajenas; la policía y los periódicos no cesaban de hacerles preguntas y de meterse en sus cosas, y él se sentía impotente ante tal invasión. Tenía ganas de sacudir a alguien. Pero no había nadie a mano.

Aún no había amanecido cuando Bennett y Clough llegaron a las afueras del pueblo y la primera luz que vieron fue la que salía por la puerta entreabierta de un establo.

–Podríamos empezar por aquí –dijo Bennett aparcando el coche junto a la cuneta–. ¿Con quién nos las habremos? –preguntó mientras se acercaban a la puerta, pisando el cemento embarrado.

–Probablemente con Brian y David Carter que son los lecheros –respondió Clough.

Con el estruendo de la máquina ordeñadora los dos hombres que estaban en el establo no oyeron sus pasos. Bennett aguardó a que se dieran la vuelta mientras su olfato se acostumbraba a aquel olor dulzón a estiércol, sudor animal y leche y miraba cómo lavaban las ubres de las vacas para enchufarles el aparato. Finalmente fue el más mayor quien se volvió y la primera impresión de Bennett fue que los ojos inquisitivos de Ruth Hawkin habían sido trasplantados a una estatua de la isla de Pascua, dentro de unas órbitas descarnadas, como de cera rosa, en un rostro a base de planos y ángulos, con mejillas como planchas.

–¿Alguna novedad? –preguntó alzando la voz por encima del ruido del aparato.

Bennett negó con la cabeza.

–He venido a presentarme. Soy el inspector George Bennett y estoy encargado de la investigación.

Al aproximarse al de más edad, el joven dejó la faena y se recostó en los cuartos traseros de una vaca, cruzándose de brazos.

–Yo soy David Carter –dijo el mayor–, tío de Alison, y este es mi hijo Brian.

Brian Carter les saludó con una inclinación de cabeza. Tenía el mismo rostro que su padre, pero sus ojos eran pequeños y claros como fragmentos de topacio. No tendría más de veinte años, pero el gesto desvaído de su boca parecía esculpido en piedra.

–Vengo a decirles que estamos haciendo cuanto podemos para averiguar qué le sucedió a Alison –añadió Bennett.

–No la han encontrado, ¿verdad? –preguntó Brian con una voz tan huraña como su expresión.

–No. Ahora en cuanto amanezca reanudaremos el rastreo; si

quieren ayudarnos hoy también, se lo agradeceremos infinitamente. Pero no he venido a eso. No se me quita de la cabeza que la clave de lo que le ha sucedido a Alison guarda relación con lo que hacía a diario y no creo que quien la agredió lo hiciera por simple impulso, sino de un modo planificado; y eso significa que habrá pistas. Forzosamente, alguien en el pueblo tiene que haber visto u oído algo que nos dé un indicio, aunque no le llamara la atención. Hoy pienso hablar con todos para exponérselo, porque es preciso que traten de recordar si vieron algo fuera de lo normal o a alguien que no fuera del pueblo.

Brian lanzó un resoplido muy similar a los de las vacas.

–No tienen que ir muy lejos si buscan a alguien de fuera del pueblo –dijo.

–¿Qué quiere decir? –inquirió Bennett.

–Brian... –dijo su padre en tono conminatorio.

Brian le miró furioso y buscó un cigarrillo en el bolsillo del guardapolvo.

–Padre, él no es de aquí. No es de los nuestros

–¿A quién se refiere? –insistió Bennett.

–A Philip Hawkin, ¿a quién si no? –musitó Brian Carter con la boca llena de humo, alzando la cabeza y mirando desafiante a la nuca de su padre.

–No estará insinuando que el padrastro tiene algo que ver con la desaparición de Alison, ¿verdad? –preguntó Clough con un tono destemplado que Bennett pensó haría caer en la trampa a Brian Carter.

–No es eso lo que ha preguntado. Ha preguntado que quién no era de aquí. Pues él no lo es. Desde que llegó no ha hecho más que entrometerse y decirnos cómo hay que cuidar las tierras, como si no hubiera hecho otra cosa en toda su vida; se cree que por haber leído un folleto del Sindicato de Labradores ya es un experto. Y su manera de cortejar a tía Ruth... No la dejaba ni a sol ni a sombra. No tuvo más remedio que casarse con él –espetó Brian.

–No sabía yo que a ti eso te molestara –comentó sarcástico el padre–. Si Ruth y Alison no se hubieran marchado de Bankside

Cottage, tú y Denise habríais tenido que empezar la vida matrimonial en tu antiguo cuarto y a mí me habrías dado la tabarra toda la noche con el traqueteo de la cama.

Brian se ruborizó y le miró furioso.

—No mezcles a Denise en esto. Estamos hablando de Hawkin, y tú sabes tan bien como yo que él no es de aquí. No vengas ahora disimulando cuando tú te pasas el día entero renegando de él y diciendo que ojalá el viejo señor no hubiera sido tan insensato dejando en herencia las tierras a un advenedizo como él.

—Eso no quiere decir que él tenga que ver con la desaparición de Alison —replicó David Carter restregándose la mandíbula, obviamente un gesto de exasperación habitual en él.

—Su padre tiene razón —terció Bennett.

—Quizá —farfulló Brian—. Pero ese Hawkin siempre tiene que saber más que ninguno. Si en su casa actúa igual que con nosotros, mi prima debía de llevar una vida de perros. Los demás dirán lo que quieran, pero para mí seguro que no sería una felicidad vivir con ese Hawkin —añadió con desprecio escupiendo en el suelo de cemento y dándoles la espalda para dirigirse al fondo del establo.

—No hagan caso al chico —dijo David Carter cabizbajo—. Habla más que piensa. Hawkin es imbécil, pero según Ruth adoraba a Alison. Y yo antes creo a mi hermana que a mi hijo —añadió moviendo la cabeza y mirando de reojo a Brian que manipulaba la ordeñadora—. Yo pensaba que al casarse con Denise se volvería más sensato, pero se ve que era mucho pedir —agregó con un suspiro—. Iremos al rastreo, señor Bennett. Y pensaré en eso que ha dicho, a ver si yo recuerdo algo.

Se dieron la mano y Bennett notó que la mirada glacial de Carter le examinaba de arriba abajo mientras él y Clough salían del establo cuando ya rayaba el alba.

—El joven Brian no parece avenirse muy bien con el señor —comentó camino del coche.

—No dice nada que no piense todo Scardale, según el agente Grundy. Estuvimos hablando anoche después de ir de casa en casa y me contó que todo el pueblo dice que Hawkin es un engreído que solo quiere que la gente le reconozca como el señor del lugar, y eso en Scardale no lo aguantan. Aquí la tradición es que los del pueblo trabajen la tierra a su manera y el señor cobre su renta sin inmiscuirse. Así que oirá muchas quejas sobre Hawkin –dijo Clough.

No podía estar más equivocado.

8

Viernes, 13 de diciembre de 1963. 12.45 h

Cuatro horas más tarde, Bennett pensó que había verificado suficientemente las pruebas de herencia genética. Los nombres variaban según estrictas líneas genealógicas, pero las características físicas estaban repartidas al azar. La cara de losa de David Carter, la nariz ganchuda de Ma Lomas, los ojos felinos de Janet Carter se repetían en diversas combinaciones junto con otros rasgos también distintivos. Era como tener delante uno de esos libros infantiles con divisiones horizontales en las páginas para combinar ojos, bocas y narices.

Lo que tenía en común la gente de Scardale era su completa perplejidad ante la desaparición de Alison. Como había previsto Clough, solo algunos se prestaron a decir ni siquiera lo poco que Brian Carter había manifestado y casi todos los interrogatorios resultaron sumamente laboriosos: Bennett hacía las presentaciones, soltaba su discurso, y los aldeanos le escuchaban pensativos para, a continuación, negar simplemente con la cabeza: no, no habían visto nada extraño, ni habían visto a nadie de fuera del pueblo; ni creían que nadie de Scardale hubiese tocado un pelo a Alison. Además, Charlie Lomas era una buenísima persona que no merecía que le tratasen como a un criminal.

El único punto relevante era que nadie decía nada en contra

del señor: ni una queja, ni un comentario adverso. Desde luego, ninguno lo elogiaba, pero al final de la mañana daban casi ganas de pensar que Brian Carter era el único de Scardale que encontraba motivo de censura en Philip Hawkin.

Bennett y Clough se retiraron decepcionados al remolque, donde solo quedaba una agente de uniforme, que se puso en pie de un salto al verlos entrar y les preparó un té.

—Se ha equivocado —dijo Bennett con un suspiro.

—¿Cómo dice, señor? —replicó Clough, abriendo la cajetilla y ofreciéndole un cigarrillo.

—Me dijo que oiríamos muchas quejas sobre Hawkin, y nadie ha hecho el menor comentario adverso salvo ese joven exaltado, Brian Carter.

Clough reflexionó un instante; una visible arruga cruzaba su frente.

—Tal vez sea por eso. Porque es muy joven y piensa que en un caso como este es importante el hecho de que Hawkin no sea de aquí. Los demás son lo suficientemente sensatos como para pensar que una cosa es que alguien les desagrade porque les dice cómo tienen que cultivar las tierras, y otra que sea sospechoso de haber raptado a una niña.

Bennett dio pensativo un trago al té. Desde luego no iba a escaldarse. Bebió media taza para quitarse la sequedad de garganta. Ahora que lo pensaba, en Scardale no eran muy obsequiosos con el té. Habían entrado en la cocina de Diane Lomas cuando tenía la tetera en la mesa y no les había ofrecido una taza.

—Tal vez, pero no quiero perder de vista el hecho de que es una comunidad cerrada, el colectivo humano que precisamente consideraría que el linchamiento es la mejor manera de solucionar los litigios. Quizá piensan que Hawkin tiene algo que ver y que, como nosotros somos incapaces de imputarle, lo mejor es esperar a que abandonemos la búsqueda y nos vayamos; y luego, un lamentable accidente y se acabó señor Hawkin. Eso me plantea dos problemas. Uno, que el único motivo de sospecha que tienen de Philip Hawkin es simple prejuicio, y dos, que no quiero tener su muerte sobre mi conciencia, esté implicado o no.

—Si no fuera usted mi superior, diría que ha visto demasiada televisión, pero dado que lo es, me parece una idea interesante, señor —dijo Clough con cortés escepticismo.

Bennett le fulminó con la mirada.

—Una idea que no descartaremos, sargento —replicó escuetamente, presentando la taza a la agente de uniforme—. ¿Queda té? Antes de que tuviera tiempo de servirle se abrió la puerta y entró Peter Grundy. El policía de Longnor les saludó sonriente con una inclinación de cabeza.

—Me imaginé que estaría aquí, señor. Le traigo recado del inspector jefe Carver de que le llame a Buxton lo antes posible.

Bennett se levantó a coger el té, lo bebió casi de un trago e indicó con un gesto a Clough que le siguiera.

—Nos acercaremos a la sala de investigación —dijo camino del coche en el momento en que se abría la puerta de un Ford Anglia y Don Smart asomaba cauteloso la cabeza.

—Buenos días, inspector —dijo jovial—. ¿Ha habido suerte? ¿Alguna noticia? Esperaba verle en la rueda de prensa de las diez, como dijo ayer; pero es evidente que tendría cosas más importantes que hacer.

—Exacto —replicó Bennett esquivando la puerta—. Los funcionarios que le atendieron en Buxton esta mañana estaban al corriente del caso.

—¿Ha leído nuestro artículo?

—Señor Smart, estoy ocupado con un caso importante. Si quiere algún comentario de la policía de Derbyshire, pídalo a través de los canales habituales. Ahora, si me lo permite...

Smart esbozó su sonrisa de predador.

—Ya que no se toma en serio mi sugerencia de que existe relación con los otros casos... ¿ha pensado en recurrir a algún vidente?

—¿Un vidente? —replicó Bennett frunciendo el entrecejo.

—Eso podría orientarle en la dirección correcta. Centraría su atención en vez de ampliar tanto la búsqueda.

Bennett movió la cabeza de un lado a otro sin salir de su asombro.

—Yo trabajo con hechos, señor Smart, no con titulares —replicó apretando el paso y volviéndose de pronto hacia el periodista—. Si realmente quiere hacer algo por Alison Carter, en vez de preocuparse por su propia fama, ¿por qué no publica una foto de ella? —¿Debo entender que no tienen ninguna pista? —preguntó Smart a Clough que ya seguía a Bennett.

—¿Por qué no se larga a Manchester? —replicó Clough tajante sin levantar la voz mirándole descaradamente y sonriendo; después reanudó el paso tras el inspector.

—Ese Smart se cree más listo que nadie —comentó Bennett indignado mientras el coche dejaba atrás el valle—. Me pone enfermo. No se trata simplemente de una noticia periodística, sino de la vida de una niña.

—Pero él no puede permitirse verlo así, porque si no, no escribiría artículos —puntualizó Clough.

—Mejor nos vendría a todos —replicó Bennett, aún molesto por el incidente, en el momento de entrar en el salón parroquial de la iglesia, dirigiéndose al primer teléfono que vio en una mesa; esperó mirando al uniformado que lo utilizaba, de pie y dando impaciente golpecitos en la madera con un Gold Leaf.

El agente alzó nervioso la vista hacia él.

—Eso es todo, señora; muchas gracias —farfulló, cortando la llamada casi sin terminar la frase y sin colgar—. Tenga, señor —añadió, pasando el receptor a Bennett, con recelo.

—Inspector Bennett llamando al inspector jefe Carver —dijo Bennett sin preámbulos.

Se hizo una pausa y enseguida oyó la voz nasal de Midlands de su jefe en Investigación Criminal.

—¿Es usted, Bennett?

—Sí, señor. Me han dicho que quería hablar conmigo.

—Han tardado en darle el aviso —gruñó Carver.

Bennett sabía ya de sobra que, tras treinta años en la policía, Carver había desarrollado casi un arte en su modo de reprender; se había pasado el primer mes en Buxton disculpándose y el segundo apaciguándole hasta aprender de los demás a no hacer caso de sus regañinas.

—¿Hay alguna novedad, señor?
—Dejó usted instrucciones al sargento Lucas para el turno de día —dijo Carver en tono acusador.
—Sí, señor.
—Pues sepa que localizar a los sospechosos habituales suele ser una pérdida de tiempo para todos.
Bennett aguardó sin decir nada. Había ocultado la indignación por su encuentro con Smart tras un muro de imperturbabilidad profesional, pero la reprimenda de su superior le estaba enfureciendo, aunque lo que menos le convenía era desahogar su mala leche con Carver; optó por inspirar profundamente y expeler el aire despacio por la nariz.
—Sin embargo, esta vez parece que ha dado resultado —prosiguió Carver pausadamente, refunfuñando como si en realidad se tratara de un fracaso.
—¿En serio, señor? —dijo Bennett incrédulo.
—Hay uno que está fichado por exhibicionismo con colegialas y por robar bragas de señora tendidas. No es nada muy tremendo ni muy reciente —añadió Carver con desagrado—, pero lo interesante es que se trata de un tío de Alison Carter.
Bennett se quedó boquiabierto.
—¿Tío suyo? —logró al fin decir.
—Peter Crowther.
Bennett tragó saliva. Ni siquiera sabía de la existencia de aquel Peter Crowther.
—¿Puedo estar presente en el interrogatorio, señor?
—¿Por qué cree que le he telefoneado? El tobillo me está matando y si ese Crowther me ve con la pierna escayolada, cojeando como Hopalong Cassidy, no creo que pueda infundirle ningún temor, ¿no cree? Véngase para acá inmediatamente.
—Sí, señor.
—Ah, oiga, Bennett.
—Dígame.
—Tráigame unas patatas fritas con pescado, haga el favor. No aguanto la comida de la cantina. Me resulta enormemente indigesta.

Bennett colgó, moviendo la cabeza de un lado a otro. Encendió un cigarrillo y entornó los ojos explorando la sala a su espalda. Clough estaba recostado despreocupadamente en una mesa, estudiando uno de los mapas pinchados en la pared y Grundy, junto a la puerta, dudaba entre irse o quedarse.

–Clough, Grundy –dijo Bennett expulsando humo–, al coche. Vamos a Buxton.

Apenas cerraron las puertas del vehículo, cuando Bennett se volvió en el asiento y mirando enfurecido a Grundy dijo:

–Peter Crowther.

–¿Peter Crowther, señor? –repitió Grundy tratando de hacerse el inocente y desviando la mirada.

–Sí, Grundy. El tío de Alison, el que está fichado por delitos sexuales. Ese Peter Crowther en concreto –dijo Bennett sarcástico, entrando en la carretera de Longnor con un acelerón que les echó hacia atrás.

–¿Qué sucede con él, señor?

–¿Cómo es que la primera noticia que tengo sobre Peter Crowther me llega por boca del inspector jefe? ¿Cómo es que con todo lo que sabe sobre los del pueblo no ha hecho la menor mención de Peter Crowther? –inquirió Bennett ya sin sarcasmo y con la suavidad engañosa del profesor sádico que induce una falsa confianza en sus alumnos antes de echarles la bronca.

–No pensé que fuera relevante. Es decir, él vive en Buxton desde hace más de veinte años. No se me ocurrió –respondió Grundy rojo como un tomate.

–Por eso sigues siendo un simple agente, Grundy. Porque no piensas –añadió Clough volviéndose en el asiento, dirigiéndole una de aquellas miradas displicentes y retadoras que había impulsado a más de un detenido a algún acto de agresión que le costó más del doble de la condena prevista por su delito.

–Es cierto, Clough, pero para tirarse unos cuantos años de agente urbano en Derby tampoco hace falta ser una lumbrera –dijo Bennett melifluo pero serio–. Los policías de pueblo, sin embargo, se supone que tienen que saber pensar por sí mismos, agente Grundy. Así que, a menos que a lo que aspire sea a un cambio de destino, le sugiero que aproveche los kilómetros que hay de aquí a Buxton para explicarnos todo lo que sepa sobre Peter Crowther.

Grundy se restregó una ceja con el nudillo del dedo índice.

—Peter Crowther es hermano de Ruth Hawkin —dijo como si resolviese un arduo problema matemático—. Diane es la mayor, me refiero a Diane, la mujer de Terry Lomas. Luego viene Peter, Daniel y después Ruth. Peter tendrá bien bien diez años más que Ruth. Es decir, unos cuarenta y cinco.

»Yo a Peter nunca lo traté, porque se fue de Scardale mucho antes de que me destinaran a Longnor, pero he oído cosas de él. Parece ser que no es trigo limpio. Su hermano Daniel no le perdía de vista cuando vivía en Scardale y algo debió de suceder, aunque ignoro qué, y tampoco lo sabe nadie de fuera de Scardale; el caso es que decidieron que se marchara del valle. Y lo largaron a Buxton, donde vive en una residencia de solteros cerca del campo de golf de Waterswallows, y trabaja en ese taller de rehabilitación de minusválidos de detrás de la estación, uno en el que se hacen pantallas para lámparas y papeleras. Sé que le habían detenido por mirón, pero nada más.

Bennett lanzó un fuerte suspiro.

—¿Sabía todo eso de Peter Crowther y no se le ocurrió mencionarlo?

Grundy se rebulló en el asiento.

—Lo entenderá cuando lo vea, señor. Peter Crowther se asusta de su propia sombra. Yo no le creo capaz de acosar a ninguna chica y menos de secuestrarla.

—A Alison no habría tenido necesidad de secuestrarla, ¿no crees? —terció Clough con un sarcasmo cortante, mirándole con sus fríos ojos azules—. Es su tío y ella no se asustaría de él si, por ejemplo, le hubiera dicho: «Oye, Alison, tengo unas botas de patinar del número que gastas tú, ¿vienes a verlas?», la chica se habría ido con él sin pensárselo dos veces. Su tío Peter será algo raro, pero no es ningún extraño, ¿no cree, agente Grundy? —añadió haciendo hincapié en el rango de un modo insultante.

—Ese es incapaz —replicó Grundy sin dar su brazo a torcer—.

Además, ya he dicho que en el valle no lo querían. Que yo sepa, Peter Crowther no ha vuelto a Scardale desde hace veinte años; dudo mucho de que sea capaz de reconocer a Alison si se la tropezara por la calle.

–Eso ya lo comprobaremos –musitó Clough con expresión adusta, y entrecerrando los ojos para evitar el humo del pitillo.

Janet Carter había rogado y suplicado que no la mandasen al colegio pretextando la desaparición de Alison. Pero fue todo inútil porque en 1963 se suponía que los niños no tenían los mismos sentimientos que los adultos. Los mayores les metían en la cabeza todo tipo de cuentos con propósito protector, pero para ellos lo inadmisible era salirse de la rutina, para que los pequeños no pensaran que sucedía algo anormal. Así que en Scardale, aunque se hundiera el mundo, a Janet y a sus primos les acompañaban hasta la carretera para que cogiesen el autobús escolar como cualquier otro día.

Pero aquel día siguiente a la desaparición de Alison, Janet lo pasó bomba en el colegio, pues por una vez fue el centro de atención dado que todas estaban al corriente de que su prima había desaparecido y la policía interrogaba a sus compañeras de clase y a los profesores. Solo se hablaba de secuestro y Janet estaba en su elemento; era como ser famosa y eso le hizo olvidar el miedo que había pasado toda la noche cavilando dónde estaría su prima y qué le habría sucedido.

En el colegio flotaba un aire como de miedo delicioso, la sensación de que había sucedido algo prohibido que no acababan de entender del todo ni las que vivían en granjas; sí, sabían lo que hacían los animales, pero no llegaban a extrapolarlo a la especie humana. Naturalmente que todas habían oído hablar de chicas «manoseadas», pero ninguna sabía realmente lo que quería decir, salvo que se refería a «lo de abajo» y a las consecuencias de permitir que un chico «vaya demasiado lejos». Pero ninguna sabía lo que era demasiado lejos.

Por tanto, la atmósfera del instituto femenino High Peak estaba cargada de electricidad por la desaparición de Alison Carter, y, aunque casi todas las alumnas sentían miedo y angustia y se hallaban tan preocupadas como la propia Janet, había una parte de ellas que se sentía provocada de un modo casi placentero, por más que supieran que no estaba bien. Con tantas emociones en ebullición, jueves y viernes fueron dos jornadas extenuantes; cuando sonaba la campana de salida, Janet no pensaba más que en irse a casa para que su madre la mimase con una taza de té.

Así, al subir al autobús aquel día, le quedaban ya pocas reservas para la sorpresa que le aguardaba cuando el conductor dijo que al tío de Alison le estaban interrogando en la comisaría. Janet reaccionó al instante, enmudeciendo y encerrándose en sí misma, y fue a acomodarse en aquel primer asiento que ocupaba siempre con Alison, justo detrás del conductor.

—¿Qué tío? —preguntó Derek.

El chófer aprovechó la ocasión para intentar largar la típica chufla de que en Scardale todos eran familia, pero vio que a Janet no le hacía gracia y añadió sin más:

—Peter Crowther.

Janet frunció el entrecejo.

—Debe de ser otro Crowther y no de Scardale. Alison no tiene ningún tío Peter.

—Tú qué sabrás —replicó el conductor con un guiño—. Peter Crowther es el hermano tonto de la madre de Alison, el que echaron de Scardale.

Janet miró a Derek, quien, sonriente, se encogió de hombros desconcertado. Ninguno de los dos había oído hablar de otro Crowther, hermano del que conocían; nadie lo había mencionado.

El chófer habló durante todo el camino de aquel Peter Crowther, que vivía en una residencia y trabajaba en un taller para minusválidos que el ayuntamiento no consideraba lo bastante locos para encerrarlos, y en cuyo pasado había algo oscuro, por lo que ahora la policía creía que había raptado a Alison. Janet clavó los ojos en su nuca rubicunda deseándole la muerte.

Pero lo que más deseaba era la verdad. Al final de la pista del pueblo aguardaba la llegada del autobús su padre, que había ido a buscarles con diez minutos de antelación por si acaso. Lo primero que le dijo Janet al apearse fue:

—Papá, ¿quién es Peter Crowther y qué es lo que hizo?

Ray Carter, dado su carácter, se lo contó todo. Y ahora Janet lo lamentaba.

Grundy tenía razón al menos en algo, pensó Bennett recostado en la pared del cuarto de interrogatorios. Peter Crowther se asustaba no ya de su propia sombra, sino de la de cualquiera. Lo primero que llamó su atención al entrar en aquel espacio tan cargado fue el olor acre del miedo de Crowther, un aroma muy distinto del hedor a sucio que despedía su cuerpo enclenque.

—Habrá que interrogarle fumando un cigarro tras otro —musitó Clough en un aparte junto al umbral de la puerta, arrugando elocuentemente la nariz.

—¿Cómo? —replicó en voz baja Bennett, que miraba fijamente desde la entrada a Crowther para tratar de intimidarle más.

—Para no vomitar, nada mejor que fumar cigarrillo tras cigarrillo —aclaró Clough.

Bennett asintió con la cabeza.

—Para usted el saque de salida —dijo avanzando un poco sin apartarse de la pared mientras Clough se sentaba en la silla frente a Crowther.

Bennett hizo una señal al policía uniformado que vigilaba para que saliera, y el agente lo hizo con manifiesto alivio.

—¿Qué tal, Peter? —preguntó Clough apoyando los codos en las rodillas.

Peter Crowther se encogió todavía más. Su cabeza tenía el color y la forma de una porción triangular de queso coronado por una cresta de pelos dispersos, pensó Bennett. Era extraño que oliera tan mal con lo poquita cosa que era cuando, en realidad, no tenía aspecto de sucio. Hundía casi en el pecho su mentón puntiagudo bien afeitado, mirando hacia arriba con sus ojos de gato a Clough; era la viva imagen de una persona acobardada según la definición del diccionario. No contestó al sargento, pero vieron que movía los labios.

—Más tarde o más temprano tendrás que contestarme, Peter —añadió Clough con desenfado metiéndose la mano en el bolsillo y sacando el paquete de cigarrillos para encender uno y soplarle el humo en la cara. Crowther arrugó la nariz y aspiró con ansia–. Y más vale que lo hagas pronto. Vamos a ver, ¿por qué volviste a Scardale el miércoles?

Crowther frunció el entrecejo y les miró pasmado. Si había algo de lo que aquel hombre se sentía culpable, no guardaba ninguna relación con Scardale.

—Peter, no —respondió con un chillido, que indicaba duda más que la bravuconería del verdadero culpable–. Peter vive en Buxton, en Waterswallows Lodgings, número diecisiete. Peter no vive ya en Scardale.

—Eso ya lo sabemos, Peter, pero el miércoles por la tarde volviste a Scardale. No lo niegues; sabemos que estuviste allí.

—Peter, no —replicó el hombre estremeciéndose–. Peter no puede volver a Scardale —añadió con seguridad–. No le dejan. Vive en Buxton. Waterswallows Lodgings, número diecisiete.

—¿Quién no te deja?

Crowther bajó la vista.

—Nuestro Dan. Dice que si Peter vuelve a poner los pies en Scardale le corta las manos. Peter no va allí, ¿comprende? ¿Le da un pitillo a Peter?

—Más tarde —replicó Clough displicente, echándole humo a la cara–. ¿Y Alison? ¿Cuándo la viste por última vez?

Crowther volvió a alzar la vista anonadado.

—¿Alison? Peter no conoce a Alison. Conoce a Angela, que trabaja a su lado y pone los flecos a las pantallas. ¿Es Angela quién dice usted? A Peter le gusta Angela. Lleva una chaqueta de cuero que le ha dado su hermano. Trabaja en la tenería de Whaley Bridge... Su hermano, quiero decir. Peter trabaja con Angela. Peter hace armazones de pantallas.

—Hablo de Alison. Tu sobrina Alison. La hija de tu hermana Ruth —replicó Clough tajante.

Al oír el nombre de Ruth, Crowther se sobresaltó y, acercando las rodillas al pecho, se las abrazó con firmeza.

—¡Peter no! —dijo con un grito ahogado—. Peter no.

Bennett se acercó y apoyó el puño en la mesa.

—¿No sabías que Ruth tenía una hija? —preguntó afable.

—Peter no —repitió Crowther como si fuese un conjuro.

Bennett hizo una seña a Clough para que se apartara ligeramente, y el sargento se recostó en el respaldo de la silla y continuó fumando expulsando el humo hacia el techo. Bennett sacó su paquete de tabaco, encendió un cigarrillo y se lo tendió a Crowther, quien, sin parar de temblar, balbuciendo su «Peter no, Peter no», tardó unos segundos en advertir el ofrecimiento. Miró desconfiado el cigarrillo y después a Bennett y al final lo cogió casi a la rebatiña, guardándoselo en el hueco de la mano como si fueran a quitárselo, para, a continuación, dar unas chupadas rápidas mirando alternativamente a Clough, a Bennett y al pitillo.

—¿Cuándo fue la última vez que estuviste en Scardale, Peter? —preguntó Bennett en tono bondadoso sentándose en la silla junto a Clough.

Crowther se encogió tímidamente de hombros.

—No sé. A veces Peter ve a la familia los sábados de mercado. Pero la familia no le habla. Una vez, en verano, Peter estaba en la tienda de periódicos comprando tabaco y entró nuestra Diane y le saludó con la cabeza sin decir nada. Creo que quería decir algo, pero ella sabe que, si me habla, nuestro Dan hace daño a Peter. Dan siempre da mucho miedo a Peter. Por eso Peter nunca vuelve a Scardale.

—¿Y es verdad que no sabías que Ruth tenía una hija? —preguntó Clough con sorna.

Crowther se puso tenso y se aferró espasmódico al cigarrillo.

—Peter, no —gimió inclinándose sobre las rodillas y balanceándose—. Peter, no.

Bennett miró a Clough y movió la cabeza, se levantó y fue a la puerta.

—Peter, ahora pedimos un té para ti —dijo antes de salir seguido de Clough—. Algo oculta —dijo Bennett convencido.

—Pero no creo que tenga que ver con Alison —añadió Clough.
—No lo sé —comentó Bennett—. No pondría la mano en el fuego hasta que hable con la familia y nos explique por qué le expulsaron de Scardale. Sea lo que fuere, debió de ser algo malo para que su propia hermana no le dirija la palabra al cabo de veinte años.
—Entonces, ¿quiere usted que siga retenido en comisaría? —preguntó Clough sin lograr ocultar un deje de duda.
—Pues sí. Aquí estará más seguro, ¿no cree? —respondió Bennett por encima del hombro, camino de Investigación Criminal—. Carver está convencido de que es el hombre que buscamos y para que cambie de criterio no bastará mi opinión. Además, siempre se filtra lo que pasa en comisaría y antes de la noche media ciudad se habrá enterado de que la policía interrogó a Peter Crowther por la desaparición de Alison y, dadas las circunstancias, no creo que Waterswallows Lodgings, número diecisiete, sea el lugar más seguro para él —añadió abriendo la puerta del departamento.
Allí estaba el inspector jefe con la pierna escayolada apoyada en la papelera, leyendo el periódico, y la habitación aún olía a pescado y patatas fritas aliñadas con vinagre y envueltas en papel de periódico.
—¿Les ha dicho ya dónde tiene a la chica? —preguntó Carver.
—No creo que sepa nada, señor —contestó Bennett tratando de ocultar su desaliento.
—¿Para eso ha ido a la universidad? —replicó Carver con desdén—. Increíble. Tiene usted hasta mañana para sacarle de pe a pa a ese miserable lo que sepa. Seguirá encerrado, ¿no? No se le habrá ocurrido soltarle... —añadió.
—El señor Crowther sigue detenido.
—Muy bien. Yo me marcho a casa y lo dejo en sus manos. Si mañana no ha logrado que confiese, me haré cargo yo, con pierna escayolada o sin pierna escayolada. Ya verá como canta. A mí, seguro que me canta.
—No me cabe duda, señor. Discúlpeme, pero tengo que volver a Scardale —dijo Bennett saliendo del departamento antes de que Carver volviera a criticar su competencia profesional.

—¿Vamos los dos? —preguntó Clough siguiéndole hasta el coche.

—Tengo que averiguar lo que hizo Peter Crowther —contestó Bennett sin más explicaciones—. Él no va a decírnoslo, así que tendrá que ser otra persona —añadió—. Estoy harto de esta gente de Scardale que no nos cuenta lo que necesitamos saber.

9

Viernes, 13 de diciembre de 1963. 16.05 h

Al entrar con el coche en el estrecho desfiladero aquella triste tarde de invierno cuando ya empezaba a oscurecer, George Bennett pensó que soñaría con la carretera de Scardale el resto de su vida. Si había asomado un rayo de sol entre las nubes y la niebla, él no lo había visto, se dijo, aminorando la marcha al avistar el prado comunal del pueblo, donde, junto al remolque de jefatura, había grupos de hombres con tazas de té de las que emanaban humeantes espirales que se fundían con las rachas de niebla que llegaban del valle. Como ya había caído la tarde habían dado fin a la infructuosa búsqueda de aquel día.

Bennett fue directamente a Tor Cottage cruzando el parque. Ya era hora de que la matriarca Ma Lomas y su parentela renunciaran a su actitud de personajes de melodrama victoriano y asumieran responsabilidades por lo que pudiera sucederle a Alison si ella y su extensa parentela continuaban sin abrir el pico, se dijo resuelto, pero al dar la vuelta al montón de leña que entorpecía la entrada al camino de la casa tropezó con algo y estuvo a punto de caer de no haber sido porque Clough le sostuvo con firmeza.

–¿Qué demonios...? –exclamó Bennett recuperando el equilibrio.

Se volvió y en la penumbra vio a Charlie Lomas tumbado de espaldas gruñendo junto al montón de leña desmoronado.

—Debe de haberme roto el tobillo —gimió el joven.
—Pero ¿qué demonios hacías ahí? —inquirió Bennett, masajeándose el brazo por el sitio en que le había sujetado Clough.
—Estaba tranquilamente sentado pensando un rato en mis cosas. No es ningún delito, ¿no? —replicó incorporándose con torpeza y restregándose la cara con la palma de la mano; por la luz que salía por la ventana, Bennett vio que tenía los ojos bañados en lágrimas.
Aquel muchacho era incapaz de raptar a un gatito, menos aún a una jovencita.
—¿Pensabas en Alison? —preguntó afable.
—A buenas horas me trata como un ser humano, señor —replicó Charlie desafiante—. ¿Qué se cree? Era mi prima, era familia mía. ¿No tienen ustedes seres queridos que tanto les extraña nuestra preocupación?
Aquellas palabras revivieron recuerdos en Bennett. Al ingresar en la policía había aprendido que no era posible dedicarse debidamente a la profesión si no era uno capaz de reprimir radicalmente las cuitas personales dejándolas al margen de las miserias y sucesos desagradables con que uno se tropieza en el servicio. Él solía lograrlo, pero había ocasiones como aquella en que los dos planos entraban en conflicto. Además, recordó de pronto que de la noche a la mañana en su vida había surgido un nuevo ser por quien preocuparse.
Sonrió fugazmente sin poderlo evitar. Veía la indignación en los ojos de Charlie Lomas y la perplejidad de Clough, pero no podía hacer abstracción de aquel sentimiento súbito de que Anne iba a traer al mundo un niño.
—¿Cuál es la puta gracia? —exclamó Charlie.
—No es ninguna gracia —replicó Bennett con brusquedad recuperando la entereza del policía—. Pensaba en mi familia, y tienes razón: me sentiría desolado si le sucediera algo. Perdona si te he ofendido.
Charlie acabó de ponerse en pie sacudiéndose el polvo.
—Ya le digo que es un poco tarde para disculparse —dijo volviendo la cabeza de modo que sus ojos quedaban ocultos en la sombra—. ¿Me buscaba a mí o a mi abuela?

–A tu abuela. ¿Está en casa?
El joven negó con la cabeza.
–Aún no ha vuelto.
–¿De dónde?
–Cuando regresábamos del rastreo la vi caminar por los campos entre el lugar en que encontraron a *Shep* y el sitio al que fui ayer con ustedes, donde recogieron... esas cosas –contestó Charlie con el ceño fruncido–. Creo que seguía el mismo camino que el señor el miércoles a la hora de la cena.
Hay momentos en que una determinada frase hace que el mundo gire más despacio. Al advertir las implicaciones de lo que acababa de decir Charlie Lomas, a Bennett le invadió esa extraña y vertiginosa sensación en que todos los sentidos se ponen aceleradamente a funcionar y el resto de las cosas se detiene. Parpadeó sin acabar de creérselo y carraspeó antes de preguntar:
–¿Qué es lo que acabas de decir, Charlie?
–Que vi a mi abuela andando por los campos, como en dirección a la parte de atrás de la casa solariega –respondió el joven.
Por lo visto, se había decidido por el bien de Alison, a pesar de la dureza con que le habían tratado, a colaborar con aquel policía de fuera que no actuaba como los que él se había tropezado en la realidad o visto en el cine en Buxton.
Bennett hizo cuanto pudo por dominarse y no agarrar al muchacho por el cuello a gritos y se limitó a decir:
–Dices que seguía el mismo camino que el señor a la hora de la cena el miércoles.
Charlie puso cara de asombro.
–¿Y qué? ¿Qué hay de raro en que el señor caminase por sus tierras?
–¿El miércoles a la hora de la cena, dices?
–Eso es. Me acuerdo muy bien por el jaleo que se organizó a continuación al ver que Alison había desaparecido.
Bennett y Clough cruzaron una mirada: de incredulidad por parte del inspector, de rabia por parte del sargento.
–Ya te habíamos preguntado antes si habías visto a alguien por los campos o por el bosque el miércoles –espetó Clough airado.

—No —replicó Charlie a la defensiva.
—Te lo pregunté yo mismo —añadió Clough entre dientes, apretando los labios.
—No, no me lo preguntó —insistió Charlie—. Me preguntó si había visto algún desconocido. Si había visto algo fuera de lo normal. Y no vi nada así, sino lo que he visto mil veces: el señor paseando por sus tierras. De todos modos, no tendrá nada que ver con la desaparición de Alison, porque aún había luz y se le veía perfectamente, y según dijeron ustedes, Alison salió cuando empezaba a oscurecer. Así que no tiene por qué hablarme en ese tono —añadió enderezando los hombros para hacerse el mayor—. Además, estaban demasiado ocupados acusándome a mí para prestar atención a lo que tuviera que decirles.

Bennett volvió indignado la cabeza y cerró un instante los ojos.

—Hay que tomarte declaración de eso que has dicho —añadió entusiasmado por las posibilidades que presentaba aquel dato y olvidando su frustración por el tiempo perdido gracias a la mentalidad plana de aquellos lugareños que no podían ver más allá de la pregunta concreta que les hacían—. Anda, ve al salón parroquial y diles a los agentes que vas de mi parte y se lo explicas con todo detalle: la hora, la dirección en que caminaba el señor Hawkin, si llevaba algo en la mano y qué ropa llevaba puesta. Ve ahora mismo, haz el favor, señor Lomas, antes de que ceda a la tentación de detenerte por obstrucción a la labor de la justicia.

Le miró de reojo y advirtió que Charlie abría los ojos aterrado.

—Eso no es verdad —gimoteó como un niño—. El sargento no me preguntó nada sobre el señor.

—Tampoco te pregunté nada sobre el duque de Edimburgo, pero si cruzó por los campos, espero que me lo digas —gruñó Clough—. Anda, no pierdas más tiempo y ve donde te dicen antes de que te ponga yo en marcha de una patada.

Charlie se alejó y cruzó a la carrera el parque en dirección a uno de los Land Rover llenos de barro aparcados al otro lado.

—Esta gente es increíble —comentó Bennett—. Dios, empiezo a preguntarme si realmente quieren que aparezca Alison Carter

—añadió con un suspiro–. Tenemos que hablar con Hawkin. Nos mintió y quiero saber por qué –dijo consultando el reloj–. Pero quiero también saber lo de Peter Crowther.
—En función de lo que alegue Hawkin, lo de Peter Crowther podría ser irrelevante –comentó Clough.
—Clough, ¿no pensará realmente...? –dijo Bennett frunciendo el entrecejo.
Clough se encogió de hombros.
—¿Si es capaz de algo así? No lo sé; apenas he hablado con él. Pero está el hecho de que nos ha mentido. O tiene algo que ocultar, encubre a otro a quien vio, o hace gala de negligencia criminal –añadió, estirando los dedos para acompañar la enumeración.
Antes de que Bennett pudiera replicar surgió de la oscuridad el bulto de Ma Lomas enfundada en su abrigo de invierno y tocada con un pañuelo; la anciana ladeó la cabeza y dijo:
—No me dejan pasar.
Se apartaron del camino de entrada y ella prosiguió hacia la casa como si no existieran.
—Queremos hablar con usted –dijo Bennett.
—Pero yo no –replicó ella al tiempo que introducía una enorme llave en la cerradura–. Antes de que Ruth Carter trajera a gente de fuera del valle nunca cerrábamos la puerta –añadió, y al girar la llave se oyó un chirrido disonante de metal contra metal.
—¿Es que le tiene a usted sin cuidado lo que pueda sucederle a alguien de su sangre? –preguntó Bennett.
La anciana se volvió hacia él con los ojos entrecerrados.
—Usted no sabe nada de nada –replicó empujando la puerta.
—Antes de ir a hablar con el señor queremos hablar con usted –dejó caer Clough cuando estaba a punto de cerrar. Sus palabras hicieron que se detuviera en el umbral más quieta que un pajarillo fascinado por una serpiente–. Sabemos que le vieron por ese mismo campo del que viene usted ahora. Señora Lomas, tenemos que descartar a Peter Crowther de la investigación si no es culpable.
La anciana permaneció un instante pensativa como atando cabos y asintió en silencio, ladeando la cabeza y mirando fijamente a Clough.

—Pues, entonces, pasen –dijo al fin–. Límpiense los zapatos y no fumen, me sienta mal a los pulmones.

Pasaron a un saloncito oscuro con ventanuco que olía a alcanfor y eucalipto. El suelo era de piedra, cubierto con viejas alfombras gastadas y había dos sillones a ambos lados de una rejilla flanqueada por dos estufas de hierro del tamaño de una caja de cerveza, sobre una de las cuales, de una tetera, brotaba un penacho de vapor que desaparecía por la chimenea. Enfrente de esta había un aparador lleno de figuras de animales de madera y trozos de piedra caliza pulidos con fósiles, y en la minúscula ventana en saliente, tres sillas rústicas de roble oscuro de respaldo alto se alzaban imponentes sobre una mesita de comedor, como si la amenazasen con una paliza.

La única decoración eran docenas de tarjetas postales chillonas de todo el mundo, que incluían desde playas de España hasta ayuntamientos barrocos de Escandinavia. Al ver la mirada desconcertada de Bennett, Ma Lomas comentó:

—Son de Charlie. Intercambia postales con gente de fuera. Es un soñador; pero a mí lo que más gracia me hace es que habrá cientos de personas por esos mundos que al ver la tarjeta postal de Scardale que ha hecho el señor Hawkin pensarán que es un pueblecito de Derbyshire con ovejas blancas como la nieve y sol radiante –dijo.

La anciana cruzó renqueante hacia el sillón encarado a la puerta y se acomodó en él, rebulléndose hasta que estuvo cómoda.

—¿Puedo sentarme? –preguntó Bennett.

—El sillón no le gustará –dijo la anciana, y señaló con la cabeza las sillas duras–. Además, será mejor para su espalda.

Bennett y Clough situaron dos de las sillas frente a ella y aguardaron a que terminara de atizar el fuego de carbón.

—En Buxton está detenido Peter Crowther –dijo Bennett cuando ella acabó y volvió a acomodarse.

—Sí, me he enterado.

—¿Usted cree que ha sido él?

—El poli es usted, no yo. Yo soy una vieja que nunca ha salido del valle.

–Podríamos perder mucho tiempo buscando la manera de establecer una vinculación entre Peter Crowther y la desaparición de Alison –prosiguió Bennett sin hacer caso–. Un tiempo que aprovecharíamos mejor buscándola.

–Ya le dije que lo malo de usted y de sus detectives es que no entienden nada de Scardale –replicó con voz irritada.

–Yo trato de comprender, pero sus paisanos parecen más interesados en poner trabas a mi labor que en ayudarme. Acabo de enterarme de que su nieto omitió un dato crucial que podría ser una prueba vital.

–No es de extrañar a la vista de cómo trataron al chico. ¿Cómo es posible que creyeran que él tenía algo que ver con la desaparición de Alison? Charlie no puede tener nada que ver con eso; cuando Alison desapareció él estaba aquí en casa conmigo. Eso es lo que ustedes llaman una coartada, ¿no? –añadió sarcástica.

–¿Está usted segura de eso? –inquirió Bennett.

–Seré vieja pero tengo muy buena memoria. Charlie volvió a casa antes de las cuatro y media y se puso a pelar patatas porque a mí me cuesta por la artritis, y es él quien lo hace; lo hace todas las tardes. No estaba zanganeando por ahí con Alison. Estaba aquí, cuidándome.

George Bennett inspiró profundamente.

–Habríamos ganado mucho tiempo si usted o Charlie se hubieran tomado la molestia de decírnoslo, señora Lomas. En casos de niños desaparecidos, las primeras cuarenta y ocho horas son cruciales. En este que nos ocupa han transcurrido ya prácticamente sin que hayamos logrado dar con una chica que es familia suya –añadió Bennett elevando la voz a causa de su frustración–. Señora Lomas, le juro que encontraré a Alison Carter. Tarde o temprano, voy a descubrir lo que sucedió aquí hace dos días, aunque tenga que registrar el pueblo casa por casa de arriba abajo. Aunque tenga que cavar todos y cada uno de los campos y de los jardines del valle, y me importa un bledo la cosecha y el ganado. Y aunque tenga que detenerles a todos por obstrucción a la justicia e incluso por cómplices, lo haré. –Se detuvo de pronto y se inclinó hacia delante–. Así que dígame, ¿cree que Peter Crowther tiene algo que ver con la desaparición de Alison?

La anciana negó repetidamente con la cabeza.

–Que yo sepa, y créame que sé casi todo lo que sucede en Scardale, Peter no ha pisado el valle desde que acabó la guerra; ni sabrá siquiera de la existencia de Alison, y juraría sobre la Biblia que ella nunca ha oído su nombre –dijo apretando los labios de tal modo que la punta de la nariz se juntó casi con su barbilla.

–De eso no podemos estar seguros. La chica iba al colegio en Buxton, se parece a la madre y no olvide que la señora Hawkin tendría la misma edad que ella cuando él vivía aquí y, si está un poco mal de la cabeza, encontrarse con Alison en la calle le habría podido desencadenar todo tipo de recuerdos.

La señora Lomas cruzó con fuerza los brazos y negó con la cabeza varias veces.

–Yo no me lo creo. No lo creo –dijo.

–¿Cree usted que debemos interrogar a Peter Crowther, señora? –inquirió Bennett en tono amable como respuesta a su evidente aflicción.

–Si hubiera estado en el pueblo nos habríamos enterado. Además, a esa hora él estaría trabajando –añadió con desespero.

–Los miércoles por la tarde no trabajan. Sí que podría haber venido, señora Lomas. Dígame una cosa: ¿qué hizo Peter Crowther para que lo desterraran?

–Eso a nadie le importa ya –replicó ella enfática, entornado los ojos como si el fuego deslumbrase como el sol.

–Necesito saberlo –insistió Bennett.

–No.

Tommy Clough se inclinó apoyando los codos en las rodillas con el bloc de notas colgando entre las piernas. Bennett le envidió por su capacidad para conservar la calma en un interrogatorio tan tenso como estaba resultando ser aquel.

–Yo creo que Peter Crowther es incapaz de matar una mosca –dijo–, pero desgraciadamente no soy yo quien manda y me da la impresión que puede tirarse un buen tiempo a la sombra. Tal vez una mujer como usted, señora Lomas, que nunca ha salido del valle de Derbyshire, no sepa qué hacen los otros presos con los sospechosos de agresiones a niños. Barbaridades. Los cuelgan de los barrotes de las ventanas de su celda; les obligan a tragar lejía; les cortan las venas de las muñecas con el cuchillo de la mantequilla. Su Peter saldría peor parado que una prostituta en zona de guerra, y no creo que usted se lo desee. Ni usted ni nadie de Scardale. Si así fuera, sería pura venganza por lo que él hizo hace ya veinte años, y si entonces le dejaron marchar para que emprendiera una nueva vida, ¿por qué cruzarse de brazos y dejarlo a su suerte ahora?

Era un discurso persuasivo, pero no hizo efecto.

–No se lo puedo decir –replicó la anciana moviendo despacio la cabeza a uno y otro lado.

Bennett corrió ruidosamente la silla hacia atrás.

–No pienso perder más tiempo aquí –dijo–. Si a usted le da igual lo que pueda sucederle a Peter Crowther y que no encontremos a Alison, iré a hablar con otra persona más dispuesta. Estoy seguro de que la señora Hawkin nos lo contará. Al fin y al cabo, se trata de su hermano.

La anciana levantó la cabeza como si la hubieran tirado del pelo y abrió los ojos desmesuradamente.

–No, a Ruth, no. A Ruth no le pregunten.

–¿Por qué no? –inquirió Bennett indignado–. Ella sí que desea que encontremos a Alison y no querrá que perdamos el tiempo con pistas falsas. Ella nos dirá lo que necesitamos saber.

Ma Lomas le miró furiosa con su cara de bruja, como una máscara de Halloween.

–Siéntese –dijo entre dientes, conminándole más que invitándole a hacerlo.

Bennett volvió a la silla y la anciana se levantó y fue con paso vacilante al aparador para abrir la puerta y sacar una botella cuya etiqueta proclamaba que contenía whisky, aunque se veía un líquido tan claro como la ginebra. Se llenó una copita y la apuró de un trago; después tosió dos veces, agitando los hombros y se volvió hacia ellos con ojos acuosos.

–Peter fue siempre un problema –comenzó mientras regresaba

a su sillón–. Pensaba continuamente en cochinadas –añadió sentándose en el sillón–. Cosas feas, sucias. Andaba por los campos mirando a los animales aparearse; y esa manera de ser fue a peor al hacerse mayor: seguía ansioso a las parejas de novios, incluso a las de su propia familia, para ver qué hacían. Figúrense que sabíamos que el carnero montaba a las ovejas porque al cruzar el bosque te encontrabas con Peter con su... –Hizo una pausa y frunció los labios–. Con su cosa en la mano, al acecho, mirándolos. Se llevó sus buenas regañinas, bofetadas y puntapiés, pero no sirvió de nada. Con el tiempo, casi nos daba igual porque en un lugar como Scardale hay que resignarse a lo que no tiene remedio.

Miró al fuego y lanzó un suspiro.

–Pero luego Ruth comenzó a hacerse mujer y Peter era como un hombre ardiente; la seguía como un perro a una perra en celo y Dan le sorprendió un par de veces subido a una escalera en la ventana del dormitorio de la chica espiándola. Todos tratamos de hacerle recapacitar, diciéndole que era su propia hermana, que eso no podía seguir, pero con Peter no había manera. Al final, Dan le echó de casa y el chico dormía aquí en la mía.

Ma Lomas hizo una pausa y se frotó ligeramente los párpados. Ni Bennett ni Clough movieron un músculo para no distraerla.

–Una noche en que Dan volvía de Longnor de tomar unas copas... Les hablo de la época de la guerra, cuando debíamos mantener las luces apagadas para no ser un blanco visible... Pues nada más entrar en el camino del pueblo vio que se habían dejado una luz; se puso a pedalear a toda prisa para advertir a quien fuese que tenían la luz encendida antes de que el guardia lo viera y les multara, cuando al cabo de medio kilómetro se percató de que la luz salía de casa. Siguió pedaleando sin parar y al poco vio que era en el dormitorio de Ruth. Sabía que su Diane estaba sola con Ruth y pensó que a una de ellas debía de haberle sucedido algo terrible.

La anciana se volvió hacia su fascinada audiencia.

–Bien, pues se equivocaba, y no se equivocaba; al entrar en la casa como una tromba gritando, subió como una furia los escalones de dos en dos, pegándose casi en la cabeza con las vigas, y al abrir de golpe la puerta de la habitación lo que se encontró fue a Peter de pie junto a la cama de Ruth, con los pantalones en los tobillos y la linterna que proyectaba la sombra de su cosa en el techo en forma de palo de escoba. La chica estaba dormida, pero al entrar Dan de aquel modo se despertó y debió de pensar que sufría una pesadilla –añadió la anciana negando con la cabeza–. Desde aquí oí el grito que dio.

»Lo que oí después fueron los gritos de Peter. Tuvieron que acudir tres hombres para que Dan lo soltara. Yo pensé que lo había matado porque lo dejó lleno de sangre como una vaca en un mal parto. Lo tuvimos encerrado en el corral de las ovejas hasta que acabó de curarse y luego el señor Castleton le buscó una residencia en Buxton. Dan le dijo que si volvía a acercarse a Ruth o a venir por Scardale lo mataría con sus propias manos. Peter lo dio por hecho y aún sigue creyéndoselo. Ya sé que por esto que les cuento es posible que piensen que él ha podido reconocer a Ruth en Alison y hacerle algo terrible, pero no pueden estar más equivocados. Es todo lo contrario. Si quieren ver a Peter Crowther arrastrarse por el suelo suplicante, díganle que Ruth y Dan andan buscándole. No se le ocurriría por nada del mundo acercarse a nadie de Scardale. Pueden creerme.

Concluida la historia, Ma Lomas se recostó en el sillón y Bennett pensó que la tradición oral estaba a buen recaudo con aquella mujer, del mayor de la tribu, la integridad de cuya historia protege solo con su técnica. No había pensado en encontrar un personaje como aquel en 1963 en Derbyshire.

–Gracias por contárnoslo, señora Lomas –dijo cortésmente–. Nos ha sido muy útil. Dígame otra cosa antes de terminar ya. Charlie ha explicado que vio al señor Hawkin en el campo que hay entre el bosque y el sotillo el miércoles por la tarde, el mismo itinerario que nos ha dicho que hoy seguía usted. ¿Vio por allí al señor Hawkin el miércoles?

La anciana le miró pensativa con ojos vivos como los de un loro.

–Después de desaparecer Alison, no.

–¿Y antes?

Ma Lomas asintió con la cabeza.

–Yo volvía de tomar una taza de té con nuestra Diane. Al salir de su casa vi a Kathy subir al Land Rover para ir a recoger a la carretera a Alison, Janet y Derek del autobús escolar, vi también a David y a Brian recogiendo las vacas en el establo y vi al señor Hawkin cruzando el campo.
–¿Por qué no nos lo había mencionado antes? –preguntó Bennett exasperado.
–¿Por qué iba a decírselo? No había nada de particular en eso. Es su campo, ¿por qué no iba a andar por allí? Él entra y sale constantemente para disparar con su máquina cuando menos te lo esperas. Además, como le he dicho, Alison aún no había vuelto del colegio. Tendría que haber ido caminando muy despacio por ese lugar para estar allí todavía cuando Alison salió con *Shep*. Y con el tiempo que hace, nadie camina despacio en Scardale –añadió como quien aduce algo irrebatible.
    Bennett cerró los ojos y aspiró profundamente por la nariz. Cuando volvió a abrirlos habría jurado advertir una leve sonrisa en los labios de la anciana.
–Pasaremos a máquina su declaración –dijo– y espero que la firme.
–Si es como yo lo he contado no me negaré. ¿Va a soltar a Peter?
    Bennett se puso en pie y morosamente volvió a arrimar la silla a la mesa.
–Tendremos en cuenta lo que nos ha contado para decidirlo.
–Él no es agresivo, inspector –añadió la anciana–. Aun suponiendo que hubiese visto a Alison, aun contando con que le hubiese recordado a Ruth, habría bastado con que ella le diese un empellón. Es un cobarde. No pierda el tiempo con Peter mientras el culpable sigue libre.
–Por lo visto, usted ya tiene decidido que lo que le ha sucedido a Alison es obra de alguien –dijo Clough levantándose, pero manteniendo abierto el bloc de notas.
    El rostro de la anciana se contrajo aún más al entornar los ojos y arrugar la nariz.
–Lo que yo piense y lo que ustedes saben son dos cosas muy distintas. Procuren compaginarlas lo mejor posible, sargento

Clough, y así tal vez averigüen lo que le ha sucedido a nuestra Alison –añadió consultando el reloj–. ¿No dijeron que iban a hablar con el señor Hawkin?

–Eso es –contestó Bennett.

–Pues dense prisa porque él quiere la cena en la mesa a las seis en punto y no creo que vaya a cambiar sus hábitos por ustedes.

–¿Qué le parece, Tommy? –preguntó Bennett cuando salieron de casa de la anciana.

–Ella cuenta la verdad a su manera, señor.

–¿Y la coartada de Charlie?

Clough se encogió de hombros.

–Quizá quiera encubrirle. Sería capaz de mentir por él; de eso no me cabe duda. Pero hasta que otra persona declare algo distinto o más sólido que lo vincule a la desaparición de Alison, no veo razón para dudar de ella. Y yo estoy de acuerdo con lo que nos ha dicho sobre Crowther, por si le interesa.

–Yo también –añadió Bennett pasándose la mano por la cara.

El cansancio le hacía notar los huesos casi a flor de piel, como si tuviera el rostro en carne viva. Suspiró.

–Debemos soltarle, señor –dijo Clough sacando el paquete de cigarrillos y ofreciéndole uno–. Huir no huirá porque no tiene donde ir. Si quiere llamo a comisaría desde la cabina telefónica para decir que lo pongan en libertad. Pueden hacerlo imponiéndole la restricción severa de que no se acerque a menos de diez kilómetros de Scardale, que no salga de su residencia y que se presente a diario en comisaría. Pero no hay ninguna necesidad de tenerle encerrado.

–¿No cree que exista peligro de que lo linchen? –preguntó Bennett.

–Cuanto más lo retengamos será peor. Lo que se podría hacer es que el oficial de servicio filtre al periódico la noticia de que Crowther no estaba detenido por sospechoso, sino por ser un pariente adulto con minusvalía al que preferimos llevar a comisaría para interrogarlo sin la presión del mundo exterior, o algún cuento por el estilo. Y yo podría decirles que hicieran correr ese mismo rumor por los bares.

Por la mandíbula tensa de Clough, Bennett comprendió que estaba plenamente convencido del razonamiento. «Era cierto», pensó, demasiado cansado para discutir sobre algo que él tampoco veía muy claro poder resolver de otra manera.

—De acuerdo, Tommy. Llame y diga que es orden mía. Y que no se les olvide informar al jefe. No le gustará, pero qué se le va a hacer. Nos vemos en el remolque, porque no me tengo en pie, y si no tomo algo antes, sería incapaz de interrogar a Hawkin.

Sin aguardar respuesta, cruzó decidido el prado comunal hasta la caravana. No tuvo la menor intuición que le impulsara a volver y decir a Clough que no llamase. También el instinto de Ma Lomas recomendaba dejar en libertad a Peter Crowther. Fue una decisión compartida.

10

Viernes, 13 de diciembre de 1963. 17.52 h

Ruth Hawkin se secó las manos en el delantal y una chispa de esperanza iluminó sus ojos al abrirles la puerta de la cocina de Scardale Manor, pero no encontró en sus rostros la chispa para hacer prender la llama y el temor sustituyó de inmediato a la esperanza. A juzgar por las ojeras y la cara demacrada, la angustia no le había dado tregua en aquellos dos días. Al verla tan afligida, Bennett se apresuró a decir:

—No hay ninguna novedad, señora Hawkin. ¿Podemos hablar un momento?

Ruth Hawkin asintió con la cabeza y se hizo a un lado sin dejar de frotarse las manos en el basto delantal cruzado de algodón floreado. Tenía los hombros hundidos y se movía como sonámbula. Bennett y Clough desfilaron por delante de ella y permanecieron sin saber qué hacer en medio de la cocina, donde flotaba un inequívoco aroma a bistec y riñones que a ambos les hizo la boca agua; Bennett pensó un instante qué cena tendría preparada Anne si tenía la suerte de regresar a casa, pero sería sin duda algo mucho menos apetitoso que aquello.

—¿Está su esposo en casa? —preguntó—. En realidad, es con él con quien queremos hablar.

—Salió con los equipos de rastreo —replicó ella— y ha regresado tan cansado que se está dando un baño. ¿Se trata de algo en que yo les pueda ayudar?

Bennett negó con la cabeza.

—No es nada que a usted haya de preocuparle, pero necesitamos hablar con él.

Ella miró el viejo despertador esmaltado que había en una repisa junto a la cocina.

—Bajará a cenar dentro de diez minutos —dijo mordiéndose la comisura derecha del labio inferior en un involuntario gesto de angustia—. Sería mejor que volvieran más tarde, cuando haya cenado. Dentro de media hora, tal vez. Le diré que les espere —añadió con una sonrisa nerviosa.

—Señora Hawkin, si no le importa, no le sirva ahora la cena. Hablaremos con él en cuanto baje —replicó Bennett cortésmente—. No podemos perder tiempo.

La piel en torno a sus ojos y a su boca se tensó.

—¿Cree que no lo entiendo? Pero él tiene que cenar después de haber estado toda la tarde andando por el valle.

—Me hago cargo, lo haremos lo más rápido que podamos.

—Lo más rápido que pueda, ¿qué, inspector?

Bennett se volvió levemente. No había oído abrir la puerta a Hawkin; sobre su pijama a rayas llevaba un batín viejo de pelo de camello. Tenía la piel sonrosada del baño, pero su escaso pelo pegado al cráneo parecía haber disminuido. Llevaba una mano en el bolsillo y sostenía en la otra un cigarrillo con una pose que en un teatro del West End habría resultado elegante pero que en una cocina rural de Derbyshire resultaba ridícula. Bennett le saludó con una inclinación de cabeza.

—Tenemos que hablar unos minutos con usted, señor Hawkin —dijo.

—Inspector, estoy a punto de cenar, como supongo que les habrá dicho mi esposa —replicó él malhumorado—. ¿No pueden volver más tarde?

Bennett pensó que era curioso que Hawkin ni siquiera preguntase al verles allí si había alguna novedad sobre Alison ni diese muestras de preocupación y solo se interesara por llenar la barriga.

–Lo siento, señor, pero no es posible. Como ya hemos dicho, en investigaciones de esta naturaleza es fundamental ganar tiempo. Por tanto, si la señora Hawkin no tiene inconveniente en guardarle la cena caliente, nos gustaría hablar con usted.

Hawkin lanzó un suspiro teatral.

–Ruth, ya oyes al inspector –dijo acercándose a la mesa mientras sacaba la mano del bolsillo y cogía el respaldo de su silla.

–Sería preferible hablar en otra habitación, señor –dijo Bennett.

–¿Cómo dice? –replicó Hawkin enarcando las cejas.

–Preferimos interrogar a los testigos por separado, y, como su esposa está atareada, creo que lo mejor es que no la interrumpamos. ¿Podemos hablar en la sala de estar? –añadió Bennett con suma cortesía pero muy resuelto.

–En la sala de estar ni pensarlo. Es una cámara frigorífica y no tengo intención de coger una pulmonía por culpa suya –dijo tratando de edulcorar sus palabras con una fugaz sonrisa que a Bennett le pareció poco convincente–. En mi despacho hace menos frío –añadió yendo hacia la puerta.

Le siguieron a través del helado vestíbulo hasta un cuarto que parecía un club masculino en miniatura. Dos sillones de cuero flanqueaban una chimenea ocupada por una estufa de petróleo. Hawkin se acomodó en el que estaba junto a la ventana. Ocupaba el otro extremo del cuarto un gran escritorio con la superficie cubierta de cuero rayado y llena de pisapapeles de adorno; cubrían las paredes estanterías de caoba atiborradas de libros forrados en piel de diversos tamaños, incluidos algunos de bolsillo; el suelo de parqué, irregular por los años de uso, estaba cubierto en parte por una alfombra turca desgastada y descolorida. Junto a la puerta había una vitrina con dos escopetas iguales; aunque Bennett no entendía mucho de escopetas, reconoció que aquellas no eran armas corrientes de campesino para tirar a los grajos.

–Un cuarto precioso, señor –comentó yendo a sentarse en el otro sillón frente a Hawkin.

–Creo que mi tío lo dejó tal cual lo heredó de su abuelo –respondió Hawkin–. Tendré que modernizarlo un poco; deshacerme de ese escritorio raído y quitar algunos libros para hacer sitio a algo más contemporáneo. Y necesito espacio para guardar mis fotografías y los negativos.

Bennett se mordió la lengua. A él le habría encantado un despacho como aquel en que se mezclaran el pasado y el presente, un cuarto que pudiera dejar a su hijo, si tenía la suerte de tener un varón; le dolía la idea de que Hawkin pudiera modificarlo, le molestaba sobremanera aunque no fuese asunto suyo. Miró por encima del hombro a Clough, que se había sentado en la silla del escritorio, bloc y lápiz en mano, y el sargento asintió con la cabeza. Bennett carraspeó ansiando la autoridad de mando que vendría por sí sola con el paso de los años.

–Antes de entrar en el motivo que nos trae, señor, querría saber si ha recibido alguna nota pidiendo rescate por Alison.

Hawkin frunció el entrecejo.

–Inspector, ¿usted cree que va a haber alguien que piense que yo tengo mucho dinero por el simple hecho de ser propietario de algunas tierras?

–La gente piensa cosas que no son, ¿sabe usted? Y como los periódicos publican lo del rapto del hijo de Sinatra, hay que tener en cuenta esa posibilidad.

Hawkin negó con la cabeza, en un gesto de tristeza.

–No he recibido nada. Ni una carta, ni una llamada telefónica. Hoy hemos recibido muchas cartas de gente de Buxton manifestando su solidaridad por la desaparición de Alison; pero nada de peticiones de dinero. Si quiere puede echar un vistazo; las tengo en el aparador de la cocina.

–Si recibe usted algo, no deje de comunicárnoslo aunque le amenacen de que no lo haga por el bien de Alison. No nos lo oculte. Es necesario que en esto coopere con nosotros.

Hawkin lanzó una risita nerviosa.

–Inspector, si de verdad alguien piensa que además de quitarme a mi hijastra va a sacarme dinero, puede esperar sentado. Tenga la seguridad de que les avisaré si aparece alguien tan lerdo como para creer que puedo pagar rescate por Alison. Bien, ¿qué es lo que quería de mí? He estado toda la tarde andando por el valle y estoy muerto de hambre.

-Es que hemos detectado una pequeña discrepancia en las declaraciones y queremos aclararla. Nuestro objetivo primordial es encontrar a Alison, por lo que hay que despejar inmediatamente cualquier malentendido.

-Naturalmente -dijo Hawkin volviéndose para aplastar la colilla en un cenicero que había sobre un montón de periódicos junto a su silla.

-Dijo usted que la tarde en que Alison desapareció estuvo en su laboratorio, ¿no es eso?

-Sí -respondió Hawkin ladeando la cabeza con mirada recelosa.

-¿Toda la tarde?

-¿Qué puede importar si estaba en el laboratorio? -replicó-. No entiendo qué tiene que ver lo que yo hice por la tarde con la desaparición de Alison.

-Si espera un poco, verá usted como lo aclaramos enseguida. ¿Puede decirnos a qué hora fue a su laboratorio?

Hawkin se frotó con el índice un lado de su estrecha nariz.

-Almorzamos a las doce y media como de costumbre y a continuación vine aquí a leer el periódico. Uno de los inconvenientes de la vida rural es que el correo y la prensa casi nunca llegan antes de la hora de la comida. Así que después de comer tengo costumbre de retirarme aquí a ver el correo y leer el *Express*. El miércoles contesté a un par de cartas, así que seguramente iría al laboratorio hacia las dos y media. Lo tengo instalado en una dependencia que hay detrás de la casa que tenía ya agua corriente. ¿Le interesa la fotografía, inspector? Le aseguro que no habrá visto un laboratorio de aficionado tan bien preparado y equipado como el mío -dijo Hawkin con una sonrisa que era lo más aproximado a auténtica ingenuidad que veía en aquel rostro.

-Me gustaría echar un vistazo más tarde, si me lo permite.

-Con mucho gusto. Estuvieron mirando sus agentes la noche en que desapareció Alison por si estaba escondida allí, pero yo les dije que suelo cerrarlo con llave por los aparatos, que son muy valiosos. Pero si quiere puede volver a mirar cuando usted desee. Y si desea alguna foto profesional... -Hawkin señaló con la cabeza la alianza de la mano de Bennett–. Tal vez un retrato de su esposa...

La idea de que la mirada de relamido de Hawkin se posara en Anne aunque fuese a través del objetivo de la cámara le resultó exageradamente molesta, y, ocultando su repugnante desagrado, dijo simplemente:

–Muy amable por su parte, señor. Bien, dice usted que el miércoles por la tarde fue al laboratorio hacia las dos y media. ¿Cuánto tiempo estuvo allí?

Hawkin frunció el entrecejo y cogió la cajetilla.

–Tenía muchas copias que hacer para un concurso importante. No volví a casa hasta la hora de cenar, y encontré a mi esposa y a Kathy Lomas en la cocina muy nerviosas porque no aparecía Alison. ¿Contesta eso a su pregunta, inspector?

–Contesta a mi pregunta pero no resuelve la discrepancia. Mire, nos han dicho que le vieron caminando entre el bosque donde encontramos a *Shep* y el soto en que aparecieron lo que consideramos indicios de resistencia por parte de Alison. La hora ha sido fijada en torno a las cuatro de la tarde del miércoles. ¿Puede explicarnos por qué dicen eso?

Hawkin enrojeció paulatinamente, empezando por las orejas hasta la mandíbula y las mejillas, que se tiñeron de un color escarlata oscuro.

–Porque son unos campesinos estúpidos, inspector.

Bennett se incorporó en el sillón asombrado por la virulencia de la respuesta de Hawkin.

–¿Cómo dice?

–Hace siglos que se casan entre sí los de una misma parentela, inspector. ¿No ve que aquí no hay más que tres apellidos? No son lumbreras precisamente, y algunos ni saben en qué año vivimos ni en qué día estamos. Porque uno de esos retrasados simplemente confundiera el martes con el miércoles... ¿usted cree que merece la pena tomárselo en serio? Mire, inspector, mi tío se ocupó de este pueblo como si fuera algo personal por una razón muy sencilla: porque sabía que sin la protección de un señor la gente de Scardale se habría muerto de hambre. No están preparados para la vida moderna. —De pronto parecía fuera de sus casillas; se pasó la mano por el pelo y exhibió una de sus sonrisas taimadas—. Créame, inspector, yo, el miércoles, no salí del laboratorio en toda la tarde. Quien diga lo contrario se equivoca.

Antes de que Bennett pudiera replicar, Clough intervino con la perfecta sincronización que convierte a los dúos cómicos en estrellas. Pasó hacia atrás ostentosamente las páginas de su bloc y dijo en tono como de disculpa:

—Señor, consta en dos declaraciones la coincidencia del lugar en que le vieron dos personas el miércoles hacia las cuatro. Si fuera solamente una... Bien, sinceramente, señor, en estos dos días ya hemos visto lo bastante como para comprender perfectamente lo que acaba de decirnos. Pero tratándose de dos testigos resulta un poco extraño.

Hawkin sonrió, esta vez con aparente franqueza y en aquel momento Bennett intuyó el porqué aquel hombre había encandilado a la viuda Ruth Carter. En la sonrisa de Hawkin había un tremendo parecido con la del joven David Niven. «La misma finura, sí», pensó mientras Hawkin les ofrecía un cigarrillo con gesto cordial.

—Gracias a Dios hay una explicación lógica —respondió él con ostensible tono de despreocupación.

—¿Puede saberse cuál es? —inquirió Bennett, inclinándose para que le diera fuego pero sin quitar los ojos de él.

—Yo suelo andar mucho por ahí. Hago fotografías y recorro mis tierras para vigilar lo que hacen. Hay que estar encima de ellos, ¿sabe usted?, para que no dejen que las cercas de piedra se desmoronen, para que las cancelas... —Frunció los labios y negó con la cabeza—. Bueno, la cosa es que el martes estuve en los campos como dice usted, y es evidente que un par de ellos debió de verme. Después de desaparecer Alison habrán estado discutiendo qué día era. Bien, si hubiera sido un Carter, un Crowther o un Lomas, le concederían el beneficio de la duda y habrían convenido en que era martes, pero yo no soy de aquí y ellos siempre piensan lo peor. Y no olvide que son como niños, que siempre actúan para la galería. Por tanto, si existen dudas en algo que les ocurra a los Carter, los Crowther o los Lomas, automáticamente adoptan la versión que a ellos les hace aparecer más importantes y a mí quedar mal –añadió recostándose en el sillón y destapando al cruzar las piernas un tobillo huesudo y unos centímetros de piel velluda entre el pijama y la pantufla.

–¿Está seguro de que no era el miércoles? –inquirió Bennett.

–Seguro.

–¿Estaría dispuesto a firmar una declaración jurada a tal efecto? –preguntó Bennett, a quien nada de lo que Hawkin acababa de decir había logrado convencerle de que Ma Lomas y Charlie estuvieran en un error, aunque no dejaba de ser la palabra del señor contra la de ellos, y sabía perfectamente quién parecería más creíble.

Volvieron a la cocina un par de minutos después. Ruth Hawkin estaba sentada a la mesa con un cigarrillo abandonado en el cenicero que no era ya más que un cilindro de ceniza. Se tapaba la boca con la mano y tenía la mirada clavada en la primera página de un periódico.

–¿Qué sucede? –preguntó Hawkin con un tono de preocupación por su esposa que Bennett no había notado antes.

Ella, sin decir palabra, empujó hacia ellos el periódico; era un ejemplar del semanario *High Peak Courant* que acababa de llegar. Bennett leyó los titulares sin dar crédito a sus ojos.

DETENIDO UN PARIENTE DE LA DESAPARECIDA

La policía ha interrogado en Buxton a un hombre en relación con la desaparición de la colegiala de Scardale, Alison Carter.

Se cree que el detenido relacionado con la investigación es familiar de la jovencita de trece años desaparecida, de la que no se sabe nada desde el miércoles por la tarde.

Alison salió con su perro *Shep* a dar un paseo por el bosque hacia el río Scarlaston como solía hacer cuando volvía del colegio.

La policía ha rastreado la zona con perros durante dos días, peinando todo el valle, y los granjeros de la localidad han registrado sus cobertizos y dependencias. Por su parte, los voluntarios de equipos de rescate de High Peak Mountain han explorado todos los barrancos en que Alison podría haber caído.

Para este fin de semana están previstas nuevas batidas. Se ruega a los voluntarios reunirse en el salón parroquial de la iglesia metodista de la B8673 al sur de Longnor el sábado a las ocho y media de la mañana.

Se cree que el hombre detenido es pariente cercano de Alison Carter y conoce bien los alrededores de Scardale, aunque hace veinte años que no vive allí, pues su domicilio es, al parecer, una residencia para solteros en las afueras de Buxton, donde por lo visto trabaja en un taller de rehabilitación para minusválidos donde esta mañana le esperaba la policía a la hora de entrada.

Un portavoz policial no quiso hacer comentarios sobre la información al *Courant*, limitándose a informarnos de que prosiguen las investigaciones por la desaparición de Alison Carter.

Se ha interrogado también a las compañeras de clase de Alison del instituto femenino High Peak...

George Bennett no acababa de creérselo. Al inspector jefe Carver le había faltado tiempo para filtrar la noticia al diario local; debía de habérsela dado por teléfono antes de que Peter Crowther llegara a la comisaría. A Bennett se le cayó el alma a los pies. Él había pensado proteger a Crowther difundiendo el rumor de que nada tenía que ver con la desaparición de su sobrina; no había tenido en cuenta que en Buxton funcionaba radio macuto ni que la edición del *Courant* cerraba pronto, y ahora el periódico estaba en la calle con la noticia. Y, por orden suya, de George Bennett, también Peter Crowther andaba por la calle.

En aquel momento vio el rostro acongojado de Ruth Hawkin y comprendió que no era el momento de dar rienda suelta a su indignación.

–Lo siento –dijo–. No hay motivos para suponer que tenga nada que ver con la desaparición de Alison y ya lo hemos puesto en libertad. Esa noticia no habría debido publicarse.

–¿Puede saberse de qué hablan? –preguntó Hawkin con auténtica perplejidad. Cogió el periódico bruscamente y volvió a leer los primeros párrafos–. No entiendo nada. ¿Quién es este familiar que han detenido? ¿Por qué no nos informaron? ¿Por qué me han estado haciendo preguntas absurdas si ya tenían a alguien detenido?

—Muchas preguntas hace, señor —replicó Bennett—. Resumiéndolas en una: el detenido de que habla el artículo es Peter Crowther, hermano de su esposa.

—Se equivoca. Su hermano se llama Daniel —espetó Hawkin.

—Pero el otro hermano de su esposa se llama Peter —insistió Bennett.

Hawkin fulminó a su mujer con la mirada.

—¿Qué otro hermano, Ruth? —su voz era tan tensa como un sedal con un salmón.

Ella seguía sin poder articular palabra, moviendo la cabeza despacio.

Bennett acudió en su ayuda.

—Peter Crowther no estaba bien visto aquí y la familia se lo arregló todo para que viviera y trabajase en Buxton. Hace veinte años salió de Scardale, y no hay razón para creer que viniera el miércoles.

—¡Pero le han detenido! —protestó Hawkin.

—El periódico no dice eso —replicó Bennett buscando una evasiva—, lo insinúa basándose en comentarios y algunos datos. A Peter Crowther lo llevaron a comisaría para interrogarle porque mi superior pensó que era mejor hacerlo allí que en la habitación compartida de la residencia donde vive. Después del interrogatorio se le puso en libertad —dijo volviéndose hacia Ruth Hawkin, cogiendo la silla que había al lado y sentándose—. Lo lamento profundamente, señora Hawkin. Conocemos las circunstancias y lo último que queríamos era causarle mayor preocupación. ¿Quiere usted que se las expliquemos a su esposo o prefiere hacerlo usted misma?

Ella negó con la cabeza y apartó la mano de la boca; fue a coger el cigarrillo apagado y le sorprendió encontrarse con una boquilla y cinco centímetros de ceniza. Clough le puso un pitillo encendido en la mano.

—Que pregunte a Ma, por favor —dijo ella desalentada, mirando a su marido con ojos suplicantes—. Ella se lo explicará. Yo no puedo.

Hawkin irguió el torso.

—Malditos palurdos —farfulló dándose la vuelta para salir a buen paso de la cocina dando un portazo.

Ruth Hawkin lanzó un suspiro.

—¿Se asustó Peter? —preguntó.

—Me temo que sí —respondió Bennett.

—Mejor —dijo ella mirando abstraída el cigarrillo—. Mucho mejor.

Viernes, 13 de diciembre de 1963. 21.47 h

George Bennett se fue a casa cuando ya empezaba a nublársele la vista leyendo las declaraciones de los testigos. Se había celebrado una reunión de coordinación entre los agentes uniformados del departamento de Investigación Criminal para organizar a los voluntarios del rastreo de la mañana siguiente y a ella había asistido un representante de la junta de aguas para tratar sobre la posibilidad de drenar los dos depósitos del páramo a seis kilómetros de Scardale, uno en la árida meseta de Sttafordshire y el otro en las colinas boscosas entre Scardale y Longnor. A Bennett le pareció una medida casi morbosa.

Después de dejarlo todo bien preparado, él sugirió a Tommy Clough ir a tomarse una copa y se dirigieron al pequeño Baker's Arms, donde se sentaron en el rincón de menos luz ante sendas pintas de cerveza.

—He comprobado en la residencia —dijo Clough— que Crowther volvió allí inmediatamente después de ser puesto en libertad. Cenó y salió una hora después aproximadamente sin decir adónde iba, pero no hay nada anormal en ello. El portero dice que saldría a tomarse una cerveza. Nadie ha acudido preguntando por él, pero, de todos modos, parece que ha optado por no llamar mucho la atención.

—Esperemos. Ya tengo bastante en qué pensar para sentirme responsable ahora de lo que le pueda suceder a Peter Crowther.

—Si le sucede algo, no será culpa suya, señor, sino del jefe y de

ese cretino de Colin Loftus del *Courant*. Ese Loftus no merece vivir
—Quien ordenó poner en libertad a Crowther fui yo —replicó Bennett.
—Y muy bien que hizo; no había motivo para retenerle. Él no es culpable de lo que pueda haber sucedido.
—Suponiendo que haya sucedido —añadió Bennett taciturno.
—Los dos sabemos que algo ha tenido que suceder. Cuarenta y ocho horas sin encontrar rastro, salvo señales de resistencia y restos de sangre... Está muerta, de eso no hay duda.
—No necesariamente. Puede estar secuestrada.
Clough miró escéptico a su jefe.
—¿Como el hijo de Lindbergh? No creo.
Bennett miró su cerveza.
—Voy a encontrarla, Tommy. Preferiblemente, viva; pero encontraré a Alison Carter, viva o muerta. Cueste lo que cueste, la señora Hawkin tiene derecho a saber qué le sucedió a su hija —añadió apurando de un trago la cerveza y levantándose—. Voy a seguir leyendo declaraciones y usted se va a dormir. Es una orden.
Tuvo que dejar las declaraciones cuando el hambre y el cansancio lo vencieron. En casa, Anne le esperaba sentada tranquila en el sillón, haciendo punto y mirando la televisión. Pocos minutos después le sirvió una sopa en la mesa de la cocina, que él se tomó casi sin poder hacer el monótono esfuerzo de llevar la cuchara del plato a la boca, mientras ella, a sus espaldas, preparaba una especie de picadillo de tocino con huevos, cebolla y patatas.
—¿Tú qué tal te encuentras? —preguntó él al terminar la sopa.
—Muy bien —dijo Anne sentándose frente a él con una taza de té—. Estoy embarazada, no enferma; no te preocupes tanto, que es algo natural. Más preocupada estoy yo por ti que trabajas tanto y no comes ni descansas como es debido.
George Bennett miró el plato mientras masticaba como un autómata.
—No tengo más remedio —contestó—. Alison Carter tiene madre; y no puedo dejarla sin saber qué ha podido sucederle a su hija. No paro de pensar cómo me sentiría yo si hubiese desapa-

recido una hija mía y no supiera su paradero y nadie me ayudara a encontrarla.

–Por Dios, George, no te busques más preocupaciones. Tú no eres el único policía responsable de lo que sucede en el mundo. Tu abnegación es exagerada –añadió ella con cierta irritación.

–Es fácil decirlo, pero la verdad es que no puedo quitarme de la cabeza que es una carrera contrarreloj. Podría seguir con vida, y mientras exista esa posibilidad tengo que hacer lo imposible.

–¿No habíais detenido a un sospechoso? Podrías darte un poco de tregua –dijo ella inclinándose sobre la mesa para volver a llenar su taza de té.

Bennett lanzó un resoplido.

–¿Te has creído otra vez lo que lees en los periódicos? –replicó él desalentado en tono de broma.

–Bueno, en el *Courant* lo explicaban bastante bien.

–Ese artículo es una mezcla de alusiones e inexactitudes. Hicimos comparecer al tío de Alison Carter y es cierto que tiene antecedentes por delitos sexuales, pero nada más. Crowther es un pobre desgraciado que se asusta de su propia sombra, un hombre que no está bien de la cabeza; su única maldad fue un delito de exhibicionismo hace muchos años, pero Carver al leer esos antecedentes pensó que había dado con la clave del caso y se pasó de la raya.

–No puedes reprochárselo, George, porque todos estáis muy nerviosos con este caso y no es de extrañar que alguien se dispare. Es normal que ese pobrecillo le pareciera el sospechoso a la carta –dijo Anne–. Me imagino lo aterrado que estaría el pobre. Es un caso lamentable en todos los aspectos –añadió moviendo la cabeza.

–Y no se vislumbra la menor solución –dijo él apartando el plato–. En todos los casos hay casi siempre un indicio claro a seguir porque quedan pruebas del delito o de quien ha podido cometerlo, o, en el peor de los casos, de dónde hay que buscar un cadáver. Pero en este no tenemos la menor conjetura. Hemos rastreado todo el valle y no hemos encontrado nada que pueda darnos una pista de Alison Carter. Alguien tiene que saber qué le ha sucedido –añadió con un suspiro de desaliento–. Ojalá pudiera averiguar quién.

–Lo lograrás, querido –dijo Anne, sirviéndole otra taza de té–. Seguro que sí. Ahora intenta descansar y mañana lo verás todo distinto.

–Eso espero –dijo él vehemente cogiendo la cajetilla, pero antes de que pudiera sacar un pitillo sonó el teléfono–. Dios, otra vez –exclamó resignado.

11

Viernes, 13 de diciembre de 1963. 22.26 h

Bennett se inclinó en el asiento del copiloto del Ford Zephir de Tommy Clough mirando fijamente por el parabrisas. Fuera los haces de luz de las farolas iluminaban rachas inclinadas de aguanieve que el viento agitaba en remolinos, cual visillos en una corriente. Pero lo que despertaba su interés no era el tiempo que hacía, sino una pelea que a través del aguacero veía desarrollarse delante de la residencia masculina de Waterswallows.

–Es increíble –dijo negando con la cabeza–. Lo lógico es que, en una noche como esta, la gente se marche a toda prisa del pub a casa para calentarse en la chimenea y no que se exponga a pillar una pulmonía y algún porrazo de los guardias.

–Después de unas cuantas cervezas les da todo igual –comentó cínicamente Clough, que también había estado en el pub hasta recibir aviso de que una muchedumbre iba camino de la residencia de Waterswallows dispuesta a linchar a alguien.

Después de avisar a la comisaría había ido directamente a casa de Bennett para decírselo, y allí estaban los dos viendo cómo una docena de policías de uniforme dispersaba a los manifestantes, una treintena de borrachos con un grado de violencia controlada y tan bien representada como un ballet. Bennett sintió una profunda gratitud porque el tiempo de perros que hacía excluyera la presencia de fotógrafos; lo último que necesitaba él era una panda de libertarios civiles, alegando que los policías eran unos matones, cuanto lo único que hacían los agentes era impedir que aquella horda parapolicial de borrachos atentara contra la vida de un pobre hombre inocente.

De pronto surgieron tres luchadores frente al coche; eran dos oficiales uniformados y un individuo ancho de hombros con la cara cubierta de sangre. Una porra que se abatió sobre la espalda del grandote le hizo desmoronarse sobre el capó del Zephir.

—Oh, Dios. Bueno, así también podemos imputarle daños premeditados —dijo Clough en tono irónico al tiempo que un policía esposaba al alborotador con las manos atrás y le dejaba deslizarse hasta el suelo chorreando sangre.

—Será mejor bajar a echarles una mano —dijo Bennett con el mismo entusiasmo de quien se dispone a someterse a una extracción dental sin anestesia.

—Si usted lo dice, señor. Pero a lo mejor nosotros, de paisano, creamos más confusión.

—Tiene razón. Será mejor aguardar a que los uniformados restablezcan el orden.

Siguieron contemplando el alboroto en silencio unos minutos; para entonces, doce hombres en diversos estados de conciencia estaban en la parte trasera del furgón policial. Un par de agentes se taponaban con el pañuelo la sangre de la nariz y un tercero buscaba la gorra perdida en la refriega. En medio de la ventisca vieron llegar a Bob Lucas con el cuello del abrigo subido. Abrió la puerta trasera y subió a la parte de atrás del Ford.

—Vaya nochecita —dijo con voz tan inclemente como el tiempo—. Está claro quién tiene la culpa de esto, ¿no es cierto?

—¿El *Courant*? —preguntó Clough con voz meliflua.

—Sí, ya —replicó Lucas—. Más bien el que tuvo la ocurrencia de pasarles la noticia. Si supiera que había sido uno de mis hombres lo desollaba vivo.

—Por supuesto —dijo Clough con un suspiro—, pero sabemos bien que no ha sido ninguno de tus hombres, Bob. Nadie con uniforme se atrevería a filtrar a la prensa un dato confidencial

—añadió, y para suavizar el velado insulto le dirigió una sonrisa torcida, por encima del hombro–. Y tú los tienes muy disciplinados.

—¿Está fuera de peligro Crowther? —preguntó Bennett volviéndose en el asiento al tiempo que ofrecía un cigarrillo al sargento.

Lucas agradeció con la cabeza el ofrecimiento y cogió el pitillo.

—En la residencia no está. Al salir de la comisaría volvió allí a cenar, pero se marchó y, aunque tendría que haber regresado antes de las nueve que es la hora de cierre, dice el portero que no lo hizo; el hombre esperó un cuarto de hora más para cerrar y nos ha comentado que nadie llamó al timbre ni llamó a la puerta hasta el momento en que se armó el jaleo. Menos mal que tuvo el acierto de no abrir y llegamos antes de que pudieran echar la puerta abajo.

—¿Y dónde está? —inquirió Clough abriendo el triángulo de su ventanilla para que el viento glacial atrapara e hiciera ascender el humo en la oscuridad de la noche.

—No tenemos ni idea —respondió Lucas–. Él suele ir a beber al Wagon, por lo que he pensado en pasar por allí de camino a la comisaría para ver si le han visto.

—Iremos ahora mismo —dijo Bennett resuelto, contento de realizar un servicio que le apartase momentáneamente de la preocupación obsesiva del caso.

—A mí me queda algo por solucionar aquí —se quejó Lucas.

—Muy bien. Haga lo que tenga que hacer; nosotros hablaremos con el dueño del Wagon —dijo Bennett tajante.

Lucas le miró resentido, aspiró a fondo el cigarrillo y se bajó del coche sin decir palabra, dando un portazo. Si le hubieran llamado la atención habría alegado que era cosa del viento.

—¿Conoce usted al dueño de ese pub? —preguntó Bennett a Clough mientras este pilotaba con precaución el coche por la pista de patinaje que era en aquel momento Fairfield Road.

—¿A Puños Fergusson? Sí.

—¿Puños?

–Sí, es que fue boxeador profesional. Dicen que se dejó sobornar en una pelea, pero se supo y la federación le quitó la licencia; a raíz de eso anduvo peleando por circuitos ilegales de boxeo libre sin guantes y ganó lo bastante para comprar el pub.

–A saber qué criterios siguen para asignar las licencias de apertura –comentó Bennett cuando el coche se detenía junto al bordillo frente al poco atractivo pub Wagon Wheel que estaba cerrado y sin luces.

–Lo tiene a nombre de su mujer –añadió Clough.

Bajaron del coche, dieron rápido la vuelta a la esquina del edificio al abrigo de un montón de cajas de cerveza y Clough aporreó la puerta.

–No me gustaría nada tener que venir mañana a hacer un registro si el tiempo continúa así –dijo Clough alzando la vista hacia las ventanas del primer piso y golpeando de nuevo la puerta.

Sobre sus cabezas se hizo un rectángulo de luz mortecina por el que asomó una cabeza calva y un torso que veló casi toda la luz.

–Abre, Puños. Soy Tommy Clough.

Oyeron pasos en la escalera; descorrieron un cerrojo y apareció un hombre que tapaba prácticamente la entrada. Llevaba unos pantalones cortos de lana que en su momento habrían sido blancos pero que ahora tenían color de mocos secos.

–¿Qué demonios quieres a estas horas? Si pretendes tomar una copa ya puedes largarte –dijo rascándose ostentosamente los testículos.

–¿Cómo estás, Puños? –replicó Clough–. ¿Nos concedes un minuto?

Fergusson se apartó a regañadientes y Clough entró seguido de Bennett.

–¿Este quién es? –preguntó Fergusson señalándole con el dedo.

–Mi jefe. Saluda al inspector Bennett.

Fergusson emitió una especie de gruñido que a Bennett le pareció una carcajada.

–Podría ser tu hijo –comentó–. ¿Qué sucede, Tommy? Si vienes con el jefe no debe de ser para ver si no ha quedado nadie rezagado dentro.

—Aquí viene Peter Crowther a tomar copas —dijo Clough.
—Nunca más a partir de hoy —respondió Fergusson apretando inconscientemente los puños—. Yo no permito la entrada en mi bar a gente que se la mete a las crías.
—¿Qué ha sucedido esta noche? —inquirió Bennett.
—Pues que Crowther apareció a la hora de costumbre y yo pensé que realmente tenía más agallas de las que creía, pero el caso es que él se figuraba que no sabíamos que había estado todo en el trullo. Yo le puse el periódico ante las narices y casi se echa a llorar; y acto seguido le dije que si esta noche quería tomar una cerveza en Buxton más valía que buscara un pub donde la gente no supiera leer, y que no volviera a aparecer por aquí —concluyó Fergusson sacando pecho y echando los hombros hacia atrás.
—Muy grosero por su parte —dijo Bennett—. ¿Y el señor Crowther se marchó?
—¡Claro que se marchó! —respondió Fergusson indignado.
—¿Sabes adónde fue? —preguntó Clough.
—Ni lo sé ni me importa —respondió Fergusson con desdén.
—Por cierto, señor Fergusson —añadió Bennett—, el señor Crowther no tiene nada que ver con la desaparición de esa sobrina suya y el artículo del *Courant* es pura patraña. Me complacería que le vuelva a permitir la entrada en el bar antes de que solicite la renovación de la licencia de apertura —agregó dándose la vuelta y echando a andar bajo los elementos que, inopinadamente, se mostraban menos hostiles que el dueño del pub.
—Anda con cuidado con el señor Bennett —dijo Clough antes de seguir al inspector— porque está destinado aquí para una buena temporada.
Fergusson miró furioso a la espalda de Bennett sin decir nada. Sentados en el coche contemplaron melancólicos los remolinos de aguanieve.
—Mejor será ir a la comisaría y dar un parte para que salgan patrullas en busca de Crowther —dijo Bennett con un suspiro—. ¿Cree que mañana tendremos un día algo mejor?

Sábado, 14 de diciembre de 1963. 7.18 h

Era poco lo que podía hacer él en los planes de búsqueda... así que subió a su despacho y se entregó a la aburrida tarea de revisar declaraciones de testigos para ver si encontraba algún detalle que pudiera darle una pista orientativa. Estaba leyendo el interrogatorio de la profesora de inglés de Alison cuando Clough asomó la cabeza por la puerta.

–¿Ha visto el *Daily News* de hoy? –preguntó.
–No. Estaba cerrado el quiosco cuando llegué.

Clough entró y cerró la puerta tras él.

–Acaba de llegar en el tren de Manchester. Me lo ha dado el maquinista. No va a gustarle –dijo tendiéndoselo abierto sobre la mesa por la página tres.

UNA VIDENTE SE INCORPORA
A LA BÚSQUEDA DE ALISON

Una famosa vidente francesa ha revelado en exclusiva a este periódico que Alison Carter, la colegiala desaparecida, está viva y ha ofrecido sus servicios para la búsqueda de la niña de trece años cuya desaparición trae de cabeza a la policía.

Los poderes clarividentes de madame Colette Charest han asombrado a la policía francesa y ella se considera capaz de ayudar a encontrar a Alison, que desapareció de su casa el miércoles.

Con el permiso de los condolidos padres de la niña, uno de nuestros reporteros telefoneó a madame Charest para darle detalles sobre los movimientos de Alison después de regresar del colegio a la aldea de Scardale en Derbyshire, en donde vive con su madre y su padrastro.

SANA Y SALVA

Madame Charest manifestó que estaba convencida de que la niña sigue viva.

«Está bien. Se fue con alguien conocido y viajaron en coche», dijo la clarividente a nuestro reportero.

«Vive en una casita, en una hilera de casas, iguales. Creo que es en una ciudad, pero a muchos kilómetros de su casa. Ha estado en peligro, pero siento que ahora ya ha desaparecido.»

Madame Charest añadió que no podía dar más detalles sin una foto de Alison y un mapa de la región. Petición que le ha sido cumplimentada en un envío por correo aéreo a Lyon. En nuestra edición del lunes publicaremos un artículo con las conclusiones de madame Charest.

Postura de la policía

Un portavoz de la policía declaró: «No tenemos previsto consultar a ningún vidente, aunque no descartamos en absoluto los comentarios de madame Charest. Cosas más raras se han visto».

La gendarmería francesa ha comentado sobre madame Charest que posee unos poderes «extraordinarios» y que ha colaborado en casos en que la policía carecía de pistas.

Si el tiempo lo permite, personal civil ayudará hoy a la policía de Derbyshire en los rastreos que se efectúen en el páramo y los valles de los alrededores de Scardale.

Bennett hizo una bola con el periódico y la tiró al fondo del despacho.

–Maldito Don Smart –exclamó con las mejillas encendidas en contraste con las bolsas oscuras que tenía bajo los ojos–. ¿Será posible? ¡Sana y salva!

–Bueno, puede ser posible –dijo Clough recostado en un archivador, encendiendo un cigarrillo.

–Claro que es «posible» –espetó Bennett–. Es «posible» que Martin Borman no esté muerto y viva en Chesterfield, pero muy poco probable, ¿no cree? ¿Qué pensará Ruth Hawkin? ¡No puedo creer que un periódico sea tan irresponsable! ¿Y quién es ese estúpido portavoz?

–Nadie, seguramente. Se lo habrá inventado Smart.

–Dios, Tommy –exclamó Bennett con un suspiro–. ¿Con qué nueva invención nos saldrá? –añadió cogiendo un cigarrillo de la cajetilla que tenía en la mesa y aspirando con ganas–. Le pagaré el periódico –añadió–, cualquiera excepto el *News*. Dios mío, ahora se presentará en la conferencia de prensa con esa sonrisa inaguantable.

—Puede usted conseguir que el comisario se lo prohíba.
—No pienso darle esa satisfacción —replicó Bennett retirando la silla de la mesa y levantándose—. Vamos a Scardale. Estoy harto de estas cuatro paredes.

Smart ya estaba allí cuando ellos llegaron. Nada más aparcar junto al prado le vieron metiendo un ejemplar del periódico en el buzón de Crag Cottage; se quedaron mirándole y comprobaron que se dirigía a Meadow Cottage para dejar otro ejemplar.

—Voy a por él —dijo Bennett bajando del coche y cruzando el parque dispuesto a interpelarle.

Clough lanzó un suspiro y le siguió.

—Enhorabuena —dijo Bennett entre dientes a unos pasos del periodista.

—Es un buen artículo, ¿a que sí? —replicó Smart con un gesto de sorpresa en su cara zorruna—. Si le digo la verdad, no esperaba que le gustara a una persona como usted, con carrera.

—No es una enhorabuena por el artículo —replicó Bennett ya frente a Smart—, sino por el premio.

—¿Qué premio?

Clough no podía creer que Smart se mostrara tan ingenuo y reprimió una sonrisa.

—El de la Federación de la Policía al Periodista Irresponsable del Año.

—Ah. Querido inspector, ¿no aprendió en la universidad que el sarcasmo es la forma de inteligencia más baja? —replicó Smart recostándose en la pared de Meadow Cottage con los brazos cruzados.

—Nadie podría ganar el premio de la modalidad más baja de nada mientras usted siga respirando, señor Smart. ¿Se le ha ocurrido pensar un instante lo cruel que es despertar esperanzas en la señora Hawkin?

—¿Quiere decir que hay que abandonar toda esperanza? ¿Es la opinión oficial de la policía? —replicó Smart inclinándose hacia él con mirada inquisitiva y la barba hirsuta.

–Desde luego que no. Pero lo que usted ha suscitado con esa porquería impresa con titulares absurdos son falsas esperanzas, sin pensar en las consecuencias –añadió Bennett con gesto de asco–. ¿Existe esa tal madame Charest? ¿O se lo inventó también como los comentarios de la policía?

Ahora quien enrojeció de rabia fue Smart; en su cara el rubor era del color de la carne enlatada.

–Yo no invento nada, pero no descarto posibilidades, inspector. Más le valdría hacer lo propio. ¿Y si madame Charest tiene razón? ¿Y si Alison está a muchos kilómetros de aquí, encerrada en una casa en Manchester, en Sheffield o en Derby? ¿Qué piensa hacer para verificarlo?

Bennett casi se queda sin habla.

–¿Insinúa que hemos de recorrer Inglaterra casa por casa basándonos en la posibilidad de que una farsante francesa acierte por azar con sus fantasías? Es usted más idiota de lo que pensaba.

–Yo no digo eso, ni mucho menos. Podría, por ejemplo, hacer un llamamiento a través de la prensa. «¿Han visto a esta niña? Se cree que Alison está con alguien conocido. Si saben de alguna casa a la que estos últimos días haya llegado una jovencita, o si conoce a alguien relacionado con Scardale o Buxton cuyo comportamiento haya sido extraño, les rogamos se pongan en contacto con la policía de Derbyshire llamando al siguiente número.» Eso es lo que le voy a sugerir a su jefe en la conferencia de prensa –añadió Smart con cara de triunfo–. Sí, exactamente eso. A ver la cara que pone usted, allí sentado a su lado, cuando él diga que le parece buena idea.

–Smart, ¿sabe que está loco?

Fue todo cuanto Bennett fue capaz de contestar, advirtiendo la suavidad de su réplica nada más decirla.

–Usted fue quien dijo que haría cuanto fuese necesario para averiguar qué le ha sucedido a Alison Carter, ¿no?, pues yo le tomo la palabra. Pensé que era usted distinto, Bennett, pero en último caso es de costumbres tan fijas como el resto de la policía. Que Dios se apiade de Alison Carter si su vida depende de usted –añadió Smart dando un paso hacia un lado para apartarse de Bennett.

Pero el inspector le detuvo con una simple presión de la mano en el pecho.

—Averiguaré qué le sucedió a Alison —dijo con voz cargada de emoción—. Y cuando lo sepa, será usted el último en enterarse —añadió dando un paso atrás y soltando al periodista, que le miraba a la cara.

Smart esbozó una sonrisa como una hoz tensa y cortante que no afectó al furor de su dura mirada.

—No sabe cómo lo dudo —dijo—. Por mucho que le disguste, Bennett, usted y yo somos iguales, y a ninguno de los dos nos importa a quién nos llevamos por delante por hacer nuestro trabajo lo mejor posible. Quizá en este momento no esté de acuerdo con lo que le digo, pero cuando vaya a casa y lo hable con su atractiva esposa, verá que tengo razón.

George Bennett respiró tan profundamente que aumentó físicamente de tamaño. Clough avanzó un paso y puso la mano en el brazo de su jefe.

—Será mejor que se marche, señor Smart —dijo.

El periodista le miró a la cara y se alejó a buen paso hacia su coche.

—¿Qué condena me caería si le borro esa sonrisa de un puñetazo? —dijo Bennett con los labios fruncidos.

—Eso dependería de si el jurado conociera o no a ese tipejo. ¿Vamos a tomar un té?

Se dirigieron al remolque donde, a pesar de lo temprano de la hora, las agentes de uniforme preparaban ya el té. Bennett habló con voz queda sin quitar la vista de la taza.

—Tommy, me imagino que habrá trabajado en este tipo de casos anteriormente, pero ¿tan frustrante e insoluble como este?

—Sí, en uno o dos —respondió Clough, diluyendo en el té tres cucharadas de azúcar—. Mire, señor, lo que hay que hacer es tratar de desconectarse. Parece como si uno diera con la cabeza contra un muro, pero muchas veces parte de ese muro es de cartón pintado imitando ladrillos. Más tarde o más temprano surgen soluciones. Y todavía es pronto, aunque no se lo parezca.

—¿Y si no surgen soluciones? ¿Y si no averiguamos qué ha sido de Alison Carter? ¿Qué sucederá? —replicó Bennett alzando la vista y abriendo los ojos como espantado de las consecuencias de un fracaso, tanto en el ámbito personal como en el profesional.

Clough respiró hondo y expulsó despacio el aire.

—De suceder eso, señor, pues se aborda el siguiente caso. Lleve a su esposa a bailar, vaya al pub a tomarse una cerveza y procure no pasarse la noche en vela dándole vueltas a algo que no tiene remedio.

—¿Es esa su receta infalible? —inquirió Bennett desalentado.

—No sabría decírselo, señor. Yo no estoy casado —replicó Clough con una sonrisa irónica que no ocultaba la certeza de que si no descubrían qué había sucedido con Alison Carter aquello los marcaría a los dos.

—Mi mujer está embarazada —dijo Bennett casi sin darse cuenta de que las palabras brotaban de su boca.

—Enhorabuena —dijo Clough en un tono extrañamente neutro—, aunque no recibe usted la noticia en el mejor momento. ¿Cómo se encuentra su señora?

—De momento muy bien. Aún no ha sentido ningún mareo por la mañana. Espero que... espero que no tenga ningún problema. Porque no sé cuánto tiempo va a durar esta investigación —añadió Bennett mirando por las ventanas empañadas del remolque sin ver realmente que la luz que iba invadiendo el cielo señalaba el principio de otra jornada de búsqueda.

—Mire, no crea que esta tensión dura mucho —dijo Clough, recordándole lo que el joven inspector sabía en teoría pese a su falta de experiencia—. Si dentro de unos diez días no la hemos encontrado, digamos hacia el fin de semana próximo, por ejemplo, cesará la búsqueda, cerraremos la sala de investigación y volveremos a Buxton. Todavía habrá alguna pista a seguir, pero si al cabo de un mes no hay novedad, como tendremos otros casos de qué ocuparnos, se dejará en suspenso, aunque siga abierto y cada tres meses aproximadamente se hará una revisión, pero ya no trabajaremos a este ritmo.

—Lo sé, Tommy, pero este caso tiene algo especial. Cuando estaba en Homicidios de Derby intervine en la investigación de un crimen que no llegó a resolverse, pero no me obsesionó de esta manera; quizá por tener la víctima más de cincuenta años y pensar yo que ya había vivido, mientras que en este cada vez se esfuman más las perspectivas de encontrar viva a la niña y me resulta indignante porque apenas había empezado a vivir. Aunque su futuro fuese no salir de Scardale, tener niños y hacer punto, se la han arrebatado y quiero que caiga la ley sobre el culpable. Lo único que lamento es que ya no condenan a la horca a monstruos semejantes.

–¿Usted es partidario de que los ahorquen? –preguntó Clough inclinándose en el asiento.

–Cuando es un crimen a sangre fría, sí. Es muy distinto si se comete en un momento de arrebato, en cuyo caso la condena es prisión perpetua para que el culpable tenga tiempo de arrepentirse. Pero a esos monstruos que se ensañan con niños, o a los bestias que matan a algún inocente que se encuentra donde han entrado a robar, sí que los colgaría. ¿Usted no?

Clough reflexionó un instante.

–Antes pensaba así, pero hace un par de años leí *Ten Rillington Place*, ese libro sobre el caso de Timothy Evans, juzgado con pleno convencimiento de que le imponían una condena justa, por haber matado a su mujer y a su hijito, basada en una confesión que él hizo a la policía, y luego resultó que su casero había asesinado a otras cuatro mujeres como mínimo, y existía la posibilidad de fuese él el asesino de Beryl Evans. Pero ya era tarde para ir a decirle a Timothy Evans: «Perdona, amigo, metimos la pata».

Bennett le dirigió una media sonrisa.

–Puede ser, pero yo no puedo asumir la responsabilidad de errores ajenos. No creo que nunca haya obligado, ni que vaya nunca a obligar, a un inocente a confesarse culpable; me guiaré exclusivamente por lo que descubra. Si han asesinado a Alison Carter, como ahora pensamos que es lo más probable, me complacería ver colgado a su asesino.

–A lo mejor puede darse el gusto si el malnacido utilizó una pistola. Recuerde que, mediando esa circunstancia, aún se aplica la pena capital.

Bennett no tuvo tiempo de replicar, porque en aquel momento se abrió la puerta del remolque y apareció Peter Grundy con el rostro del mismo color gris sin vida que los peñascos de Scardale.
–Han encontrado un cadáver –dijo.

12

Sábado, 14 de diciembre de 1963. 8.47 h

El cadáver de Peter Crowther yacía hecho un ovillo al pie de una cerca de piedra a cinco kilómetros en línea recta al norte de Scardale; estaba encogido sobre sí mismo en posición fetal, con las rodillas pegadas a la barbilla y las piernas abrazadas. La helada nocturna, tan peligrosa en las carreteras, lo recubría como una costra de azúcar que le confería cierto aspecto inocuo, pero no había duda de que aquello era un muerto.

Lo proclamaba la piel amoratada, los ojos inmóviles y la baba congelada en la barbilla. George Bennett miró aquella cabeza de ser humano y, al reconocer su rostro, sintió un escalofrío más punzante que la baja temperatura ambiente. Alzó la vista a aquel cielo maravillosamente azul, sorprendido de que luciera un sol invernal como propiciando alguna celebración que bien lejos estaba de su ánimo, porque él, desde luego, sentía asco, física y mentalmente, y notaba en la boca el gusto amargo de la responsabilidad: por no haber hecho bien su trabajo había muerto una persona.

Se alejó cabizbajo, dejó que Tommy Clough, en cuclillas, examinara el cadáver, y llegó a la cancela de la cerca, donde dos policías de uniforme montaban guardia aguardando al forense.

–¿Quién descubrió el cadáver? –preguntó.

–El granjero. Se llama Dennis Dearden. Bueno, en realidad lo descubrió su perro. El hombre salió al amanecer a mirar el ganado como es su costumbre y llamaron su atención los ladridos del perro –respondió el agente de más edad.
–¿Dónde está ese señor Dearden? –añadió Bennett.
–En su casa; esa que ve ahí junto al camino –contestó el agente señalando una construcción de planta baja a unos doscientos metros.
–Si alguien pregunta por mí, allí estoy –dijo Bennett echando a andar hacia el camino con paso tan acongojado como su corazón.

Se detuvo en el umbral de la casita para sobreponerse antes de llamar, cuando se abrió la puerta y bajo el dintel apareció un rostro como una manzana asada, con ojillos castaños como pepitas flanqueados por una nariz tan amarga como una gota de nata montada.
–¿Es usted el jefe? –inquirió.
–¿El señor Dearden?
–Sí, joven; estoy yo solo. La mujer ha ido a ver a su hermana en Backewell. Siempre va a pasar unos días en su casa en diciembre y aprovecha para hacer las compras de Navidad en el mercado. Pase, joven, que hace mucho frío –añadió el hombre invitándole a entrar a una cocina soleada en la que todo relucía: el fogón esmaltado, la madera de la mesa, las sillas y los vasares, la tetera cromada, la cristalería en un armarito rinconero y hasta la estufa de gas–. Siéntese junto a la estufa, tenga –añadió el hombre, muy hospitalario, arrimando una silla de enea, mientras él se acomodaba sonriente en otra de comedor–. Así se está mejor, ¿verdad? Caliéntese un poco. Caray, tiene usted peor aspecto que Peter Crowther.
–¿Usted lo conocía?
–De vista solo, pero supe quién era porque hace años tuve tratos con Terry Lomas. Yo conozco a todos los de Scardale, aunque créame que por un momento pensé horrorizado que era la chica. No he dejado de pensar en ella; como todos los de por aquí, me imagino –dijo sacándose del bolsillo del chaleco una pipa de brezo en la que comenzó a hurgar con una navaja–. Qué

cosas. La pobre madre andará medio trastornada de pena. Todos hemos estado mirando por todas partes por si la encontrábamos malherida en algún barranco o escondida en un granero o en un establo. Por eso, cuando vi el bulto... bueno, pensé que era Alison. —Hizo una pausa para llenar la pipa, momento que Bennett aprovechó para intervenir.

—¿Cómo lo descubrió exactamente? —preguntó contento de dar por fin con un testigo dispuesto a aportar datos.

En los tres días escasos que llevaba en Scardale comenzaba a dudar de la habitual locuacidad de los campesinos.

—Mire, cuando al abrir la puerta de la cerca *Serpa* salió disparada arrimada al pie del margen comprendí que había algo raro porque no es una perra que eche a correr por las buenas sin motivo. Bien, hacia la mitad del cercado se tumbó en el suelo como si estuviera herida, gimoteando con la cabeza entre las patas, despavorida, igual que cuando hay una oveja muerta. Pero yo sabía que no era una oveja porque ahora no las tengo en el cercado; pasaba por él porque es un atajo para llegar al bancal del fondo. —El hombre encendió una cerilla y aspiró al aplicar la llama, llenando la cocina de aroma a cerezas y clavo—. Fúmese una pipa, si le apetece, joven —añadió tendiéndole una vieja petaca de hule a través de la mesa—. Es mezcla casera.

—No, gracias —dijo Bennett sacando sus cigarrillos con gesto contrito.

—Claro, con su trabajo no tiene tiempo más que para pitillos, pero, no crea, debería de pensar en fumar la pipa. Es lo mejor para cavilar. Yo, si estoy en algún sitio en que no se puede fumar, soy incapaz de acabar el crucigrama —añadió señalando el *Daily Telegraph* de la víspera.

Bennett reprimió su asombro. Era de dominio público que el crucigrama del *Telegraph* no era tan difícil como el del *Times*, pero él sabía por propia experiencia que resultaba casi una hazaña completarlo todos los días. Estaba claro que aquel viejo parlanchín no era nada tonto.

—Así que, al ver que la perra hacía eso, me dio un vuelco el corazón —prosiguió Dearden—. La única persona que me constaba

que había desaparecido era esa Alison y pensar que la tenía ahí muerta a pocos pasos de mi casa... Eché a correr con todas mis ganas, aunque a mi edad ya me cuesta, la verdad, y sentí cierto alivio al ver que era Peter.
—¿Se acercó al cadáver? —preguntó Bennett.
—No hacía falta. Se veía que Peter no iba a despertar hasta el día del juicio final —respondió negando con la cabeza entristecido—. Pobre bobo desgraciado. ¿A quién se le ocurre volver a Scardale en una noche como esta? Hace mucho tiempo que no venía por aquí y debió de olvidar que las noches tan frías como la pasada son muy peligrosas. El aguanieve cala los huesos y si se despeja el cielo y comienza a helar no hay ser humano que lo resista; sigues caminando despacio, pero el frío penetra en los huesos y el único deseo es tumbarse para morir. Es lo que le pasó a Peter anoche —añadió chupando la pipa y expulsando humo por la comisura de la boca—. No debería haber salido de Buxton; allí no le habría pasado nada.

Bennett apretó el cigarrillo entre los labios pensando en que no era cierto que Peter Crowther, al verse acorralado, ante el terror de perder el segundo lugar donde se sentía protegido, se había decidido a volver al pueblo del que estaba desterrado, aun a riesgo del miedo que sentía. Precisamente lo que él más se había temido, a pesar de lo cual se había dejado persuadir por Tommy Clough para ponerle en libertad porque era la solución más fácil. Y por culpa de la filtración del jefe y de un periódico sensacionalista, ahora Peter Crowther yacía congelado en un corral de ovejas de Derbyshire.

—Su granja está algo apartada del camino para que se acerquen a ella quienes van de Buxton a Scardale, ¿no es cierto? —preguntó.

Era a lo único a que podía aferrarse para cuestionar la hipótesis del granjero sobre la muerte de Crowther.

Dearden contuvo la risa.

—Piensa usted como un automovilista, joven, pero Peter Crowther pensaba como un campesino. Mire el mapa oficial; si traza la línea más recta posible entre Scardale y Buxton, evitando los puntos más accidentados, verá que pasa exactamente por ese bancal. En los buenos tiempos, antes de que tuviéramos Land

Rovers, casi todos los días cruzaba mi cercado alguien de Scardale, y eso que no está marcado como senda en el mapa ni hay derecho de paso, pero todos respetan el ganado y a mí no me molesta que los de Scardale atajen por aquí, lo mismo que no le molestaba a mi padre. Lo que nunca pensé es que uno de ellos encontraría aquí la muerte –añadió moviendo la cabeza.

Bennett se puso en pie.

–Gracias por su ayuda y por la hospitalidad, señor Dearden. Volveremos para hacer el atestado y daré orden de que cuando hayan levantado el cadáver se lo comuniquen.

–Pues muchas gracias –dijo el hombre siguiéndole hasta la puerta y dirigiendo la mirada hacia un Jaguar granate aparcado en el arcén del camino–. Ya ha llegado el médico –añadió.

Cuando Bennett llegó al cercado, el médico, que en aquel momento se ponía en pie sacudiéndose el abrigo de pelo de camello, le miró con curiosidad a través de sus gafas cuadradas de gruesa montura negra.

–¿Quién es usted? –inquirió.

–Es el inspector Bennett –terció Clough–. Señor, le presento al médico del Cuerpo, doctor Blake, que acaba de efectuar un examen previo.

El facultativo le dirigió un gesto de saludo con la cabeza.

–Bien, no hay duda de que está muerto. A juzgar por la temperatura rectal yo diría que falleció hará entre cinco y ocho horas. No hay signos de violencia ni heridas, y, viendo la ropa que lleva, sin abrigo ni impermeable, considero que lo más verosímil es que haya muerto por congelación. Naturalmente, no tendremos la confirmación hasta que el patólogo haga la autopsia, pero yo me inclino por causas naturales. A menos que pueda usted imputar de homicidio al clima de Derbyshire –añadió con un tic sardónico.

–Gracias, doctor –dijo Bennett–. Así que ¿sería entre la una y las cuatro de la madrugada?

–Ah, ya veo que no es tonto... Claro, usted debe de ser ese universitario del que tanto se habla –comentó el médico con sonrisa paternalista–. Pues sí, inspector, exactamente. Cuando sepa quién es, podrá incluso hacerse idea de lo que haría merodeando por el páramo de Derbyshire en plena noche con unos zapatos tan gastados que ni en la ciudad le habrían preservado del frío –dijo Blake poniéndose unos gruesos guantes de cuero.

–Sabemos quién es y lo que hacía aquí –replicó Bennett sin alzar la voz.

Él había tratado con expertos y no iba a dejarse sulfurar por un creído que no tendría cinco años más que él.

El médico enarcó las cejas.

–Caramba. Aquí tiene, sargento, un patente ejemplo de cómo los oficiales de policía con buena formación harán que progrese la lucha contra el crimen. Bien, les dejo con ello. Tendrán mi informe a principios de la semana que viene –añadió alejándose con un escueto gesto de saludo camino de la cancela del cercado.

–La verdad, señor, es que preferiría tenerlo mañana –dijo Bennett.

Blake se detuvo en seco y se volvió ligeramente.

–Es fin de semana, inspector; no hay ninguna prisa, dado que tiene una identidad para el muerto y un motivo para que estuviese aquí.

–Efectivamente, señor, pero su muerte está relacionada con una investigación de más envergadura y necesito el informe mañana. Lamento si ello entorpece sus planes, pero para eso le paga tan ricamente el gobierno, «señor» –replicó Bennett sonriendo amable, pero aguantándole la mirada sin pestañear.

El médico chasqueó la lengua.

–Muy bien. Pero sepa que esto no es Derby, inspector. Aquí vivimos en una pequeña comunidad y casi todos procuramos tenerlo en cuenta.

Tras lo cual se alejó a buen paso.

–Desde luego, esta semana no se me da bien hacer amistades –comentó Bennett volviéndose hacia Clough.

–Es un gandul –dijo Clough sin circunloquios–. Ya era hora de que alguien le recordara quién paga su Jaguar y la suscripción al club de golf. ¿Cree que se ha molestado en preguntar el nombre

183

del cadáver que acaba de examinar? Me apuesto algo a que esta tarde llama por teléfono para saber qué nombre tiene que poner en el certificado de defunción.
–Habrá que ir a dar la noticia a la señora Hawkin –dijo Bennett–. Y rápido, porque los tambores de la jungla ya habrán entrado en acción, sabrá que ha aparecido un cadáver en el páramo y pensará lo peor. Es lamentable que la noticia de la muerte de un hermano sea la buena –añadió moviendo la cabeza de un lado a otro.

Kathy Lomas estaba echando de comer a los cerdos una mezcla de nabos mustios y restos de mondas y otros desperdicios cuando sobre el suelo helado oyó un trote que llamó su atención y le hizo volverse: Charlie Lomas llegaba corriendo por detrás de la casa como perseguido por el diablo y habría pasado por su lado como un rayo si ella no le hubiera agarrado del brazo.
Charlie, al perder inercia, giró sobre sí mismo y chocó contra el murete de la pocilga, y habría dado una voltereta por encima de él si su tía no le hubiese sujetado por la gruesa cazadora de cuero.
–¿Qué te pasa? ¿Qué sucede? –preguntó ella.
El muchacho, sin resuello, apoyó las manos en las rodillas para respirar angustiosamente antes de responder con un tartamudeo:
–El perro del tío Dearden ha encontrado un cadáver en su corral de ovejas.
Kathy se llevó las manos al pecho.
–Oh, Charlie, no –exclamó con voz ahogada–. No puede ser. No puedo creerlo.
Charlie consiguió levantarse a medias y se recostó en la pared respirando a duras penas.
–Yo andaba por el Scarlaston porque tengo por allí unas trampas de tapadillo y quería quitarlas antes de que siguieran rastreando hasta Denderdale, y cuando iba por el atajo del soto de Carter oí a una pareja de policías comentándolo. Es verdad, tía Kathy. Han encontrado un cadáver en las tierras de Dennis Dearden.

Kathy se agarró convulsa a su sobrino y permanecieron fundidos en aquel extraño abrazo hasta que el muchacho recuperó el aliento.

—Tienes que ir a decírselo a Ruth —dijo ella al fin.

—No puedo; soy incapaz —replicó negando con la cabeza—. Iba a decírselo a Ma.

—Voy contigo —dijo Kathy muy resuelta cogiéndole del brazo y cruzando con él los campos en dirección a Scardale Manor.

—Esos hijos de mala madre —musitó ella indignada—. ¿Cómo se atreven a ir comentándolo por ahí sin antes dignarse avisar a Ruth? Bueno, pues están listos si piensan que voy a darles el gustazo de que sean ellos quienes vengan ahora a darle la noticia.

Kathy Lomas arrastró a Charlie hasta la cocina de la casona donde entraron sin llamar. Ruth y Philip estaban sentados a la mesa ante restos de un desayuno: «el desayuno del señor», pensó Kathy. Claro, desde la desaparición de Alison Ruth no hacía más que fumar y tomar tés.

—Charlie quiere decir algo —espetó sin preámbulos porque sabía que era una tontería edulcorar las malas noticias.

Charlie repitió a trompicones la historia, mirando angustiado a Ruth Hawkin, quien, de no haber estado sentada, se habría desmoronado. El escaso color que animaba sus mejillas se desvaneció, su rostro era como una máscara de masilla y, acto seguido, comenzó a sollozar convulsivamente. Kathy llegó hasta ella en dos zancadas y la abrazó, meciéndola como si fuese una niña.

Philip Hawkin parecía estar ausente de cuanto le rodeaba. Igual que su mujer, había palidecido al oír la noticia, pero nada más; apartó la silla y salió de la cocina como un sonámbulo sin que lo advirtiese Kathy que atendía a Ruth, pero Charlie se quedó boquiabierto al ver que se iba por las buenas.

George Bennett advirtió que Ruth Hawkin se había cambiado de ropa. Llevaba un traje de punto y una rebeca gruesa de mezcla color brezo, señal de que, probablemente por primera vez desde la desaparición de Alison, se había acostado para intentar descansar; pero a juzgar por las bolsas bajo sus ojos no había descansado mucho. Estaba sentada a la mesa de la cocina, encogida y con un cigarrillo en la mano temblorosa, miraba a Kathy Lomas, ceñuda, recostada en el fogón y cruzada de brazos.

–No lo entiendo –dijo Kathy–. ¿Por qué se le ocurriría a Peter volver a Scardale en las actuales circunstancias?

Ruth Hawkin lanzó un suspiro.

–Él no habrá pensado así, Kathy –dijo entristecida–. Su cerebro solo razona lo que a él le afecta directamente. Le entraría miedo en la comisaría e iría a tomarse una copa donde él se sintiera seguro. Al jefe de la residencia le tiene pánico y él solo conoce Buxton y Scardale. La verdad es que tiene que haber sentido verdadero pavor para decidirse a regresar a Scardale –añadió apagando la colilla y pasándose la mano por la cara como lavándose–. Es terrible.

–Tú no tienes ninguna culpa –dijo Kathy condolida–. La culpa ya sabemos de quién es –añadió frunciendo los labios, mirando furiosa a Bennett y a Clough.

–No, no lo digo por Peter. No me duelo por su muerte; es terrible porque pensé en Alison al ver entrar a Charlie diciendo que habían encontrado un cadáver en la granja de Dearden; me quedé atónita, como si me hubieran quitado el aire y se me parara el corazón.

Bennett pensó que aún seguía bajo los efectos de la impresión cuando al entrar ellos la vieron sentada con las manos en la cabeza como negándose a ver ni oír nada. Kathy estaba a su lado pasándole un brazo por los hombros y acariciándole el pelo. Del marido no había ni rastro. Al preguntar por él, Kathy le dijo que Philip Hawkin, tras ponerse pálido como el papel al oír la noticia de labios de Charlie, había salido de la casa.

–No andará muy lejos –añadió ella–. Estará encerrado en ese laboratorio suyo, que es donde se mete cuando pasa algo de lo que no quiere saber nada.

Bennett pensó que Ruth Hawkin tenía más derecho a saber la

noticia lo más rápido posible que su marido a compartirla con ella; y se lo comunicó con una escueta frase:
—Es un cadáver de hombre, lo que hemos encontrado.

Ruth Hawkin alzó sorprendida la cabeza y su rostro resplandeció de felicidad.

—¿No es ella? —exclamó Kathy Lomas.

—No es Alison —confirmó Bennett con un suspiro, como quien se quita un peso de encima—. Pero me temo que, en definitiva, no sea una buena noticia porque, aunque el muerto no esté oficialmente identificado hasta después de que lo confirme un familiar, sabemos que se trata de Peter Crowther.

Se quedaron anonadados. Hubo un largo silencio, y Ruth Hawkin simplemente le miró, como si el dato de que aquel cadáver no fuera el de su hija le hubiera robado toda capacidad de reacción; Kathy Lomas pareció aterrada; luego se levantó con gesto de indignación para pasear nerviosamente por la cocina de arriba abajo hasta que finalmente se recostó en la cocina y siguió mirándolos furiosa. A Bennett no le cabía la menor duda de que se imaginaba de quién era la culpa.

—Bueno, lo único que se me ocurre decir es que a Dios gracias no era mi Alison —prosiguió Ruth Hawkin—. Es horrible. Peter era también un ser humano, pero dudo mucho que alguien lamente su muerte.

—No habría habido por qué lamentar la muerte de nadie —dijo Kathy Lomas en un tono que Bennett sintió como una puya—. Cuando Ma Lomas empezó a despotricar y a augurar que lamentaríamos que viniese gente de fuera al pueblo, pensé que exageraba pero ahora veo que tenía cierta razón. Ustedes no han encontrado a Alison y ahora ha muerto uno de los nuestros.

—Tal vez si le hubierais tratado como a uno de los vuestros aún estaría con vida —dijo una voz a sus espaldas. Bennett se dio la vuelta y vio a Philip Hawkin de pie en el resquicio de la puerta entreabierta. Era evidente que había oído gran parte de la conversación—. Le echaron del pueblo y la bofia le acosó impulsándole a volver. Qué gente más ignorante —prosiguió—. Era claramente inofensivo. Nunca fue violento, ni me consta que pusiera jamás la mano en una mujer. No puedo por menos de sentir lástima por ese pobre desgraciado.

–Habrá sido un gran alivio para usted saber que no era el cadáver de Alison –dijo Clough sin dejarse impresionar por el discurso sensiblero de Hawkin.

–Por supuesto. ¿Para quién no? Pero no tengo más remedio que decir que me han decepcionado usted y sus hombres, inspector. Han transcurrido más de dos días sin noticias de Alison y ya ven el estado de mi esposa. Su fracaso es un tormento para ella. ¿No pueden hacer un esfuerzo? ¿Algo imaginativo? ¿Buscar a fondo? ¿Qué me dice de esa vidente de que habla el periódico? ¿No pueden tener en cuenta lo que dice? –añadió apoyándose en la mesa sobre los nudillos con un ligero rubor en las mejillas pálidas–. Padecemos una terrible tensión, inspector. No es que esperemos milagros, pero cumplan con su obligación y averigüen de una vez qué ha sido de nuestra pobre niña.

Bennett hizo cuanto pudo por ocultar su indignación bajo la máscara del profesional.

–Estamos haciendo todo cuanto podemos, señor. En este momento hay más cuadrillas de rastreo con centenares de voluntarios de Buxton, Stoke, Sheffield y Ashbourne, aparte de los de Scardale. Si se encuentra en la zona daremos con ella, se lo garantizo.

–Lo sé –dijo Ruth Hawkin con voz queda–. Phil sabe que hacen todo lo que pueden, pero el hecho de... no saber nada es una tortura.

Bennett asintió con la cabeza.

–Les tendremos informados de cualquier indicio que descubramos –dijo.

Fuera, el gélido aire invernal le desgarró los pulmones al cruzar el prado. Casi al trote para seguirle, Tommy Clough dijo:

–Hay algo en Philip Hawkin que no cuadra.

–Sus reacciones están fuera de lugar. Es como cuando se habla un idioma aprendido en clases nocturnas del que se conocen la gramática y la pronunciación pero nunca se logra hablarlo con la naturalidad de un nativo que ni sabe las reglas porque estas no tienen que pensar antes de hablar –dijo Bennett dejándose caer en el asiento del coche–. Pero eso no significa que sea un secuestrador o un asesino.

–De todos modos... –añadió Clough poniendo en marcha el motor.

–De todos modos vamos a la conferencia de prensa a dar la cara. Seguro que el comisario va a querer cobrarse la piel de alguien por esto, como que Dios existe, y seguro que Carver tratará de vengarse antes que nada –dijo Bennett.

Se recostó en el asiento, encendió un cigarrillo y cerró los ojos pensando por qué habría ingresado en la policía. Habría podido buscarse un empleo de pasante en algún bufete de abogacía de Derby y a esas alturas sería ya socio de la empresa como especialista en algo tranquilo como notarías o testamentos; habitualmente, era una idea que le daba repeluzno, pero curiosamente aquella mañana le resultaba atractiva.

Abrió los ojos y vio unas largas filas de hombres a un metro de distancia unos de otros avanzando por el valle.

–No encontrarán más que lo que dejaron caer los equipos anteriores –comentó con acritud.

–Cerca del pueblo rastrearán los más mayores –dijo Clough– y a los jóvenes y más aptos les asignarán los barrancos y recovecos más difíciles. En estos terrenos existen siempre rincones que pasan desapercibidos si no se conocen bien.

–¿Cree que encontrarán algo?

–Depende –respondió Clough con una mueca–. ¿Lo dice por si creo que van a encontrar un cadáver? No lo encontrarán.

–¿Por qué no?

–Si no ha aparecido ya es porque está bien escondido. Es decir, que lo ha ocultado en algún sitio alguien que conoce el terreno mucho mejor que los que están buscando. Así que, no; no creo que encuentren el cadáver. Creo que ya hemos recogido aquí cuanto había.

Bennett movió la cabeza a uno y otro lado.

–Yo no estoy de acuerdo, Tommy. Eso es como afirmar que no solo no encontraremos a Alison, sino que tampoco daremos con quien la raptó y probablemente la mató.

—Ya sé que es muy duro, señor, pero igual les sucedió a nuestros colegas de Cheshire y Manchester. Y sé que no le gusta que le recuerden lo que escribió Don Smart, pero tal vez la experiencia fallida de nuestros compañeros nos sirva, aunque solo sea para enfrentarnos a la realidad de no descubrir nada —dijo Clough deteniendo de pronto el coche. No veía ningún sitio para aparcar. Ambos arcenes estaban atestados de coches, camionetas y Land Rovers y entre ellos, motos y escúters–. Maldita sea, ¿ahora qué hago?

Solo había una solución. Bennett se bajó junto a la iglesia metodista y aguardó a que Clough retrocediera con el coche hasta el desvío de Scardale. Enderezó la espalda, dio la última calada al cigarrillo y tiró la colilla al suelo. No le apetecía lo más mínimo enfrentarse a lo que le aguardaba allí, pero no había más remedio.

13

Sábado, 14 de diciembre de 1963. 10.24 h

El tormento de la rueda de prensa terminó antes de lo que él temía gracias al enérgico enfoque castrense del comisario Martin, quien habló de la muerte de Peter Crowther con lacónica y condolida expresión, y cuando un periodista mencionó la filtración al *Courant*, Martin le lanzó sus andanadas.

—La temeraria especulación de ese periódico es pura invención —respondió con voz de patio de cuartel en un tono que no dejaba lugar a réplicas—. Si hubieran verificado el rumor que les llegó se les habría dicho estrictamente lo mismo que a otros periodistas: que en comisaría había entrado un hombre para ser sometido a interrogatorio con mayor garantía de seguridad, pero que acto seguido fue puesto en libertad sin cargo alguno. No pienso culpabilizar a mis subordinados por esa irresponsabilidad por parte de la prensa. Bien, estamos buscando a una niña desaparecida, y ahora contestaré a las preguntas pertinentes a la investigación.

Hicieron algunas preguntas rutinarias, tras lo cual, por supuesto, las facciones zorrunas de Don Smart entraron en juego al alzar el periodista la cabeza del bloc de notas.

—No sé si ha leído el artículo del *News* de hoy... —dijo.

La carcajada de Martin fue tan dura como sus palabras.

–Hasta que le conocí a usted, las únicas putas que había visto en tiempo de paz eran mujeres. Pero no creo andar muy descaminado si a pesar de su barba afirmo que lo que usted escribe solo sirve para llenar revistas sensacionalistas femeninas. Sus fatuos esfuerzos por trastocar a la opinión pública no merecen más comentario ni otra calificación que la de basura, ¿sabe usted?, simples porquerías. He estado a punto de prohibirle la entrada a esta conferencia de prensa, pero muy a mi pesar mis colegas me disuadieron de regalarle esa notoriedad que tanto anhela. Así que puede quedarse, pero no olvide que el propósito de encontrarnos aquí reunidos no es otro que el de encontrar a una joven, una niña vulnerable desaparecida de su hogar, y no incrementar la tirada de su repugnante periodicucho.

Al final de su diatriba, Martin tenía el cuello rojo como la cresta de un gallo. Don Smart se limitó a encogerse de hombros y a bajar la vista sobre el bloc de notas.

–Bien, asumo que la respuesta es «sin comentarios» –replicó en voz baja.

Martin no tardó en poner fin a la conferencia y mientras los periodistas abandonaban la sala charlando unos con otros y comparando sus anotaciones, Bennett hizo de tripas corazón pensando en que ahora que Martin había calentado motores con Smart, a él le haría trizas, pero el comisario le miró, se restregó el bigote canoso y sin apartar los ojos de él sacó los Capstan del bolsillo y encendió uno.

–¿Bien? –dijo.

–Díga, señor.

–Cuénteme su versión de los hechos de ayer.

Bennett le explicó brevemente los particulares sobre Crowther.

–Entonces, di instrucciones al sargento Clough para que comunicara al oficial de guardia en Buxton que pusieran en libertad a Crowther, y acordamos que ese mismo oficial difundiera el rumor a la prensa, y por la ciudad directamente a través de los agentes de patrulla, de que no existían sospechas sobre Crowther.

–¿No había leído el artículo del *Courant*? –preguntó Martin.

—No, señor, estuvimos todo el día en Scardale y allí no llega el periódico hasta el sábado.

—¿Y el oficial de servicio no previno a Clough sobre ese artículo?

—No, porque de haberlo hecho, Clough me habría consultado antes de autorizar la puesta en libertad de Crowther.

—¿Está seguro de lo que dice?

—Tendrá usted que comprobarlo con Clough, señor, pero, yo, sabiendo cómo actúa, sé que él habría considerado el artículo como un cambio de circunstancias susceptibles de afectar a la decisión adoptada —respondió Bennett, dispuesto al varapalo al ver que Martin fruncía el entrecejo.

Pero no lo hizo. Se limitó a asentir con la cabeza.

—Tuve la impresión de que debió de ser un error de las comunicaciones. Así que la culpa es nuestra. Por un lado, alguien filtró a la prensa datos que nunca habrían debido ser revelados, y por otro, el oficial de servicio no dio a los agentes sobre el terreno información relevante para tomar su decisión. Hay que dar las gracias a que la familia del señor Crowther esté preocupada por la desaparición de la niña y no dé mucho en pensar sobre nuestra responsabilidad en esta muerte. ¿Qué planes tiene para hoy?

Bennett señaló con el pulgar un montón de cajas de cartón que había en una mesa.

—Pedí que trajeran de Buxton las declaraciones de los testigos para revisarlas y de paso quedarme aquí por si la búsqueda da algún fruto.

—El rastreo termina a las cuatro, ¿verdad?

—Más o menos —respondió Bennett, intrigado por la pregunta.

—Si no encuentran nada, quiero que se vaya a casa a las cinco.

—¿Cómo, señor?

—Sé que usted y Clough han trabajado mucho en este caso y no hay razón para que se maten. Esta tarde quedan libres de servicio. Es una orden. Mañana le espera un día importante y quiero que esté descansado.

—¿Mañana, señor?

Martin chasqueó la lengua impaciente.

—¿No se lo han dicho? Dios mío, habrá que hacer algo con esto de las comunicaciones. Bennett, mañana tendremos el placer de recibir a dos colegas de otras comisarías, uno de Manchester y otro de Cheshire. Como sabrá sin duda, antes de que el señor Smart del *Daily News* llamara nuestra atención sobre ello, éramos conscientes de que en aquellas zonas se habían producido casos de extrañas desapariciones de adolescentes. Ahora tienen interés en reunirse con nosotros para ver si existe algún vínculo significativo entre sus casos y el nuestro.

A Bennett se le cayó el alma a los pies. Estar ocupado en conversaciones burocráticas con otros colegas poco le iba a ayudar en la investigación sobre Alison Carter. La policía de la ciudad de Manchester llevaba cinco meses buscando a Pauline Reade y la de Cheshire, en tres semanas, no había averiguado nada sobre el paradero de John Kilbride. Ni en un caso ni en otro tenían pistas y era de suponer que los agentes encargados de aquellas investigaciones quisieran más bien ampliar de algún modo sus planes de indagación que ayudarle a él en la suya. Estaba casi seguro de que las otras dos comisarías ya habrían cursado un comunicado de prensa sobre la reunión.

—¿No sería mejor que se encargase de eso el inspector Carver? —preguntó a la desesperada.

Martin miró el cigarrillo con cara de asco.

—Usted conoce mucho mejor las particularidades del caso —replicó y se dio la vuelta sin más para dirigirse a la salida—. Le espero a las once en jefatura —añadió sin volverse ni levantar la voz.

Bennett se quedó un buen rato mirando la puerta. Sentía una mezcla de rabia y desesperación. Ya había quien daba por insoluble la desaparición de Alison Carter, y, aparte de la posibilidad de poder relacionarla o no con otros casos, era evidente que sus superiores no esperaban que la encontrase y menos que apareciera viva. Apretó los dientes, arrimó enfurecido una silla a la mesa del montón de cajas y se puso a leer las declaraciones de los testigos. Sabía que probablemente era inútil, pero existía una mínima posibilidad de encontrar algún indicio. Era su última esperanza.

Domingo, 15 de diciembre de 1963. 10.30 h

Menos mal que algún periódico decía algo positivo. El *Sunday Standard* adjuntaba en su edición un cartel de treinta por cuarenta centímetros con la foto de la desaparecida del que habían distribuido copias a todos los puntos de venta de prensa del país. Bennett había visto ya varios bien expuestos camino de la comisaría. Bajo el titular en grandes caracteres de:

¿HA VISTO A ESTA NIÑA?

reproducían una de las mejores fotos de Alison realizada por Philip Hawkin con un texto explicativo:

Alison Carter falta de su domicilio del pueblo de Scardale, Derbyshire, desde las cuatro y media de la tarde del 11 de diciembre.

Descripción: trece años de edad, uno cincuenta de estatura, delgada, pelo rubio, tez clara y una cicatriz en la ceja derecha. Viste una trenca azul marino y uniforme escolar de chaqueta negra, jersey y falda granate, blusa blanca, corbata negra y granate, leotardos negros y botas negras.

Dirigir cualquier información a la policía de Derbyshire en Buxton o a cualquier agente del Cuerpo.

«Así era como tenía que colaborar la prensa con la policía», pensó George. Ojalá a Don Smart se le hubiese atragantado el desayuno al encontrar el cartel insertado en su ejemplar del *Sunday Standard*. También se preguntó en cuántas casas de la zona estaría expuesto el cartel aquella misma tarde y se imaginó que en las ventanas del instituto de High Peak habría más fotos de Alison Carter que árboles de Navidad.

El día empezaba bien, pensó animado. Ya había tenido un buen comienzo ahorrándose el madrugón y dándole tiempo a charlar sin prisas con Anne en la cama. Él subió el té al dormitorio y habían pasado una hora agradable de verdad, preámbulo a la tarde que disfrutaron juntos. Si a Bennett le hubieran dicho que iba a dejar de pensar en Alison Carter más de dos minutos no lo habría admitido, pero de algún modo la presencia relajante de Anne le permitió desconectarse de aquella frustrante investigación; cenaron a la luz de las velas y escucharon la radio abrazados en el sofá, haciendo planes para su futuro hijo. Era un breve interludio, pero le sirvió para recuperar la confianza a pesar de no haber dormido muy bien.

Contempló el cartel que había en el tablón de anuncios de Investigación Criminal pinchado con chinchetas de otros comunicados oficiales. Así los colegas de Manchester y Cheshire verían que el caso estaba vigente.

–Ha quedado muy bien –comentó Tommy Clough desde la puerta antes de quitarse el abrigo y colgarlo en el perchero.

–No sabía que estaban preparando un cartel –dijo Bennett dando unos golpecitos con el dedo sobre la fotografía.

–Lo decidieron ayer por la mañana –añadió Clough despreocupadamente, abrochándose el primer botón de la camisa y ajustándose la corbata.

–Ojalá pudiera yo sintonizar radio macuto como usted, Tommy. No se le escapa nada –comentó Bennett negando con la cabeza.

–Cuando lleve aquí el mismo tiempo que yo me superará con creces –replicó Clough sonriente–. Me enteré de lo de los carteles porque pasaba por la oficina de la entrada cuando vino el mensajero a recoger la foto. Pensé en decírselo, pero se me olvidó. Lo siento, señor.

Bennett se volvió y le ofreció un cigarrillo.

–Ya que estamos trabajando tan estrechamente en el caso, puede llamarme George cuando no haya nadie delante.

Clough cogió el cigarrillo y ladeó la cabeza.

–Tiene razón, George.

No tuvieron tiempo de proseguir la charla, pues en ese momento se abrió la puerta e irrumpió el comisario Martin seguido por dos hombres vestidos de modo casi idéntico con traje azul marino, flexible y trinchera. Pero su similitud acababa en la vestimenta, pues eran muy distintos: el primero, ancho de hombros y tórax voluminoso pero de piernas tan cortas que rayaban en lo cómico, ya que a duras penas daría la talla reglamentaria de uno setenta; el otro sí que la daba, pero era delgado a más no poder. Martin los presentó: el bajito era el inspector jefe Gordon Parrott de la policía de Manchester y el segundo, el inspector jefe Terry Quirke de la policía del condado de Cheshire.

El comisario les dejó a solas diciéndoles que iba a enviarles té de la cantina. De entrada, se miraron los cuatro como perros desconocidos que coinciden en casa ajena, pero después, a medida que fueron entrando en detalles de sus respectivas investigaciones, se fueron relajando. Un par de horas más tarde, los cuatro llegaron al convencimiento de que había tantos motivos para suponer que los tres niños habían sido secuestrados por una misma persona como para pensar que su desaparición era obra de tres autores distintos.

–Lo que quiere decir que no podemos afirmar ni negar una cosa u otra –dijo Parrott taciturno.

–Salvo que rara vez se dan casos en los que se ignore qué sucedió –añadió Bennett–, como se desprende de la investigación de ustedes, mientras que nosotros tenemos al menos la perra atada a un árbol del bosque y señales de forcejeo en otro lugar, dato crucial que diferencia la desaparición de Alison Carter de las de Pauline Reade y John Kilbride.

Se oyó un gruñido de consenso en torno a la mesa.

–A mi entender –dijo Clough–, no me extrañaría que a Pauline y a John los secuestrara alguien que iba en coche. Una pareja tal vez; uno al volante y otra persona que embaucara a la víctima, porque habría testigos si el secuestrador hubiese ido a pie, mientras que subir a un coche es cuestión de segundos. De todos modos, aunque en nuestro caso hay un matrimonio mayor de Longnor que vio un Land Rover aparcado en la iglesia metodista, yo no creo que el rapto de Alison se desarrollara de igual manera, porque es imposible que el secuestrador la trasladase desde el bosque de Scardale hasta esa iglesia de no ser un Tarzán. Y, por otra parte, en el pueblo aquella tarde no vieron vehículos extraños.

–Y no habrían pasado desapercibidos –insistió Bennett– porque en ese pueblo no se mueve un gato sin que se entere alguien.
–Hemos perdido el tiempo –añadió Parrott.
Bennett movió la cabeza de un lado a otro.
–Pues, mire, curiosamente, no, porque en mi caso yo he aclarado ideas y ahora sé lo que nos faltaba. Por cuanto se ha dicho y oído aquí, estoy cada vez más convencido de que el secuestrador no es un desconocido. Independientemente de lo que sucediese, Alison sabía con quién se iba.

Lunes, 16 de diciembre de 1963. 7.40 h

El buen ánimo que sostuvo a Bennett durante otra jornada de búsqueda infructuosa se desvaneció al ver que el *Daily News* del lunes traía en primera página la noticia de la vidente de Don Smart.

NIÑA DESAPARECIDA:
LA VIDENTE FRANCESA
APORTA UN DATO DRAMÁTICO

EN EXCLUSIVA PARA EL *DAILY NEWS*

La investigación sobre la niña de trece años desaparecida, Alison Carter, dio un giro dramático hoy al facilitar la vidente un dato vital a la policía sobre la pista de su paradero.

Madame Colette Charest ha dado detalles sobre los movimientos que a su entender hizo Alison cuando desapareció hace cinco días de la aldea de Scardale en Derbyshire.

Madame Charest comunicó desde su casa en Lyon sus averiguaciones a la vista del mapa oficial de la zona, una foto de la preciosa niña rubia y un recorte del *News*.

IMPRESIONADO

Anoche le fue comunicado este particular al inspector jefe M. C. Carver, que dirige las indagaciones de la misteriosa desaparición, quien comentó: «No podemos descartar nada. Son detalles sorprendentes».

Madame Charest ya sorprendió a la policía francesa con sus extraños poderes en otras investigaciones. La viuda francesa de cuarenta y siete años dice que «vio» a Alison caminando por un bosque con un hombre conocido de 35-45 años, de pelo negro; añadiendo que Alison le esperaba junto al agua y que estaba triste y atemorizada.

Sigue viva

Lo más asombroso es que madame Charest insiste en que Alison sigue sana y salva. «Vive en una ciudad y está en una casa de una hilera de construcciones de ladrillo en una calle en cuesta... Llegó de noche en una especie de furgoneta y no ha salido de esa casa. No la dejan salir pero no sufre ningún daño. La casa está cerca del patio de un colegio y a Alison le entristece oír a los niños jugar.»

Equipos de voluntarios siguen colaborando infatigablemente con la policía y con otros equipos de socorrismo de montaña peinando los valles y el páramo de la zona de Scardale.

Se utilizan perros y garfios para la búsqueda en los pozos y estanques de una amplia zona del páramo.

El inspector jefe Carver manifestó: «Estamos extendiendo la búsqueda al máximo y la gente colabora de maravilla, pero necesitamos datos concretos sobre lo que pudo hacer Alison desde que salió de casa con el perro el miércoles por la tarde. Quizá estos nuevos datos sirvan para refrescar la memoria de alguien. Por insignificante que sea, agradeceremos cualquier indicio que nos comuniquen».

–Pero ¿a qué juega Carver? –farfulló Bennett a Anne–. Lo único que nos faltaba es fomentar la imaginación de la gente. Ahora nos caerá una avalancha de adivinos de todo el país.

–Seguro que han tergiversado sus palabras –dijo Anne untando de mantequilla la tostada plácidamente.

–Tal vez tengas razón –asintió Bennett cerrando el periódico y acercándoselo a ella mientras se levantaba de la mesa–. Me marcho. No sé a qué hora volveré.

–Procura hacerlo a una hora decente, George. No me gusta que te acostumbres a trabajar tantas horas; no me gustaría que nuestro hijo se criara sin conocer a su padre. Oigo a las mujeres de tus compañeros hablar de sus maridos y es como si se refirieran a un pariente lejano que les trae sin cuidado. Por lo visto, para ellos el hogar es como un último refugio después del cierre de clubes y bares; les oigo comentar que hasta las vacaciones son de pena y que año tras año es como ir a un sitio distinto con un desconocido que se pasa el día preocupado y enfurruñado. O que se dedica a beber y a jugarse el dinero.

–Sabes que yo no soy así –replicó él negando con la cabeza.

–Supongo que casi ninguno pensaría al ingresar que caería en eso –añadió Anne secamente–, pero lo que sucede es que tenéis un trabajo que no os permite desconectaros al final de la jornada. Lo digo únicamente por recordarte que tu vida no consiste exclusivamente en la captura de criminales.

–¿Cómo voy a olvidarlo teniéndote a ti en casa? –dijo él inclinándose a besarla.

Olía bien, como las magdalenas recién hechas. Ahora ya había aprendido que era su fragancia matinal; de él, ella decía que desprendía un olor levemente almizclado, como el del pelaje de un gato limpio, lo cual le había hecho comprender que cada persona tiene su olor propio, y pensó si el recuerdo del aroma de su hija no sería una tortura más para Ruth Hawkin. Contuvo un suspiro, dio un apretón a Anne y fue deprisa al coche para no ceder a sus emociones.

Mientras buscaba en jefatura a Tommy, Clough decidió no asistir a la conferencia de prensa. El comisario Martin sabía habérselas con Don Smart mucho mejor que él y no quería perder los estribos en público impulsado por la ira.

–Vamos a casa de los Hawkin –dijo al sargento–. Ahora se habrán dado cuenta de que cada vez hay menos esperanzas, y, aunque se nieguen a reconocerlo en su interior y ante los demás, nosotros debemos ser sinceros con ellos.

Cruzaron el páramo camino de Scardale sin hablar mientras las escobillas del limpiaparabrisas despejaban la lluvia del cristal con insensible monotonía.

–Con este tiempo es imposible que siga viva a la intemperie –dijo Clough al fin con pesimismo.

—Ni estará viva ni extraviada. No se trata del rapto de un niño pequeño a quien se aterroriza y se encierra en un sótano; es muy distinto tener cautiva a una chica de trece años. Aparte de que los asesinos sexuales no se andan por las ramas y quieren satisfacer sus deseos de inmediato, y, por otra parte, si la hubiese raptado alguien lo bastante tonto para pensar que Hawkin tiene dinero para un rescate, ya le habría enviado una carta —dijo Bennett con un suspiro alzando la mano para saludar al policía empapado que seguía montando guardia ante la verja de acceso al camino de Scardale—. Bien, al margen de los Hawkin, ahora hay que afrontar el hecho de que lo que buscamos es un cadáver.

Solo el golpeteo de los limpiaparabrisas rompió el silencio hasta que llegaron al prado del pueblo y se detuvieron junto al remolque. Bajaron del coche y fueron a la carrera para guarecerse de la lluvia en el pequeño porche y aguardar a que Ruth Hawkin les abriera. Pero para su sorpresa fue Kathy Lomas quien lo hizo; se apartó a un lado y dijo con brusquedad:

—Pasen.

Entraron en la cocina y vieron a Ruth Hawkin sentada a la mesa en bata acolchada de nailon rosa, despeinada y con mirada apática. Frente a ella estaba Ma Lomas bien abrigada con varios jerséis y una toquilla a cuadros cruzada y sujeta por delante con un imperdible. Bennett advirtió que la tercera fémina era Diane, la hermana de Ruth y madre de Charlie Lomas. A pesar de que las tres mujeres jóvenes fumaban, por lo visto no era perjudicial para los pulmones de la anciana.

—¿Qué novedades hay? —preguntó Ma Lomas anticipándose a Bennett.

—Nada nuevo —respondió él.

—Al revés que en los periódicos, ¿no? —inquirió Diane Lomas huraña.

—Naturalmente, esos siempre tienen cosas que decir por su cuenta —añadió Kathy Lomas—. Menuda sarta de mentiras esa historia de que Alison está en una casa pareada de una ciudad. En una ciudad es imposible esconder a nadie contra su voluntad

porque las paredes de las casas son de papel. ¿No podrían impedir que publiquen esas idioteces?
—Vivimos en un país libre, señora Lomas. No vaya a creer que a mí me hace tampoco ninguna gracia ese periódico, pero no puedo hacer nada.
—Mire usted en qué estado se encuentra —dijo Diane señalando a Ruth con la cabeza—. Es una falta de consideración decir esas cosas sin pensar cómo le afectan. No hay derecho.
Bennett apretó los labios antes de decir:
—En cierto modo he venido a hablarle por eso, señora Hawkin.
—Cogió una silla y se sentó frente a ella y la hermana—. ¿Está su esposo en casa?
—Ha ido a Stockport a por productos químicos para sus fotos —dijo Ma con desdén—. Claro, él puede ir y venir a su antojo; no como los del pueblo.
Sus palabras quedaron flotando en el aire como un desafío, pero Bennett optó por no entrar al trapo; bastante le remordía la conciencia por su responsabilidad en la muerte de Peter Crowther como para preocuparse por la lengua afilada de Ma Lomas.
—Quiero manifestarles que proseguirá la búsqueda de Alison, pero sería faltar a mi deber si no les previniera que es cada vez más improbable que la encontremos con vida.
Ruth levantó la vista. Era la imagen de la resignación.
—¿Cree que me viene de nuevas? —dijo desabrida—. Desde el primer momento he estado esperando esto. No hay más remedio que resignarse; pero lo que no puedo aceptar es no saber qué le ha sucedido a mi hija. Simplemente le pido eso: que averigüe lo que le ha pasado.
Bennett respiró hondo.
—Señora Hawkin, créame que estoy plenamente decidido a hacerlo. Le juro que no voy a abandonar la búsqueda.
—Lo que dice es muy bonito, joven. Pero, en el fondo, ¿de qué sirve? —replicó Ma Lomas sarcástica rompiendo el momento de tensión emocional.
—Sirve para que se convenzan de que seguiremos buscando e interrogando a la gente. Hemos peinado totalmente el valle y sus

alrededores, hemos dragado los depósitos de agua y en estos momentos hombres rana de la policía exploran el Scarlaston. Lo único que tenemos es lo descubierto en las primeras veinticuatro horas. Pero seguiremos buscando.

La anciana lanzó un resoplido acompañado de una mueca en la que casi juntó la nariz y la barbilla.

–¿Cómo es capaz de estar ahí sentado y decirle a Ruth mirándole a la cara que han buscado por todo el valle, cuando ni se han acercado a la antigua mina de plomo?

14

Lunes, 16 de diciembre de 1963. 9.06 h

Bennett vio que su propia perplejidad se reflejaba en las caras de las tres mujeres. Ruth Hawkin frunció el entrecejo como si no hubiera entendido bien y Diane parecía desconcertada.

–¿Qué antigua mina de plomo, Ma? –preguntó.
–Esa de la montaña.
–Es la primera vez que lo oigo –dijo Kathy Lomas como si reaccionara ante una ofensa.
–Un momento, un momento –terció Bennett–. ¿De qué hablan? ¿A qué mina se refiere?

La anciana lanzó un suspiro de exasperación.

–¿Cómo quiere que lo diga? En la montaña de Scardale hay una antigua mina de plomo, con sus túneles, sus bóvedas y todo eso. No es gran cosa, pero ahí está.
–¿Desde cuando está abandonada? –preguntó Clough.
–Y yo qué sé –replicó la anciana–. Desde antes de nacer yo, desde luego. Según tengo entendido, data de tiempos de los romanos que extraían plomo y plata por esta región.
–Nunca había oído que hubiese una mina ahí arriba –dijo Diane–. En toda mi vida.

Bennett contuvo a duras penas las ganas de darles un grito.

–¿Dónde está exactamente esa mina? –inquirió con una voz tan cortante que Clough se alegró de no ser su interlocutor; no había pensado que el joven inspector tuviese aquel genio y ahora daba gracias por haber hecho buenas migas con él desde un principio.

—No lo sé —respondió Ma Lomas encogiéndose de hombros—. Ya le digo que yo no la he visto nunca en funcionamiento; lo único que sé es que está en algún lugar de la montaña, por detrás del soto, por donde antes corría un arroyuelo que se secó siendo yo niña.

—Entonces, por lo que dice, nadie conocerá su existencia —dijo Bennett desalentado.

Lo que había vislumbrado como una pista a seguir se desvanecía en el aire como una pompa de jabón.

—Yo la conocía —insistió la anciana con vehemencia—. El señor me la enseñó en un libro —añadió apartando la silla de la mesa—. ¿Ha tirado tu marido los viejos libros del señor? —Ruth Hawkin negó con la cabeza—. Pues vamos a echar un vistazo.

El estudio de Philip Hawkin estaba aquel día tan helado como el vestíbulo. Ruth, temblorosa, se arrebujó en la bata y Diane tomó asiento en un sillón para sacar su cajetilla, de la que extrajo un cigarrillo sin ofrecer a nadie y acurrucarse como un gato que acaba de cazar una presa; Kathy se puso a manosear un par de pisapapeles del escritorio alzándolos a contraluz y dándoles la vuelta de un lado a otro, mientras Ma escudriñaba despacio los libros con Bennett a la expectativa.

Hacia la mitad de la estantería central la anciana señaló con su dedo huesudo.

—Este —dijo con tono de satisfacción—. *Miscelánea de curiosidades del valle del Scarlaston.*

Bennett cogió el grueso volumen; había sido sin duda un bello ejemplar encuadernado en piel roja, pero acusaba los estragos del tiempo y del uso. El policía lo abrió sobre el escritorio.

—«Miscelánea de curiosidades del valle del Scarlaston del condado de Derbyshire, con la Cueva Gigante y el misterioso nacimiento del río. A la venta por el Reverendo Onesiphorus Jones. Publicado por los señores King, Bailey & Prosser de Derby MDCCCXXII» —leyó Bennett, y añadió «1822»—. Bien, ¿en qué parte habla de la mina, señora Lomas?

La anciana recorrió el índice con su dedo artrítico.

−Si no recuerdo mal estaba hacia la mitad −respondió con voz queda.

Bennett se inclinó por encima de su hombro para leer los títulos de los capítulos.

−¿Es este? −preguntó señalando el capítulo XIV−: *Los misterios de la montaña de Scardale; los habitantes prehistóricos del valle; la ilusión del oro y la piedra filosofal.*

−Sí, creo que sí −dijo Ma Lomas retirándose un paso−. Hace tanto tiempo... Al señor le gustaba contarme la historia del valle. Su mujer no era de aquí, ¿sabe?

Bennett apenas la escuchaba pasando gruesas hojas, algunas manchadas, buscando el capítulo. Dio con él y allí estaba la historia de la mina de plomo, ilustrada con unos grabados aceptables. Los filones de piritas de hierro y plomo habían sido descubiertos en la Edad Media, pero no se habían explotado hasta el siglo XVIII en que se abrieron cuatro galerías para excavar en dos sectores; pero la veta era menos rica de lo esperado y durante la década de 1790 quedó abandonada la explotación. En la época de la edición del libro la mina llevaba ya años cerrada por una empalizada de madera.

George señaló el párrafo que describía el paraje.

−¿Bastarán estas indicaciones para encontrarla?

−Ustedes no la encontrarán −dijo Diane acercándosele por detrás y mirando el libro−. Yo sé quién podría hacerlo.

−¿Quién? −preguntó Bennett, pensando desalentado que era más fácil extraer plomo del suelo de Scardale que información de sus naturales.

−Seguro que Charlie la encuentra −respondió Diane, sin hacer caso de su exasperación−. Él conoce el valle mejor que nadie y sabe moverse por él como un perro de caza. Si hay que trepar o entrar en cuevas, él es el más indicado. Nuestro Charlie le vendrá divinamente, señor Bennett. Si es que se presta, después de cómo le ha tratado...

Lunes, 16 de diciembre de 1963. 11.33 h

Charlie Lomas estaba tan nervioso como un cachorro que ha olfateado un conejo y tira con fuerza de la correa. Igual que Bennett, en cuanto supo de qué se trataba, quería salir inmediatamente para aquel paraje donde el río bordeaba la montaña. Pero, a diferencia del policía, que había adquirido la virtud de la paciencia, él no entendía por qué tenían que aguardar la llegada del equipo de espeleología, pues consideraba que para explorar los misterios de los riscos del pueblo era más que suficiente ser natural de Scardale, y no paraba de pasear de arriba abajo por delante del remolque fuma que te fuma y dando sorbos a una taza de té más que frío.

Bennett miró irritado hacia el pueblo por la ventana del remolque.

—No nos viene de nuevas que la gente nos oculte información, pero casi siempre es por algún motivo que es posible intuir, generalmente por no verse perjudicada o por encubrir a alguien, o por el simple hecho de que son unos sinvergüenzas que quieren fastidiarnos. Pero aquí en Scardale es como sacar agua de las piedras.

Clough suspiró.

—No creo que lo hagan por malicia. Me da la impresión de que muchas veces ni se dan cuenta; en ellos es un hábito adquirido a lo largo de siglos y no espere que vayan a cambiar de la noche a la mañana. A mi entender es porque piensan que nadie tiene por qué meterse en sus cosas.

—Es algo más, Tommy. Ellos, claro, han vivido siempre conociendo al dedillo la vida de los demás y dan por sentado que nadie la ignora, y simplemente no comprenden que nosotros no tenemos por qué estar al corriente.

—Ya entiendo. Siempre que descubrimos algo que ellos podrían habernos indicado, se quedan como pasmados de que no lo supiéramos.

Bennett asintió con la cabeza.

—Exactamente. A Ma Lomas nunca se le ocurrió decir: «¿Saben que hay una antigua mina de plomo en la montaña? Valdría la pena mirar allí». Qué va, como todos los demás, suponía que estábamos al tanto y si lo ha mencionado ahora es por fastidiarnos, por poner en evidencia a la policía.

Clough se levantó a pasear por el reducido espacio del remolque.

—Es exasperante, pero no hay nada que hacer frente al hecho de que solo nos enteramos de lo que no sabemos cuando lo descubrimos —dijo.

Bennett se restregó los ojos desalentado.

—No puedo evitar la sospecha de que si hubiese tenido la habilidad para que nos dijeran todo lo que saben podríamos haber salvado a Alison.

Clough se detuvo y miró al suelo.

—En eso creo que se equivoca. En mi opinión, cuando se recibió el aviso en la comisaría de Buxton ya no había nada que hacer por Alison Carter —dijo mirando a la cara a su jefe; pero lo que vio en sus ojos le hizo añadir—: A no ser que es lo primero que se me ocurre decir porque no puedo soportar la otra alternativa.

Bennett volvió la cabeza para leer otra vez el texto del viejo libro tratando de compaginar la descripción del lugar con los detalles del mapa oficial. Tommy Clough, que de cartografía entendía poco, se sentó junto a la ventana a mirar un par de mirlos que escarbaban la tierra al pie de un frondoso tejo. Pronto habría trabajo que hacer; de momento allí se estaba bien, sentado, pensando.

El equipo de espeleólogos llegó en una camioneta Commer con los asientos abatidos, que en sus puertas exhibía el rótulo trazado por mano inexperta de Equipo de Rescate de Peak Park. De su interior saltaron seis hombres que, ajenos a la lluvia, comenzaron a descargar material. Uno de ellos se separó del grupo y cruzó el prado en dirección al remolque. Charlie dejó de pasear y le miró, inmóvil como un perro de caza al acecho. El hombre abrió la puerta, asomó la cabeza y preguntó:

—¿Quién es el jefe aquí?

Bennett se puso en pie, rozando el techo con la cabeza.
—Soy el inspector George Bennett —dijo tendiéndole la mano.
—Se parece usted a Jimmy Stewart —comentó el hombre estrechando su mano con una sonrisa—. ¿Se lo han dicho alguna vez?
—Me lo dicen —replicó Bennett frunciendo el entrecejo al captar la sonrisa de Clough—. Gracias por venir.
—No hay de qué. Hace mucho tiempo que no salimos a hacer ningún salvamento y estamos deseando resolver algo fuera de lo normal. ¿De qué se trata? —añadió sentándose en el banco lateral; la goma del traje de neopreno se le onduló por la zona de su enjuto estómago.

—Tenemos una ligera idea de dónde debe de encontrarse la entrada a esa mina —dijo Bennett, añadiendo un resumen de lo que había deducido de la lectura del libro cotejando los datos con el mapa—. Este muchacho, Charlie, que es del pueblo, conoce el valle y nos dará algunas pistas sobre el terreno, y si encontramos la cueva, quiero entrar con ustedes.

El hombre le miró con gesto dubitativo.
—¿Ha hecho espeleología o escalada?
Bennett negó con la cabeza.
—No se preocupen; soy fuerte y estoy en forma.
—Eso no quita para que sea un riesgo. Nosotros formamos un equipo y estamos habituados a actuar coordinadamente para evitar riesgos, pero usted alteraría el ritmo de trabajo. Yo no entro en una cueva inexplorada con una persona que no sabe nada de espeleología —dijo restregándose nerviosamente la mejilla con los nudillos—. La gente se mata en cuevas —añadió—. Esa es la razón de ser de nuestro grupo.

—Efectivamente —replicó Bennett—. La gente muere en cuevas; y por eso precisamente tengo que ir con ustedes, porque es posible que nos encontremos con el escenario de un crimen. Y no estoy dispuesto a que se desbaraten las pruebas que pueda haber. Reconozco que usted tiene su especialidad, pero yo tengo la mía. Así que no entran en esa mina si no les acompaño yo. Bien, ¿tiene un equipo extra para mí o me cede uno de sus hombres su traje de neopreno?

El espeleólogo le miró desafiante.

–No pienso poner en peligro a mi grupo de rescate por culpa de su inexperiencia.

–No es eso lo que le pido. Ustedes van delante por si hay algún peligro, y yo iré detrás y acataré sus órdenes. Pero tengo que entrar –replicó Bennett tajante.

–Yo también quiero entrar –exclamó Charlie sin poder contenerse–. Yo he estado en cuevas y he hecho espeleología y escalada. Tengo práctica y conozco el terreno. Tienen que dejarme entrar.

Tommy Clough le tocó en el brazo.

–No es conveniente, Charlie. Si Alison está allí dentro, es muy probable que sea una escena desagradable. Te impresionaría y puedes destruir pruebas sin querer. Yo, la primera vez que vi un cadáver casi acabo eso, «cadáver», porque vomité allí mismo y el inspector jefe quería matarme. De verdad; es mejor que tú nos guíes hasta allí y te quedes fuera.

El muchacho frunció el entrecejo y se apartó el pelo de la frente.

–Es familia mía, señor Clough, y alguno de la familia debe estar presente por ella.

–Ten la seguridad de que el inspector Bennett hará lo mejor para ella –añadió Clough–. Él tiene tantas ganas como tú de que esto se solucione.

Charlie se volvió hacia los demás, con los hombros caídos.

–Bueno, ¿a qué esperamos, entonces? –añadió con voz quebrada haciéndose el valiente.

–Tengo que cambiarme... –dijo Bennett al espeleólogo–. ¿Cómo se llama?

–Barry –contestó el hombre con un suspiro de resignación–. De acuerdo; tenemos un traje extra de su talla. Pero tendrá que agenciarse botas.

–¿Servirán unas de goma que llevo en el coche?

–Tendrán que servir –replicó Barry despectivo.

Veinte minutos más tarde iban en extraña procesión por el valle cruzando el soto donde Charlie había descubierto las señales de forcejeo, que encabezaba la marcha seguido de cerca por Bennett y Clough con el grupo de salvamento a la zaga, hablando, riendo y fumando alegremente como si se tratase de alguna expedición dominical a unas cuevas fascinantes.

Al llegar al pie del risco, los hombres se sentaron en el suelo bajo unos árboles a esperar instrucciones. Charlie comenzó a recorrer despacio el borde de la piedra caliza, apartando matorrales y subiendo en ocasiones a los peñascos desprendidos para comprobar si ocultaban restos de la antigua valla de madera de hacía ciento cincuenta años. Bennett le seguía lo mejor que podía, tratando de comparar la orografía con la descripción del libro, pero quien realmente lo examinaba todo era el muchacho.

Charlie atravesó un tramo con arbolillos y helechos muertos, ascendió a un cúmulo de pequeñas rocas caídas y bajó por el lado contrario y Bennett le perdió de vista, pero los que aguardaban sentados en el valle le oyeron perfectamente gritar:

—Aquí hay una grieta. Y lo que parece... restos de una barricada podrida.

—Quédate ahí, Charlie —ordenó Bennett—. Sargento, venga conmigo. Tenemos que comprobar si hay señales recientes, aparte de las de Charlie.

Subieron como pudieron a aquel montón de pedruscos con cuidado de no darse en la cara con las ramitas que sobresalían, ni de tropezar con los firmes brotes de las zarzas que cubrían con un entramado la maleza.

—Va a ser imposible saber si ha pasado alguien por aquí —comentó Clough con tono de decepción—. A este lugar se puede llegar a través del bosque o desde el lado, por el valle; va a ser inútil la inspección.

Treparon con dificultad al montón de piedras y se encontraron a Charlie cambiando impaciente el peso del cuerpo de un pie a otro.

—Miren —dijo—. Tiene que ser aquí, ¿verdad, señor Bennett?

Era difícil identificar lo que se veía con la entrada a la mina según el grabado que Bennett se había pasado toda la mañana estudiando. Las rocas desprendidas de la boca del túnel habían variado totalmente la conformación, y el original arco rudimentario excavado en la blanda piedra caliza parecía más bien una estrecha grieta triangular el doble de alta que la abertura primitiva. Estaba todo cubierto de hierbas crecidas y helechos, y un saúco tapaba la mayor parte de lo que parecía haber sido la entrada.

–Miren, aquí hay restos de púas de hierro que clavaron para sujetar la barricada –dijo Charlie ufano señalando un par de bultos negros que salían de la roca–. Y fíjense en esto... –añadió apartando los helechos para mostrar restos podridos de gruesa madera–. Yo que creía conocer el valle de cabo a rabo, y nunca había estado aquí.

Bennett miró en derredor desolado. Charlie había pisoteado todo aquello como un cachorro de elefante. Si Alison había pasado por allí, sola o forzada por alguien, no quedarían huellas. Lanzó un suspiro y llamó al jefe del equipo.

–Barry. Venga aquí con sus hombres, haga el favor. Sargento –añadió volviéndose hacia Clough–, vuelva usted con el señor Lomas al remolque y me envía agentes uniformados para acordonar la zona. Y de momento, ni una palabra a la prensa.

–Muy bien, señor –dijo Clough agarrando a Charlie por el hombro–. Ahora que intervengan los especialistas.

–Yo quiero entrar –replicó Charlie zafándose de Clough para dirigirse a la entrada; pero Bennett le puso rápidamente la zancadilla y el muchacho cayó rodando y le miró furioso.

–Ahora te vas –dijo Bennett–. Vamos, Charlie, no lo pongas más difícil. Te prometo que si encontramos algo lo sabrás tú antes que nadie.

Charlie se puso en pie quitándose unos hierbajos del pelo.

–Voy a decirle a mi abuela lo que he encontrado –musitó desafiante.

Pero Bennett ya estaba atento a los espeleólogos que treparon por las rocas como si lo hicieran por una senda cualquiera. Ahora tenían trabajo y se movían despacio y metódicamente verificando el material. Barry le pasó a Bennett un casco con una lámpara de minero fijada delante.

–Tenga. Usted vaya siempre detrás de nosotros. No sabemos cómo estará el terreno ahí dentro, pero, a juzgar por el estado de la entrada, no será de fiar. Así que nosotros vamos abriendo camino y usted nos sigue en todo momento. ¿Está claro?

Bennett asintió con la cabeza, ajustándose la correa del casco.
—Pero si aparece algo que parece alterado recientemente, no toquen nada. Y si la niña está ahí... tendremos que salir todos.

Barry señaló con un gesto de la cabeza a uno de los hombres.
—Trevor lleva una cámara especial para hacer fotos subterráneas. La hemos traído por si acaso —miró a su alrededor—. Bien, Des, ve tú en cabeza. Yo iré detrás para que el inspector haga como se le ha dicho. Ya le habéis oído, muchachos, cualquier cosa que encontréis, ni tocarla. Ah, inspector, nada de fumar ahí dentro. Nunca se sabe las sorpresas que guardan las entrañas de la tierra.

Fue como entrar al infierno. La grieta se los tragó nada más cruzarla y se vieron en la más absoluta oscuridad. Tan solo los débiles conos de luz amarilla salpicaban contra las blancas paredes veteadas de piedra caliza carbonífera en las que relucían algunas afloraciones de cuarzo; caían en húmeda llovizna y brillaba por momentos. Otros minerales se desprendían y punteaban la roca con sus particulares colores. Bennett recordó una visita a unas cuevas cercanas a Castleton durante un viaje que había hecho con Anne, pero ya no se acordaba de cómo se originaban las extrañas formaciones. Tardó bastante en comprender que se hallaba en una galería estrecha de un metro veinte de ancho y poco más de uno sesenta de alto por la que debía caminar de rodillas para que su casco no chocara con las curiosas excrecencias que brotaban del techo.

El aire era húmedo pero extrañamente fresco, como si continuamente se renovara. Conforme las gotas de las estalactitas se hacían demasiado pesadas, la tensión en su superficie estallaba, y caían sin cesar series irregulares de salpicaduras. Bajo sus pies, el suelo era desigual y resbaladizo, y George tenía que enfocar constantemente hacia abajo para evitar tropezar y caer sobre alguna de las múltiples estalagmitas que salpicaban el suelo del corredor.

—Es fantástico, ¿verdad? —dijo Barry volviendo la cabeza y deslumbrándole por un instante.
—Impresionante.
—Como lleva ciento cincuenta años abandonada, casi parece

una formación natural. ¿Sabe una cosa? Aunque no encontremos nada, este fin de semana volveremos para explorarla debidamente. ¿Sabe que hay un tramo en que al Scarlaston desaparece bajo tierra? Eso quiere decir que en esta zona tiene que existir un sistema cavernoso, y es posible que esta mina sea su acceso principal.

El tono de entusiasmo de Barry le revolvía ligeramente el estómago. Él no padecía claustrofobia, desde luego, pero el hecho de que aquel hombre estuviera deseando pasar horas bajo toneladas de roca hostil no acababa de entenderlo. A él le encantaban demasiado el sol y el aire para sentirse atraído por aquel extraño subterráneo semimundo.

Antes de que pudiera contestar oyeron el eco de una exclamación del que iba delante, pero tan distorsionada que no entendieron lo que decía. Bennett fue a adelantarse, pero Barry le cortó el paso con el brazo.

–Espere –dijo imperioso–. Iré yo a ver qué es y vuelvo.

Bennett permaneció impaciente tratando de discernir los murmullos que se oían unos metros adelante. Los diez minutos que Barry tardó en volver le parecieron una eternidad.

–¿Qué es lo que hay? –preguntó.

–No es un cadáver –respondió Barry sobre la marcha–, pero hay unas ropas. Venga a echar un vistazo.

Los demás se arrimaron a las paredes para dejarles pasar. Al cabo de unos metros en la galería se abría una encrucijada de la que obviamente habían partido cuatro túneles. Tres estaban cegados con piedras y escombros. Solo quedaba un nicho de túnel de tres metros de ancho y más de dos metros de alto al fondo del cual, borroso a la luz de las linternas, vieron algo que parecía ropa.

–¿Alguien tiene una luz más potente? –preguntó Bennett.

Unas manos le pasaron una gruesa linterna. La encendió y enfocó el potente haz sobre la ropa. Algo oscuro estaba arrebujado contra las rocas y se vio claramente que lo que en principio parecían dos bandas negras eran en realidad unos leotardos desgarrados y la otra prenda oscura resultó ser unas bragas rotas, lo que constató Bennett tambaleándose por el dolor y el asco.

Hizo un esfuerzo y respiró hondo.

—Ahora vamos a salir todos. El de atrás que dé media vuelta y todos los demás le siguen. Yo iré en retaguardia —ordenó. Durante un instante nadie se movió—. ¡Vamos! —vociferó Bennett desahogando parte de la fuerte tensión acumulada, y mirándolos enfurecido.

Solo entonces dieron media vuelta y echaron a andar hacia la salida con paso seguro mientras él los seguía a trompicones. Salió a la luz como si hubiera estado allí dentro horas, pero miró el reloj y comprobó que había sido menos de quince minutos. Vio que por el sendero del bosque llegaban dos agentes uniformados para mantener la mina a salvo de ojos curiosos y pies destructivos.

Bennett carraspeó y dijo:

—Barry, quisiera que su colega Trevor se quede conmigo para hacer unas fotos y agradecería que los demás aguardaran aquí hasta que esté acordonada la zona, porque si vuelven ahora al pueblo correrá el rumor de que hemos encontrado algo y tendremos una avalancha de gente.

Los hombres dieron su conformidad y Barry sacó una cajetilla de una bolsita impermeable que llevaba al cuello.

—Creo que le vendrá bien fumarse uno —dijo a Bennett.

—Gracias —dijo este volviéndose hacia los dos policías de uniforme—. Vuelva uno de ustedes al remolque a decirle al sargento Clough que hemos encontrado unas ropas y que necesitamos un equipo completo para establecer un posible escenario del crimen. Y, por Dios bendito, actúen con discreción. Si alguien pregunta, digan que desde luego un cadáver no hemos encontrado. No quiero que se repita la historia del viernes del periódico.

Uno de los agentes asintió nervioso con la cabeza y se dio media vuelta volviendo a la carrera por el sendero que conducía al pueblo.

—Queda encargado de que nadie que no sea policía se acerque a menos de veinte metros de esta entrada —dijo Bennett al otro agente uniformado antes de volverse hacia Barry—. ¿Cree usted en la posibilidad de acceder por la encrucijada central a alguno de los otros túneles? —preguntó al hombre.

Barry, escéptico, se encogió de hombros.

—No lo parece, pero no podría asegurárselo sin verificarlo debidamente. Es posible que alguien haya entrado y vuelto a rellenar el acceso para hacer que pareciese infranqueable; pero esto es una mina y no un sistema cavernoso, lo más probable es que no haya más que una sola entrada y una sola salida. Si alguien ha penetrado más adentro tiene que estar ahí, pero no creo que siga con vida. A mí me parece que la chica no está ahí, joven –añadió, poniendo la mano en el brazo de Bennett antes de apartarse para ir a sentarse en las piedras con sus compañeros.

Tardaron siete horas en examinar minuciosamente la mina. Trevor volvió a bajar su cámara y fotografiaron meticulosamente las paredes y el suelo. No había ninguna otra salida ni entrada excepto el estrecho corredor, y en ninguno de los túneles cegados había señales recientes ni encontraron tampoco indicios de que se hubiera enterrado allí un cadáver. Bennett no sabía si era para alegrarse o desesperarse.

A media tarde, con sumo cuidado para no contaminar huellas y enviarlo en condiciones al laboratorio forense de la policía del condado, recogieron una trenca a la que le faltaba un botón, unos leotardos tan brutalmente rasgados por la entrepierna que las perneras estaban separadas del todo, y un par de bragas de gimnasia azul marino. Pero Bennett no necesitaba ningún informe de laboratorio para saber que las manchas de aquellas prendas húmedas eran de origen humano.

Llevaba tiempo de sobra en la policía para saber que eran de sangre y de semen.

Hubo otros dos descubrimientos más inquietantes si cabe: en la pared de la mina, un policía descubrió un trozo deformado de metal incrustado que había sido una bala y ello les obligó a examinar centímetro a centímetro las fisuras de la roca hasta hallar alojado en una grieta un segundo trozo de metal. Era, sin lugar a dudas, una bala de pistola.

SEGUNDA PARTE

Daily News,
20 de diciembre de 1963, pág. 5

TRISTES NAVIDADES PARA LA MADRE
DE LA NIÑA DESAPARECIDA

La señora Ruth Hawkin no irá a comprar este año regalos de Navidad para su hija Alison, pero el padrastro, Philip, sí que ha adornado la habitación de la niña con paquetes de alegres envoltorios con discos, libros, ropa y artículos de tocador.

La señora Hawkin, madre de Alison, de treinta y cuatro años, no tiene ánimo para comprar regalos de Navidad para su hija. Hace nueve días dijo adiós a la niña cuando esta salía de su hogar en el pueblecito de Scardale en Derbyshire para dar un paseo con el perro y desde entonces no ha vuelto a ver su hija de trece años.

Todos sus familiares son unánimes: «Si Alison no aparece será una triste Navidad para todos en Scardale. Somos una comunidad muy unida y nos ha golpeado muy duramente a todos. No entendemos la desaparición de Alison. Es una chica encantadora y a nadie se le ocurre ningún motivo por el que pudiera haberse escapado».

La policía ha interrogado a miles de personas, ha peinado valles remotos y el páramo y ha dragado los ríos y los embalses sin resultado. La preciosa colegiala rubia sigue sin aparecer.

Hay otras dos familias que tendrán también una ausencia en la cena de Navidad. Hace un mes desapareció el niño de doce años John Kilbride de Ashton-under-Lyne, a quien se vio por última vez en el mercado de Ashton. Y hace cinco meses la joven de diecisiete años Pauline Reade salió de su casa de Wiles-street en Gorton, Manchester, para ir a bailar y nunca más se supo de ella.

I

No era la Navidad que Bennett había previsto unos meses atrás. Él deseaba pasar aquellas primeras Navidades de casado en su propio hogar a solas con Anne sin compromisos familiares. Como Anne era hija única no había mucha exigencia por parte de sus padres, pero, al ser recién casados, la pareja suscitó el interés de los padres de él. Anne vio que era su primera y última posibilidad de celebrar la Navidad ellos dos solos e hizo cuanto pudo por convencer a sus respectivos progenitores de que lo mejor era cenar todos juntos la noche de fin de año, pero no lo había logrado. En resumen, que el día de Navidad, además de los padres no pudieron zafarse de la hermana de él acompañada del marido y los niños.

De todos modos, había sido un almuerzo estupendo. Anne lo había preparado todo con semanas de antelación y, por una vez, la desaparición de Alison Carter no había enturbiado sus deseos de que aquella primera Navidad en su nueva casa fuese perfecta. En efecto: una vez abiertos los regalos y tras las exclamaciones admirativas de rigor por los calcetines, las camisas, los suéteres y el tabaco, George solo tuvo que ocuparse de servir las bebidas, jerez y zumo para las mujeres y cerveza para ellos.

Tal como habían acordado anunciaron el embarazo de Anne después del mensaje de la reina. Las mujeres expresaron a cual más su contento y, pretextando ir a fregar los platos, desaparecieron en la cocina para obsequiar a la futura mamá con el beneficio de sus consejos. El padre de Anne dio la enhorabuena a George y se sentó a ver la televisión con un coñac y un puro para celebrarlo, pero George y su padre, Arthur, siguieron sentados a la mesa. Como de costumbre, no se sentían del todo a gusto los dos juntos, pero el anuncio de la paternidad hizo de algún modo de puente sobre aquella brecha que la carrera universitaria había abierto entre él y su progenitor, maquinista de tren.

–Tienes cara de cansado, chico –dijo el padre.

–Hace dos semanas que tengo mucho trabajo.

–Por la chica desaparecida, ¿verdad?

–Alison Carter –contestó Bennett asintiendo con la cabeza–. Hemos dedicado horas y horas al caso, pero casi no hemos avanzado.

–¿No decían en el periódico que se había encontrado ropa suya? –inquirió Arthur lanzando hacia la lámpara un anillo de humo perfecto.

–Sí. En una mina abandonada, lo que exclusivamente demuestra que no se escapó de casa, pero no nos ha procurado pistas ni indicios respecto a lo que sucedió ni cuál es su paradero. Ahora bien, encontramos también un par de balas incrustadas en la roca; una se estropeó y resultó imposible identificarla, pero tuvimos suerte con la otra, pues entró en una grieta de la pared caliza, así que los forenses pudieron sacarla más o menos intacta. Si aparece la pistola con que se hicieron los disparos, tendremos una pista concreta.

El padre de Bennett dio un sorbo al coñac y negó taciturno con la cabeza.

–Pobre chica. No la encontraréis viva, ¿verdad?

–Nadie apostaría un céntimo por ello –replicó Bennett con un suspiro–. Llevo noches sin dormir. Y ahora que Anne está... Cómo cambia todo, ¿no? Nunca lo había pensado. Tú sabes lo que quiero decir; encontrar la mujer que quieres, casarte y tener hijos es lo normal si tienes suerte, pero nunca se me ocurrió pensar lo que significaría ser padre. Y ahora que sé que voy a serlo, precisamente cuando estoy empantanado en una investigación como esta... resulta que continuamente me hace pensar en qué sentiría yo si fuese hija mía.

—Sí —dijo su padre con un profundo suspiro—. Tienes razón, George, es al tener hijos cuando uno se da cuenta de los peligros que encierra la vida; pero te volverías loco si te obsesionaras por eso; hoy tienes que decirte que al tuyo no puede sucederle nada. Tú saliste adelante más o menos entero —añadió con una sonrisa pícara.

Era un intento de sacar a colación las ocasiones en que en su infancia había corrido algún peligro, pero una parte de Bennett no se avenía a cambiar de tema. Tenía tan interiorizada a Alison Carter que sentía como un nudo en la garganta. Apagó el puro y se levantó.

—Papá, si no te importa voy a salir una hora. Mi sargento se ha prestado voluntario a estar de guardia y creo que debo pasar por la comisaría a desearle feliz Navidad.

—Claro, claro, hijo. Me sentaré con el padre de Anne a hacer que miramos la tele, sin roncar demasiado alto —añadió con un guiño.

Bennett cogió un paquete de cincuenta cigarrillos que le había regalado una tía suya y se dirigió a la comisaría. En la mesa de Tommy Clough no había más que el informe de balística de los proyectiles recogidos en la mina, pero vio que tenía la chaqueta en el respaldo de la silla y pensó que no andaría lejos. Cogió el informe y volvió a hojearlo. Una bala estaba francamente deteriorada, pero de la recogida en la grieta de la roca se habían obtenido datos interesantes:

El espécimen es un casquillo metálico de punta redonda del calibre 38. En el proyectil se observan siete estrías anchas con espacios intermedios estrechos. Estrías indicativas de un cañón con ánima en espiral en sentido de giro de izquierda a derecha correspondiente a un revólver Webley.

Se abrió la puerta y entró Tommy Clough con el ceño fruncido leyendo un télex.

—Feliz Navidad, Tommy —dijo Bennett lanzándole el paquete de cigarrillos.

—Feliz Navidad, George —respondió el sargento con cara de

sorpresa–. ¿Qué hace aquí? ¿Se ha peleado con la mujer? –añadió cruzando el cuarto para guardar el télex en el expediente.

–Es que me vi tranquilamente en casa sentado allí con mi gorro de papel comiendo pato y no pude evitar pensar la Navidad que estarán pasando en Scardale Manor. Clough rompió el celofán del paquete de tabaco, se incorporó en la silla apartando el expediente y le ofreció un cigarrillo.

–Yo diría que dependerá del ánimo de Ruth Hawkin y de que le mostremos o no este télex.

–¿A qué se refiere?

Clough encendió despacio un cigarrillo.

–Como no íbamos a ninguna parte a través de los conductos oficiales para relacionar a Hawkin con el Webley, decidí buscar otro camino y solicité información sobre denuncias de robo de Webleys; bien, una de ellas me pareció interesante. Se trata de un informe de Saint Albans, donde hace dos años un tal señor Richard Wells denunció el robo en su casa de unas pertenencias entre las que se contaba un revólver Webley del calibre 38.

Por la pausa de Clough, Bennett comprendió que tenía más datos.

–¿Y? –preguntó.

–El señor Wells vive dos puertas más allá de la casa de la madre de Philip Hawkin y ambas familias acostumbraban jugar al bridge una vez por semana. El Webley lo guardaba el señor Wells como recuerdo de la guerra y solía presumir de él a menudo, según el atestado policial. No lograron descubrir al ladrón porque los Wells estuvieron una semana de vacaciones y el allanamiento debió de producirse en su ausencia. Feliz Navidad, George –añadió Clough sonriente.

–Es mejor regalo que mi paquete de pitillos.

–¿Nos damos una vuelta por allí a tomar el aire?

–Bien.

Hicieron casi todo el camino en silencio. Al entrar en la pista de Scardale, Bennett dijo:

–¿Puede ampliar lo que dijo antes de que dependía del ánimo de la señora Hawkin?

—Ya lo hemos hablado otras veces en los últimos días —contestó Clough—. En primer lugar, tenemos la discrepancia entre lo que nos contó Hawkin sobre sus movimientos la tarde en que desapareció Alison y lo que nos dijeron Ma Lomas y Charlie. Segundo: está la mina. Aparte de Ma Lomas, nadie de Scardale había oído hablar de ella, ni mucho menos sabían dónde estaba. Pero el libro que explica cuál es la entrada resulta que lo tenía Philip Hawkin en su biblioteca.

—Sin contar el informe del laboratorio —añadió Bennett en voz baja.

La inevitable conclusión de lo que habían hallado en la mina era que Alison Carter había sido violada y casi con toda seguridad asesinada. Las manchas de sangre en la ropa eran del grupo 0, coincidentes con el que figuraba en la ficha médica de Alison. Y el semen que manchaba las bragas correspondía a alguien del grupo A, algo que Philip Hawkin tenía en común con el cuarenta y dos por ciento de la población, igual que otros tres hombres de Scardale: dos tíos de Alison y su primo Brian. Lo que les diferenciaba de Philip Hawkin era que ellos tres tenían coartada en el momento de la desaparición: uno de los tíos había ido a un pub de Leek después de la feria de ganado, y su primo Brian estaba ordeñando las vacas con el padre. Si la agresión a Alison era obra de alguien del pueblo, solo parecía apuntar a un único candidato.

—Podría haber sido alguien que llegara de Denderdale por el valle del Scarlaston. Alguien que la conociera de Buxton. Un profesor o un alumno. O algún pervertido que la hubiese estado vigilando en el colegio —dijo Clough al volver a subir al coche después de cerrar la verja que aislaba al pueblo de la otra carretera.

—No habría llegado a tiempo. Hay más de hora y media de camino desde la carretera de Denderdale por la orilla del río. Y no le habría dado tiempo a regresar ya oscurecido con Alison, viva o muerta. Habrían caído al río —dijo Bennett convencido—. Estoy de acuerdo. Todas las pruebas circunstanciales apuntan a una sola persona. Pero no tenemos cadáver ni pruebas directas. Sin lo cual no podemos justificar un interrogatorio en comisaría, y menos aún una imputación.

–Entonces, ¿qué hacemos?
–Maldita sea si lo sé –respondió Bennett con un suspiro. El coche se detuvo junto al rectángulo de césped mustio en que había estado el remolque de la policía y que, por orden de Martin, habían retirado a Buxton el viernes, último día de la inútil búsqueda.

Nada más bajar del coche, Bennett notó el frío del atardecer. El pueblo aparecía imperturbable, como si no hubiera sucedido nada. Todo estaba igual que de costumbre, con excepción del cartel del periódico pegado en la cabina telefónica. Las casitas seguían apiñadas en torno al prado comunal, se veían luces tras los visillos y solo algún ladrido turbaba el silencio. No se veían árboles navideños en las ventanas, desde luego, ni adornos en las puertas, pero Bennett estaba convencido de que en Scardale nunca los habían usado.

Se recostaron en el capó del Zephyr fumando en silencio y al cabo de unos minutos un rectángulo de luz amarillenta en la puerta de Tor Cottage dejó ver la silueta inconfundible de Ma Lomas. Pero fue visto y no visto. Bennett, deslumbrado por la breve irrupción, parpadeó al ver que la anciana no se había metido en la casa y estaba allí mismo ante ellos.

–¿Es que no tienen familia con quien estar? –les preguntó.
–El sargento está de servicio –replicó Bennett.
–¿Y usted?
–Las Navidades son para los niños, ¿no es lo que se dice? Pues en mi caso hay una niña que no se me va de la cabeza.
–Vaya, un poli con corazón –farfulló despectiva la anciana, al tiempo que abría su grueso abrigo y de un bolsillo como un zurrón sacaba una botella de aquel licor claro del que había bebido cuando la interrogaron al principio de la investigación–. Pensé que les agradaría tomar algo para combatir el frío –añadió sacando de otro bolsillo tres vasitos gruesos.
–Sería un acto de caridad cristiana –comentó Clough.
La anciana puso los vasos sobre el capó, sirvió generosamente, se los tendió con gesto de ceremonia y alzó el suyo para brindar.
–¿Por qué brindamos? –preguntó Bennett.

—Porque encuentren pruebas concluyentes —dijo ella con una voz más gélida que la noche.
—Yo prefiero brindar porque encontremos a Alison —replicó él.
Ella negó con la cabeza.
—Si hubiera debido encontrarla ya lo habría hecho. Yo no sé dónde la habrá metido quien sea, pero suerte sería que la encontrasen viva. Ahora solo nos queda la esperanza de que usted consiga que lo pague.
—¿Se le ocurre alguien en concreto? —preguntó Clough.
—A mí me sucede como a ustedes, no sé nada —respondió ella secamente, volviendo la cabeza hacia la casa y alzando el vaso—. Por esas pruebas.
Bennett dio un sorbito al licor y a duras penas pudo contener la tos.
—Esto debe de tener ciento sesenta grados —dijo con voz ahogada cuando recuperó el habla—. ¿Qué diablos es? ¿Combustible para cohetes?
La anciana lanzó una risita.
—Nuestro Terry lo llama fuego infernal. Está destilado de flores de saúco y vino de una espina.
—No hemos visto ningún alambique al registrar el pueblo —comentó Clough.
—¿A que no? —replicó la anciana apurando el vaso—. Bueno, ¿y ahora qué? ¿Cómo piensan detener al culpable?
Bennett apuró con un esfuerzo el resto del fuerte licor y cuando pudo hablar dijo:
—No sé cómo. Pero no voy a darme por vencido.
—A ver si es verdad —dijo la anciana cabizbaja, cogiendo los vasos vacíos para volverse a su casa.
—Ya lo ha oído —añadió Clough.
—Y que tengan felices Navidades.

El primer lunes de febrero, Bennett llegó a su despacho a las ocho; minutos después llamaba a la puerta Tommy Clough con un par de humeantes tazas de té en su manaza.

—¿Qué tal tiempo han tenido? —preguntó.
—Mejor de lo que cabía esperar —contestó Bennett—. Mucho frío, pero hubo sol todos los días y a nosotros el frío, si es seco, no nos importa. Además, en Norfolk no hay cuestas y Anne paseó de lo lindo.

Clough se sentó frente a Bennett y dijo risueño:
—Le ha sentado bien; parece que ha pasado quince días en la Costa Brava y no una semana en Wells junto al mar.

Bennett sonrió.
—Tenía razón el jefe —dijo, recordando que se había resistido con todas sus fuerzas cuando Martin le aconsejó que se tomara unos días de descanso para paliar las agotadoras jornadas dedicado de lleno al caso de Alison Carter. Solo al decirle Martin que era una orden, no había tenido más remedio que aceptarlo. Se había marchado con Anne a una pensión de Norfolk donde fueron los únicos huéspedes, sometidos a los cuidados de una patrona partidaria de hacer como mínimo tres comidas diarias. Aquella semana comiendo a sus horas, con paseos y la total atención de su esposa habían sido como un reconstituyente.

—A mí también me ha dicho que me tome vacaciones —añadió Clough—. Ahora que ha vuelto usted, a lo mejor lo hago.

—¿Hay alguna novedad? —preguntó Bennett soplando sobre el té.

—Bueno, invité a esa nueva agente de Capel-en-le-Frith a ver a Acker Bilk y la Paramount Jazz Band en Pavilion Gardens el viernes por la noche y lo pasamos muy bien; seguramente le propondré ir a ver en el Opera House una película de Albert Finley titulada *Tom Jones* porque creo que es el tema adecuado para motivar a una chica —añadió Clough sonriendo sin lascivia.

—Me refería a novedades en el caso, no en su patética vida amorosa —replicó Bennett en broma.

—Por cierto, sí que hay una novedad. El domingo recibimos una llamada de Philip Hawkin diciendo que había visto una foto en el periódico del concurso «¿Dónde está el balón?» y que juraría que una de las caras entre los espectadores cerca de la portería era la de Alison –dijo entornando los ojos y mirando a Bennett a través del humo–. ¿Usted qué cree?

Bennett sintió un estremecimiento en el estómago.

–Continúe, Tommy; soy todo oídos –dijo olvidándose del té e inclinándose sobre la mesa.

–Lo verifiqué inmediatamente y se trataba del *Sunday Sentinel* y la foto correspondía a un partido del Nottingham Forest, y comprendí por qué había llamado nada más verla porque, efectivamente, aunque era una foto pequeña sí que parecía Alison. Así que me puse en contacto con el periódico y conseguí que una ampliación del original me la enviaran por tren. Llegó el lunes.

Por su gesto de decepción no había necesidad de más comentarios. El resultado fue que un examen más minucioso reveló que la niña entre los espectadores del partido de fútbol no era Alison.

Bennett lanzó un suspiro y cerró los ojos un instante.

–Gracias, Dios mío –musitó–. ¿Sabemos por causalidad si Philip Hawkin recibe el *Manchester Evening News*? –añadió mirando a Clough sonriente.

–Pues, curiosamente, lo sé porque Kathy Lomas lo mencionó cuando dijo qué hacían a diario los niños. Como el periódico no llega a Scardale hasta la hora del almuerzo, y a Hawkin le gusta leer el periódico con el desayuno, el de la tienda de prensa de Longnor deja un ejemplar del *Evening News* en el buzón de la verja al final de la pista por la mañana y el que tiene que llevar a los niños al autobús escolar lo deja después en casa de Hawkin.

Bennett sonrió aún más.

–Me lo imaginaba –dijo poniéndose en pie y, abriendo el cajón del archivador, buscó entre los documentos y sacó un sobre marrón grande que lanzó en dirección de Clough con gesto de triunfo–. Esto es lo que yo llamo influencia.

Clough cogió el sobre al vuelo. En él se leía: «Pauline Catherine Reade». Al abrirlo cayeron sobre la mesa unos recortes de periódico y él frunció el entrecejo al ver que en el borde tenían fechas anotadas con bolígrafo rojo.

–Ha estado siguiendo el caso desde principio de julio, cuatro meses antes de la desaparición de Alison –dijo en tono de sorpresa.

George se apartó el pelo de la frente.

–Me interesan la clase de casos que algún día pueden presentársenos –dijo.

–¿Qué tengo que buscar? –preguntó Clough pasando recortes.

–Lo sabrá en cuanto lo vea –contestó Bennett recostándose en el archivador con los brazos cruzados y una sonrisa irónica.

De pronto, Clough se quedó pasmado señalando con el dedo uno de los recortes.

–Mierda –musitó.

Manchester Evening News,
lunes, 2 de noviembre de 1963, pág. 3

UNA FOTO DESPIERTA ESPERANZAS
EN LA MADRE

Durante unas horas, la señora Joan Reade, madre de la joven de 16 años desaparecida, abrigó esperanzas de encontrarla al ver una foto de un partido de fútbol en el *Manchester Evening News*.

Esperanzas que se desvanecieron cuando ampliaron la fotografía. Hoy nos manifestó en su casa de Wiles-street en Gorton: «No era Pauline».

Pauline falta de su domicilio desde el 12 de julio, día en que salió para ir a un baile.

El hijo de la señora Reade, Paul, vio la foto de un sector de los espectadores de un partido de rugby de la final de copa en Swinton y creyó que se trataba de Pauline.

Clough alzó la vista.

–Nos toma por tontos.

–¿Está seguro de que fue Hawkin y no su esposa quien advirtió el parecido?

–Fue él quien llamó y quien se atribuyó el mérito. Cuando le pregunté a la señora Hawkin su opinión, ella me dijo que de entrada sí que había encontrado parecido, pero que después ya no estaba tan segura. Me dio la impresión de que a él le fastidió su actitud, como si su mujer tuviera que darle en todo la razón sin reservas.

Bennett cogió un cigarrillo y se puso a pasear de arriba abajo.
–Bien; pretende hacerse el bueno. Pero ¿por qué ahora?
–Clough aguardó, pues sabía que su jefe se contestaría a sí mismo–. ¿Por qué? Pues porque esperaba que hubiésemos abandonado el caso de Alison para trabajar en otro y le desconcierta ver que seguimos yendo a Scardale dos o tres veces por semana para hablar con la gente y explorar los campos sin dejarle en paz. No es tonto y debe de darse cuenta de que nos imaginamos que él es el responsable de lo que le haya sucedido a su hijastra. Eso sin contar con que Ma Lomas le considera culpable y creo que ante él debe de mostrar el mismo recelo que a espaldas suyas.

–Sí, pero todos los de Scardale le deben el techo y el pan –dijo Clough–. Y hasta la propia Ma Lomas se lo pensaría dos veces antes de decirle en la cara que cree que ha violado y asesinado a Alison Carter.

Bennett asintió levemente con la cabeza.
–De acuerdo. Eso es cierto, pero él debe darse cuenta de que los del pueblo sospechan que ha hecho algo horrible con Alison, aunque solo sea por la simple razón de que él no es del pueblo. Por tanto, cuando ve claramente que no va a librarse por las buenas, decide mostrar que se toma interés y recuerda entonces el artículo que leyó en el *Manchester Evening News* sobre Pauline Reade –añadió Bennett dejando de pasear e inclinándose sobre la mesa–. ¿Qué cree, Tommy? ¿Basta para traerle aquí a interrogarle?

Clough frunció los labios, proyectándolos hacia fuera como un pez.
–No lo sé. ¿Qué vamos a preguntarle?
–Pues si lee el *Evening News* y cómo era su relación con Alison; lo habitual; preguntas espinosas: ¿Estaba la chica resentida con él por haber ocupado el lugar del padre? ¿Le parecía atractiva? Dios, Tommy, podemos preguntarle hasta cuál es su color favorito. Lo que yo quiero es tenerle aquí, bajo presión, a ver cómo reacciona. Hasta ahora le hemos tratado con condescendencia

porque no tenemos razones de peso para pensar que no sea un padre en luctuosas circunstancias. Pero creo que ahora las tenemos.
Clough se rascó la cabeza.
–¿Sabe lo qué pienso?
–¿Qué?
–Que no nos pagan lo que nos merecemos para asumir el riesgo de una decisión como esta. Creo que para eso cobran el inspector jefe y Martin. Yo, en su lugar, les expondría todo y que decidan ellos.
Bennett, con cara de consternación, se dejó caer en la silla como un saco de patatas.
–Ah, Tommy, no me diga que piensa que digo tonterías.
–No, creo que tiene razón. Para mí que Hawkin sabe qué le sucedió a Alison, pero no sé si es el momento adecuado de presionarle y no quisiera perderlo por precipitarnos. George, estamos demasiado metidos en este caso. Llevamos siete semanas día y noche, respirando, durmiendo y soñando con él. Los árboles no nos dejan ver el bosque. Hable con Martin y si las cosas salen mal a nosotros no podrán echarnos la culpa.
Bennett lanzó una risa sarcástica.
–¿De verdad lo cree así? Tommy, si salen mal nos pondrán de guardias de tráfico en Derby para el resto de nuestros días.
–Pues, entonces, mejor será asegurarse de que salen bien –replicó Clough encogiéndose de hombros.

2

Clough acompañó a Hawkin hasta el cuarto de interrogatorios donde aguardaba Bennett, sentado ante la mesa y enfrascado en la lectura de una carpeta de archivo; dejó que entrara Hawkin sin levantar la vista de los papeles y siguió leyendo, ceñudo y con gesto de concentración. Era la primera maniobra de un plan perfectamente orquestado. Clough indicó a Hawkin que se sentara frente a Bennett y Philip Hawkin, con los labios apretados y la mirada impenetrable, tomó asiento. Clough cogió una silla y la situó entre Hawkin y la puerta y se sentó a horcajadas con el bloc de notas apoyado en el respaldo. Hawkin respiró hondo sin decir palabra.

Bennett cerró al fin la carpeta, la dejó en el centro de la mesa delante de él y miró serenamente a Hawkin contemplando el abrigo caro que llevaba en el brazo, la elegante chaqueta deportiva de tweed hecha a medida, el suéter de cuello alto de lana fina y los impecables pantalones beige que cubrían sus piernas cruzadas. Se habría apostado un mes de sueldo a que Hawkin se había gastado una buena parte de la herencia comprando todo aquello en Austin Reed para dar la imagen de noble rural, pero aquellas prendas tan caras resultaban por completo inadecuadas en aquel hombre más bien merecedor de un traje azul marino barato de empleado de banco.

—Me alegro de que haya venido, señor Hawkin —dijo Bennett con un tono que no era precisamente de bienvenida.

—Hoy pensaba venir a Buxton, de todos modos. No tiene importancia —respondió Hawkin pausadamente.

No parecía estar nada inquieto, y con su pequeña boca triangular esbozó una especie de sonrisa.

—Bueno, en cualquier caso, nos complace que los ciudadanos cumplan con su deber de colaborar con la policía —añadió Bennett melifluo sacando los cigarrillos—. Fuma, ¿verdad?

—Gracias, inspector, pero prefiero los míos —replicó Hawkin rehusando con un gesto de ligero desprecio el paquete de Gold Leaf—. ¿Tardaremos mucho? —inquirió.

—Eso depende de usted —masculló Clough junto a su hombro derecho.

—No me agrada el tono de su sargento —comentó Hawkin altanero.

Bennett le miró sin decir nada hasta ver que se removía ligeramente en la silla.

—Tengo que hacerle unas preguntas sobre la desaparición de su hijastra, Alison Carter, el once de diciembre.

—Naturalmente. ¿Por qué, si no, me ha convocado aquí? Es muy improbable que sea por asuntos delictivos, ¿no es cierto? —dijo Hawkin con una sonrisa de satisfacción como si él fuese el poseedor exclusivo de un secreto que nadie podría descubrir.

—La semana pasada, mientras yo estaba de vacaciones, se puso usted en contacto con nosotros porque creyó que un rostro que vio en una foto de un partido de fútbol era el de Alison.

Hawkin asintió con la cabeza.

—Lamentablemente, estaba equivocado. Habría jurado que era ella.

—Y, por supuesto, a usted, que como fotógrafo tiene ojo para esa clase de detalles, debió de extrañarle el error —prosiguió Bennett.

—Tiene toda la razón, inspector —respondió Hawkin, dirigiéndole una sonrisita paternalista y cogiendo sus cigarrillos.

Ahora estaba relajado, tal como Bennett esperaba.

—Así que, ¿fue usted y no su esposa quién reparó en la foto?

—Mi esposa tiene muy buenas cualidades, inspector, pero en casa soy yo quien está al tanto de todo —replicó Hawkin, quien volvió a adoptar una expresión de circunstancias como si de pronto hubiese recordado el objeto del interrogatorio–. Además, comprenda usted, inspector, que desde que falta Alison mi esposa ha perdido todo interés por el mundo exterior y únicamente mantiene a duras penas cierta normalidad en la vida doméstica, actividad en la que yo, desde luego, insisto porque lo mejor para ella es que mantenga ocupada su mente en actividades rutinarias, como cocinar y llevar la casa.

–Muy considerado por su parte –comentó Bennett–. Esa fotografía la vio en el *Sunday Sentinel*, ¿verdad?

–Exacto, inspector.

Bennett frunció levemente el entrecejo.

–¿Qué periódicos recibe habitualmente? –preguntó.

–Recibimos el *Express* y el *Evening News*, y el *Sentinel* los domingos. Comprenderá usted que, con la cobertura que daban los periódicos a la desaparición de Alison, mientras celebraban ruedas de prensa los compraba todos para comprobar que no tergiversaban nada, ¿entiende? No me habría gustado que escribiesen sobre nosotros cosas que no son. Además, quería leerlos antes para evitar que alguien sin tacto le contase a Ruth sin previo aviso cualquier noticia del periódico. Es la razón que me movía a estar al corriente de todo –dijo sacudiendo la ceniza del cigarrillo y sonriendo–. Esos periodistas son atroces. No sé cómo pueden tratar con ellos.

–En nuestra profesión tenemos que tratar con toda clase de gente –comentó insolente Clough.

Hawkin apretó los labios sin decir nada y Bennett se inclinó hacia delante levemente.

–Así que usted lee el *Evening News*...

–Ya se lo he dicho –respondió Hawkin sin pensárselo–. Aunque lo recibimos al día siguiente a la hora del desayuno y tengo que conformarme con su visión provinciana del mundo.

Bennett abrió la carpeta y sacó un portafolios de plástico transparente con el recorte de prensa y se lo tendió a través de la mesa.

–Supongo, entonces, que recordará esta noticia.

Hawkin no cogió el recorte. Tan solo movió los ojos pasando

la vista por el texto, mientras se prolongaba el cilindro de ceniza de su cigarrillo y se curvaba levemente por el peso. Finalmente, alzó la mirada y dijo despacio marcando las palabras:

—Es la primera vez que leo esta noticia.

—Es una extraña coincidencia, ¿no cree? —preguntó Bennett—. Una chica desaparecida y un miembro de la familia cree ver a otra parecida entre los espectadores de un partido de fútbol, pero las esperanzas se desvanecen porque resulta ser un trágico error. Y es una noticia que publica un periódico que usted recibe seis días a la semana.

—Ya le he dicho que es la primera vez que la leo.

—Pues es difícil pasarla por alto; porque aparece en la tercera página.

—Nadie lee el *Evening News* de cabo a rabo. No la vería. ¿Qué interés podría tener para mí?

—Usted es padrastro de una jovencita —respondió Bennett sin alzar la voz— y me inclino a creer que los sucesos sobre jovencitas pueden haber suscitado su interés. Al fin y al cabo, era para usted una nueva experiencia y le habrá hecho reflexionar sobre lo mucho que tenía que aprender del tema.

Hawkin aplastó su cigarrillo.

—Alison era cosa de Ruth. El deber de una madre es cuidar de los hijos.

—Pero usted era muy afectuoso con la niña. Tenga en cuenta que yo he visto los muebles tan bonitos y la alfombra nueva que hay en su habitación. Con ella no ha escatimado usted gastos, ¿no es cierto? —insistió Bennett.

Hawkin frunció el entrecejo irritado, antes de contestar.

—La niña era huérfana desde hace años y carecía de la mayoría de las cosas habituales en chicas de su edad. Convenía suplir esa deficiencia por el bien de su madre.

—¿Está seguro de que era solo por eso? —terció Clough—. Le compró usted un tocadiscos y le regalaba discos cada semana; todos los éxitos de moda. Todos los que Charlie Lomas le decía que le pidiera. En mi opinión eso significa algo más que ser amable con ella por el bien de la madre.

—Gracias, sargento —dijo Bennett cortante—. Señor Hawkin, ¿tenía usted mucha confianza con Alison?
—¿Qué quiere decir? —replicó él sacando otro cigarrillo que encendió tras varios intentos fallidos. Aspiró el humo con avidez y repitió la pregunta—. ¿Qué quiere decir? ¿Si teníamos mucha confianza...? Ya le he dicho que yo dejaba que la madre se ocupara de ella.
—¿A usted le gustaba? —preguntó Bennett.
Hawkin entornó sus ojos oscuros.
—¿Qué clase de pregunta capciosa es esa? Si respondo que no, usted dirá que quería quitármela de encima, y si digo que sí, insinuará que había algo antinatural en mis sentimientos hacia ella. ¿Quiere que le diga la verdad? A mí la niña me resultaba indiferente. Escuche... —añadió inclinándose hacia delante y ensayando una especie de sonrisa propia de una confidencia entre hombres—. Me casé con su madre por tres motivos. Primero, porque la encontraba bastante atractiva. Segundo, porque necesitaba alguien que cuidara de mí y de la casa y sabía que ninguna mujer corriente habría querido vivir en un pueblucho perdido como Scardale. Y tercero, porque quería que los del lugar dejaran de tratarme como un extraterrestre. No me casé con ella porque hubiese echado el ojo a la hija. Francamente, eso es nauseabundo —añadió recostándose en la silla como desafiando al policía.
Bennett le miró con curiosidad clínica.
—Yo no he insinuado semejante cosa, señor. Sin embargo, sí que es curioso que su raciocinio vaya por esos derroteros. Y me parece también curioso que cuando habla de Alison lo haga siempre en tiempo pasado.
Sus palabras quedaron flotando en el aire, densas como el humo del cigarrillo, mientras el rubor afloraba a las mejillas de Hawkin, que con evidente esfuerzo logró dominarse y guardó silencio.
—Como si hablara de una persona que está muerta —prosiguió Bennett inexorable—. ¿Podría usted explicar por qué?
—Es una manera de hablar —replicó Hawkin—. Hace tanto tiem-

po que ha desaparecido... No significa nada. Ahora todos se refieren a ella así.

—Pues, eso no es cierto. Si hay una cosa que he advertido en mis visitas a Scardale es que siguen hablando de Alison en presente. Como si se hubiese ido de viaje y hubiera de regresar. No es solo su esposa quien lo hace, sino todo el mundo. Todos menos usted —dijo Bennett encendiendo un cigarrillo, fingiendo una confianza relajada.

En el ensayo previo con Clough del interrogatorio no estaban muy seguros de cómo reaccionaría Hawkin y le complacía ver que se sorprendía, aunque aún estaban muy lejos de que confesara algo sustancial.

—Creo que se equivoca —dijo Hawkin de pronto—. Bien, si no tiene más preguntas... —añadió apartando la silla para levantarse.

—Apenas he comenzado, señor —respondió Bennett cuya expresión serena acentuaba aún más su parecido con James Stewart—. Me gustaría volver a la tarde en que desapareció Alison. Ya sé que le hemos interrogado al respecto, pero quiero hacerlo de nuevo para que quede constancia.

—¡Por Dios bendito! —explotó Hawkin.

Cuando Bennett iba a proseguir les interrumpió una llamada a la puerta que se abrió y dejó ver la cara del agente Cragg con expresión adormilada y compungida.

—Perdone, señor, sé que ha dicho que no le molestaran, pero tiene una llamada urgente.

Bennett contuvo su frustración y su ira. El interrogatorio había adquirido el buen ritmo que a él le interesaba y con aquella interrupción acababa de romperse.

—¿No puede esperar, Cragg? —espetó.

—No, señor. Seguro que querrá atender la llamada.

—¿De quién es? —preguntó Bennett.

Cragg lanzó una mirada inquieta a Hawkin.

—Este... no se lo puedo decir, señor.

Bennett se puso en pie de un salto apartando la silla con estrépito.

—Sargento, quédese usted con el señor Hawkin. Vuelvo ahora

mismo –dijo saliendo a grandes zancadas del cuarto, hacia su despacho, aunque logró contenerse para no cerrar la puerta tras él de un portazo.
–¿Qué demonios pasa? Dije claramente que no me interrumpiesen –masculló mientras enfilaba el pasillo hacia su despacho–. ¿Es que no lo ha entendido, Cragg?
El joven agente le seguía, esperando una pausa en su invectiva.
–Es la señora Hawkin, señor –consiguió decirle, y Bennett se detuvo tan bruscamente que Cragg chocó contra él.
–¿Cómo? –el inspector se volvió con cara de sorpresa.
–Es la señora Hawkin. Está fuera de sí, señor, y quiere hablar con usted.
–¿Ha dicho sobre qué? –añadió Bennett echando a correr prácticamente hacia el teléfono.
–No, señor; solo que quería hablar urgentemente con usted.
–Dios mío –rezongó Bennett descolgnado antes de sentarse–. Inspector Bennett al habla. Diga.
–¿Señor Bennett? –dijo una voz ahogada en sollozos.
–¿Es usted, señora Hawkin?
–Sí, sí. Oh, señor Bennett...
Los sollozos arreciaron de un modo increíble.
–¿Qué ha sucedido, señora Hawkin? –preguntó Bennett impaciente, deseando con todas sus fuerzas que hubiera una agente de servicio al lado de la mujer.
–¿Puede usted venir, señor Bennett? ¿Puede venir ahora mismo? –añadió ella con la voz entrecortada, entre sollozos.
–Estoy aquí con su esposo, señora Hawkin? ¿Quiere que lo lleve a casa?
–¡No! –respondió ella casi con un grito–. Venga usted solo. ¡Por favor!
–Iré lo antes posible, señora, ahora intente calmarse. Que le haga compañía alguien de la familia. Ahora mismo voy –añadió colgando de golpe, desconcertado por un instante ante la intensidad de la conversación.
No comprendía qué querría Ruth Hawkin para pedirle que fuera a Scardale, pero indudablemente era algo grave. Era impo-

sible que hubieran encontrado... un cadáver. Rechazó de inmediato tal posibilidad.
—Cragg —vociferó al salir del despacho—. Vaya a reemplazar al sargento Clough y quédese con el señor Hawkin hasta que volvamos. No le permita marcharse. Explíquele cortésmente que nos han llamado para una urgencia y que tiene que esperarnos. Vaya con él y no se deje intimidar.
Cragg estaba estupefacto. No era la clase de ritmo a que él estaba acostumbrado en Investigación Criminal de Buxton.
—¿Y si sube a su coche?
—No tiene el coche aquí. Le trajo el sargento Clough. ¡Cragg, muévase!
Bennett cogió el abrigo de Clough y su trinchera al tiempo que se encasquetaba el sombrero y en cuanto vio al risueño Clough salir del cuarto de interrogatorio al pasillo, le cogió del brazo y le arrastró escaleras abajo.
—Era Ruth Hawkin —dijo antes de que el sargento pudiera preguntarle qué sucedía—. Estaba fuera de sí y me pidió que fuera inmediatamente a Scardale.
—¿Por qué? —inquirió Clough mientras cruzaban apresuradamente el patio de la comisaría para coger el coche.
—No lo sé. Estaba demasiado afectada para explicarse. Lo único que advertí es que se puso como una furia cuando le dije si quería que fuese con su marido. Tiene que ser algo grave.
—Pues no perdamos tiempo —dijo Clough encendiendo el motor.
Bennett no podía imaginarse que el viaje a Scardale pudiera hacerse tan rápido. Clough vulneró todos los límites de velocidad y casi todas las normas de circulación mientras hacía saltar el gran sedán al tomar las curvas. Apenas hablaron durante el camino, demasiado tensos al pensar que el caso de Alison Carter iba a dar un nuevo giro. Cuando llegaron al prado comunal del pueblo Bennett dijo:
—Ya era hora de que tuviésemos algo de suerte, Tommy. Le tenemos acorralado; si Ruth Hawkin tiene algo para nosotros, puede ser nuestra oportunidad.
Entraron como una tromba en el camino de la casa de Hawkin

y antes de que llamaran se abrió la puerta de la cocina y apareció Ma Lomas saludándoles.

—Otra vez hemos hecho el trabajo que deberían hacer ustedes —dijo.

Ruth Hawkin, a la cabecera de la mesa, tenía el rostro surcado de lágrimas y maquillaje, y los ojos hinchados y congestionados. A su lado se hallaba Kathy; ambas mujeres se agarraban de las manos, enrojecidas por el trabajo, tan fuertemente, que destacaba el blanco de los nudillos. Frente a ellas, en la mesa, había un fardo sucio de tela a cuadros, en el que lo que más se apreciaba eran unas extensas manchas de color rojo oscuro, que se parecían extraordinariamente a la sangre seca.

—Veo que ha encontrado usted algo —dijo Bennett cruzando el cuarto y sentándose frente a Kathy.

Ruth Hawkin tomó aire, con un estremecimiento y asintió con la cabeza.

—Una camisa... y... y un...

No pudo acabar la frase.

Bennett cogió un bolígrafo, removió la tela y la desplegó. Era, efectivamente, una camisa de sarga fina de algodón, con la etiqueta del fabricante en el interior del cuello. Él había visto a Philip Hawkin con camisas como aquella muchas veces. Envuelto en el rebujo había un revólver. Bennett no sabía mucho de armas, pero estaba dispuesto a apostarse el sueldo de un año a que aquello era un Webley del calibre 38.

—¿Dónde ha encontrado esto, señora Hawkin?

Kathy Lomas le dirigió una penetrante mirada.

—¿Sigue Philip Hawkin en la comisaría? —preguntó.

—El señor Hawkin está colaborando con nosotros en la investigación —dijo Clough impasible desde el otro extremo de la mesa con el bloc de notas en la mano—. Ahora no va a venir.

Kathy Lomas apretó con más fuerza aún las manos a Ruth Hawkin.

—Anda, Ruth, cuéntaselo.

—Tengo por costumbre aprovechar para hacer la limpieza del laboratorio los días que él sale, porque no quiere que le moleste;

así que siempre espero hasta que sé que se ha ido por unas horas fuera de casa –añadió atropelladamente–. Y hoy... no sé qué me impulsó a sacar eso... Pensé que podía hacer una limpieza a fondo del cuarto por primera vez, me estaba volviendo loca sin nada que hacer...

Bennett aguardó pacientemente. Ruth se soltó las manos del apretón de Kathy Lomas y se tapó la cara.

–Dios mío, necesito fumar –musitó.

Bennett le tendió un cigarrillo y logró darle fuego a pesar del temblor de manos de ella. El inspector pensó en decir algo apropiado para calmarla, pero sabía que sería inútil decirle a Ruth que todo se arreglaría. Para ella, nada volvería a estar bien nunca; lo único que George podía hacer era esperar y dejarla fumar hasta que su corazón desbocado se tranquilizara lo bastante para proseguir el relato de los hechos.

Ruth Hawkin continuó como en sueños.

–Él tiene por banco de trabajo una mesa antigua con cajones. La retiré de la pared con verdadero esfuerzo porque pesa bastante. Pero hoy quería llegar detrás, para limpiar a fondo y entonces vi esa ropa que sobresalía del hueco correspondiente a uno de los cajones traseros. Me intrigó y tiré de ella para ver qué era.

–Y dio unos chillidos como de cerdo en la matanza –interrumpió Ma Lomas–. Se la oía desde el otro lado del pueblo.

Bennett respiró hondo.

–Señora Hawkin, podría haber una explicación perfectamente inocente –dijo.

–¿Ah, sí? –dijo Ma Lomas despectivamente–. A ver, oigámosla. Lléveselo y que analicen esa sangre. ¿No ve de qué modo está manchada toda la parte delantera, pedazo de bobo? ¿Y la pistola? ¿Una pistola es inocente? Examinen ese arma. Me apuesto algo a que con ella dispararon la bala que encontraron en la mina –añadió moviendo la cabeza indignada–. Se suponía que su gente debía registrar aquí.

–Si no recuerdo mal, el señor Hawkin se mostró muy reacio a que mirásemos en su laboratorio –replicó Bennett.

-Razón de más para registrar antes que nada -dijo Kathy Lomas en tono grave-. ¿Ahora le detendrán?

-¿Tienen alguna bolsa de papel para guardar la camisa y la pistola? -preguntó Bennett.

Ruth miró en silencio con gesto de asentimiento a Kathy, quien se levantó de un salto, buscó en el armarito de debajo del fregadero y sacó una bolsa grande marrón. Bennett cogió la camisa con el bolígrafo y la metió en la bolsa sin tocarla. A continuación envolvió cuidadosamente el revólver en un pañuelo doblado que sacó del bolsillo y lo guardó también en la bolsa.

-Tengo que volver a Buxton -dijo muy tranquilo-. El sargento Clough se quedará aquí para que nadie entre en la dependencia del laboratorio del señor Hawkin. -Lanzó un suspiro-. En cuanto obtenga la orden judicial vendrá un equipo policial a efectuar un registro completo.

-¿Pero va a detenerle? -insistió Kathy Lomas.

-Se les informará de los acontecimientos que se produzcan -respondió Bennett.

Las mujeres se miraron de un modo extraño.

-Si no piensan detenerlo, será mejor que impidan que vuelva aquí, por su propio bien -dijo Ma Lomas.

Bennett la miró larga y fijamente.

-Haré como si no hubiera oído eso, señora Lomas -dijo.

Regresó a Buxton en el coche de Tommy Clough con una extraña mezcla de pesadumbre y entusiasmo. Aparcó con cuidado y subió al cuarto de interrogatorios con un aire de serena determinación. Sabía que su obligación era hablar antes con el inspector jefe Carver o con el comisario Martin, pero aquel caso era suyo. Abrió la puerta y miró a Hawkin, que abortó en los labios su airada protesta al ver la expresión del policía.

Bennett respiró hondo.

-Philip Hawkin, queda detenido como sospechoso de asesinato.

3

Envió al calabozo sin preámbulos a Hawkin, que se quejaba alegando que todo era falso y exigiendo un abogado, sin que Bennett hiciera caso. Ya tendría tiempo de tratar el asunto. Si todo iba bien, nadie cuestionaría su modo de actuar y si se equivocaba tampoco se lo reprocharía nadie, salvo quizá el inspector jefe Carver, que veía mal todo lo que él hacía y se alegraría de la metedura de pata de un subordinado. Pero lo que menos pensaba Bennett en aquel momento era en bailar el agua a Carver.

Al cerrarse la puerta de la celda entre protestas de Hawkin, Bennett hizo un aparte con Cragg.

–Cragg, llame a Investigación Criminal de Saint Albans, que es donde vivía Hawkin. Sabemos que no tiene antecedentes porque lo comprobó el sargento Clough, pero quiero saber si alguna vez hubo comentarios, rumores o alguna alegación contra él aunque no llegaran a formularse cargos por falta de pruebas.

–¿Se refiere a delitos sexuales?

–Lo que sea, Cragg. Hable con los compañeros de allí y sondéelos.

Advirtió que seguía llevando la bolsa que contenía la camisa y el revólver cuidadosamente envuelto. Con las prisas, había olvidado que había que etiquetarlo para su envío al laboratorio. Consultó el reloj y vio que eran casi las doce. Si se daba prisa podría encontrar un juez en los juzgados de High Peak; estaba seguro de que no tendría problema para obtener una orden de registro, pues todo el mundo deseaba que se resolviese el caso de la desaparición de Alison Carter, y Hawkin no había tenido tiempo de hacer buenas amistades en una ciudad en que consideraban extranjeros a los nacidos en localidades de más de diez kilómetros a la redonda. Rellenó rápidamente el formulario y, sin preocuparse del coche, salió a toda prisa de la comisaría a la carrera por Silverlands para cruzar el mercado hacia los juzgados. Diez minutos después, cuando salía del edificio con la orden de registro de Scardale Manor y anexos en el bolsillo, surgió el sol que lo iluminó con un breve rayo de pálida luz de invierno. Le costó no interpretarlo como un buen augurio.

Llegó con la bolsa a jefatura y comprobó con alivio que estaba de servicio el sargento Bob Lucas; le parecía de perlas que quien le había llevado la primera vez a Scardale se encargase del registro que probablemente sería el avance decisivo en el caso. Le hizo un breve resumen de los acontecimientos y despachó el papeleo necesario para que la camisa y el revólver llegasen al laboratorio lo más rápido posible mientras Lucas organizaba un equipo de registro con los agentes que pudo conseguir del turno de día que estaban libres: dos veteranos y un novato.

El coche de la policía salió de la ciudad detrás del sedán sin distintivos de Bennett camino de Scardale cruzando el desvaído paisaje de febrero. Se advertía que se había difundido rápidamente la noticia del hallazgo de Ruth Hawkin porque había mujeres a la puerta de las casas y hombres recostados en las paredes sin quitar ojo a los policías que se dirigían por detrás de la casa solariega a la dependencia en que Philip Hawkin tenía su laboratorio. Pero más inquietante que sus miradas era el silencio que guardaban.

Bennett encontró a Clough ante la puerta de la modesta construcción de piedra con los brazos cruzados y un cigarrillo en la comisura de los labios.

–¿Algún problema? –preguntó.

Clough negó con la cabeza.

–Lo malo ha sido estar de guardia aquí fuera.

Bennett abrió la puerta de la dependencia y echó un primer vistazo al laboratorio. Era evidente que para realizar un registro adecuado allí no cabrían seis policías.

—Bien. El registro aquí lo haremos el sargento Clough y yo —dijo—. Sargento Lucas, usted con sus hombres registren la casa. Ya sabe que se registró anteriormente, pero con el solo propósito de comprobar si la chica había dejado alguna nota oculta o si había señales de agresión u homicidio. Ahora se trata de buscar algo que aclare la relación de Philip Hawkin con su hijastra. O algo que nos sirva de orientación sobre la personalidad del hombre. Al no haber cadáver, necesitamos cualquier indicio de pruebas circunstanciales que nos sirvan para presionar a Hawkin. Empiecen por el despacho.

—Muy bien, señor —dijo Lucas muy serio—. Vamos, muchachos, a registrar a fondo.

Cuando los cuatro policías uniformados se dirigían a la puerta trasera de la casa, Bennett vio que Kathy Lomas, que fisgaba por la ventana de la cocina, desviaba la mirada al sentirse observada.

—Bien, Tommy, vamos a ello —dijo entrando en el laboratorio y pulsando un interruptor que encendió una luz roja—. Vaya, de primera —masculló, mirando en la pared para buscar otra llave.

Al accionarla, la luz de una bombilla normal sustituyó al inquietante fulgor rojo. Miró a su alrededor haciendo inventario mental de lo que había que registrar. Además de la pesada mesa, que estaba en un ángulo de la pared, todo lo demás estaba perfectamente ordenado y limpio. Había un sólido lavadero doble de piedra que parecía datar de la Edad Media, pero con instalación moderna reluciente. Igual que el equipo fotográfico.

Dos archivadores de color gris plomo ocupaban un rincón. Se acercó a ellos y tiró de los cajones sin resultado.

—Mierda —musitó.

—No hay problema —dijo Clough apartándole a un lado; cogió el primer archivador y lo hizo bascular retirándolo unos quince centímetros de la pared—. ¿Quiere sujetarlo? —añadió. Bennett aguantó el peso del archivador inclinado mientras Clough se agachaba a hurgar por debajo hasta que se oyó deslizarse y chasquear la cerradura al abrirse, y un gruñido de satisfacción del sargento–. Ya está, George. Qué imprudencia por parte del señor Hawkin dejarse los archivadores mal cerrados.

–Yo empiezo con este –dijo Bennett–. Registre usted en la mesa y las estanterías –añadió abriendo el cajón de arriba y examinando las numerosas carpetas colgantes que contenían tiras de negativos, hojas de contactos y algunas copias. Miró rápidamente los otros cajones y comprobó que su contenido era similar–. Así no acabaremos nunca –añadió con un gruñido.

–Hay miles de fotos –comentó Clough acercándose.

–Sí, pero habrá que examinarlas todas. Si hay fotos comprometidas pueden estar mezcladas con las otras –añadió con un suspiro de desaliento.

–¿Miramos en el otro archivador para así tener mejor idea de la envergadura del problema? –dijo Clough.

–Buena idea –asintió Bennett–. ¿Con el mismo procedimiento?

Bennett apartó a pulso el archivador de la pared y lo inclinó dejando que Clough tanteara debajo.

–Un momento, que se me ha enganchado la manga en algo –dijo el sargento buscando bajo la base de metal; metió la mano libre en el bolsillo para sacar un encendedor con el que alumbró bajo el archivador–. Anda, la hostia –musitó alzando la mirada hacia Bennett–. Le va a encantar, George. Empotrada en el suelo hay una caja fuerte.

–¿Una caja fuerte? –A Bennett casi se le escapó el archivador de las manos.

–Nada más y nada menos –añadió Clough irguiéndose–. Vamos a apartarlo del todo y lo verá.

Empujaron entre los dos el pesado archivador metálico hasta el centro del cuarto para despejar el rincón. Bennett se puso en cuclillas y lo miró. La tapa de metal verde tendría unos cuarenta y cinco centímetros de lado, con una cerradura de latón y un tirador que sobresalía unos dos centímetros por encima de la puerta y encajaba en los bajos del archivador. Lanzó un suspiro.

—Habrá que tomar huellas dactilares de Hawkin en este tirador. No quiero que alegue que no sabe nada de lo que hay dentro y que lo ha puesto alguien.
—¿Usted cree? —comentó Clough—. En un tirador tan fino como ese no detectaremos ni una parcial. Lo que cuenta realmente es lo que haya ahí dentro, porque no creo que haya usado guantes y habrá abundantes huellas en lo que sea.
—Sí, seguramente tiene usted razón —Bennett se sentó sobre los talones—, pero ¿y la llave?
—Yo, de ser él, la llevaría encima.
Bennett negó con la cabeza.
—Cragg le registró antes de meterle en el calabozo y las únicas llaves que tenía eran las del coche —dijo con gesto reflexivo—. Vaya a preguntar al sargento Lucas si han encontrado alguna llave de caja fuerte mientras yo miro aquí.
Bennett se sentó ante la mesa y comenzó a examinar los dos cajones. Uno guardaba una serie de instrumentos bien ordenados: tijeras, cortadores, pinzas, pinceles y rotuladores de dibujo, y en el otro había el batiburrillo habitual de trozos de cordel, chinchetas, una lima de uñas rota, un par de rollos de celo empezados, trozos de vela, bombillas de linterna, cajas de cerillas y tornillos. En ninguno de los dos había llaves. Encendió un cigarrillo y se puso a fumar furiosamente. Se sentía como un reloj cuya cuerda toca a su fin.
Durante toda la investigación, Bennett había procurado mantener la mente abierta porque sabía lo fácil que era desarrollar una idea fija, y forzar los datos que van surgiendo posteriormente para que encajen en esas opiniones preconcebidas; pero lo cierto era que no había dejado en ningún momento de sentir cierto prejuicio contra Philip Hawkin. Cuanto más evidente resultaba que Alison Carter estaba muerta, más patente se le antojaba la responsabilidad del padrastro; era lo que las estadísticas indicaban, y ello se reforzaba por el desagrado que le causaba aquel hombre. Por mucho que intentase reprimir su reacción visceral, consciente de que el prejuicio era fatal para construir un caso sólido, Hawkin se infiltraba una y otra vez en su subconsciente

como el principal sospechoso si el asesinato era la inevitable conclusión de su investigación.

La idea de su culpabilidad era una conclusión ahora más irresistible que nunca porque la certeza encajaba como el pasador de una cerradura bien engrasada. La única duda era si podría reunir pruebas suficientes para convertir la certeza en una condena.

Salió del laboratorio a sentir el frío del atardecer. Vio las luces amarillentas de la casa y sombras moviéndose detrás de las ventanas y, al atisbar a Ruth Hawkin cruzando la cocina, comprendió que sentía horror por el momento en que tuviera que confirmarle lo que, en cualquier caso, todos pensaban. Por mucho que se hubiese resignado a perder a su hija, cuando él fuese a decirle que el caso de desaparición quedaba oficialmente clasificado como investigación de homicidio, sería como una puñalada para aquella mujer.

Encendió otro cigarrillo y se puso a pasear en círculo delante del laboratorio. ¿Por qué tardaba tanto Clough? Con el registro a medio hacer no podía apartarse de allí, temía que la defensa alegara que durante su ausencia alguien había introducido pruebas incriminatorias; tampoco quería seguir registrando él solo, pues con indicios tan circunstanciales cualquier nuevo hallazgo debía hacerse en presencia de testigos. Hizo un esfuerzo, respiró hondo y enderezó los hombros para relajar la tensión del cuello.

Cuando la última luz desapareció por el extremo oeste del valle, Clough reapareció, con una gran sonrisa que iluminaba su cara.

—Siento haber tardado tanto —dijo—. Tuve que mirar en todos los cajones del escritorio y no aparecía. Pero advertí que uno de ellos no cerraba bien, lo saqué y allí estaba la llave, pegada en la parte de atrás con esparadrapo —añadió mostrándosela—. El mismo tipo de esparadrapo con que estaba amordazado el perro, por cierto.

—Bravo, Tommy —dijo Bennett cogiendo la llave y entrando en el laboratorio. Se agachó sobre la caja fuerte y miró al sargento—. Casi me da miedo abrirla.

—¿Por si hay pruebas de que está muerta?

Bennett negó con la cabeza.

–Por si no hay pruebas de ninguna clase. Ahora sí que estoy convencido, Tommy. Demasiadas pequeñas coincidencias. Hawkin ha matado a Alison y quiero verlo colgado –añadió volviéndose de nuevo para meter la llave en la cerradura, que giró en silencio, con suavidad; cerró los ojos. Su escepticismo de cinco minutos antes se había convertido en fanatismo.

Giró lentamente la manija y tiró de ella para abrir la puerta de acero. Lo único que había era un montón de sobres de papel manila. Los cogió casi con reverencia y los contó en voz alta para que Clough lo anotase en el bloc.

–Seis sobres de color marrón –dijo poniéndolos uno tras otro en la mesa.

Se sentó con la sensación de que iba a necesitarlo, se puso los guantes de cuero de conducir y comenzó a examinarlos.

Todos tenían la solapa metida. Cogió el primero y la extrajo con un dedo. Contenía fotografías de doce por veinticuatro centímetros, que sacó presionando sobre los lados del sobre para esparcirlas sobre la mesa y no borrar posibles huellas. Había seis, que separó con el bolígrafo: todas retratos de una Alison Carter desnuda, borrado aquel encanto natural de su rostro por un gesto de temor; su cuerpo dejaba de algún modo traslucir su renuncia a adoptar poses que en un adulto habrían sido lúbricas, pero que en una niña resultaban de un dramatismo desgarradamente visceral, salvo en el caso de que quien las contemplara fuese el tipo de pedófilo que las había hecho, para quien, sin duda, resultarían eróticas.

Clough miró por encima del hombro de Bennett.

–Dios santo –dijo con voz sorda por el asco.

Bennett había enmudecido. Recogió las fotos, las volvió a deslizar dentro del sobre y dejó este a un lado con cuidado. El segundo sobre contenía tiras de negativos de cámara de gran formato. Comprobaron con la caja de transparencia que eran los negativos de las copias: dieciséis negativos, de diez de los cuales, en que Alison aparecía llorando, Hawkin no había hecho copia.

El tercer sobre era peor. Las poses eran aún más explícitas, pero la niña tenía la cabeza como caída, la mirada perdida.
—Ahí estaba borracha o drogada —dijo Clough.
Bennett aún no podía decir palabra. Volvió a guardar metódicamente las fotos en el sobre y comprobó que los negativos del cuarto sobre correspondían a las que acababan de ver.
El quinto sobre superaba a cuanto Bennett hubiera podido imaginar. Esta vez los dieciséis negativos tenían su correspondiente copia y Hawkin aparecía en las fotos con su hijastra. Estaban tomadas sin lugar a dudas en la bonita habitación de la niña, cuya normalidad era un obsceno contrapunto de los actos que contenía; el cuarto constituía un telón de fondo inocente para unas experiencias inaguantables para una niña de trece años: en una sucesión de terribles imágenes monocromas, el pene erecto de Hawkin penetraba en la vagina, el ano y la boca de Alison, cuyo cuerpo sujetaba con brutal y repugnante eficiencia mientras miraba al objetivo ufano de su proeza.
—Maldito hijo de puta —farfulló Clough.
Bennett se apartó de pronto de la mesa haciendo caer la silla y empujando al sargento; atravesó la puerta en el momento que le asaltaba unas náuseas; afuera, con las manos apoyadas en las rodillas vomitó entre arcadas todo lo que había comido. No le quedó nada dentro excepto dolor. Se recostó en la pared casi sin fuerzas, sudoroso y llorando, ajeno al frío de la noche y a la llovizna que azotaba el valle.
Habría preferido encontrar el cadáver a tener que soportar la visión de aquellas imágenes de su cuerpo violado. Si aquello era motivación suficiente para irse de casa, mayor aún para que la asesinara su violador si ella había acabado por resistirse amenazándole con denunciar su vil perversión. Bennett se pasó la mano temblorosa por la cara mojada y se incorporó despacio.
Detrás de él, Clough, en el umbral del laboratorio, le pasó un cigarrillo encendido. Su rostro bovino estaba tan pálido como las nubes del ocaso. Bennett aspiró con fruición la nicotina y tosió al sentir el humo raspándole en la garganta recién estragada.

–¿Piensa aún que la pena capital es algo malo? –preguntó con voz entrecortada mientras la llovizna le pegaba el pelo al cráneo sin que él hiciera nada por limpiarse las gotas heladas que resbalaban por su rostro.

–Le mataría con mis propias manos –gruñó Clough.

–Eso lo hará el verdugo, Tommy. Nosotros vamos a seguir estrictamente el reglamento. Nada de caída accidental, ni de ponerle en una celda con un borracho que odie a los delincuentes sexuales. Tiene que llegar vivo a los tribunales –replicó Bennett con voz ronca.

–No será fácil. Bueno, ¿qué le decimos a la mamá de Alison? ¿A la esposa de este... bestia? ¿Cómo se le dice a una mujer: «Por cierto, cariño, el hombre con quien estás casada ha violado y sodomizado a tu hija y seguramente la ha matado»?

–Dios santo –exclamó Bennett–. Tendríamos que llamar a una agente auxiliar y a un médico.

–No hay necesidad de una agente, George. La madre confía en usted y tiene a su familia que la cuidará mejor que un médico. Simplemente tenemos que ir y ver la manera de decírselo.

–Mejor será que se lo expliquemos también a los agentes de uniforme para que estén al tanto por si ven algún negativo o fotografía –dijo tiritando y respirando hondo–. Vamos a guardar estos sobres en bolsas de plástico para el laboratorio.

Se forzaron a entrar de nuevo en el cuarto de revelado y recogieron los sobres con su repugnante contenido.

–Entrégueselos al sargento Lucas –dijo Bennett–. No quiero tenerlos encima cuando hable con la madre. Voy a echar un último vistazo por si hubiera alguna otra cosa comprometedora. Tendremos que traer a un equipo para revisar uno por uno los negativos, pero hoy no.

Clough se perdió en la oscuridad y Bennett volvió a mirar en el cuarto, pero no encontró nada más de particular. Salió a la desapacible noche y cerró la puerta tras él para que nadie pudiera alterar las pruebas: sellándola cuidadosamente con dos precintos judiciales. Habría que dejar vigilancia por la noche para proteger el interior y organizar al día siguiente un equipo que registrara de arriba abajo aquella dependencia y revisara una por una las fotos de la colección de Hawkin. No faltarían voluntarios.

—Ya tiene las pruebas el sargento Lucas —dijo Clough, que volvió a aparecer corriendo.

—Gracias. Bien, vamos a repartirnos la tarea. Usted se encarga de los familiares y yo hablo a solas con Ruth Hawkin. Dígales solo que hemos encontrado pruebas que sugieren que Hawkin puede estar implicado en la desaparición de Alison y que se formalizará la acusación hoy mismo por un delito grave como mínimo; dejaremos que sea la propia madre quien se lo explique, con todo detalle o según su criterio.

—Lo querrán saber todo de pe a pa. Sobre todo Ma Lomas —comentó Clough.

—Pues que vayan al juicio. Solo me importa la madre, pues a partir de ahora es el testigo clave y tiene derecho a decidir lo que se les dice a los familiares —dijo Bennett despectivo—. Usted explíqueles lo menos posible —añadió enderezando los hombros y tirando la colilla al suelo. Se pasó la mano por el pelo mojado y salpicó un poco a Clough—. Bien —inspiró profundamente—, vamos allá.

Entraron por la puerta trasera en el caldeado y humeante ambiente viciado de la cocina. A Ma Lomas y Kathy se les habían unido Diane, hermana de Ruth Hawkin, y Maureen, madre de Janet. Las cinco mujeres miraron con rostro temeroso a los dos policías al ver su sombría expresión.

—Hay novedades, señora Hawkin —dijo Bennett apesadumbrado—. Quiero hablar a solas con usted. Ustedes, señoras, vayan con el sargento Clough que les explicará lo que hemos descubierto.

Kathy abrió la boca para replicar, pero la mirada de Bennett abortó su protesta.

—Vamos a la sala —dijo resignada.

Ruth Hawkin dejó que salieran sin decir nada. Su rostro era como una puerta cerrada e infranqueable, los músculos de la mandíbula sobresalían por el esfuerzo del silencio. No apartaba la vista de Bennett, que se sentó en el otro extremo de la mesa y esperó a que Clough cerrase la puerta para decir:

—Señora Hawkin, no sé cómo decírselo, pero hemos encontrado pruebas de que Philip Hawkin ha cometido graves agresiones sexuales contra su hija. No hay duda posible y presentaremos acusación contra él hoy mismo.

La mujer dejó escapar un gemido, pero siguió con los ojos clavados en Bennett, quien se removió en el asiento y sacó con gesto automático los cigarrillos. Ella rehusó en silencio su ofrecimiento y él dejó la cajetilla en la mesa al alcance de ambos.

—Unido esto a las pruebas de la camisa manchada y el revólver que usted encontró en el laboratorio, resulta difícil descartar la conclusión de que es muy probable que la asesinara. Lo lamento profundamente, señora Hawkin.

—¡No me llame así! —exclamó ella entre sollozos entrecortados—. No me dé ese apellido.

—De acuerdo —dijo Bennett—, y haré cuanto pueda para asegurarme de que los agentes lo eviten también.

—Está seguro, ¿verdad? —preguntó ella con los labios prietos—. En su corazón, ¿está usted convencido de que ha muerto?

Bennett deseó encontrarse en cualquier sitio menos en aquella cocina con Ruth Carter con los ojos clavados en él.

—Lo estoy —respondió—. No encuentro razón en sentido contrario y una serie importante de pruebas circunstanciales me llevan a tal conclusión. Bien sabe Dios que no quisiera darle crédito, pero me es imposible.

Ruth Carter comenzó a balancearse de delante hacia atrás en la silla con los brazos apretados contra el pecho y las manos hundidas en las axilas. Echó la cabeza hacia atrás y emitió como un estertor de animal mortalmente herido. Bennett impotente, incapaz de hacer nada, parecía una estatua, convencido instintivamente de que lo peor de todo sería tocarla.

Después de aquel estertor Ruth Carter dejó caer la cabeza hacia delante, con la boca abierta y un rostro congestionado en el que brillaban sus ojos sin lágrimas.

—Ahórquenlo —dijo con voz muy clara.

Bennett asintió con la cabeza mientras cogía la cajetilla para encender un cigarrillo.

–Haré cuanto pueda –dijo.

–Cuanto pueda, no –añadió ella negando con la cabeza–. Cuélguelo, George Bennett, porque si no lo ejecutan alguien se encargará de ello y tendrá un fin mucho más inhumano que el que le dé el verdugo. –El vehemente arrebato pareció agotar sus últimas energías. Volvió la cabeza y añadió en un susurro–: Ahora, váyase.

Bennett se puso en pie despacio.

–Volveré mañana a tomar declaración. Si necesita algo, lo que sea, llámeme a la comisaría –dijo sacando del bolsillo el bloc de notas y apuntando su número de teléfono particular–. Si no me encuentra allí, puede llamarme a casa a la hora que sea. Lo siento.

Cruzó la cocina y buscó a tientas el tirador de la puerta. Cerró tras él y se apoyó en la pared mientras por el brazo ascendía en espirales fragmentadas el humo del cigarrillo. El murmullo de voces al otro lado del vestíbulo le condujo a la habitación sombría en que las demás mujeres asediaban a Tommy Clough.

–Al cuerno con este, ahí está el jefe –dijo Maureen Carter al ver a Bennett–. A ver, díganos. ¿Van a ahorcar a ese malnacido de Hawkin?

–No me incumbe a mí adoptar ese tipo de decisiones, señora Carter –replicó Bennett tratando de ocultar sus pocas ganas de hablar–. Les sugeriría que dedicaran mejor su tiempo y energías a acompañar a Ruth Carter, que necesitará su apoyo. Vamos a irnos ahora mismo, pero fuera habrá un agente de guardia toda la noche. Les agradecería que se queden con ella y que se expriman el cerebro si recuerdan cualquier pequeño detalle que pueda servir para la acusación.

–Tiene razón, dejemos que se vaya –dijo de pronto Ma Lomas–. Es un muchacho y ya ha tenido bastante por hoy. Vamos, chicas, acompañemos a Ruth –añadió empujándolas fuera del cuarto y volviéndose a decir su última palabra–. Por esta vez pase, joven. No vamos a ayudarle más: hay que espabilarse –añadió negando con la cabeza–. La culpa es del viejo señor Castleton. Tenía que haberse dado cuenta, pues en media hora se conoce perfectamente a Philip Hawkin; quien no lo vea es que es tonto –añadió cerrando la puerta a su espalda con un chirrido.

Como siguiendo la orden de un coreógrafo, Bennett y Clough, agotados física y mentalmente, fueron a sentarse en dos sillones opuestos.

—No deseo volver a verme en una situación así —dijo Bennett suspirando al tiempo que exhalaba una bocanada de humo y buscaba con la mirada un cenicero, pero ningún objeto del cuarto parecía adecuado y optó por apagar el cigarrillo con los dedos y tirarlo en la chimenea vacía.

—Lo más probable es que no le falten ocasiones antes de jubilarse —comentó Clough.

Sonó un teléfono en el vestíbulo que descolgaron al sexto o séptimo timbrazo y oyeron la voz que respondía a la llamada y, luego, pasos que se acercaban al saloncito. Diane Lomas asomó la cabeza por la puerta y dijo:

—Es para el inspector; de un tal Carver.

Bennett se levantó fatigosamente del sillón y salió a coger el teléfono.

—Inspector Bennett. Diga.

—¿Qué demonios hace ahí, Bennett? Acaba de llamarme Alfie Naden para leerme la cartilla y decirme que hemos encerrado a su cliente en el calabozo sin pedir permiso a nadie, dejando que se pudra allí y que se ha ido usted de paseo a Derbyshire a perder el tiempo.

Bennett no salía de su asombro ante el hecho de que el abogado más caro de la ciudad se hubiera enterado de la detención de Philip Hawkin. Cragg era un inútil, pero, sin el permiso de George, no se le habría ocurrido telefonear al letrado; le daba la impresión de que Carver, sin escarmentar por la muerte de Peter Crowther, seguía haciendo de las suyas. Reprimió una réplica airada y dijo:

—Estaba a punto de volver a la comisaría para instruir la acusación contra el señor Hawkin.

—¿De qué? Naden afirma que usted le ha dicho a Hawkin que quedaba detenido como sospechoso de asesinato. ¡No tiene ningún asesinato de qué acusarle! —exclamó Carver con un acento cerrado del centro de Inglaterra más ostensible que nunca, señal de que estaba a punto de estallar.

Igual que él.

Bennett hizo ingentes esfuerzos por contener su ira y respondió con serenidad.

—De momento, voy a acusarle de estupro, señor. Con eso tendremos un margen de tiempo para consultar con la fiscalía con qué posibilidades contamos para una acusación de homicidio sin cadáver.

Se hizo un silencio atónito al otro extremo de la línea.

—¿Estupro? —dijo Carver estupefacto silabeando la palabra.

—Tenemos pruebas fotográficas, señor. Créame, esto es sólido. Ahora, si me disculpa, me marcho. Estaré ahí dentro de una media hora y se las enseñaré —dijo Bennett colgando; al volverse vio a Bob Lucas en la puerta del despacho—. El inspector jefe Carver quiere que volvamos a Buxton y tengo que llevarme los sobres. ¿Puede quedarse esta noche de vigilancia en el laboratorio?

—Me las arreglaré, señor. Venía a decirle que hemos registrado todos los libros del despacho y no hay fotos. Seguiremos buscando. Buena suerte con Hawkin —añadió con un gesto de la cabeza—. Esperemos que para bien de la señora Hawkin decida confesar.

—Lo dudo, Bob —dijo Clough en el marco de la puerta—. Ese es un egoísta de cuidado.

—Ahora que recuerdo, no quiere que la sigamos llamando señora Hawkin. Le llamaremos señora Carter —dijo Bennett con un suspiro—. Haga circular la noticia. Bien —añadió pasándose la mano por el pelo húmedo—, vamos a hacer sufrir a ese mal nacido.

4

Las fotos hicieron callar a Carver, que las miró pasmado como si de ese modo borrase las imágenes y las sustituyera por aquellos paisajes de los alrededores de Scardale que Hawkin vendía a las tiendas locales como tarjetas postales. Luego, súbitamente, volvió la cabeza hacia un lado y le señaló un trozo de papel.

—Ahí tiene el número particular de Naden. Quiere estar presente cuando interrogue al preso —dijo levantándose y cogiendo el abrigo del perchero de detrás de su escritorio.

—¿No se queda usted para el interrogatorio? —preguntó Bennett algo asombrado.

—Este caso ha sido suyo desde el principio, acábelo —respondió Carver fríamente poniéndose el abrigo—. Encárguense usted y Clough.

—Pero, señor... —comenzó a decir Bennett, pero se detuvo.

Iba a alegar que nunca se había encargado de un caso tan serio, que jamás había efectuado un interrogatorio con tan pocas pruebas y que era obligación de él como inspector jefe tomar la situación en sus manos, pero las palabras murieron en su boca al darse cuenta de que Carver pensaba que aquel caso iba a irse al traste de alguna manera y él no quería verse implicado en ello.

—Pero ¿qué?
—Nada, señor.

—¿Qué espera, entonces? No puedo cerrar el despacho estando usted ahí como un pasmarote.

—Perdone, señor —dijo Bennett cogiendo el trozo de papel del escritorio de Carver. Se dio media vuelta, salió del despacho y entró en Homicidios—. Sargento —llamó a Clough—, coja el abrigo y vamos.

Clough, sorprendido, hizo lo que le decían.

—¿Adónde van? —preguntó Carver mirándoles furioso—. Tienen un detenido a quien acusar e interrogar.

—Voy a telefonear al señor Naden para citarle aquí dentro de una hora, y a continuación invitaré al sargento Clough a comer algo porque desde la hora del desayuno no hemos probado bocado y un interrogatorio importante requiere algo más que nicotina y cafeína. Señor —respondió Bennett sin cortarse.

—¿Es eso lo que aprendió en la universidad? —replicó Carver con desdén.

—No, señor, en realidad lo aprendí del comisario Martin, que dice que nunca hay que empeñar tropas en combate con el estómago vacío —respondió Bennett sonriente—. Bien, si me permite, tenemos que hacer —añadió volviéndole la espalda y cogiendo el teléfono. Sintió los ojos de Carver clavados en él mientras marcaba—. Oiga, ¿señor Naden? Aquí el inspector Bennett de Investigación Criminal de Buxton. Dentro de una hora voy a interrogar a su cliente como sospechoso de homicidio y estupro. Le agradecería que estuviera presente... Muy bien; hasta luego. Gracias. —Apretó la base del receptor para cortar la llamada y volvió a marcar—. Anne, soy yo —dijo volviéndose y mirando insolente a Carver, quien lanzó un resoplido y se dirigió a buen paso hacia la escalera.

Una hora después hicieron pasar a Alfie Naden al cuarto de interrogatorios. Era el prototipo del próspero abogado de provincias, con una prominente barriga enfundada en su buen terno negro de estambre y con gafas de media luna de montura de oro a caballo sobre una gruesa nariz flanqueada por rubicundos carrillos. La calva brillaba bajo las luces y se notaba que estaba recién afeitado, como si se hubiera acicalado para una reunión social. Se le habría confundido fácilmente con un palurdo de no ser por sus ojos pequeños y oscuros que brillaban como los ojos de vidrio de los ositos de peluche de antaño. Unos ojillos que lo escudriñaban todo y que él movía constantemente, salvo cuando interrogaba a un testigo. Era un temible adversario y Bennett lamentó que Hawkin tuviese relaciones que le permitieran contratar a aquel letrado.

Iniciaron los formalismos en cuanto Clough llevó a Hawkin del calabozo. Este guardó silencio con un rictus displicente en la boca y una actitud tan fría y segura como la que había demostrado a las diez de la mañana.

Bennett hizo la amonestación policial y añadió:

—Tras su detención esta mañana como sospechoso de homicidio me procuré en la magistratura de High Peak una orden judicial de registro —añadió tendiendo el documento a Naden, quien lo leyó detenidamente y asintió con la cabeza—. Los agentes a mis órdenes efectuaron esta tarde el registro en el que se descubrió una caja fuerte hundida en el suelo de esa dependencia exterior que usted ha transformado en laboratorio fotográfico. Tras la apertura de dicha caja fuerte con una llave que usted escondía en su despacho de Scardale Manor, se descubrieron seis sobres marrones.

—¿Seis? —espetó Hawkin.

—Seis sobres que contenían ciertas copias fotográficas y negativos. Como consecuencia de lo cual, le acuso de estupro, Philip Hawkin.

Durante todo su parlamento el rostro de Hawkin permaneció imperturbable y Bennett pensó que no iba a flaquear. «Cree que va a quedar impune del delito más grave y no tiene más remedio que tragarse la purga de la violación.»

—¿Pueden enseñarnos las pruebas? —dijo Naden sin perder la calma.

Bennett miró inquisitivo a Hawkin.

—¿Quiere realmente que su abogado vea las fotografías? Bueno, sí, mejor será que esté presente el señor Naden; yo en su lugar no le daría la oportunidad de salir.

–Señor Bennett –protestó Naden en tono admonitorio.

–Él no podría defenderme si no ve lo que ustedes han falsificado, cabrones –dijo Hawkin, utilizando un tono muy alejado de la distinguida manera de hablar de que había hecho gala por la mañana.

Bennett abrió delante de él una carpeta en la que, durante la hora que habían estado ausentes, Cragg había deslizado por los bordes todas las fotos con su correspondiente negativo en bolsas individuales, de plástico transparente debidamente referenciadas para que al día siguiente las examinasen en el laboratorio, antes de sacar copias de los negativos; pero aquella noche las pruebas quedarían en poder de Bennett.

Sin decir palabra, puso la primera fotografía de Alison a la vista de Hawkin y Naden. Hawkin cruzó las piernas y preguntó:

–¿Me ha traído el tabaco?

Naden apartó horrorizado la vista de las fotos y le miró como si fuera un marciano.

–¿Cómo dice? –preguntó con voz desmayada.

–Tabaco. Me he quedado sin cigarrillos –respondió Hawkin.

Naden parpadeó en rápida sucesión diez veces antes de abrir la cartera de la que sacó un paquete de Benson & Hedges envuelto en el celofán, que arrojó delante de Hawkin. Después de mostrarle Bennett la última fotografía, carraspeó.

–Las han trucado –dijo Hawkin–. Es sabido que las fotografías se pueden trucar. Desapareció mi hijastra y, como no han podido encontrarla, quieren culpabilizarme para cubrir el expediente.

–Tenemos también los negativos –replicó Bennett categórico.

–Los negativos también pueden trucarse –replicó Hawkin desdeñoso–. Primero se truca la foto y a continuación se hace una fotografía de la misma para obtener un negativo y hacer copias.

–¿Niega usted acaso haber violado a Alison Carter? –preguntó Bennett sin dar crédito a lo que estaba oyendo.

–Sí –contestó Hawkin decidido.

–Tenemos también una camisa manchada de sangre, idéntica a las que se hace usted a medida en Londres, que estaba igualmente escondida en su laboratorio.

–¿Qué? –exclamó Hawkin desconcertado por primera vez.

–Una camisa profusamente manchada de sangre en la pechera, las mangas y los puños, y que espero que, tras su análisis, coincidirá con la sangre que hallamos en la ropa interior de Alison.

–¿De qué camisa habla? En mi laboratorio no había ninguna camisa –exclamó Hawkin, echándose hacia delante y hendiendo exasperado el aire con el cigarrillo.

–Allí la encontramos, junto con la pistola.

–¿Qué pistola? –inquirió Hawkin con ojos muy abiertos.

–Un revólver Webley del calibre 38 idéntico al que le robaron a la señora Wells, vecina de su madre, hace un par de años.

–Yo no tengo pistola –farfulló Hawkin–. Está cometiendo un grave error, Bennett. ¡Si cree que puede imputarme esto se está pasando de listo!

Bennett le dirigió una sonrisa tan helada como el viento que silbaba fuera.

–Sepa que tengo intención de presentar los datos a la fiscalía y estoy plenamente convencido de que nos autorizará a acusarle de asesinato –continuó implacable.

–¡Esto es un atropello! –vociferó Hawkin removiéndose en la silla y mirando al abogado–. Dígales que no pueden hacer esto. No tienen más que unas fotos trucadas. ¡Dígaselo!

Naden parecía arrepentido de haber comparecido.

–Le recomiendo que no añada nada más, señor Hawkin. –Vio que abría la boca para protestar y agregó con un tono que contrastaba con su aspecto bonachón–: Ni una palabra más, señor Hawkin. Señor Bennett, mi cliente no va a declarar nada más de momento ni contestará a sus preguntas. Solicito hablar con él a solas, en caso contrario presentaremos querella mañana mismo ante los tribunales.

Bennett miró fijamente la máquina de escribir. Tenía que redactar la acusación de estupro para el inspector uniformado agregado a los tribunales. Era una solicitud de detención formal, pero con Alfie Naden como abogado defensor del señor de Scardale y un jurado de las fuerzas vivas locales, George no quería correr ningún riesgo. Pero le dolía la cabeza de tal modo que tuvo que resistir las ganas de cerrar un ojo para aliviar el dolor.

Suspiró y encendió otro cigarrillo.

—Motivos por los que se rechaza la libertad bajo fianza —balbució.

Oyó llamar con fuerza a la puerta. A aquella hora tan tardía sería alguien del turno de noche que, compasivo, le llevaba un té.

—Adelante —dijo.

Abrió la puerta el comisario Martin, embutido en un elegante esmoquin.

—¿Le molesto? —preguntó.

—Encantado de que me interrumpa, señor —contestó Bennett como si le saliera del alma.

Martin se sentó en la silla enfrente de él y sacó una petaca de plata.

—¿Hay algún vaso? —preguntó.

—Ni una taza sucia, señor —respondió el inspector con gesto de contrariedad—. Lo siento.

—No importa. Haremos como en el campo de batalla —dijo Martin echando un trago y limpiando el gollete del recipiente para pasárselo—. Vamos, beba; creo que lo necesita.

Bennett dio agradecido un trago de coñac. Cerró los ojos deleitándose con el líquido ardiente que le bajaba por la garganta calentándole el pecho.

—No sabía de sus conocimientos terapéuticos, señor. Esto es lo que receta el médico.

—Vengo de una cena masónica a la que asistía el inspector jefe Carver, quien me ha hablado de su actuación en el caso —dijo Martin mirándole a los ojos—. Pero he preferido que me informe usted mismo.

—Bueno... hoy se han precipitado un poco los acontecimientos.

La semana pasada me molestó bastante la foto que se difundió en la prensa; en mi opinión había que haber investigado más. En realidad, no tenía previsto hoy más que un simple interrogatorio a Hawkin para ver si podía inquietarle y hacerle cometer algún desliz; entonces nos telefoneó su esposa y aunque pensé en planteárselo a usted antes de proceder al registro de la casa... si lo hubiera hecho no habría tenido tiempo de conseguir la orden judicial en horas de trabajo, y usted sabe lo que cuesta obtener de algunos magistrados la firma fuera de horario. Así que... opté por ganar tiempo.

–Bien, ¿dónde estamos exactamente en este momento?

–He formalizado la acusación de estupro con comparecencia ante el juez mañana por la mañana para solicitar que continúe encarcelado. Estaba ahora redactando la solicitud. Debo decirle que tiene por defensor a Alfie Naden y que la estrategia que planifica es alegar que hemos amañado las pruebas fotográficas para encubrir nuestro fracaso en la investigación.

Martin lanzó un resoplido.

–Eso no colará. Dudo mucho que tengamos un fotógrafo ni el equipo necesario para hacer una cosa así. De todos modos, levantará un buen revuelo que podría favorecerle; nunca se sabe con el jurado y ese tipo es bien parecido –dijo sacando un puro del bolsillo interior, aflojándose la pajarita y desabrochándose el primer botón de la camisa–. Ahora estoy mejor. ¿Un puro?

–Gracias, prefiero mis cigarrillos.

Ambos encendieron su tabaco y Martin exhaló un penacho de humo azul.

–¿Qué pruebas hay de homicidio?

Bennett se recostó en la silla.

–Una: sabemos que fornicaba con su hijastra y que le hacía fotografías pornográficas. Dos: la tarde en que desapareció la niña alega que él estuvo solo en el laboratorio, pero tenemos dos testigos que le vieron cruzar el campo entre el bosque donde encontramos el perro de la chica y un soto donde había señales de forcejeo asociadas con ella.

–Sugerente –comentó Martin.

—Tres: el perro era de la familia, y si alguien podía inmovilizarle el hocico sin que mordiera, hubo de ser algún conocido. Tenemos que averiguar en las farmacias de la zona si alguien recuerda haberle vendido a él un rollo de esparadrapo ancho. Cuatro: nadie del pueblo, salvo Ma Lomas, sabía de la existencia de una mina de plomo abandonada, pero en el despacho de Hawkin se halló un libro que explica la localización exacta de la entrada.
—Sugerente, pero circunstancial.
Bennett asintió con la cabeza.
—Todo es circunstancial. Pero ¿con qué frecuencia tenemos testigos que corroboren un asesinato?
—Cierto. Continúe.
Bennett hizo una pausa para reflexionar.
—Ah, sí. Cinco: Hawkin es del mismo grupo sanguíneo que quien manchó de semen la ropa interior de la chica. Había además en la ropa sangre del mismo grupo de la chica y de la que impregnaba el árbol del soto. Sabemos por la presencia de corpúsculos de Barr que es sangre de origen femenino, así que es lógico pensar que Alison resultó, si no muerta a manos de un agresor sexual, al menos herida. Y sabemos por las fotografías que Hawkin encaja en esa categoría. Seis: la supuesta identificación de Alison en la foto de un periódico de un partido de fútbol es una repetición de una noticia sobre una jovencita desparecida en Manchester, Pauline Reade. En mi opinión, recurrió a ello para hacerse pasar por un padre sensible y preocupado. Algo de lo que hasta entonces no había dado muestras, debo decir.

»Siete: en la mina encontramos dos balas. Una presentaba suficiente estriado que permitió determinar que había sido disparada con un revólver Webley del calibre 38. En casa de un matrimonio de Londres, del que Hawkin era visitante habitual hace un par de años, robaron un revólver igual, y en su laboratorio encontramos escondido un revólver idéntico con el número de serie limado. No sabemos aún si es el arma con que se dispararon las balas halladas en la mina. Pero lo sabremos.

»Y, para terminar, tenemos la camisa manchada de sangre, idéntica a las que él se hace a medida en Londres y con la misma etiqueta. Está profusamente manchada y si esa sangre corresponde a la que hemos verificado que pertenece a Alison, la relación de Hawkin con la agresión es clara. ¿Usted qué piensa? –añadió Bennett alzando las cejas.

–Si hubiera un cadáver, le diría adelante con la acusación. Pero no hay cadáver y no tenemos pruebas directas de que Alison no esté sana y salva. La fiscalía nunca tiene en cuenta acusaciones de homicidio si no hay cadáver.

–Hay precedentes –replicó Bennett–. Haigh, el asesino del baño de ácido. Un caso en que no había cadáver.

–Pero existían pruebas de que se había hecho desaparecer un cadáver y las huellas forenses apuntaban a la víctima, si no recuerdo mal –dijo Martin.

–Existe otro precedente con menos pruebas. En 1955 un militar retirado de origen polaco fue convicto del homicidio de su socio. El fiscal le acusó de haber hecho desaparecer el cadáver arrojándolo como comida a los cerdos de la granja que explotaban los dos, y ello basado exclusivamente en testimonios de vecinos y amigos que declararon haberlos visto discutir. En la cocina de la granja había manchas de sangre y el socio desapareció sin dejar rastro y sin retirar ningún dinero de la cuenta de su cartilla de ahorros. Nosotros tenemos mucho más. No se ha vuelto a ver a Alison Carter desde que desapareció, tenemos pruebas de que fue agredida sexualmente con notable derramamiento de sangre, y no es verosímil que siga con vida, ¿no cree?

Martin se recostó en la silla y dejó ascender hasta el techo el humo del puro.

–Hay mucha diferencia entre «improbable» y «más allá de la duda razonable». Aun cuando tengamos el revólver. ¿Por qué esas dos balas incrustadas en la roca si le disparó a bocajarro?

–Tal vez ella se escapó al principio y él disparó para atemorizarla. Quizá se resistió y la amenazó con esos dos disparos.

Martin reflexionó.

–Es posible, pero la defensa se aferrará a esas dos balas para sembrar confusión entre el jurado. Además, si mató a la chica en la mina, ¿por qué se llevó el cadáver?

Bennett se apartó el pelo de la frente.
-No lo sé. Tal vez conocía algún lugar más recóndito. Es lo que debe de haber hecho, ¿no cree? Si no, ya lo habríamos encontrado.
-Pero si conocía un lugar mejor para esconder el cadáver, ¿por qué dejó pruebas de agresión sexual en la mina?
Bennett suspiró. Por mucho que le frustraran los interrogantes de Martin, sabía que los letrados de la defensa serían cien veces peor.
-No lo sé. Quizá no le dio tiempo; tenía que cambiarse para la cena y no podía llegar tarde, sobre todo aquella noche. Y una vez que hubo cenado ya se había difundido la noticia de la desaparición de Alison y ya no pudo volver a la mina...
-Es poco convincente, Bennett -dijo Martin irguiéndose en el asiento y mirándole cara a cara-. No es bastante. Tendrá que encontrar el cadáver.

TERCERA PARTE
Juicios y tribulaciones

Prisión preventiva

Acabó en diez minutos. Bennett miró a la sala y le sorprendió ver el asombro en los rostros del grupo de vecinos de Scardale. Habían acudido para satisfacer su deseo primitivo de ver al malo en el banquillo de los acusados, y esperaban cierto ceremonial que saciara aquel deseo, pero allí en aquel juzgado moderno que más parecía un aula y no la sala de vistas de Old Bailey del cine o de la televisión, sus ansias quedaban frustradas.

Entre los siete hombres y ocho mujeres que habían acudido se daban todas las variantes fisonómicas de Scardale; desde la nariz ganchuda de Ma Lomas hasta los rasgos pétreos de Brian Carter. Lo notable era la ausencia de Ruth Carter.

No faltaba la prensa, naturalmente, aunque el grupo no era tan numeroso como el que acudiría a las vistas del verdadero juicio, pues en esta primera fase no había mucho que informar y no merecía la pena acudir. En virtud del principio de presunción de inocencia, como a Hawkin solo se le había acusado de un delito que los periódicos debían tratar con discreción, quedaba excluida como tabú la menor insinuación de que fuera a ser acusado también de homicidio.

Hicieron pasar al detenido a la sala presidida por cuatro jueces de paz, dos mujeres y dos hombres. Alfie Naden estaba a la expectativa, igual que el inspector judicial de servicio. Hawkin parecía más tranquilo que ninguno y su rostro recién rasurado era un espejo de inocencia, encuadrado por el cabello negro, que las luces de la sala hacían brillar. Se alzó un murmullo entre el público que obligó al ujier a imponer silencio.

Un funcionario del tribunal se levantó para leer el cargo contra Hawkin y apenas había terminado cuando Naden se puso en pie.

–Señorías, he de hacer un requerimiento. Como sus Señorías sabrán, en virtud del artículo treinta y nueve de la Ley sobre Niños y Adolescentes, el tribunal está obligado a proteger la identidad de los menores víctima de delitos contra el pudor. Teniendo eso en cuenta, el tribunal debe impedir que los miembros de la prensa mencionen el nombre del acusado, ya que ello sería un modo indirecto de revelar la identidad de la víctima al existir una relación familiar tal como consta en el alegato. Por consiguiente, requiero a Sus Señorías que así lo dictaminen en este caso.

Al sentarse Naden, el inspector judicial volvió a levantarse. Ya había hablado al respecto con Bennett y el comisario Martin.

–Me opongo a tal medida –dijo marcando las palabras–. En primer lugar, por la extrema gravedad de las circunstancias de este caso, pues creemos que no es la primera vez que el acusado ha cometido abusos sexuales con niños, y haciendo público su nombre lograríamos que otras víctimas presentaran denuncia.

–Aquella parte de la argumentación en concreto era un simple sondeo porque los intentos de Cragg de recoger algún rumor en Saint Albans habían sido infructuosos, y Bennett tenía previsto enviar a Clough a indagar de nuevo–. Segundo –prosiguió–, porque la acusación considera que la víctima de esta agresión no está viva y, por consiguiente, no ha lugar a la protección del tribunal.

Se oyó un rumor de emoción entre el público y una de las mujeres de Scardale profirió una especie de gruñido. Los periodistas se miraron desconcertados. ¿Podían publicar aquella imputación que se hacía en vista pública? ¿Sería desacato? ¿Dependía de lo que dictaminara el tribunal?

Naden volvió a levantarse.

–Señorías –exclamó como movido por una indignación insoportable–, eso es una sugerencia escandalosa. Cierto que la presunta víctima de esa supuesta agresión en la actualidad falta de su domicilio, pero que la policía insinúe que ha muerto es una artimaña con la que se pretende calumniar a mi defendido. Insto a Sus Señorías a que exhorten a no publicar nada en la prensa salvo el hecho de que un hombre ha sido acusado del delito de estupro.

Los magistrados hicieron un corrillo con el funcionario mientras Bennett tamborileaba impaciente con los dedos sobre la rodilla. A decir verdad, a él le traía sin cuidado que la prensa mencionara o no a Hawkin. Lo que él quería era proseguir la investigación.

Finalmente, el presidente del tribunal lanzó un carraspeo.

—Aceptamos que, en lo que respecta a la vista de prisión preventiva, se prohíba a la prensa mencionar el nombre del acusado. No obstante, esta decisión la reconsiderarán los jueces en las vistas subsiguientes.

—Muchísimas gracias —dijo Naden con una reverencia.

Una vez establecido el juicio de acusación formal para cuatro semanas más tarde, Naden volvió a ponerse en pie.

—Señorías, les ruego que consideren la libertad bajo fianza. Mi defendido es un relevante miembro de su comunidad sin antecedentes penales ni tacha en su conducta; tiene a su cargo muchas tierras, e indudablemente su ausencia iría en grave detrimento de los arrendatarios.

—¡Tonterías! —gritó uno de las últimas filas del público, y Bennett reconoció la cara congestionada de emoción de Brian Carter—. Estamos mejor sin él.

El presidente del tribunal miró pasmado.

—Expulsen a ese hombre inmediatamente —ordenó indignado por la falta de respeto.

—No hace falta; ya me voy —gritó Brian Carter poniéndose en pie antes de que le alcanzasen los ujieres, y abandonando la sala con un portazo.

Se hizo un silencio glacial y el presidente lanzó un suspiro.

—Si vuelve a producirse una interrupción mandaré desalojar la sala —dijo hierático—. Haga el favor de continuar, señor Naden.

—Gracias, Señoría. Como decía, la presencia del señor Hawkin es vital para el normal desenvolvimiento de las propiedades de Scardale. Como acaban de saber, su hijastra falta de casa y él considera que su lugar está al lado de su esposa para procurarle consuelo y ayuda. No es un delincuente irresponsable que va de un lugar a otro ni tiene intención de abandonar la jurisdicción. Solicito que se le conceda la libertad condicional debido a tales circunstancias.

El inspector se puso en pie despacio.

—Señorías, la policía se opone a la libertad condicional en base a que el acusado dispone de suficientes fondos para poder eludir a la justicia. No tiene auténticas raíces en esta zona, a la que se trasladó hace tan solo poco más de un año, al morir su tío. Nos preocupan además las posibles coacciones a testigos, ya que muchos posibles testigos de cargo, además de arrendatarios suyos, son a la vez empleados y existe riesgo de intimidación. Por otra parte, la policía considera este caso como un delito muy grave y es muy probable que en breve se le imputen otros delitos graves.

Bennett vio con alivio que una magistrada del tribunal asentía con la cabeza a la exposición del inspector. Si los otros miembros se mostraban indecisos, seguramente ella, con su convicción, lograría decantarlos. Mientras el tribunal se retiraba a deliberar se alzó un rumor entre los periodistas. La gente de Scardale se mantenía imperturbable y en silencio, con los ojos clavados en la nuca de Philip Hawkin, que hablaba con su abogado.

Bennett rabiaba por fumar.

Al cabo de dos minutos volvieron a entrar los magistrados.

—Se rechaza la solicitud de libertad condicional —dijo resueltamente el presidente—. Llévense al detenido.

Hawkin miró con auténtico odio a Bennett al pasar junto a él, pero el inspector se contentó con sostener la mirada callado. No era partidario de gastar la pólvora en salvas.

Daily News,
jueves, 6 de febrero de 1964, pág. 2

Comparecencia ante los tribunales

El tribunal de High Peak en Buxton dictaminó prisión preventiva contra un acusado de estupro. El acusado, cuyo nombre no se facilita por motivos legales, vive en el pueblo de Scardale en Derbyshire.

La acusación de asesinato

Era extraño, pensó Bennett, que todas las oficinas públicas fuesen iguales. De algún modo, había esperado que las dependencias de la fiscalía respondieran a su pomposo título. Pero aunque el edificio regencia de Queen Anne's Gate no podía ser más distinto a la construcción en ladrillo de la jefatura de policía de Buxton, el interior era como el de cualquier oficina estatal. Se reunían, según lo acordado cuatro días después de la vista para prisión preventiva, el abogado, Tommy Clough y él en un cuarto tan parecido a su propio despacho, que casi le desorientaba. Había carpetas de archivo sobre los archivadores, libros de leyes en el alféizar de la ventana y un cenicero lleno de colillas. El linóleo del suelo era idéntico y las paredes estaban pintadas con el mismo color hueso.

Jonathan Pritchard tampoco respondía a sus expectativas, pues era ese tipo de pelirrojo de treinta y tantos años que no pasa desapercibido; su pelo color zanahoria era una mata caótica que le desbordaba la cabeza formando una especie de cresta sobre la frente y sus facciones tampoco eran modelo de placidez: ojos gris de un azulado como la pizarra de Gales, redondos y muy separados con largas pestañas doradas, nariz larga y huesuda bruscamente torcida en la punta y una boca que parecía escabullirse. Lo único medido en él era su impecable traje gris oscuro de raya diplomática, su impoluta camisa blanca y una corbata tipo militar perfectamente anudada.

—Ah —dijo de entrada el letrado poniéndose en pie para recibirlos—, ustedes son los que no tienen cadáver. Adelante; siéntense. Espero que hayan repostado ya, porque aquí no hay manera de tomar una taza decente de café —dijo esperando cortésmente a que Bennett y Clough se acomodasen antes de hacerlo él en su desvencijada silla giratoria. Abrió un cajón, sacó otro cenicero y se lo arrimó a ellos—. Hasta aquí llega nuestra hospitalidad —añadió contrito—. Bien, hagamos las presentaciones.

Así lo hicieron y Pritchard tomó nota en un bloc.

—Discúlpenme —dijo—, pero es poco habitual que de un caso de esta envergadura se encargue un inspector, y menos un inspector que lleva solo cinco meses en el cargo...

Bennett sofocó un suspiro y se encogió de hombros.

—El inspector jefe tenía un tobillo escayolado cuando desapareció la chica y yo asumí la dirección del operativo a las órdenes directas del comisario Martin de la jefatura de Buxton. De todos modos, a la vista de la evolución del caso, la superioridad quiso que se encargase un inspector de la Central con mayor experiencia, pero el comisario se negó alegando que prefería que lo hicieran sus hombres.

—Muy encomiable, pero ¿no sería quizá que a esos inspectores de mayor experiencia no les atraía demasiado? —replicó Pritchard.

—No me consta ese particular, señor.

Clough se inclinó hacia delante.

—El comisario sirvió en el ejército con el ayudante del jefe de policía, señor. Por tanto, la superioridad sabe que pueden confiar en su criterio.

Pritchard asintió con la cabeza.

—Yo fui abogado del ejército y sé cómo es —dijo sacando del bolsillo una cajetilla de Black Sobranies y encendiendo un cigarrillo.

Bennett pensó en la impresión que causaría Pritchard al entrar en la sala de abogados de Buxton, si era él quien acababa presentando la acusación de homicidio ante el tribunal; a Dios gracias que allí no estarían los jueces.

—He leído la documentación —dijo—, y he examinado las fotografías —añadió con un leve temblor—. Verdaderamente son de lo más repugnante que he visto en mi vida. No me cabe duda de que solo con eso lograremos que le condenen por estupro. Ahora lo que hay que considerar es si tenemos pruebas suficientes para seguir adelante con una acusación de homicidio. El principal obstáculo es, desde luego, la ausencia de cadáver.

Bennett abrió la boca, pero Pritchard alzó la mano imponiendo silencio.

—Bien, hay que considerar el corpus delicti, que no es como cree la mayoría de la gente el cadáver de la víctima, sino el cuerpo del crimen, es decir, los elementos esenciales de un delito y las circunstancias en que se cometió. En el caso de un homicidio, la acusación necesita establecer que se ha producido la muerte, que la persona muerta es la presunta asesinada y que su muerte fue consecuencia de violencia ilegal. La manera más fácil de demostrarlo es por medio de un cadáver, ¿cierto?

—Hay precedentes de condenas por homicidio en ausencia de cadáver —dijo Bennett—. Haigh, el asesino del baño de ácido, y James Camb. Además de Michael Onufrejczyk, el granjero de cerdos, caso en el que el presidente del Tribunal Supremo dictaminó que el hecho de la muerte estaba demostrado por pruebas circunstanciales. ¿Cree que nosotros no tenemos las suficientes para interponer una acción judicial?

Pritchard sonrió.

—Veo que ha estudiado los precedentes. Mire, inspector Bennett, a mí me intrigan las circunstancias de este caso, y es indudable que presenta problemas aparentemente insolubles, pero, como acertadamente ha señalado, hay bastantes pruebas circunstanciales. Bien, ¿qué les parece si pasamos a revisarlas?

Estuvieron dos horas sopesando todos los datos que apuntaban a Philip Hawkin como asesino de su hijastra. Pritchard les interrogó a fondo e inteligentemente, intentando quebrar la cadena de razonamiento lógico, y, aunque procuraba no dejarse llevar por el entusiasmo, era evidente que el caso le fascinaba.

—Hay otra cosa, algo que no figura en la documentación —concluyó Clough– y es un informe recibido ayer tarde certificando que la sangre de la camisa es del mismo grupo que la de Alison y que es de mujer, igual que la del resto de las manchas. Pero además, la camisa presenta una chamusquina y restos de pólvora como si se hubiera disparado un arma cerca de ella; y no cabe duda de que es una prenda de Hawkin.

–Mejor que mejor, sargento. Incluso sin esa última prueba, a mí no me cabe duda de que Hawkin asesinó a la chica. Pero queda en el aire la cuestión de si podemos presentar un alegato que convenza al jurado –dijo Pritchard pasándose la mano por la pelambrera y alborotándola aún más.

Bennett comprendió por qué había elegido ser abogado: bajo una peluca de crin tendría aspecto casi normal y, aunque era evidente su pertenencia a la clase alta, su modo de hablar no era tan esnob como para que pudiera perder el apoyo de un jurado.

–Desde luego, ha escondido muy bien el cadáver y no va a aparecer si no lo encuentra alguien por azar. No creo que vayamos a obtener más pruebas de las que tenemos –dijo Bennett tratando de no parecer tan abatido como se sentía siempre que el sueño intranquilo de Anne le despertaba de madrugada haciéndole cavilar.

Pritchard hizo girar de izquierda a derecha la silla.

–De todos modos, es un reto fascinante, ¿no cree? Hace mucho tiempo que no he visto una documentación que me entusiasme tanto. ¡El juicio va a ser una auténtica pugna jurídica! No me cabe la menor duda de que va a ser interesantísimo poner el caso en marcha.

–¿Se encargará usted de la acusación? –preguntó Clough.

–Como indudablemente será muy controvertida, se hará cargo un abogado del Consejo de la Corona, tanto en la vista oral como en el juicio posterior, pero yo actuaré de ayudante y tendré gran parte de la responsabilidad en la preparación del caso. Por lo que a mí respecta, estoy dispuesto a presionar para llevarlo adelante –añadió alzando de nuevo la mano–. Pero eso no quiere decir que se pueda presentar la acusación sin más. Tendré que exponérselo al Fiscal General del Estado, y convencerle de que no vamos a exponernos a hacer el ridículo si seguimos adelante con el caso. Me imagino que sabrán cómo detestan los superiores ser motivo de risión –agregó con una sonrisa irónica.

–Bien, ¿cuándo sabremos algo? –preguntó Bennett.

–A finales de semana –contestó Pritchard resuelto–. Él querrá tenerlo unas semanas para estudiarlo, pero yo considero que en este caso concreto el tiempo es crucial. Le llamaré el viernes a más tardar –añadió levantándose y tendiendo la mano–. Inspector, sargento, ha sido un placer. Y toquen madera, ¿eh?

Daily News,
lunes, 17 de febrero de 1964, pág. 1

NIÑA DESAPARECIDA: IMPUTACIÓN DE HOMICIDIO

Dando un sensacional giro al caso, la policía acusó ayer tarde a Philip Hawkin, de treinta y siete años, del asesinato de su hijastra Alison Carter, la colegiala desaparecida.

Lo curioso de esta acusación es que no se ha encontrado el cadáver de la niña. La rubita de trece años salió de su casa de la aldea de Scardale en Derbyshire el 11 de diciembre del pasado año para dar un paseo con su perro y no se la ha vuelto a ver.

Hawkin comparecerá ante el tribunal de Buxton para proceder al auto de procesamiento.

Precedentes

No es la primera vez que se formula una acusación de homicidio sin que haya aparecido el cadáver. En el caso de John George Haigh, el famoso asesino del baño de ácido, solo se halló un cálculo biliar, algunos huesos y la dentadura postiza de la víctima. Pero se juzgó que tales restos eran prueba suficiente de que se había hecho desaparecer un cadáver y Haigh fue ahorcado por homicidio.

James Camb, camarero de un transatlántico que cubría la línea entre Inglaterra y Sudáfrica, fue acusado del asesinato de una pasajera, la actriz Gay Gibson. El acusado alegó que había fallecido de un ataque cuando estaba a solas con él en el camarote y que, por efecto del pánico, pensando que le acusarían de asesinato, había arrojado el cadáver por una portilla, pero no se dio crédito a la historia y fue declarado culpable.

También hubo un caso en una granja aislada de Gales, donde un polaco, héroe de guerra, fue condenado por asesinar a su socio, cuyo cadáver arrojó a los cerdos de la granja.

El auto de procesamiento

Bennett se despertó a las seis el lunes 24 de febrero. Salió de la cama con cuidado para no despertar a Anne y bajó sin hacer ruido en pijama y batín; preparó una tetera y la llevó al cuarto de estar, pero al descorrer las cortinas para ver amanecer se quedó de piedra al ver el coche de Tommy Clough aparcado frente a la casa. Por el fulgor de la lumbre de un cigarrillo comprendió que el sargento estaba tan despierto como él.

Minutos después tenía sentado a Clough frente a él con una taza humeante en la mano.

–Me imaginé que madrugaría por los nervios. Espero que Hawkin esté durmiendo tan mal como nosotros –dijo con aire destemplado.

–Entre las molestias de Anne y la preocupación por este proceso ya ni recuerdo la última vez que he dormido ocho horas seguidas –comentó Bennett.

–¿Qué tal se encuentra ella?

Bennett se encogió de hombros.

–Se cansa por nada. El viernes por la noche fuimos a ver *La gran evasión* al Opera House y se quedó dormida a mitad de la película. Y está inquieta –añadió con un suspiro–. Me imagino que contribuye a ello que nunca sabe cuándo voy a volver a casa.

–Todo irá algo mejor después del juicio –comentó Clough para consolarle.

—Supongo que sí. No puedo quitarme de encima el pesar de que pueda quedar impune. Quiero decir que habrá que emplearse a fondo en el procesamiento para que los jueces acepten enviarlo a juicio en el tribunal superior del condado. Si es así, tendrá dos meses como mínimo para preparar la defensa, y conociendo perfectamente las pruebas que vamos a presentar. No será un caso como los de Perry Mason, en los que en el último momento aparece algo decisivo.

—Los letrados no habrían seguido con el caso adelante si no estuvieran convencidos de que hay posibilidades de ganarlo —le recordó Clough—. Nosotros hemos hecho cuanto hemos podido; ahora hay que dejarlo en sus manos —añadió resignado.

Bennett lanzó un bufido.

—¿Cree que eso me consuela? Tommy, esta fase del caso en que todo está en manos de los demás y yo no puedo intervenir, es inaguantable; me siento impotente. Si Hawkin no es declarado culpable... bueno, con o sin letrados, el verdadero fracaso es para mí —dijo recostándose en el sillón y encendiendo un cigarrillo—. Me resultará insoportable en muchos aspectos, pero sobre todo por el hecho de que un asesino queda impune; y, por otra parte, es muy humano que lo lleve al terreno personal. ¿Se imagina lo contento que se pondrá el inspector jefe Carver? ¿Se imagina los titulares que compondrá esa rata de cloaca de Don Smart?

—Vamos, George, todos sabemos lo que ha trabajado en este caso. Si se hubiera encargado Carver, no habríamos conseguido pruebas ni para la acusación de estupro. Y eso sí que es sólido. De eso no se va a librar, independientemente de lo que suceda con el cargo de homicidio. Y apuéstese lo que quiera a que cualquier juez que considere las pruebas y luego se encuentre con un jurado lo bastante idiota para dictaminar «inocente» de la acusación de asesinato, recurrirá al cargo de estupro para condenar a Hawkin a la pena máxima. Ese no vuelve a Scardale durante una buena temporada.

Bennett lanzó un suspiro.

—Tiene razón. Solo que me habría gustado relacionar a Hawkin más estrechamente con el revólver. Peor suerte no podemos tener... Hay una persona que podría identificar el Webley como el arma robada en Saint Albans: su propio dueño, el señor Wells, vecino de la madre de Hawkin. ¿Y dónde está? Pasando unos meses de vacaciones en casa de su hija en Australia, y no hay ningún amigo ni conocido que sepa su dirección ni cuándo va a volver. Sí, claro, es de suponer que la madre de Hawkin estará al corriente de todo porque es íntima de los Wells, pero no va a decir nada a los horrendos policías que presentan esas horrorosas alegaciones contra su querido niño –añadió en tono sarcástico.

Se levantó del sillón.

–Voy a darme una ducha y a afeitarme. ¿Quiere hacer más té? Así, después de vestirme, le llevo una taza a Anne. Luego le invitaré a un buen desayuno a la inglesa en la cafetería de la autopista.

–Estupendo. Necesitamos combustible, que va a ser un día largo.

Cuando el reloj del ayuntamiento dio las diez, las sordas campanadas resonaron en la sala del tribunal. Jonathan Pritchard alzó la cabeza del montón de papeles que tenía ante sí y enarcó las cejas. Junto a él, enfrascado aún en sus notas, destacaba la fornida figura del abogado de la Corona y antiguo campeón de remo de Oxford, Desmond Stanley, quien mantenía a raya los kilos en la edad madura con un estricto régimen gimnástico al que no renunciaba estuviera donde estuviese. La cartera de Stanley, aparte de la habitual peluca, toga e insignias de abogado, contenía unas pesas con las que él efectuaba sus flexiones y ejercicios en el vestuario de los juzgados de todo el país antes de entrar en la sala de juicio para intervenir en la acusación o defensa de los peores criminales que el sistema jurídico le echaba en suerte.

Pese a ello, curiosamente, no tenía aspecto saludable: era de tez amarillenta, labios pálidos y sus ojos marrón oscuro lagrimeaban constantemente, por lo que, en la bocamanga de la toga, llevaba al efecto un vistoso pañuelo de seda que utilizaba para enjugárselos de vez en cuando. La primera vez que le vio, Bennett pensó si viviría lo bastante para llevar adelante el caso; pero Pritchard le sacó de dudas: «Vivirá más que todos nosotros. Suerte que en este caso está de nuestro lado porque Desmond Stanley es un tiburón, créame».

Pritchard se sintió aún más agradecido, si cabe, por tener a Stanley de su lado al ver que su oponente era el letrado de la Corona Rupert Highsmith, un abogado que había adquirido notable fama en su juventud en los interrogatorios de los testigos, por su método implacable y minucioso en una serie de casos de gran repercusión a principios de los años cincuenta. Pero los diez años transcurridos no habían mermado su pericia; al contrario, esta se había enriquecido con una serie de nuevos trucos que tan desconcertantes eran para sus adversarios, que los letrados de menor capacidad profesional renunciaban en su turno de intervención a que los testigos hicieran alegaciones basadas en datos imprecisos por temor a Highsmith durante el turno de repreguntas.

En aquel momento estaba plácidamente recostado en su silla, observando los bancos de la prensa y mirando a la galería. Tenía un perfil afilado y geométrico, como si lo hubieran construido con esos tacos de madera de los juegos infantiles. Ciertos colegas maliciosos comentaban que se había hecho la cirugía estética para que la mandíbula se le mantuviera tensa. A Highsmith le gustaba pasar revista al público para evaluar la expectativa que despertaba el caso y aquel día pensó que había mucha gente. Era una buena ocasión para lucir su talento. Highsmith era de los pocos abogados defensores que brillaban en los procesamientos, ya que el único propósito de estas sesiones es determinar si la acusación parece tener razón a primera vista y generalmente solo servían como exposición por parte de esta, ante el tribunal, de los cargos contra el acusado y, por consiguiente, la única oportunidad que tenía para demostrar su habilidad iba a ser durante el turno de repreguntas a los testigos de la acusación. Lo que mejor hacía él.

Se abrió una puerta lateral de la sala y entró Hawkin flanqueado por dos policías. No iba esposado por designio expreso de Bennett, que estaba decidido a no hacer nada que pudiese despertar la menor simpatía hacia Hawkin, y más teniendo en cuenta que lo primero que haría el defensor sería solicitar que le quitaran las esposas, petición a la que seguramente accedería el tribunal, pues a sus miembros les costaría no identificar al acusado, el terrateniente Hawkin, como uno de los suyos. Pritchard había hecho hincapié, por otra parte, en la importancia psicológica de que la defensa no se apuntase el primer tanto.

Los dieciocho días de cárcel no habían hecho mella en el aspecto de Philip Hawkin. Tenía el pelo negro más corto de lo habitual, pues a los reclusos no les quedaba otro remedio que resignarse al barbero que les tocase en suerte, pero no había perdido aquel brillo sedoso y se lo había peinado hacia atrás dejando despejada su frente ancha y cuadrada. Sus ojos marrón oscuro escudriñaron la sala buscando a su abogado, y aquella sonrisa que nunca abandonaba sus labios se ensanchó en un gesto de reconocimiento al dirigirle Highsmith un cortante saludo con la cabeza. Hawkin se situó en el banquillo y se acomodó alisándose meticulosamente el pantalón del sobrio traje oscuro.

La puerta de atrás del estrado se abrió y el funcionario del tribunal se levantó de un salto gritando: «En pie la sala». Mientras los tres jueces iban a ocupar sus sitiales se oyó en la sala el ruido del movimiento de sillas sobre las baldosas del suelo. Hawkin fue de los primeros en ponerse en pie en actitud cortés, un detalle que a Pritchard no le pasó desapercibido: el hombre era un buen actor o verdaderamente estaba convencido de que aquellos magistrados tenían un poder sobre él que podían usar para ayudarle.

Los tres magistrados que iban a enjuiciar el caso para la acusación tomaron asiento, seguidos del general desorden del resto de la sala; solo el funcionario permaneció de pie para recordar que el tribunal se reunía en sesión pública con objeto de examinar la causa para dictar auto de procesamiento, proceso contra Philip Hawkin de Scardale Manor, en Scardale, condado de Derbyshire.

Desmond Stanley se puso en pie.

—Señorías, represento al fiscal general del Estado en este caso en el que se acusa a Philip Hawkin de estupro de Alison Carter, de trece años, además del cargo de que en ulterior ocasión, aproximadamente el once de diciembre, asesinó a la citada Alison Carter.

La única persona que sonrió en la sala fue Don Smart inclinado sobre su bloc de notas. El maestro de ceremonias se había puesto en pie y comenzaba el espectáculo.

Tras aducir sus pruebas y aguantar los latigazos del turno implacable de repreguntas de Highsmith, George Bennett bajó del estrado de los testigos y cruzó la sala abarrotada con la cabeza alta y ligeramente ruborizado. Al día siguiente volvería a sentarse entre el público de la sala para escuchar el resto de la acusación, pero en ese momento quería fumar un cigarrillo y concederse una hora de paz. Estaba a punto de correr escaleras abajo cuando, al oír su nombre, se volvió ligeramente.

–Ahora no, Tommy. Nos vemos en el Baker's a la hora de abrir –dijo, y apoyándose en la barandilla para tomar impulso, bajó a toda velocidad la escalera y salió rápidamente del edificio.

Cuarenta minutos después estaba sin aliento en la cima redondeada del Mam Tor, en lo alto de la cresta mezcla de piedra caliza y arena de piedra de molino, contemplando el White Peak a su derecha y el Dark Peak a la izquierda. El viento disipaba su hálito en aquella hora en que el descenso de la temperatura era ya más rápido que el del sol. Echó la cabeza hacia atrás y gritó con todas sus fuerzas para desahogar la frustración acumulada; sus únicos testigos fueron las nubes que cruzaban el cielo y las ovejas indiferentes.

Volvió la vista al norte, donde lo único destacable en el páramo agreste era la oscura depresión de Kinder Scout; giró a continuación noventa grados y oteó allende las cumbres Hollins Cross, Lose Hill Pike y el lejano resalte de Win Hill con Stanage Edge y Sheffield invisibles detrás. Dio un nuevo giro de noventa grados y contempló la cicatriz nacarada de Winnats Dass y las depresiones y elevaciones de los valles de piedra caliza al fondo. Por último, dirigió la vista al este para examinar la ondulación del Rushup Edge y el suave declive hacia Chapel-en-le-Frith. En algún punto de aquella panorámica yacía Alison Carter, su cuerpo presa de la naturaleza, su vida apagada.

Él había hecho cuanto podía. Ahora les tocaba a otros. Había que aprender a soltar.

Se encontró más tarde con Clough, que le esperaba con los restos de una cerveza entre las manos en una mesa de un rincón tranquilo del Baker's Arms. Los parroquianos sabían quiénes eran y no les molestaban y el dueño se había negado ya a servir a tres periodistas, entre ellos Don Smart, quien le había amenazado con presentar una queja en la próxima reunión municipal para renovación de licencias de apertura. El dueño, conteniendo la risa, le contestó: «Me darían una medalla. Ande, lárguese y déjenos en paz».

Bennett se sentó a la mesa con su cerveza y otra más para Clough.

—Necesitaba tomar el aire —dijo—. Si me quedo en esa sala estaría ahora en el calabozo por intento de asesinato a un letrado de la Corona.

—¡Qué asco! —comentó Clough fingiendo escupir en el suelo.

—Supongo que él diría que solo hace su trabajo —añadió Bennett dando un buen trago de cerveza—. Uf, ahora me encuentro mejor. He subido al Mam Tor a quitarme las telarañas. Bien, al menos ya sabemos por dónde quiere ir la defensa: argumentará que es una conspiración urdida por mí para garantizarme futuros ascensos a costa de Philip Hawkin.

—El tribunal no se lo tragará.

—Pero a lo mejor el jurado sí —replicó Bennett con amargura.

—¿Por qué? Usted es el bueno. No hay más que mirar a Hawkin para ponerse en guardia. Tiene una pinta que encandila a las mujeres pero que los hombres detestan. A menos que Highsmith sea capaz de reunir un jurado femenino, esa línea de defensa no puede prosperar.

—Ojalá tenga razón. Bueno, cuénteme lo que me he perdido a ver si me animo.

Clough sonrió.

—Se ha perdido lo de Charlie Lomas. Estaba hecho un brazo de mar con su traje; nervioso como un flan, pero hay que reconocer que no se apocó. Stanley rebatió muy bien las tácticas rastreras de Highsmith y le hizo explicar a Charlie lo de la mina, dejando bien claro que un forastero como usted habría sido incapaz de localizarla, aun con ayuda del libro. También le hizo explicar cómo Hawkin, aunque lleva poco tiempo en el valle, conoce bastante bien el término por haberlo recorrido para hacer sus tarjetas postales.

Bennett lanzó un suspiro de alivio.

–Y con Highsmith, ¿qué tal se desenvolvió? –preguntó.

–Sin amilanarse. No pudo hacerle caer en contradicciones y el chico se mantuvo en sus trece de que estaba seguro de que fue el miércoles y no el martes cuando vio a Hawkin cruzar por los campos, y ratificó que tampoco fue el lunes; y de ahí no se apeó. Causó buena impresión en los magistrados, se lo aseguro.

–Menos mal que hay alguien que lo logra.

–Deje de preocuparse, George. Usted estuvo muy bien. Highsmith intentó hacerle dudar, pero no lo consiguió. Teniendo en cuenta las pocas pruebas sólidas de que disponemos, yo creo que la cosa va bien. Bien, ¿le digo la buena noticia?

Bennett alzó la cabeza como movido por un resorte.

–¿Hay una buena noticia?

Clough sonrió.

–Pues sí, yo creo que sí –dijo sacando con parsimonia la cajetilla para encender un cigarrillo–. Hablé con el sargento de Saint Albans.

–¿Ha regresado Wells? –inquirió Bennett sin poder contenerse.

–No, aún no.

Bennett se recostó desalentado en la silla y lanzó un suspiro.

–Esa era la noticia que yo anhelaba –dijo.

–Bueno, la que le voy a dar tampoco está mal. Resulta que el sargento conoce a Hawkin. No quería decirme nada sin consultar antes a un par de personas, y estas le dijeron que no tenían inconveniente en que me lo contara –dijo Clough apurando la cerveza–. ¿Toma otra?

Bennett asintió con la cabeza, sonriendo impaciente.

–Bien, de acuerdo, ya que se recrea teniéndome en vilo, acepto la invitación.

Cuando volvió el sargento con las cervezas, Bennett se había fumado medio cigarrillo con la misma ansiedad de quien lo hace antes de un viaje en tren en un vagón para no fumadores.

–Vamos, cuéntemelo –dijo inclinándose hacia delante y arrimándose la cerveza.

–La mujer del sargento Stillman es gobernanta de un grupo local de exploradoras en el que Hawkin se ofreció como fotógrafo oficial y realizó fotos de desfiles, de campamentos y diversos actos de la asociación, que vendía con un buen descuento a las chicas y a sus familias, pero a cambio de lo cual consiguió que le permitieran hacer retratos de las niñas para su álbum profesional. No pusieron ningún reparo ya que no era ningún desconocido, pues él y su madre eran feligreses de la misma iglesia de las exploradoras y a las madres de las niñas les encantaba asistir a las sesiones de fotografía.

Clough hizo una pausa y alzó las cejas.

–¿Y qué? –inquirió Bennett impaciente.

–Conforme pasó el tiempo, Hawkin hizo amistad con algunas niñas más mayores y comenzó a acordar sesiones con las chicas sin sus respectivas madres en las que se produjeron un par de... incidentes. En la primera ocasión Hawkin lo negó todo y dijo que la niña estaba contando mentiras para llamar la atención. La segunda vez lo negó igualmente, alegando esta vez que era la niña quien no le dejaba en paz porque a él no le interesaba ya fotografiarla; añadió que, al enterarse de la acusación de la otra niña, le amenazó con decir ella lo mismo si no le daba dinero para caramelos y continuaba haciéndole fotos. Bueno, como nadie quería líos y no había pruebas concluyentes, el sargento Stillman habló a solas con Hawkin y le aconsejó que no volviera a tratar con las niñas para evitar cualquier malentendido.

Bennett lanzó un breve silbido.

–Vaya, vaya, vaya. Ya pensaba yo que debía de haber algo de eso. Los pedófilos no inician su carrera a la edad de Hawkin. Buen trabajo, Tommy. Ahora al menos sabemos que no nos hemos dejado llevar por indicios intranscendentes. Hawkin es exactamente la clase de individuo que pensábamos que era.

Clough asintió con la cabeza.

–El problema es que no podemos presentar esto al tribunal, pues la información de Stillman se basa en simples rumores.

–¿Y las niñas?

Clough lanzó un resoplido.

–Stillman ni siquiera me ha dado los nombres. La razón principal de que no se presentara una denuncia formal es que las madres se negaron rotundamente a exponer a sus pequeñas a la terrible experiencia de un juicio público. Si se negaron por delitos de indecencia, pocas posibilidades hay de convencerlas en un caso de homicidio como este que aparece en los periódicos.

Bennett asintió desalentado. No lograrían doblegar la voluntad de unas personas deseosas de proteger a sus hijas, aunque el daño estuviera hecho. Ahora que él estaba a punto de ser padre, comprendía bien esa circunspección, aunque no entendiera por qué Hawkin seguía impune, dado que, por su condición de policía, Stillman disponía de múltiples recursos para hacer daño a aquel hombre, pero no lo había hecho y, muy al contrario, incluso se había mostrado reacio a contárselo a Clough.

–Es evidente que allí funcionan de otra manera –dijo desanimado–. Si, siendo policía, me enterara yo de que algún pervertido ha abusado de la niña de un amigo, no iba a dejarle tan campante. Tengo que encontrar la manera de hacérselo pagar. Legalmente o...

–Pensé que no creía en esa clase de justicia –comentó Clough irónico.

–Cuando se trata de niños es distinto, ¿no le parece?

Era la gran cuestión sin respuesta. Permanecieron pensativos en silencio mientras apuraban la cerveza; Bennett, al volver con la tercera, parecía un poco más animado.

–De todos modos, tenemos pruebas suficientes sin los hechos de Saint Albans –comentó.

–A mí me parece que Stillman tiene mala conciencia por no haber intervenido con más firmeza –dijo Clough.

—Estupendo; pues que intervenga. No estaría mal que estuviera atento al regreso de los Wells.

—Esperémoslo, George. Aunque consigamos nuestro juicio por homicidio, queda un largo camino por recorrer.

Daily News,
viernes, 28 de febrero de 1964, pág. 1

EL PADRASTRO DE ALISON A JUICIO POR HOMICIDIO

El padrastro de la colegiala desaparecida Alison Carter será juzgado por homicidio a pesar de que no ha aparecido el cadáver de la niña.

El tribunal de Buxton llegó ayer a la amarga decisión de que Philip Hawkin sea juzgado en el tribunal superior del condado de Derby acusado de homicidio y estupro.

Nadie ha vuelto a ver a Alison desde que desapareció de la aldea de Scardale en Derbyshire el 11 de diciembre del año pasado.

En la vista de cuatro días, la madre, quien contrajo matrimonio con Hawkin hace un año, declaró como testigo de cargo. Fue la señora Carter (como ella prefiere que la llamen) quien descubrió el revólver que el abogado de la acusación, señor Desmond Stanley, asegura que es el arma utilizada para matar a la niña.

Ayer, el profesor John Hammond expuso ante el tribunal que la ausencia de sangre en el escenario del crimen no excluye necesariamente que este no se cometiera.

Declaró igualmente que la sangre que manchaba profusamente una camisa propiedad de Hawkin podía ser de Alison *(pasa a la página 2)*.

El juicio

I

High Peak Courant,
viernes, 12 de junio de 1964

EL JUICIO POR EL ASESINATO DEL DISTRITO
DE PEAK SE CELEBRA LA SEMANA PRÓXIMA

El lunes comienza en el Tribunal Superior del condado de Derby el juicio del terrateniente de Scardale Philip Hawkin. Hawkin está acusado de estupro y homicidio de su hijastra Alison Carter. En la vista celebrada en febrero en el tribunal de Buxton su esposa fue testigo de cargo.

Nadie ha vuelto a ver a Alison desde la tarde del 11 de diciembre del año pasado cuando desapareció después de salir a pasear con su perro a la vuelta del colegio.

El presidente del tribunal será el juez Fletcher Sampson.

La fanfarria de trompetas parecía colgar del aire como el resplandor de un arco iris y el juez Fletcher Sampson, en todo su esplendor de grana y armiño, llegó ante la sala con paneles de roble del tribunal del condado con su propia escolta policial a caballo. George Bennett, sentado en la antesala, fumaba un cigarrillo junto a una ventana abierta. Se imaginó la entrada solemne del juez en la sala para tomar asiento en el estrado judicial bajo el escudo real. A su lado en el estrado, el primer día de la sesión del Tribunal Superior del condado, estaría el sheriff superior de Derbyshire en uniforme de gala.

Sí, ya estarían los magistrados sentados, mirando desde el estrado a los abogados situados frente a ellos con sus pelucas grises y las togas negras con banda y pechera blanca brillante que les confiere ese aspecto híbrido entre cuervo y urraca; detrás de los abogados estaría la cohorte de pasantes y ayudantes y más atrás el sólido pero ornamental banquillo, en el que tomaría asiento el acusado Hawkin flanqueado por un par de agentes de policía, un espacio empequeñecido por el artesonado y bien delimitado por la hilera de púas de hierro que rematada el pasamanos. Detrás de Hawkin estarían los bancos para la prensa con periodistas jóvenes anhelantes de hacerse famosos y veteranos displicentes con aire de haber visto innumerables juicios y de saberlo todo; descollaría el pelo rojizo y zorruno de Dan Smart. Al fondo, en lo alto, la galería del público estaría atestada de gente de Scardale y de los lascivos ojos de los demás.

Y a un lado, justo detrás de la tribuna para testigos, se acomodarían las fuerzas vivas de la ciudad: el jurado. Doce hombres y mujeres en cuyas manos quedaría el destino de Philip Hawkin. Bennett se había propuesto no pensar en la posibilidad de que impugnaran el caso que con tanto tesón había preparado con los abogados, pero por las noches siempre perturbaba su sueño aquel hormigueo interior de temor. Suspiró y tiró la colilla a la calle. Pensó si habría acudido ya Tommy Clough; habían quedado en verse en la comisaría a las ocho, pero cuando él llegó Bob Lucas le dijo que el sargento había dejado recado de que se verían en el juicio. «Seguramente habrá ligado con alguna camino de Derby, para no pensar en el juicio», le dijo Lucas con un guiño.

	Encendió otro cigarrillo y se asomó a la calle. Ya estaría el funcionario del tribunal superior del condado nombrando a quienes iban a comparecer ante los magistrados de la comisión Oyer and Terminer y de Remisión a las Prisiones Generales de Su Majestad la Reina, para que la jurisdicción del Tribunal Supremo se reuniera y pasara a considerar. Dios salve a la Reina. Recordó que él había tenido que buscar en el diccionario jurídico aquellos términos extraños y altisonantes cuando empezó a estudiar derecho. La comisión de Oyer and Terminer significaba literalmente oír y determinar; era en origen el mandato real que otorgaba poderes a los jueces y alguaciles reales para asistir a los procesos por traición y delitos graves. En 1964 se había convertido en un arcaísmo formar la comisión para los jueces itinerantes y se les facultaba individualmente para prestar audiencia procesal. Según la Remisión a las Prisiones Generales, las autoridades de vigilancia estaban obligadas a presentar ante el juez a todos cuantos aguardaran juicio y cuyo nombre figuraba en la lista judicial.

En la práctica, aquel día el procedimiento solo sería aplicable a Philip Hawkin dado que era el único proceso por homicidio pendiente en aquel tribunal.

Dos días antes, Bennett había intentado por última vez convencer a Hawkin para que confesase; fue a la cárcel de altos muros siniestros y allí se vieron cara a cara en el reducido locutorio, casi peor que un calabozo. Bennett se alegró de comprobar que Hawkin había adelgazado. En la cárcel la vigencia del principio de presunción de inocencia no dura mucho, y sabía que Hawkin ya había sufrido en su propia carne las mismas vejaciones que él infligía, pues los funcionarios de prisiones no se molestaban en intervenir con rapidez si se producían agresiones contra los violadores y procuraban, además, que los otros presos supieran quiénes eran los pedófilos. Aunque su conciencia civilizada reprobaba el hecho, su sentimiento de futuro padre le hacía verlo bien.

Se miraron ambos a través de la estrecha mesa.

—¿Tiene tabaco? —preguntó Hawkin.

Bennett dejó en la mesa sin mediar palabra una cajetilla empezada de Gold Leaf de la que Hawkin cogió con ansia un cigarrillo; le dio fuego y el preso aspiró el humo relajándose de inmediato. Se pasó una mano por el pelo y dijo:

—Dentro de pocos días habré salido de aquí; lo sabe, ¿verdad? En mi alegato explicaré a todos la canallada que me han hecho. Usted sabe que yo no maté a Alison y voy a hacer que se trague una por una las palabras de esa acusación.

Bennett negó con la cabeza, casi admirado de la altanería de aquel hombre.

—Hawkin, eso es inútil —replicó en tono condescendiente—. Por mucho que intente que crean lo contrario, yo soy un policía honrado. Usted lo sabe y le consta de sobra que nadie ha amañado nada, porque usted mató a Alison.

—Yo no la maté —replicó Hawkin con vehemencia—. A mí me tienen encarcelado mientras que el asesino de Alison anda suelto riéndose de ustedes.

Bennett negó con la cabeza.

—No sacará nada en limpio, Hawkin. Por mucho que haga, las pruebas están en contra suya —dijo cogiendo un cigarrillo y encendiéndolo despreocupadamente—. Pero aún tiene una posibilidad —añadió.

Hawkin, sin decir nada, ladeó la cabeza con los labios apretados.

—Puede elegir entre cumplir cadena perpetua y volver al mundo dentro de unos veinte años o acabar en la horca. De usted depende. Aún hay tiempo para cambiar su declaración. Confiésese culpable y salva su vida. Si no confiesa, le colgarán del cuello hasta la muerte.

—No pueden ahorcarme —replicó Hawkin con desprecio—. Aunque me declaren culpable no hay un solo juez en el país que se atreva a enviarme al patíbulo con las pruebas que han presentado.

Bennett se recostó en la silla y enarcó las cejas.

—¿Eso cree? Si basta con un jurado que le acuse, no hay duda de que habrá un juez que le condene a la horca. Sobre todo un tipo duro como Fletcher Sampson, que no teme a esos liberales blandos de corazón. —Se inclinó súbitamente hacia delante apoyando los codos en la mesa y clavó los ojos en Hawkin—. Mire, no sea tonto. Díganos dónde está, para consuelo de la madre. Al juez le parecerá bien, su abogado podrá obtener una reducción de pena y en diez años estará en la calle.

Veía ahora la gente abajo en la calle, caminando deprisa y ajena al drama que se desarrollaba en la sala del tribunal, y no estaba tan seguro de aquella afirmación. Dio la espalda a la ventana y se dejó caer en un sillón. Ya habrían leído los cargos y sin duda Hawkin habría alegado el «Soy inocente» dos veces.

Stanley habría aguardado a que se sentara el jurado para iniciar el alegato de acusación. En opinión de Bennett, era el momento crucial de un juicio porque a la gente le impresionaba más lo que oía al principio de la vista cuando estaban frescos y con la mente más predispuesta a la persuasión. Si el abogado de la acusación hacía un alegato convincente y exponía lo que iba a probar como si fuese un hecho ya demostrado e irrebatible, obstaculizaba notablemente la labor del defensor. Bennett confiaba con todo su corazón en que Stanley lo hiciera bien. Aunque él no tenía que declarar hasta el segundo día, no podía marcharse.

Ojalá apareciese Clough. Así al menos tendría alguien con quien compartir su nerviosismo.

Desmond Stanley se puso en pie.

–Señoría, represento en este caso al fiscal general del Estado que presenta contra Philip Hawkin la imputación de estupro de Alison Carter, de trece años de edad. Se le acusa además de asesinar en otra ocasión, el once de diciembre de 1963 o en fecha aproximada, a la citada Alison Carter.

Hizo una pausa para que los cargos causaran impresión en los asistentes. En la sala no se oía el menor ruido y era como si los presentes contuvieran la respiración para escuchar mejor la voz estentórea de Stanley.

–Señoras y caballeros del jurado, Philip Hawkin fue a vivir a Scardale en el verano de mil novecientos sesenta y dos, tras la muerte de su tío que le dejó en herencia sustanciales propiedades en el valle consistentes en tierras de labor, abundante ganado ovino y bovino, la casa solariega de Scardale Manor y ocho casas que constituyen la citada aldea en la que el acusado tiene bajo su dependencia a todos cuantos viven y trabajan allí, lo que habrán de tener en cuenta cuando sus aparceros testifiquen en contra suya, ya que su disposición a comparecer como testigos de cargo supone un encomiable valor y ejemplo de generosidad.

»Al poco de llegar a Scardale, Philip Hawkin comenzó a interesarse por una mujer del lugar, Ruth Carter. La señora Carter había enviudado seis años antes y tenía una hija, Alison, de su matrimonio. Alison contaba entonces doce años de edad. Les ruego que, a medida que presentemos las pruebas, consideren si el principal interés de Hawkin era la madre o la hija, pues quizá se proponía disipar sospechas sobre su pervertido interés por Alison casándose con la madre. Si Alison hubiese denunciado sus acosos, ¿quién habría dado crédito a semejante historia por boca de la hija de la recién casada? No cabe duda de que se le habría motejado de ser rencorosa con su padrastro o de envidia por las atenciones que este recibía de la madre. Fueran cuales fuesen sus intenciones, el acusado persiguió sin descanso a la señora Carter hasta lograr casarse con ella.

»Sostenemos que, en algún momento después de celebrarse el matrimonio, Hawkin comenzó a acosar sexualmente a su hijastra. Se les mostrarán pruebas fotográficas de repugnante indecencia que demuestran no solo la depravación del padrastro sino que, sin ningún género de duda, prueban también que Philip Hawkin es culpable del estupro de Alison Carter con la más grave y repugnante alevosía.

»La Corona sostiene que Alison fue repetidamente víctima de un hombre que tenía la obligación de comportarse como padre. Nunca sabremos las razones por las que Philip Hawkin decidió silenciarla para siempre. Quizá ella le amenazase con revelar sus prácticas bestiales a la madre o a alguna autoridad; quizá se negase a continuar sometiéndose a sus abominables requerimientos, o puede que él se cansase de ella y quisiera deshacerse de la niña para iniciar sin ningún impedimento sus depravados hábitos con otra. Como digo, nunca lo sabremos; pero lo que trataré de probar es que, independientemente de su motivación, Philip Hawkin secuestró a Alison Carter a punta de pistola y abusó sexualmente de ella por última vez antes de matarla.

»La tarde del once de diciembre del año pasado, al volver del colegio, Alison Carter salió de su casa para dar un paseo con su perro *Shep*. Sostenemos que Philip Hawkin siguió sus pasos hasta un bosque cercano donde la obligó a ir con él. Posteriormente se encontró al animal atado a un árbol con el hocico inmovilizado con esparadrapo ancho idéntico al que Philip Hawkin adquirió una semana antes en una tienda local.

»Condujo a la niña a un lugar retirado, el túnel de una antigua mina abandonada cuya existencia desconocían los habitantes de la aldea con la excepción de una sola persona. Camino de esa mina, al pasar por un soto, Alison debió de lograr en algún momento zafarse de él, forcejeando y golpeándose la cabeza contra un árbol, pero Hawkin la redujo y la llevó a esa cueva. Presentaremos pruebas forenses que lo demuestran.

»Una vez que el padrastro consiguió arrastrarla hasta aquel recóndito paraje a resguardo de posibles testigos, la violó brutalmente una vez más antes de matarla. A continuación, trasladó el cadáver a algún otro lugar. Que no haya aparecido aún no es de extrañar dada la abrupta orografía de piedra caliza del valle, minada por un extenso sistema cavernoso con numerosas simas. Pero no tuvo tiempo de volver a la mina para hacer desaparecer el resto de las pruebas y cuando regresó a casa para cenar había sonado la alarma por la desaparición de su hijastra.

»Sabemos con certeza que en ese túnel se efectuaron disparos con una pistola hallada posteriormente en las propiedades de Philip Hawkin, en una dependencia que él utilizaba como laboratorio fotográfico. Sabemos que una camisa perteneciente a Philip Hawkin estaba profusamente manchada de sangre que no es la suya. No hay evidencia forense que contradiga la inevitable conclusión de que Hawkin asesinó a Alison Carter.

»Existen, pues, pruebas abrumadoras de que estamos ante un caso culposo que la acusación tratará de demostrar ante este tribunal. Con la venia de Su Señoría deseo que comparezca el primer testigo.

Sampson asintió con la cabeza.

–Concedido, señor Stanley.

–Gracias. Que comparezca la señora Ruth Carter.

El silencio de la sala fue interrumpido por un murmullo de comentarios. Solo el grupo de vecinos de Scardale aguardó enmudecido con rostro imperturbable; lo componían todos los que no tenían que testificar, incómodos con sus mejores atuendos dominicales y decididos a ver cómo se hacía justicia por su Alison.

Ruth Carter cruzó la sala con la vista fija al frente sin caer en la tentación de mirar una sola vez a su marido en el banquillo. Llevaba un sencillo traje sastre negro y, como único alivio al luto, una blusa blanca de la que únicamente se veía el cuello. Sujetaba con firmeza entre sus manos enguantadas un bolsito negro, y una vez que estuvo en el estrado de testigos se colocó sutilmente de modo que pudiese ver de reojo a Hawkin. Prestó juramento sin vacilación con voz modesta y clara mientras Stanley se enjugaba los ojos y la miraba muy serio antes de comenzar el interrogatorio formal para que se identificara y dijera su relación con el acusado antes de pasar a lo esencial.

–¿Recuerda usted la tarde del miércoles once de diciembre del año pasado?

–Nunca la olvidaré –respondió ella.

–¿Puede decir al tribunal qué sucedió aquel día?

–Mi hija Alison volvió a casa del colegio y entró en la cocina donde yo preparaba la cena, a continuación volvió a salir para pasear al perro; solía hacerlo siempre, si no hacía mal tiempo, porque le gustaba tomar el aire después de pasar todo el día en clase. Las últimas palabras que me dijo fueron: «Hasta dentro de un rato, mamá». Desde aquel día no he vuelto a verla y desde entonces he vivido en un infierno –añadió Ruth Carter alzando la vista hacia el tribunal.

Con habilidad y tacto, Stanley le hizo repetir los acontecimientos de aquella tarde: la búsqueda desesperada por las casas del pueblo, su emotiva llamada a la policía y la llegada de los agentes.

–¿Cuál fue la actitud de su esposo ante la ausencia de Alison?

Ruth Carter frunció los labios.

–Se lo tomó muy a la ligera y no hacía más que comentar que la niña se había escapado solo por inquietarnos y conseguir que a su regreso cediéramos a sus caprichos.

–¿Se mostró de acuerdo con usted en llamar a la policía?

—No; se opuso rotundamente. Dijo que no había necesidad y que en Scardale no podía sucederle ningún mal, pues ella conocía perfectamente el terreno y a todos los de allí —respondió ella con voz quebrada, sacando un pañuelito del bolso.

Stanley aguardó a que se enjugara los ojos y se sonara.

—¿Estaba resentido su esposo por el cariño que usted le tenía a su hija Alison? Quiero decir, en términos generales —preguntó Stanley.

—Nunca lo pensé. Más bien la mimaba. Le compraba de todo. Le regaló un buen tocadiscos y todas las semanas le traía nuevos discos de Buxton; se gastó una fortuna en renovarle el dormitorio, más de lo que gastó en nuestra habitación. Él decía que era por compensarle de lo que le había faltado, y yo fui tan tonta que lo creí.

Stanley hizo una pausa antes de preguntar:

—¿Y ahora qué cree?

—Creo que lo que pretendía era sobornarla. Habría debido percatarme de ello por su actitud hacia él.

—¿Cuál era esa actitud?

Ruth Carter suspiró y bajó la vista.

—A la niña no le gustaba. Nunca se quedaba a solas con él en una habitación, ahora que lo pienso. Siempre estaba malhumorada en casa, cosa que nunca había sucedido, a pesar de que todo el mundo decía que cuando no estaba con nosotros su carácter era el mismo de siempre. Yo pensaba que era debido a que no podía admitir a nadie que suplantase a su padre, pero estaba equivocada —dijo alzando la vista y mirando suplicante al juez—. Yo estaba convencida de que lo mejor para ella y para mí era casarme con él, y que ella, con el tiempo, cambiaría de actitud.

—¿Sabe si su marido hacía fotografías a Alison?

—Pues, sí —respondió Ruth Carter amargamente—. Siempre estaba haciéndola posar. Pero era muy listo, porque la mayoría de las veces eran fotos inocentes a la vista de todos; Alison con unos terneros, Alison a la orilla del río... y yo nunca pensé mal cuando alguna vez se la llevó a un establo ni cuando yo iba de compras y me decía que iba a hacer una sesión con ella —añadió llevándose una mano a la mejilla como espantada de sus palabras–. Alison intentó decirme lo que sucedía, pero yo simplemente oía las palabras, no lo que ocultaban, pues en varias ocasiones me confesó que odiaba las sesiones de fotografía y que no quería posar para él; pero yo le dije que no fuera boba, que él tenía esa afición y que aquello era algo que podían hacer juntos.

Sus palabras quedaron flotando en silencio en la sala. Durante toda su declaración Hawkin no cesó de cabecear como asombrado de que declarase aquellas cosas sobre él.

–Pasemos a otra cosa, señora Carter. ¿Su esposo tenía una pistola?

Ella asintió con la cabeza.

–Sí. Me la enseñó después de casarnos y me dijo que era un recuerdo de guerra de su padre, pero me advirtió que no le dijera nada a nadie porque no tenía licencia de armas.

–¿Reparó usted en algo peculiar en el arma?

–Tenía una culata con surcos entrecruzados que estaba mellada por un lado en una esquina.

Stanley tomó nota y prosiguió.

–¿Dónde guardaba la pistola?

–En su despacho, en una caja metálica cerrada con llave.

–¿Ha visto últimamente esa caja?

–La encontró la policía al registrar el despacho el día en que lo detuvieron, pero estaba vacía.

–¿Pueden mostrar a la señora Carter la prueba instrumental... –dijo Stanley mirando unos papeles–, la prueba número catorce?

Un funcionario mostró a Ruth Carter el Webley, numerado con una etiqueta.

–Esta es –dijo ella–. Mire la marca que yo decía.

Hawkin frunció el entrecejo y miró a su abogado, Rupert Higsmith, quien movió imperceptiblemente la cabeza.

Stanley pasó a continuación al hallazgo de la camisa y el revólver en el laboratorio de Hawkin, haciendo con cortesía y delicadeza que Ruth Carter corroborase la dolorosa prueba. Ya parecía que iba a concluir su interrogatorio, cuando, a mitad de camino hacia su asiento, se detuvo en seco y se volvió hacia la testigo.

—Señora Carter, una última pregunta. ¿Le ha pedido alguna vez a su esposo que comprara esparadrapo?
Ruth Carter le miró como si fuese un demente.
—¿Esparadrapo? Si se necesita esparadrapo lo compro en la furgoneta.
—¿Qué furgoneta?
—La del vendedor ambulante que viene una vez a la semana. Yo nunca le pedí que comprara esparadrapo.
—Gracias, señora Carter. Por mi parte no hay más preguntas, pero no se retire por si mi ilustre colega quiere hacer alguna —añadió sentándose.
Ya hacía rato que el reloj del ayuntamiento había dado las doce. Sampson se arrellanó en la poltrona y dijo:
—Se levanta la sesión. Se reanudará a las dos.
Antes de que la puerta se cerrara a espaldas del juez, Hawkin fue sacado a toda prisa de la sala. Dirigió una mirada a su mujer por encima del hombro y su máscara de imperturbabilidad cayó, revelando el odio acervo que se ocultaba tras ella. Highsmith suspiró al advertirlo. Le hubiera gustado desplegar sus habilidades de otra manera, pero lamentablemente no había nada más apasionante a la vez que duro que defender a alguien de quien presentías la culpabilidad. Muchas veces le preguntaban qué sentía al saber que había casos en que conseguía la impunidad de delincuentes, y él sonreía respondiendo que era un error confundir la ley con la moral. Al fin y al cabo, la responsabilidad de demostrar el delito correspondía a la acusación y no a la defensa.
Después del almuerzo se dispuso a desbaratar lo mejor posible lo expuesto por la acusación. Sin hacer nada por congraciarse con Ruth Carter, fue muy serio directo al grano. La acusación había buscado oscurecer la relación de la testigo con el hombre sentado en el banquillo de los acusados, pero él lo utilizaría como un arma contra ella.
—¿Ha estado casada anteriormente, señora Hawkin?
Ruth Carter le miró ceñuda.
—Ya no respondo a ese nombre —contestó con frialdad pero sin insolencia.

Highsmith enarcó las cejas y volvió la cabeza hacia el jurado.
–Pero es su nombre legal, ¿no es cierto? Usted es esposa de Philip Hawkin, ¿no es así?
–Para mi vergüenza –replicó ella–. Pero no quiero que me lo recuerden y le agradecería que tuviera la cortesía de llamarme señora Carter.
Highsmith asintió con la cabeza.
–Gracias por explicar tan claramente de parte de quién está, señora «Carter» –comentó–. Bien, ¿sería tan amable de contestar a mi pregunta? ¿Ha estado casada antes de prometer amar, honrar y obedecer al señor Hawkin?
–Quedé viuda cuando Alison tenía seis años.
–Entonces, ¿sabe lo que quiero decir al hablar de vida matrimonial plena?
Ruth Carter le miró furibunda.
–No soy idiota y me he criado en el campo.
–Haga el favor de contestar a la pregunta –replicó Highsmith tajante.
–Sí, sé lo que quiere decir.
–¿Disfrutó de una vida matrimonial plena con su primer esposo?
–Sí.
–Y después se casó con Philip Hawkin. ¿Tuvo una vida matrimonial plena con el señor Hawkin?
Ruth Carter le miró a los ojos ligeramente ruborizada.
–Él estuvo a la altura, pero no con la frecuencia a que yo estaba acostumbrada –dijo ella con un leve temblor de disgusto.
–¿No notó, entonces, nada anormal en los deseos de su esposo?
–Ya le digo que él no mostraba tanto interés como mi primer marido.
–Quien, por supuesto, era mucho más joven que el señor Hawkin. Bien, ¿vio alguna vez a su esposo en una postura comprometedora con Alison?
–No sé qué quiere decir.
Estaba asombrado. Aquella mujer aguantaba mucho más de lo

303

que él había esperado. A casi todas las mujeres de su clase les intimidaba tanto su severa prestancia que se desmoronaban y se plegaban a sus deseos casi de inmediato. Negó con la cabeza y le dirigió una sonrisa paternalista.

–Naturalmente que lo sabe, señora Carter. ¿Iba al cuarto de ella por las noches?

–No que yo sepa.

–¿Entraba en el cuarto de baño cuando ella estaba dentro?

–Claro que no.

–¿La sentaba en sus rodillas?

–No, la niña ya no tenía edad.

–En resumen, señora Carter, que usted nunca vio ni oyó nada que le hiciera sospechar relación alguna entre su esposo y su hija. –Era una afirmación más que una pregunta y Ruth Carter no hizo el menor intento de réplica.

Highsmith echó un vistazo a sus papeles, levantó la vista y ladeó la cabeza.

–Bien, la pistola. Ha dicho al tribunal que su esposo tenía una pistola que guardaba en una caja metálica en su despacho. ¿Le habló usted a alguien de esa pistola? ¿A alguien de su familia, a algún amigo?

–Él me dijo que no dijera nada y así lo hice.

–Así que solo tenemos su palabra de que la pistola estuviera allí. –Ruth Carter fue a responder pero él continuó como una locomotora–. Y, naturalmente, fue usted quien entregó la pistola a la policía, por lo que tuvo tiempo de sobra para recordar cualquier detalle distintivo de esa pistola. Así que tenemos exclusivamente su palabra de que existe una relación entre su esposo y la pistola, ¿no es cierto?

–Mire, señor, yo no he violado a mi hija ni la he matado –replicó Ruth Carter impertérrita–. Así que no tengo por qué mentir.

Highsmith hizo una pausa y dejó que su expresión pasase de la severidad a la franca compasión.

–Pero quiere echar la culpa a alguien, ¿no es cierto, señora Carter? Lo que desea por encima de todo es creer que sabe lo que le sucedió a su hija para que haya un culpable. Por eso está tan dispuesta a aceptar la versión que ha amañado la policía. Quiere usted el consuelo de que aparezca un culpable.

Stanley se puso en pie para protestar, pero era demasiado tarde; Highsmith acababa de musitar «No hay más preguntas» y se había sentado. El mal estaba hecho.

Sampson frunció el entrecejo mirando a Highsmith.

–Señor Highsmith, no consentiré que los letrados se valgan del interrogatorio a los testigos para hacer discursos. En su momento tendrá ocasión de expresar sus opiniones al jurado. Cíñase al procedimiento. Bien, señor Stanley, ¿me equivoco si su próximo compareciente es el principal testigo de la policía, el inspector George Bennett?

–Así es, Señoría..

–Creo que podríamos comenzar con su testificación mañana por la mañana. El tribunal tiene asuntos civiles que tratar y quisiera despacharlos hoy.

–Como diga Su Señoría –respondió Stanley con una reverencia.

En los bancos de la prensa, Don Smart trazó con gesto ampuloso una línea en la página de su bloc. Tenía notas suficientes para titulares más que sabrosos, y al día siguiente tendría ocasión de ver a George Bennett haciéndole ascos al repulsivo Hawkin. En cuanto la puerta se cerró tras el juez fue a buscar un teléfono.

Al final de la tarde, sin que Clough hubiese aparecido, un ujier entregó a Bennett un mensaje telefónico del sargento Lucas: «Clough está ocupado. Dice que le verá mañana en Derby antes de la vista». Bennett se preguntó intrigado qué se traería entre manos su sargento; probablemente algo relacionado con otro caso. En las semanas posteriores a la detención de Philip Hawkin no les faltaban pesquisas que hacer en los ratos que les dejaba libres la preparación del juicio por homicidio.

Salió de la antesala al oír el murmullo de voces en el rellano de la escalera, indicio de que había concluido la sesión. Vio a Ruth Carter rodeada de amigos y familiares, pero no fijó la vista en nadie en concreto, pues una vez iniciado el proceso era importante que ningún testigo fuera interpelado antes de su comparecencia; optó por entrar en la sala abriéndose paso entre los que salían. Highsmith y su ayudante ya se habían marchado, pero Stanley y Pritchard continuaban en la mesa de la acusación en cerrado diálogo.

–¿Qué tal ha ido? –preguntó Bennett sentándose en una silla junto a Pritchard.

–Desmond estuvo sensacional –contestó Pritchard entusiasmado–. Ha hecho un discurso magnífico que dejó hipnotizado al jurado. Highsmith ni nos ha dirigido la palabra durante el almuerzo. Le habría impresionado, George.

–Enhorabuena –comentó Bennett–. ¿Y la señora Carter?

Los dos letrados intercambiaron una mirada.

–Un poco impulsiva –contestó Pritchard–. Rompió a llorar un par de veces –añadió recogiendo unos documentos que guardó en una carpeta.

–Lo que, desde luego, juega a nuestro favor –terció Stanley–, aunque, de todos modos, no me gusta hacer llorar a una mujer.

–Esa mujer lo ha pasado muy mal –añadió Bennett–. Imagínense lo que debe de ser saber que se ha casado con un hombre que ha violado y matado a su hija.

Pritchard asintió con la cabeza.

–Está aguantando muy bien, dadas las circunstancias. Ha sido una buena testigo. No se arredra ante ninguna pregunta y su tesón enfurece a Highsmith, lo cual no gusta al jurado.

–¿Saben la línea de defensa que va a seguir? –preguntó Bennett levantándose para dejar que Pritchard y Stanley cogiesen las carteras para ir a cambiarse.

–Es difícil saber qué estrategia creíble adoptará, a no ser que intente convencer al jurado de que la policía ha tendido una trampa a su defendido.

Stanley asintió con la cabeza.

–Y eso sería un grave error, en mi opinión. En Inglaterra, a los jurados y al público en general no les gusta que se ataque a la policía –dijo sonriendo–. Piensan que los policías son como los perros labrador, nobles, leales, buenos con los niños y amigos y protectores del hombre y, aunque haya pruebas de lo contrario, no quieren reconocer que haya policías corruptos, taimados y falsos, porque sería como admitir que estamos a un paso de la anarquía. Así que, si Highsmith utiliza el recurso de vilipendiarle, seguirá una estrategia muy peligrosa.

–Qué le vamos a hacer –comentó Pritchard–, ese demonio es capaz de todo. Puede que solo tengamos pruebas circunstanciales, pero son tantas, que Highsmith tendrá que elaborar una tesis muy coherente para echarlas abajo; no bastará con que presente una explicación alternativa a cada una de ellas por separado.

A Bennett le tranquilizó la serena profesionalidad de los dos letrados.

–Espero que así sea –dijo.

–Nos veremos mañana en el estrado de testigos –añadió Pritchard–. Vaya a casa con su encantadora esposa y descanse, George.

Los vio salir por una puerta lateral antes de abandonar despacio la sala de audiencias. No le apetecía lo más mínimo cruzar en coche el exuberante paisaje verde de Derbyshire y le habría gustado encontrar algún pub tranquilo para emborracharse, pero, con una esposa embarazada casi de siete meses, su obligación era mostrarse ante ella fuerte y no apesadumbrado. Suspiró, sacó del bolsillo las llaves del coche y afrontó la realidad.

El juicio

2

Bennett pasó a la sala de espera de testigos el segundo día del juicio de Philip Hawkin y encontró a Tommy Clough sentado aguardándole, con una lata de refresco en el suelo, un cigarrillo en la comisura de los labios y el *Daily News* abierto sobre el regazo. El sargento saludó a su jefe con una inclinación de cabeza y esgrimió el periódico.

—Parece que Ruth Carter ha causado buena impresión en los buitres. Yo pensaba que se iban a ensañar con ella con titulares como «La mujer que se casó con un monstruo» —dijo Clough con tonillo dramático.

—Me sorprende que se haya librado tan fácilmente —asintió Bennett—. No me habría extrañado nada que hubieran dicho que tenía que haberse dado cuenta de cómo era Hawkin y de lo que estaba haciendo con Alison. Yo también me esperaba que cargasen las tintas contra ella. Supongo que les impresionó verla tan afligida; es obvio que no es la clase de mujer que puede hacer la vista gorda o estar en connivencia con lo que ese desalmado hizo con la niña.

—He desayunado con Pritchard en su lujoso hotel —añadió Clough— y me ha comentado que nunca habríamos podido tener mejor testigo que ella por mucho que le hubiésemos aleccionado. Le costará quedar a su altura, George.

—Así que desayunando con el letrado y codeándose con los grandes, ¿eh, Tommy? Por cierto, ¿dónde estuvo ayer?

Clough se irguió en la silla, dobló el periódico y lo dejó en el suelo.

—Pensaba que no iba a preguntármelo. El domingo recibí una llamada telefónica. ¿Se acuerda del sargento Stillman?

—¿El de Saint Albans? —preguntó Bennett, y se puso de pronto en guardia, mientras se inclinaba hacia él.

—El mismo. Me llamó para decirme que el matrimonio Wells acababa de regresar de Australia; dos horas antes, exactamente. Así que cogí el coche y allá me fui. Y ayer, a las ocho en punto de la mañana, llamaba a su puerta. Les hizo poca gracia verme, pues era evidente que sabían a qué iba.

Bennett asintió muy serio y se sentó a su lado.

—Les habría prevenido la madre de Hawkin.

—Sí, tal como pensábamos, ella tenía su dirección. En fin, yo me hice el inocente y les expliqué que la descripción del Webley que les habían robado era idéntica a la del arma utilizada en un crimen cometido en Derbyshire, y añadí de paso que nos había impresionado lo bien que él había descrito el arma en la declaración, lo que facilitó notablemente la identificación.

Bennett sonrió imaginándose a Clough manipulando sutilmente al señor Wells en un terreno tan difícil.

—Y, claro, cuando le enseñé las fotos no le quedó más remedio que reconocer inmediatamente que era su revólver.

Clough sonrió.

—Bien, acto seguido tuve que plantear sin rodeos lo del juicio de Hawkin de esta semana y entonces Wells se subió por las paredes diciendo que él no podía testificar contra un vecino a quien le unía amistad, que debíamos de estar en un error, etcétera, etcétera.

Bennett encendió un cigarrillo.

—¿Y usted qué hizo?

—Como había dormido poco y estaba de mal humor le dije que le detenía por obstrucción a la justicia.

Bennett le miró asombrado.

—¿De verdad?

—Sí, me estaba fastidiando —respondió Clough como quien no

ha roto un plato–. Bueno, pero antes de que hubiera terminado de redactar la amonestación se lo pensó mejor, se avino a testificar y a ir conmigo a Derby inmediatamente. Así que anulé la detención, él le llevó un coñac a su esposa que parecía estar a punto de desmayarse, se puso el abrigo y se vino conmigo como un corderito.

Bennett meneó la cabeza con una mezcla de incredulidad y admiración.

–Algún día, Tommy... algún día... ¿Y dónde está?

–En una cómoda habitación del Lamb and Flag. Ayer mismo le tomé declaración detallada y el señor Stanley quiere que sea el primer testigo que comparezca esta mañana –añadió Clough sonriente.

–¿Antes que yo? –preguntó Bennett.

–Stanley no quiere perder tiempo, no sea que la señora Wells localice a la madre de Hawkin y le prevenga de que su marido va a testificar. Quiere pillar desprevenido a Highsmith, si es posible.

–Pero la madre de Hawkin está aquí, por el juicio.

–Cierto. Pero me apuesto cualquier cosa a que la señora Wells averiguará como sea su paradero.

–Highsmith protestará porque es un testigo no incluido en el procesamiento.

–Sí, pero Stanley dice que el juez lo aceptará porque Wells estaba fuera del país en esa fecha –dijo Clough levantándose y sacudiéndose la ceniza que le había caído en el traje gris de franela–. Así que más vale que entre en la sala a ver qué pasa –añadió con un guiño ajustándose la corbata.

Richard Wells, funcionario jubilado, ya había prestado juramento cuando Clough entró por el fondo de la sala. No parecía la clase de hombre que hubiera estado en el tipo de guerra de la que se conservase un Webley como recuerdo, pensó el sargento. Si acaso, parecía del cuerpo de pagaduría del ejército. Con su traje gris, pelo gris y corbata gris, hasta el bigote resultaba tímido y anodino en contraste con la extraordinaria rubicundez de una piel que no había recibido demasiado bien el fuerte sol australiano.

Hawkin se inclinó atentamente en el banquillo, frunciendo el entrecejo y Clough sintió una alegría infantil al verle preocupado. Stanley le explicó los formalismos a Wells y a continuación le preguntó como si intentase entablar conversación:
—¿Hay alguien en la sala que usted conozca?
—Philip Hawkin —respondió Wells señalándole con la cabeza.
—¿De qué conoce al señor Hawkin?
—Su madre es vecina nuestra.
—¿Iba de visita a casa de ustedes?
—Antes de irse a vivir a otro sitio, solía acompañar a su madre cuando ella acudía a casa a jugar al bridge —respondió Wells mirando sucesivamente al abogado de la Corona y al acusado.
Se notaba que estaba incómodo en su papel, a pesar de la circunspección de Stanley.
—¿No es cierto que tenía usted un revólver Webley del calibre 38?
—Sí.
—¿Mostró alguna vez ese arma al señor Hawkin?
Clough siguió la mirada angustiada de Wells hacia la galería donde estaba la anciana madre de Hawkin. El testigo respiró hondo y balbució:
—Es muy posible.
—Piénselo bien, señor Wells —dijo Stanley solícito—. ¿Enseñó o no enseñó el Webley al señor Hawkin?
Wells tragó saliva.
—Se lo enseñé.
—¿Dónde guardaba el arma?
Wells se relajó a ojos vistas y la tensión defensiva de sus hombros cedió ligeramente.
—Lo guardaba bajo llave en un cajón del escritorio de la sala de estar.
—¿Fue de ahí de donde lo cogió para enseñárselo al señor Hawkin?
—De ahí sería —respondió Wells arrastrando despacio las palabras.
—Así que, ¿el señor Hawkin sabía dónde guardaba el revólver?

Wells bajó la vista.

–Supongo que sí –contestó con voz queda.

El juez se inclinó sobre la mesa del tribunal.

–Señor Wells, hable usted claro para que el jurado oiga sus respuestas.

–Agradecido, señoría. Bien, señor Wells, ¿quiere decirnos qué sucedió con el revólver?

Wells apretó los labios un instante antes de contestar con una vocecita tensa:

–Me lo robaron de casa, hace más de dos años, cuando estábamos de vacaciones.

–Un desagradable regreso al hogar, para usted y su señora. ¿Les robaron muchas cosas? –preguntó Stanley muy atento.

Wells negó con la cabeza.

–Un reloj de mesa de plata, un reloj de oro y el revólver. Solo buscaron en la sala, y el reloj de oro estaba en el cajón con el arma.

–Usted dio una descripción muy detallada del arma a la policía. ¿Recuerda un detalle inconfundible, aparte del número de serie?

Wells carraspeó y se atusó el bigote mirando a Hawkin que fruncía el entrecejo a más no poder.

–Tenía una mella en una esquina de la culata –contestó atropelladamente.

Stanley se volvió hacia el funcionario del tribunal.

–¿Tiene la amabilidad de mostrar al señor Wells la prueba número catorce?

El funcionario cogió el Webley de la mesa de las pruebas, cruzó por delante del tribunal y se lo mostró al testigo por uno y otro lados para que examinara la culata.

–No se precipite –añadió Stanley con voz pausada.

Wells miró de nuevo a la galería y Clough vio la sorpresa en el rostro de la madre de Hawkin.

–Es mi revólver –dijo con voz apagada y sin emoción.

–¿Está seguro?

–Sí –respondió Wells con un suspiro.

Stanley sonrió.

–Gracias por comparecer, señor Wells. Haga el favor de permanecer en el estrado. Mi ilustre colega, el señor Highsmith, le hará unas preguntas.

«A ver por dónde sale este ahora», pensó Clough. Highsmith no podía preguntar casi nada que no fuera en contra de su defendido. Hawkin, que había estado anotando desesperadamente algo durante los últimos momentos, pasó la nota a su abogado, quien le echó un vistazo antes de dársela al ayudante de Highsmith, que la dejó delante de este.

El letrado se puso en pie esgrimiendo una sonrisa que rompía sus duras facciones. Miró la nota y comenzó a interrogar a Wells con mayor cordialidad que Stanley.

–Cuando robaron en su casa, usted estaba de vacaciones, ¿cierto?

–Sí –contestó Wells con voz cansina.

–¿Dejó usted una llave a algún vecino?

Wells alzó la cabeza como esperanzado.

–La señora Hawkin tenía siempre llave por si había alguna urgencia.

–La señora Hawkin tenía siempre llave –repitió Highsmith mirando a los miembros del jurado para comprobar que entendían su insinuación–. ¿Tomó la policía huellas dactilares del robo?

–Lo intentaron, pero dijeron que el ladrón llevaba guantes.

–¿Le dijeron si tenían alguna idea de quién era?

–No.

–¿Dijeron alguna cosa de la que pudiera deducirse que sospechaban del señor Hawkin?

Apenas acababa de responder «No» Wells cuando Stanley se puso en pie.

–Señoría –protestó–. Mi ilustre colega no solo está dirigiendo la línea del interrogatorio del testigo, sino que la está encauzando sobre simples rumores.

Sampson asintió con la cabeza.

–Los miembros del jurado no tendrán en cuenta la última pregunta ni la respuesta. Continúe, señor Highsmith.

—Gracias, Señoría. Señor Wells, ¿sospechó en algún momento que el señor Hawkin hubiera robado en su casa?
Wells negó con la cabeza.
—Nunca. ¿Por qué iba a hacer Phil una cosa así? Éramos amigos suyos.
—Gracias, señor Wells. No hay más preguntas.
Bueno, así iban las cosas, pensó Clough apresurándose a abandonar la sala para llegar a la de espera de testigos antes que el ujier. Bennett, al verle, se puso en pie de un salto con mirada interrogante.
—La defensa no ha cuestionado la identidad del arma... creo que intentará alegar que Hawkin la compró en un pub sin saber que se la habían robado a Wells.
—Y yo la encontré y la utilicé para implicar a Hawkin —dijo Bennett con un suspiro—. Así que estamos en las mismas.
—Ni mucho menos —replicó Clough—. Porque Hawkin ahora ha quedado relacionado con el revólver. La gente corriente y vulgar no tiene revólver, George.
Antes de que Bennett pudiera replicar, se abrió la puerta y el ujier dijo:
—¿Inspector Bennett? Le llaman a declarar.
Nunca en su vida le pareció tardar tanto en recorrer unos metros. Sentía las miradas clavadas en él a cada paso que daba. Al llegar al estrado de los testigos se volvió a mirar el rostro impasible de Philip Hawkin con el firme propósito de que este reconociese en él a su bestia negra.
Stanley aguardó a que el funcionario le hiciera prestar juramento antes de ponerse en pie enjugándose delicadamente los ojos.
—Inspector, ¿quiere usted decir su nombre y su rango para que conste?
—Soy George Bennett, inspector de la policía de Derbyshire, destinado en Buxton.
—Me gustaría que se remontara usted al inicio del caso, inspector. ¿Cuándo supo de la desaparición de Alison Carter?
Bennett se trasladó mentalmente a la comisaría aquella gélida noche de diciembre en que, por boca del sargento Lucas, se en-

teró de que había desaparecido una niña en Scardale y comenzó de inmediato su testificación con la claridad de un hombre que es capaz de rememorar escenas del pasado como si fueran actuales. Stanley escuchó casi con alivio por tener un testigo policial tan admirable; en su experiencia, aquello era una lotería con los representantes de la ley, que a veces resultaban menos creíbles que los intimidados testigos civiles. Aquel George Bennett era atractivo, iba bien vestido y parecía un buen actor que desempeña el papel de policía honrado.

Stanley avanzó sin pausas y al final de la mañana había cubierto la exposición inicial de la desaparición de Alison Carter, la primera entrevista de Bennett con la madre y el padrastro, los primeros rastreos y el hallazgo de la perra en el bosque.

Por la tarde, durante otra hora y media, Stanley le hizo exponer meticulosamente los descubrimientos clave de la investigación: los restos de sangre y de tela en el sotillo, el libro del despacho de Hawkin con las explicaciones sobre la antigua mina, las ropas manchadas de sangre y las balas halladas en aquella y las espantosas fotografías y negativos encontrados en la caja fuerte.

—No es frecuente acusar de homicidio a una persona en ausencia de cadáver —añadió Stanley hacia el final de la tarde.

—Efectivamente, señor, pero en este caso consideramos que las pruebas eran tan abrumadoras que no podía llegarse a otra conclusión.

—Sí, evidentemente existen casos en que se ha declarado culpables de homicidio al acusado sin que hubiera cadáver. Inspector Bennett, dada la gravedad de los cargos, ¿tiene usted la menor duda sobre la imputación al señor Hawkin?

—Quien haya visto las pruebas fotográficas de lo que hizo con su hijastra en vida comprenderá que es un hombre que no se detendría ante nada. No, no tengo duda alguna.

Era la primera vez que Bennett dejaba traslucir su estado de ánimo en relación con el caso y Stanley vio complacido que impresionaba al jurado con su vehemencia.

—No tengo más preguntas que hacer al testigo —añadió recogiendo sus papeles.

George Bennett pensó que no había sentido nunca tantas ganas de fumar un cigarrillo mientras aguardaba a que Rupert Highsmith acabara de rebuscar entre su documentación para iniciar el ataque. Las preguntas de Stanley habían sido exhaustivas y agudas, pero todo estaba preparado de antemano y, pese al intento de Highsmith de aplazar su turno de interrogación hasta el día siguiente, el juez Sampson lo había rechazado.

Highsmith se recostó negligentemente en la barandilla del emplazamiento de la defensa.

–Recuerde que sigue bajo juramento, inspector. Bien, diga al tribunal qué edad tiene.

–Veintinueve años, señor.

–¿Desde cuándo está en la policía?

–Desde hace casi siete años.

–Casi siete años –repitió en tono admirativo Highsmith–. Y ya ha alcanzado nada menos que el rango de inspector. Asombroso. No habrá tenido, pues, mucho tiempo para adquirir experiencia en casos difíciles, complicados.

–He intervenido en unos cuantos, señor.

–Pero está usted en un plan de promoción acelerada para licenciados, ¿no es cierto? No ha ascendido por su brillante actuación en el terreno de las investigaciones, sino por el simple hecho de que tiene un título universitario y se le prometió una rápida promoción independientemente de que hubiera trabajado en casos de homicidio o de hurtos en tiendas. ¿No es así? –espetó Highsmith ceñudo como si realmente pidiera una aclaración.

Bennett respiró hondo y echó el aire por la nariz.

–Ingresé en el Cuerpo como licenciado, pero se me expuso claramente que si no respondía en mi actuación a determinadas expectativas, no ascendería automáticamente.

–¿De verdad?

Si Highsmith hubiese empleado aquel tono en el club de críquet, Bennett le habría tumbado de un puñetazo.

–¿No es muy poco habitual que un policía tan joven dirija una investigación como esta? –añadió Highsmith.

—El inspector jefe de mi división estaba lesionado en un tobillo y al principio no teníamos idea de la complejidad de la investigación, por lo que el comisario Martin me designó para dirigirla. A tenor de la gravedad que adquiría, era más lógico mantener la continuidad que traspasar el caso a alguien de jefatura que habría tenido que empezar a partir de cero. Actué en todo momento bajo supervisión directa del inspector jefe Carver y del jefe de mi división, el comisrio Martin, señor.

—Antes de esto, ¿había intervenido usted realmente en algún caso relacionado con la desaparición de un niño?

—No, señor.

Highsmith alzó la vista y suspiró.

—¿Y había llevado usted algún caso de homicidio?

—No, señor.

Highsmith frunció el entrecejo, se restregó el puente de la nariz con el índice y añadió:

—Corríjame si me equivoco, inspector. Este es el primer caso de investigación criminal que dirige, ¿no es cierto?

—Que dirijo, sí. Pero...

—Gracias, inspector, ya ha contestado a la pregunta —le cortó brutalmente Highsmith.

Bennett le dirigió una mirada de impotencia reprimida, pero aún fue capaz de esbozar un atisbo de sonrisa que daba a entender su desdén por la artimaña que intentaba con él.

—Usted se ha tomado este caso con gran interés personal, ¿no es cierto?

—He cumplido con mi obligación, señor.

—Incluso después de suspenderse la búsqueda siguió yendo a Scardale varias veces por semana, ¿no es cierto?

—Un par de veces por semana, sí. Quería tranquilizar a la señora Carter manifestándole que el caso seguía abierto y que no nos habíamos olvidado de su hija.

—Se refiere a la señora Hawkin, ¿no es así? —dijo Highsmith con intención de que el jurado no olvidase la relación de Ruth Carter con el hombre que se sentaba en el banquillo.

Bennett no se dejó intimidar por la provocación y sonrió.

—No es de extrañar que ella prefiera que se le llame por su anterior nombre de soltera. A nosotros nos complace respetar esa predilección.

—Usted prescindió incluso de su familia, de su esposa embarazada, para acudir a Scardale el día de Navidad.

—No pude evitar dejar de pensar en la preocupación que la desaparición de Alison habría causado en los ánimos de la gente de Scardale ese día de Navidad, por lo que hice allí una breve visita con mi sargento ayudante para mostrarles nuestra solidaridad con su pesar.

—Mostrarles su solidaridad. Encomiable —añadió Highsmith en tono paternalista—. Entró usted varias veces a la casa solariega, ¿no es cierto?

—Sí, efectivamente.

—¿En el despacho?

—Sí, he entrado en él.

—¿Cuántas veces, aproximadamente?

Bennett se encogió de hombros.

—No sabría decirle cuántas veces. Antes de llevar a cabo la orden judicial de registro, quizá cuatro o cinco veces.

—¿Y estuvo en él a solas?

Fue una pregunta rápida como un trallazo inesperado. Ahora estaba claro lo que se proponía Highsmith.

—Brevemente.

—¿En cuántas ocasiones?

Bennett frunció el entrecejo.

—Creo que en dos —respondió con cautela.

—¿Cuánto rato estuvo?

Stanley se puso en pie.

—Señoría, es el turno de repreguntar, pero mi ilustre colega parece lanzado a una cacería.

Sampson asintió con la cabeza.

—¡Señor Highsmith!

—Señoría, la acusación se basa fundamentalmente en pruebas circunstanciales, algunas de las cuales fueron halladas en el despacho de mi defendido, por lo que creo que es razonable que se me permita establecer qué otras personas tuvieron ocasión de depositarlas allí.

—Muy bien, señor Highsmith. Continúe —consintió el juez con un gruñido.

—¿Cuánto tiempo estuvo a solas en el despacho?

—En la primera ocasión, un minuto o dos como máximo. Y en la segunda, estaría unos diez minutos antes de que llegara el señor Hawkin —respondió Bennett a regañadientes.

—Lo bastante —comentó Highsmith como para sus adentros cogiendo un bloc y pasando un par de hojas—. ¿Puede usted decirnos cuáles son sus aficiones, inspector?

—¿Mis aficiones? —inquirió Bennett desconcertado.

—Exactamente.

Bennett miró a Stanley sin saber a qué atenerse, pero el letrado se encogió de hombros.

—Juego al críquet y me gusta pasear por la montaña. No tengo tiempo para muchas aficiones —respondió sin ocultar su desconcierto.

—Ha olvidado una —dijo Highsmith tajante de nuevo—. Una en concreto de especial relevancia en este caso.

Bennett negó con la cabeza.

—Perdone, no sé a qué se refiere.

Highsmith cogió unas fotocopias.

—Señoría, solicito que estas hojas pasen a formar parte de las pruebas de la defensa, numeradas del uno al cinco. La número uno procede de una revista del instituto masculino de segunda enseñanza de Cavendish. Es el informe anual de 1951 del Club de Fotografía, firmado por su secretario George Bennett —dijo entregando la hoja al funcionario del tribunal—. Las otras pruebas están extraídas del boletín del Club de Fotografía de la Universidad de Manchester donde el inspector Bennett se licenció, y son artículos sobre fotografía escritos por un tal George Bennett —añadió tendiendo el resto de las hojas al funcionario.

—Inspector Bennett, ¿niega usted ser al autor de esos artículos sobre fotografía?

—Claro que no.

—¿Es usted un experto en temas de fotografía?

Bennett frunció el entrecejo. Veía la añagaza. Negándolo quedaba por mentiroso y admitiéndolo socavaría fatalmente la acusación para el juicio por homicidio.

—Los conocimientos que yo pueda tener están desfasados —dijo con cautela—. Aparte de fotos familiares, no he vuelto a coger una cámara desde hace cinco o seis años.

—Pero sabe dónde acudir para hacer que falsifiquen fotografías —dijo Highsmith.

Bennett sabía más que Ruth Carter en cuestión de abogados y no iba a caer en la trampa de no contestar.

—No mucho más que usted, señor.

—Las fotografías sí pueden falsificarse, ¿verdad? —inquirió Highsmith.

—Por lo que yo sé, no hasta tal extremo —respondió Bennett.

Highsmith se abalanzó sobre el clásico desliz.

—¿Por lo que usted sabe? ¿Afirma ante el tribunal que conoce el proceso de falsificación de fotografías?

Bennett negó con la cabeza.

—No, señor. Me refería a los intentos de falsificación que he visto, no que yo haya hecho.

—Pero sabe cómo se falsifican las fotografías, ¿no es cierto?

Bennett respiró hondo.

—Como dije antes, mis conocimientos sobre fotografía están bastante anticuados. Cuanto yo sé de fotografía habrá quedado probablemente superado por las técnicas actuales y por la tecnología de los aparatos.

—Inspector, haga el favor de contestar a la pregunta. ¿Sabe o no sabe cómo se falsifican fotografías? —inquirió Highsmith en tono exasperado.

Bennett comprendió que era para arrojar sospechas sobre él, pero nada podía hacer por contrarrestar esa impresión, salvo admitir que era un consumado falsificador de fotografías.

—Tengo conocimientos teóricos, pero nunca...

—Gracias —vociferó Highsmith interrumpiéndole—. Basta con que responda brevemente. Bien, para esos negativos que la acusación presenta como pruebas, ¿qué tipo de cámara se necesita?

Por detrás del panel de la tribuna de testificación, a resguardo de la vista del jurado, Bennett apretó los puños, clavándose las uñas en la palma de la mano.

–Se requiere una cámara de hacer retratos. Una Leica o una Rolleiflex, diría yo.

–¿Posee usted una cámara de esas?

–No he vuelto a usar mi Rolleiflex desde hace por lo menos cinco años –respondió Bennett, consciente conforme lo decía de que era una respuesta evasiva.

Highsmith lanzó un suspiro.

–Le he preguntado si poseía una cámara así, no cuando la ha usado, inspector. ¿Posee esa cámara; sí o no?

–Sí.

Highsmith hizo una pausa y rebuscó entre sus papeles antes de alzar la vista.

–Usted cree culpable a mi defendido, ¿verdad?

Bennett volvió la cabeza hacia el jurado.

–Lo que yo crea no viene al caso.

–¿Pero cree que mi defendido es culpable? –insistió Highsmith.

–Creo que es lo que me indican las pruebas. Efectivamente, creo que Philip Hawkin violó y asesinó a su hijastra de trece años –respondió Bennett con la voz cargada de emoción pese a su intención de moderarla.

–Ambas cosas son graves delitos –apostilló Highsmith– que horrorizarían a cualquier persona sensible y le harían desear que recayera el peso de la justicia sobre el que los hubiera cometido. Pero el problema, inspector, es que no existen pruebas concluyentes de que se cometieran esos delitos, ¿no es cierto?

–Si no hubiera pruebas los jueces no habrían dictado auto de procesamiento contra su defendido y no estaríamos aquí.

–Existe una explicación distinta de cada una de las pruebas circunstanciales presentadas. Y esas explicaciones apuntan directamente hacia usted. Es su obsesión por Alison Carter lo que nos ha traído hoy aquí, ¿no es verdad, inspector?

Stanley volvió a ponerse en pie.

—Protesto, Señoría. Mi ilustre colega parece más dispuesto a pronunciar discursos que a hacer preguntas, a poner cosas en entredicho que a efectuar acusaciones claras. Si tiene que preguntarle algo al inspector Bennett, muy bien; pero si su única intención es lanzar insinuaciones y difamaciones para que las oiga el jurado, ruego que sea llamado al orden.

Sampson miró a ambos letrados desde la mesa del tribunal.

—No es el único que incurre en parlamentos floridos fuera de turno, señor Stanley —añadió mirando al jurado por encima de las gafas como un topo—. Habrán de tener en cuenta que están aquí exclusivamente para escuchar las pruebas, y, en consecuencia, no considerar los comentarios que los letrados hagan de pasada. Señor Highsmith, puede continuar, pero vaya al grano.

—Muy bien, Señoría. Inspector, teniendo en cuenta que debe responder sí o no, ¿es usted ambicioso?

Stanley volvió a protestar.

—Señoría —exclamó indignado—, esto no tiene nada que ver con el caso que juzga el tribunal.

—Tiene que ver con la motivación del testigo —replicó Highsmith enérgico—. La defensa sostiene que gran parte de las pruebas contra mi defendido han sido fabricadas y, por consiguiente, la motivación del inspector Bennett afecta a la defensa.

Sampson reflexionó un instante.

—Se admite la pregunta.

Bennett respiró hondo.

—Mi única ambición es contribuir a que se haga justicia. Creo que en algún sitio está oculto el cadáver de una niña brutalmente violada y asesinada, y creo que quien lo hizo está sentado en el banquillo. —Highsmith trató de interrumpirle, pero Bennett estaba embalado—. Y yo estoy aquí para que se le castigue por lo que ha hecho, no para beneficio profesional.

Highsmith negó con la cabeza en un gesto de desagrado.

—Yo le preguntaba que dijera sí o no —dijo con un suspiro—. No tengo más preguntas que hacer al testigo —añadió dando la espalda al juez y mirando al jurado para que viera la indignación que no trascendía en su voz.

Bennett descendió de la tribuna de testigos. Ahora no podía eludir la mirada hacia el acusado como había hecho durante su deposición. Hawkin le miró con gesto casi de triunfo y aquella sonrisa peculiar suya, sentado en el banquillo con igual desenfado que si estuviera en la cocina de su casa. Tragándose su odio mortal, Bennett pasó junto a él y abandonó la sala. A sus espaldas oyó que el juez levantaba la sesión. Apretó el paso por el pasillo hacia los lavabos. Entró en una cabina, echó el cerrojo y apenas tuvo tiempo de inclinarse sobre la taza que salpicó profusamente con un vómito acre que le exacerbó las náuseas.

Tiró de la cadena y se recostó en la pared con el rostro cubierto de un sudor frío. En la sala había sentido en un momento fugaz las horribles consecuencias para él de las insinuaciones y acusaciones de Highsmith. Bastaría con que un par de miembros crédulos del jurado viera con malos ojos a la policía, para que no solo Hawkin saliera impune, sino que su propia carrera y su reputación quedaran destrozadas. Le espantaba solo el pensarlo; era como una pesadilla de medianoche. Se había esforzado como nadie para lograr que acusaran a Hawkin y en ese momento se estaba percatando realmente de la facilidad con que podía convertirse en instrumento de su propia ruina. No era de extrañar que Carver hubiera dado su beneplácito repetidas veces para que se encargara él del caso: él mismo había arrebatado aquel cáliz envenenado de las manos de los demás.

Pero ¿qué otra cosa podía hacer? A solas en aquel cubículo, con la garganta estragada y los ojos llorosos, comprendía que no le había quedado otra alternativa.

Al salir se encontró con Clough esperándole, con su habitual cigarrillo en la comisura de la boca.

—Conozco un buen pub en Ashbourne road. Nos tomaremos allí una cerveza de camino.

Bennett se dijo para su coleto que el sargento era un ayudante excepcional.

El juicio

3

El resto de la semana George Bennett siguió el juicio desde el fondo de la sala, procurando siempre llegar unos minutos después de iniciada la sesión para marcharse en cuanto terminaba. Sabía que era absurdo, pero no podía sustraerse a la sensación de que todos le miraban porque se preguntaban si era corrupto o, peor aún, porque pensaban que lo era. Detestaba que le tomaran por uno de esos polis que urdían una trama para imputar un crimen a alguien falseando pruebas, pero la idea no dejaba de atormentarle.

El tercer día del juicio declararon los testigos de Scardale. Charlie Lomas supo repetir su serena intervención del procesamiento, impresionando al jurado con sus modales sencillos y su notoria aflicción por la desaparición de su prima.

A continuación compareció Ma Lomas, vestida para la ocasión con un abrigo negro anticuado y unas florecillas de brezo en la solapa. Dijo llamarse Hester Euphemia Lomas y, con toda naturalidad, sin mostrarse intimidada ni impresionada por el tribunal, respondió a las preguntas de los dos letrados de la Corona como si estuviera hablando con Bennett en el cuarto de estar de su casita de la aldea. Insistió en que le llevasen una silla y un vaso de agua para a continuación prescindir de ambos. Stanley la trató con una exagerada cortesía a la que ella correspondió con la mayor indiferencia.

—¿Está completamente segura de que fue al señor Hawkin a quien vio cruzar el campo? —preguntó el abogado de la acusación.
—Solo uso gafas para leer —replicó la anciana— y aún distingo a cien metros un cernícalo de un gavilán.
—¿Cómo sabe con certeza que era miércoles?
Ma Lomas le miró irritada.
—Porque es el día en que desapareció Alison. Cuando sucede una cosa así, se fijan en la memoria todos los detalles de ese día.
Stanley, naturalmente, no pudo rebatirlo. A continuación le pidió que explicase cómo conocía la existencia de la mina por el libro del despacho del terrateniente.
—¿Hablaba a menudo con el señor Castleton de la historia de Scardale? —preguntó finalmente.
—Pues, sí —respondió ella con displicencia—. Yo le conocía desde que era un chiquillo, y él nunca se daba aires con los arrendatarios; el antiguo señor, no. Nos sentábamos muchas veces a charlar él y yo. En el pueblo decimos que con su muerte se llevó la mitad de la historia de Scardale. Él siempre me animaba a escribirla, pero yo no podía ocuparme de una cosa así.
—¿Sabía usted por esas circunstancias dónde estaba el libro?
—Eso es. El antiguo señor y yo lo examinábamos muchas veces; así que enseguida lo encontré en la estantería.
—¿Por qué no mencionó antes a la policía la existencia de esa antigua mina? —preguntó Stanley como quien no quiere la cosa.
La anciana se rascó la sien con su dedos artríticos.
—Pues no lo sé. A veces olvido que no todo el mundo conoce el valle como yo. No he dormido tranquila desde ese momento pensando si habría habido alguna diferencia para la pobre Alison si la tarde en que desapareció, yo hubiese mencionado el detalle de la mina al inspector Bennett —dijo con un suspiro—. Es terrible cuando lo pienso.
—No tengo más preguntas, señora Lomas, pero mi colega, el señor Highsmith le hará algunas a continuación. Haga el favor de no retirarse —dijo Stanley dirigiendo una leve reverencia a la matriarca antes de sentarse.
En esta ocasión, Highsmith hizo una pausa antes de levantarse.

—Señora Lomas —dijo—, debe resultarle penoso ver al sobrino de su antiguo amigo sentado en el banquillo de los acusados.

—Nunca pensé que me alegraría de que el señor Castleton hubiera muerto —respondió la anciana con voz queda—. Se le habría partido el corazón, porque él a Alison la quería como a una nieta.

—Ya. Le quedaré agradecido si no le molesta responder a unas preguntas.

La anciana alzó la vista, y George, desde el fondo de la sala, captó el brillo travieso en sus ojos, estremeciéndose.

—Las preguntas no me molestan —replicó—. Diciendo la verdad huye el diablo. Nada tengo que temer de sus preguntas. Hágalas.

Highsmith se quedó un instante perplejo. Las dóciles respuestas a las preguntas de Stanley no le habían hecho imaginar aquella actitud beligerante.

—¿Por qué tiene la certeza de que fue el señor Hawkin a quien vio cruzar los campos por la tarde?

—¿Por qué tengo la certeza? Porque lo vi. Porque lo conozco. Por su aspecto, por el modo de andar y la ropa que lleva. No hay nadie en Scardale con quien se le pueda confundir —respondió en tono indignado—. Seré vieja pero no tonta.

En los bancos de la prensa se oyeron unas risitas y los de Scardale sonrieron. Ya le enseñaría Ma a ese abogado de Londres...

—Es más que evidente, señora —atinó a decir Highsmith.

—A mí no tiene por qué llamarme «señora», joven. Con Ma basta.

Highsmith parpadeó incrédulo y tamborileó con el lápiz en el bloc que tenía en la mano.

—¿Dice que ese libro que había en el despacho de la casa solariega supo dónde encontrarlo inmediatamente?

—Veo que tiene muy buena memoria, joven —respondió ella en tono grave.

—Es decir que ¿estaba en su sitio?

—¿Dónde iba a estar? Claro que estaba en su sitio.

—¿Nadie lo había tocado? —preguntó Highsmith atajando su respuesta.

—Eso no puedo saberlo, ¿no cree? ¿Cómo voy a saberlo? No

costaría mucho volver a dejarlo donde estaba; las estanterías están llenas y si se coge un libro queda un hueco. Así que se vuelve a dejar en el mismo sitio. Automáticamente –añadió con desdén.

Highsmith sonrió.

–Pero no había indicios de que alguien lo hubiera hecho. Gracias, señora Lomas.

El juez se inclinó sobre la mesa.

–Puede marcharse, señora Lomas.

–Sí, ya lo sé. Quien no puede hacer lo mismo es él, ¿verdad? –añadió la anciana vuelta hacia Hawkin sonriendo con cara de triunfo malicioso, mientras Bennett daba gracias al cielo de que se encontrara de espaldas al jurado.

Tras lo cual cruzó la sala con los mismos aires de importancia que se daba en la aldea y se acomodó en una silla vacía en el centro de los suyos.

El día siguiente lo ocuparon las comparecencias de los peritos en relación a las diversas pruebas. El sastre de Hawkin acudió desde Londres para confirmar que la camisa manchada escondida en el laboratorio de fotografía era una de las que el acusado se había hecho a medida menos de un año atrás y un ayudante de farmacia testificó que había vendido a Philip Hawkin dos rollos de esparadrapo igual al hallado como mordaza en el hocico de la perra de Alison y al trozo que sujetaba la llave de la caja fuerte escondida en la parte trasera del cajón del despacho.

Un experto en huellas manifestó que en las fotografías y negativos descubiertos en la caja fuerte había impresiones dactilares de Philip Hawkin; sin embargo, no las había en el Webley y tampoco en las pastas del libro antiguo había habido posibilidad de detectar huellas.

El último testigo fue un perito en balística que confirmó que una de las balas halladas en la mina era sin lugar a dudas del calibre 38 y había sido disparada con el revólver que Ruth Carter descubrió oculto en el laboratorio de su esposo.

Highsmith hizo pocas preguntas durante estos testimonios, salvo alguna para intentar demostrar que existían explicaciones alternativas a las afirmaciones hechas por la acusación, argumentando, por ejemplo, que cualquiera podía haber cogido una camisa de Hawkin, posiblemente del tendedero de la casa; que Hawkin tal vez no había comprado el esparadrapo para él sino para otra persona y argumentó que si había huellas suyas en las fotos y en los negativos era porque la policía se las había dado a examinar en un interrogatorio para guardarlas después en bolsas de plástico antes de que compareciera su abogado en la comisaría; y la única persona que había establecido una relación entre la pistola y Hawkin era, naturalmente, su esposa, quien por buscar tan desesperadamente una explicación a la desaparición de su hija era capaz de imputársela a su marido.

El jurado se mostraba imperturbable y no dejó entrever ninguna pista sobre cuál podría ser su resolución. Al final de la tercera jornada se levantó la sesión hasta el día siguiente.

El viernes por la mañana las preocupaciones de Bennett cambiaron de rumbo. El *Daily Express* publicaba una noticia que le torturó.

PERROS RASTREADORES EN LA BÚSQUEDA
DEL NIÑO DESPARECIDO

Ocho policías con dos perros rastreadores peinaron las vías muertas, los parques y edificios en ruinas buscando al colegial miope Keith Bennett que hace tres días falta de casa.
 Un oficial de policía manifestó: «Si no lo encontramos hoy intensificaremos la búsqueda. No sabemos qué puede haberle sucedido. No hay aún indicios de que se trate de un caso escabroso, pero tampoco existen motivos que expliquen su ausencia».
 El niño de doce años Keith, con domicilio en Eston Street de Chorlton-on-Medlock, Manchester, desapareció el martes por la tarde cuando iba a visitar a su abuela. Vive en una zona de Manchester en donde se han producido varios asesinatos y han desaparecido varias personas.

En su casa han quedado las gruesas gafas –con un cristal roto– sin las que el niño no ve bien. La madre de Keith, señora Winifred Jonson de treinta años, madre de otros cinco hijos y que esta semana espera el séptimo, nos hablaba hoy entre lágrimas de la ausencia de su hijo.

«Nunca había hecho una cosa así. Es un niño al que le gusta mucho estar en casa. Apenas ve sin gafas.»

Su abuela, señora Gertrude Bennett, de sesenta y tres años, con domicilio en Morton Street, Longsight, Manchester, nos dijo: «Estamos sin dormir, no comemos; esta preocupación no nos deja hacer nada».

El equipo policial de búsqueda formado por un sargento, cinco agentes y dos adiestradores de perros bate una zona con un radio de acción de kilómetro y medio a partir del domicilio del niño.

Bennett miró el periódico. Le torturaba la idea de pensar que otra madre estuviese pasando por el martirio de Ruth Carter, pero en un resquicio de su cerebro se abría camino la reflexión de que ya que publicaban aquella noticia, no habría podido llegar en mejor momento, pues cualquier miembro del jurado que la leyese no podría por menos que relacionar la angustia de Winifred Jonson con la que había sufrido Ruth Carter, y aumentaría su certeza sobre la culpabilidad de Hawkin.

Le invadió una oleada de vergüenza. ¿Cómo podía ser tan cruel? ¿Cómo era capaz de aprovechar la desaparición de otro niño? Asqueado de sí mismo, arrebujó el periódico y lo tiró a la papelera.

Aquella tarde, cuando se dirigía al juicio, vio una figura conocida en la puerta del tribunal. El comisario Martin, que manoseaba sus guantes negros de piel, alzó la vista al acercarse Bennett.

–Inspector –dijo a guisa de saludo–, quería hablarle un momento.

Bennett le siguió por un pasillo hasta una salita que olía a sudor y tabaco. Cerró la puerta y aguardó.

Martin encendió uno de sus cigarrillos sin boquilla y dijo sin rodeos:

—El lunes quiero verle en su despacho.
—Pero señor...
—Lo sé, lo sé —insistió Martin alzando una mano—. Hoy concluye la acusación y la semana que viene es el turno de la defensa. Por eso precisamente le quiero a usted de vuelta en Buxton.
Bennett alzó la cabeza y miró muy serio a su superior.
—Es un caso mío, señor.
—Lo sé, pero usted sabe tan bien como yo la línea de defensa que va a utilizar Highsmith. No le queda otra. Por consiguiente, no quiero tener en la sala a uno de mis oficiales escuchando abominaciones sobre su persona por boca de un abogado hábil a quien no le preocupa el daño que puede hacer a un hombre honrado.
El rubor había comenzado a invadir el cuello de Martin, quien se puso a pasear de arriba abajo.
—Con todo respeto, señor, puedo aguantar perfectamente todo lo que Highsmith diga de mí.
Martin se detuvo y le miró.
—Eso piensa usted, ¿eh? Pues bien, aunque pueda, no pienso dejarle a merced de la prensa. Si no está dispuesto a protegerse por su propio bien, hágalo por su esposa. Sería penoso que ella leyera artículos en los que se le acusa de toda clase de abominaciones y tuviera que ver fotos suyas con gesto indignado subiendo y bajando apresuradamente de un coche como si fuese el acusado.
Bennett se pasó la mano por el pelo.
—Me corresponden vacaciones —dijo.
—Y yo no se las autorizo —replicó Martin—. Estará alejado de Derby hasta que acabe el juicio. Es una orden.
Bennett se dio la vuelta y encendió un cigarrillo. Era como una maldición de los dioses por su reacción ante la desaparición de Keith Bennett.
—Al menos, déjeme estar presente el día del veredicto —dijo casi atropelladamente.

El profesor John Patrick Hammond recitó de carrerilla los títulos que le acreditaban como uno de los expertos forenses más destacados del norte de Inglaterra, equiparable a Bernard Spilsbury, Sydney Smith y Keith Simpson, considerados por el público como unos privilegiados capaces de aplicar sus conocimientos científicos a simples indicios para extraer a partir de ellos pruebas irrebatibles de culpabilidad. Fue Pritchard quien se empeñó en que compareciera en aquel caso un especialista de excepción.

—Ya que tenemos tan pocas pruebas, hay que defenderlas con un fuera serie —dijo, y el comisario Martin dio su conformidad.

Hammond era un hombrecillo meticuloso, con una cabeza exagerada para su cuerpo, y que compensaba su aspecto algo grotesco con modales solemnes y ampulosos. Los jurados le adoraban por su capacidad para traducir la jerga científica a un lenguaje llano sin que pareciera condescendencia por su parte. Stanley tuvo la habilidad de plantear un mínimo de preguntas dejando que Hammond se explicara por sí mismo.

Hammond cumplió a la perfección la tarea de hacer que el jurado entendiera bien los puntos fundamentales. La sangre en el árbol del soto, en las ropas de la mina y en la camisa era de una mujer del grupo 0, al que pertenecía Alison Carter. La mancha de sangre de la camisa correspondía a una herida grave y el semen de la camisa era de alguien perteneciente al grupo sanguíneo A; el acusado era del grupo A.

Explicó también que el análisis forense revelaba indicios de chamusquina en la camisa correspondientes al disparo de un arma próxima al tejido y pasó a hacer una demostración agarrando su propia camisa. Bennett advirtió que Ruth Carter se tapaba la cara con las manos y que Kathy Lomas le pasaba un brazo por los hombros consolándola.

—Como puede verse, Señoría —prosiguió Hammond—, existen residuos del disparo en el puño derecho y en la pechera de la camisa. Si el que la vestía esgrimía junto a la misma una pistola, es la consecuencia lógica. No hay otra explicación para la particular disposición de la chamusquina y de las manchas.

Highsmith se levantó para la repregunta, con gesto consternado. Hasta aquel momento, no había tenido en aquel caso una de las mejores intervenciones de su carrera y lo poco que había a qué agarrarse era endeble. Pero ahora veía una oportunidad de ataque.
–Profesor Hammond, ¿puede decirnos qué proporción de la población pertenece al grupo A?
–Aproximadamente un cuarenta y dos por ciento.
–¿Y en qué porcentaje de la población se detecta el grupo sanguíneo a que pertenece según las secreciones corporales?
–En el ocho por ciento aproximadamente.
–Perdone, pero la aritmética nunca ha sido mi fuerte. ¿Qué porcentaje de la población presenta en sus secreciones el grupo A?
Hammond enarcó y bajó las cejas.
–Aproximadamente un treinta y cinco por ciento.
–Luego, lo más que podría asegurarse es que esas manchas de semen proceden de un tercio de la población de este país.
–Sí, exactamente.
–Luego, más que apuntar concretamente hacia mi defendido, lo más que puede argumentarse es que los análisis no lo excluyen. –No era una pregunta y Hammond no dijo nada–. Pasando a la camisa manchada, ¿hay algo que indique que el acusado era quien la llevaba puesta cuando se efectuó el disparo junto a ella?
–En términos forenses, no –respondió Hammond a regañadientes, como hacía siempre que se veía obligado a admitir que su ciencia no podía dar respuesta a todo.
–Entonces, ¿podría haber llevado puesta la camisa otra persona?
–Sí.
–¿Y el que vestía la camisa no tendría por qué ser necesariamente quien manchó de semen las otras prendas?
Hammond hizo una pausa.
–Lo considero poco probable, pero es posible.
–La cantidad de sangre en las otras prendas era muy inferior. ¿Podría corresponder a la que se pierde al romperse el himen?
–Es imposible asegurarlo. Hay mujeres que sangran profusa-

mente al perder la virginidad, mientras que en otras la hemorragia es nula. Pero si las manchas de sangre de la camisa son consecuencia de ello, es que la mujer sufría una hemorragia grave.

—Y, pese a ello, no había sangre en el presunto escenario del crimen. Si en esa mina hubieran herido gravemente a alguien, ¿no habría sangre esparcida? ¿Un charco en el suelo, salpicaduras en el techo y las paredes? ¿Cómo es posible que no hubiera sangre más que en las prendas?

—¿Me pregunta para que establezca hipótesis? —replicó Hammond secamente.

—Le pregunto si, según su experiencia, sería posible haber herido gravemente de un tiro a alguien en esa caverna sin que quedase más sangre que la que manchaba diversas prendas.

Hammond alzó los ojos un instante, ceñudo, como quien trata de recordar.

—Sí, es posible —contestó al fin.

Highsmith frunció el entrecejo, pero antes de que pudiera replicar, Hammond prosiguió:

—Si, por ejemplo, el agresor sujetaba contra él a la chica clavándole la pistola en las costillas, una bala en trayectoria ascendente destruiría el corazón, pero podría quedar alojada detrás del omóplato. Al no haber orificio de salida no se produce salpicadura de sangre; y si la sujetaba contra su cuerpo, la salpicadura de atrás quedaría absorbida en esa mancha más amplia de la camisa.

Highsmith volvió rápidamente al ataque.

—Luego, ¿de todas las posibles reconstrucciones de este supuesto asesinato, solo puede indicar una que explique la ausencia de manchas de sangre en el escenario?

—¿Suponiendo que la chica fuese asesinada en la mina? Sí, solo encuentro esa explicación.

—Una posibilidad entre docenas, tal vez cientos. Entonces, no es lo que podría calificarse de hipótesis probable del crimen, ¿no?

—No tengo ni idea —respondió Hammond encogiéndose de hombros.

—Gracias, profesor —dijo Highsmith sentándose.

Había conseguido más de lo que esperaba y estaba seguro de

poder desconcertar con su habilidad al jurado para llevarle a la conclusión de que la única opción lógica era declarar inocente al acusado.

—La acusación no tiene más que decir —anunció Stanley mientras el profesor recogía sus papeles y abandonaba el estrado de testigos.

—Se aplaza la vista hasta el lunes —añadió Sampson.

El juicio

4

Manchester Guardian,
lunes, 22 de junio de 1964

NUEVA PISTA SOBRE EL NIÑO DESAPARECIDO

Ayer tarde la búsqueda que efectúa la policía del niño casi ciego desaparecido hace cinco días dio un nuevo giro al manifestar uno de sus compañeros de colegio: «Solía presumir de que tenía un escondite supersecreto».

La policía abandonó la zona de búsqueda en los alrededores del domicilio de Keith Bennett en Eston Street, Longsight, Manchester, para iniciarla en el parque cercano.

Un portavoz de la policía añadió: «El niño puede tener un buen escondite difícil de encontrar y quizá disponga de víveres».

Rusia reconoce que posee satélites espaciales capaces de espiar al enemigo; un ataque cardíaco pone fin al liderazgo de Nehru en la India; el nuevo dirigente de Rhodesia, Ian Smith, hace alarde de poder militar; The Searchers y Millie and the Four Pennies compiten por el primer puesto en la lista de éxitos pop... Pero a Bennett solo le interesaban los artículos de prensa sobre el juicio de Philip Hawkin; trataba de escamotearle a Anne los periódicos, pero ella iba a comprarlos por su cuenta a la tienda de prensa pues, como se veía obligada a tratar a las otras esposas de policías, quería saber qué se decía de su marido para poder salir en defensa suya si alguien relacionado con el Cuerpo rompía la solidaridad dejándose llevar por los nervios.

El único testigo de la defensa, aparte del propio Hawkin, era su antiguo jefe, quien dio de él referencias anodinas e irreprochables; aunque el hombre no parecía muy predispuesto hacia Hawkin, declaró que nunca había oído nada sospechoso sobre su antiguo delineante.

Cuando Hawkin subió al estrado de los testigos ya habían aparecido en los periódicos de la mañana titulares sensacionalistas: LA POLICÍA TIENDE UNA TRAMPA A UN ACUSADO DE HOMICIDIO, QUIEN AFIRMA QUE *LAS PRUEBAS FUERON FABRICADAS*. TODO ES UNA SARTA DE MENTIRAS, DICE EL ABOGADO DEFENSOR. *EL ASESINO DE ALISON SIGUE EN LIBERTAD*.

Bennett se sentó en su despacho y miró enfurecido aquellas frases, a pesar de saber que no era más que papel destinado al día siguiente a servir para cucuruchos de patatas fritas; la calumnia estaba en marcha y siempre quedaría algo. Independientemente de los resultados del juicio, cuando acabase aquello pediría el traslado.

A decir de todos, Hawkin había tenido una actuación deslumbrante en su declaración, la aprovechó para alegar inocencia en todas las oportunidades que le facilitó Highsmith, y para dar una explicación propia a todas las pruebas presentadas en contra suya, más convincente en unos casos que en otros, y expresándose con soltura sin dejar de mirar al jurado con gesto franco y cándido.

Había admitido incluso que el Webley era suyo, pero no haberlo robado a Richard Wells, alegando que lo había comprado a un compañero de trabajo que, naturalmente, ya había fallecido; confesó casi avergonzado que siempre le había hecho ilusión tener una pistola y que el que se la vendió se la había ofrecido antes de que él supiera que era robada; admitió, sí, que después había establecido la relación, pero que no había dicho nada por temor a que le acusaran a él del hurto; y dijo estar muy avergonzado de haber enseñado el revólver a su esposa. La prensa calificaba su declaración de valerosa, porque Hawkin afirmó varias veces que, aunque la policía le había tendido una trampa, él no perdía la confianza en la justicia inglesa y en el sentido común de los miembros del jurado.

–Vaya manera de bailar el agua –gruñó Bennett mirando el amplio artículo firmado por Don Smart en el *Daily News*.

Clough asomó la cabeza por la puerta.

–A mí me parece que se está pasando, porque no hay nada que más odie un jurado que notar que intentan ganárselo con halagos. Se les puede hacer la rosca todo lo que uno quiera mientras no se den cuenta, pero él los atosiga demasiado.

–Se agradece el comentario, Tommy –replicó Bennett con un suspiro–. Me gustaría estar hoy allí para ver cómo le interroga Stanley.

–Seguramente más a gusto, sabiendo que no está usted en la sala.

Manchester Evening News,
miércoles, 24 de junio de 1964

NIÑOS DESAPARECIDOS: 2 MADRES
ANGUSTIADAS

Dos mujeres desconsoladas que saben lo que es la desesperante angustia de quien ha perdido a su hijo se vieron hoy en Ashton-under-Lyne.

Las señoras Sheila Killbride y Winfred Johnson se reunieron en casa de la primera en Smallshaw Lane de Ashton para hablar de sus hijos desaparecidos.

John Killbride que falta de su casa desde noviembre tiene 12 años, igual que Keith Bennett de Eston Street, Chorlton-on-Medlock, Manchester, hijo de la señora Johnson, que desapareció hace siete días.

Ambos niños son respectivamente los hermanos mayores de una familia numerosa y los dos desaparecieron sin dejar rastro.

Una pesadilla

La señora Killbride y la señora Johnson hablaron apesadumbradas con gesto desolado de quien se resiste a aceptar su desgracia.

La señora Killbride dijo: «A pesar del tiempo transcurrido, sigue siendo una pesadilla».

Manifestó que a medida que pasan los días se ha acostumbrado a vivir con falsas esperanzas y con la angustia siempre que para un coche delante de su casa.

No ve el fin de sus noches de insomnio y de sus días de profunda desesperación.

«Hay que seguir viviendo. Nosotros tenemos también muchos hijos y ahora no nos atrevemos casi a mencionar a John», son palabras de la señora Killbride a la señora Johnson.

Bromistas

La señora Killbride se quejó de los chalados y bromistas que agravan su aflicción.

«He aprendido a sospechar de todos cuantos llaman a casa», dijo.

«Si dicen que son policías o periodistas les pido el carné.»

La señora Killbride, esposa de un obrero de la construcción, es madre de otros seis hijos además de John. La señora Johnson, esposa de un carpintero en paro, es madre de seis y espera otro el 5 de julio.

Búsqueda policial

La policía prosigue la búsqueda de los hijos de estas dos mujeres y se ha distribuido por toda Inglaterra la descripción de Keith.

Un portavoz del Cuerpo en Manchester manifestó: «Nos preocupa su seguridad, naturalmente. Es extraño que se trate de un niño que nunca se ha escapado de casa y que olvide las imprescindibles gafas y que se vaya con un solo chelín. Lo habitual es que estos niños aparezcan pronto, pero en este caso no tenemos pistas y estamos redoblando esfuerzos».

El juicio

5

Extracto de la transcripción oficial de Rex versus Philip Hawkin; conclusiones finales de Desmond Stanley, letrado de la Corona, pronunciadas como representante de la acusación ante el jurado.

Señoras y caballeros del jurado, quiero darles las gracias por la paciencia que han demostrado durante este difícil juicio. No deja de ser penoso enfrentarse a una violación de menores, como en el caso que nos ocupa, y trataré de ser lo más breve posible, pero en primer lugar quiero replicar a las alusiones efectuadas por mi ilustre colega durante el turno de defensa.

Han visto y escuchado ustedes al inspector de policía George Bennett, así como al acusado Philip Hawkin. Bien, me consta que el inspector Bennett es una persona de honradez intachable, aunque, naturalmente, ustedes no le conocen como yo. Por tanto, habrán de considerarlo basándose en los hechos presentados ante este tribunal. Ya antes de que compareciera en la sala quedó expuesta la buena reputación del inspector Bennett por la testificación de la señora Carter, esposa del acusado, sobre su manera de actuar, y, posteriormente, hemos oído a la señora Hester Lomas y al señor Charles Lomas señalar con vehemencia cómo ayudó a los habitantes de Scardale y su abnegación en la búsqueda de la desaparecida Alison Carter.

Por el contrario, el señor Hawkin, según propia confesión, es una persona capaz de comprar ilegalmente un arma de fuego y guardarla en una casa en la que convive con una niña de trece años. Son hechos, señoras y caballeros. Hechos; no conjeturas. Pero a pesar de lo que mi ilustre colega haya insinuado, en este caso se dan otros hechos. El hecho de que Philip Hawkin es dueño del revólver Webley del calibre 38 con el que se efectuaron los disparos en el interior de una mina abandonada en que apareció ropa de Alison Carter, identificada por su madre. El hecho es que Philip Hawkin tiene un libro que describe detalladamente la situación de la mina cuya existencia todo Scardale ignoraba salvo una anciana. También es un hecho que a Philip Hawkin puede imputársele haber manchado con su semen los restos de la ropa interior de Alison Carter.

Es un hecho, igualmente, que la pistola de Philip Hawkin se halló envuelta en una camisa manchada de sangre y escondida en el laboratorio de fotografía del citado Philip Hawkin, una dependencia a la que únicamente él tenía acceso. Es un hecho que la sangre de esa camisa, la gran cantidad de sangre de esa camisa, puede pertenecer a Alison Carter. Es un hecho que existe una explicación perfectamente fundamentada sobre la ausencia de sangre en la mina.

Es un hecho, además, que en las obscenas fotografías de Alison Carter y en los negativos a partir de los cuales fueron impresas hay gran profusión de huellas dactilares de Philip Hawkin, no del inspector Bennett. Es un hecho que algunas de ellas fueron tomadas en la habitación de Alison Carter y no proceden de ninguna revista pornográfica. Es un hecho que Philip Hawkin posee el equipo fotográfico necesario para realizar tales fotografías. El inspector Bennett tiene una cámara con la que puede hacer fotografías, pero no un laboratorio adecuado. Ni posee bandejas para líquidos de revelado ni ampliadora, papel fotográfico o cualquier otro utensilio imprescindible para la elaboración de semejante fraude. Y, por otra parte, no tiene tiempo para ello.

Es un hecho que las fotografías estaban ocultas en una caja fuerte disimulada cuya llave estaba igualmente oculta en el despacho de Philip Hawkin. Es un hecho que el señor Hawkin instaló esa caja fuerte cuando transformó en laboratorio la dependencia exterior de la casa.

Hechos, señoras y señores, no faltan precisamente en este caso. Esos hechos constituyen prueba, y la prueba apunta de forma abrumadora hacia una sola conclusión. Que no haya cadáver no significa que no se haya cometido un crimen. Quizá les ayude saber que no se les pide que tomen una decisión sin precedentes. Existe jurisprudencia de casos en los que el jurado pronunció veredicto de culpabilidad para acusados de homicidio sin que se hubiera localizado el cadáver. Si están convencidos por las pruebas presentadas y por su criterio sobre la deposición de los testigos de que el acusado cometió en la persona de Alison Carter los delitos de estupro y asesinato, cumplan con su deber dictando un veredicto de culpabilidad.

En este caso existe, como he dicho, una sucesión clara de acontecimientos que apunta inexorablemente hacia tal conclusión. Philip Hawkin llegó a Scardale con poder y fortuna por primera vez en su vida, y, por primera vez en su vida, vio la oportunidad de satisfacer sus perversos apetitos hacia las niñas.

Para enmascarar sus auténticos deseos cortejó a Ruth Carter, una mujer que había enviudado seis años antes y que, aparte de ver en él una persona persuasiva y atenta, vislumbró la posibilidad de dar un nuevo padre a su hija. Pero lo cierto es que el único propósito de él era casarse con la madre para tener más fácil acceso a la atractiva jovencita. Lo consiguió y eso puso fin a la niñez de Alison Carter.

Al convertirse en hijastra de Philip Hawkin, sellaba su destino como presa de sus designios. No tenía escapatoria viviendo bajo el mismo techo: le hizo fotografías obscenas y abusó de ella; la violó, la sodomizó, la obligó a practicarle la felación. La aterrorizó. Lo sabemos porque queda patente en las fotografías, unas fotografías que no son ningún trucaje sino auténticas. Fotografías repugnantes, viles, degradantes y, sin ninguna sombra de duda, prueba de lo que tuvo que padecer Alison Carter a manos de su padrastro.

Nunca sabremos qué es lo que sucedió, ya que el acusado se niega a poner fin al tormento de la señora Ruth Carter confesando dónde ocultó el cadáver de su hija y por qué. Quizá Alison no aguantaba más y le amenazó con decírselo a su madre o a otra persona; quizá él se había cansado de ella y quiso quitársela de encima; quizá el perverso juego sexual se le fue de las manos. Sea cual fuere el motivo –y no es difícil imaginar motivos en un caso tan oscuro y bestial como este–, Philip Hawkin decidió matar a su hijastra. Y en aquella mina oscura y húmeda la violó por última vez y apretó el gatillo del revólver Webley acabando con la vida de la pobre colegiala de trece años.

Y al verse descubierto en su crimen aún tuvo la desfachatez de querer sustraerse a su culpa manchando el buen nombre de un policía honrado.

La obligación de Philip Hawkin con Alison era cuidarla y lo que hizo, por el contrario, fue aprovecharse de su posición para abusar sexualmente de ella y cuando algo falló la mató de un disparo y ocultó el cadáver, pensando que al no aparecer este no habría acusación ni un proceso en que se le declarara culpable.

Señoras y caballeros del jurado, consideren las pruebas. Philip Hawkin es culpable de los cargos presentados, y les insto a que emitan el veredicto apropiado ante este tribunal.

El juicio

6

Extractos de la transcripción oficial de Rex versus Philip Hawkin; conclusiones finales del letrado de la Corona, Rupert Highsmith, expuestas ante el jurado en nombre de la defensa.

Señoras y caballeros del jurado, a ustedes corresponde la mayor responsabilidad en el juicio celebrado en esta sala. Tienen en sus manos la vida de un hombre acusado del estupro y asesinato de su hijastra. Es competencia de la acusación demostrar más allá de toda duda razonable que cometió esos delitos y es obligación mía demostrarles a ustedes todos los puntos del caso que nos ocupa en que no se ha cumplido el requisito. Creo que después de oír lo que voy a exponerles, no tendrán valor moral para declarar culpable de delito alguno a Philip Hawkin.

Lo que la acusación debe demostrar en primer lugar es que se cometió un delito. Pues bien, ya en principio, este caso plantea una serie de problemas insólitos. No hay querellante porque Alison Carter ha desaparecido y, por consiguiente, no puede presentar querella por estupro, dada la imposibilidad de identificar al agresor, si es que lo hubo, dado que la acusación no ha podido presentar un tercero a quien Alison manifestara haber sido agredida. De ese supuesto estupro no existen testigos. Philip Hawkin no volvió a su casa magullado y manchado de sangre como si hubiera sostenido un violento forcejeo. La única prueba de estupro son las fotografías, de las que hablaré en su momento; ahora me limitaré a señalarles que tengan en cuenta que la cámara fotográfica puede mentir.

Quizá piensen que el hallazgo de ropa interior perteneciente a Alison, manchada de sangre y de semen, constituye indicio de estupro, pero no es así, señoras y caballeros. Los actos sexuales adoptan muy diversas modalidades, y por desagradable que sea para ustedes considerarlo, una de ellas se da entre las mujeres de edad que visten prendas de colegiala para entregarse a fantasías pensando en hombres. También incluyen actos de violencia fingida. Por tanto, esas pruebas no demuestran nada en definitiva.

Lo cual me lleva al segundo cargo: el de homicidio, del que tampoco hay testigos. La acusación no ha podido presentar a ninguna persona que testifique que Philip Hawkin fuese un hombre violento. No se ha presentado un solo testigo que diga que Hawkin no fuese una persona normal en el comportamiento con su hijastra. Pero es que además de la ausencia de testigos, no existe cadáver. Y no solo no hay cadáver, sino tampoco sangre en el supuesto lugar del crimen. Es el primer caso en la historia forense, señoras y señores, en el que un disparo no deja rastro en el lugar en que se supone que se ha producido. Lo único que podría afirmar la acusación es que Alison se ha escapado y vive al margen de la sociedad. A falta de sangre, a falta de cadáver, ¿cómo se puede acusar a Philip Hawkin de homicidio? ¿Cómo se atreven a acusarle de homicidio?

Simplemente presentan una cadena de pruebas circunstanciales, pero es bien sabido que la fuerza de resistencia de una cadena está en función de lo que resista su eslabón más flojo; ¿qué pensar, pues, de una cadena en la que todo son eslabones flojos? Consideremos las pruebas una por una y veremos que no son sólidas. Estoy convencido, señoras y caballeros del jurado, de que, hecho esto, no podrán ya declarar culpable a Philip Hawkin de los dos terribles delitos que se le imputan.

Han oído declarar a dos testigos que en la tarde en que desapareció Alison vieron a Philip Hawkin andar por el campo situado entre el bosque en que apareció el perro de la desaparecida y el soto en el que posteriormente se detectaron huellas de forcejeo. No estoy insinuando ni mucho menos que esos dos testigos mientan. Yo creo que ambos están convencidos de que dicen la verdad.

Sin embargo, yo alego que en una pequeña comunidad rural como Scardale todas las tardes de invierno son muy parecidas y no sería nada extraño confundir un martes con un miércoles. Bien, teniendo en cuenta que en Scardale todos estaban consternados y desconcertados por la desaparición de Alison Carter, si una autoridad, como es un policía, sugiere que se equivocan y que corrigiendo ese error se resuelve el enigma, ¿resultaría muy extraño que los testigos se avinieran a hacerlo? Sobre todo si ello significaba echar la culpa al hombre a quien consideraban un intruso, el nuevo y detestado propietario, Philip Hawkin. No olviden, señoras y caballeros, que si Philip Hawkin acaba en el patíbulo, Scardale y todas sus tierras pasan a ser propiedad de su esposa, que es natural de allí.

Veamos a continuación la prueba de la propia señora Hawkin y, por mucho que ella reniegue, no olvidemos que continúa siendo la señora Hawkin. Pensarán quizá que el simple hecho de que esté dispuesta a declarar contra su esposo habla por sí mismo. Al fin y al cabo, ¿qué puede impulsar a una persona que lleva casada menos de año y medio a apoyar la acusación contra su marido si no es reforzar las pruebas? ¿No resulta algo extraño el hecho de que ella aporte pruebas contra él en un caso tan poco sólido como este?

No, señoras y caballeros, no es extraño. La explicación es que nada hay más fuerte para una mujer que el vínculo de la maternidad.

La hija de la señora Hawkin desaparece el miércoles once de diciembre; ella se desespera, se altera, se desconcierta; la única persona que le ofrece alguna esperanza es el joven inspector de policía que se entrega al caso con pasión y sin reservas. Siempre está a disposición de ella; es compasivo y delicado, pero no avanza en la investigación, hasta que en último extremo incuba la sospecha de que el esposo de esa mujer puede tener alguna responsabilidad en la desaparición de Alison y decide sin más transformar esa hipótesis en hecho consumado. Imagínense lo que esto supone para una mujer en el estado emocional de la señora Hawkin, plenamente influenciable. Lo que el policía dice tiene su lógica porque ella quiere soluciones y desea que acabe aquella terrible incertidumbre. Mejor echar la culpa al marido que vivir en vilo. Mejor echar la culpa al marido que vivir con la duda constante de qué habrá podido sucederle a su hija.

Por consiguiente, señoras y caballeros del jurado, deben considerar con no poco escepticismo la declaración de la señora Hawkin.

En cuanto a la denominada prueba física, ni el menor ápice de ella apunta a Philip Hawkin. Unos seis millones de varones en este país tienen el mismo grupo sanguíneo que Philip Hawkin y de quien dejó restos de semen en la mina. ¿Cómo puede considerarse eso una incriminación? Hay cuatrocientos veintitrés volúmenes en la biblioteca del señor Castleton y en el libro que describe la situación de la mina no existe la menor huella dactilar, ni siquiera de Hester Lomas ni del inspector Bennett. ¿Qué clase de cargo es ese? La farmacia Boots de Buxton vende entre veinte y treinta rollos de esparadrapo a la semana, dos de ellos adquiridos por Philip Hawkin que vive en una zona rural en la que no son nada infrecuentes arañazos y cortes. ¿Es que esto le incrimina como violador y asesino?

Naturalmente que no. Pero por poco sólidos que sean estos indicios circunstanciales, no puede negarse que están situados sobre un platillo de la balanza que se inclina en contra del señor Hawkin. Luego, si no fue su actuación la que produjo este efecto, ¿de quién fue?

Hay una faceta de nuestra profesión que todo abogado detesta. Aunque la gran mayoría de los funcionarios de policía son honrados e incorruptibles, de vez en cuando hay alguno que se tuerce. Y de vez en cuando nos corresponde a nosotros llamar la atención sobre esa manzana podrida. Pero lo que es peor, en mi opinión, es que precisamente el policía que se aparta por codicia del recto camino es aquel que interpreta la ley con celo excesivo.

Hoy estamos reunidos aquí no por el mal que haya podido hacer Philip Hawkin, sino por el celo del inspector George Bennett. Sus ansias por resolver la desaparición de Alison Carter le han llevado a torcer el curso de la justicia. No puede haber otra explicación. Es verdaderamente terrible lo que puede hacer un hombre cegado por su convicción, cuando esa convicción es un error monumental.

Si examinamos las pruebas circunstanciales resulta evidente que si hay una persona con motivación, medios y oportunidad de incriminar a Philip Hawkin, esa persona es el joven inspector sin experiencia, frustrado por no poder resolver el caso. Debió de sentir centrada en él la atención de sus superiores y decidió encontrar un culpable a quien conseguir que procesaran.

George Bennett tuvo ocasión de estar a solas en el despacho del señor Hawkin en más de una ocasión, tuvo tiempo suficiente para encontrar una pistola, mirar en un libro y hasta descubrir la llave oculta de la caja fuerte. George Bennett se ganó la confianza de la señora Hawkin y anduvo a sus anchas por Scardale Manor antes de que llegara la orden judicial de registro. ¿Quién mejor que él podía coger una camisa del señor Hawkin? ¿Quién mejor que él para convencer a la señora Lomas y a su nieto de que estaban equivocados sobre el día en que vieron al señor Hawkin caminando por su propio campo?

Y para concluir, me referiré a las fotografías. George Bennett tiene la misma afición que Philip Hawkin. No es que simplemente haga fotos de vacaciones con una Box Brownie como muchos de nosotros, sino que fue secretario del Club de Fotografía de su universidad, ya escribía artículos sobre fotografía antes de licenciarse y posee una cámara de retratos de las mismas características que la que debió utilizarse para trucar las fotografías. Conoce lo que puede hacerse en fotografía y sabe cómo trucar fotos. En el archivo de Philip Hawkin hay docenas de fotos de Alison, muchas de ellas instantáneas en las que aparece enfadada o triste, y hay también fotos de él. Con semejante material y teniendo acceso a fotografías pornográficas confiscadas en su comisaría, George Bennett pudo llevar a cabo el fraude de esas supuestas fotos incriminatorias.

Lamentablemente, así hemos puesto al descubierto una horrenda conjura producto de la arrogante convicción de una persona en cuanto al modo de hacer justicia, pero afortunadamente hemos probado que la acusación no puede ser probado más allá de la duda razonable. Señoras y caballeros, en sus manos dejo a Philip Hawkin. Espero y estoy seguro de que le declararán inocente. Gracias.

El juicio

7

Extracto de la transcripción oficial de Rex versus Philip Hawkin; resumen del señor juez Fletcher Sampson para el jurado.

Señoras y caballeros del jurado, el cometido de la acusación es demostrar más allá de toda duda razonable que el acusado es culpable de los cargos presentados contra él, y es cometido de la defensa descubrir si hay en ellos falta de solidez que pueda dar lugar a susceptibles dudas. Algunos de ustedes quizá esperen que sea yo quien les indique si creo en la culpabilidad del acusado; pero no es este mi cometido. Esa responsabilidad les incumbe a ustedes de un modo ineludible. Mi obligación es ser imparcial, y, para garantizar que se hace justicia, mi competencia es resumir el caso y asesorarles legalmente.

El caso que se va a juzgar es difícil, fundamentalmente debido a la ausencia de Alison Carter, esté viva o muerta. Si estuviera viva, el segundo cargo, el cargo de homicidio, evidentemente se desmoronaría, pero sería el testigo crucial en lo que atañe al primer cargo, el de estupro. De haberse descubierto su cadáver, habría sido posible que los especialistas forenses nos facilitaran las pruebas pertinentes, pero su ausencia lo impide y, por tanto, nos vemos obligados a basarnos en otra índole de pruebas.

En primer lugar, debo decirles que la acusación no necesita presentar un cadáver para que haya presunción de homicidio. Se ha pronunciado veredicto de homicidio para otras personas en casos en que no había cadáver. Les pondré dos ejemplos que en ciertos aspectos son equiparables al caso que nos ocupa.

Una actriz llamada Gay Gibson regresaba a Inglaterra desde Sudáfrica cuando los pasajeros del barco advirtieron su desaparición. Registraron el buque y el capitán ordenó incluso volver atrás, pero no pudo encontrarse rastro alguno de la señorita Gibson. Un camarero llamado James Camb despertó sospechas por haber sido visto por un compañero suyo frente a la puerta del camarote de la pasajera por la noche. Se le detuvo al llegar al puerto y confesó que aquella noche había estado en el camarote porque ella le había invitado a hacerlo para mantener relaciones sexuales.

Alegó además que, durante el acto en cuestión, ella sufrió un ataque y murió; pero que, por tratarse de un ataque convulsivo en el que, aferrándose a él, ella le había infligido arañazos en hombros y espalda, él, presa del pánico, había arrojado el cadáver al mar por la escotilla. La acusación alegó que la había estrangulado mientras la violaba, ya que si los hechos hubieran correspondido a la versión dada por él, no habría habido motivo para no haber solicitado ayuda médica al producirse el supuesto ataque.

James Camb fue declarado culpable de homicidio.

Existe igualmente el caso de Michael Onufrejczyk, un polaco con brillante hoja de servicios en la Segunda Guerra Mundial, dueño con otro socio también polaco, Stanislaw Sykut, de una granja en Gales. Una verificación rutinaria de la policía entre los residentes extranjeros reveló que el señor Sykut había desaparecido. Onufrejczyk alegó que su socio le había vendido su parte de la granja para regresar a Polonia.

Pero la policía llevó a cabo una investigación y descubrió que ningún amigo de Sykut le había oído decir que pensara regresar a su país natal, su cuenta del banco estaba intacta y el amigo que Onufrejczyk señaló que le había prestado el dinero para comprar la granja negó que fuera cierto. Posteriores investigaciones revelaron que los dos habían tenido una discusión en la que se cruzaron amenazas y en la granja se descubrieron manchas de sangre para las que no había una explicación satisfactoria.

En el juicio se acusó a Onufrejczyk de haber arrojado a los cerdos el cuerpo de su amigo, dado que no se pudo descubrir un cadáver, y en el juicio de apelación el presidente del Tribunal Supremo dictaminó la viabilidad de demostrar la circunstancia de una muerte por otros medios distintos a la presencia del cadáver.

Por consiguiente, ya han visto que, según la jurisprudencia del país, no es necesario que haya cadáver para que el jurado llegue a la conclusión de que hubo homicidio. Si la acusación les ha convencido de que hay pruebas suficientes y que estas apuntan inexorablemente a una única conclusión, tienen perfecto derecho a pronunciar un veredicto de culpabilidad. Del mismo modo que si la defensa ha logrado sembrar dudas en su certeza, deben pronunciar un veredicto de inocencia.

Bien, hay que señalar que las pruebas en este caso...

El veredicto

Bennett fingía leer un informe sobre un robo en una tienda con licencia para servir licores cuando sonó el teléfono. «El jurado se retira a deliberar», fue la escueta frase de Clough.

–Voy ahora mismo para allá –dijo Bennett colgando de golpe y poniéndose en pie.

Cogió el abrigo y salió del despacho corriendo hasta el coche. Cuando giraba para salir del aparcamiento, atisbó al comisario Martin en la ventana de su despacho y pensó si se lo habrían comunicado también.

Cruzó la ciudad a toda velocidad y salió por la antigua ruta romana que atravesaba sin una sola curva campos de labor con rústicas cercas de piedra blanquecina. Pisó a fondo el acelerador y la aguja no tardó en marcar los noventa, los cien y tembló al rozar los ciento cuarenta; cuando veía algún otro coche a lo lejos hacía sonar con fuerza el claxon para asegurarse de que se apartaba y le cedía el paso.

Indiferente a la serena belleza de la tarde de verano, tan solo miraba la carretera que se desplegaba ante sus ojos. Dejó atrás el cruce de Newhaven y, al concluir el trazado rectilíneo de la antigua ruta romana, tuvo que aminorar la marcha para entrar en una carretera provincial no tan recta, con curvas, cuestas y peligrosos badenes. No podía apartar de su mente a aquellos diez hombres y dos mujeres que constituían el jurado. Cruzó al fin la pequeña ciudad de mercado de Ashbourne y volvió a acelerar en la carretera preguntándose si cuando llegara ya habrían adoptado una decisión, aunque, sin saber por qué motivo, pensó que no. Por más que quisiera convencerse de que había provisto a Stanley de munición suficiente para hundir a Hawkin, sabía que habían sufrido daños colaterales por mano de Highsmith.

Al doblar en la bocacalle junto al edificio donde celebraban las sesiones del tribunal superior del condado, vio que un coche dejaba un sitio junto a la entrada. «Buen augurio», musitó mientras aparcaba. Apretó el paso y entró en el edificio extrañándose de que estuviera casi vacío. Vio las puertas de la sala abiertas y solo un ujier sentado leyendo el *Mirror*.

Se acercó a él y le preguntó:
—¿Sigue reunido el jurado?
—Sí —contestó el hombre mirándole.
—¿Sabe dónde puedo encontrar a los letrados de la acusación? —añadió pasándose la mano por el pelo.

El ujier reflexionó un instante.
—Estarán seguramente en el salón del Lamb and Flag, al otro lado de la plaza. La cantina aquí está cerrada. Oiga, ¿no estuvo usted aquí la semana pasada? —preguntó el hombre con mirada inquisitiva—. Es el inspector Bennett, ¿verdad?
—Sí —contestó él cansinamente.
—Hoy ha estado en la sala su compañero. El grandote —añadió el hombre.
—¿Sabe dónde ha ido?
—Me dijo que si le veía le dijese que iba al Lamb and Flag. Es el único lugar en donde puede uno enterarse de cuándo vuelve a entrar el jurado.
—Gracias —dijo Bennett dirigiéndose sin perder tiempo hacia allí, cruzando la plaza para entrar en la antigua posada.

Irrumpió en ella tan aprisa que casi tropezó con las piernas de Clough que estaba arrellanado en un sillón, con un buen whisky en la mano y un cigarrillo que se consumía junto a él en un cenicero de pedestal.
—Espero que no le hayan multado —dijo el sargento incorpo-

rándose en el asiento–. Siéntese –añadió señalándole el espacio que había frente al mostrador acristalado de la recepción, seis sillones que se alzaban rodeando mesitas redondas y cuyo tapizado floral desgastado hacía un violento contraste con los intensos rojos y azules de la clásica alfombra Wilton.

Pero ellos no estaban para tales detalles.

–¿Y eso? –preguntó señalando al whisky tras acomodarse en un sillón–. Falta una hora por lo menos para que sirvan.

Clough hizo un guiño.

–Es que conozco a la recepcionista de cuando traje a Wells de Saint Albans. ¿Quiere uno?

–Pues no estaría mal.

Clough se acercó al mostrador, donde Bennett vio que se inclinaba y hablaba con alguien antes de volver a su lado.

–Ahora se lo trae –dijo.

–Gracias. ¿Qué tal fue el resumen del juez?

–Muy imparcial. Deja poco margen para el tribunal de apelación. Se limitó a exponer las pruebas equilibradamente. En un momento dado, se arrancó con un párrafo en que le hizo a usted parecer una ingenua doncella para a continuación señalar que alguien mentía y que ellos tenían que decidir. Se explayó de lo lindo sobre la diferencia entre duda descabellada y duda razonable. Desde luego, todos los del jurado salieron a deliberar con caras largas.

–Gracias por venir –dijo Bennett.

–Ha sido interesante estar presente.

–Sí, pero era su día libre.

Clough se encogió de hombros.

–Ya, pero Martin no me prohibió venir.

–Porque no se le ocurrió pensar que vendría –replicó Bennett sonriendo–. Por cierto, ¿dónde están los periodistas?

–Reunidos arriba, en la habitación de Don Smart, con una botella de Bell's. Le tocó hacer guardia a uno del periódico local; está en el tribunal para llamar por teléfono en cuanto haya alguna señal del jurado. Los letrados están ahí en el salón y Jonathan Pritchard no deja de pasear de arriba abajo como quien está a punto de ser padre.

—Me imagino cómo debe de sentirse —dijo Bennett con un suspiro.
—Por cierto, ¿cómo está Anne?
Bennett enarcó las cejas mientras encendía el cigarrillo.
—Disgustada por lo que lee en los periódicos, aparte de que el calor también le cansa. Dice que es como tener un saco de patatas en el vientre —contestó Bennett mordiéndose nervioso la piel del pulgar—. Entre su embarazo y este caso, tengo los nervios destrozados —añadió levantándose y acercándose a una ventana que daba a la plaza para mirar hacia el tribunal—. ¿Qué va a ser de mí si el veredicto es «Inocente»?
—Aunque se libre del cargo de homicidio, le va a caer una buena por estupro —dijo Clough con lógica—. No van a tragarse eso de que usted trucó las fotografías por mucho que haya dicho Highsmith. Yo creo que lo peor que puede pasar es que piensen que se dejó llevar emocionalmente al encontrar las fotografías y creyó que Hawkin la había matado también.
—Pero antes de que yo encontrara las fotos, Ruth Carter encontró el revólver —dijo Bennett mirándole indignado.
—Pero el jurado puede pensar que no es como usted dice —replicó Clough—. Escuche, piensen lo que piensen no le van a conceder el beneficio de la duda en cuanto al cargo de estupro. Vamos, usted estaba en la sala cuando se mostraron las fotografías, momento que inclinó al jurado en contra de Hawkin. Tenga por seguro que buscarán el modo de declararle culpable de ambos delitos. Vamos, mire, aquí llega su whisky. Siéntese y no se preocupe. Me está poniendo nervioso —añadió tratando en vano de apartar a Bennett de sus preocupaciones.
Bennett se acercó a la mesa, cogió la bebida y volvió a la ventana, deteniéndose brevemente ante un grabado victoriano con una escena de caza de colores chillones.
—¿Cuánto tiempo llevan deliberando? —preguntó.
—Una hora y treinta y siete minutos —dijo Clough consultando el reloj.
De pronto sonó el teléfono de recepción y Bennett se dio la vuelta y miró a la joven del mostrador.

–Lamb and Flag, recepción, diga –contestó ella con voz monótona–. Sí, hay habitación. ¿A qué nombre? –añadió mirando el libro de registro–. Señor y señora Duncan. ¿A qué hora llegarán?

Con un suspiro de decepción, Bennett volvió a apostarse en la ventana mirando el edificio del condado.

–Nunca he entendido por qué tardan tanto los jurados –comentó cariacontecido–. Bastaría con que adoptaran el voto de la mayoría. ¿Por qué tiene que ser una decisión unánime? ¿Cuántos delincuentes se libran del castigo porque un miembro del jurado testarudo no se deja convencer? Claro que no todos son lumbreras, ¿no es cierto?

–George, a veces se pasan horas deliberando. A lo mejor no acaban esta tarde y siguen mañana. ¿Por qué no se sienta y se toma el whisky y fuma tranquilamente? Si no, acabaremos los dos en el hospital de Derby con una subida de tensión –dijo Clough.

Bennett suspiró profundamente y volvió al asiento a regañadientes.

–Tiene razón. Sé que tiene razón, pero estoy en ascuas.

Clough sacó una baraja del bolsillo de la chaqueta.

–¿Echamos una partida de cribbage?

–No hay tablero de puntuación –alegó Bennett.

–Doreen, ¿sería posible que nos trajeras un tablero de puntuación del bar? –preguntó Clough a la recepcionista.

–¡Estos hombres! –exclamó alzando la vista, con un gesto de exasperación antes de salir por una puerta que había en la parte trasera de recepción.

–La tiene bien enseñada –comentó Bennett.

–Mi lema es dejarlas siempre con ganas de más –dijo Clough cortando y repartiendo. Doreen regresó y les dejó el tablero en la mesa–. Gracias, cariño.

–Mira bien a quién llamas cariño –replicó la joven alzando la cabeza y regresando al mostrador con un exagerado balanceo de caderas.

–Estoy mirando –replicó Clough lo suficiente alto para que le oyera.

Normalmente, a Bennett le habría hecho gracia el comentario

jocoso, pero aquel día le causó irritación. Trató de concentrarse en las cartas, pero se sobresaltaba cada vez que sonaba el teléfono. Jugaron unas manos en un silencio tenso, roto exclusivamente por los tantos cantados y el chasquido del mechero cuando uno u otro encendía un pitillo. A las seis y media se habían fumado casi veinte cigarrillos aparte de haber despachado sus buenos cuatro whiskys por cabeza. Al concluir una partida, Bennett se levantó diciendo:

–Necesito tomar el aire. Voy a dar una vuelta a la plaza.

–Le acompaño –dijo Clough.

Dejaron vasos y cartas en la mesa y el sargento dijo a la recepcionista que volvían enseguida.

En aquella calurosa tarde de verano, el centro de la ciudad estaba vacío con excepción de algún que otro peatón que salía tarde de la oficina, y, como todavía era pronto para la hora del cine, pasearon prácticamente solos por la plaza. Se detuvieron bajo una estatua de Jorge II y se recostaron en el pedestal a fumar otro cigarrillo.

–Nunca en mi vida he estado tan en tensión –dijo Bennett.

–Sé lo que es –comentó Clough.

–¿Usted, que es más tranquilo que un oso perezoso, Tommy? –replicó Bennett.

–Pura apariencia, George. Yo también tengo un nudo en el estómago –añadió encogiéndose de hombros–. Lo que sucede es que lo disimulo mejor. ¿Recuerda que antes comentó que no sabía qué iba a ser de usted si declaraban inocente a Hawkin? Pues, mire, yo sí que sé lo que voy a hacer. Presentaré la dimisión y me buscaré un trabajo que no me provoque úlcera –añadió tirando la colilla con gesto de rabia, cruzando los brazos y apretando los labios.

–No... no tenía ni idea –balbució Bennett.

–¿De qué? ¿De que esto me soliviantaba tanto? ¿Cree que usted es el único que no duerme pensando en Alison Carter? –replicó Clough en tono indignado.

–No, no quería decir eso –contestó Bennett pasándose las manos por la cara.

–Ya no tiene nadie que la defienda –añadió Clough irritado–.

Y si ese sale hoy libre del juicio, será como si la hubiésemos dejado en la estacada.

–Exacto –añadió Bennett en voz baja–. ¿Sabe otra cosa, Tommy?

–¿Qué?

–Es increíble lo que estoy pensando –dijo negando con la cabeza y desviando la mirada– y más aún que lo exprese, pero...

Clough aguardó un instante antes de preguntar:

–¿Qué es lo que piensa?

–Que cuanto más leo en los periódicos que soy un poli que ha amañado la culpabilidad de Hawkin, más creo que habría debido presentar los hechos de una forma más irrefutable –dijo Bennett con amargura–. Fíjese de qué modo me está afectando este maldito caso.

Antes de que Clough pudiera contestar, vieron que salía gente del Lamb and Flag. Iba en cabeza el grupo de abogados con las togas ondeando al viento como alas negras y les seguían precipitadamente los periodistas, algunos de ellos acabándose de poner chaquetas y sombreros. Clough y Bennett se miraron y lanzaron un profundo suspiro.

–Bueno, ya está –dijo Bennett en voz baja.

–Sí, usted primero jefe.

Vieron de pronto que la plaza se llenaba de gente. Los Carter, los Crowther, los Lomas entraron por la esquina de la derecha, donde el dueño de un café había pensado que era una idea rentable tener abierto porque podrían ganar algo a cuenta de los tés y las patatas fritas que pudieran consumir los de Scardale; la madre de Hawkin apareció por el lado contrario en compañía de los Wells de Saint Albans, y todos convergieron en la entrada lateral del edificio del condado donde el atasco les forzó a una incómoda proximidad. Bennett habría jurado que la madre de Hawkin aprovechó para darle un codazo en el costado, pero ya le daba igual. Entre apretujones fueron todos ocupando sus asientos como una bandada de pájaros que se posa en un árbol al atardecer, al tiempo que hacían entrar a Hawkin escoltado por la misma pareja de policías que se había encargado de su custodia durante todo el juicio. Bennett advirtió que caminaba abatido y que parecía más cansado que una semana antes. Le vio levantar la cabeza y dirigir un leve saludo con la mano a su madre, pero esta vez no le obsequió a él con aquella sonrisa extraña, sino con una mirada impenetrable.

Se pusieron todos en pie como un solo hombre al entrar el juez resplandeciente en su vestidura escarlata con orla de armiño, acompañado del representante de la Corona. Era el momento que todos habían esperado por distintos motivos. El jurado ocupó su puesto sin mirar a nadie en particular y Bennett quiso tragar saliva pero tenía la boca seca. Era un dicho popular que cuando el jurado no mira al acusado es porque va a pronunciar veredicto de culpabilidad, pero él sabía que ningún jurado miraba al acusado al regresar a la sala. Independientemente del veredicto, había algo en cierto modo ignominioso en juzgar a un semejante.

El portavoz elegido, un hombre de mediana edad de cara enjuta, mejillas arreboladas y gafas de montura de concha, permaneció en pie sin quitar ojos del juez mientras los demás tomaban asiento.

–Miembros de jurado, ¿se han puesto de acuerdo sobre el veredicto?
–Sí –contestó el portavoz.
–¿Cuál es para el primer cargo?
–Culpable.

En la sala se oyó un suspiro y Bennett sintió que se aflojaba el nudo del estómago.

–¿Y para el segundo cargo?
El portavoz carraspeó.
–Culpable –dijo.

Un murmullo creciente llenó el aire como el zumbido de las abejas en torno a su colmena al atardecer. Bennett no sintió vergüenza alguna por el placer que sintió al ver la expresión de derrota en la cara de Hawkin. Sus rasgos bien parecidos perdieron el color y su tez adquirió un tono ceniciento mientras abría y cerraba la boca como si le faltara el aire.

El inspector miró hacia el animado grupo de Scardale buscando a Ruth Carter, quien, justo en aquel momento, se volvió hacia él con los ojos bañados en lágrimas y la boca relajada y vio que sus labios vocalizaban un «Gracias» antes de volverse hacia los brazos abiertos de sus familiares.

–Silencio en la sala –clamó el funcionario del tribunal.

Cesaron los murmullos y todos miraron al acusado. El juez Fletcher Sampson, muy serio, dijo:

–Philip Hawkin, ¿tiene algo que alegar antes de que se pronuncie la sentencia conforme a ley?

Hawkin se puso en pie apoyándose en la barandilla del banquillo. Se pasó la punta de la lengua por los labios y, finalmente, dijo con vehemencia:

–Yo no la maté, Señoría. Soy inocente.

Era gastar saliva en balde, porque Sampson no se dejó impresionar en absoluto por sus palabras.

–Philip Hawkin, el jurado ha dictaminado con su veredicto que violó a su hijastra Alison Carter, una niña de solo trece años, y que posteriormente la asesinó. Que utilizara un arma de fuego para cometer el crimen me faculta para pronunciar la sentencia que la ley permite y la justicia requiere.

En medio de un silencio absoluto cogió la tela cuadrada negra y se cubrió con ella la peluca. Hawkin se tambaleó ligeramente, pero el policía de la derecha le sostuvo firmemente por el codo.

Sampson bajó la vista a la tarjeta en que estaban escritas las palabras fatales y acto seguido la alzó y miró a los ojos aterrados del asesino de Alison.

–Philip Hawkin, será trasladado al lugar de donde es natural y desde allí a un lugar de ejecución pública donde será colgado del cuello hasta que se produzca la muerte, tras lo cual su cadáver será enterrado en una fosa común dentro del recinto de la cárcel en que haya estado confinado antes de la ejecución. Que Dios se apiade de su alma.

El silencio suspenso de la sala fue roto por un grito de mujer:

–¡No!

–Policías, llévense al preso –ordenó Sampson.

Tuvieron que sacarle casi en brazos porque era incapaz de an-

dar. Bennett lo comprendió perfectamente porque a él también le temblaban las piernas. De pronto vio que era el centro de atención de un grupo que quería darle la mano. Eran Charlie Lomas, Brian Carter e incluso Ma Lomas que le rodeaban para felicitarle. Todo aquel mutismo y recelo que había encontrado en Scardale se desvaneció con el juicio y la sentencia de Hawkin.
Vio aparecer el rostro de Pritchard.
–Llame a su esposa y dígale que se queda en Derby –gritó–. Vamos ahí enfrente a tomar champán.
–Cada cual a su debido tiempo –chilló Ma Lomas–. Primero lo celebra con los de Scardale. Vamos, George, no le dejaremos marchar hasta que se tome una copa a cuenta de cada uno de nosotros. Ah, y tráigase a ese mocetón de su sargento.
Le daba vueltas la cabeza y sentía flotar el estómago. Había triunfado contra todas las previsiones. Había conseguido para Alison Carter la justicia que le pedía. Había hecho frente a sus superiores, a los principios del sistema jurídico inglés y a las difamaciones de la prensa, y había triunfado.

Lugar de ejecución

La tarde del 27 de agosto de 1964 dos hombres descendieron del tren en la estación de Derby, ambos con su respectivo maletín. No llamaron la atención de ningún otro pasajero, pero a la salida de la estación les aguardaba un coche de policía para recogerlos y llevarlos a la cárcel en que Philip Hawkin ocupaba una celda vigilado por dos guardianes. Aquella misma tarde, el mayor de los dos forasteros echó un vistazo por la mirilla tapada con hule de la celda del condenado y observó a un recluso de estatura mediana y complexión normal, aunque se apreciaba que había adelgazado, que paseaba inquieto de arriba abajo con un cigarrillo en la mano. Sí, no había nada que contradijera los cálculos que él mismo había hecho basándose en la escueta notificación recibida: «Uno setenta y cinco, setenta kilos». Con una caída de dos metros diez centímetros bastaría.

Hawkin pasó la noche despierto, ocupado en escribir una carta a su esposa en la que sostenía su inocencia, según el sargento Clough, a quien Ruth Carter enseñó la misiva. *Aparte del daño que te haya hecho, puedo asegurarte que yo no maté a tu querida hija. He cometido muchos pecados y delitos en mi vida, pero no he asesinado a nadie. No debería morir ahorcado por algo que no he hecho, pero mi destino está sellado porque hay personas que han mentido. Que mi muerte recaiga sobre su conciencia. No te guardo rencor porque te hayas creído sus mentiras, pero créeme que no tengo ni idea de lo que le ha sucedido a Alison. No tengo nada que perder salvo la vida, y esta me la arrebatarán por la mañana, así que no tengo por qué mentirte. Lamento no haber sido mejor esposo.*

A menos de diez kilómetros, al otro extremo de la ciudad, George Bennett permanecía también en vela. Fumaba junto a la ventana abierta del dormitorio de la casa que había sido su hogar desde su traslado de Buxton un mes antes. Pero no era el destino de Philip Hawkin lo que provocaba su impaciencia. A las ocho menos diez del día anterior, Anne había sufrido espasmos de dolor sentada en el sillón y él la ayudó a levantarse con cuidado, seguro de que había llegado el momento tan esperado en aquellas dos semanas que llevaba de retraso sobre la fecha prevista del parto. Aunque le habían comentado que en las primerizas se retrasa muchas veces, a él no le había servido de gran consuelo. Apenas traspasaron la puerta del cuarto de estar, George Bennett vio embobado que ella expulsaba un líquido transparente y fue Anne mientras bajaba tambaleante la escalera quien tuvo que explicarle que era absolutamente normal, que había llegado el momento de ir al hospital, que cogiera la maleta que ella tenía ya dispuesta en un rincón del recibidor.

Fuera de sí, George Bennett la ayudó a subir al coche, volvió corriendo a recoger la maleta, y a continuación condujo enloquecido por las tranquilas calles, ganándose miradas furibundas de los pacíficos ciudadanos que cuidaban su jardín y ojeadas de admiración de los chavales recostados en las esquinas. Cuando llegaron al hospital Anne gritaba de dolor ya cada dos minutos.

Nada más entrar y sin ninguna explicación, se la arrebataron para llevársela al área de maternidad, un mundo prohibido donde no penetraba ningún hombre desprovisto de estetoscopio, y a él, pese a sus protestas, le confinaron en la zona de visitas, donde una jefa de enfermería –que no habría desentonado en el regimiento del comisario Martin– le informó de que podía irse a casa porque allí no servía para nada ni a su mujer ni a los médicos.

Perplejo y risueño, Bennett se dirigió al aparcamiento aturdido por aquella situación. ¿Qué tenía él que hacer? Anne había leído libros para prepararse para ser madre, pero a él nadie le había dicho lo que se suponía que debía hacer el padre. Una vez que naciera el niño, no había problema; sabía que tendría que llevar puros para los compañeros e ir al pub a celebrarlo, pero ¿cómo llenar el tiempo hasta aquel momento? Y, puestos a planteárselo, ¿tardaría mucho en nacer?

Dio un suspiro, subió al coche y se dirigió a casa. Al llegar a su hogar, una casa pareada, idéntica a la de Buxton salvo por la ausencia del jardín, lo primero que se le ocurrió fue coger el teléfono y llamar al hospital.

–De momento hay muchas horas por delante –dijo la enfermera enfadada–. ¿Por qué no intenta descansar y nos llama por la mañana?

Colgó indignado. Ni siquiera tenía amistad suficiente con ninguno de Investigación Criminal para llamarle y convidarle a tomar una copa. Iba ya a entrar a saco en la botella de whisky del aparador cuando sonó el teléfono y, del susto, dejó caer el vaso de cristal fino, regalo de bodas. «¡Mierda!», exclamó cogiendo el teléfono.

–¿Llamo en mal momento, George?

El tono zumbón de Tommy Clough fue música celestial, como la información de un confidente.

–Acabo de llevar a Anne a la maternidad, pero aparte de eso, bien. ¿Qué desea?

–He cambiado mi turno de mañana con idea de acercarme ahí a ver cómo cuelgan a ese cabrón. Y luego podríamos ir a tomarnos unas cuantas. Pero ya veo que tiene otra ocupaciones.

Bennett se aferró al teléfono como a una tabla de salvación.

–Véngase para acá a hacerme compañía. Estas enfermeras le tratan a uno como si los hombres no tuviésemos nada que ver con los bebés.

Tommy Clough contuvo la risa.

–Yo sé lo que hay que decirles, pero como es un respetable casado no quiero escandalizarle. Dentro de una hora más o menos estoy ahí.

Bennett aprovechó para bajar al pub cercano y comprar botellas de cerveza como refuerzo al whisky. La realidad fue que no bebieron mucho, afectados de distinto modo por los acontecimientos que estaban viviendo.

Poco después de medianoche –después de la cuarta llamada de Bennett a la maternidad– Clough se acostó en la habitación de invitados, pero no fueron sus ronquidos lo que le impidió a George conciliar el sueño. Estuvo en vela hasta el amanecer mezclando en su cabeza las imágenes del tormento de Alison con las que su imaginación elucubraba sobre Anne, hasta que ambas se fundieron en un mismo sufrimiento. Finalmente, cuando comenzaba a clarear, se adormeció acurrucado como un feto en una esquina de la cama.

Al sonar el despertador a las siete abrió los ojos sorprendido y plenamente consciente. ¿Sería ya padre? Estiró las piernas y cruzó el cuarto casi a la carrera para bajar al teléfono. Le contestó otra voz en el mismo tono diciéndole que no había novedad, con el mensaje implícito de «No moleste».

En lo alto de la escalera surgió la cabeza despeinada de Clough con ojos de sueño.

–¿Se sabe algo?

–Nada –contestó Bennett.

–Es raro que no haya dado ya a luz –dijo Clough con un bostezo.

–No tanto. Lleva dos semanas de retraso, pero, según uno de los libros que ha leído ella, la ansiedad a veces afecta al parto. Y ella ha padecido mucha ansiedad últimamente –dijo Bennett volviendo a subir–. Al principio estaba inquieta por mi exceso de trabajo al comienzo de la investigación, que me hacía volver tarde a casa, luego, por las noticias en los periódicos tratándome de corrupto y acusándome de enviar a un inocente al patíbulo, y más tarde por los artículos sobre el juicio con la misma historia; y ahora seguro que no deja de pensar que van a ahorcar a una persona porque yo he cumplido con mi obligación –añadió en el rellano negando con la cabeza–. Milagro es que no haya perdido el niño.

Clough le puso la mano en el hombro.

—Ande, vamos a vestirnos. Le invito a desayunar en un café que hay cerca de la cárcel.
—¿Va a ir a la cárcel? —inquirió Bennett espantado.
—¿Usted no?
Bennett le miró extrañado.
—Yo voy a la comisaría. Ya me llamarán cuando todo haya terminado.
—¿Y no va a venir a la cárcel? Estarán allí todos los de Scardale y esperarán verle a usted.
—¿De verdad? —preguntó Bennett con cierta amargura—. Pues se quedarán sin verme, Tommy.
Clough se encogió de hombros.
—Siempre he pensado que si se envía a un hombre a la horca hay que arrostrar las consecuencias.
—Lo siento, pero no me siento con ánimos. Le invito a desayunar en la cantina de comisaría y después puede irse para allá.
—Bueno.
Bennett se dispuso a ir al cuarto de baño.
—George —añadió Clough con voz queda—. No hay por qué abochornarse. No hay nada peor en nuestra profesión, es peor que tener que decir a una madre que ha muerto su hija, pero hay que sobreponerse. Yo lo hago a mi manera y usted encontrará la suya. Dejemos lo del desayuno. Nos veremos más tarde para salir esta noche a emborracharnos.

A las ocho cincuenta y nueve Bennett observaba el segundero del reloj avanzando. El cura ya habría acabado con Hawkin. Pensó en cómo se sentiría. Aterrado, sin duda; pero trataría seguramente de conservar la dignidad.
Nada más cruzar la manecilla las doce, el reloj de la cercana iglesia dio la primera campanada de las nueve. Las puertas dobles de la celda del condenado se abrirían y Hawkin daría los últimos veinte pasos de su vida. El verdugo le ataría las muñecas con la correa de cuero.
Segunda campanada. Ahora, el verdugo avanzaría delante de

Hawkin, su ayudante detrás, los asesinos legales procurando mantener la calma como si pasearan por el parque.

Tercera campanada. Ya estaría Hawkin bajo la horca, pisando la trampilla que le haría emprender su último viaje.

Cuarta campanada. El verdugo se encararía al condenado sosteniéndole erguido mientras su ayudante agachado le ataba las piernas.

Quinta campanada. Surge como por ensalmo la capucha de lino y el verdugo se la pone a Hawkin con la soltura que da la práctica y a partir de ese momento todo se acelera porque nadie ve los ojos implorantes, de animal aterrado, de quien va a morir al cabo de un minuto. El verdugo le ajusta bien la capucha al cuello para que el lino no se enrede en la anilla de la soga.

Sexta campanada. El verdugo le pasa cuidadosamente la soga por la cabeza para que la anilla de cobre que ha sustituido al clásico nudo corredizo quede situada detrás de la oreja de Hawkin para mayor rapidez de la fractura y del proceso de dislocación que en teoría hace de la horca un procedimiento instantáneo y relativamente indoloro.

Séptima campanada. El verdugo retrocede y hace una señal a su ayudante, quien quita la chaveta de seguridad de la trampilla para que, casi simultáneamente, el verdugo accione la palanca.

Octava campanada. La trampilla se abre y Hawkin emprende la mortal caída.

Novena campanada. Se acabó.

Bennett notó el sudor en el labio y vio que le temblaba la mano al coger un cigarrillo. Eran simples sensaciones humanas que ya no podía sentir Hawkin y que antes le habían sido arrebatadas a Alison Carter.

Solo al expulsar el aire se percató de que había estado conteniendo la respiración. Se pasó la mano por la cara y se palpó la piel áspera casi agradecido.

Cuando sonó el teléfono dio un respingo.

En el mismo lapso de cinco minutos en que Hawkin había dejado este mundo Paul George Bennett llegaba a él.

Tommy Clough y Bennett no salieron a tomar copas.

Libro II

PRIMERA PARTE

I

FEBRERO 1998

Incluso el tenue sol invernal daba un aspecto dramático a White Peak. El azul frío del cielo contrastaba con el verde marchito de los campos, que parecían contagiados por el gris de las rústicas cercas de piedra, un gris que presentaba innumerables matices: el color hueso de acantilados calizos, estriado y punteado con una gama que abarcaba desde el delicado gris-paloma hasta un tono casi negro, pasando por un gris-acorazado; los grises más oscuros de las cuadras y casas que salpicaban el paisaje; el gris mate sin relieve de los tejados de pizarra, manchados por la escarcha en las zonas de umbría, y el gris sucio de las ovejas del páramo. Pese a ello, el dominante del paisaje eran el verde y el azul de la hierba y el cielo.

El cupé rojo que avanzaba despacio por la estrecha carretera destacaba como un loro exótico en un bosque inglés. Al surgir a la derecha la iglesia metodista, la mujer rubia que iba al volante frenó suavemente y el coche disminuyó la marcha hasta que ella cambió de velocidad al ver un indicador que no recordaba y que señalaba un desvío a la izquierda: *Scardale*.

«Por fin», pensó. El indicador de tráfico era un indicio de que las cosas habían cambiado con el paso del tiempo, se dijo; en la actualidad, los que no fueran del lugar tenían que saber cómo llegar a Scardale. Si las cosas iban tan bien como ella esperaba, Scardale tendría muchos visitantes. Con un estremecimiento de ilusión dobló por el desvío; aunque casi no recordaba las súbitas bajadas y subidas de la serpenteante carretera, redujo velocidad.

Las altas paredes de piedra caliza habían impedido que el sol de febrero bañase la carretera de vía única que aún aparecía cubierta de escarcha, dejando solo a la vista el asfalto en las rodadas abiertas por otros coches. No sería un buen augurio comenzar dando un patinazo y abollando la chapa.

A Catherine Heathcote no le causó impresión que a los márgenes de piedra de mampostería en seco sustituyeran de pronto aquellos imponentes acantilados de piedra caliza gris veteada. De lo que sí le sorprendió fue ver que en la carretera ya no había verja de separación entre lo público y lo privado. Ahora, la única indicación de que Scardale había estado expresamente aislado eran los pilares de piedra y la rejilla para impedir el paso del ganado que los anchos neumáticos de su coche cruzaron con un suave bamboleo.

Nada había cambiado mucho en el paisaje, pensó. El Shield Tor y el peñasco de Scardale dominaban imperturbables aquel valle en el que seguían pastando ovejas, aunque los dictados de la moda habían impuesto un rebaño de raza Jacob entre los más tradicionales del páramo. Vio las dispersas arboledas más crecidas, pero simplemente porque las habían cuidado sustituyendo los árboles talados o tumbados por las tormentas; pero prevalecía aquella sensación de que dejabas el mundo atrás para entrar en otro, pensó Catherine. La vista de los escasos cambios la retrotrajo en cierto modo a su niñez, cuando miraba desde el asiento de atrás por encima del hombro de los mayores mientras se dirigían a aquel recóndito lugar para ir de excursión al misterioso nacimiento del Scarlaston una tarde de domingo en verano.

Solo cuando ya alcanzaba el prado comunal del pueblo advirtió verdaderos cambios. Desde la época en que habían ajusticiado a Hawkin, Scardale había conocido cierta prosperidad. Recordó lo que había averiguado la primera vez que escribió sobre el asesinato de Alison Carter doce años antes en un artículo de encargo que coincidió con el salto a la actualidad de un nuevo caso «sin cadáver». Con sus investigaciones en los archivos del periódico local y sus preguntas a las compañeras de la partida de bridge de su madre, había averiguado que Ruth Hawkin al heredar las propiedades de su marido decidió escapar a sus recuerdos, vendió la casa solariega y estableció un fondo de fideicomiso para la administración de las tierras; los arrendatarios habían tenido la oportunidad de comprar sus hogares, y con el tiempo, algunas habían sido adquiridas por gente ajena al lugar. No había podido localizar a Ruth Hawkin, quien rechazó todos sus intentos de concederle una entrevista a través del abogado que representaba el fideicomiso.

Indudablemente, el proceso puesto en marcha por Ruth Carter había repercutido en beneficio del pueblo. Ahora tenía puertas y ventanas recién pintadas y habían surgido jardines en los que, aun en pleno invierno, las flores de azafrán, los lirios enanos y las campanillas aportaban su nota de color. Y, naturalmente, los coches habían invadido el parque del pueblo, ocupando el espacio en que antes solo había Land Rovers destartalados y el Austin Cambridge del señor. Una moderna cabina telefónica de plástico remplazaba a la antigua roja de madera, pero el menhir del centro conservaba la inclinación de siempre. A pesar de los coches modernos y las casas más arregladas, en una tarde fría como aquella, no costaba mucho trabajo imaginarse el Scardale de antaño que ella había conocido por primera vez de niña y más tarde cuando era una joven ya no tan inocente.

Tenía entonces dieciséis años y habían transcurrido dos años y medio desde el asesinato de Alison Carter; salía con un novio que tenía una escúter, a quien convenció para ir a Scardale a una tarde de primavera a ver el lugar de los hechos. Ahora se daba cuenta, con cierta vergüenza, de que había sido por curiosidad morbosa; tenía la edad en la que escandalizar era el propósito de todos sus actos, pero les faltó valor —y el calzado apropiado— para marchar campo a través en busca de la mina, aunque su merodeo de adolescentes en la espesura del bosque situado detrás de Scardale Manor le había hecho estremecerse al recordar los hechos.

Ahora comprendía que había sido también una manera de conjurar el horror suscitado por el juicio de Philip Hawkin, a pesar de que, naturalmente, la mayoría de los detalles habían quedado velados entonces bajo los eufemismos periodísticos; pero ella y sus amigas sabían que a Alison Carter le había sucedido algo horroroso, la clase de cosa horrible que siempre les advertían que podía suceder solo a manos de un desconocido. Y a ellas les había impresionado aún más porque en el caso de Alison ocurrió a manos de su padrastro, a quien conocía y de quien no desconfiaba. Para Catherine y sus amigas, todas hijas de familias acomodadas de clase media, percatarse de que el hogar no era necesariamente sinónimo de seguridad había sido una profunda conmoción.

Las consecuencias a nivel social se tradujeron en mayores restricciones en su vida, tanto por parte de los padres como por iniciativa propia, y fue una época en la que se vieron asiduamente acompañadas por alguna persona mayor cuando la mayoría de las quinceañeras inglesas comenzaba a descubrir los acelerados años sesenta. El triste fin de Alison había ensombrecido de tal modo la adolescencia de Catherine, que desde entonces no había podido olvidar ni el caso ni la víctima, y, por otra parte, había influido probablemente en su decisión de irse de Buxton a la primera ocasión. Fue a la universidad en Londres, a continuación entró de aprendiza en una agencia de noticias y finalmente encontró un empleo de articulista que le permitió romper sus vínculos con el pasado y conocer otras gentes y nuevas emociones.

Al hilo de su ascenso profesional, Catherine se había preguntado muchas veces cuál habría sido el futuro de Alison; le movía a planteárselo no una pura obsesión, sino más bien la curiosidad natural de la periodista que había conocido de primera mano datos sobre tan horrible y extraño caso.

Ahora, casi como un milagro, era ella quien por fin iba a desvelar totalmente aquel misterio. Le parecía lógico y pensó que no había otro periodista más preparado para contar la verdad.

Bajó del coche, se ajustó el chaquetón deportivo y se abrigó bien el cuello con la bufanda. Cruzó el prado y los escalones sobre la cerca para acceder a la vereda; ella sabía que daba al bosquecillo donde se encontró al perro y al nacimiento del Scarlaston.

Al sentir crujir bajo sus pasos la hierba escarchada no pudo por menos de pensar en lo distinto que era su paseo de aquel día del de la última vez que había estado allí, cuando diez años atrás, una calurosa tarde de julio, a pleno sol, penetraron con fruición en el frescor de la arboleda. Había alquilado con unas amigas una casita en Dovedale como punto de partida para excursiones por el parque natural de Peak durante las vacaciones. Una de las primeras había consistido en remontar el curso del Scarlaston de Denderdale a Scardale; sudorosas y agotadas por la caminata habían pedido un taxi desde la cabina telefónica del parquecillo, aguardando sentadas en el murete a que llegara, chismorreando sobre sus amigas de Londres. Pero del caso de Alison Carter no había comentado nada a ninguna de sus colegas periodistas por una especie de superstición.

Nunca se le había ocurrido pensar que sería ella quien lograría convencer a George Bennett para romper el silencio que había guardado durante treinta y cinco años. Por mucho que no hubiera dejado de pensar en Alison Carter, lo que jamás habría imaginado era que acometería la tarea de escribir el libro definitivo sobre uno de los casos más interesantes del siglo.

Ni siquiera se lo había planteado el otoño anterior cuando estaba en Bruselas, pero lo cierto es que sabía por experiencia que las mejores historias son las que no se buscan. Y no le cabía la menor duda de que aquella iba a ser la mejor historia de su carrera.

2

OCTUBRE DE 1997-FEBRERO DE 1998

La lluvia caía como una cortina incesante. Habría sido soportable al abrigo de algún bar acogedor con fachada de cristal y vistas a la Grand Place con un café irlandés humeante entre las manos, mientras ella se regodeaba al ver a los peatones apresurar el paso, luchando con su paraguas contra el viento. Pero estar golpeando el suelo con los tacones un miércoles lluvioso por la tarde en un Eurobox de cemento con vistas a otros bloques de oficinas, mientras esperaba a la delegada sueca, no era precisamente lo que Catherine consideraba más placentero. No era ni mucho menos lo que había planeado al decidir aquel viaje a Euroland.

Pese a ser editora de artículos de fondo de una revista mensual femenina, Catherine no había perdido el gusto por el reportaje, especialidad que le había dado fama y le gustaba escapar de vez en cuando al estrés de la burocracia cotidiana y de las mezquindades de la política de despacho; la disculpa para ello era que necesitaba no arrumbar su faceta creativa y estar al día de los cambios a que se enfrentaban los articulistas que ella editaba, pretexto con el que periódicamente publicaba algo que le permitía investigar, entrevistar y redactar.

Era la razón que le indujo a pensar que sería interesante publicar una serie de entrevistas con mujeres europeas famosas, pero no había previsto la engorrosa burocracia ni en aquel tiempo infame. Por no hablar de que las reuniones siempre se alarga-

ban y la gente nunca era puntual en las entrevistas. Suspiró y cogió el teléfono en la sala de reuniones para llamar a su enlace, el representante de prensa de Inglaterra, un tal Paul Bennett, a quien imaginaba displicente y engreído como la mayoría de portavoces de prensa oficiales, pero se llevó una agradable sorpresa, pues al descubrir que ambos se habían criado en Derbyshire, la relación fue sobre ruedas y Paul, además, había logrado solventar la mayoría de los fallos técnicos.
—¿Paul? Soy Catherine Heathcote. Sigrid Hammarqvist no ha comparecido.
—Oh, mierda —exclamó él irritado—. ¿Esperas un segundo?
Atronó sus oídos una música clásica de violines como bandadas de mosquitos furiosos. Pensaba a veces que sería interesante conocer aquellas composiciones clásicas, pero dudaba mucho que eso le sirviera de algo en aquel momento. Apartó el receptor del oído lo suficiente para que no retumbasen los arpegios y oír a Paul cuando volviera a hablar. Tardó un par de minutos.
—¿Catherine? Una mala noticia. O buena, según lo mires. La señora Hammarqvist ha tenido que salir para Estrasburgo a una reunión y no regresa hasta mañana, pero su secretaria me ha prometido que te reserva la cita para mañana a las once. ¿Te viene bien?
—Ahora me toca a mí: ¡Mierda! —replicó Catherine—. Esperaba marcharme hoy mismo con el puente aéreo.
—Lo siento —dijo Paul—. Los escandinavos tienen tendencia a no ser muy considerados con los periodistas.
—Tú no tienes la culpa. De todos modos, gracias por tu ayuda. Así pasaré otra noche en la soleada Bruselas —añadió con ironía.
Paul se echó a reír.
—Pues sí. Mira, no quiero que te quedes sin saber qué hacer. Si no tienes ningún plan concreto, ¿por qué no vienes a tomar una copa a nuestro piso?
—No, no te preocupes; ya me las arreglaré —replicó ella con despreocupación profesional.
—No es una invitación por sentido del deber —insistió él—. Me gustaría que conocieras a Helen.

Catherine recordó que Helen era la compañera de Paul, intérprete y traductora de la delegación.

—Sí, hombre, seguro que es lo que le encanta después de una jornada de trabajo en la Torre de Babel —comentó irónica.

—Para que lo sepas, Helen lee todos los meses tu revista y me mataría si dejara pasar la ocasión de invitarte a tomar unos vinos. Además, ella también es del norte —añadió él como si el detalle fuese determinante.

En cierto modo lo fue, pues, pasadas las siete, Catherine besaba en las mejillas a Helen Markiewicz, no precisamente a la manera de Derbyshire, pensó irónicamente mientras se hacía una primera impresión de la compañera de Paul. Desde luego, por su aspecto respondía perfectamente al perfil de las lectoras de su revista. Aparentaba poco más de treinta años, llevaba el pelo negro corto y expresamente enmarañado y volcado hacia su ancha frente; tenía un rostro en forma de corazón con pómulos prominentes, amplia sonrisa y cejas rectas; su maquillaje era discreto pero ideal, tal como recomendaba la revista de Catherine en las páginas de estilo de la mujer profesional. Aquella Helen le resultaba vagamente familiar y pensó si no se le habría cruzado en algún pasillo de los edificios de la Unión Europea por donde había deambulado los últimos días. Una mujer tan llamativa y elegante le habría llamado la atención por acto reflejo. Ahora comprendía que Paul quisiera presentársela.

Mientras Paul servía unos buenos vasos de vino tinto, ellas dos ocuparon los extremos del mullido sofá.

—Me ha dicho Paul que te ha dado plantón la señora Hammarqvist —dijo Helen con marcado acento de Yorkshire—. Te sentirás como quien va al dentista y encuentra que se ha largado.

—No es mala mujer —protestó Paul.

—Dejaría en mantillas a la madre de Grendel —dijo Helen en tono misterioso.

—Estoy seguro de que a Catherine no la toreará.

—Ah, de eso estoy segura, cariño —replicó Helen sonriendo a Catherine—. ¿Te ha dicho que soy tu admiradora número uno? No, en serio. Estoy suscrita a tu revista.

–Me halagas –dijo Catherine–. Oye, cuéntame. ¿Cómo os conocisteis? ¿Es un eurorromance?
–Ándate con ojo, Helen; seguro que está preparando el artículo para San Valentín del año que viene.
–Sí, tú piensas que todo el mundo se lleva trabajo a casa –replicó Helen en broma–. Pues, sí; nos conocimos en Bruselas. Paul fue la primera persona que conocí en la delegación que hablaba con acento del norte y conectamos de inmediato.
–Y como le gusté un montón, se quedó enganchada –añadió Paul con gesto presumido.
–Helen, ¿tú de dónde eres?
–De Sheffield.
–Nos separan los Pennines. Yo soy de Buxton.
Helen asintió con la cabeza.
–Allí vive ahora mi hermana. ¿Conoces un pueblo que se llama Scardale?
–Ya lo creo que conozco Scardale –contestó Catherine sorprendida.
–Pues allí se fue a vivir Jan hace un par de años.
–¿De verdad? ¿Por qué a Scardale en concreto? –preguntó Catherine.
–Le dio por ahí. Mi tía vivió cuatro años con nosotras y heredó en ese pueblo una casa de un pariente lejano de su difunto esposo. Un primo segundo, o algo así, y al morir ella, pasó a mi madre, quien al fallecer hace tres años nos la dejó a Jan y a mí. La pusimos en alquiler, pero a Jan le gustaba vivir en el campo y decidió no renovar el contrato a los inquilinos para ocuparla ella. A mí me volvería loca vivir tan lejos, pero a ella le encanta. Además, como viaja mucho por su trabajo no creo que llegue a cansarse.
–¿A qué se dedica? –preguntó Catherine.
–Tiene una firma de consultoría y se ocupa sobre todo de evaluación psicológica de ejecutivos para multinacionales. Comenzó hace pocos años, pero le va muy bien –dijo Helen–. Y menos mal, porque debe gastar una barbaridad solo en calefacción de esa casona rústica.

En Scardale solo podía haber una sola casa que encajase en aquella descripción.

—No me digas que vive en el Scardale Manor... —dijo Catherine.

—Ya veo que conoces el lugar —contestó Helen riendo—. Pues sí.

¿Cómo es que conoces tan bien un pueblucho como Scardale? —Helen... —terció Paul en tono reprobatorio.

Catherine torció la boca sonriente.

—Cuando yo era jovencita se cometió allí un crimen. Una chica de mi edad fue raptada y asesinada por su padrastro.

—¿Alison Carter? —exclamó Helen—. ¿Conoces el caso de Alison Carter?

—Lo que me sorprende es que lo conozcas tú —replicó Catherine— porque apenas habrías nacido.

—Ah, todos conocemos el caso de Alison Carter, ¿verdad, Paul? —añadió Helen casi con socarronería.

—No, Helen, nosotros no sabemos nada —respondió un tanto molesto.

—Vale, pues no —añadió ella en tono conciliador tocándole en el brazo—. Pero conocemos a uno que lo sabe todo.

—Helen, déjalo, a Catherine no le interesa un caso de homicidio de hace treinta y cinco años.

—Estás muy equivocado, Paul. Ese caso siempre me ha fascinado. ¿Tú qué relación tienes con él? —añadió mirando cómo fruncía el entrecejo, y de pronto una idea se abrió paso en ella: el leve parecido cuando se habían conocido y ahora su nombre relacionado con el caso de Alison Carter, y rápidamente llegó a la conclusión—. No serás el hijo de George Bennett, ¿verdad?

—Sí —respondió Helen con gesto de triunfo.

—¿Conoces a mi padre? —preguntó Paul desconfiado.

—No —respondió Catherine negando con la cabeza—, personalmente no. Pero sé el magnífico trabajo que hizo en el caso de Alison Carter.

—Sí —dijo Paul—, fue antes de que yo naciera y él nunca me ha hablado mucho de eso.

—Fue un caso muy importante, ¿sabes? Los que estudian derecho siguen consultándolo por sus implicaciones en causas de ho-

micidio en que no hay cadáver. Y nunca se ha escrito un libro sobre la investigación. Lo único que existe son artículos de periódicos de la época y algún precedente legal terriblemente árido.
Me extraña que tu padre no haya escrito sus memorias –dijo Catherine.
Paul se encogió de hombros y se pasó la mano por el pelo rubio bien cortado.
–No es lo suyo. Recuerdo una vez que vino un periodista a casa... Yo tendría unos dieciséis años; el tío dijo que había cubierto el caso en su momento y que quería que mi padre le ayudase a escribir un libro, pero él después de despacharle con cajas destempladas le comentó a mi madre que bastante había sufrido la madre de Alison en la época del crimen para revolverlo todo de nuevo.
El instinto periodístico de Catherine se puso inmediatamente alerta.
–Ahora, la madre de Alison ya ha muerto. Murió en el noventa y cinco. Ya no existe razón para no hablar del caso. –De pronto se inclinó hacia delante entusiasmada–. Me encantaría escribir la historia del caso de Alison Carter. Hay que contarlo, Paul, y no solo porque todos los periódicos de la época refirieron con eufemismos la verdad de los abusos sexuales de Philip Hawkin a su hijastra, sino por la importancia del caso, tanto en su aspecto legal como por su repercusión sobre la vida de muchas personas.
Para su sorpresa, Helen se puso de su parte.
–Catherine tiene razón, Paul. Ya sabes lo remilgados que son algunos periodistas y la verdad es que esos casos históricos siempre acaban saliendo a la luz. Si tu padre no cuenta la historia, lo más probable es que algún escritorzuelo con olfato la escriba a su modo cuando muera y nadie pueda contradecir su versión sensacionalista. Estando nuestra Jan en primera línea, por así decir, Catherine podría indagar mejor que nadie en Scardale.
Paul alzó las manos en gesto de derrota. Era evidente que Helen sabía hacerle pasar de una notoria hostilidad a una actitud de franca colaboración.
–De acuerdo, de acuerdo, chicas. Vosotras ganáis. Hablaré con el viejo en la primera ocasión en que llame a casa. Le diré que he-

mos encontrado la última periodista fiable de Europa y que quiere hacerle famoso. Quién sabe, a lo mejor salgo beneficiado con algún resplandor de su pasada gloria. Bueno, ¿a quién le apetece bajar a la cervecería de Jacques a por unos mejillones?

Una semana después de volver a Londres sonó el teléfono. El hijo se había trabajado al padre como no habría podido hacerlo nadie. A una semana vista George Bennett participaba en un torneo de golf para policías retirados cerca de Londres y la invitaba a tomar una copa para hablar de las posibilidades de escribir una versión del caso de Alison Carter basado en sus recuerdos personales.

Catherine se arregló con todo esmero para la cita y se puso su traje Armani con zapatos bajos. Necesitaba la mayor ayuda posible y convino con la editora de modas de su revista en que no había nada mejor que el estupendo estilo italiano para que una mujer se sintiera capaz de dominar la situación. A tal efecto, pasó más tiempo de lo que su impaciencia le pedía con el vaporizador, el lápiz de ojos y el pintalabios hasta quedar satisfecha, aunque reflexionó que cada año que pasaba le costaba un poco más. Tenía colegas que se habían hecho la cirugía estética, pero, claro, estaban casadas y ella sabía perfectamente que era mucho más difícil retener a alguien una vez pasada la novedad, que encontrar alguien dispuesto a compartir placeres secretos mientras durase una relación esporádica. No es que tuviera pensado nada con George Bennett, pero no estaba de más que se sintiera halagado por haberse tomado tanta molestia con él.

Pero al ver que aún era un hombre atractivo, se alegró tanto más de haberse esmerado. Bennett tenía pelo rubio plateado, una sonrisa pícara y unos ojos que todavía reflejaban una auténtica bondad a pesar de los treinta años de servicio en la policía. Igual que Robert Redford, George Bennett era un hombre que había dejado atrás la juventud, pero evidente que había sido muy guapo.

Y, curiosamente, George Bennett estaba dispuesto a hablar. Catherine pensó que tendría sus razones. La que él adujo era que ya había muerto Ruth Carter y se sentía libre de hablar sin temor a causarle más pena; pero ella intuía que también el hecho de estar jubilado tendría también algo que ver. Tras abandonar el Cuerpo con el cargo de comisario a los cincuenta y tres años, había trabajado de asesor de seguridad en varias empresas del Amber Valley, pero la artritis de su esposa le había obligado a dejarlo hacía un año. Constataba que a George Bennett no le gustaba vivir al margen del mundo ni le apetecía el papel anodino de viejo jubilado y se dijo que su propuesta había llegado en el momento más oportuno.

Cuatro meses después tenían un contrato para escribir el libro y Catherine una excedencia de seis meses en su trabajo. Y allí estaba, en Scardale, para participar por fin en el drama que había condicionado su adolescencia.

3

Febrero 1998

George Bennett miró su reflejo en el cristal de la ventana de la cocina. Detrás de sus facciones las sombras vaporosas del jardín difuminaban en parte las arrugas de los últimos treinta y cinco años. Aunque no había sido el único caso que le había quitado el sueño durante noches, la desaparición de Alison Carter fue su primer caso importante, y allí estaba otra vez, desvelándole en una fría noche de invierno. Eran las cinco y media y no había manera de ahuyentar los recuerdos.

Sonó el chasquido del hervidor y se volvió hacia la fría luz fluorescente de la cocina. Vertió el agua hirviendo en la taza con la bolsita de té y revolvió con la cucharilla hasta verlo bien oscuro; los incontables años de cantinas del Cuerpo habían dejado en él aquel amargor del té de naranja, bien cargado de tanino. Sacó leche de la nevera y se echó un poco, justo para enfriar el té y tomárselo sin esperar. A continuación se sentó a la mesa de la cocina bien arropado en el batín, cogió la cajetilla y encendió un cigarrillo.

Había llegado el día de la primera entrevista formal con Catherine Heathcote y ahora casi se arrepentía. Siempre había evitado hablar de aquel caso. El nacimiento de Paul había sido para él como un punto final perfecto, como volver a la vida a partir de cero dejando atrás aquel sufrimiento de Ruth Carter. Claro que no había sido tan sencillo ni tan fácil, porque en su trabajo policial surgían muchas coincidencias que le impedían borrar totalmente a Alison Carter de su memoria; pero sí que había logrado mantener su resolución de no hablar del caso.

Ninguno de sus colegas entendió los motivos de su reserva sobre lo que para ellos era un éxito profesional digno de ser sacado a colación a la menor oportunidad. Anne fue la única que comprendió que el motivo latente de tal decisión era su sensación de fracaso personal, pues, por mucho que hubiera superado enormes obstáculos para resolver la misteriosa desaparición de Alison y obtenido pruebas suficientes para llevar a la horca al culpable, le reconcomía la convicción de que había tardado demasiado en resolverlo, habían sido semanas en las que Ruth Carter vivió con el alma en vilo, abrigando falsas esperanzas aferrada a la idea de que su hija seguía viva; sin contar, además, que Philip Hawkin había gozado de más días de libertad de los que merecía, comiendo con su mujer, durmiendo tranquilo mientras ella padecía en vela, libre para pasear por sus tierras ufano y convencido de que saldría impune. George Bennett se reprochaba haberle permitido incluso aquel breve plazo de tranquilidad.

Por eso se había negado a hablar de aquel caso, rechazando ofertas de varios escritores que proyectaban una reconstrucción de los hechos con su colaboración. Incluso aquel reportero sin escrúpulos, Don Smart, había osado llamar a su puerta; no le costó mucho despedirle con cajas destempladas, pensó con una sonrisa de amargura.

Era cruel ironía que el afecto por otro ser que antaño le había servido para superar la situación fuese el mismo que ahora le impulsaba a revivirla. La primera vez que Paul les dijo que en Scardale vivía una hermana de Helen, supo que si su hijo iba en serio con aquella mujer más tarde o más temprano tendría que desistir de su decisión de no volver nunca más al lugar del crimen. De momento no le habían planteado que fuesen de visita, pero sabiendo que el proceso de divorcio de Helen estaba a punto de resolverse y que la pareja querría casarse enseguida, sería imposible negarse a que le presentasen a la hermana de la novia y entonces sería ineludible la visita a Scardale.

Además, ahora parecía intervenir el destino con la mediación de Paul a favor de Catherine Heathcote; era como si los acontecimientos se concatenaran para obligarle a cavilar de nuevo sobre Alison Carter, pero pensó que tampoco era tanta molestia hablar con la periodista y ver si era persona de confianza. De entrada le había parecido una plumífera más de revistas de modas, pero a medida que transcurrió la conversación advirtió el impacto que había causado en su vida el asesinato de Alison Carter y se dijo que nunca iba a encontrar a nadie mejor predispuesto para escribir aquella historia que parecía estar pidiendo ser contada.

El ruido habitual de pasos bajando la escalera le hizo interrumpir sus pensamientos. Alzó la vista y vio a Anne con cara de sueño asomada a la puerta.

—¿Te he despertado, cariño? —preguntó él estirando el brazo para enchufar de nuevo el hervidor.

—Es que tenía ganas de ir al baño —respondió ella con una sonrisa, sentándose en la otra silla—. Y tu lado de la cama estaba tan frío que me dieron ganas de hacerte compañía.

George Bennett se levantó y sirvió en una taza unas cucharadas del cacao preferido de Anne.

—Pues muy bien —dijo vertiendo el agua y removiéndolo a la vez.

Volvió a la mesa y le puso delante la taza, que Anne cogió con sus dedos artríticos agradecida por aquel calor que mitigaba su dolencia.

—¿Estás nervioso por la entrevista? —preguntó.

Él asintió con la cabeza.

—Sabes muy bien que casi estoy arrepentido de haberla aceptado.

—Es normal que te preocupe este asunto por tus escrúpulos por que el libro haga la mayor justicia posible a la memoria de Alison —dijo ella afectuosa.

Él torció ligeramente el gesto.

—Tú insinúas motivos más elevados de los que me inquietan, cariño. Digo que ojalá no hubiera aceptado porque no quiero ver por escrito lo ingenuo que fui con Philip Hawkin.

—George, tú eres el único que piensa así —replicó ella negando con la cabeza–. Para todos los demás fuiste causa de admiración; de verdad que si en Scardale hubieran tenido un premio de hijo predilecto te lo habrían concedido a ti el día del veredicto.

Él movió la cabeza pensativo.

–Tal vez. Pero tú sabes que yo no mido mis actos por parámetros ajenos sino por los míos propios, según los cuales fracasé ante esa gente. Yo formaba parte del sistema que para empezar defraudó a Alison, un sistema que hacía oídos sordos a las quejas de abuso sexual de las niñas.

Anne apretó los labios.

–No seas tonto. En aquella época nadie admitía que existiera el abuso sexual infantil, y menos en el seno familiar. Si vas a sentirte desdichado por pensar que defraudaste a Ruth Carter, allá tú. Pero no pienses que yo voy a consentir que te reproches tú los fallos de la sociedad inglesa de hace treinta y cinco años. Eso es reconcomerse inútilmente, George Bennett; huelga decirlo.

Él sonrió.

–Sí, puede que tengas razón. Quizá habría debido desahogarme hace años. ¿No es eso lo que aconsejan los psiquiatras? Si uno se guarda las cosas acaba desarrollando todo tipo de psicosis.

Anne le sonrió a su vez.

–Pensar que uno es culpable de los males de la sociedad es caer en la paranoia–dijo.

Él se pasó la mano por el pelo.

–Además, por el bien de Paul y Helen tengo que olvidarme de mis obsesiones. Habrá que ir a Scardale un día de estos para conocer a la hermana de Helen, ese Scardale que para mí se ha convertido en la bestia negra; tengo que superarlo por el bien de todos y porque no quiero empañar la felicidad del chico. Quién sabe si al hablar del asunto con una extraña cambia todo.

–Seguro que sí, cariño. Te confieso que me alegra de veras que por fin te decidas a hablar de ello. Al margen del caso en sí, fue un momento muy importante en nuestras vidas, y yo, muchas veces, he tenido que callarme y no evocar recuerdos porque sabía que traerían a tu memoria aquel tiempo en que resolvías el caso de Alison Carter y preparabas el juicio de Philip Hawkin.

Así que me complace que te sinceres con Catherine Heathcote para poder compartir contigo recuerdos que me he guardado para mí sola. Y no solo contigo, sino también con Paul. Sé que es un poco egoísta por parte mía, pero tengo verdaderas ganas.

George Bennett abrió los ojos sorprendido.

–Pues no tenía la menor idea –dijo negando con la cabeza–. ¿Cómo podía no saber nada de eso?

Anne dio un sorbo al cacao.

–Porque yo nunca comenté nada, cariño. Pero ahora que estás retirado del todo ya es hora de que podamos mirar hacia atrás sin miedo. Aún tenemos vida por delante, George; no somos tan viejos. De este modo se disiparán de una vez por todas las sombras del pasado y tú te convencerás de que actuaste correctamente y que lo que hiciste tuvo su importancia –dijo ella poniéndole la mano nudosa en el brazo–. Ya es hora de que te perdones, George.

Él lanzó un suspiro como si le saliera del alma.

–Bien, quien espero sepa perdonar es Catherine Heathcote –dijo con un bostezo–, porque no voy a estar muy pimpante a las diez si no duermo algo más. Gracias, cariño –añadió poniéndole suavemente la mano en el brazo.

–¿Por qué?

–Por recordarme que no soy el monstruo que a veces me creo.

–George, tú no eres ningún monstruo. Bueno, solo cuando te despiertas con resaca. Ya verás como todo va bien –añadió ella cariñosa–. Verás como el pasado no esconde ninguna sorpresa.

4

Febrero-marzo 1998

Al despertar el primer día en la casita que había alquilado en Longnor, Catherine tuvo un momento de pánico al no saber dónde estaba; ella que esperaba encontrarse en una habitación caliente con ventanas altas de guillotina, se veía con la nariz helada y encogida en posición fetal bajo un extraño edredón en un cuarto cuya única luz procedía de un ventanuco en un grueso muro de piedra cubierto por un visillo.

Pero inmediatamente su memoria estableció la relación con una punzada de entusiasmo casi anulada por la irritación de hallarse en una casa de una sola planta, pequeña y helada como una nevera, alquilada para seis meses. Comprendía ahora por qué los propietarios la habían acogido como agua de mayo, pues nadie en su sano juicio habría alquilado una cosa así, se dijo, saltando de la cama y tiritando por el frío que sentía en sus esbeltas piernas. Hoy mismo compraría un pijama caliente y una bolsa de goma; no quería irse de Longnor con unos sabañones como los que había sufrido en su niñez; maldijo a los propietarios con floridos improperios como periodista que era y salió corriendo del dormitorio.

El cuarto de baño fue como una tabla de salvación. El calentador montado en la pared insufló rápidamente aire cálido y la ducha vertió su maravillosa agua caliente. Sabía que también la cocina-cuarto de estar se calentaba deprisa gracias a una eficaz estufa de gas, pero el dormitorio era un purgatorio. Al volver a él después de ducharse razonó que tendría que recordar llevarse la ropa al cuarto de baño.

Mientras se vestía pensó que nunca había pasado tanto frío en la cama desde su infancia en Buxton, antes de que instalaran en casa la calefacción central al cumplir ella quince años. De pronto, se quedó parada con el suéter en el aire a punto de metérselo por la cabeza: en realidad, para recrear el Scardale de 1963, no había podido ir a parar a mejor sitio. Alison Carter se habría criado acostumbrada a aquel frío glacial en un dormitorio con ventanas que en invierno forman escarcha por dentro, una casa con solo una cocina rural bien caliente antes de que su madre cambiase de vida al trasladarse a la casa solariega; no se había planteado incluir en la investigación semejante grado de autenticidad, pero ya que se lo ponían en bandeja, lo aprovecharía. Además, estaba a menos de cien metros de la casa de Peter Grundy, el policía jubilado de Longnor que sin duda sería un informador de primera, además de su introductor en el pueblo, porque bien sabía lo reacios que son a los forasteros en algunos *pubs* de pueblo, y no le apetecía pasarse seis meses sin charlar con nadie por las tardes, aunque simplemente fuese sobre premios de ganado en la feria de Leek.

Tras desayunar un café solo y un sándwich de bacon, hojeó las fotocopias de los recortes de periódico que tan laboriosamente había recopilado en la hemeroteca nacional de Colindale. No es que fuera a necesitarlos aquel día, pero no le venía mal repasar la historia para hacerse idea de cómo enfocar las entrevistas que pronto iniciaría con George Bennett; habían convenido reunirse un par de horas todos los días por la mañana, para hacer ella la transcripción de las grabaciones por las tardes y no robarle mucho tiempo al antiguo inspector; no quería convertirse en una constante intrusión en su vida, pues ello repercutiría, además, negativamente en el flujo de recuerdos del ex policía.

Media hora después salía de un dosel de ramas desnudas de árboles y entraba en el pueblo de Cromford para, siguiendo las indicaciones de Bennett, girar a la derecha en la balsa del molino y continuar por una cuesta que describía una curva cerrada antes

de desembocar en la casita. Nada más apagar el motor se abrió la puerta y apareció en el umbral George Bennett saludándola con la mano. Con aquellos pantalones gris oscuro, el jersey azul de aviación y el polo gris claro parecía un modelo de catálogo de prendas de lana para hombres de mediana edad. Solo le faltaba la pipa en la boca, como al Jimmy Stewart de zona residencial para mayores de sesenta años de *Qué bello es vivir*.
—¿Qué tal, Catherine?
—Muy bien, ¿y usted? —dijo ella sintiendo un escalofrío al pasar al caldeado recibidor alfombrado—. Había olvidado lo crudo que era el invierno aquí.
—No me lo recuerde —comentó él precediéndola hasta el cuarto de estar que parecía salido de una exposición de muebles. Todo estaba impoluto y en su sitio, elegante, pero sin carácter. Hasta las reproducciones de Monet parecían un simple adorno inocuo. No había un solo periódico que cambiara la armonía clínica de aquel cuarto que olía a ambientador floral. Desde luego no era en el cuarto de estar donde los Bennett hacían gala de su personalidad.
—Hace tanto frío como cuando desapareció Alison —añadió Bennett—. Es lo que desde el primer momento me hizo abrigar la esperanza de que la hubieran secuestrado y descubriéramos al raptor, porque estaba convencido de que no sobreviviría en descampado con aquel frío. Siéntese —añadió señalándole un sillón con aspecto de sólido y cómodo, mientras él se acomodaba en otro frente a ella.
Catherine advirtió que lo había hecho en el que tenía detrás una lámpara que proyectaba la luz de pleno sobre ella, y pensó si sería una argucia deliberada de policía o era simplemente que él se sentaba donde acostumbraba. Al cabo de varias sesiones sabría a qué atenerse.
—Bien, George —dijo—. ¿Qué método le parece que sigamos para el trabajo?
Antes de que pudiera contestar entró una mujer mayor. Su pelo corto plateado enmarcaba un rostro avejentado prematuramente por arrugas de padecimiento; mantenía esa rigidez extraña

de las personas que sufren artritis a quienes el menor movimiento provoca dolor, y advirtió de inmediato sus dedos nudosos y retorcidos. Pero conservaba una sonrisa fresca que confería a sus ojos azules una chispa de alegría.
–Usted debe de ser Catherine –dijo–. Encantada de conocerla. Soy Anne, la esposa de George. No quiero interrumpir, solo venía a preguntarle si quiere tomar té o café.
–Encantada de conocerla. Me perdonará que invada su casa –dijo Catherine, mientras sopesaba las posibilidades de poder tomar un café decente en casa de un matrimonio inglés sesentón–. Tomaré un té; flojo y sin leche ni azúcar.
Era lo mejor, pensó. No iba a correr el riesgo de verse obligada a tomar café horrendo dos meses seguidos.
–Té; de acuerdo –dijo Anne.
–Ah, señora Bennett –añadió Catherine–, considérese con plena libertad para asistir a las entrevistas. Además, le quedaría muy agradecida si me contara cuando mejor le venga cómo era la vida de la mujer de un policía en aquella época en que su esposo investigaba un caso tan complicado.
Anne sonrió.
–Sí, claro que hablaremos, pero las entrevistas háganlas a solas. No quiero coaccionarle. Además, tengo mucho que hacer. Bien, voy a por ese té.
Cuando Anne salió, Catherine sacó la grabadora del bolso y la dejó en la mesita que les separaba.
–Grabaremos las entrevistas. Así hay menos posibilidades de cometer errores. Si usted quiere informarme de algo sin que se publique, me lo dice claramente, ¿de acuerdo? Del mismo modo que si hay algo de lo que no está seguro, me lo menciona; así voy apuntando todo lo que tengo que verificar.
George Bennett sonrió.
–Me parece muy razonable –dijo sacando una cajetilla del bolsillo, encendiendo un cigarrillo y cogiendo un cenicero de una mesita supletoria–. Por cierto, espero que no le moleste. He reducido mucho el tabaco desde que dejé de trabajar, pero todavía soy incapaz de prescindir del todo –añadió.

−No hay problema. Yo hace doce años que no fumo, pero me considero más una fumadora en desuso que una ex fumadora. En las fiestas siempre me verá con los fumadores... no sé por qué, suelen ser las personas más interesantes –añadió con una sonrisa sincera que no implicaba halago. Se inclinó y apretó el botón de grabar–. Probablemente hoy no abordaremos el caso. Me gustaría comenzar por los antecedentes de usted, pues, aunque muchos datos no vean la luz, es importante que me haga una idea de su persona y de cómo evolucionó hacia el personaje sobre cuya actuación en el caso me propongo escribir con conocimiento y simpatía. Por otra parte es una manera de ir esbozando la historia. Comprendo que tal vez le inquiete entrar en detalles sobre este caso después de tantos años, y quiero que se sienta lo más relajado y cómodo posible. Y, naturalmente, me consta que, como policía, está más acostumbrado a preguntar que a contestar. Bueno, ¿le parece bien que empecemos por usted?

Bennett sonrió.

−Muy bien. Le contaré con mucho gusto todo lo que quiera saber. –Hizo una pausa al ver que Anne entraba despacio con una bandeja con dos tazas–. Una cosa quiero que quede clara: esta mujer es la única razón de que no esté en un manicomio al cabo de treinta y cinco años de servicio en la policía de Derbyshire. Anne es la única que siempre me infundió fortaleza.

Anne hizo una mueca al dejar la bandeja en la mesita.

−Cómo sabes dorar la píldora, George Bennett. Deberías decir: Anne es mi servicio de cantina, mi contestador automático y mi ama de llaves –añadió dirigiendo una sonrisa a Catherine.

−Fíjese que tuvo que enfermar de artritis para que yo hiciera algo en casa... –añadió él, haciendo evidente que era un comentario habitual jocoso.

−Algo tenías que hacer –replicó ella irónica–, si no te habrías tomado la jubilación para descansar por las buenas. Bueno, déjate de bromas y contesta a las preguntas de Catherine. Voy a por unas galletas y os dejo a solas.

Fue la pauta diaria que siguieron en febrero y marzo. Catherine comenzaba las sesiones leyendo los recortes de prensa de las fechas correspondientes a la parte del caso que iban a tratar en la entrevista. Desayunaba y salía camino de Cromford pensando en las preguntas que más le interesaba plantear en ella y, una vez iniciada, conducía hábilmente a Bennett a través de la historia para que evocara detalles sobre el tiempo que hacía en aquel momento, los olores o el paisaje. La verdad era que estaba impresionada por la buena disposición para que todo encajase por parte del policía, quien, además, tenía una memoria fotográfica del caso de Alison Carter, a pesar de que afirmaba no recordar muy bien otros de su carrera.

–Supongo que será porque me obsesioné un poco con la niña –dijo él en una de las primeras entrevistas–. Sí, no cabe duda de que era mi primera investigación plena y yo estaba decidido a demostrar que sabía hacerla y era capaz de resolver el caso; pero no fue únicamente por eso, sino probablemente por un mecanismo relacionado con el hecho de que Anne me anunció por entonces que estaba embarazada y porque me atormentó la idea de que pudiera sucederle una cosa así a una hija mía. Estaba decidido a no permitir que el culpable quedara impune.

»En lo que a mí respecta fue así; no sé lo que sentiría Tommy Clough, pero él se entregó a la investigación con igual tenacidad. Trabajó incluso más horas, y fue gracias a su perseverancia con la policía de Hertfordshire que conseguimos una de las pruebas más determinantes: la relación de Hawkin con el revólver utilizado para matar a la niña.

»Mire, le parecerá raro, pero después de que ahorcaran a Hawkin no volvimos a vernos prácticamente para hablar del caso; él siguió en Buxton, pero yo me trasladé a Derby, y, aunque quedamos un par de veces para tomar una copa, siempre se interpuso el trabajo. Luego, dos años después del asesinato de Alison, él presentó la dimisión y se fue a vivir a otro lugar.

–¿Adónde? –preguntó Catherine, que ya se lo había preguntado a Peter Grundy una tarde en el pub; pero el policía de pueblo había contestado que nadie lo sabía.

Era como si Tommy Clough hubiera desaparecido igual que Alison.

Bennett sí lo sabía.

—Vive en Northumberland, en algún pueblecito de la costa. Trabajó varios años como guardia de seguridad en la empresa nacional protectora de aves, la RSPB; ahora está jubilado, pero Tommy sigue soltero y no tiene a nadie como Anne que le infunda moral. Nos enviamos tarjetas de Navidad y eso es todo. Creo que es el único compañero del Cuerpo que se ha preocupado por mantener contacto conmigo. Puedo darle su dirección. A él le gustará hablar de Alison. Yo tenía mis reservas, pero usted me ha soltado la lengua —añadió con una sonrisa.

Así, cada mañana, fueron devanando la madeja de temas. Después de la entrevista con Bennett, Catherine adoptó la costumbre de parar en el camino en el pub de la carretera de Ashbourne, donde se comía bien, y a las dos estaba en casa. Pasaba la tarde transcribiendo las entrevistas, una tarea que le aburría soberanamente, pese a la fascinación del material que iba acumulando, y cada media hora hacía una llamada telefónica o revisaba el correo electrónico para no volverse loca.

Terminado el trabajo, se calentaba algún plato rápido comprado en el supermercado de Buxton en la incursión semanal y se sentaba una hora al lado de la estufa con su revista o alguna de la competencia, bolígrafo en mano, para concluir su jornada tomando una copa en el pub, lo que casi siempre implicaba invitar a Peter Grundy, pero era un gasto que no le importaba porque el policía de pueblo le estaba facilitando muchos datos sobre Scardale y sus habitantes y era además una agradable compañía.

En definitiva, curiosamente, le estaba gustando aquella vida. El trabajo era apasionante y le retrotraía a un mundo familiar y a la vez desconocido para ella; cuanto más descubría sobre los antecedentes del caso, más respeto sentía por George Bennett. Se imaginaba los obstáculos que habría tenido que vencer para llevar a Hawkin ante la justicia, tanto dentro del Cuerpo como fuera de él. Nunca había tenido muy buena opinión de la policía, pero a través de Bennett el prejuicio iba desvaneciéndose.

Había sentido también cierta inquietud por el hecho de regresar a un lugar tan cercano al de sus orígenes, un resquemor casi supersticioso de volver a sentirse asfixiada por aquella agobiante vida provinciana que con tanto esfuerzo había dejado atrás; pero lo cierto es que había encontrado una extraña paz en aquel ritmo de sus días y sus noches, a pesar de que no dejaba de repetirse que no quería vivir así para siempre: aquello no era más que un agradable intermedio en su carrera.

5

Abril 1998

Catherine había olvidado lo tardía que era la primavera en aquellos parajes; para los habitantes de Derbyshire Peaks, era abril el paliativo que ponía fin al crudo invierno. Pero flores que tan solo a veinte kilómetros, en la llanura de Cheshire, hacía ya un mes que habían brotado, allí apenas empezaban a despuntar los árboles comenzaban a cubrirse de tímidos botones y la hierba de los pastos insinuaba un leve verdor.

En Scardale brotaban ya las primeras hojas en bosquecillos y sotos cuando Catherine llegó allí en coche. Había concluido las entrevistas con Bennett casi contra su voluntad, y aquel día era el primero de la segunda fase de su proyecto. Su libro no iba a consistir en unas simples memorias de George Bennett; tenía previsto entrevistar al mayor número posible de personas relacionadas con el caso, pero no se le había ocurrido pensar que muchas se negarían a hablar de la historia y le sorprendió que casi todos los Carter, Crowther y Lomas rehusaran de plano contarle sus recuerdos.

Sin embargo, había conseguido una cita para entrevistar a la tía de Alison, Kathy Lomas; puede que no fuese tan determinante que los otros familiares se hubieran negado, ya que, según George Bennett, Kathy Lomas era la más allegada a Ruth Carter, y por eso ella había convenido la entrevista; pero aquel día era por una razón muy distinta.

Aunque Helen le había allanado el camino con su hermana, Catherine no había tenido ocasión de visitar Scardale Manor; el abogado de Janis Wainwright le comunicó por correo que su representada tenía previstos unos viajes a finales de invierno y principios de primavera y que posteriormente trabajaría en su casa y no quería que la molestasen, y le sugería que, como la señorita Wainwright no podía relatarle nada sobre el caso de Alison Carter, la mejor solución para no menoscabar su proyecto era hacer la visita a la casa solariega en ausencia de su propietaria para no entorpecer su trabajo.

Había aceptado encantada la propuesta del abogado, dado que era la única manera de entrar en la casa. Así, por fin, aquel día iba a ver por dentro la casa que había heredado Philip Hawkin. Y lo que era aún mejor, su cicerone sería alguien capaz de indicarle cuál había sido la habitación de Alison y el despacho de Hawkin y cómo era la casa en aquel entonces.

No podía por menos de darle vueltas a la cabeza pensando en cómo sería la mujer que iba a ver; George Bennett la había pintado como una mujer de mal genio, sin respeto por la policía y que no paraba de rezongar y de fastidiarles en lo que ella creía tener razón, y Peter Grundy le había descrito a una mujer amargada por su suerte.

Grundy le había señalado datos clave sobre la vida de Kathy Lomas, tía de Alison, que ahora vivía sola, pues a su marido Mike lo había matado un toro desmandado cinco años atrás; su hijo Derek se había marchado de Scardale para estudiar en la Universidad de Sheffield y trabajaba actualmente de geólogo en la ONU. Kathy tendría ahora sesenta y tantos años y era dueña de un rebaño de ovejas de raza Jacob con cuya lana hacía jerséis de lujo con una máquina de tejer que, según la mujer de Peter Grundy, tenía más botones que una lanzadera espacial.

Kathy Lomas y Ruth Carter eran primas por parte de padre y madre, se llevaban menos de un año y se habían hecho mujeres y madres una al lado de otra; Derek, su hijo, había nacido tres semanas después de Alison y las dos familias estaban inextricablemente unidas. Si no obtenía por boca de Kathy Lomas lo que quería, lo más probable es que no encontrase a nadie capaz de ayudarla. Y si la mujer era tan arisca como decía George Bennett, tendría que ir con pies de plomo.

Catherine detuvo su coche delante de Lark Cottage, la casa del siglo XVIII en que vivía Kathy Lomas desde su boda diecinueve años antes de la desaparición de Alison. La mujer que le abrió la puerta era aún fuerte y erguida y llevaba el pelo gris recogido en moño, lo que, unido a sus carrillos colorados, le hacía parecer la mujer del panadero de Happy Families. Solo sus ojos desmentían su jovial aspecto. Unos ojos fríos e inquisitivos que a Catherine le hicieron pensar que la sopesaba y evaluaba más por encima del aspecto material.

—Usted es la escritora —dijo Kathy Lomas, estirando el brazo para coger de un colgador un viejo anorak—. Me imagino que primero querrá echar un vistazo a la casa solariega —añadió en un tono que no dejaba opción.

—Estupendo, señora Lomas —dijo Catherine poniéndose a su mismo paso al cruzar el prado hacia Scardale Manor—. No sabe lo mucho que le agradezco que me dedique parte de su tiempo.

De inmediato se arrepintió de haber comenzado en tono tan obsequioso.

—No es por usted, sino en recuerdo de Alison —replicó Kathy Lomas secamente—. Pienso mucho en nuestra Alison; era una chica estupenda y a veces imagino que, de no haber sido por aquello, ahora estaría trabajando con niños, sería maestra, médico, algo útil. Pero luego me aplasta la realidad —añadió deteniéndose en la puerta de la casa y dirigiendo a Catherine una mirada sombría, y dura.

»Si me fuera dado retroceder en el tiempo y cambiar las cosas, no pediría otra cosa en mi vida sino que aquel miércoles por la tarde hubiera sido distinto —añadió—. Ojalá no hubiera perdido de vista a Alison. Y no me diga que es inútil reprochármelo, porque estoy convencida de que Ruth Carter bajó a la tumba pensando que las cosas habrían podido ser de otra manera; igual que me sucederá a mí cuando me llegue la hora.

»He alcanzado una edad en que todo son remordimientos, y

mire que he tenido años para arrepentirme de lo que no hicimos, lo que no dijimos, pero lamentablemente solo puedo pedir perdón sobre la tumba de seres queridos. Únicamente por eso he accedido a hablar con usted, señorita Heathcote.

Sacó una llave del bolsillo y abrió la puerta. Pasaron a la cocina. Evidentemente habían gastado sin restricciones en la renovación. Los armarios de pino y el aparador tenían una pátina que delataba su verdadera antigüedad; no se trataba de imitaciones; las encimeras eran una combinación de mármol y madera barnizada y además de un moderno fogón combinado verde oscuro, había una nevera-congelador con puerta de dos hojas, estilo norteamericano, y un lavavajillas haciendo juego. Catherine miró un montón de periódicos de la mesa y comprobó que el último era tan solo de dos días antes, luego no hacía mucho que Janis Wainwright había estado en la casa, pensó. Pero aparte de ese único detalle, la cocina tenía aspecto de no haber sido usada recientemente.

—Esto no sería así en 1963 —comentó irónica.

Finalmente Kathy Lomas esbozó una sonrisa.

—Efectivamente.

—¿Podría decirme cómo era?

—Primero haremos un té —replicó Kathy sin contestar a la pregunta.

—Agradezco que la señora Wainwright me permita visitar la casa. ¿Sabe que su hermana es novia del hijo de George Bennett?

—Sí. El mundo es un pañuelo, como dicen —respondió mientras llenaba el hervidor.

—Yo he conocido a Helen en Bruselas —prosiguió Catherine—. Es muy simpática. Lástima que no esté aquí su hermana.

—Pasa mucho tiempo fuera. Yo no creo que le guste la idea de participar en la elaboración de un libro sobre un asesinato —añadió Kathy tajante mientras ponía dos tazas en la encimera.

Catherine se acercó a la ventana que daba al parque del pueblo y se imaginó las horas interminables en que Ruth Carter, angustiada, habría esperado en vano oír los pasos de su hija volviendo a casa.

Como si leyera su pensamiento, Kathy Lomas dijo:
—Algo dentro de mí se endureció aquella noche cuando vi ahí en el prado a los policías bajar de los coches. Y, por si se borrara el recuerdo, están las pesadillas. Aún no puedo ver en el pueblo un policía de uniforme sin ponerme mala.

Siguió preparando el té.

—Todo cambió a partir de esa noche, ¿verdad? —dijo Catherine, apretando el botón de la grabadora que llevaba en el bolsillo.

—Sí. Menos mal que tuvimos un policía como George Bennett. Si no hubiera sido por él, ese malnacido de Hawkin habría quedado impune. Ese es otro de los motivos por el que quería hablar con usted. Ya es hora de que a Bennett se le reconozca el mérito de su actuación en el caso de Alison.

—Es usted una de las pocas personas de Scardale que opinan así. Casi nadie de su familia piensa igual; salvo Janet Carter y Charlie, que vive en Londres, todos se han negado a hablar conmigo —dijo Catherine observándola, con la esperanza de que ella le ayudara a soltar la lengua a sus parientes.

—Sí, claro, ellos sabrán. Sus motivos tendrán. Yo no se lo reprocho porque la historia nos trae a todos muy malos recuerdos —replicó ella sirviendo el té de una tetera de barro en dos tazas a juego—. Ha dicho que quería saber cómo era la cocina entonces...

Estuvieron una hora yendo de habitación en habitación; Kathy Lomas le dio toda clase de detalles sobre los muebles y la decoración y Catherine se fue haciendo una imagen mental del aspecto de la casa en aquella época. Le sorprendió que en ningún momento le pareciera un lugar siniestro; se había imaginado que los acontecimientos que rodearon la muerte de Alison Carter habrían dejado sus fantasmas en el aire de la casona, como motas de polvo. Pero no había nada de eso; era una simple casa rural restaurada que, a pesar del dinero invertido, no resultaba muy elegante. Incluso la dependencia externa que Philip Hawkin utilizaba de laboratorio fotográfico carecía de todo interés; ahora era simple almacén de herramientas de jardinería y muebles viejos.

No obstante, fue para ella una hora bien aprovechada porque le permitió situar los datos de la historia en un escenario concreto. Así se lo dijo a Kathy Lomas al cerrar esta la puerta para ir las dos a Lark Cottage e iniciar la entrevista.

—Sí, bueno, así dirá las cosas como son. Bien, ¿qué quería preguntarme a mí?

El testimonio de Kathy Lomas poco añadió, en definitiva, a los hechos que Catherine conocía por boca de Bennett, pero sí que le sirvió para profundizar en la personalidad de sus protagonistas. Al final de la tarde, Catherine pensó que por fin comenzaba a hacerse una idea precisa de Ruth Carter y Philip Hawkin y podía escribir algo convincente sobre ellos. Solo por eso el viaje había valido la pena.

—Ahora va a ver a Janet —comentó Kathy Lomas al ver que apuntaba ese nombre en la última microcasete.

—Sí. Me dijo que le venía mejor por la tarde.

—Sí, como trabaja a tiempo completo, los fines de semana se los reserva para ella y Alison —dijo Kathy Lomas levantándose y recogiendo las tazas.

—¿Alison? —inquirió Catherine casi con un chillido.

—Su hija. Nuestra Janet no se casó; perdió su juventud con un hombre casado. Luego se quedó embarazada nada menos que a los treinta y cinco años. De un yanqui a quien conoció en un hotel del sur durante un congreso. Él hacía tiempo que había vuelto a Cincinnati, cuando ella supo que iba a ser madre, así que Janet crió a la niña por su cuenta.

—¿Y la llamó Alison?

—Sí, ya le digo que en Scardale no la hemos olvidado. No crea, Janet tuvo suerte porque su madre se ocupó de la niña y ella pudo seguir dedicándose a su carrera —añadió Kathy Lomas con un extraño tono de amargura, que a Catherine le hizo pensar si lamentaba que sus propios hijos hubiesen abandonado el hogar impidiéndole ejercer su papel de abnegada abuela, o si es que sentía desprecio por Janet por haber recurrido a su madre.

—¿A qué se dedica?

—Es gerente en la delegación de una empresa constructora en Leek —contestó Kathy Lomas mirando por la ventana que no tenía las cortinas corridas aunque ya había anochecido. Vieron los faros de un coche que entraba por el paseo–. Esa debe de ser ella; ya puede usted marcharse.

Catherine se levantó sin haber podido superar la sensación de desconcierto producida por aquella Kathy Lomas que pasaba sin transición de la brusquedad a la confidencia.

–Muchas gracias por su ayuda –dijo.

Kathy Lomas frunció levemente los labios.

–Pues, ha sido... interesante. Sí, interesante –repitió–, porque le he contado cosas que ya había olvidado. Bien, ¿cuándo leeremos ese libro?

–No creo que se publique hasta junio –respondió Catherine–, pero le enviaré un ejemplar en cuanto el editor me lo facilite.

–No se le olvide, joven. No quiero que aparezca un periodista por mi casa a preguntarme cosas sobre un libro que no he leído –dijo abriendo la puerta y acompañándola al porche–. Recuérdele a Janet que me debe una docena de huevos.

Antes de llegar al final del camino de entrada oyó cerrarse la puerta. Con paso vacilante en la oscuridad, torció a la derecha y pasó por delante de Tor Cottage, donde había vivido Charlie Lomas con su abuela y entró en el caminito de Shire Cottage, donde había nacido y vivido Janet Carter con sus padres y sus tres hermanos. Según Peter Grundy, los padres le habían vendido la casa tres años antes de irse a vivir a la soleada España. A Catherine no le cabía en la cabeza eso de vivir en la misma casa en que se ha criado una; ella había tenido una infancia feliz, pero después había buscado la primera oportunidad para marcharse a Londres.

Independientemente del motivo que hubiese inducido a Janet Carter a vivir en Scardale, cuando Catherine vio Shire Cottage por dentro comprendió que muy posiblemente fuese por sentimentalismo. Había transformado la planta baja en una gran sala de estar en la que destacaba la chimenea. Como era una de las casas más modernas de Scardale –probablemente de la época victoriana, dijo Janet–, tenía techos más altos y, una vez eliminados los tabiques, la sensación de espacio era espectacular. Al fondo había una reducida cocina funcional enteramente de acero inoxidable, en el que se reflejaba la gama de grises de las paredes de piedra, y al otro extremo estaba la zona de estar propiamente dicha, en la que dominaba el colorido de las alfombras y de los tapices indios. Ocupaba el centro una espaciosa mesa de pino con doble función de espacio para comer y para trabajar, en la que una jovencita, que miraba abstraída la pantalla de un ordenador, apenas levantó la vista cuando Janet hizo pasar a Catherine.

–¡Qué maravilla! –exclamó la periodista sin poder contenerse.

–Es magnífico, ¿verdad? –dijo Janet, cuyos rasgos felinos se habían acentuado con la edad. Sus ojos almendrados se arrugaron en los extremos al sonreír complacida–. Sorprendente a todo el mundo. El piso de arriba lo he dejado mucho más convencional, pero aquí abajo hice un cambio radical.

–Janet, es fantástico. Nunca he visto nada igual en una casa rural. ¿Qué le parece si hacemos en mi revista un reportaje fotográfico?

–Eso lo pagan, ¿no? –replicó Janet con una sonrisita cómplice.

Catherine respondió con otra sonrisa irónica.

–Sí, supongo que la revista asumirá el gasto. Lo que lamento es no poder compensarle económicamente la entrevista para el libro, porque los editores no pagan tanto...

Era una excusa porque lo que no estaba dispuesta era a dar parte de su sustancioso adelanto a alguien tan codicioso como Janet Carter, y pensó cuánto habría regateado aquella mujer con sus padres el precio de venta de la casa.

Se sentaron en un sofá bajo y Janet sirvió vino tinto en unos vasos gruesos haciendo un gesto vago en dirección de su hija.

–No se preocupe por Alison. No escuchará ni una palabra de lo que hablemos. Ella vuelve del colegio, se calienta algo en el microondas y se pierde en el ciberespacio. Tiene la misma edad que yo y Ali en 1963, ¿sabe? Cuando la miro siento las mismas inquietudes que debió de sentir mi madre; aunque ahora la vida es muy distinta. Todo ha cambiado desde la época en que desapareció Ali –añadió pensativa, arrellanándose como quien se dispone a sostener una larga conversación–. La verdad es que no me he hecho una idea de lo que debieron sufrir mi tía y mis padres hasta que he sido madre. Yo, entonces, lo único que podía pensar era que Ali había desaparecido, pero jamás imaginé que yo también podía correr algún riesgo. Mientras que para los mayores, desde un principio, tiene que haber sido muy angustioso, un verdadero pánico el pensar que Ali simplemente fuese solo la primera víctima, que ninguno de sus hijos estaba seguro.

»Ya sabe que en aquella época los niños no sabían nada de la vida; no leíamos los periódicos si no era para ver noticias sobre los grupos pop y las estrellas de cine y no sabíamos absolutamente nada de que ya habían desaparecido otros niños ahí mismo, en Manchester. Para nosotros lo único que contaba era que con la desaparición de Ali nuestra libertad quedaba coartada. Viviendo en Scardale, para nosotros fue una experiencia increíble.

Catherine asintió con la cabeza.

–Lo entiendo perfectamente. A nosotros nos causó el mismo efecto en Buxton. De pronto nos vimos como entre algodones y teníamos que ir a todas partes acompañados por una persona mayor. Mi madre ni siquiera me dejaba sacar al perro a pasear por el bosque de Grin Low. Fíjese qué ironía, cuando el peligro estaba ahí al lado, como quien dice. Pero aquí debió de ser mil veces peor, al vivir los hechos tan de cerca.

–Y que lo diga –replicó Janet vehemente–. Para nosotros era normal correr por el valle en total libertad y siempre andábamos fuera por el campo, en verano y hasta en pleno invierno; bajábamos por la orilla del Scarlaston a Denderdale o íbamos a pasear por el bosque. Como Derek, Ali y yo éramos casi de la misma edad, formábamos como un trío y siempre estábamos juntos. Y de pronto quedamos solo Derek y yo, encerrados en casa como presos. Era un aburrimiento.

–La gente no se imagina lo pesado que era ser una adolescente en los años sesenta –dijo Catherine recordando perfectamente cuánto había influido el aburrimiento en su propia adolescencia.

–Sobre todo en un pueblo como Scardale –añadió Janet–. Ibas al colegio y todas las compañeras de clase hablaban de lo que habían visto en la tele, de las películas y de con quién habían bailado en la fiesta parroquial. Nosotras no teníamos nada de eso. A las de Scardale nos tomaban el pelo porque nunca sabíamos lo que pasaba en el mundo. Para nosotros siempre era la misma rutina. Bueno, usted sabrá lo que era si fue al colegio en Buxton.

Catherine asintió con la cabeza.

–Yo estaba en un curso superior en el instituto, y recuerdo que no era solo a las de Scardale a las que les tomaban el pelo, sino a todas las que vivían en pueblos alejados.

–Me lo imagino. No hay nadie más cruel que los niños con otros niños. Pero que se burlaran de nosotros no fue nada comparado con lo que vivimos cuando desapareció Ali. Cuando recuerdo las semanas que siguieron, lo que con mayor fuerza me viene a la memoria es las horas que pasaba sentada en mi habitación con Derek escuchando radio Luxemburgo en el viejo aparato de radio enorme, que se oía fatal, con ruidos de fondo e interferencias; aparte del frío que hacía, porque entonces aún no teníamos calefacción central; recuerdo que escuchábamos la radio con el abrigo puesto, y aún hay canciones de entonces que me evocan aquellos momentos, como «Needles and Pins» de The Searchers', «Anyone Who Had a Heart» de Cilla Black, «World Without Love» de Peter and Gordon y «I Want To Hold Your Hand» de los Beatles, y siempre que las oigo vuelvo a vivir aquel tiempo de reclusión en mi cuarto, sentada en la colcha afelpada rosa, con Derek sentado en el suelo con la espalda apoyada en la puerta, abrazándose las rodillas. Sin Ali.

»De pequeña una no piensa. Pasas los días en compañía de otra persona y no se te ocurre que un día pueda faltar. Fíjese, en cierto modo me alegra que vaya a escribir ese libro. Muchos hemos perdido seres queridos de quienes el único rastro que queda son nuestros propios recuerdos. Al menos ahora, podré coger su libro y comprobar que Ali existió. Su vida fue corta, pero existió.

6

Mayo 1998

George Bennett, con las manos en las caderas, hizo una pausa para respirar el aire suave y húmedo mientras su hijo se detenía unos pasos más arriba para admirar la espectacular panorámica que se contemplaba desde los Altos de Abraham sobre el profundo desfiladero excavado por el río Derwent en la impresionante masa sobre la que se alzaba el castillo de Riber en la colina de enfrente. Habían tomado el funicular en Matlock Bath hasta la cumbre y caminaban por la cadena boscosa buscando un sendero serpenteante que descendía hasta el río.

Paul no recordaba las innumerables excursiones que había hecho con su padre, quien, en cuanto apenas él supo andar, le llevaba a pasear por los valles y riscos de Derbyshire, pero había jornadas que sí tenía grabadas en la memoria, como la del ascenso al Mam Tor la víspera de sus siete años; otras las había olvidado sin dejar aparente rastro y solo resurgían cuando regresaba a aquellos lugares durante los viajes que hacía con Helen. Cuando iba él solo, como aquel fin de semana, le gustaba salir con su padre, aunque ahora George prefería itinerarios en que no hubiera que trepar del modo que lo hacía cuando era joven.

Se volvió a mirar a su padre, que se había parado un poco más abajo, sin aliento y con la cara congestionada por el esfuerzo del corto aunque abrupto tramo que acababan de completar.

—¿Estás bien? —preguntó.

–Muy bien –respondió George irguiéndose y dándole alcance–. Ya no soy tan joven, pero esta vista merece el esfuerzo.
–Esto es algo que hecho de menos viviendo en Bruselas. Fue un privilegio criarse con este paisaje al alcance de la mano. Ahora, si queremos ir a alguna montaña decente, tenemos varias horas de coche; así que prácticamente no nos lo planteamos. Y los ejercicios de gimnasio no tienen comparación –añadió con un gesto que abarcaba el horizonte.
–Por lo menos en el gimnasio no llueve –dijo George Bennett, señalando las nubes abajo en el valle y su oscura sombra de lluvia por debajo–. Seguro que dentro de una media hora nos mojamos –añadió reanudando la marcha seguido por su hijo–. Últimamente no he salido tanto como a mí me gusta –prosiguió–. Con el tiempo que dedico por las mañanas a Catherine, el jardín y las pequeñas tareas de la casa, apenas si tengo tiempo para el partido de golf.
Paul sonrió.
–¿Es que me reprochas que hayamos venido? –dijo.
–No, no me quejo; en cierto modo me alegro de que me arrastraras tú, porque ya hacía tiempo que tenía ganas, y pensaba que me iba a costar más –añadió riendo–. Me he pasado años diciendo a los agentes que se enfrenten a sus temores agarrando el toro por los cuernos, y yo he estado haciendo lo contrario.
–Tú siempre me enseñaste que es mejor enfrentarse a la bestia negra –dijo Paul.
–Sí, siempre que se pueda elegir el campo de batalla –replicó George Bennett irónico–. Bueno, en definitiva el caso de Alison Carter no era tan temible como yo pensaba, y Catherine me lo ha puesto muy fácil. Tenía cubierta magistralmente la investigación sobre los antecedentes, qué duda cabe; así que casi todo el tiempo lo hemos dedicado a detalles concretos y me ha hecho comprender que, dadas las circunstancias, mi actuación fue muy buena.
Al llegar a una curva del sendero, Bennett se volvió a mirar a su hijo y respiró hondo.
–Hay algo que quiero decirte para que no te enteres por el li-

bro. Es una cosa que tu madre y yo te hemos ocultado y que no te contamos cuando eras pequeño por temor a que te impresionara. Ya sabes que en los niños... la imaginación transforma cualquier pequeñez en algo importante, y cuando creciste, pensamos que ya no merecía la pena.

–Bueno, pues dímelo ahora –dijo Paul sonriente.

George cogió los cigarrillos y se tomó su tiempo para encender uno, protegiéndolo con las manos del vientecillo que soplaba.

–El día en que tú naciste fue el mismo en que ahorcaron a Philip Hawkin –dijo al fin.

La sonrisa de Paul se convirtió en gesto de asombro.

–¿La misma fecha en que yo cumplo años?

George asintió con la cabeza.

–Pues sí. Justo después de que lo colgaran me anunciaron que acababas de venir tú al mundo.

–¿Por eso siempre festejábamos mi cumpleaños por todo lo alto? ¿Para tratar de apartar de tu mente el otro aniversario? –preguntó Paul sin poder ocultar su tono dolido.

George Bennett negó con la cabeza.

–No, no –protestó–. No es eso. No, tu nacimiento fue... No sé cómo decirlo... Un signo de los dioses de que podía dejar atrás el caso de Alison Carter, volver a empezar. El día de tu cumpleaños no era a Philip Hawkin ahorcado a quien recordaba. Era... Escucha, aunque suene como un libro norteamericano de autoayuda, para mí significaba la renovación que me confirió tu nacimiento. Como una promesa.

Se miraron los dos. George Bennett, a la expectativa, con gesto implorante de que le creyera. Transcurrido un instante, Paul se acercó a él y rodeó con los brazos a su padre en un torpe abrazo.

–Gracias por decírmelo –balbució, percatándose de pronto de cuánto lo quería aunque su contacto físico hubiera sido escaso. Bajó los brazos y sonrió–. Comprendo que no quisieras que me enterara de una cosa así leyéndola en el libro de Catherine.

–A juzgar por tu reacción –replicó George sonriente–, seguro que lo habrías interpretado mal.

—Es posible —dijo Paul—. Pero entiendo que no me lo dijerais cuando era niño. Seguro que habría tenido pesadillas.
 —Sí. Tú siempre fuiste un niño muy imaginativo —dijo George volviéndose y apagando la colilla con el tacón de la bota, mientras le miraba de reojo—. Ah, y otra cosa. La próxima vez si quieres ven con Helen. Así podemos ir a Scardale a conocer a su hermana.
 —Eso le agradará —dijo Paul sonriendo—. Le encantará. Gracias, papá. De verdad que te lo agradezco porque sé lo que te habrá costado tomar esa decisión.
 —Sí. Bueno —añadió George de pronto—, anda, muchacho, bajemos antes de que nos caiga la lluvia encima.

Catherine contaba con su regreso a Londres como contrapartida a la vida tranquila y monótona que había llevado en Longnor, pero le sorprendió comprobar que la ciudad en que había vivido más de veinte años le resultaba extraña: demasiado ruido y suciedad, demasiada velocidad. Hasta su querido piso de Notting Hill le parecía absurdamente grande para una persona; sus colores pastel y sus muebles modernos le resultaban un tanto insustanciales comparados con las gruesas paredes de piedra y los muebles desparejados de la casita de Derbyshire.
 La idea de andar todo el día corriendo para llenarlo con actividades sociales también se le antojaba extraña, aunque se avino a ir a cenar con un par de amigas y colegas, porque tampoco convenía perder demasiado el contacto con la gente del trabajo. Aparte de que, al cabo de otras dos entrevistas, una reunión con el editor del libro y una sesión de trabajo con el productor de un documental de televisión que quería hacer un programa basado en su investigación, pensó que tenía perfecto derecho a algún esparcimiento.
 La primera de las entrevistas fue con Charlie, Charles Lomas, como ahora prefería que le llamaran. Era el único personaje del libro —además, naturalmente, de Alison Carter— sobre quien no había encontrado ningún dato en las noticias de los periódicos de

entonces; había localizado un par de artículos sobre él, pero no de la época de los trágicos acontecimientos, pues el motivo de la noticia publicada en aquellos diarios de circulación nacional nada tenía que ver con Scardale.

El muchacho se marchó del pueblo en el invierno de 1964, dejando atrás la tradición familiar de campesino para llegar a Londres haciendo autostop; allí encontró trabajo de mensajero en una empresa musical de Soho, y la suerte hizo que llegase en el momento en que todo el país parecía loco por el sonido Liverpool, y con su acento del norte consiguió trabajo de cantante a tiempo parcial en un conjunto. Con el tiempo Charlie acabó organizando los conciertos del grupo y cinco años después era dueño de un negocio rentable como organizador de actuaciones de bandas de rock.

Cuando Catherine lo localizó era dueño de una discográfica de ámbito internacional, aunque aún conservaba la representación de media docena de grupos roqueros ingleses de prestigio. En su respuesta por fax a la carta en que Catherine le pedía entrevistarle comentó que hablaría con ella por el simple hecho de que su familia sentía un deber de gratitud hacia George Bennett y a él no se le ocurría otro modo de corresponder.

Cuando la secretaria la hizo pasar al despacho en una quinta planta con vistas a Soho Square, Catherine se quedó pasmada. Con el pelo plateado de corte perfecto peinado hacia atrás desde una frente alta, las manos cuidadas, las mejillas recién rasuradas y unos vaqueros y una camisa de diseño, costaba imaginar que el futuro de Charlie Lomas habría podido ser el de un agricultor de Scardale. Pero rápidamente comprobó que las dotes de su abuela para contar historias sí que las había heredado, pues antes de conseguir que hablase de Alison, Charlie la entretuvo durante media hora con cotilleos sobre el mundillo de la música.

Solo al tercer intento contestó a su pregunta sobre Alison.

—Alison no se cortaba un pelo —dijo en tono de admiración—. Si le decías algo que le cabreaba, te respondía sin circunloquios; con ella sabías a qué atenerte. Janet siempre fue un poco falsa y una víbora a espaldas de los demás; y lo sigue siendo. Pero Ali era totalmente distinta. Por eso yo nunca creí cuando desapareció que alguien la había engañado para llevársela. Quien la hubiera secuestrado, había tenido que hacerlo por la fuerza, porque no era una jovencita tonta que se dejara deslumbrar.

»Yo desde un principio hice cuanto pude para ayudar. Me uní a los grupos de rastreo y, por supuesto, fui yo quien descubrió el sitio en que se había producido el forcejeo. Aún recuerdo con qué emoción me interné por aquel soto; habíamos establecido un ritmo diario de búsqueda, sobre todo los que éramos del valle, que conocíamos tan bien el terreno que cualquier cosa que no fuera habitual nos saltaba a la vista mucho mejor que a aquellos policías que acudieron de todo el condado.

»Al advertir algo extraño en la maleza fue como si se me encogieran el corazón y los pulmones dentro del pecho; me quedé casi sin respiración. Y cuando después se lo comenté a mi abuela, lo primero que dijo fue: "Por ese soto quien más pasa es Hawkin".

»Entonces, yo le dije que precisamente le había visto caminar entre ese lugar y el bosque del Scarlaston la tarde en que desapareció Alison. "No digas nada", dijo ella. "Ya se lo diremos a ese poli en un momento en que nos haga caso. Si se lo contamos ahora quedará diluido entre lo que le cuenten unos y otros."

»Dos días después, me dijo que se lo expusiera al inspector Bennett a la primera ocasión mientras ella iba a echar un vistazo al lugar a ver si encontraba algo que nosotros hubiéramos pasado por alto. A mi abuela le gustaba dar la nota –añadió sonriendo con cariño–. Siempre actuaba de cara a la galería. Tenía aspecto de bruja, así que medio condado estaba convencido de que era vidente, la gente le atribuía conjuros y afirmaba que hablaba con los animales, pero lo único que sucedía es que era tremendamente aguda. Siempre hilaba muy fino en cosas que a los demás les pasaban desapercibidas.

»Ahora en retrospectiva, yo creo que aquella tarde lo que hizo fue llamar la atención hacia el lugar que hay entre el bosque y el soto para que cuando yo contara al inspector Bennett aquel detalle este cobrara mayor peso. Probablemente hicimos mal en no informarle inmediatamente, pero hay que tener en cuenta que en

Scardale vivíamos en un mundo aislado; no sabíamos quiénes eran aquellos policías y si realmente iban a buscar a Ali o simplemente a trincar al primer pueblerino que se les antojara acusándole del delito que ellos decidieran que se había cometido. Como seguramente le habrá contado el señor Bennett, yo fui ese pueblerino en un primer momento. Era un chico desgarbado de diecinueve años, todo rodillas, codos y hormonas. Una pinta horrorosa, se lo juro. Así que a mí fue el primero a quien interrogaron.

Catherine asintió con la cabeza.

–Bennett me lo dijo. Debió de ser muy desagradable.

Él asintió con la cabeza.

–Yo, por una parte, estaba indignado porque no comprendieran que todos estábamos de su parte, y por otra, aterrado de que fueran a echarme a mí la culpa; por eso únicamente pensaba en ver la manera de convencerles de que yo era incapaz de hacer daño a Ali sin decirles lo que mi abuela me había dicho que me callara de momento.

»Sí, desde luego, en lo que respecta al retraso en revelarle aquello, yo tuve después la sospecha de que a mi abuela le impulsaba el deseo de no implicar al misterioso tío Peter; a mí no se me ocurrió en aquel momento, porque ni siquiera sabía de su existencia hasta que leí una noticia en un periódico local. Es curioso pensar que los mayores mandaban en Scardale como si fuese un feudo medieval del que podía desterrarse a la gente. Pero el tío Peter seguía siendo de la familia y mi abuela era partidaria de respetar los vínculos de sangre, así que utilizó el as que se guardaba en la manga para distraer la atención del inspector de aquel hombre que ella sabía incapaz de hacer daño a Ali.

»Supongo que eso implica que debo asumir algo de culpa por lo que sucedió después. No crea que no me pesa –añadió con un suspiro–. La única excusa es que a mis diecinueve años no se me habría ocurrido enfrentarme a mi abuela, y, claro, ahora ya es tarde.

El descubrimiento de la entrada a la mina era el otro recuerdo vívido de Charles. Aunque a Catherine le resultaba difícil imaginar al joven tan decidido de Scardale en aquel ejecutivo de uñas cuidadas, al relatarle ahora a ella las vicisitudes de la incursión a la cueva, afloró en él la personalidad del muchacho de diecinueve años despierto y apasionado.

–Cuando mi madre me dijo por la mañana que querían que fuera a ver si encontrábamos una vieja mina en la montaña, me quedé alucinado porque no creía que existiera algo así sin saberlo yo; nunca había oído hablar a nadie del pueblo de cosa semejante; pero lo que más influyó en que me costara creerlo era que yo conocía Scardale como la palma de la mano.

»Aunque, claro, que uno viva en un lugar no significa que lo conozca del todo. Mi primo Brian, por ejemplo, conoce brizna por brizna los campos de pasto de sus vacas, se sabe centímetro a centímetro el camino al lugar donde va a pescar al Scarlaston, pero eso es todo; a él no le gustaba explorar como a mí, que desde niño no paraba de recorrer el valle cuando no iba a la escuela o tenía que trabajar en la granja. La primera vez que subí a la montaña tenía siete años y a partir de ahí ascendía por gusto al Shield Tor un par de veces por semana. Me recorría todo Scardale.

Por un instante su rostro se ensombreció como añorando lo que había dejado atrás.

–Echo de menos aquello –dijo de pronto antes de volver a la realidad de los hechos concretos–. Como le decía, no me cabía en la cabeza cómo podía existir aún la entrada a la mina de plomo sin que yo lo supiera, pero en aquel momento era tal nuestra desesperación, que pensamos que cualquier posibilidad de encontrar a Ali por remota que fuera valía la pena.

»Así que me quedé de una pieza cuando di con la entrada, porque nunca había ido tan lejos por el pie del risco a aquel lugar; en verano había mucha maleza y en invierno parecía impenetrable por aquel montón de pedruscos que la tapaba al mirar hacia arriba desde el río. Sin embargo, no era una subida fuerte y estaba justo donde decía el libro.

»Lo chocante era que alguien hubiese descubierto aquel secreto antes que yo, y me perturbó enormemente constatar mi fallo; fue como perder la confianza en mí mismo, cosa que a la larga me ha sido muy útil porque nunca me he dejado engañar con palabrerías ni adulaciones. Aprendí que uno puede engañarse totalmente respecto a una persona a quien ve todos los días y cree conocer; por eso es absurdo pensar que se conoce a la gente por el simple hecho de tratarla. Así que, aunque entonces no fui consciente, algo de positivo obtuve por lo que le sucedió a Ali.

»Pero le aseguro –añadió pasándose la mano por la mandíbula– que me alegraría volver a mi ignorancia en cuanto a juzgar a las personas con tal de que Ali siguiera viva.

Respecto a detalles informativos sobre los personajes de la tragedia, Charles fue mucho menos aprovechable que Kathy o Janet.

–Yo siempre fui un poco fantasioso –añadió con una sonrisa de disculpa–. No dejaba de pensar en marcharme de Scardale y cambiar el mundo, pero casi nunca me daba cuenta de lo que sucedía a mi alrededor. Y en lo que hace a relaciones entre adultos eran para mí un misterio; solo tenía claro que no me gustaba lo que les gustaba a todos en el pueblo.

Respiró hondo y la miró a los ojos.

–Tuve que venir a Londres para entender lo que me pasaba, porque soy gay, ¿sabe? Durante todos aquellos años no lo supe, pero sí sabía que era diferente. Así que yo no soy el más indicado para que me pregunte si advertí algo raro en la relación entre Ruth y Phil –agregó sonriendo–. A mí me parecían muy raras las relaciones de todos.

7

Mayo 1998

Mientras Catherine se tomaba tranquilamente un gin-tonic en el salón de arriba del Lamb and Flag en Covent Garden, sonó su móvil.
–Catherine Heathcote. Diga –contestó rogando al cielo porque no fuese Don Smart anulando la entrevista.
–Catherine, soy Paul Bennett. Me ha dicho mi padre que estás en Londres. ¿Es cierto?
–Sí. He venido unos días para hacer algunas entrevistas del libro.
–Yo también estoy en Londres y, como mañana vuelvo a Bruselas, he pensado si te apetecería que cenásemos juntos.
–Me encantaría –contestó ella entusiasmada.
Quedaron a las siete. Catherine, animada por la cena con Paul, alzó la cabeza y su mirada se cruzó con la de un hombre de cara flaca que en aquel momento pagaba su cerveza y que, indeciso, cruzó el local en dirección a ella.
–¿Es usted Catherine Heathcote? –preguntó.
–¿Don Smart? –replicó ella levantándose a medias y tendiéndole la mano; él se la estrechó y asintió con la cabeza al tiempo que se sentaba en la silla frente a Catherine.
Por la descripción de George Bennett no le habría reconocido. El famoso cabello rojo de Smart era ahora de un blanco sucio; estaba recién afeitado y tenía un cutis seco y fofo, moteado por lo

que parecían más bien manchas de la edad que pecas, y los penetrantes ojos zorrunos que Bennett recordaba tan vívidamente estaban enrojecidos y amarillos de ictericia.
—Gracias por aceptar la entrevista —dijo ella.
Él bebió un buen trago de cerveza.
—Estoy tirando piedras a mi tejado —replicó él— porque el libro me correspondería por derecho, ya que es un caso cubierto por mí desde el primer momento hasta el día del juicio; pero George Bennett se negó a hablar conmigo de los hechos. Supongo que yo le recordaría demasiado su fracaso.
—¿Su fracaso?
—Él ansiaba desesperadamente encontrar a Alison Carter y fue flaco consuelo convencerse de que probablemente ya estaba muerta cuando recibieron la llamada en la comisaría. Creo que desde entonces ha vivido obsesionado con su muerte y por eso no quería hablar conmigo. Le resultaba doloroso sentarse frente a mí sin sentir que había fracasado con Ruth Hawkin —dijo sacando una cajetilla del bolsillo—. ¿Fuma?
Ella negó con la cabeza.
—Ahora ya casi no ofrezco a nadie —añadió él encendiendo un cigarrillo— porque son pocos los que no han dejado el tabaco. Hasta en la redacción de los periódicos está prohibido fumar. Bien, Catherine, ¿qué tal va mi libro?
—Va a ser muy interesante, Don —respondió ella con una sonrisa.
—Seguro que sí —añadió él con amargura—. Desde el primer momento, desde la primera palabra que escribí, supe que George Bennett era un gran poli, un hombre tenaz y decidido a no rendirse en el caso de Alison Carter; para los demás era un servicio de tantos, aunque, por supuesto, sintieran compasión por los padres. Seguro que los que tenían alguna hija, al volver a casa después de rastrear aquellos páramos, la abrazaban con más afecto.
»Para Bennett era distinto. Él se lo tomó como una misión. Aunque para el resto del mundo Alison Carter cayera en el olvido, él se entregó al caso con la misma pasión que si se tratase de su hija. Pasé mucho tiempo siguiendo los pasos de George Ben-

nett en el caso de Alison Carter y nunca pude entender aquella abnegación, aquel apasionamiento. Era como algo personal.

»Para mí fue un regalo del cielo. Acababa de obtener mi primer empleo en la delegación norte de un diario de tirada nacional, el *News*, y buscaba una historia que me sirviera de trampolín para trabajar en la central de Londres. Por entonces había cubierto ya parte de las noticias sobre el suceso de la desaparición de Pauline Reade y John Kilbride y pensé que si conseguía que la policía relacionase ambas con la de Alison Carter la historia pasaría a la primera plana.

–Con sus artículos –añadió Catherine.

–Pero Bennett no quiso saber nada, claro –prosiguió él con gesto desabrido–. Él estaba decidido a no permitir que transfirieran el caso de Alison Carter a quienes investigaban las otras desapariciones, y no sé si fue una corazonada o puro empecinamiento, porque resultó una decisión acertada. Desde luego, ninguno de nosotros tenía entonces la menor idea de la existencia de Brady y Myra Hindley, pero Bennett parecía saber por instinto que el caso de Alison Carter era otra cosa y que le pertenecía.

–Pero ¿no fue gracias a Bennett que finalmente logró usted el traslado al periódico de Londres? –preguntó ella.

–De eso no hay la menor duda. Escribí artículos estupendos sobre el caso de Alison Carter; aquellos artículos súper en los que aparecía la clarividente, y eso me sirvió de pasaporte para Londres. Por ironía del destino, por eso mismo posteriormente no escribí una sola línea sobre la confesión de Hindley y Brady.

Smart se embarcó de pronto en el relato de los días de gloria en que trabajó de reportero en diversos periódicos de tirada nacional hasta volver de subdirector de noticias al *Daily News* del que le habían despedido hacía tres años por reducción de personal, aunque seguía trabajando en el rotativo tres noches por semana como asesor de redacción.

–Los periodistas de la plantilla actual no tienen ni idea. Por eso necesitan tener alguien en la redacción que sepa lo que hace.

»Pero voy a decirle una cosa: para mí el caso de Alison Carter fue más que un simple espaldarazo en mi carrera –añadió–, pues como tuvo más repercusión que la desaparición de los otros niños, ejerció sobre mí el efecto disuasorio de no querer tener hijos. Lamentablemente, mi mujer no pensaba igual, por lo que podría decirse que nuestra ruptura matrimonial fue un daño colateral del caso Alison Carter. El suceso de aquella aldea de Derbyshire una noche de diciembre tuvo efectos imprevisibles.

»Suele ser así en los casos en los que un factor fundamental es el misterio y nadie sabe qué ha sucedido, y el resultado es que las vidas de todos parecen examinarse al microscopio: de pronto se descubren toda clase de secretos y en ocasiones salen a la luz cosas muy feas.

–¿Lamenta en cierto modo haber cubierto aquel caso? –inquirió Catherine.

–Catherine, encanto –replicó él con sonrisa paternalista–, yo era uno de los mejores periodistas (sigo siéndolo, ya puestos a decirlo) y consideraba dos planos en mi trabajo. En primer lugar, la obligación de entregar a mi editor buenas historias exclusivas que gustaran a los lectores del periódico y nos sirvieran para aumentar su número. Segundo, mi papel de incordiante con la policía para que no actuaran con negligencia.

»Si eso significaba una bronca de vez en cuando con los polis, bueno, yo tenía aguante. Lo único que realmente sacó de sus casillas a George Bennett fue la historia de la vidente. Me dio la idea un artículo que leí en una revista norteamericana. En aquella época la prensa sensacionalista estaba muy atrasada en Inglaterra, pero había una o dos publicaciones norteamericanas con esa mordacidad de la que nosotros carecíamos, y yo me inspiraba en ellas para mis artículos. Lo de la vidente es un ejemplo. Leí la noticia de un asesinato en el desierto de Arizona que supuestamente resolvió un vidente y se me ocurrió aplicarlo al caso de Alison Carter; se lo expuse a mi editor y a él le encantó la idea. Como yo sabía que la policía inglesa jamás admitiría haber recurrido en ninguna ocasión a un vidente, mi única oportunidad de localizar a alguno famoso era buscar en el extranjero.

»Así que llamé a un amigo que trabajaba en Reuters para pedirle que consultara los archivos y de ese modo localicé a madame Charest. Personalmente no llegué a conocerla, y de poco me habría servido porque no hablaba una palabra de inglés; nos entendíamos mediante intérprete. Yo, desde luego, nunca me creí una palabra de lo que decía. Pero vendimos muchos ejemplares del periódico.

»Ya sé que para Bennett fue un acto irresponsable y él creyó que, por mi parte, lo único que yo buscaba era notoriedad profesional, pero no era solo eso. La verdad es que yo tenía tantos deseos de que apareciera como él de encontrarla; pero las noticias se apagan rápido si no les echas combustible y para mantener en máquinas el nombre y la foto de Alison Carter yo necesitaba un enfoque distinto y el de la vidente me vino al pelo; gracias a él mantuvimos unos días más en el candelero los titulares sobre Alison Carter.

»No sirvió de nada, probablemente, en el caso de Alison Carter; pero habría podido dar resultado —añadió ufano.

—Pero esa madame Charest estaba equivocada, ¿no? —inquirió Catherine.

Don Smart sonrió y en ese momento ella vio el zorro que George Bennett le había descrito.

—¿Y qué? Fue una historia de primera. Si consigue un libro la mitad de interesante quizá logre vender más ejemplares de los que vayan a comprar sus familiares y amigos, Catherine.

Don Smart le había dejado tan mal gusto de boca que no se lo quitó ni aquel buen vaso de burdeos en el bar-vinatería de Garrick Street.

—Es un tipo muy engreído —confió Catherine a Paul—. Fue de los primeros que llevaron la prensa sensacionalista inglesa a las cloacas y se jacta de ello.

—Comprenderás ahora por qué papá no quiso hablar con él —dijo Paul—, y tengo que decirte que me extrañó que aceptara tu propuesta del libro; pero ahora me alegro de que tú y Helen me pidierais que le convenciese, porque desde que trabaja contigo

parece haber rejuvenecido; hacía años que no le veía tan animado, es como si el proceso de revisar los hechos mano a mano contigo hiciera que de una vez por todas se desbloquee ese pasado.
—Yo también lo he advertido. Es curioso, pero antes de iniciar el proyecto estaba muy nerviosa. Nunca había escrito nada igual y no sabía si sería capaz de llegar al final sin perder interés por la historia, pero ahora me he tomado como una especie de misión contar cómo fueron los hechos, y ver la importancia que tienen para George, me ha servido de aliciente para hacerlo bien.
—Estoy deseando leer el libro —dijo Paul—. Aunque, si te digo la verdad, tengo cierto reparo en enterarme de vivencias de mi padre de antes de que yo naciera. Es casi como espiar a alguien. Figúrate que, para mí, casi todo va a ser novedad —añadió bajando la vista—. Mi padre no es de esos policías que te aburren contando batallitas. Creo que ni siquiera me había hablado del caso de Alison Carter hasta el día en que vino a verle el periodista de marras.

Alzó la vista sonriente, recordándolo.

—Y ya ves, este fin de semana no ha cesado de hablarme del tema y me ha contado cosas que se tenía calladas, a pesar de que siempre nos hemos llevado muy bien. Es curioso, pero este proyecto nos ha unido más. Parece que la colaboración contigo le ha hecho entender mejor mi propio trabajo porque me estuvo planteando infinidad de preguntas sobre mis responsabilidades, sobre cómo es mi relación con la prensa, con qué clase de periodistas trato y en qué se diferencian unos de otros. Igual que si estuviera comparando lo que hace él contigo.

»Y también le ha beneficiado a mi madre, porque cuando yo le preguntaba algo sobre la época en que se casaron, ella era muy evasiva y procuraba no decir nada que a él pudiera molestarle. Era una actitud que nunca entendí —añadió con una mueca—. Pensaba que tenía relación con cierto silencio tácito sobre su vida anterior a mi nacimiento para que no pareciese que habían sido más felices sin mí. Catherine, de verdad que esto ha sido tan beneficioso para mis padres, que casi me han dado ganas de robarte la idea y escribir yo el libro con él.

Ella se echó a reír.

—Él nunca se habría sincerado contigo tanto como conmigo —dijo—. Conociéndole como le conozco ahora, estoy segura de que habría rebajado modestamente sus éxitos para que tú no creyeras que presumía.

—Y yo le habría transformado en un héroe —añadió Paul taciturno—. El caso es que estoy como obsesionado; no hago más que hablar todo el tiempo del libro. Si no ando con cuidado acabaré hartando a Helen. Por cierto, Helen quiere uno de los ejemplares de prensa para su hermana. Seguro que a Jan le interesará leer detalles sobre hechos que sucedieron en su casa.

Catherine torció el gesto.

—A ver si resulta que por enterarse a fondo de la historia se le quitan las ganas de seguir viviendo allí. Para ella podría ser una lectura algo inquietante.

—Más vale que sepa la verdadera historia y no rumores y cotilleos.

—Pierde cuidado, que en mi libro leerá la auténtica historia. Eso es algo que tengo absolutamente claro. Por la verdad —añadió alzando la copa.

—Por la verdad —repitió Paul—. Mejor decir las cosas que callarlas.

8

Mayo-junio-julio 1998

Catherine salió de la A1 y se encontró en una carretera estrecha que serpenteaba entre campos de labor y bosques adultos con un destello del mar en la lejanía. No sabía por qué, pero la perspectiva de hablar con Tommy Clough le atraía más que ninguna de las entrevistas con los protagonistas secundarios de la historia de Alison Carter; se debía en parte a que George Bennett y Anne le habían hablado con gran afecto de él, incluso después de treinta y cinco años que casi no se habían visto. La verdad era que cuanto más lo pensaba, aquel Clough le parecía el personaje más enigmático de todos.

Según Bennett, su sargento parecía campechano, hasta brutal a veces. Mucho más que el propio Bennett, Clough había sido el prototipo del policía de la época; compañero en todo momento, siempre al tanto de los rumores y los comentarios que corrían por la comisaría y citado entre los primeros en la tabla de posiciones de delitos resueltos y de detenciones practicadas: un policía de lo más normal. Sin embargo, había presentado la dimisión de la comandancia de Derbyshire dos años después del cierre del caso de Alison Carter para aceptar un empleo de vigilante en una reserva aviaria de Northumberland. Era evidente que había roto con su pasado, cambiando la camaradería por la soledad.

Ahora, jubilado y con sesenta y ocho años, seguía viviendo en el nordeste. Anne le había explicado a Catherine que solo le había vuelto a ver una hora en cierta ocasión en que había acompañado a la Universidad de Newcastle a Paul, que aún no sabía dónde matricularse; le contó que Tommy Clough pasaba el tiempo observando y fotografiando pájaros, de los que hacía dibujos por las noches con la música de fondo de su amado jazz. Allí, aislado del mundo, llevaba una vida solitaria y tranquila, muy en contraste con la que había tenido durante los quince años de servicio en la policía.

Estaba llegando: entró en un tramo de la carretera con curvas suaves en descenso hacia aquel caserío, no llegaba al pueblo, a pocos kilómetros del sur de Seahouses. Entusiasmada y recelosa a la vez, la periodista levantó la pesada aldaba de latón de la antigua casita de pescadores.

Habría reconocido a Tommy Clough de inmediato gracias a las fotografías que Bennett le había enseñado. Conservaba aquel pelo rizado, aunque con reflejos plateados y no castaño claro; tenía el rostro curtido, pero los ojos no habían perdido el brillo de inteligencia y era evidente que la boca seguía habituada a sonreír más que a refunfuñar. Aunque llevaba pantalones viejos de pana y un jersey de pescador, era ostensible su vigor: su complexión no desdecía al toro que había sido de joven, aunque ahora con el pelo blanco más bien parecía un carnero de Derby, pensó Catherine devolviéndole la sonrisa.

–Señor Clough... –saludó.

–Supongo que es la señorita Heathcote. Pase –respondió él haciéndose a un lado.

Era una sala de estar espartana pero muy limpia, con las paredes llenas de preciosos dibujos de pájaros, algunos coloreados y otros a tinta china negra sobre papel brillante. Catherine reconoció que la música de fondo que sonaba era *Romances for Saxofone* de Branford Marsalis.

–Son una maravilla –comentó ella observando los dibujos de la pared, aunque no era su costumbre elogiar a quienes iba a entrevistar por no condicionarlos.

–No están mal –dijo él–. Bueno, siéntese y tómese un té. Seguro que le apetece después del viaje desde Derbyshire.

Desapareció en la cocina y regresó con una bandeja con la tetera, un jarrito de leche, el azucarero y dos tazas de la RSPB.

—No tengo café —dijo—. Una de las cosas que me prometí cuando dejé la policía fue no volver a tomar nunca una taza de ese repugnante café instantáneo, y por aquí no hay ningún sitio en que se pueda hacer una comida decente con un buen café, así que me conformo con té.

—Estupendo —dijo Catherine con una sonrisa. No sabía por qué, pero aquel hombre le inspiraba confianza—. Gracias por concederme la entrevista.

—Debería usted dárselas a George Bennett —replicó él cogiendo la tetera y agitándola suavemente para activar la infusión—. Hace mucho tiempo que me planteé que fuese él quien decidiera si se podía hablar ya del caso, porque, aunque trabajamos en él los dos juntos, yo me lo tomé de otra manera. Él es un hombre organizado, al contrario que yo, que siempre he ido por libre. Así que mi versión no será la sencilla historia que él le habrá contado.

»El caso de Alison Carter fue un momento decisivo en mi vida. Yo había ingresado en la policía porque creía en la idea de la justicia. Pero por el modo en que salieron las cosas en aquella investigación, comprendí que no se podía confiar tan plenamente en el sistema. Sí que se hizo justicia, pero por los pelos; podría muy bien haber sucedido lo contrario y después de tantos meses de trabajo nos habríamos quedado sin demostrar nada y sin que Alison Carter volviera a la vida. Por eso llegué a la conclusión de que si no cabe confiar en la policía para obtener los resultados que justifican su existencia, tampoco tiene mucho sentido pertenecer a ella.

Negó con un movimiento de la cabeza y lanzó una risa irónica al servir el té.

—Ya ve cómo hablo; parezco un predicador. Bennett no me reconocería. Figúrese que yo era el clásico policía, ¿sabe? Me gustaba tomarme mis cervezas, fumar, reír y gastar bromas. Y no es que fingiese; era una parte de mí mismo que se adaptaba al trabajo, aunque exagerando un poco, creo.

»Pero siempre he sido también un hombre que piensa, y cuando desapareció Alison Carter fue como si me diera por pensar a todo gas. Me representaba mentalmente toda clase de hipótesis del crimen a cual peor. Mientras hacía mi trabajo, mantenía a raya esos pensamientos, pero cuando no estaba de servicio advertí que tenía cada vez más pesadillas, aparte de que bebía mucho porque así conciliaba el sueño.

»He dado muchas veces gracias a Dios por aquel tesón de George Bennett en el caso. Figúrese que siempre había cosas que hacer, consultar archivos, interrogar a posibles testigos; incluso después de que se cerrara. Sin que nunca fuese algo oficial, yo me convertí en su ayudante, y me sirvió de mucho, pero indudablemente fue un trabajo ímprobo indagar en Scardale con aquellas gentes tan cerradas.

»¿Recuerda esa película de los setenta, *The Wicker Man*? Edward Woodward hace el papel de un poli que llega a una isla misteriosa de Escocia para investigar la desaparición de una niña y resulta enredado en los ritos paganos de los habitantes, unas prácticas espeluznantes con trasfondo de perversiones sexuales y de extrañas creencias. Bueno, pues en cierto modo así me sentí yo en Scardale en 1963, solo que cada día volvíamos normalmente a casa al final de la jornada y nadie intentó ningún sacrificio humano con nosotros –añadió con una risa embarazosa, como si se hubiera percatado de haber dicho más de lo que debería admitir un ex policía realista.

»Y, por supuesto, resolvimos el misterio, cosa que no sucede en la película. –Echó leche en su té y dio un largo sorbo.

–Me ha comentado Anne Bennett que ninguno de sus vecinos sabe que fue policía –comentó Catherine.

–No es porque me avergüence de ello –replicó él con timidez, levantándose a cambiar el disco compacto.

Más saxofón suave, pero esta vez Catherine no sabía lo que era. No hizo ninguna pregunta, consciente de que él reanudaría la conversación en el punto en que la había dejado.

–Es por el hecho de que la gente hace determinadas suposiciones sobre uno cuando sabe que has sido poli –añadió él sentándose–. Y quise evitarlo. Quería volver a empezar desde cero.

Pensé que, quizá corriendo un velo sobre el pasado, Alison Carter me dejaría tranquilo de una vez. –Esbozó algo más parecido a una mueca que a una sonrisa–. Pero no funcionó. ¿No ve? Aquí estamos los dos con la misma historia.

»Anoche lo pensé, mientras ordenaba mis recuerdos. Y lo vi todo claramente como si fuese el primer día. Los hechos están ahí, como siempre. Puede preguntar lo que quiera –añadió.

Tommy Clough era el eslabón que faltaba en la historia de Catherine. Su percepción tan personal llenó las lagunas que ella tenía sobre el caso, de algún modo transformó un calidoscopio de piezas embrolladas en algo coherente. Le hizo ver la personalidad de George Bennett como persona y como policía, haciendo que entendiera cosas que antes no tenía claras. Finalmente había captado las motivaciones latentes a lo que en ocasiones parecía falta de colaboración de los habitantes de Scardale con la policía. Ahora veía la configuración de la historia con mayor claridad.

De vuelta a Longnor comenzó la laboriosa y complicada tarea de organizar el material. Con el zumbido de la impresora como música de fondo, hizo diversas pilas de páginas en el suelo del cuarto de estar con las transcripciones de las entrevistas con Bennett, disponiendo en un montón aparte sus notas y las transcripciones de las largas entrevistas a testigos, fotocopias de los recortes de prensa, las copias que había obtenido de las actas del juicio gracias a una amiga de una biblioteca jurídica y un montón de ejemplares de segunda mano de tapa verde editados por Penguin de juicios famosos, para utilizar como fuente de documentación orientativa.

Había sustituido las insulsas acuarelas de las maravillas del distrito de Peak por diversas fotografías de Scardale, entre ellas unas postales de Philip Hawkin, y tenía cubierta toda una pared con ampliaciones de los retratos de los protagonistas clave, desde Alison hasta un Bennett de mirada iracunda, con sombrero y gabardina, captado por un fotógrafo a la salida de una rueda de prensa. La tercera pared la ocupaban mapas a escala de la zona.

Estuvo casi dos meses dedicada a Scardale. Se levantaba a las ocho y trabajaba hasta las doce y media; hacía los doce kilómetros hasta Buxton, aparcaba el coche en Poole's Cavern y caminaba por el bosque hasta el páramo para subir a campo traviesa hasta el templo de Salomón, aquel disparate victoriano que dominaba la ciudad. Descendía al amparo de la sombra del bosque de Grin Low y regresaba por Green Lane pasando ante la casa en que ella se había criado. Su padre había muerto cinco años antes y la madre la había vendido para trasladarse a una residencia de Devon donde el clima le sentaba mejor. Catherine no tenía ni idea de quién la habitaba ahora, pero le tenía sin cuidado.

Imaginaba que aún vivirían allí muchas de sus antiguas compañeras de colegio, pero ella había dejado su pasado cual serpiente que muda de piel para marcharse a Londres. La verdad es que solo había hecho amistades siendo mayor, pues como hija única encontraba mayor interés en su mundo interior que en el mundo real de las quinceañeras de su edad, y solo cuando comenzó a trabajar con otras personas de mentalidad parecida a la suya, había forjado verdaderos vínculos de amistad. Por eso no conservaba lazos de su infancia en aquel lugar; pensó que quizá encontraría rostros de aire conocido en el supermercado adonde iba a comprar, pero no había sido así. Y no lo sentía. La única etapa de su pasado a la que le interesaba estar vinculada eran los recuerdos que la permitían situarse en el lugar de Alison Carter y su tragedia.

Después de su paseo diario volvía a Longnor y comía una rebanada de pan con queso, una ensalada, y reanudaba el trabajo. A las seis abría una botella de vino y miraba las noticias de la televisión antes de ponerse de nuevo a la tarea hasta las nueve, hora en que cenaba una pizza o algún otro plato preparado del supermercado. A continuación contestaba el correo electrónico y leía alguna novela barata. Eso y alguna conversación con el editor a propósito del libro y con el director del documental fue todo cuanto hizo durante aquellos meses.

Era la primera vez en su vida que no estaba en una oficina llena de gente ni tenía una vida social intensa, y le resultaba gracioso no echar de menos la compañía de otras personas, lo que le hacía pensar que se había convertido en lo que seis meses atrás ella misma habría considerado una misántropa.

Una tarde en que sonó el teléfono, al oír la voz de George Bennett fue como si sus pensamientos se materializasen y por un instante no entendió lo que decía.

–Perdone, George, estaba a kilómetros de distancia, ¿puede repetírmelo? –dijo.

–Espero no haber interrumpido su flujo creativo en un momento crucial.

–No, no, ni mucho menos. ¿Qué desea? –replicó ella de vuelta a la realidad, asumiendo su personalidad de profesional.

–Llamaba para decirle que van a estar aquí Paul y Helen unos días la semana que viene, y Anne y yo hemos pensado si le apetecería cenar con nosotros el viernes.

–Con mucho gusto –contestó ella–. Tendré acabado el primer borrador este fin de semana y se lo llevaré para que le eche una ojeada cuando vuelvan a Bruselas.

–Ya veo que ha trabajado de firme –comentó Bennett–. Lo haré encantado. Bien, hasta el viernes a las siete. Adiós, Catherine.

Colgó y se quedó mirando la pared llena de fotos. Había hecho cuanto podía por dar vida a aquellos personajes. Ahora, igual que en el caso de Philip Hawkin, solo restaba el veredicto de los demás.

9

Agosto 1998

Catherine entregó a George Bennett con gesto ceremonioso el grueso sobre acolchado.
—Es el primer borrador —dijo—. No escatime críticas, George. Quiero saber qué es lo que usted piensa.
Pasaron a la sala donde estaban sentados en un sofá Paul y Helen.
—Ya tenemos algo que celebrar —dijo Bennett—: Catherine ha terminado el libro.
—Enhorabuena, Catherine; sí que has aprovechado el tiempo —comentó Helen sonriente.
Ella se encogió de hombros.
—Tengo que volver al trabajo dentro de tres semanas y no me quedaba más remedio. Es la ventaja de tener experiencia de periodista, que lo que escribes se extiende o se acorta según el tiempo de que dispongas.
En ese momento entró Anne con una bandeja con copas y una botella de champán.
—¿Cómo estás, Catherine? Me ha dicho George que había que celebrar algo, así que he pensado que podríamos descorchar una botella.
—No es la primera de esta semana —dijo Paul sonriente—. Hemos recibido por fin los papeles del divorcio de Helen y vamos a casarnos. La otra noche, para sellar la unión, nos bebimos dos botellas.

Catherine cruzó el cuarto y se agachó para dar un beso a Helen en las mejillas.

–Cuánto me alegro –dijo entusiasmada–. Me alegro infinito por los dos –añadió volviéndose hacia Paul.

George Bennett cogió la bandeja de manos de su mujer y la puso en la mesa.

–También nosotros nos alegramos. Verdaderamente es una semana de libaciones –dijo descorchando la botella y sirviendo en los vasos–. Brindemos por el libro.

–Y por la feliz pareja –añadió Catherine.

–No, por el libro, por el libro –protestó Paul–. Así, abriremos otra botella para que brindes por Helen y por mí. Y tienes que venir a la boda –añadió–. Al fin y al cabo, de no haber sido por ti nunca habríamos conseguido que papá fuese a Scardale a conocer a la hermana de Helen.

–¿Ha estado en Scardale? –preguntó Catherine sin poder ocultar su sorpresa, ya que un fallo que lamentaba en su investigación era no haber podido convencer a Bennett de que volviera al pueblo para visitarlo en compañía suya.

Bennett la miró con gesto avergonzado.

–Aún no, pero vamos a almorzar el lunes con la hermana de Helen.

Catherine alzó la copa hacia Paul.

–Habéis vuelto a tomarme la delantera, a pesar de que yo había intentado Dios sabe qué para secuestrarle y llevarle conmigo.

–Tú nos desbrozaste el camino –dijo Paul sonriente.

–Bueno, sea lo que fuere, me alegro de que vaya –dijo Catherine–, pero no piense que va a encontrar el Scardale Manor de sus recuerdos.

–¿Qué quiere decir? –inquirió Bennett inclinándose hacia delante.

–De aquella casona no quedan más que las paredes. Según Kathy Lomas, que me acompañó a verla, no hay una sola habitación en su primitivo estado de 1963, pero no es solo que hayan cambiado la decoración, sino que la han remodelado estructuralmente de arriba abajo convirtiendo un par de habitaciones pequeñas en una más grande y transformando un dormitorio en cuarto de baño. Si llega allí con los ojos cerrados y los abre una vez dentro de esa casa solariega, le aseguro que no suscitará en usted ningún recuerdo –añadió Catherine con una sonrisa.

–Ojalá tenga razón –replicó él negando con un cabeceo–, pero me da la impresión de que no me va a resultar tan fácil ahuyentar el pasado.

–No sé, George –terció Helen–. ¿Sabe que hay lugares que tienen su atmósfera peculiar? ¿Lugares en los que nada más entrar se tiene la impresión de un sitio acogedor, amistoso; mientras que otros, por mucho que los transformen, irradian cierta hostilidad? Bien, pues Scardale Manor es uno de esos lugares en donde uno se siente como en casa nada más cruzar la puerta. Me lo comentó Jan la primera vez que vio la casa después de heredarla; me llamó y me dijo que en cuanto cruzó el umbral supo que era la casa que le estaba destinada. Y yo lo entiendo perfectamente, porque siempre que he estado allí he dormido como un lirón y me he sentido totalmente a gusto. Si había algún fantasma, hace tiempo que huyó.

–¿Ves cómo te vas a llevar una sorpresa, cariño? –dijo Anne para tranquilizarle.

–Eso espero –dijo él con cara de incredulidad.

–No se preocupe por los recuerdos que puedan jugarle una mala pasada, George. Si los Carter, los Crowther y los Lomas que aún quedan allí se enteran de su llegada, seguro que le reciben con los brazos abiertos, alfombra roja y banderitas –añadió Catherine–. El único peligro que correría sería un exceso de hospitalidad.

–Hablando de eso, creo que ahora podríamos descorchar la segunda botella de champán –dijo Paul levantándose sin pensárselo dos veces.

–Otra cosa, George –añadió Catherine con su mejor sonrisa–. Si supera sin inconveniente su regreso a Scardale, ¿no podría volver conmigo en otra ocasión?

–Creí que ya había acabado el libro –replicó él buscando una excusa.
–Es un simple borrador y queda mucho por revisar.
George Bennett lanzó un suspiro.
–Bueno, supongo que no puedo negarme. Está bien, Catherine, si salgo bien de la prueba, le prometo volver con usted.

SEGUNDA PARTE

Brookdene, 14 Green Close, Cromford, Derbyshire

10 de agosto de 1998

Querida Catherine:
Te escribo por un asunto de suma importancia para los dos. No me resulta nada fácil dirigirte esta carta, tanto más cuanto que no puedo darte una explicación para lo que voy a pedirte. Solo puedo decir que lo siento y rogarte que sigas confiando en mí como lo has hecho estos últimos seis meses mientras trabajábamos juntos en «Lugar de ejecución».

Catherine, el libro no puede publicarse. Hay que dejarlo. Te ruego que hagas cuanto esté en tu mano para que no se edite. Sé que hace poco que entregaste el manuscrito a los editores y, por tanto, no estará muy avanzado el proceso de publicación. Pero pese al perjuicio que les pueda representar hay que hacerles comprender que no se puede publicar el libro.

Sé que esto te parecerá una barbaridad, y más cuando te lo pido sin darte explicaciones. Lo único que puedo decirte es que me ha llegado nueva información que nos obliga a no dar a la luz esa versión del caso de Alison Carter. No puedo revelarte los nuevos datos porque afectan a otras personas, y temo que si el libro se edita el caso levante una gran publicidad que puede tener consecuencias lamentables para gente inocente. Te ruego que lo impidas porque esas personas no se lo merecen.

La única persona que debe asumir las consecuencias por sus errores soy yo. Comprendo que habrá que devolver el anticipo de los editores y tengo intención de reembolsar íntegramente tu parte y la mía. Tú mereces una compensación por el trabajo que has desarrollado y es lo menos que puedo hacer.

Sé que es algo horroroso decirle a una escritora que se olvide de su libro, pero es un ruego que te hago; te suplico que te olvides del caso y no vuelvas a pensar en la historia de Alison Carter y Philip Hawkin. Sé que tú eres capaz de averiguar la verdad, pero por tu bien te aconsejo que, por más que te cueste, renuncies a ello.

Catherine, sé que tratarás de convencerme para que me retracte, pero es una decisión irrevocable. Si intentas seguir adelante con el libro tendré que recurrir a cuantos medios legales sean necesarios para impedírtelo, y lo sentiré porque sé que ha surgido una amistad entre los dos durante este trabajo a la que lamentaría tener que poner fin. Pero prueba de que lo digo totalmente en serio es que estoy dispuesto a sacrificar esa amistad para evitar que el libro vea la luz.

Soy incapaz de expresarte cuánto lo siento, pero acontecimientos de última hora han perturbado mi vida y no puedo ni razonar. Lo único que sé es que debes asegurarte de que el libro no se publique.

Atentamente,

George Bennett.

TERCERA PARTE

I

Agosto 1998

Catherine Heathcote miró la carta con absoluta incredulidad. Lo primero que se le ocurrió pensar era que se trataba de una broma, pero rechazó la idea de inmediato. Sabía que George Bennett era demasiado caballeroso como para mofarse de ella de aquella manera. Volvió a leerla y pensó si le habría sobrevenido algún tipo de ataque; si quizá su visita a Scardale, al reavivar el recuerdo del caso de Alison Carter, había reproducido la crisis inicial, pero descartó también tal posibilidad: George Bennett era un hombre muy en sus cabales para perder los estribos treinta y cinco años después por traumáticos que fueran sus recuerdos. Él mismo le había dicho más de una vez que volver a hablar del caso había sido menos mortificante de lo que temía.

No sabía por dónde agarrarlo. La indignación le quemaba por dentro como si sufriera una indigestión. No había terminado de desayunar cuando llegó el cartero y ella esperaba carta del editor con comentarios y sugerencias, pero no aquella catástrofe; su primer impulso fue coger el teléfono, pero apenas había marcado las tres primeras cifras cuando colgó irritada. Por su experiencia de periodista sabía lo fácil que era dar evasivas por teléfono. Aquello tenía que hablarlo en persona con él.

Dejó en la mesa el café a medias y la tostada casi intacta y cuarenta minutos después pasaba por la represa del molino. Habían sido cuarenta minutos de frustración indecible pensando exclusivamente en un George Bennett arbitrario, y le extrañaba, porque nunca había visto en él el menor indicio de que fuera capaz de comportarse de un modo tan abusivo. Estaba convencida de que habían hecho amistad y no entendía que un amigo actuara así.

En lo más profundo de su ser, Catherine sabía que el libro era mucho más de ella que de Bennett, y que él no tenía derecho a quitárselo. Sus amenazas de emprender acciones legales no le atemorizaban, dado lo que estipulaba el contrato, pero le preocupaba la repercusión que su negativa a que lo editara podía tener sobre las ventas y sobre su buen nombre. Que la persona que conocía el caso perfectamente desacreditara el libro podía causarle un grave perjuicio, y ella no estaba dispuesta a tolerar eso. Si George había decido prescindir de su amistad, ella tendría que hacer lo mismo muy a su pesar.

Nada más enfilar la estrecha carretera vio que los dos coches de los Bennett ocupaban el camino de la casa, por lo que tuvo que subir un poco más y aparcar el suyo en un receso de la cuesta. Se dirigió a buen paso hacia el camino y llamó enérgicamente al timbre.

El timbrazo retumbó en el interior como si fuera una casa deshabitada. Seguramente George Bennett habría bajado a pie al pueblo, pero Anne tenía que estar porque su artritis no le permitía trasladarse sin coche; retrocedió unos pasos y dio la vuelta a la casa pensando que quizá estarían en el jardín tomando el sol antes de que apretara con más fuerza. No; allí no había nadie, solo se veía el cortacéspedes y aquellos parterres de flores como miniaturas de Sissinghurst.

Mientras volvía a la puerta principal se le ocurrió una posible explicación: si Paul y Helen habían ido en un coche alquilado era factible que los cuatro hubieran ido a pasar el día fuera. Con solo pensarlo aumentó su resolución de ajustar cuentas con George Bennett y de esperar allí hasta la noche si era necesario para hablar con él. De pie en el paseo de entrada, indecisa sobre si montar guardia en el coche frente a la casa o ir a curiosear a la librería junto a la represa del molino, oyó que la llamaban.

Vio que era la vecina que desde la escalinata de su casa la miraba curiosa.

–Catherine –repitió la mujer.

–Hola, Sandra –respondió ella con su mejor sonrisa profesional–. ¿No sabrá dónde han ido George y Anne?

La vecina se quedó de piedra.

–Pero ¿no se ha enterado? –dijo al fin con voz compungida, no exenta de satisfacción porque sabía algo que Catherine ignoraba.

–¿De qué tengo que haberme enterado? –replicó ella fríamente.

–Creí que lo sabría. Él ha sufrido un ataque al corazón.

–¿Un ataque al corazón? –repitió Catherine con cara de incredulidad.

–Se lo llevaron en ambulancia al hospital esta mañana a primera hora –respondió la mujer como saboreando las palabras–. Anne fue con él, claro, y Paul y Helen les siguieron en su coche.

Catherine, sin salir de sus asombro, carraspeó.

–¿Y se sabe algo?

–Hace un rato que Paul vino a recoger unas cosas y hablamos, claro. Su padre está en cuidados intensivos y me ha comentado que los médicos dicen que es un luchador. Bueno, eso ya lo sabíamos.

Catherine no comprendía por qué aquella mujer le hablaba con tanta presunción de un suceso como aquel. Se negaba a pensar que era por el simple placer de saber algo que ella ignoraba, pero no encontraba otra explicación.

–¿En qué hospital está? –preguntó.

–Le llevaron a la unidad cardíaca especializada de Derby –contestó la mujer.

Sin escuchar más, Catherine echó a andar cuesta arriba hacia el coche.

–No le dejarán entrar –le gritó Sandra–. No le dejarán entrar porque no es de la familia.

–Ya lo veremos –replicó Catherine muy seria casi sin aliento.

Su preocupación por George Bennett se manifestó en forma de furia irracional, como no esperaba menos. ¿Cómo se permitía privarle de la satisfacción de averiguar qué diablos pasaba con lo del libro mediante la treta de situarse a las puertas de la muerte?

Solo durante el camino a Derby logró calmarse y empezar a pensar la terrible noche que habrían pasado todos; Anne, Paul, Helen y, naturalmente, el propio George, atrapado en un cuerpo que no funcionaba como debía. No se imaginaba nada más atroz para un hombre como George Bennett, que a pesar de sus sesenta y cinco años tenía salud, estaba en forma y que, también mentalmente, era más agudo que la mayoría de policías en activo que ella conocía. Bennett todavía era capaz de acabar casi todos los días el crucigrama del *Guardian,* cosa que ella no había conseguido nunca; de la colaboración en el libro había surgido respeto por su persona, pero también afecto. Era algo terrible imaginarle disminuido por la enfermedad.

Encontró enseguida la unidad de cuidados intensivos. Empujó la puerta de doble hoja y no vio más que un mostrador vacío. Pulsó el timbre y aguardó. Volvió a pulsarlo al cabo de dos minutos y apareció entonces una enfermera en mono blanco por una de las tres puertas cerradas.

–¿Qué desea? –preguntó.

–¿Han ingresado aquí a George Bennett? –preguntó Catherine con una media sonrisa de preocupación.

–¿Es usted de la familia? –contestó automáticamente la enfermera.

–He trabajado con él y soy una amiga de la familia.

–Solo se admiten visitas de familiares directos –contestó la enfermera sin el menor atisbo de pesar en la voz.

–Sí, lo sé –replicó Catherine sonriendo otra vez–, pero ¿no podría decirle a Anne, a la señora Bennett, que estoy aquí? A ver si tiene un momento y podemos tomarnos un té...

La enfermera sonrió también.

–Por supuesto que puedo decírselo. ¿Cómo se llama usted?

–Catherine Heathcote. ¿Dónde se puede tomar un té?

La enfermera le indicó dónde estaba el bar y dio media vuelta para marcharse, pero antes de que desapareciera por la puerta Catherine preguntó:

—¿Y el enfermo? ¿Cómo está?
—El estado es crítico pero estable. —Ahora la voz de la mujer se había suavizado—. Las próximas veinticuatro horas son decisivas.

Catherine se dirigió a los ascensores como aturdida. Allí en el hospital comenzaba a darse cuenta mejor del modo en que le afectaba la tragedia personal de George, a diferencia de su primera reacción al anunciárselo la vecina. Detrás de aquellas puertas, en algún habitáculo, estaba George Bennett entubado y conectado a aparatos y monitores. Aparte de lo que sucediera con su cuerpo, ¿qué estaría sucediendo en su cerebro? ¿Recordaría que le había escrito una carta? ¿Se lo habría dicho a Anne? ¿Debía ella hacer como si nada hubiese ocurrido? Y no solo por su propio interés —reflexionó—, sino por no añadir preocupaciones a la familia.

Encontró la cafetería y se sentó en la mesa de un rincón con un agua mineral. Estaba tan inmersa en sus pensamientos que no vio a Paul hasta que lo tuvo prácticamente encima. Ahora sí que era impresionante el parecido con su padre. Había mirado tantas veces la fotografía de George Bennett en la época en que tenía su misma edad, que fue como si la imagen que ella había compuesto cobrase ahora vida cambiando la gabardina y el sombrero por unos vaqueros gastados y un polo. Paul se dejó caer en la silla como si las piernas no le sostuvieran.

—Cuánto lo siento —dijo Catherine.
—Lo sé —dijo él con un suspiro.
—¿Cómo está?

Paul se encogió de hombros.

—Mal. Ha sufrido un ataque cardíaco muy fuerte y no ha recobrado el conocimiento, pero dicen que volverá en sí. Dios mío... —añadió tapándose la cara con las manos. Catherine angustiada vio como sus hombros subían y bajaban mientras respiraba hondo para sobreponerse—. El corazón dejó de latirle en la ambulancia —añadió al dominarse— y creo que a los médicos les preocupa que exista lesión cerebral. Están hablando de hacer un escáner, pero no son claros respecto al pronóstico —agregó mirando la mesa, al tiempo que Catherine ponía con afecto su mano en la suya.

–¿Cómo fue? –preguntó con dulzura.
Paul lanzó otro suspiro.
–No dejo de pensar que fue por culpa nuestra. Mía y de Helen –respondió abatido–. ¿Te importa que salgamos fuera? Este ambiente de hospital es agobiante y tengo la cabeza como llena de algodón. Quiero tomar un poco el aire.
Bajaron sin decir nada en el ascensor. Catherine señaló unos bancos al fondo del aparcamiento y se sentaron a mirar unos parterres de rosales sin verlos. Paul echó la cabeza hacia atrás y respiró hondo.
–¿Por qué ibas a tener la culpa tú del ataque de tu padre? –preguntó finalmente Catherine.
Paul se pasó la mano por el pelo.
–El otro día en Scardale sucedió algo que le conmocionó. Pero no sé exactamente qué sería... Él no dijo nada, pero yo me di cuenta de la fuerte impresión que se llevó nada más llegar a casa de Jan, y luego, dentro, creí que iba a desmayarse porque se puso pálido y comenzó a sudar, como cuando te acomete de pronto una fuerte cefalea; después estuvo como ausente, apenas dijo una palabra a Jan y no hacía más que mirar a su alrededor como si esperase ver aparecer un fantasma.
–¿No dijo nada sobre qué le había molestado?
–Yo creo –respondió Paul restregándose con un dedo el puente de la nariz– que fue solo el trauma de volver a Scardale. Es natural que le haya estado rondando por la cabeza con tanto como habéis trabajado sobre ese libro –añadió hundiendo los hombros abatido–. Pero la culpa es mía; debí darme cuenta de que cuando él decía que no quería volver allí hablaba en serio.
–Pero tú no tenías por qué pensar que iba a ponerse enfermo –comentó ella en tono amable–. No te culpabilices. Los ataques cardíacos no se producen porque sí; es un proceso de toda la vida. En el caso de tu padre será por tantos años de comer a deshora, fumar demasiado, tomar cualquier cosa con grasa y deprisa. Tú no tienes la culpa.
–Este ataque lo ha provocado la visita a Scardale –replicó Paul consternado.

–No necesariamente. Me has dicho que tú no advertiste nada en particular que le molestase.

–Sí, pero no paro de darle vueltas en la cabeza. Almorzamos en el jardín y casi no comió, cosa rara en él; alegó que era por el calor y, la verdad, es que hacía calor. Después de comer, Jan estuvo enseñando la casa a mamá. Estuvieron una barbaridad de tiempo hablando ellas dos mientras papá iba a dar un paseo por el prado del pueblo, pero solo estuvo diez minutos fuera; luego se sentó bajo el castaño y allí se quedó mirando al vacío. Nos marchamos hacia las tres porque mamá quería pasar por la feria de artesanía de Buxton y a las seis estábamos en casa.

–¿Y él no comentó si se sentía indispuesto?

Paul negó con la cabeza.

–No. Dijo que iba arriba a escribir una carta. Yo salí al jardín mientras Helen y mamá preparaban una ensalada para cenar y él bajó a la media hora diciendo que iba a la central de correos de Matlock a echar una carta para que llegara al día siguiente. A mí me pareció un poco raro, pero sé que él nunca deja las cosas para mañana.

Catherine respiró hondo. No estaba bien dejar a Paul con la intriga de aquella carta tan importante para su padre.

–La carta era para mí –dijo.

–¿Para ti? ¿Y qué es lo que tenía que escribirte? –preguntó él desconcertado.

–Creo que quería eludir hablar directamente conmigo –respondió ella– por no enfrentarse a la discusión que habríamos tenido.

–No te entiendo –dijo Paul.

–Tu padre quería que suspendiera la publicación del libro; y sin darme ninguna explicación –añadió ella.

–¿Qué? Es absurdo.

–Eso me pareció a mí y por eso fui esta mañana a Cromford. Fue la vecina quien me dijo lo que había sucedido.

–¿Y lo primero que se te ocurrió fue venir aquí a molestarle? –replicó él mirándola ofuscado–. Muy amable por tu parte, Catherine.

Ella negó con la cabeza.

–No, no pienses mal, Paul. Nada más enterarme, lo primero que pensé fue en tu padre, en vosotros; para ofreceros mi ayuda y mi apoyo. Cualquier cosa.

Paul calló un instante reflexionando, no muy convencido.

–Estos últimos seis meses me he encariñado con tus padres, y de momento, dejaré a un lado el problema del libro, sea cual fuere. Paul, de verdad que lo que me preocupa en este momento es la salud de tu padre.

Paul comenzó a tamborilear con los dedos en el brazo del banco. Era evidente que, a diferencia de su padre, él no poseía el don de la serenidad.

–Escucha, Catherine, siento haber arremetido contra ti, pero es que ha sido una noche tremenda y ya no puedo ni pensar.

–Lo sé –dijo ella poniéndole la mano en el brazo–. Si hay algo que pueda hacer, me lo dices.

–Sí, en realidad sí puedes hacerme un favor –respondió él con un suspiro–. Quiero saber cuál fue el detonante que desencadenó ayer el ataque cardíaco. Si quiero ayudar a mi padre necesito saberlo. Tú conoces mejor que nadie su profunda vinculación con Scardale y tal vez puedas descubrir lo que tanto le impresionó y provocó el ataque.

Catherine notó que le tranquilizaba enormemente aquella propuesta de Paul, que era precisamente lo que ella tenía decidido.

–Haré todo lo que pueda –dijo–. ¿No sucedería alguna otra cosa después? Después de volver de correos, quiero decir.

Paul negó con la cabeza.

–Después de eso fuimos al pub del pueblo y tomamos tranquilamente unas cervezas charlando en el jardín de atrás. –Hizo una pausa y frunció el entrecejo–. Pero sí que estaba crispado porque en dos ocasiones tuve que repetirle lo que le estaba diciendo: parecía ausente.

–¿Observó Helen algo raro en su forma de actuar?

–Ella piensa lo mismo que yo porque también advirtió que nada más llegar a Scardale se desmoronó su ánimo, aunque quizá a un extraño le habría pasado desapercibido. Si a su hermana le ofendió por lo poco que habló, desde luego ella a Helen no le ha dicho nada...

—Por muy molesto que se encontrara, tu padre sería incapaz de ofender a Janis —dijo Catherine—. Es un hombre muy considerado.

Paul carraspeó.

—Sí, es cierto —dijo mirando reloj—. Bueno, voy adentro.

—¿Cuándo tenéis que volver a Bruselas? —preguntó ella levantándose.

Él se encogió de hombros.

—Teníamos que marcharnos pasado mañana, pero ahora no podemos. Esperaremos a ver cómo evoluciona.

—Vamos, te acompaño.

—Ahí viene Helen —exclamó Paul cuando estaban cerca de la entrada, echando a correr angustiado hacia ella.

Helen se dio la vuelta en el momento en que se llevaba una cocacola a la boca al oír sus pasos. Le sonrió pero él ni se dio cuenta.

—¿Le ha sucedido algo? —preguntó.

—No; es que necesitaba tomar el aire —respondió ella pasándole el brazo por la cintura para apretarse contra él.

—¿Cómo está George? —preguntó Catherine.

—Continúa igual —respondió Helen cabeceando abatida—. Paul, creo que deberíamos convencer a tu madre para que tome un té y coma algo. —Miró a Catherine con una sonrisa de disculpa—. Figúrate, Anne no se ha apartado de su cabecera desde que le ingresaron en la UCI. No sé cómo aguanta.

—Yo os dejo —dijo Catherine.

—Averigua lo que sucedió —dijo Paul cogiéndole la mano—. Qué vio, qué oyó o qué le hizo recordar, por favor.

—Haré cuanto pueda —contestó ella.

Los vio volver a entrar en el hospital, contenta de hacer algo que pudiese aliviar el sentimiento de culpabilidad de Paul; y porque a la vez serviría a sus propios intereses, aunque, con sorpresa, advirtió que esto había pasado a un segundo plano. Ahora lo importante para ella era George Bennett. Eso tenía ahora mayor importancia que la publicación de un libro que le hiciera justicia, se dijo decidida. Y aquello que le pedían podía hacerlo perfectamente.

2

Agosto 1998

La causa de aquel cambio mental de George Bennett era algo que había sucedido en Scardale. De eso Catherine estaba segura. Había visto algo... pero ¿qué? ¿Cómo era posible que en una visita tan breve se hubiera producido una reacción tan perturbadora? Habría considerado comprensible que él hubiese querido efectuar cambios en el manuscrito a la vista de algo que le resultara esclarecedor, pero ¿qué podía haber tan extraordinario que le impulsara a impedir la publicación? Si se había producido un momento de impacto emocional tan fuerte, ¿cómo es que la familia no lo había advertido?

Aquella calurosa tarde de agosto difícilmente podía reconocer en Scardale la triste aldea invernal donde ella había vuelto a estar en febrero; tras aquel verano tan húmedo, la hierba estaba muy crecida y el verde de los árboles presentaba una infinidad de matices. A su sombra, hasta las monótonas casitas rurales del pueblo resultaban pintorescas y no quedaba nada de aquel ambiente lúgubre herencia de los trágicos acontecimientos de treinta y cinco años atrás.

Aparcó delante de la casona, en cuyo camino había un Toyota, un modelo de unos cinco años. Janis Wainwright debía de estar en casa. Permaneció en el coche un momento pensando. No podía llamar y preguntarle por las buenas: «¿Qué le sucedió ayer a George Bennett que le indujo a renunciar al libro? ¿Qué terrible incidente tuvo lugar en su casa que por la noche sufrió un grave ataque cardíaco?». ¿A qué excusa podía recurrir?

Pensó en preguntar a Kathy Lomas si había visto a Bennett el día anterior, y miró hacia Lark Cottage; pero no vio ningún coche. Exasperada bajó del suyo. En caso necesario echaría mano del truco periodístico de la mentira descarada. Cruzó el caminito hasta la puerta de la cocina y alzó la pesada aldaba; la dejó caer y oyó cómo retumbaba dentro de la casa. Transcurrió un minuto y de pronto se abrió la puerta. Deslumbrada por el sol, Catherine vio a duras penas el rostro de la mujer que apareció en el umbral.

–¿Qué desea? –preguntó esta.

–Usted debe de ser Janis Wainwright. Me llamo Catherine Heathcote y soy amiga de su hermana Helen. Fue usted muy amable en permitirme visitar la casa para un libro que estoy escribiendo sobre el caso de Alison Carter.

No habría podido jurarlo, pero le pareció que a medida que lo decía la mujer se iba retrayendo.

–Lo recuerdo –dijo con voz neutra.

–¿Me permitiría echar otro vistazo a la casa?

Ahora sus ojos comenzaban a adaptarse a la penumbra de la cocina y advirtió que Janis Wainwright se sobresaltaba.

–Ahora no puede ser. En otro momento. Ya hablaré con Kathy –añadió precipitadamente.

–Solo la planta baja. No le causaré ninguna molestia.

–Ahora estoy terminando un trabajo –replicó ella tajante.

Comenzó a cerrar la puerta, y Catherine, instintivamente, dio un paso para impedírselo y en ese momento, al ver lo que George Bennett había visto la víspera, retrocedió anonadada.

–Hable con Kathy –dijo Janis Wainwright.

Como si se produjera a mucha distancia de allí, Catherine oyó el chasquido de la cerradura y el ruido de los cerrojos. Se dio la vuelta y regresó al coche tambaleándose como una sonámbula.

Ahora entendía por qué Bennett había escrito la carta. Pero si estaba en lo cierto, tampoco ella se lo podía decir sin más a su hijo. Y, sobre todo, aquello no la inducía en absoluto a suspender la publicación del libro; ahora intuía que la historia del caso de Alison Carter ocultaba otra verdad que ni siquiera el propio Bennett había podido imaginar. Y eso avivaba su decisión de contar la verdad por la que tan alegremente había brindado aquella noche en Londres con Paul.

Permaneció inmóvil sentada en el coche ajena al calor sofocante. Pasado ya el primer momento de estupor, no acababa de creer lo que había visto con sus propios ojos. Era absurdo, se dijo; tenía que estar equivocada. Pero en ese caso, también George Bennett se habría engañado. Era un parecido asombroso, misterioso incluso, pero de haber sido eso únicamente, ella habría incluso aceptado desechar aquella extraña coincidencia. Pero ella sabía que ningún parecido físico incluye cicatrices.

Le constaba, por lo que había leído sobre el caso y por las entrevistas, que la señal distintiva de Alison Carter era una cicatriz, una raya tenue de unos dos centímetros y medio que discurría en diagonal desde la frente cortando la ceja derecha hasta casi el rabillo del ojo. El verano en que murió su padre, corriendo en el recreo con una botella de leche en la mano, Alison tropezó y, al caerse, se había cortado con una astilla de vidrio. Según su madre, la cicatriz era mucho más visible en verano cuando la bronceaba el sol. Igual que la de Janis Wainwright.

De pronto le acometió una fuerte cefalea. Maniobró el coche y volvió despacio a Longnor. La única explicación a lo que acababa de ver parecía una quimera. Alison Carter había muerto. A Philip Hawkin le habían ahorcado por asesinarla. Pero si Alison Carter había muerto, ¿quién era Janis Wainwright? ¿Cómo era q' una mujer que parecía una clonación de Alison ocupaba la c..sona de Scardale sin tener ninguna relación con lo acontecido en 1963? Y, en tal caso, ¿cómo era posible que su propia hermana no supiera nada?

Aparcó el coche y fue a la tienda de periódicos. Compró un paquete de Marlboro Lights y una caja de cerillas. En la casita se sirvió un vaso de vino tan frío que le dio dentera. En eso había una lógica. A continuación encendió su primer cigarrillo al cabo de doce años; notó como un mareo, pero mucho mejor eso que la inopia, se dijo mientras sentía, también como si fuera lo más normal del mundo, que la nicotina penetraba en su torrente sanguíneo.

Fumó el cigarrillo con fruición y se sentó provista de papel y bolígrafo. Al cabo de una hora tenía dos conclusiones:

> Primera posibilidad. Si Alison Carter no había muerto tendría exactamente el mismo aspecto físico que Janis Wainwright.
> Segunda posibilidad: Alison Carter es realmente Janis Wainwright.

Había adoptado también un plan de acción, porque si estaba en lo cierto no iba a faltarle trabajo con las modificaciones que tendría que hacer en el manuscrito aparte de pulir su redacción. Pero eso era lo de menos. Si Alison Carter estaba viva, *Lugar de ejecución* sería más apasionante de lo que era, y ya se las arreglaría para convencer a George Bennett, cuando se hubiera recuperado plenamente, de que reflexionase a fondo sobre las consecuencias.

El primer paso fue una llamada a su ayudante de edición de la revista en Londres.

—Beverley, soy Catherine —dijo dando a su voz un falso tono animoso.

—¡Hola! ¿Qué tal por el terruño?

—Cuando hace sol como hoy, no lo cambiaría por Londres.

—Pues estoy deseando que vuelvas, porque esto es una casa de locos y yo no acabo de enterarme de qué es lo que quiere Rupert para el número de Navidad...

—No me lo cuentes ahora, Bev —replicó Catherine tajante—. Tengo una tarea urgente para ti. Necesito un especialista en envejecimiento de fotografías por ordenador, y que viva por estos pagos si es posible.

—Qué interesante.

Veinte minutos más tarde su ayudante llamaba para darle el número de un tal Rob Kershaw de la Universidad de Manchester.

Catherine consultó el reloj. Eran casi las cuatro. Si Rob Kershaw no estaba en el extranjero liberado del estrés cotidiano, lo más probable era que le encontrara en su trabajo. Valía la pena probar.

Contestaron al tercer timbrazo.

–Teléfono de Rob Kershaw –dijo una voz de mujer.

–¿Está Rob?

–No, está de vacaciones. Vuelve el día veinticuatro.

Catherine lanzó un suspiro.

–¿Quiere dejar algún recado? –preguntó la mujer.

–Gracias, pero no merece la pena.

–¿Puedo ayudarle yo en algo? Soy Tricia Harris, su ayudante de investigación.

Catherine dudó, pero pensó que nada tenía que perder.

–¿Sabe usted envejecer retratos por ordenador? –preguntó.

–Pues sí; es mi especialidad.

Se pusieron de acuerdo en pocos minutos. Tricia no tenía ningún plan aquella tarde salvo ver la televisión y, como sufría la clásica penuria económica de los recién licenciados, ante la perspectiva de una sustanciosa remuneración aceptó encantada esperar en el trabajo a que llegase Catherine con sus copias de las fotos que Philip Hawkin habían hecho a su hijastra.

Una vez allí, la joven escaneó en primer lugar las dos fotografías, hizo algunas preguntas y se puso manos a la obra con el ratón. Catherine se apartó porque sabía lo odioso que era que alguien mire por encima del hombro mientras se trabaja; junto a una ventana del fondo encendió el quinto Marlboro. Volvería a dejarlo al día siguiente. O cuando averiguara qué demonios estaba ocurriendo.

Al cabo de casi una hora y otros tres cigarrillos, la joven la llamó para mostrarle tres hojas tamaño folio que cogió de la bandeja de la impresora.

–Esa de la izquierda es lo que denominamos posibilidad óptima –dijo–. Vida tranquila y buena alimentación, con unos cuatro kilos de más o incluso el peso ideal; la del centro es más corriente en determinados aspectos: mayor estrés, poco interés por el aspecto físico y kilos de sobra, y la tercera es la que no gusta a nadie; corresponde a quien ha llevado una vida difícil, ha comido porquerías y ha fumado mucho... eso es fatal para las arrugas, ¿sabe? –añadió con sonrisa pícara–. Y ha perdido peso.

Catherine acercó hacia sí con el dedo la del centro. Salvo el color del pelo podría haber sido la fotografía de la mujer que le abrió la puerta de Scardale Manor. El pelo de Janis Wainwright era de un tono plateado que delataba el rubio. El de aquella Alison Carter envejecida por ordenador seguía siendo dorado con canas en las sienes.

–Es asombroso –comentó Catherine en voz baja.

–¿Es lo que esperaba? –preguntó la joven.

Ella simplemente le había dicho que trabajaba en el caso de una desaparecida que reclamaba una herencia.

–Confirma lo que yo me temía –contestó–. Hay una persona que no es quien pretende ser.

–Mala suerte –comentó la joven.

–Qué va –replicó Catherine sintiendo la emoción invadir su pecho–. Nada de mala suerte. Todo lo contrario.

3

Agosto 1998

Al regreso de la Universidad de Manchester, Catherine sintió por el camino ese hormigueo en las venas que le indicaba que estaba a punto de dar vida a una historia importante. Iba tan entusiasmada que perdió de vista el punto de partida de su entusiasmo, y el hombre entubado en la unidad de cuidados intensivos se borró de su mente. Sin preocuparse por cenar, volvió de un tirón a Longnor haciendo cábalas sobre las posibilidades del caso.

Lo primero que decidió hacer fue averiguar quién era oficialmente Janis Wainwright, porque no cabía duda de que aquella Janis Wainwright tendría existencia legal, ya que, de otro modo, le habría sido imposible ser propietaria y haber seguido una carrera importante. Para averiguarlo tendría que consultar el registro oficial de nacimientos, matrimonios y defunciones. A ella le llevaría días, pero había agencias que resolvían ese menester para los periodistas. Enchufó el portátil y comenzó a redactar una solicitud por correo electrónico para la Agencia de Búsquedas de Datos Legales, una empresa especializada en indagaciones sobre personas y empresas.

Estaba casi segura de que Janis no se había casado. En primer lugar, Helen no había mencionado a ningún marido, y en la carta en que su abogado le autorizaba a visitar la casa solariega se la mencionaba como «señorita Wainwright».

Por consiguiente, en algún lugar habría datos sobre el nacimiento de Janis Wainwright. Para asegurarse por partida doble, decidió preguntar también a Helen; y porque, como todo buen periodista, siempre pensaba mal, pidió que comprobaran si existía certificado de defunción de Janis Wainwright entre la fecha de desaparición de Alison y diciembre de 1963. A partir de los datos del certificado de nacimiento podrían localizar el certificado de matrimonio de los padres de Janis y después con este, los correspondientes certificados de nacimiento si era necesario. Era el punto de partida para saber si existía alguna relación entre Janis Wainwright y Alison Carter.

Envió la petición, dejando claro que quería respuesta urgente, es decir, que le remitiesen los datos por correo electrónico y copia en papel por correo normal. Pese a ello, hasta el día siguiente por la tarde no cabía esperar respuesta y no sabía cómo llenar el tiempo, pero en ese momento se acordó de Bennett y sintió mala conciencia de haberlo olvidado. Llamó al hospital para preguntar cómo estaba y la enfermera de cuidados intensivos le dijo que seguía igual. Colgó emocionalmente inquieta; sentía enormemente lo que le había sucedido a Bennett, pero, por otro lado, la causa que había desencadenado el ataque cardíaco prometía ser la mejor historia de su carrera. No era nada tonta y se daba perfecta cuenta de lo importante que profesionalmente era para ella, una persona que siempre se había dedicado más a su trabajo que a ningún ser humano, algo que la gente opinaba que era una desgracia; pero a ella le parecía mayor desgracia jugárselo todo a una sola carta con alguien, sabiendo que las personas te dejan tirada cuando menos te lo esperas. La gente iba y venía en su vida y ella disfrutaba con las relaciones humanas, desde luego, y no se privaba de ningún placer ni satisfacción fruto de tales relaciones, pero no había nada en concreto comparable a la intensa emoción que procuraba una buena exclusiva.

Se sirvió otro vino y reflexionó sobre lo que iba a hacer a continuación. Cuando casi había apurado el vaso, lo tenía claro.

Tres horas después alquilaba una habitación en un hotel de cuatro estrellas de las afueras de Newcastle. Había aprendido que una de las claves del buen periodismo estaba en saber cuándo hay que darse prisa y cuándo, por el contrario, armarse de paciencia, y la experiencia le sirvió para templar su impaciencia por desvelar el misterio. No era conveniente presentarse en casa de alguien por la noche sin previo aviso, porque la gente relacionaba la sorpresa con el anuncio de una mala noticia. Por la mañana, por el contrario, la gente tenía mejor disposición. Era algo sabido desde mucho antes de que existieran carteros. Por eso ella, desde la época en que trabajaba como reportera de sucesos, había evitado siempre en la medida de lo posible llamar a una puerta por la noche. Era mejor presentarse a primera hora.

Finalmente se quedó dormida viendo una película en la tele y se despertó pasadas las nueve contenta de haber descansado bien para la jornada que le esperaba. Lo primero que hizo fue llamar al hospital; le dijeron que la situación seguía estacionaria, aunque había indicios satisfactorios. Llamó luego a casa de los Bennett, pero solo respondió el contestador automático y dejó un saludo con sus deseos de que todo fuera a mejor. Una hora más tarde estaba en la A1. Nada más entrar en el camino de la casita se abrió la puerta.

—Catherine —exclamó Tommy Clough con una amplia sonrisa—. Qué agradable sorpresa. Pase; vamos al jardín de atrás.

Catherine le siguió por el impecable cuarto de estar y a través de la cocina hasta el jardín, un paraíso de flores olorosas y arbustos elegidos expresamente, según le había explicado él en su primera visita, para atraer pájaros y mariposas. Aquel día lo invadía el zumbido suave de las abejas y mientras hablaban notaba de reojo un constante aleteo multicolor.

Tommy Clough le ofreció una silla de madera y él se sentó en el banco orientado cara al mar.

—Bien, ¿qué le trae por aquí? —preguntó él.

—No sé por dónde empezar, Tommy —respondió ella con un suspiro—. Diga lo que diga le va a parecer que he perdido la cabeza —añadió bajando la vista—. ¿Se ha enterado de lo de George?

–¿Qué ha sucedido? –inquirió él alarmado.

Catherine le miró a los ojos.

–Ha sufrido un ataque cardíaco. Se encuentra grave en la unidad de cuidados intensivos del hospital de Derby. Por lo que he sabido lleva inconsciente desde ayer por la mañana y Paul me dijo que en la ambulancia se le paró el corazón.

–¿Y ha venido hasta aquí para decírmelo? Cuánto se lo agradezco, Catherine –dijo Tommy Clough dándole una palmadita en el brazo.

–Lamento ser portadora de malas noticias –añadió ella, satisfecha de su momentáneo papel de buena amiga.

–A mi edad –replicó él encogiéndose de hombros– no es tanta sorpresa. ¿Anne está muy afectada? Sí, claro, tiene que estarlo.

–No se aparta de su cabecera, pero están aquí Paul y su novia y ellos le hacen compañía.

–Pobre Anne. George es toda su vida. Y con su artritis no podrá cuidarle como haría falta –añadió Tommy Clough con un suspiro cabeceando y dirigiendo la vista al azul brillante del mar.

Catherine sacó una cajetilla nueva de Marlboro.

–¿Le importa que fume? –dijo.

–Sí, sí, por favor. Creí que no fumaba –comentó Clough enarcando sus pobladas cejas y levantándose a coger de un rincón un platillo de terracota–. Tenga, de cenicero –añadió recostándose en el banco, cruzando las piernas estiradas y metiendo las manos en los bolsillos de sus pantalones de pana.

–El lunes, George estuvo en Scardale; y por la noche le sobrevino el ataque –dijo ella sin rodeos.

–¿Consiguió llevarle a Scardale? –preguntó él con los ojos muy abiertos.

–No, no logré convencerle. Fue con Paul, aprovechando que pasa aquí unos días con su novia Helen; piensan casarse a finales de año. Bien, resulta que Janis, la hermana de Helen, se fue a vivir a Scardale Manor hace un par de años y decidieron ir a almorzar allí el lunes con George y Anne. Ya sé que a George no le apetecía la idea de volver al lugar, pero el caso es que, según Paul, nada más llegar a la casa actuó de una forma extraña.

—Extraña, ¿en qué sentido?
—Dice Paul que se puso muy tenso. Casi no comió, y, salvo un corto paseo que dio por el prado del pueblo, estuvo el resto del tiempo sentado en el jardín sin hablar. Según Paul se pasó toda la tarde como ausente y ensimismado.

Catherine hizo una pausa para recobrar el dominio. Tenía que ir con cuidado al planteárselo a Tommy Clough, porque era muy dado a interpretar las cosas a su manera.

—Antes del ataque él me escribió una carta diciéndome que suspendiese la publicación del libro y la única razón que alegaba era que acababa de enterarse de algo que lo impedía. Naturalmente, yo se lo comenté a Paul nada más verle en el hospital, porque supuse que en Scardale debió de ver algo que... no sé, que le esclareció algún aspecto inesperado del caso, o que le hizo reconsiderar alguna cosa que habíamos mencionado en el libro. Es la misma conclusión a que ha llegado Paul y como ahora le atormenta sentirse culpable del ataque que ha sufrido su padre por haberle convencido de ir a Scardale, me ha pedido que averigüe la causa que le impulsó a escribirme esa carta. Así que... –se encogió de hombros– tengo que averiguarlo.

—Usted habría sido buen poli –comentó él secamente.

—Viniendo de usted, no sé si tomarlo como un cumplido –replicó ella jugueteando con el cigarrillo y apagándolo de pronto.

—No crea, a los policías les tengo tanto respeto como a la profesión que tanto representó para mí antaño –añadió él fingiendo una tristeza que ella sabía que era fingida–. ¿Y dónde fue a averiguarlo? No hace falta que me lo diga.

—Exacto. Volví a Scardale con idea de decirle a la hermana de Helen que me permitiese echar otro vistazo a la casona y ver si descubría qué había impresionado tanto a George Bennett –dijo ella cambiando de postura en la silla para mirar al mar.

—¿Y lo descubrió?

Catherine se tomó su tiempo sacando otro cigarrillo. Vio de reojo que el rostro curtido de Tommy Clough la observaba con sus ojillos astutos intuyendo alguna sorpresa; pero ni por muy calenturienta que fuera su imaginación podía imaginarse de qué revelación se trataba.

–No llegué a entrar en la casa –dijo expulsando humo–, pero vi lo que debió espantar a Bennett –añadió abriendo el bolso para sacar las fotos envejecidas de Alison Carter.

Tommy Clough alargó la mano, pero Catherine negó con la cabeza.

–Espere. La que me abrió la puerta y que se supone es hermana de Helen... era un doble de Alison Carter. Hasta por la cicatriz en la ceja –añadió tendiéndole la carpeta. Tommy Clough la abrió cauteloso como si fuera a explotar, pero lo que vio resultó mucho peor de lo que habría podido imaginar y se quedó con la boca abierta–. Yo tampoco acababa de creerme lo que vi; cogí unas fotos de Alison hechas por Philip Hawkin y fui a un especialista para que las envejeciera. Esa que está mirando podría ser el retrato de la mujer que me abrió la puerta de Scardale Manor, pero también de Alison caso de estar viva.

–No –dijo Tommy Clough, que sujetaba el sobre con mano temblorosa–. No puede ser. Debe de ser una parienta.

–La cicatriz es igual, Tommy. Cicatrices idénticas no hay.

–Tiene que estar equivocada. No la habrá visto bien; la imaginación juega malas pasadas.

–¿Ah, sí? No creo, Tommy. No fue mi imaginación lo que provocó el ataque cardíaco a George Bennett. Pienso que lo que yo vi es lo mismo que vio él. Por eso he venido aquí, porque es preciso que me acompañe y vea usted con sus propios ojos a Janis Wainwright para que nos diga a George y a mí que no es Alison Carter. Porque a lo que parece he descubierto la exclusiva del siglo.

Él se tapó la cara con la mano, frotándose aquel cutis curtido que parecía la piel arrugada de un animal. Dejó caer la mano en el regazo y se la quedó mirando desanimado.

–¿Sabe lo que esto significa si está en lo cierto?

Ella asintió despacio con la cabeza.

No había pensado en otra cosa durante el largo viaje hasta allí, como si su mente viajara en una montaña rusa cuyo punto más alto fuese el impacto profesional de la revelación y el más bajo la repercusión para George Bennett y los suyos.

Tenía que encontrar un punto intermedio, equilibrado, entre ambas consecuencias. Pero primero tenía que saber punto por punto toda la verdad. Miró cara a cara a Tommy Clough y dijo:

–Que Philip Hawkin fue ahorcado por un crimen que no cometió.

4

Agosto 1998

Tommy Clough no era un sentimental. Siempre había vivido en el presente ganándose el sustento a partir del entorno; pero su otra gran virtud era la constancia. Por ello, aunque no se había enriquecido mucho espiritualmente durante sus años de servicio en la policía, se había aferrado a aquella profesión por su anhelo de que se hiciera justicia, que era lo que le había impulsado a ingresar en el Cuerpo. Pero incluso en aquellos años había sabido compensar su trabajo gracias a sus dos pasiones: las aves y el jazz.

No obstante, a Catherine no le había mentido al decirle que el caso Alison Carter había sido el punto de inflexión de su carrera policial, pues se había implicado excesivamente en el desenlace de una investigación que él no acababa de ver muy clara; pensar que el asesino de Alison quedara libre impunemente fue un tormento constante para él durante el proceso judicial que desembocó en el juicio de Philip Hawkin, una experiencia que se prometió a sí mismo no volver a vivir, pero aún tardó un par de años en madurar mentalmente su definitiva reacción a la investigación y a su resultado; aunque una vez hecho balance, en poco tiempo adoptó la decisión de abandonar el Cuerpo de Policía en cuestión de semanas. Y no estaba arrepentido en absoluto.

La irrupción de Catherine Heathcote un par de meses atrás le había obligado a reexaminar el pasado casi por primera vez desde su salida del Cuerpo, y días antes de la entrevista estuvo paseando por los acantilados y los cabos de la costa cercana a su casa, dándole vueltas en la cabeza al caso de Scardale.

Una de sus constantes como policía había sido su intuición; intuición que a veces le impulsaba a seguir adelante aunque no hubiera pruebas concluyentes y que en ocasiones había desembocado en detenciones y acusaciones formales. A él no le cabía duda de que Philip Hawkin era una persona repugnante porque así se lo decía su instinto desde un principio, y antes de que a George Bennett le asaltaran las primeras corazonadas de sospecha, él había sentido que Hawkin ocultaba algo grave.

Y, de inmediato, cuando Bennett señaló que había que averiguar si Hawkin tenía antecedentes, él personalmente siguió la pista como un perro de caza para descubrir cualquier indicio que sirviera a la acusación. Nadie como él se había esforzado tanto –ni el propio George Bennett– por cargarse a Philip Hawkin.

Pero a pesar de todo, Tommy Clough no llegó nunca a asumir plenamente en su conciencia que Hawkin fuese un asesino. Era evidente que aquel hombre era un depredador sexual vicioso, y aquellas fotografías, que él sabía perfectamente que no eran trucadas, le provocaron pesadillas, pero, por mucho que despreciase y odiase a Hawkin, nunca había estado plenamente convencido de que fuese el asesino que ellos habían demostrado. Tal vez era aquella sombra de duda lo que le había hecho entregarse con tal denuedo a construir unos cargos tan sólidos contra él, por tratar de convencerse a sí mismo tanto como al jurado; pero fue la convicción definitiva de que su instinto había fallado lo que minó su confianza en la manera de hacer el trabajo.

Y ahora Catherine Heathcote volvía diciéndole que George Bennett yacía conectado a un sistema de respiración artificial porque había comprendido, igual que ella, que Alison Carter seguía viva en el mismo Scardale. En cierto sentido era absurdo, pero si estaba en lo cierto, era como una revancha para sus propias incertidumbres de antaño. No obstante, ahora habría dado cualquier cosa por haber estado en un error todos aquellos años, porque si era cierto que Alison Carter estaba viva, las repercusiones iban a ser incalculables. Al margen de las consecuencias legales y de la revelación de quién era en realidad la novia de Paul Bennett, saldría a la luz su vinculación a un terrible error en el que su futuro suegro había sido la pieza clave.

Todo esto pasaba por la cabeza de Tommy Clough sin que vislumbrara solución, mientras seguía, al volante de su Land Rover, al coche de Catherine Heathcote por la A1 camino de Derbyshire. Tenía que acompañarla y hacer lo que fuera posible por proteger a George Bennett y a su familia del error que la periodista pensaba haber descubierto. Él veía que era decidida y tenaz, lo cual resultaba una peligrosa combinación con todos aquellos datos tan explosivos en mano; le había propuesto ir con ella en su coche, pero él no había dado su brazo a torcer, alegando que quería tener libertad de movimientos para ir y venir a su albur. «Quiero ir a ver a George y a lo mejor a usted no le viene bien», dijo. Por otra parte, quería estar a solas con sus pensamientos.

El viaje de cinco horas se hizo corto. Ahora estaban ya ante la casita en la calle principal de Longnor, pues Catherine le dijo que lo primero era encontrarle donde dormir; fueron al pub, donde alquilaban habitaciones, pero en pleno agosto estaban ocupadas por excursionistas y pescadores, y Tommy, resignado, aceptó ir a casa de Peter Grundy a preguntar si le alquilaban unos días una habitación con desayuno ofreciendo pagar diez libras.

La mujer de Grundy, a quien nunca habían gustado los jefes de su marido, complacida por la idea de sacarle dinero a uno de ellos, casi se lo arrebató de las manos. Grundy tuvo la delicadeza de mostrarse avergonzado. La noticia de que George Bennett había sufrido un ataque cardíaco obvió que le preguntaran qué le traía por Derbyshire.

–Son ocasiones en que hay que estar al lado de los amigos –comentó filosófica la señora Grundy.

–Desde luego –apostilló Tommy Clough lacónico–. Haré lo que pueda por George y Anne –añadió mirando a Catherine brevemente para darle a entender que sus intenciones podían ser muy opuestas.

Ella asintió con la cabeza y rehusó el té extra-fuerte de la señora Grundy.

–Cuando esté listo nos vemos en mi casita, Tommy –dijo.

Catherine no perdió tiempo en reflexionar sobre lo que se proponía Tommy Clough porque la devoraba la impaciencia por sentarse frente al portátil; entró en la red y comprobó que tenía respuesta de la agencia para localización de datos judiciales. Le habían escaneado la fotocopia de los certificados que habían localizado y se los habían enviado como archivos gráficos.

Primero: Janis Hester Wainwright, nacida el 12 de enero de 1951 en Consett; hija de Samuel Wainwright y de Dorothy Wainwright, de soltera Carter. Ocupación del padre: metalúrgico. Domicilio habitual: 27 Upington Terrace, Consett.

Era curioso que el apellido de soltera de la madre fuese Carter. Una casualidad, aunque lógica porque había muchos Carter, pensó. El asunto era demasiado importante para reparar en minucias; necesitaba pruebas concretas.

Segunda: el certificado de Helen. Helen Ruth Wainwright, nacida el 10 de junio de 1964 en Sheffield. Hija de Samuel Wainwright y de Dorothy Wainwright, Carter de soltera. Ocupación del padre, metalúrgico con domicilio habitual en el 18 de Lee Bank, en Rivelin Valley, Sheffield.

COPIA CERTIFICADA DE UNA ENTRADA DE NACIMIENTO EXPEDIDA EN LA OFICINA DEL REGISTRO GENERAL DE LONDRES	
Distrito de registro: Condado de Durham	
Subdistrito de: Consett	
Número de registro: 7211758	
Nombre: Janis Hester	Sexo: Hembra
Fecha y lugar de nacimiento: 12 de enero de 1951, Consett	
Domicilio: 27 Upington Terrace, Consett, Condado de Durham	
Nombre y apellido del padre: Samuel Wainwright	
Nombre, apellido y apellido de soltera de la madre: Dorothy Wainwright, Carter	
Ocupación del padre: Metalúrgico	
Fecha de registro: 18 de enero de 1951	

> COPIA CERTIFICADA DE UNA ENTRADA DE NACIMIENTO EXPEDIDA
> EN LA OFICINA DEL REGISTRO GENERAL DE LONDRES
>
> Distrito de registro: Sheffield
> Subdistrito de: Rivelin Valley
> Número de registro: 2214389
> Nombre: Helen Ruth   Sexo: Hembra
> Fecha y lugar de nacimiento: 10 de junio de 1964, Rivelin Valley
> Domicilio: 18 Lee Bank, Rivelin Valley
> Nombre y apellido del padre: Samuel Wainwright
> Nombre, apellido y apellido de soltera de la madre:
>   Dorothy Wainwright, Carter
> Ocupación del padre: Metalúrgico
> Fecha de registro: 14 de junio de 1964

    Segundo nombre: Ruth, lo que unido al apellido Carter sí que daba qué pensar. Catherine comenzó a sentir cierta emoción.

    Tecleó «avance página» para leer el certificado de matrimonio de Samuel y Dorothy Wainwright y su emoción aumentó hasta sentir un cosquilleo en el estómago. Lugar de matrimonio: iglesia de St. Stephen, Longnor, del distrito de Buxton. Fecha de casamiento: 5 de abril de 1948. Samuel Alfred Wainwright, soltero, se unía en matrimonio a Dorothy Margaret Carter, soltera. Él tenía 22 años y ella 21; él era metalúrgico, ella dependienta de lechería. Cuando se casaron, él vivía en el 27 de Upington Terrace, Consett, y ella en Shire Cottage, Scardale. El padre de la novia era Albert Carter, agricultor. Testigos: Roy Carter y Joshua Wainwright.

    Catherine no daba crédito a sus ojos y volvió a repasar los datos. La madre de Janis Wainwright era Dorothy Carter de Shire Cottage, Scardale, y uno de los testigos de la boda era Roy Carter; seguramente también de Shire Cottage, Scardale; aquel mismo Roy Carter casado con Ruth Crowther y padre de Alison Carter. Era normal que hubiese tal parecido entre Janis y Alison; la herencia genética era algo muy curioso, pero no explicaba la cicatriz. Si Janis no era Alison, ¿cómo es que tenía una marca distintiva idéntica?

Solo cabía una explicación: que la cicatriz fuese una extraña mutilación autoinfligida por la Janis adolescente tras la desaparición y supuesta muerte de Alison. Como se habían criado juntas, sus familias comentarían que parecían gemelas y al morir Alison, Janis decidió mantener vivo su recuerdo con una marca

---

COPIA CERTIFICADA DE UNA ENTRADA
DE MATRIMONIO CONFORME A LA LEY DE 1836

Distrito de registro: Buxton	
Matrimonio celebrado en: Iglesia de Saint Stephen, Longnor	
En el: Condado de Derbyshire	
Número de registro: 87	
Fecha de matrimonio: 5 de abril de 1948	
Nombre: Samuel Alfred	**Apellido:** Wainwright
Edad: 22	**Estado:** Soltero
Rango o profesión: Metalúrgico	
Domicilio: 27 Upington Terrace, Consett	
Nombre y apellido del padre: Alfred Wainwright	
Ocupación del padre: Metalúrgico	
Nombre: Dorothy Margaret	**Apellido:** Carter
Edad: 21	**Estado:** Soltera
Rango o profesión: Dependienta de lechería	
Domicilio: Shire Cottage, Scardale, Derbyshire	
Nombre y apellido del padre: Albert Carter	
Ocupación del padre: Agricultor	
En presencia de : Roy Carter, Joshua Wainwright	
Celebrado por: Paul Westfield	

igual, aquella cicatriz que singularizaba a Alison. Era algo grotesco, pero ella sabía que las adolescentes eran capaces de todo, hasta de automutilarse.

El parpadeo del cursor llamó su atención. La agencia le había enviado algo más que los tres certificados. Tecleó «avance página» y volvió a quedarse boquiabierta por lo que veía en la pantalla. Era un documento que ella había pedido por simple rutina profesional a fin de cubrir todas las posibilidades, pero la agencia había encontrado lo que ni ella había pensado en buscar.

Janis Hester Wainwright había muerto el 11 de mayo de 1959. Permaneció un buen rato sin apartar la mirada de la pantalla. Solo había una explicación lógica. Encendió un cigarrillo, pensando en si cabía otra posibilidad, pero no se le ocurría ninguna. No encajaba nada, a no ser que se partiera del hecho de que Alison Carter no había muerto en diciembre de 1963. ¿Quién mejor que unos familiares que vivían lejos del pueblo para esconder a una chica? Sí, una jovencita que habría asumido la identidad de su prima Janis, muerta, y se había hecho mujer en Sheffield.

En ese instante pensó en algo que le erizó el vello de la nuca. En su momento, Don Smart del *Daily News* consiguió autorización del periódico para consultar con una vidente francesa quien afirmó que Alison estaba sana y salva y vivía en una casa de una calle de una gran ciudad; por aquel entonces, la tesis fue objeto de mofa porque no correspondía en nada a la hipótesis de la investigación, pero ahora, singularmente, resultaba que la vidente tenía razón.

Una llamada a la puerta la sacó de sus elucubraciones. Era Tommy que iba a decirle que iba a Cromford a ver si había alguien en casa de los Bennett, y que si no encontraba a nadie iría al hospital de Derby.

—No se marche sin echar una ojeada a esto —dijo Catherine indicándole que se sentara frente al ordenador portátil y mostrándole cómo se pasaba página.

Tommy Clough leyó atentamente los cuatro certificados sin hacer comentarios y a continuación la miró preocupado.

> **CERTIFICADO DE DEFUNCIÓN**
>
> Distrito de registro: Condado de Dirham
> Subdistrito de: Consett
> Nombre: Janis Hester Wainwright   Sexo: Hembra
> Fecha de fallecimiento: 11 de mayo de 1959   Edad: 8 años
> Causa de la muerte: Tuberculosis
> Certificado por el doctor: Dr. James Inchbald y
>   Dr. Andrew Witherwich
> Domicilio: 27 Upington Terrace, Consett, Condado de Durham
> Nombre y apellido del padre: Samuel Wainwright
> Nombre, apellido y apellido de soltera de la madre:
>   Dorothy Wainwright, Carter

 –Dígame que ha encontrado otra explicación –dijo casi implorante.

Catherine negó con la cabeza.

–Solo se me ocurre una.

Él se restregó la mandíbula con aquella mano que aún conservaba su fortaleza.

–Ahora tengo que ir a saludar a la familia Bennett –dijo al fin con un suspiro–, pero tenemos que hablar sobre qué decisión tomar. ¿Estará levantada cuando vuelva?

–Estaré levantada. Voy a ir a Buxton a comer algo porque me vuelve loca quedarme entre estas cuatro paredes –dijo con un gesto dirigido a las fotos de Scardale–. Habré vuelto a las nueve.

–Pues hasta luego –dijo él–. No se preocupe, Catherine, ya encontraremos una solución.

–Ah, creo que la solución clave ya la hemos encontrado, Tommy. Lo difícil es ver qué hacemos con ella.

—Soy de la familia —dijo Tommy a la enfermera de cuidados intensivos con una sonrisa y aquella seguridad que raramente le fallaba—. George Bennett es mi cuñado.

El sentido metafórico de su afirmación le daba cierta satisfacción.

La enfermera asintió con la cabeza.

—Su hijo y su nuera han salido a tomar algo; ahora está solo con su esposa. Pase —añadió abriéndole la puerta—. Es la tercera cama.

Tommy avanzó despacio por la sala y se detuvo a unos pasos de la instalación de aparatos que mantenían con vida a su viejo amigo. Vio a Anne sentada de espaldas, la cabeza inclinada agarrando la mano de George y acariciándole el brazo con la otra, sin perder de vista el tubo de goteo. Bennett estaba pálido y sudoroso; una tonalidad azulada teñía sus labios y bajo los ojos cerrados se apreciaban sendas bolsas oscuras. La sábana dejaba adivinar un cuerpo extrañamente enclenque a pesar de sus hombros cuadrados y su bien definida musculatura. Al verle despojado de vitalidad, Tommy Clough sintió su propia mortalidad como un soplo frío.

Se acercó a la cama y puso la mano en el hombro de Anne. Ella alzó los ojos cansados y resignados, y le miró un instante como desconcertada antes de reconocerle.

—¿Tommy? —preguntó con un hilo de voz.

—Lo he sabido por Catherine y he venido a verles —respondió él.

Anne asintió con la cabeza como si fuera perfectamente lógico.

—Sí, claro —dijo.

Tommy Clough arrimó una silla y se sentó a su lado. La mano que acariciaba el brazo de George fue a posarse en la suya.

—¿Cómo está? —preguntó.

—Dicen que resiste. Nada más —contestó ella—. Lo que no entiendo es por qué sigue inconsciente. Yo creía que cuando se produce un ataque cardíaco lo superas o... Pero él lleva dos días sin recobrar el conocimiento y no explican cuándo prevén que lo recobre.

—Supongo que es la manera de recuperarse del propio organismo –dijo Clough–. Yo conozco a George; si estuviera despierto tendrían que atarle a la cama para que descansase y se repusiera tranquilo.

Una tenue sonrisa cruzó los labios de ella.

–Sí, tal vez tenga razón, Tommy. –Permanecieron en silencio unos minutos viendo cómo el pecho de Bennett subía y bajaba–. Me alegro de que haya venido –añadió ella.

–Lo que lamento es que haya sido por esta causa. ¿Y usted, Anne? ¿Cómo está? –añadió dándole unas palmaditas en el brazo.

–Tengo miedo, Tommy. No me atrevo a pensar lo que sería mi vida sin él –contestó mirando abatida a su marido.

–¿Cuánto tiempo lleva aquí sin dormir ni comer?

Anne negó con la cabeza.

–No puedo dormir. Anoche me eché un rato en una habitación para familiares, pero no pude dormir. No puedo apartarme de su lado; quiero verle volver en sí. Paul dice que él me sustituye, pero no quiero dejarle porque le veo muy afectado con sentimientos de culpabilidad y temo lo que pueda decirle a George si está con él a solas cuando recobre el conocimiento. No quiero que vuelva a darle un ataque.

–Ahora estoy yo, Anne, y puedo quedarme mientras usted va a tomar un bocado. La veo muy agotada.

Ella se volvió mirándole extrañada.

–¿Y qué va a pensar él si le ve ahí en la silla como un fantasma del pasado? –replicó con un atisbo de su habitual buen humor.

–Bueno, al menos eso le hará pensar en algo distinto al estado en que se encuentra –dijo Clough sonriendo–. Tiene que descansar un poco, Anne. Vaya a tomarse un té y a que le dé el aire.

–Tal vez tenga razón –dijo ella agachando la cabeza–. Pero no saldré del hospital. Me echaré diez minutos en la habitación para la familia. Si vuelve en sí, dicen que conviene hablarle y si muestra inquietud llame a la enfermera para que me avise.

–Váyase tranquila, que yo le vigilo –dijo Tommy Clough.

Anne se puso en pie no muy decidida y salió despacio de la habitación para cruzar la sala mirando hacia atrás un par de veces. Clough cambió de silla y, apoyando los codos en las rodillas, comenzó a contarle a Bennett en voz baja sus últimas andanzas en la reserva de aves. Al cabo de diez minutos apareció una enfermera que verificó las constantes vitales del enfermo.

–No sé cómo se las ha arreglado –dijo–, pero es la primera vez que la señora Bennett duerme desde que ingresó su esposo. Aunque solo sea una cabezada, le hará mucho bien.

–Me alegro –dijo Clough; aguardó a que se marchara la enfermera y reanudó su monólogo–. Te extrañará que esté aquí, pero es una larga historia y no viene a cuento que te la explique. Tú no te preocupes en saber por qué he venido; simplemente, alégrate de que la cara fea que le he puesto a Anne ha valido para que salga a echar un sueñecito.

A medida que hablaba advirtió que Bennett parpadeaba y que de pronto abría los ojos. Se inclinó sobre la cama y cogió su mano.

–Enhorabuena por tu regreso, George –añadió sin levantar la voz–. Anne estará aquí enseguida, no te preocupes. –En ese momento entró otra enfermera y Clough alzó la vista hacia ella–. Ha despertado –dijo–. Voy a buscar a su mujer –dijo levantándose de la silla al acercarse la enfermera.

Salió deprisa y, guiándose por los indicadores, llegó a la habitación para familiares donde Anne dormía echada en un sofá. Le daba pena despertarla, pero sabía que, de lo contrario, nunca se lo perdonaría; le puso la mano en el hombro y la zarandeó suavemente. Anne abrió los ojos con gesto de pánico.

–No pasa nada, Anne –dijo él–, es que se ha despertado.

–Oh, Tommy –exclamó ella poniéndose en pie de un salto y echándole los brazos al cuello.

Clough, desconcertado, no sabía qué hacer con sus manos.

–Volveré mañana –dijo cuando ella se soltó de su cuello para ir a la cabecera de George.

Anne se volvió en la puerta a decirle:

–Gracias, Tommy, por el milagro.

Él se quedó un instante viéndola marchar.

–Hay algo más que un milagro –musitó entristecido mientras abandonaba la UCI.

5

Agosto 1998

Catherine logró alargar su cena sin apetito durante casi hora y media, pero, a pesar de ello, a las ocho y media estaba de vuelta en Longnor, donde la aguardaba Tommy Clough sentado en el margen de piedra junto a la casita. Al verlo tan pálido y cariacontecido sintió preocupación; por su aspecto sano y dinámico, había olvidado que era un hombre mayor y realmente había conducido de un tirón más de medio día y seguramente no había cenado.

–Gracias a Dios que ha vuelto –dijo él a guisa de saludo–. Tenemos que hablar.

–¿Cómo está George? –peguntó ella al entrar–. ¿Quiere beber algo?

–¿Tiene whisky?

–Solo irlandés –respondió ella indicándole el aparador–. Voy a por un vaso de vino –añadió entrando en la cocina a abrir una botella.

Cuando salió, Tommy Clough se había servido su buen Bushmills en un vaso barato.

–Bueno, ¿cómo está Bennett? –repitió ella esperando lo peor.

–Ha recobrado el conocimiento. Abrió los ojos estando yo allí.

–¿Le ha visto? ¿Cómo le dejaron entrar?

–¿Usted qué cree? –replicó él con un suspiro–. Mintiendo. Él no estaba en condiciones de hablar, desde luego, pero creo que me reconoció. Le dije a Anne que volvería mañana; quizá entonces podamos hablar.

–No creo que sea el momento para tratar de Scardale y de Alison –dijo Catherine.

Tommy Clough la fulminó con aquella mirada que no había perdido nada de su fuerza de antaño y ella se sintió intimidada.

–Lo que quiere usted decir es que no desea que recuerde que le dijo que se olvidara del libro.

–No –protestó ella–. Es porque creo que si le provocó el ataque algo que vio en Scardale, no debería hablar de ello.

–Eso depende de él –replicó Clough encogiéndose de hombros–. Yo no voy a presionarle, pero si él quiere hablar no se lo impediré. Mejor que se desahogue y no que se lo calle con riesgo de otro ataque –añadió tajante–. Y ya que hablamos del tema, he visto a Paul al salir del hospital y me presentó a su novia. Tenemos que hablar de ello –se apresuró a decir, acompañándolo con un buen trago de whisky–. Vamos a echar otro vistazo a esos certificados.

Catherine enchufó el ordenador mientras él paseaba de arriba abajo por el reducido cuarto de estar. Nada más aparecer en la pantalla el primer certificado se acercó a ella.

–Enséñeme otra vez el certificado de Helen –dijo.

Catherine pulsó «avance página» y los datos aparecieron en el monitor.

–Dios mío –masculló él, dándose la vuelta y acercándose a la chimenea para apoyarse en la repisa abatido.

Catherine se volvió en la silla.

–Tommy, ¿piensa decirme qué sucede?

Él se volvió hacia ella resignado. Si no se lo decía era bien capaz de averiguarlo ella misma. De este modo, al menos, él tendría algún control sobre la información que sabía Catherine y sobre el uso que hacía de ella.

–Usted ha conocido a Helen, ¿verdad?

Catherine asintió con la cabeza.

–Nos conocimos en Bruselas.

–¿No le encontró parecido con alguien?

–Pues, curiosamente, no, pero ahora que sabemos que está relacionada con los clans de Scardale, creo detectar en ella un aire a los Carter.
Tommy Clough suspiró.
–Sí, algo. Se parece a la madre; pero sobre todo a su padre.
–Tommy, no le entiendo –dijo Catherine ceñuda–, ¿de qué conoce usted a Samuel y a Dorothy Wainwright?
Clough se dejó caer pesadamente en un sillón.
–No los he visto en mi vida. Pero no hablo de los Wainwright, sino de Philip Hawkin.
–¿Hawkin? –repitió Catherine sin entender nada.
–Es el vivo retrato de Philip Hawkin en los ojos, y tiene su mismo color de cutis. En las fotos no se apreciará el parecido, pero en persona sí.
–No puede ser –replicó ella–. Bennett habría advertido el parecido.
–Puede que no estableciera la relación hasta que tuvo delante la clave en Scardale. Además, me ha comentado usted que Paul le dijo que ya estaba nervioso antes de ir allí.
–Podría ser casualidad –replicó ella resuelta.
Si quería asegurar bien la historia debía trabajar cada hecho para tener sus defensas preparadas antes de intentar convencer a un editor. Aprovecharía la experiencia de Tommy Clough para encadenar los razonamientos.
–Mire el certificado de nacimiento –añadió él–. Se llama Helen Ruth. Ya sé que Ruth es un nombre muy frecuente, pero en aquella época era corriente en estos lugares poner a los niños un segundo nombre de alguien de la familia, generalmente de un abuelo o abuela. Si añadimos a eso los otros datos, que el segundo nombre sea Ruth es demasiada coincidencia.
Catherine encendió un cigarrillo antes de hacer la pregunta inevitable.
–Entonces, si Philip Hawkin era el padre de Helen... ¿quién era la madre?
–Bueno, desde luego su mujer no. Ruth Carter no tuvo ningún hijo en junio de 1964... porque asistía al juicio de su marido. La

vimos por lo menos una vez a la semana durante las sesiones y no estaba embarazada.

–A algunas mujeres no se les nota –replicó ella–. Solo parecen un poco más gordas.

Él negó con la cabeza.

–Catherine, la primera vez que vimos a Ruth Carter era una robusta ama de casa rural, y cuando llegó el momento del juicio parecía la sombra de sí misma. En junio de 1964 no pudo tener ningún hijo.

–¿De veras? –insistió ella–. Bien, supongo que queda descartada una historia de amor apasionada con Dorothy Wainwright...

–Pues, podría ser posible –contestó Clough–. Dorothy tendría treinta y tantos años; pero si Hawkin se acostaba con ella, me imagino que lo habría declarado en el juicio como prueba de que era un hombre normal y viril y no un pervertido que buscaba niñas. Nosotros siempre pensamos que fue el único motivo de su matrimonio con Ruth; fue la coartada por si se planteaba cualquier sospecha de acoso a Alison. En cualquier caso, no hay pruebas de que conociera a los Wainwright; pero si seguimos con la teoría sobre la verdadera identidad de la mujer que dice llamarse Janis Wainwright, entonces tenemos una mujer en edad de concebir que vivía con los Wainwright y en la que existen pruebas de que tuvo relación con Hawkin. Una mujer de quien sabemos por pruebas fotográficas que fue violada por Hawkin.

Sus palabras sonaron como disparos.

–Alison Carter es la madre de Helen Markiewicz y Philip Hawkin es el padre –añadió Catherine poniendo punto final al circunloquio.

Se miraron el uno al otro. Era la consecuencia lógica de los hechos y de la congruencia física que habían descubierto, pero era un resultado que planteaba tantos interrogantes que Catherine no sabía por dónde empezar.

Lanzó un profundo suspiro y dijo lo que sabía que pensaba él.

–Así que George Bennett está a punto de convertirse en suegro de la hija de un hombre al que él consiguió que ahorcaran acusándole del asesinato de su madre. Salvo que Helen no había nacido cuando su padre supuestamente mató a la madre.

Edipo Rey comparado con aquello era un suceso intrascendente, pensó.

—Eso parece —apostilló Clough, apurando el whisky y cogiendo la botella del aparador.

—Parece una locura, pero... da la impresión de que Ruth y Alison se confabularon para que detuviesen a Philip Hawkin.

Tommy Clough se sirvió despacio otro medio vaso de Bushmills, dio un trago mirándola fijamente desde debajo de sus tupidas pestañas. Dejó el vaso y añadió:

—Como mínimo, Catherine. Como mínimo.

Ella se sirvió vino otra vez con mano temblorosa. Aquello excedía con mucho a la mejor historia con que se había tropezado en su vida: era una tragedia con potencial para retroceder treinta y cinco años en el tiempo y destrozar a una segunda generación totalmente ajena a su dramático pasado. Se sentía aterrada y eufórica a la vez y no sabía si creer del todo la información que tenía en su mano; casi agradecía que estuviera allí Tommy Clough como freno a sus peores instintos.

—¿Y ahora qué?

—Buena pregunta —respondió Clough.

—De esas tengo muchas, no crea.

—Yo creo que solo hay una solución viable. Creo que lo mejor es olvidarnos totalmente de este asunto. Dejar en paz a Alison Carter, si es ella. Dejar que Helen y Paul se casen sin una nube en el horizonte.

—Ni mucho menos —protestó Catherine—. No puedo abandonar así como así. Esto echa por tierra uno de los casos judiciales más significativos de la posguerra, destruye un precedente legal muy importante.

—Catherine, no me venga con cuentos —replicó Clough irritado—. A usted le traen sin cuidado los precedentes jurídicos. Lo único que ve es el notición de su vida y el dinero que puede ganar. ¿No comprende que va a arruinar muchas vidas si publica el libro? La reputación de Bennett quedará hecha añicos; destruirá el futuro de Paul y Helen, y Helen será incapaz de rehacer su vida. ¿Qué va a sentir cuando sepa que su hermana es en realidad su madre y que la mujer que creyó que era su madre se confabuló para que mataran a su padre? Y además está Janis, o Alison o como quiera llamarla, a quien expone a un proceso por conspiración para cometer homicidio. ¿Todo eso para conseguir unos minutos de fama?

Ahora hablaba a gritos y llenaba el cuarto con su presencia física. Catherine estaba pasmada.

Tragó saliva y dijo:

–Así que ¿se supone que tengo que tirar a la basura los últimos seis meses de mi vida? Yo también me juego algo, Tommy. Usted precisamente me habló de la importancia de la justicia y de que abandonó la policía porque vio que era incapaz de hacer justicia. Y ahora me dice que envíe la justicia a la mierda, la verdad a la mierda. Sí, claro, antes está su reputación y la de su jefe para ocultar que enviaron a un inocente a la horca –replicó ella tan indignada como el ex policía.

Tommy Clough se echó un trago de whisky al coleto tratando de reprimir su ira.

–No se trata de mí, Catherine, sino de un buen hombre y de su familia inocente. Ninguno de ellos merece que les arruinen la vida por algo que sucedió hace treinta y cinco años y que ha caído en el olvido. Puede publicar el libro tal como lo tiene redactado sin remover el asunto.

–Pues George Bennett, más íntegro que usted, no pensó así, Tommy. Él pretendía que no se publicara el libro porque no respondía a la verdad.

–Fue su primer impulso –replicó él negando con la cabeza–. Cuando pueda pensarlo con calma comprenderá que es mejor que se publique tal cual.

–¿Cuándo? ¿Cuando usted le haya aleccionado? –replicó ella brutalmente–. Ya es tarde, Tommy. Puedo borrar el correo electrónico del ordenador, pero no puedo borrar los hechos de mi cabeza. Voy a averiguar la verdad y usted no me lo impedirá.

Se hizo un espeso silencio. Clough notó que se le cerraban inconscientemente los puños e hizo un esfuerzo por estirar los dedos. Finalmente, respiró hondo y dijo:

–Quizá no pueda impedírselo, pero la destrozaré cuando salga el libro. Diré a la prensa cómo se aprovechó a sabiendas de un hombre postrado por un ataque cardíaco; cómo abusó de su enfermedad y de la situación de su familia. Y cuando divulgue todas esas cosas ya no aparecerá usted como una abanderada de la justicia, sino más bien como una persona tan repulsiva como Philip Hawkin, se lo juro.

Se quedaron ambos inmóviles, mirándose como dos perros al acecho. Finalmente fue Catherine quien habló.

–Nosotros no podemos adoptar ninguna decisión al margen de George Bennett –dijo tratando de infundir serenidad a su voz–. Ni siquiera sabemos si estamos en lo cierto. Antes que nada tenemos que hablar con Alison Carter.

Tommy Clough apartó la vista de ella y miró las fotos de la pared: Alison Carter, George Bennett, Ruth Carter y Philip Hawkin. Sí, ella tenía razón; no podían decidir por sí solos. Y era una decisión que requería claridad mental.

–Pues bien –dijo con un suspiro–. Mañana vamos a Scardale y ya veremos.

6

Agosto 1998

Tommy Clough se presentó en casa de Catherine Heathcote a las ocho de la mañana, pero al abrirle la puerta a él le pareció que tampoco ella había dormido mucho.

—Llega muy temprano —dijo la periodista apartándose para que entrara—. A Alison no le va a hacer mucha gracia que lleguemos tan pronto.

—De momento no vamos a Scardale —dijo él.

—¿Ah, no?

—No; antes voy a ir al hospital como le prometí a Anne. Y quiero que me lleve usted —dijo Clough cogiendo una tostada del plato.

—Considérese en su propia casa —comentó ella, sorprendida de que más que irritarle le hiciera gracia—. Ya entiendo. No confía en que aguarde su regreso porque piensa que voy a ir corriendo a ver a Alison para que me cuente a mí la historia en exclusiva.

Clough negó con la cabeza.

—Pues mire: se equivoca. ¿Hay más tostadas?

—Ahora las hago.

La siguió hasta la cocina.

—No es que desconfíe de usted, sino que ya no soy tan joven y ayer estuve al volante más horas de las que hago al mes en donde vivo. Y siempre extraño la cama cuando viajo. En resumidas cuentas, Catherine, que prefiero que me lleven a Derby y no tener que tragarme yo solo el viaje de ida y vuelta al volante.

Ella metió dos rebanadas de pan en la tostadora y asintió con la cabeza.

−Buen rollo, Tommy; casi le creo. −Al ver su gesto de ofendido, añadió una sonrisa−: Bien, vale, claro que le llevo a Derby. De todos modos, eso no cambiará en nada lo que Janis Wainwright nos cuente.

Hablaron poco en el viaje a Derby, sumidos como iban en sus propios pensamientos. Catherine seguía devanándose los sesos para decidir la estrategia a seguir en la entrevista de Scardale; había estado hasta después de medianoche fumando, bebiendo y pensando. Siempre había creído que el éxito de las entrevistas radica principalmente en el modo de prepararlas, pero por más vueltas que le daba no acababa de encontrar la línea de ataque para conseguir la verdad de la historia. Janis Wainwright todavía tenía mucho que perder.

La primera sorpresa del día fue cuando al decir Tommy Clough a la enfermera de cuidados intensivos que iba a ver a su cuñado George Bennett, esta, consultando la lista, le respondió:

−Ya no está aquí.

Clough sintió que se le encogía el corazón.

−No puede ser. Ayer recobró el conocimiento. Yo le vi abrir los ojos.

−Efectivamente −añadió la enfermera sonriente−, le hemos trasladado a otra sala porque ya está fuera de peligro.

Les indicó cómo llegar a la nueva sala.

−Tacto y diplomacia de los centros de salud −comentó Catherine secamente.

Dieron la vuelta al pasillo y encontraron la sala. Tommy Clough miró por el cristal de la puerta y vio que había cuatro camas, dos de ellas vacías; Anne, sentada junto a una ventana, tapaba una de las camas ocupada por alguien que se hallaba semiincorporado. Clough se volvió hacia Catherine.

−Creo que es mejor que se quede fuera −dijo.

Ella aceptó a regañadientes.

−Le espero en la cafetería de la sexta planta. Supongo que no... −añadió sacando la grabadora del bolsillo.

Tommy negó con la cabeza.

–Es una conversación entre George y yo; pero pierda cuidado que le contaré lo que hablemos.

Vio cómo se alejaba en dirección a los ascensores, enderezó la espalda y entró en la sala. Al acercarse donde estaba Anne vio la cara de Bennett y no se lo creía: no parecía el mismo que la víspera con aspecto de moribundo. Aunque se apreciaban en él los signos del agotamiento, sus mejillas habían recobrado color y no tenía los ojos tan hundidos. Al verle, una radiante sonrisa iluminó su rostro.

–Tommy Clough –dijo con voz débil pero obviamente complacido–. Yo que me creía muerto, y camino del infierno, y abro los ojos y te veo ahí mirándome.

Clough dio un apretón con las dos manos a la que le tendía su antiguo jefe.

–Sí, creo que fue la sorpresa de oír mi voz lo que te despertó.

–Ya lo creo. No me fiaba ni un pelo de un don Juan como tú a solas con Anne estando yo en el limbo.

–George –le recriminó ella–, no digas esas cosas de Tommy que ha venido desde tan lejos para verte.

–No le haga caso Anne; está delirando. ¿Cómo te encuentras, George?

–La verdad: hecho polvo. En mi vida había estado tan cansado.

–Buen susto nos has dado –añadió Clough.

–Pido perdón. Ahora, que si hubiera sabido que era el modo de hacerte salir de tu reclusión, os lo hubiera dado hace años –dijo él.

Clough y Anne se miraron contentos de comprobar que George, aunque débil, no había perdido su sentido del humor.

–Sí, bueno, prometo salir más a partir de ahora. Fue Catherine quien se llegó a Northumberland a darme la noticia, ¿sabes?

Bennett asintió con la cabeza al tiempo que sus ojos se ensombrecían levemente.

–Debí de habérmelo imaginado –dijo–. Anne, cariño, ¿me haces un favor? ¿Nos dejas a Tommy y a mí a solas un momento? Un cuarto de hora más o menos... Tenemos que hablar.

–Sabes que no tienes que fatigarte, George –dijo ella ceñuda.

—Lo sé, pero sería peor guardarme lo que me preocupa sin hablarlo con Tommy. De verdad, cariño, ya estoy fuera de peligro —añadió cogiéndole la mano afectuosamente—. Te prometo que luego te lo explicaré todo.

Anne frunció los labios, pero se levantó.

—No le canse, Tommy. Voy a llamar a Paul para decirle que venga esta tarde —añadió para su esposo antes de salir.

—Gracias, cariño —dijo él siguiéndola con los ojos hasta la puerta. Luego con un suspiro le dijo a Tonny que se sentase—. Creí que no iba a ceder —añadió—. ¿Qué es lo que sabéis?

—No sabemos en realidad mucho, pero más o menos nos lo imaginamos —respondió Clough antes de proceder a explicarle a grandes rasgos lo que había descubierto Catherine—. No deja lugar a muchas dudas —apostilló.

—Es increíble, ¿verdad? Me di cuenta en cuanto la vi —dijo Bennett—. Es un rostro que tuve grabado en mi cerebro durante ocho meses y que todos estos años me ha perseguido. Al verla comprendí que, se llame como se llame, la mujer de Scardale Manor era Alison Carter. Y de inmediato intuí quién era Helen, claro —añadió cerrando los ojos y respirando con cierta dificultad; pero volvió a abrirlos—. No te preocupes, estoy bien. Solo es el cansancio.

—Tranquilo; no tengo prisa.

Bennett esbozó una sonrisa.

—Tú no, pero seguro que Catherine sí. Supongo que no habrá manera de disuadirla.

Clough se encogió de hombros.

—No lo sé. Es muy guerrera. Ayer me prometió que hablaría contigo antes de adoptar cualquier decisión, pero la promesa tuvo un precio: el de acompañarla a Scardale a enfrentarnos con la mujer que pensamos que es Alison. Catherine es inflexible en lo que atañe a verificar hechos y no hay manera de discutir con ella.

—Por lo que a mí respecta no me preocupa —dijo Bennett—, pero sí que me inquieta por Paul y Helen. Es un grave error que cometimos cuando ni habían nacido ellos y ahora van a sufrir las consecuencias. No sé cómo encajarán el golpe y temo que Anne no me perdone el mal que voy a causarles.

—Lo sé. Pero no son solo ellos, George. Está también Alison, quien ya ha pagado más que con creces lo que hizo y que se arriesga a un proceso por complicidad. Y no creo que lo merezca.
—¿Y qué hacemos, Tommy? Yo aquí postrado no puedo ayudarte en nada.
Clough negó con la cabeza sin poder ocultar su frustración.
—Creo que nos haremos una idea más clara después de hablar con Alison.
—Haz lo que puedas —añadió George con voz más débil—. Empiezo a sentirme cansado; es mejor que te marches.
—Haré cuanto pueda.
—Siempre lo hiciste, Tommy —dijo Bennett asintiendo con la cabeza.
Tommy Clough, sintiéndose veinte años más viejo que el día anterior, salió de la habitación camino de un encuentro que jamás había imaginado vivir. La última vez que había notado aquel peso sobre los hombros fue durante los preparativos para el juicio de Philip Hawkin. Esperaba salir mejor parado esta vez.

7
Agosto 1998

Otra vez cielos plomizos y fuertes lluvias; venía siendo la pauta de casi todo el verano, y al llegar al desvío de Scardale un tremendo aguacero descargó sobre el coche y convirtió en un río la estrecha carretera de asfalto.

–Precisamente hoy –comentó Clough lacónico.

Sentía una explosiva mezcla de sentimientos. Azuzaba su curiosidad la perspectiva de descubrir por fin la verdad, pero temía sus previsibles consecuencias; era consciente de su responsabilidad para con George Bennett y su familia y no sabía si estaría a la altura de las circunstancias. Por otro lado, sentía una profunda compasión por la mujer cuya paz iban a destruir y habría deseado con toda su alma que Bennett no hubiese aceptado romper el silencio o que hubiera elegido alguien menos tenaz e inteligente para escribir aquel libro.

A Catherine, por el contrario, la única resolución que la movía era conseguir que Janis Wainwright contara la verdad; tiempo tendría de sobra para decidir qué hacía con la información que recogiera. Lo único que le importaba en aquel momento era asegurarse de que las decisiones a posteriori estuvieran motivadas por hechos bien documentados. Comprobó la pequeña grabadora que llevaba en el bolsillo de su chaqueta de lino; bastaba con pulsar simultáneamente las teclas de «record» y «play» para recoger lo que les dijera Janis Wainwright, mejor dicho Alison Carter.

Llegaron a la casona y aparcó el coche cruzado delante del camino para que Janis no pudiera escapar más que a pie, y aguardaron en silencio a que amainara el chaparrón; tras lo cual cruzaron chapoteando el césped hacia el camino que llevaba a la puerta de la cocina.

Clough hizo sonar la aldaba y la puerta se abrió casi al instante. Ahora, sin el deslumbramiento del sol, Catherine pudo contemplar bien a aquella mujer que les recibía con un brillo de recelo en la mirada. La cicatriz era innegable. Era casi seguro que se trataba de Alison Carter. La mujer abrió la boca para decir algo, pero Tommy Clough alzó la mano para impedírselo.

–Soy Tommy Clough, ex sargento Clough de la policía. Queremos hablar con usted.

La mujer negó con la cabeza y fue a cerrar la puerta, pero bastó con una leve presión de la manaza de Clough.

–No nos dé con la puerta en las narices, Alison –dijo con voz amable aunque firme–. No olvide que Catherine es periodista y sabe ya lo bastante para dar una versión de la historia. Para el delito de encubrimiento de homicidio no hay eximente, y según lo que ella escriba, todavía podría usted ser procesada.

–Yo no tengo nada que contar –balbució ella bajando la mirada, presa de pánico y llevándose a la mejilla la mano con que sujetaba la puerta.

Catherine pensó que la brutalidad era a veces la única posibilidad efectiva.

–Muy bien –dijo–, entonces hablaré con Helen.

La mujer la fulminó fugazmente con la mirada, pero luego dejó caer los hombros resignada, se apartó a un lado y abrió aquella misma puerta como lo habría hecho su madre cientos de veces.

–Será mejor que corrija cualquier porquería que usted piensa que sabe para que no vaya a molestar inútilmente a Helen –dijo con voz ronca y fría.

Clough se detuvo frente a ella cuando cerró la puerta.

–Sí que ha cambiado esto –comentó mirando aquella cocina que él recordaba de antaño, ahora semejante a las que publicaban las revistas de decoración de casas rústicas.

—No es obra mía. Fue mi tía quien la renovó antes de alquilar la casa —replicó con brusquedad.

—Es natural —añadió Clough. A su lado, Catherine Heathcote pulsó a escondidas las teclas de la grabadora— porque Hawkin se gastaba alegremente el dinero en su laboratorio fotográfico y en los regalos que le hacía a Alison, pero no invertía ni un céntimo en la comodidad de su madre.

—¿Por qué se obstina en llamarme Alison? —replicó ella apoyándose en la pared con los brazos cruzados y una sonrisa fingida para aparentar despreocupación—. Me llamo Janis Wainwright.

—Déjese de historias, Alison —terció Catherine arrastrando ruidosamente una silla para sentarse a la mesa de pino encerado. Si Tommy Clough había decidido hacer el papel del poli bueno, ella haría encantada el de poli malo—. Tendría que habernos hecho de entrada el numerito de la sorpresa al oír que Tommy la llamaba Alison, y, por el contrario, ha reaccionado como una persona conmocionada, no extrañada; no ha dicho: «Lo siento, se equivocan; aquí no vive ninguna Alison».

Alison la fulminó con la mirada y ahora Catherine sí que advirtió el gran parecido con la madre. En las fotos que había visto, Ruth Carter sería unos diez años más joven que la Alison actual, aunque parecía mayor.

—Se parece usted mucho a su madre —dijo.

—¿Usted qué sabe si no la conoció? —replicó Alison desafiante.

—He visto fotos suyas. Las publicaron los periódicos durante el juicio.

Alison negó con la cabeza.

—No hace más que decir tonterías. No sé qué pretende. Mi madre no tuvo nada que ver con los tribunales.

Tommy Clough se aproximó y se plantó delante de ella cabeceando con una sonrisa afectuosa.

—No vale la pena seguir fingiendo, Alison.

—¿Fingiendo? Ya le digo que no tengo la menor idea de qué pretenden.

—¿Insiste en hacerse pasar por Janis Wainwright? —inquirió secamente Catherine.

—¿Qué quiere decir con hacerme pasar? ¿Pero esto qué es? Ahora mismo llamo a la policía –replicó ella acercándose al teléfono.

Clough y Catherine no le impidieron que abriese la agenda de teléfonos para buscar el número; ella les miró por encima del hombro para ver qué hacían y la periodista le dirigió una cortés sonrisa mientras Clough movía otra vez la cabeza de un lado a otro.

—Sabe usted que eso es una tontería –añadió en tono de conmiseración al ver que ella cogía el receptor.

—No, Tommy, déjala. Me encantará oír cómo explica su resurrección –añadió la periodista en tono melifluo. Alison se quedó de piedra–. Sí, Alison, sabemos que Janis murió en 1959. El 11 de mayo exactamente. Debió de ser muy doloroso para sus tíos Dorothy y Sam, y también para usted, que era casi de su misma edad.

Ahora los ojos de Alison reflejaban espanto. Seguramente llevaría años sufriendo pesadillas sobre aquel momento, pensó Clough compasivo, una pesadilla que ahora se hacía realidad; comprendía perfectamente el pánico que la invadía frente a los dos desconocidos que habían irrumpido en su casa, uno de los cuales tenía motivos de sobra para vengarse del fraude sufrido treinta y cinco años antes, y el otro, absolutamente decidido a revelar aquel secreto a un público ávido de sensacionalismos. Era una situación agravada por la agresividad de la periodista; tenía que infundir cierta calma para hacerle ver a Alison que representaban para ella la única posibilidad de salir lo más indemne posible de la historia.

—Siéntese, Alison –dijo con voz afable–. No hemos venido a hacerle ningún mal. Solo queremos saber la verdad. Si nos propusiéramos buscar su ruina habríamos ido directamente a la policía en cuanto Catherine descubrió el certificado de defunción de Janis Wainwright.

Despacio, torpemente, como un animal acosado, rozando el borde de la mesa, la mujer fue a sentarse al otro extremo frente a Catherine.

—¿Y qué interés puede usted tener en todo esto? —preguntó.

—George Bennett está en el hospital de Derby por la impresión que sufrió al verla. Se lo habrá dicho a usted Helen por teléfono —replicó la periodista.

Ella asintió con la cabeza.

—Sí. Y lo siento. Nunca le deseé mal alguno a George Bennett.

—Si eso es verdad, no habría debido consentir que viniera aquí —dijo Clough, sin poder contener cierta irritación en su voz—. Debió figurarse que la reconocería.

Ella lanzó un suspiro.

—¿Y qué podía yo hacer? ¿Cómo iba a explicarle a Helen que no quería conocer a su futuro suegro? Lo mejor era liquidar el asunto de una vez y no aguardar a encontrarnos frente a frente en la boda. Pero no ha contestado a mi pregunta —añadió dirigiéndose a la periodista—. ¿A usted qué le va en todo esto?

Catherine se inclinó sobre la mesa.

—He dedicado seis meses de mi vida trabajando con George Bennett en esta historia —dijo muy seria y en tono vehemente—. Y ahora que averiguo que nos han hecho creer una mentira y que Bennett ha pagado su precio por descubrirlo, yo no pienso consentir que la mentira perdure.

—¿Y el precio que tengan que pagar otras personas? ¿A despecho incluso del oprobio para George Bennett? ¿Aunque sea una desgracia para Paul Bennett y para Helen? —exclamó Alison airada, perdiendo de pronto la compostura—. Y no solo ellos —añadió, llevándose la mano a la boca en un gesto típico y abriendo exageradamente los ojos al advertir que les había dicho más de lo debido.

—Para convencerme tendrá que darme motivos de mayor peso, no puro sentimentalismo. Ha llegado el momento de hablar, Alison —replicó Catherine inflexible—. Tiene que contar toda la verdad.

—¿Y por qué tendría yo que decirle nada? Puede tratarse de una artimaña. Todos sabemos de lo que son capaces los de la prensa sensacionalista como usted. ¿Cómo sé que sabe realmente algo sobre mí?

Era la última y desesperada maniobra y los tres lo sabían.

Catherine abrió el bolso y sacó las copias de los cuatro certificados.

–Empezaremos por esto –dijo tendiéndoselos desparramados sobre la mesa.

Alison los leyó despacio tratando de ganar tiempo para sobreponerse y cuando alzó la cabeza vieron de nuevo aquel rostro impenetrable, pero Catherine advirtió bajo los brazos unas manchas de sudor en su blusa verde claro.

–¿Y qué? –inquirió Alison.

Catherine sacó las fotos envejecidas por ordenador.

–Según los ordenadores de la Universidad de Manchester, este sería el aspecto de Alison si estuviera viva. ¿Se ha mirado últimamente en el espejo?

La mujer entreabrió los labios y dejó ver los dientes apretados y la miró de tal modo que Catherine dio gracias por no hallarse a solas con ella.

–Lo que sabemos es que no es usted Janis Wainwright y gracias al milagro del ADN seguramente podremos demostrar que es Alison Carter, pero lo que sin lugar a dudas es más que evidente es que Helen no es su hermana sino su hija. La hija que dio a luz cuando apenas tenía catorce años, tras las repetidas violaciones de que le hizo víctima su padrastro Philip Hawkin. El hombre que fue ahorcado por haberla asesinado. Si acudiésemos con esos datos a la policía se efectuaría la exhumación de los cadáveres para demostrar la relación, no le quepa la menor duda –dijo Catherine con precisión clínica.

–Me temo que está en lo cierto, Alison –dijo Tommy Clough–. Pero, ya le digo, no hemos venido para hacerle daño, sino para saber la verdad por el bien de todos los implicados en este asunto.

Sin pedir permiso, Catherine sacó sus cigarrillos y encendió uno, y Clough fue al escurreplatos para llevarle un platillo. Aquellas dos acciones llenaron un largo silencio durante el cual Alison, enmudecida, contemplaba la foto envejecida por ordenador mientras a sus ojos asomaban unas lágrimas.

–Esto es lo que creemos que sucedió –dijo Clough sentándose a su lado–: Hawkin abusaba de usted y suponemos que lo soportó sin saber qué hacer, tuvo miedo de lo que podía suceder si se lo contaba a su madre. Es normal en una niña. Además, la había visto quedarse viuda y no quería acarrearle el sufrimiento de situarla en la terrible alternativa de elegir entre usted y Hawkin. Y de pronto se quedó embarazada y su madre lo supo.

Alison asintió imperceptiblemente con la cabeza y una lágrima resbaló por su mejilla sin que ella hiciera nada por enjugársela.

–Así que la envió a casa de sus tíos, diciéndole que a partir de ese momento tenía que ser Janis –prosiguió Clough–. Y luego le tendió a él la trampa: con lo que usted le contó, se las arregló para que George Bennett descubriera las pistas que ella preparó. Él descubrió la caja fuerte con las fotos y usted no tuvo más remedio que guardar silencio y soportar los horrores de un embarazo no deseado, diciendo adiós a la niñez y a toda esperanza de felicidad, renunciando incluso a criar a la niña como su propia hija. Durante años el sacrificio fue soportable porque le permitía llevar una vida medianamente decente. Pero luego, por una increíble casualidad, Paul y Helen se conocieron, se enamoraron, y la historia ha tomado un giro trágico.

Alison respiró hondo, temblorosa.

–Lo ha explicado sin necesidad de que yo dijera nada –comentó estremecida.

–Eso es lo que sucedió, ¿verdad? –dijo Clough poniéndole la mano en el brazo.

–No, Tommy –exclamó Catherine como insensible a la emotiva escena que presenciaba–. Hay más. Antes de venir, pensábamos que eso era todo, pero hay más, ¿no es cierto, Alison? Lo dio a entender cuando dijo que no era únicamente porque afectase a las vidas de Paul y Helen. Hay más y tiene que decírnoslo.

Ella miró a la periodista con ojos como dagas.

–Se equivoca. No hay nada más.

–Ah, yo creo que sí, y, por supuesto, nos lo va a decir. Porque no piense que estoy de su parte. Usted y su madre asesinaron a Philip Hawkin y no fue por un impulso irrefrenable, sino con premeditación, urdiéndolo a lo largo de meses, calladamente, entre las dos. Por pura venganza. Y no veo motivos para que se libre de las consecuencias. Si quería evitar el riesgo de que la vida de Helen fuese destruida habría debido contárselo hace años –dijo Catherine encolerizada, decidida a no dejarse conmover–. Ahora, lo que ha hecho es poner en peligro la vida de otra persona, de un buen hombre, porque su madre, en resumidas cuentas, no tuvo el valor de enfrentarse a Philip Hawkin.

Alison alzó la cabeza.

–Usted no entiende nada –replicó tajante–. No tiene la menor idea de lo que dice.

–Pues explíquemelo usted –añadió la periodista desafiante.

Alison se la quedó mirando un instante con ojos de odio y a continuación se levantó.

–Voy a buscar una cosa. No se preocupe –añadió al ver que Clough apartaba su silla de la mesa– que no pienso huir ni voy a hacer ninguna tontería. Les enseñaré algo; tal vez así me crean cuando les cuente mi versión.

Salió de la cocina dejándolos intrigados, mirándose uno a otro.

–Ha sido un poco dura con ella –dijo Clough–. Ha vivido un verdadero infierno y no tenemos derecho a hacerle sufrir más.

–Vamos, Tommy. Nos está dando largas. No sé qué nos oculta; ha reconocido que entre su madre y ella urdieron la muerte de su padrastro, pero hay algo más que ella piensa que es peor.

Clough miró a la periodista casi con desprecio.

–¿Y se cree usted con derecho a saberlo? –dijo.

–Creo que todos tenemos derecho.

–Espero que no lo lamentemos, Catherine –replicó él con un suspiro.

8

Agosto 1998

Alison regresó a la cocina con un archivador metálico y lo abrió con una llavecita que sacó del cajón de la mesa, apartándose inmediatamente de él como si algo fuese a morderle la mano. Enconvó los hombros en un gesto de autoprotección y cruzó los brazos sobre el pecho.
—Voy a hervir agua. ¿Toman té o café? –dijo.
—Café solo –respondió Catherine.
—Té –dijo Clough–. Con leche y un terrón de azúcar.
—Yo estoy más que saturada de ver lo que hay ahí –dijo Alison, dándoles la espalda y acercándose al moderno fogón–. Empápese bien, a ver si así no habla tanto sin ton ni son de mi pasado –añadió volviéndose ligeramente para mirar enfurecida a Catherine.

Clough y la periodista se acercaron con cautela casi de expertos en desactivar explosivos y vieron que el archivador contenía una docena de sobres de color marrón de doce por veinticuatro centímetros. Clough cogió el primero en el que aparecía escrito en mayúsculas con tinta desvaída: «Mary Crowther».

Ajeno a aquel ruido de fondo de los preparativos del té y el café, Clough introdujo el dedo para abrir la solapa del sobre y extendió el contenido sobre la mesa: doce fotografías en blanco y negro, unas tiras de negativos y dos hojas de contactos. Pero no eran retratos de una niña alegre e inocente de siete años, sino parodias obscenas de actos sexuales adultos en poses lascivas que a Catherine le revolvieron el estómago. En una de las fotos aparecía Philip Hawkin hurgando con la mano en la entrepierna de la pequeña.

El resto de los sobres correspondía a Paul –nueve años–, hermano de Mary; a Janet, trece años; a Shirley, ocho años; a Pauline, seis años; a Tom Carter, tres años; a Brenda y Sandra Lomas, siete y cinco años, y a Amy Lomas, cuatro años. Casi no alcanzaban a entender el horror del contenido de aquellos sobres; era como un paseo por el infierno que Catherine habría preferido evitar. Le temblaban las piernas y se desplomó en una silla con el rostro desencajado.

Tommy Clough guardó los sobres en el archivador sin mirar. Ahora entendía el acuciante deseo de hundir a Philip Hawkin. El daño que había hecho a Alison era incalculable, pero aquello era aún mucho más perverso y de mayor repercusión; dudaba de haber sido capaz de resistir la tentación de estrangular a aquel individuo si hubiese visto aquellas fotografías treinta y cinco años atrás.

Alison puso una bandeja en la mesa con gesto desabrido.

–Si quieren algo más fuerte, tendrán que ir al pub de Longnor. No tengo alcohol en casa. De joven tuve una época en que veía el mundo mejor a través de la bebida, pero luego comprendí que era una manera de dejar que él ganase la partida, y no estaba dispuesta a ello después de todo lo que habíamos sufrido –dijo con voz fría y áspera, pero con los labios temblorosos.

Sirvió el té y el café y se sentó al otro extremo de la mesa enfrente de la periodista, de Clough y de la caja de Pandora con que les había obsequiado.

–¿No quería toda la verdad? –dijo–. Pues ahora también a usted le atormentará; veremos si lo aguanta.

Catherine la miraba obnubilada casi sin percatarse plenamente de la maldición que se había buscado con aquellas imágenes que quedarían grabadas para siempre en su mente.

Clough no dijo nada, bajó la cabeza y sus ojos quedaron ocultos bajo las pobladas cejas. Seguía conmocionado por la impresión y prefería seguir estándolo.

–No sé cómo explicárselo –añadió Alison con tono de desaliento–. Lo guardaba en mi cabeza desde hace treinta y cinco años, pero no lo había hablado con nadie porque, cuando todo acabó, ninguno de nosotros volvió a hablar de ello. Ahora que veo aquí a diario a Kathy Lomas, ni lo mencionamos, y, ni siquiera cuando ustedes vinieron a Scardale, despertando viejos recuerdos, ninguno de nosotros comentó una palabra. Hicimos lo que creímos que había que hacer, pero eso no quiere decir que no nos sintiéramos culpables. Sí, la culpabilidad es algo que se comparte fácilmente; lo aprendí por experiencia propia mucho antes de estudiar psicología.

Se echó el pelo hacia atrás y miró a Catherine cara a cara.

–Siempre pensé que nos llegaría el castigo. He vivido todo este tiempo temiendo que llamasen a la puerta. Recuerdo que en aquel entonces mi madre llamaba por teléfono todos los días a Dorothy para contarle cómo iba la investigación; y recuerdo que estaba en vilo porque George Bennett era un buen policía, honrado, perseverante, decía ella, y se temía que acabara descubriéndolo todo. Pero no fue así.

Clough levantó la cabeza.

–Mintieron todos como si tal cosa –apostilló con voz glacial–. Vamos, Alison, podría contarnos el resto.

Alison lanzó un suspiro.

–Tienen que recordar cómo eran las cosas en los años sesenta. El abuso sexual contra los niños era algo que no existía en el seno de la familia o en las comunidades; era algo que se concebía únicamente como obra de un pervertido, de un desconocido. Si acudías al maestro, al médico o al policía de aquí diciéndoles que el señor de Scardale estaba violando a los niños del pueblo te habrían encerrado por loco.

»No olviden tampoco que Philip Hawkin era nuestro propietario, en todos los aspectos. Con el antiguo señor del lugar, Castleton, nos habíamos criado en un sistema semifeudal; ni los mayores se atrevían a contradecirle. Y nosotros éramos niños que no sabíamos cómo denunciar al nuevo señor ni entendíamos plenamente que estaba abusando de todos nosotros, y nos aterraba hablar entre nosotros de lo que sucedía.

»Era un tipo muy astuto porque mientras cortejó a mi madre no dio indicio alguno de pedofilia y antes de casarse con ella, aunque me obsequiaba con regalos, nunca me molestó. Estoy segura de que se casó con ella por el solo hecho de tener una coartada; así, si alguno de nosotros se hubiera atrevido a decir algo de él, se habría hecho el inocente, el hombre casado ofendido. Y ustedes le habrían creído –añadió señalando con el dedo a Tommy Clough.

–Es lo más probable –asintió Clough con un suspiro.

–Estoy segura de ello. Bien, como decía, antes de casarse con ella nunca se me acercó, pero las cosas cambiaron nada más celebrarse la boda. Empezó con lo de «las niñas buenas tienen que demostrar a sus papás gratitud por lo que les regalan» y todo tipo de chantaje emocional.

»Pero eso no le saciaba porque el hijo de puta abusaba de todos nosotros. Salvo de Derek. Para mí que Derek era un poquito mayor para sus gustos –añadió abarcando la taza de té con las manos y suspirando otra vez–. Y nosotros no nos atrevíamos a abrir la boca; estábamos desconcertados y aterrados sin saber qué hacer.

»Pero un día mi madre me preguntó por qué no usaba las compresas que me había comprado con ocasión de mi primera regla y yo le dije que no había vuelto a tenerla. Me acosó a preguntas y salió todo a relucir: lo que me hacía y que, además, tomaba fotos de ello, y mi madre comprendió que yo estaba embarazada.

Alison dio un sorbo de té para suavizar su voz enronquecida y recobrar la compostura.

–Esperó a que tuviera que ir a pasar el día a Stockport y aprovechó para registrar el laboratorio; encontró las fotos en su ridícula caja fuerte y, al ver aquello, reunió a todas las personas mayores del pueblo y se las enseñó. Pueden imaginarse la escena. Querían matar a Hawkin; las mujeres pedían que le castraran y le dejaran desangrarse y los hombres sugirieron simular un accidente.

»Pero Ma Lomas les hizo entrar en razón y alegó que si le mataban alguien tendría que asumir la culpabilidad, que, aunque apareciera aplastado por un tractor, no lo tomarían por simple accidente e investigarían por tratarse del señor, alguien importante, no un campesino cualquiera. Si cometíamos el menor fallo, alguien del pueblo acabaría en el patíbulo, sobre todo si se descubría que yo estaba embarazada. Añadió que, además, sería una muerte muy rápida, sin sufrimiento.

»Por otro lado, también les preocupaba que al descubrirse lo de los otros niños el Estado se hiciera cargo de ellos por negligencia parental, y comentaron que la gente de fuera no entendería cómo se vivía en el valle, donde los críos andaban a sus anchas por donde querían, sin temor a coches ni a desconocidos, incluso en verano.

»Estuvieron discutiéndolo todo el día y finalmente alguien recordó haber leído en un periódico la noticia de una niña desaparecida; no sé de quién fue la idea, pero el caso es que decidieron hacerme desaparecer y organizarlo de modo que pareciese que él me había asesinado. Sabían que tenía una pistola y, por la prueba de las fotos, estaban convencidos de que le ahorcarían si todo salía bien. De esa manera no habría necesidad de que saliera a la luz lo de los otros niños y así se evitaría el penoso proceso de la indagación policial.

Lanzó otro suspiro.

–Para mí fue el final de la vida que conocía. Trazaron planes, sobre todo mamá, Kathy y Ma Lomas, sin pérdida de tiempo y sin descuidar ningún detalle; avisaron a mis tíos Dorothy y Sam de Consett, y, como tía Dorothy había sido enfermera, vino al pueblo unos días antes de mi desaparición para extraerme sangre y utilizarla después para manchar el árbol y la camisa de Hawkin; pero el descubrimiento de la camisa y de mi ropa interior tuvieron que retrasarlo porque les faltaba su semen, aunque sabían cómo obtenerlo porque él siempre usaba condón con mi madre. No quería tener hijos –añadió con una breve risa sarcástica–. Bien, mi madre lo consiguió implorando que necesitaba hacer el coito para calmar sus nervios, y con el esperma del preservativo mancharon la ropa, sin saber muy bien hasta qué extremo podía ser un dato científico, pero no querían que faltara ningún detalle.

»Naturalmente, todos tenían que ponerse perfectamente de acuerdo y decir la misma historia sin cometer ningún error. A los niños no les dijeron nada, salvo a Derek y a Janet, con quienes Kathy pasó horas para asegurarse de que se aprendían bien el papel, mientras yo andaba por el pueblo como obnubilada; sacaba a *Shep* a pasear para incorporar a mi recuerdo todo cuanto sabía que estaba a punto de perder, incapaz de librarme del sentimiento de culpabilidad al ser testigo de aquel jaleo en el que participaban todos como si estuviera cronometrado. No podía desechar la idea de que era exclusivamente culpa mía. –Se mordió el labio inferior y cerró un instante los ojos–. Tardé mucho y me costó muchas sesiones de terapia llegar a comprender que la culpa no era mía, pero en aquel entonces sentía asco de mí misma.

Hizo una pausa indecisa y sus ojos volvieron a llenarse de lágrimas. Parpadeó con fuerza y se las restregó bruscamente con la mano antes de continuar:

–Mientras sucedía todo eso en el pueblo, Dorothy y Sam se trasladaron a Sheffield la misma semana en que yo tenía que desaparecer para así poder hacerme pasar por su Janis ante los nuevos vecinos. No resultaba difícil en 1963.

Alison hizo una pausa como pensando en el siguiente capítulo de su trágico relato.

–Los tiempos felices del pleno empleo –musitó Clough.

–Exacto. Mi tío era metalúrgico especializado y pudo encontrar fácilmente trabajo. Y en aquella época concedían casa con el empleo –dijo Alison.

»El día en que estuvo todo dispuesto, mi tío Sam me esperó con su Land Rover junto a la iglesia metodista y me llevó a su casa en Sheffield. Para que nadie advirtiese mi embarazo difundieron entre el vecindario la noticia de que acababa de padecer una tuberculosis y tenía que estar en casa sin contacto con la gente hasta reponerme del todo; y, a medida que transcurría el tiempo, Dorothy se puso un relleno en el vientre para fingir un embarazo.

Alison cerró los ojos y un gesto de dolor cruzó su rostro.

–Fue terrible –añadió alzando los ojos y clavándolos en Catherine, quien, finalmente, desvió la mirada–. Lo perdí todo. Perdí mi familia, mis amigos, mi futuro. Perdí a Scardale. Empecé a notar extraños cambios físicos. No podía soportarlo. Mi madre no

pudo venir a verme hasta después del juicio porque nadie del pueblo había mencionado a la policía la existencia de los Wainwright y no quería tener que dar explicaciones de dónde iba. Dorothy y Sam fueron estupendos conmigo, pero jamás me compensaron de todo lo que perdí. Me inculcaron que tenía que hacerlo por el bien de los niños del pueblo, y que era necesario para que Hawkin nunca hiciera a nadie el mal que me había hecho a mí.
—Sí, claro, tenía su lógica —comentó Catherine.
—No me avergüenzo de ello —dijo desafiante Alison y dio otro sorbo de té.
Ni el ex policía ni la periodista hicieron comentarios. Alison se apartó el pelo de la cara y prosiguió:
—Di a luz a Helen en mi habitación una tarde de junio, dos semanas antes del juicio de aquel maldito Hawkin. Mis tíos la inscribieron en el registro como hija suya y la criaron como si fuese mi hermana pequeña. Pasados un par de años yo conseguí empleo en una oficina. —Una sonrisa iluminó de pronto su rostro—. Era el despacho de un abogado, ¿se imaginan? Pensarán que tendría que estar harta de leyes, ¿verdad? Bien, pues fui a clases nocturnas para compensar los estudios que me faltaban y me licencié en la universidad a distancia. Adquirir experiencia en psicología del trabajo y al final monté mi propio negocio. Cada paso que di en ese sentido fue como un escupitajo en la cara de aquel hijo de mala madre. Pero, a pesar de todo, nunca logré una plena satisfacción, ¿entienden?

»Cuando ahorcaron a Hawkin, mamá vino a vivir con nosotros; fue para mí una enorme alegría porque la echaba de menos. A partir de ese día ella nunca más quiso volver a Scardale, organizó el Fondo Scardale para administrar las tierras, pero conservó la casa porque sabía que yo desearía volver algún día. A Helen no le dijimos nada de la relación con Scardale y ella siempre ha creído que Ruth y su marido habían vivido en Sheffield; Ruth le dijo que Roy Carter había sido incinerado y que no había tumba y ella lo creyó.

»Al morir mi madre la casa pasó a manos de Dorothy con la condición de que después fuese para mí y para Helen, y cuando murió mi tía la heredamos nosotras. Helen piensa que estoy loca por vivir en un pueblecito, pero es donde nací y como hace tanto tiempo que lo perdí ansío disfrutar de él ahora. Ahora ya lo saben todo –añadió mirando fijamente la taza de té.

Catherine frunció el entrecejo. Había tantas preguntas que hacer... pero no se le ocurría ninguna.

–Cada vez que mire usted a Helen verá en sus ojos los de él –dijo Clough.

Alison apretó los dientes y los músculos de sus mandíbulas se tensaron.

–Cuando era pequeña no se le parecía tanto –dijo al fin–, pero cuando empezó a surgir ese parecido tan evidente, aprendí a transformarlo a mi favor. Aquel malnacido arruinó mi infancia, me arrebató familia y amigos, y me habría matado si hubiera descubierto que estaba embarazada, estoy segura. Porque él era el fuerte y yo la débil. Así que esa semejanza la tengo asumida como testimonio del modo en que yo contribuí a darle la vuelta a la situación. Suicidarse es algo muy grave, no les quepa duda, pero es lo que yo hice. Pero es mucho más difícil conservar el control de tu propia vida que perderlo; por eso nunca quise caer en la complacencia ni olvidar mi pasado. Fue así como aprendí a alegrarme de la presencia de Helen, como recordatorio perenne de nuestra lucha contra el hombre que quiso despojarnos de todo lo que nos hacía personas –añadió apasionadamente–. ¿Y saben una cosa? –Balbució al cabo de una larga pausa–: Helen no ha salido en nada a él: ella es toda fortaleza y bondad, como mi madre; es como si todas sus cualidades hubiesen saltado una generación.

Clough carraspeó, conmovido por el relato.

–¿Así que el pueblo entero se confabuló contra él?

–Todos los mayores –respondió ella–. Ma Lomas les previno para que, de entrada, simularan desconfiar de la policía para luego ir poco a poco soltando prenda. Usted y George Bennett fueron un regalo del cielo. Nadie habría podido imaginar que vendría una pareja de polis tan abnegados en el caso y dispuestos a resolverlo. Precisamente esa predisposición les permitió a ellos mantenerse distanciados con la seguridad de que no tendrían que ir detrás de los polis para señalarles las pistas después de que se produjo un estancamiento al principio.

Tommy Clough negó con la cabeza de un lado a otro maravillado de la tremenda ironía.

—Fuimos víctimas de nuestra propia integridad —dijo con una media sonrisa—. No es algo muy frecuente en un poli. Pero si hubiésemos puesto menos tesón por lograr que se hiciera justicia, semejante complot no habría quedado impune.

Permanecieron un instante en silencio. Alison se levantó, se acercó a la ventana y miró el modesto parque de aquel pueblo que había perdido una tarde de diciembre treinta y cinco años antes pero que siempre había tenido en su corazón. Ahora volvía a tenerlo, pensó Catherine, aunque a costa de un precio horroroso. Alison apartó al fin la mirada del panorama, enderezó los hombros y dijo:

—¿Y ahora qué?

—Esa es una buena pregunta —espetó Tommy Clough.

9
Agosto 1998

Catherine y Tommy compraron otra botella de Bushmills por el camino. Lo mejor para un velatorio, pensó ella. Aquella noche tendrían que enterrar de una vez para siempre el fantasma de Alison Carter y al día siguiente estarían con resaca; pero eso era lo que menos le importaba; lo único que contaba en aquel momento era insensibilizarse para dormir sin problemas. Cualquier cosa, con tal de ahuyentar la estela de horror y depravación que había sembrado Philip Hawkin.

Cuando cerró la puerta tras ella, Catherine habló por primera vez desde que habían dejado a Alison Carter a solas con sus recuerdos.

—Bueno, ya está —dijo—. Ya sabemos la verdad —añadió acercándose al aparador y sirviendo dos whiskys.

Clough, que miraba las fotos de la pared, cogió el vaso sin decir nada; pensaba en la amarga verdad de que Ma Lomas y su clan habían sabido engañarlos para que Philip Hawkin acabara asesinado judicialmente, y de poco le servía el magro consuelo de saber que desde el primer momento su instinto no le había engañado. Aquel Hawkin no era un asesino, en definitiva.

Confrontada con aquellas fotografías envenenadas con que les había obsequiado Alison, Catherine no pudo por menos de llegar a la conclusión de que los habitantes de Scardale estaban cargados de razón para transformar aquel remoto remanso en un lugar de ejecución. Sabían que solo la muerte detendría a aquel Hawkin y su única obsesión fue proteger a los niños; incluso trasladándolos a otro sitio no habrían podido impedir que Hawkin siguiera haciendo de las suyas con otros niños a los que destruiría, porque tenía poder y el dinero para satisfacer sus deseos con unas pequeñas víctimas a cuyo testimonio no se habría dado credibilidad en caso de que le denunciasen.

–Nunca se me ocurrió pensar que pudiera haber más niños –dijo la periodista abatida.

–No –añadió Tommy Clough dando la espalda a las perturbadoras fotografías y derrumbándose en un sillón.

–No hay una sola fibra en mi ser que me impulse a reprocharles lo que hicieron –dijo Catherine.

–En su lugar, yo también lo habría hecho –añadió Clough.

–La trágica ironía es que, comparado con lo que padeció Alison, la expiación de Philip Hawkin fue un instante. Ella ha arrastrado ese pesar todos los días de su vida, lo perdió todo y ha vivido con la inquietud de abrir cualquier día la puerta y encontrarse con alguien como yo –dijo Catherine cogiendo la botella de whisky para dejarla en la mesa entre los dos.

Estuvieron un rato en silencio como los supervivientes de un trágico accidente que no acaban de creerse la suerte que han tenido, dando curso a sus pensamientos mientras se fumaban cigarrillo tras cigarrillo.

–George tenía razón –dijo la periodista al fin–. No se puede publicar el libro. Sí, yo me haría famosa por revelar la verdad de un caso judicial tan sonado, construido sobre patrañas y mentiras, pero no puedo hacerles esto a él y a su mujer. No solo por el oprobio que arrojaría sobre él, sino por el dolor que le acarrearía el desastre en las vidas de Paul y Helen. Y, aparte de Alison, sobre los supervivientes de Scardale caería el peso de la justicia por cómplices.

Pensó que, como en una tragedia griega, las repercusiones de un hecho sucedido en Scardale treinta y cinco años antes arrasarían unas vidas inocentes y totalmente ajenas a un suceso de una tarde de diciembre de 1963 del que no tenían la menor culpa.

Clough apuró el vaso y volvió a servirse.

—Brindo por eso que acaba de decir —comentó—. No creo que nadie le haga ningún reproche.

—Dígaselo usted mañana a George —añadió ella.

—¿No piensa decírselo usted?

Catherine negó con la cabeza.

—Bastante me espera con tratar de anular el contrato y no poder dar explicaciones. No, Tommy, dígaselo usted. Además, le corresponde hacerlo. De no haber sido por usted no sé si yo habría sido capaz de desentrañar que Helen era la hija de Alison y de Hawkin. Ni habría podido hacerla confesar; con lo cual ahora no tendría motivos para guardar silencio. El mérito es de usted.

—¿Mérito? —replicó Clough con un bufido—. ¿Por destapar este nido de víboras? Si no le importa, renuncio a él. Aunque sí que me alegrará decirle a George que nadie va a destrozar las vidas de Paul y Helen porque sé que para él eso es muy importante; pero le ahorraré los detalles.

—Eso es buena idea —dijo Catherine cogiendo la botella y sirviéndose un poco más de whisky—. Y sugiero que tratemos todos de olvidar lo que ha sucedido estos últimos días.

10

Octubre 1998

George Bennett miró por el parabrisas. Moría octubre y ya no quedaban hojas en los árboles. Desde la cancela de acceso que acababa de transponer se veía perfectamente Scardale al fondo del valle. Desde lejos, las familiares casitas grises semejaban un elemento orgánico del paisaje y le recordaron las peculiaridades topográficas que configuraban el mundo social de sus habitantes la primera vez que estuvo allí treinta y cinco años antes. Contempló el Scardale Manor rodeado por los campos de labranza y pensó en la mujer que iba a convertirse en cuñada de su hijo. Habría quien juzgase que ella –y los otros cómplices– merecían castigo por la confabulación para llevar a la horca a un hombre que, aparte de sus otros delitos, no era culpable de homicidio. Pero a él no le importaba el castigo; le preocupaba más el futuro que el pasado. No había nada como ver de cerca la muerte para apreciar el gusto por la vida.

Por eso había emprendido aquel viaje. El médico le había dicho tres días antes que podía volver a conducir, pero en recorridos cortos. De Cromford a Scardale no había mucha distancia, tan solo la emocional y psicológica: una brecha de treinta y cinco años y una vorágine de emociones difíciles de discernir. De allí a cuatro días se celebraba la boda que pondría punto final a la horrible historia, y él estaba decidido a hacer cuanto pudiera por ahuyentar definitivamente los fantasmas. Por eso había telefoneado a la mujer a quien a partir de entonces no podía llamar por su verdadero nombre para pedirle que se vieran.

Hacía treinta y cinco años había recorrido por primera vez aquella estrecha carretera, también con sentimientos encontrados. Recordó con amarga ironía su entusiasmo ante la posibilidad de encargarse del primer caso importante de su carrera, una excitación acompañada de cierto sentimiento de culpabilidad al pensar en la niña desaparecida y en los padres. Pero ni su más calenturienta imaginación le habría hecho pensar que la desaparección de Alison Carter volvería no solo para turbar su tranquilidad de espíritu, sino para amenazar la felicidad de su querido hijo.

Una de las ironías más flagrantes de aquel último año había sido la sustitución de un sentimiento de culpabilidad por otro. Siempre había estado convencido de haber decepcionado en cierto modo a Ruth Carter hasta que, gracias al proceso de colaboración con la periodista, había llegado a comprender que él había hecho todo lo posible dadas las circunstancias de la época. Pero ahora que sabía la verdad de lo sucedido en Scardale aquel crudo invierno, le abrumaba otro pesar. Había, desde luego, puntos de la investigación que posiblemente le habrían permitido percatarse de que allí sucedía algo más de lo que las apariencias daban a entender. ¿Tanto se había dejado cegar por su arrogancia y por la obsesión de encontrar un culpable que había pasado por alto indicios que un policía con más experiencia habría advertido? Y si hubiera descubierto la verdad, ¿habría tenido Alison Carter una vida mejor?

Tommy Clough le había asegurado que no era exclusivamente culpa suya, que él también había mordido el anzuelo. Pero eso no era ningún lenitivo, porque estaba seguro de que Clough lo habría dicho de todos modos por tranquilizar a un hombre enfermo como él.

Ahora, al margen de sus fallos pasados, tenía que encontrar una vía de resignación. Independientemente de que su débil corazón le concediese meses o años de vida, no quería envenenar el tiempo que le quedara con recriminaciones insoportables. Tenía que perdonarse a sí mismo y el primer paso en aquel viaje consistía quizá en que él y Alison Carter se perdonaran mutuamente daños reales e imaginarios.

Con un profundo suspiro, Bennett puso la marcha y enfiló despacio por la carretera de Scardale. Al margen de lo que le deparara el futuro, había llegado el momento de dar ese primer paso para enterrar de una vez por todas el pasado.

Título de la edición original: *A Place of Execution*
Traducción del inglés: Francisco Martín Arribas,
cedida por RBA Libros, S. A.
Diseño: Eva Mutter
Ilustración: IDEE
Foto de solapa: © J. Bauer/Opale

Círculo de Lectores, S. A. (Sociedad Unipersonal)
Travessera de Gràcia, 47-49, 08021 Barcelona
www.circulo.es
3 5 7 9 2 0 1 1 8 6 4 2

Licencia editorial para Círculo de Lectores
por cortesía de RBA Libros, S. A.
Está prohibida la venta de este libro a personas que no
pertenezcan a Círculo de Lectores.

© Val McDermid, 1999
© RBA Libros, S. A., 2002

Depósito legal: B. 39638-2002
Fotocomposición: Víctor Igual, S. L., Barcelona
Impresión y encuadernación: Printer industria gráfica, s. a.
N. II, Cuatro caminos s/n, 08620 Sant Vicenç dels Horts
Barcelona, 2002. Impreso en España
ISBN 84-226-9761-0
N.º 28308